KB236972

미래 기억 연습

중첩 궤도를
횡단하는
문학의 형식

비평
005

문학들

미래 기억 연습

중첩 궤도를
횡단하는
문학의 형식

김영삼
비평집

문학들

*

　다음 세기에 도래할 절망을 미리 목도한 프리드리히 니체는 1874년에 발표한 「반시대적 고찰」에서 '때에 맞지 않는 성찰(Unzeitgemässe Betrachtungen)'을 요청했다. 한 시대의 어떤 열병이 구축한 역사를 시대의 폐해이자 질병이며 소모적 결함으로 인식했다는 측면에서 그의 요청은 반시대적이었다. 자기 자신의 시대에 속하면서도 시대와 역행하는 위치에 자신을 세운 채로 동시대인의 자격을 시차와 간극을 둔 자리에서 심문했다는 점에서, 그의 질문은 (다른 의미에서) 시대착오적이었다. 시대의 요구에 순응하지 않음으로써 비로소 획득하게 된 이 '비현실적(inattual)' 시선을 '시대착오적 시차'라고 말해도 될까. 그가 인용한 러시아 시인 오시프 만델슈탐의 시 「세기(verk)」의 한 구절은 빛의 반대편에 현상하는 세계의 어둠을 목도한 니체의 탄식을 대신한다. "너의 척추는 부서졌노라."

　이후 두 번째 세계대전의 어두운 그림자를 목격한 발터 벤야민은 1940년에 발표한 「역사의 개념에 대하여」에서 과거—현재—미래로 이어지는 시간관의 해체를 요청했다. 메시아의 도래를 흉내 내는 '못생긴 곱추 난쟁이' 형상의 신학적 구원관과 이를 닮아가는 역사적 유물론의 시간성을 해체하면서, 벤야민은 시차를 두고 도착한 우주의 별빛들이 하나의 성좌로 재구성되는 '지금-여기'의 시간성을 제안했다. 역사의 절망 한가운데를 통과하면서 흉측해진 현재를 구원하기 위해서는 무엇보다 인과적으로 구성되는 시간성을 정지시켜야 했다. 이 흉측한 시간성이 기획하는 미래는 이미 한 번 도달한 적 있는 과거와 다르지 않을 것이므로, 그는 "과거를 역사의 연속체에서 폭파"(벤야민;345)하고 진정한 비상사태를 도래시킴으로써 현재를 구원하고자 하였다. "미래를 회상 속에서 가르친다"(벤야민;350)라는 역설은 니체만큼 시대착오적이어서, 그의 글 〈15번 테제〉에는 1830년 7월 혁명 당시 파리 군중들이 샤를 10세의 시간을 파괴하기 위해 외쳤던 목소리가 기입되어 있다. "시계탑을 쏴라!"

다시 시간이 흐른 후, 신자유주의와 신인종주의가 차별과 혐오라는 무기를 통해 구축하는 죽음-정치의 지옥도를 바라보면서 조르조 아감벤은 『장치란 무엇인가』에서 '누구와 무엇과 우리는 동시대인인가? 그리고 무엇보다 동시대인이 된다는 것은 무슨 뜻인가?'라고 묻는다. 아감벤은 동시대인의 자격을 시대의 "어둠을 지각하는 자"(아감벤;76)로 호명하고, 자기 시대의 빛에 눈멀지 않고 그 반대편에 새겨지는 "그림자를 발견"(아감벤;77)하는 역할로 규정하면서 지난 세기 반골의 철학자들이 던진 질문을 다시 지금의 세계에 회부한다.

(인)문학의 위기에 직면한 시대에 고작 한 권의 비평집에 불과한 책을 묶으면서 이들을 소환하는 이유는, 2020년대를 살면서 읽은 한국문학 작가들의 작업이 이들의 명령을 수행하고 있음을 말하기 위해서

다. 나에게 한국문학 장에서 언어로 세계를 조망하는 시인과 소설가들은 뻔하고 지루한 이 세계의 절망을 이미 한 번 다녀간 사람들이었거나, 그런 존재들이 남긴 '흔적(trace)'을 집요하게 추적하고 민감하게 포착하는 사람들이었다. 흔적은 원본의 (발)자국을 가리키면서 언젠가 그 장소에 '발'이 있었음을 지시하지만, 데리다는 이 '원-흔적(l'archi-trace)'의 순서를 뒤집어 흔적이 원본에 선행할 수 있음을 말하지 않았던가. 우리가 원본이라고 부르는 것 자체가 이미 흔적의 효과라는 것, 원본과 복사본의 위계가 과거-현재-미래의 시간관처럼 사실은 허구일 수 있다는 것, 그 구분 자체가 사후적일 수 있다는 것, 때문에 흔적은 반복가능성(itérabilité)의 구조가 먼저 있을 수 있음을 지시한다고 강조한 이 해체철학자의 말을 상기해 보자. 이런 점에서 볼 때, 한국문학이 과거 기억의 '흔적'을 추적함으로써 현재를 독해하는 일은 현재의 절망에서 미래를 구원하기 위한 시간의 복습이었다.

이 책에 실린 글을 쓰면서 나에게 언어의 고행을 마다하지 않은 한국문학의 작가들은 세계의 그늘진 장소에서 성원권을 박탈당한 존재들에게 목소리를 입히고 이름을 붙임으로써 제 몫을 부여하는 작업을 하는 사람들이었다. 폐허가 된 상징계의 신전에서 먼지를 털어내고 비문의 비밀을 번역하는 사람들, 사건의 지평선에서 중첩되는 시간의 궤도를 간-행(intra-action)하고 횡단하면서 미래의 회상으로 현재를 구원하는 사람들, '시대착오적 시차'의 형식으로 문학을 다시 정의하는 사람들이었다. 이들의 문장은 자기 시대를 살아가는 소문자-인간들의 궤도를 따라 누증(累增)되면서 세계의 폭력성을 노출시켰다. 상징계의 언어에 영어(囹圄)된 먹물에 불과한 나에게 이들은 언제나 모든 열등과 부러움의 기원이었다. 따라서 이 책의 글들은 다만 이들의 해독 작업에 대한 짧은 주석에 불과함을 알고 있다. 고민이라면, 이들이 세계의 착란과 착시를 응시하고 폭로하기 위해 겪었을 그 수많은 시간을, 그 밤을 할퀸 쓸쓸한 고요를, 절망에서 우리를 구원하기 위해 힘겹게 도달한 형식을, 과연 나의 문장이 닿을 수 있을까 하는 불안과 두려움뿐이다.

**

책의 1부 〈소문자 존재들〉은 세계의 폭력성과 관습적 강박을 관통하면서 새로운 관계성의 지점으로 나아가는 '우리는-(모두)-여기에-함께-있지만-하나가-아니고-똑같지 않은' 연약한 주체들의 흔적을 모았다. 이들이 새롭게 구축하는 공동체는 여전히 불확실한 삶일지언정 기존의 배타적 공동체를 파훼하고 그 폭력성을 노출시키면서, 관습적 언어로는 포착할 수 없는 복수종의 관계성으로 나아가고 있었다.

2부 〈남쪽 도시에서〉에는 '절대적 무권력 상태'로 출현했기 때문에 권력의 불능과 무능을 노출시켰던 도시이자 이제는 '과거가 현재를 구원할 수 있는가?'라는 질문 앞에 부끄럽지 않은 도시(라고 말하고 싶다)인 광주에 얽힌 글들을 모았다. 더불어 문학비평의 고행을 허가해 준 등단작 「'아무'의 기억과 고통」, 앞선 머리말 내용의 시작점이자 이 비평집 제목의 기원인 「미래 기억 연습」도 함께 묶었다. 글의 제목은 박솔뫼의 소설 『미래 산책 연습』에서 차용했다. 박솔뫼의 글은 미래의 회상으로 현재를 구원하는 문학의 형식이자 광주의 다른 이름이었다.

3부 〈징후와 성좌들〉은 서바이벌의 생존 논리가 생산한 경계선 외부로 재배치된 존재들의 이야기로 묶였다. 각각 다른 궤도를 형성하는 작품들을 읽으면서도 생존, 혐오, 차별 등에 얽힌 생각들이 유사성을 띠었다. 사유의 폭이 미진한 탓도 있을 테지만 무엇보다 차별이 구축한

정치경제지리학을 관통하는 문학의 사유가 소실점을 형성한 이유도 있을 것이다.

4부와 5부의 글들은 시에 대한 비평들이다. 대학시절 시를 쓰는 문청이었다는 사실을 알 리 만무하지만(그 시절 시를 쓰면서 몇 개의 대학에서 받은 문학상이 고행의 시작이라는 것을 그때의 나도 알았을 리 만무하지만), 몇 개의 계간지에서 시 비평 연재의 기회를 주었다. 시의 언어는 언제나 언어의 관습을 초과하는 것이어서, 그 무중력의 세계를 간접 체험하며 언어의 실재계를 엿볼 기회는 고맙고 즐거운 시간으로 남았다. 계간 『시로 여는 세상』과 『제25회 젊은평론가상 수상작품집』에 실린 「실어증을 앓는 언어들」을 첫머리에 놓고(누군가에게 글이 읽혔다는 사실 때문에 좋았다), 4부 〈어둠의 궤도〉에는 계간지 『서정시학』과 『포엠피플』에 발표한 글들을 주로 묶었고, 5부 〈웜홀〉에는 계간지 『POSITION』에 발표한 글을 묶었다. 이상의 글들이 읽은 작품들은 미래를 기억하기 위한 현재 한국문학의 최대치임에 분명하지만, 이 책의 글들이 그 지점에 닿았는지는 의문이다.

＊＊＊

이상한 사람들이 있다. 대학시절 '용봉문학회'라는 간판을 걸었음에도 정작 문학보다 최루탄 연기 가득한 거리에서 더 많은 시간을 보냈던 사람들이 다 늙어가는 시절에 매달 모여 소설을 읽고 이야기를 나눈다. 후회인지 애증인지 아니면 고백인지 작품을 읽고 이야기하는 이들의 표정은 예전보다 밝고 활기차며 예전만큼 진지하다. 알다가도 모를 이 사람들과의 시간이 소중하고 즐겁다고 말한 적이 있었던가 싶다. 대학에서 문학을 전공했음에도 정작 문학보다 20년 가까이 모여서 정치철

학스터디를 하는 이상한 사람들도 있다. 원래는 주간스터디인데 강의와 연구에 치이는 건지 공부하기가 싫은 건지 월간스터디가 될 때가 빈번함에도, 기어이 모여서 어렵고 이상한 말들을 주고받는다. 변변한 모임 이름도 없는데, 자꾸 어디선가 사람들이 모인다. 아마 스터디 후 함께 먹는 밥 때문이 아닌가 싶다. 말하고 먹느라 입이 쉴 때가 없다. 모두 취약성과 연약함에 노출된 존재들이라서 함께 모이고 함께 말하고 함께 먹어야 한다. 함께여서 다행이다. 또 있다. 대학원에서 고전문학을 전공하다 제 발로 뛰쳐나와 지금은 문화예술을 지원하는 기획자가 되었음에도, 누가 시키는 것도 아닌데 이즈음 다시 오월 영화로 논문을 쓰는 이상한 사람도 있다. 아내다. 오고가는 말과 더러 그 말을 괄호에 묶은 침묵 안에 함께였던 시간들이 두텁게 쌓여 있음을 안다. 그 시간들이 '은유'와 '환유'의 이름으로 현존하고 있다. (이상한 사람들은 아니지만) 마감일을 넘기는 원고를 너른 아량으로 기다려주시는 송광룡 대표님과 최석희 선생님은 고마운 사람들이다. 시절을 담아낼 (인)문학의 언어와 형식을 함께 기획하고 고민하는 계간 『문학들』 편집위원들과의 시간들 덕분에 다행히 외롭지 않다.

– 2026년 2월, 광주에서

차례

제1부
소문자 존재들

진짜-가짜들의 리플리 연대기
- 성해나의 경우

1. 진짜-가짜의 탄생

이즈음 한국문학에서 '진짜-가짜'[1]의 자기서사를 가장 예리한 시선으로 파묘하는 작가는 단연 성해나일 것이다. 성해나의 소설은 일인칭 화자의 자기서사가 지니는 진실의 위험성을 적극적으로 이용하면서 진짜-가짜가 생성되는 순간을 서사화한다. 일인칭시점이 지닐 수밖에 없는 공백과 틈을 의도적으로 형식-내용화하고, 당사자의 자기서사에 노출된 독자를 동일화의 함정으로 유도하면서 진짜-가짜를 경험하게 한다.

성해나의 두 번째 소설집 『혼모노』[2]에 수록된 「길티 클럽: 호랑이 만

---

1   하이픈으로 묶인 '진짜-가짜'는 진짜와 가짜를 동등하게 드러내는 표현이 아니라 진짜와 가짜가 혼재된 상태, 가짜가 진짜를 대체한 자리바꿈의 상태를 의미하는 표현으로 사용한다.

2   성해나, 『혼모노』, 창비, 2025.

지기」, 「스무드」, 「혼모노」가 대표적 사례일 것이다. 때로는 객관적 거리를 둔 채 사건을 해석하거나 사건에 개입하지 않는 삼인칭의 형식을 취할지라도 그것을 당사자의 서사로 읽히게 하는 것이 성해나의 문장이 지닌 마법이기도 해서, 「구의 집: 갈월동 98번지」와 최근에 발표한 「신포도밭」[3]이 이 경우의 사례들일 것이다. 제 현상들에 대한 가짜 뉴스들이 미디어의 포맷을 띠고 진짜처럼 유통되면서 진실과 거짓의 헤게모니 투쟁이 재연되는 지금의 한국사회를 볼 때, 진짜-가짜의 문제에 대해서만큼은 가장 뜨거운 끓는점에 이른 성해나의 소설은 한동안 뜨겁게 읽힐 것이 분명해 보인다. 먼저 두 작품의 사례를 간단히 언급하면서 진짜-가짜의 생산 순간에 주목하고자 한다.

「길티 클럽: 호랑이 만지기」은 영화감독 '김곤'에 대한 우상화 과정과 그 우상의 동굴에서 빠져나왔다고 믿는 일인칭 화자의 '착각'을 세밀하게 보여준다. 진짜와 가짜 사이의 미로에서 허우적대는 '나' 순진무구한 열정이 씨네필임을 자부하는 이른바 "찐"(12쪽)들의 세계에 포획되는 과정을 묘사할 때 성해나는 그 어느 때보다 탁월해진다.

 판이 깔리자 총대를 시작으로 저마다 아는 얘기를 늘어놓았다. 인터뷰나 매체에서는 들을 수 없었던 얘기들, 일테면 김곤이 유기묘를 구출해 사년 째 키우고 있다는 것, 「인간 불신」 촬영 후 스태프 전부에게 손 편지를 써주었다는 에피소드, 단역 배우의 처우를 고려해 표준근로계약서를 써주었다는 비화까지. 그런 일화들이 더해질 때마다 애정이 점점 커졌다. 뒤틀렸던 것들이 바로잡히고 의문과 불

---

3   성해나, 「신포도밭」 『문학동네』 2025년 여름호.

신도 서서히 휘발되는 것 같았다. 미담이 떨어지자 이것도 진짜 아
는 사람만 아는 얘긴데……로 시작되는 밀담까지 터져나왔다. 농도
가 짙어지는 담화에 흠뻑 취해가는 이들 틈에서 미지 선생님만 이야
기를 듣는 둥 마는 둥 자꾸 시계를 봤다. (……) 어느 시점부터 나는
아예 미지 선생님을 등진 채 회원들 얘기에만 부지런히 호응했다.

그거 진짜예요?

진짜죠. 감독님이 의외로 엉뚱한 구석이 있어요.

조금 전까지 말도 섞지 못했던 이들과 술병을 부딪치고 같은 지
점에서 웃음을 터뜨릴 때마다 긴장이 풀리고 안도감이 밀려왔다.

―「길티 클럽: 호랑이 만지기」, 43~44쪽

알려지지 않았지만 알려진 비화, 아는 사람만 아는 미담과 밀담, 의
외로 엉뚱한 구석으로 미화되는 작은 진실들은 어느새 김곤의 윤리적
빈틈을 메우는 도구가 된다. 소수에게만 제한된 가짜 정보를 발설하고
유통시키면서 느끼는 우월감, 어떤 열기와 열정에 녹아있는 자신에 대
한 긍지, '소돔의 은밀한 형제'가 되는 과정의 아찔한 유혹과 쾌감 등은
길티 플레이어들의 암구호처럼 공유된다. 닫힌 세계에서만 유통되는
정보에 노출된 '나'는 검증 과정을 생략한 채 비밀을 공유하는 추종자의
무리에 녹아든다. 약간의 진실과 자발적 복종은 진짜―가짜의 가장 효
율적인 존재방식이다. 배제와 포함, 비판과 동화, 불안과 안도감 사이
를 오가면서 '나'는 '미지 선생님'을 희생양 삼아 무리에 안착한다. 그 찰
나의 순간 '나'를 스쳐가는 뻔뻔함과 비겁함 들을 성해나는 탁월하게 포
착하는 것이다. 희생양의 불안 따위는 자기 안도감의 기반으로 도구화
되고, '찐'들의 세계에 입성하여 그들의 현학적 언어를 자신의 것인 양

내재화하면서 진짜-가짜의 존재론을 복습하는 과정을 말이다. 그러니까 이 소설에서 진짜-가짜는 영화감독 김곤이 아니라, 가짜인지 진짜인지 모를 대상을 우상화하면서 자기 삶의 불안함을 은폐하고 공유하는 '길티 클럽'의 멤버들이다.

「스무드」의 경우는 일인칭 화자의 제한된 경험과 세계 인식이 폭력적 시선과 얼마나 쉽게 결합할 수 있는지를 보여준다. 한국계 이민자 3세대의 검은 머리 미국인인 '나'(듀이)가 '추앙'하는 '매끈한(smooyh) 세계'는 제프의 포스트모던한 작품 〈스무드〉와 닮았다. 작품에 대한 해석의 차단("제프의 작품에는 의도도 동기도 비밀도 없었다."), 예술과 현실의 연관성에 대한 의도적 무관심("제프의 작품에는 분노도 불안도 결핍도 없었다.", 71쪽)은 이 작품의 일인칭 화자가 놓인 제한된 장소성과도 호응한다. 서울 방문이 처음인 '나'는 한국인의 정체성을 억압하고 스스로를 외부인으로 인식한다. '나'가 머무는 게스트룸은 외부와 철저히 차단된 고급아파트 단지 안에 있다. 제프의 작품도 이곳의 갤러리에 전시될 것이다. 이러한 소설의 설정들은 이 인물이 "성조기와 '타이극기'"(84쪽)가 가득 찬 '광장의 극우 집회'가 지닌 의미를 독해할 수 있는 사회적·역사적 맥락의 바깥에 존재한다는 것을 의미한다. 검은색 스테인리스스틸로 만들어진 작품 〈스무드〉의 '매끈한' 구의 형태와 달리 세계는 그렇게 둥글지도 않으며 불평등하고 굴곡지고 거칠다. 그가 추종하는 '매끈한 세계관'으로는 이 세계의 다층면을 독해할 수 없다. 인물의 자발적 무지는 극우 집회 노인들의 "생기와 여유"(86쪽) 넘치는 환대와 온정이 '타이극기'를 흔드는 행위와 구별되어야 함을 인지하지 못하게 한다.

다시 말하자면, 진짜-가짜에는 언제나 약간의 진실이 숨겨져 있다.

진짜와 가짜가 공유하는 상징계적 기호의 차이를 구별하지 못하는 불능의 뇌는 너무 매끈하여, 이 소설의 화자에게서는 아주 오랫동안 '태극기'와 '타이극기'의 차이도 세월호의 노란 리본이 호명하는 '국가'와 '가만히 있으라'가 호명하는 국가의 차이도 편집되고 삭제될 것이다. 무서운 점은 그 공백을 "'타이극기'와 성조기가 포개진 배지와 한국 대통령이 담긴 배지"(111쪽)가 대신할 것이라는 불안함이다.

성해나 소설의 뻔뻔한 화자들은 이런 방식으로 진짜-가짜의 자기이론을 완성해 간다. 이러한 진짜-가짜의 자기이론을 그저 진짜와 가짜의 동시적 경험이라는 나이브한 영역에 그냥 내버려 두어야 할까? 어느 쪽에도 쉽게 동의할 수 없는 어긋남 때문에 판결과 해석이 유보되는 상태는 최선일까? 성해나 소설의 독자들은 "사실과 거짓이 아닌 사실과 사실의 충돌을 포착하려는 서사의 욕망"[4] 앞에서 자못 혼란스럽다. 그런데 진짜 그런가? 진짜와 가짜를 동시에 경험하게 된다는 지점이 성해나 소설의 위치일까? 우리의 질문은 여기에서 멈춰도 될까? 진짜로?

2. 가장 세속적인 진짜-가짜

그러니까 「혼모노」가 독자들에게 던진 질문, "하기야 존나 흉내만 내는 놈이 뭘 알겠냐만. 큭큭, 큭큭, 큭큭."(154쪽)이라는 마지막 문장이 남긴 질문,[5] 진짜-가짜는 진짜인지 가짜인지와 같은 의문들에 대한 이

4　　김나영, 「진짜인 가짜—성해나 소설을 읽는 몇 개의 키워드」, 『문학과사회』 2024년 가을호, 54쪽

야기를 해 보자.

성해나의 「신포도밭」은 이에 대한 가장 최근의 답변이다. 소설은 초점인물 매호림과 그의 모친 매돈규 그리고 외조부 매석에 걸친 '구라 삼대'의 연대기다. 리플리 증후군(Ripley Syndrome) 삼대라고 불러도 될 것 같은 이들 매씨 삼대에게는 "우리는 강남에 땅 가진 사람들"(226쪽)이라는 자긍심이 있다. 물론 이때의 '강남'은 그저 '강의 남쪽'일 뿐이지만, 이들 삼대는 거짓을 진실로 바꾸는 재주가 탁월했다. 소설의 말맛을 살려 '신포도밭'에 얽힌 이야기를 정리하자면 다음과 같다.

외조부 매석은 서커스단과 함께 전국을 돌며 매약을 하는 '약팔이'였지만 스스로를 '약재상'으로 불렀다. 매석에게는 두 가지 재주가 있었는데, 하나는 거짓을 진실로 믿는 자기최면이었고 다른 하나는 정가 십 원짜리 약을 열 배 값으로 부풀려 파는 배짱이었다. 덕분에 돈을 만진 매석은 "'내가 약사보다 낫다'는 정신 승리에까지 도달"(228쪽)한다.

궐련 한 갑이 오십 원이던 시절 평당 이백 원이던 '영동'의 땅값이 사만 원으로 폭등하는 모습을 보고, 매석은 망설인 끝에 한강에서 한참이나 떨어진 'B동 땅 오백 평'을 매입했다. 아쉽게도 매석에게는 큰일에는 간이 쪼그라드는 재주도 있었더랬다. 그래서 영동의 지명이 강남으로 바뀌면서 단군 이래 최대의 호황을 맞이하는 사이, 매석의 땅 오백 평은 고스란히 그린벨트로 묶이게 되었다.

5　가령 양경언이 『혼모노』의 〈해설〉에서 남긴 질문들 말이다. "하지만 '나'가 '진짜'로 있다는 말은 무엇을 의미할까. 있는 그대로의 '나' 자신이 여기 있음을 뜻하는 것인가, 아니면 '나'의 삶을 의미 있게 해주는 장수할멈과의 접신이 진정으로 이루어지는 상황을 일컫는 것일까. …… '가짜'가 아닌 '진짜'로 살아간다는 건 무엇을 의미할까. '진짜'는 어떻게 증명되는가."(357~358쪽)

매석의 장녀 매돈규는 아버지의 재주를 고스란히 물려받았다. 어느 날 매돈규는 부친을 유서 깊은 땅으로 데려가더니 '강남이 뭐 별거냐' 며, '어디가 강남인지는 우리가 정하면 되는 거'라며, 자신들의 포도밭이 엄연히 강남임을 선언한다. 자신이 훌륭한 리플리의 자손임을 증명한 순간이자, "부친 매석이 부정에서 분노, 우울을 거쳐 마침내 수용에 이른 순간"(234쪽)이었다. 부녀는 최하급 포도 상자에 금박으로 '서울시 강남구'라는 산지를 새기고 '무농약 재배 포도'라는 문구까지 보태서 백화점에 납품했다. 물론 거짓이었으나 언제나 그렇듯 매사 진실인 매석과 매돈규의 태도는 당당하다.

> 강남땅에서 난 포도니 산지는 분명하고, 잡초 제거한답시고 그라목손을 몇 통씩 퍼붓는 농부가 숱한데 우리는 그보다 순한 약을 치니 무농약 재배라 불러도 되지, 안 그러냐?
> 부친의 기를 살려주고자 매돈규는 그 의견에 적극 동감했다.
>
> ─「신포도밭」, 234쪽

강남의 영동백화점은 아니지만 B동 시가지의 B백화점의 '안내원'으로 취업한 매돈규는 자신을 '고객 서비스 대사'로 부른다. B동에서 가장 높이 솟은 백화점의 일원이라는 자긍심과 자칭 '대사'라는 직함 덕분에 "자신이 더 고귀한 존재"(235쪽)가 되는 것 같은 느낌도 받는다. 매돈규는 명품관 '판매 직원'이던 도귀분를 '세일즈 전략 베스트 마스터'라고 불렀고, 도귀분이 중매한 '주차 관리 요원' 이반석을 '관리직'으로 불렀다. (훗날 매호림의 부친이 되는 이반석은 과일 가게를 운영하는 자신의 부모를 '과수 산업을 주도'한다고 소개한다. 이때만 해도 부창부수였다.) 매돈규에게 자기 경멸 따위는 순진한 감정 사치다. 처음부터 "매씨 종자엔 지독한 자기 긍지만 존재할 뿐 경멸은 없었"기도 하거니와, 어느 백화점 고객의 핸드백이 가품이라는 것을 알게 되면서는 "오렌지니 낑깡이니 하는 것들이 우습게 여겨졌다." 가품을 맨 '낑깡'과 달리 자신은 엄연히 강남에서 나고 자란 "고급 포도"였으니까. "매돈규가 '위대한 경멸'을 거쳐 비로소 '초인'이 된 순간"(이상, 239쪽)이었다.

자긍심에 찬 매돈규는 도귀분과 함께 새로운 사업을 시작했다. 여전히 그린벨트에 묶여 있는 포도밭의 농막에서 명품을 판매했다. 농막은 "이미테이션이었지만 정품보다 더 고급스러운 소재"를 사용하고, 엄연히 "일련번호뿐 아니라 보증서"까지 갖춘 명품들을 비밀스럽게 거래하는 '강남살롱'으로 변모했다. 사업은 어느 날 도귀분이 "이렇게 사는 게 난 좀 질린다."(247쪽)라면서 매돈규의 현금과 통장 등을 모조리 챙겨 사라지기 전까지 호황을 누렸다. 가짜들의 번아웃만큼은 진짜였던 셈이다. 그리고 "2024년 여름, 매돈규는 상표법 및 개발제한구역법 위반으로 입건"(250쪽)되었다. 재판정에 선 매돈규는 결코 '사기'가 아니라 '사회 공헌'이라고 항변했으나, 돌아온 대답은 '추징금 육억'이었다.

매씨 삼대의 장손으로 성본 변경을 거쳐 가계의 성을 물려받은 매호림은 '서울대'는 아니고 '서울남대'에 합격했다. 매돈규는 아들의 대학명에서 '남'자를 흘리듯 발음하면서, "가운데 한 자가 더 붙으니 훨씬 나은 거 아니냐"(249쪽)며 아들을 자랑했다. B동에 있는 은행에 취직한 매호림은 '행원'이 아닌 '청경'이었지만, 모친은 "입 아프게 떠들 필요도 없고 손가락 부르터라 돈 셀 필요도 없고. 아무리 생각해도 네가 더 나아"(250쪽)라며 한 치의 동요도 없이 사실을 왜곡했다. 외조부 때부터 유구하게 전승되는 가계의 재주를 질려하며 매호림은 스스로를 '변종'

이라고 선언하기도 하지만, 결국 '종자'를 속일 수는 없는 법이다. 모친의 추징금을 마련하기 위해 매호림은 자신을 행원으로 착각하는 어느 노인에게 유서 깊은 매씨 가문의 B동 땅을 팔아넘기려 한다. 소설은 마지막 문장은 다음과 같다. "일평생 변종이었던 매호림이 겹겹이 쌓인 껍질을 찢고 마침내, 원종이 된 순간이었다."(264쪽)

「신포도밭」이 보여주는 삼대의 구라 연대기는 진짜-가짜가 생산한 자기이론의 가장 세속적인 버전일 것이다. '혼모노'와 '니세모노'보다야 강남과 영동, 오렌지와 낑깡, 명품과 가품, 명품포도와 신포도, 정규직과 비정규직 등과 같은 진짜와 가짜 조합이 더 익숙하지 않은가. 이런 이유에서 「신포도밭」의 이야기는 어쩌면 자본주의적 욕망을 근대적 합리성으로 포장하는 우리의 모습과 가장 가까울지도 모른다. 자본주의의 욕망은 자기 구원의 증명으로 쓰일 때 가장 거룩해지지만, 막스 베버의 이 거룩한 프로테스탄티즘 윤리는 매씨 삼대의 이야기 앞에서는 다만 종교적 구원이 아니라 가장 한국적인 방식의 세속적 자기증명으로 전락하고 만다. '강남' 아닌 '강의 이남'에 살면서, 비-강남을 무시하면서, "사대문 안 지체 높은 가문"(227쪽)의 위대한 핏줄은 대대손손 성찰 따위와는 타협하지 않음으로써, "원종"의 유전자는 그렇게 보존된다.

3. 괴물

익히 알려진 것처럼 구로사와 아키라 감독은 실체적 진실을 둘러싼 진짜와 가짜의 모호함에 천착한 바 있다. 그의 대표작 중 하나인 영화

<라쇼몽>(羅生門/1950)은 하나의 살인사건에 관한 여러 인물들(나무꾼, 도둑, 사무라이와 그의 아내 등)의 진술이 엇갈리는 혼돈을 입체적인 플래시백의 방식으로 형식화했다. 관련 인물들의 경험과 기억은 주관적일 수밖에 없는 언어를 거쳐 서사화된다. 그 과정에서 변형과 편집을 거친 주관적 사실들은 하나의 객관적 사실로 초점화되지 않는다. 기억의 미궁이 만든 이러한 혼란은 <카게무샤>(影武者/1980)에서 더욱 예각화된다. 다케다 신겐의 죽음을 은폐하기 위해 만들어 낸 카게무샤, 신겐과 닮은 좀도둑에 불과했던 그는 시간이 지날수록 진짜 신겐 같은 인물로 변하고 군사들과 백성들은 카게무샤를 보며 희망과 용기를 다지게 된다. 진짜를 재연하는 대체가 아니라 진짜와 자리바꿈을 하는 진짜-가짜가 된다.

이때 구로사와 아키라의 영화들과 유사한 논법으로 성해나의 소설이 던지는 질문은 '그래서 무엇이 진짜이고, 무엇인 가짜인가?'라는 미스테리적 질문에 대한 답변이 아니라, 우리의 현실이 진짜와 가짜를 구별하기 힘든 스릴러일 수도 있다는 성찰과 사유를 요구하고 있는 것이다. 가짜뉴스가 진짜처럼 유통되고 태극기가 전혀 다른 의미로 소비되는 것이 우리의 현실이다. 그러니 극장을 나온 후 안전한 집으로 귀가하는 결말을 장담할 수 없다는 것, 진짜-가짜의 서사들이 우리의 현실을 안전하지 않은 세계로 구축할 수도 있다는 점도 성해나의 소설이 하는 말이다.

이러한 의미를 구축하기 위해 성해나는 「신포도밭」과 같이 삼대의 연대기 형식을 자주 사용한다. 조부가 가보처럼 아끼던 도검이 조상의 친일행각에 대한 보상임이 드러나자 감별사의 존재를 서사에서 편집하고 삭제시키면서 죄의식이나 책임과는 거리를 두는 「소돔의 친밀한 혈육들」[6]이 대표적이겠다. [7] 제국주의 권력과 결탁한 성공의 열망은 가문의 부로 세습되면서 강화된다. 성해나는 불공정하고 정의롭지 못한 가부장이 구축한 배타적 가족주의를 경유하여 반민족주의와 비민주적인 형태로 고착된 특정 계층의 부조리를 고발한다.

"바나나 우유와 바나나맛 우유"(133쪽)으로 상징되는 「혼모노」의 진짜-가짜 논쟁은 이 지점에서 그 의미가 명확해진다. 무속적 무아지경의 상태에 접어든 '나'가 이제 '장수할멈'이 없어도 신명에 도달할 수 있는 기술을 습득한 것이라면 어떨까. 그러니까 소설의 마지막 장면에서의 '나'는 장수할멈의 목소리를 중계하는 샤먼, 신에 의존해야만 신빨이 서는 무당, 신애기로 할멈이 갈아탄 것처럼 대체가능한 소모품, 접신을 못하는 영매, '존나 흉내만 내는' 카게무샤, 텅 빈 기표만 남은 상징계의 허상이 아니라면 어떨까. 대신 이제 할멈의 목소리를 스스로 생산하는 존재, 신을 대체하면서 스스로 진실을 생산하는 존재, 신겐의 존재를 잊게하는 카게무샤, 가짜였지만 이제 진짜보다 더 진짜 같은 진짜-가짜의 괴물이 탄생한 것이라면 어떻게 되는가. 「구의 집: 갈월동 98번지」

---

6   성해나, 『빛을 걷으면 빛』, 문학동네, 2022.

7   친일파 조상들의 유물에 얽힌 또 다른 이야기로 「벚나무로 짠 5자 너비의 책상」(『The 짧은 소설3: 괴담』, 민음사, 2020)이 있다. 정의정의 「광장에서 만난 괴물과 춤출 때」(『문학동네』 2025년 여름호)에서 이를 잘 설명하고 있다. 성해나의 작품 이력을 볼 때 「소돔의 친밀한 혈육들」(『문장웹진』, 2019년 8월호)이 진짜-가짜의 문제의 시작점인 듯하다. 아마도 성해나는 제국주의 권력과 결탁하여 부와 명예의 본원적 축적을 이룩하고 이를 배타적이고 역사적으로 세습하려는 대한민국의 대문자 가문들의 부도덕한 이력에서부터 이 문제적 서사를 출발시킨 것 같다. 이후 그 영역을 정치, 예술, 무속, 교육의 영역으로 확장하고 있는 듯하다. 「잉태기」는 그러한 핏줄을 보존하기 위한 천박함을 가장 날것으로 보여주는 이야기가 아닐까. 그리고 「신포도밭」은 그것이 자본주의적 욕망으로까지 확장된 가장 최근의 버전이며 가장 보편적인 버전인 듯하다.

의 스승 '여재화'가 차마 도달하지 못한 자리에 놀란 신애기가 있고, 제자 '구보승'이 마침내 도달한 장소가 바로 이 괴물의 자리라면 어떤가. 성해나의 진짜-가짜들의 이야기가 다만 재밌기만 한 것일까.

이즈음 성해나의 문장은 진짜-가짜들과 마치 접신한 듯 적나라하다. 소설의 서술자는 삼인칭 화자들의 이야기에 어떤 첨언이나 해석도 하지 않으면서, 자신은 단지 그들의 이야기를 전달해주는 영매의 자리로 슬쩍 물러난다. (사실은 작가의 언어로 조율되어 있음에도 불구하고 말이다.) 그럼으로써 독자에게 그들의 이야기를 진실과 거짓의 수평판 위에서 올려놓고 저울질하게 한다. 진짜인 척 하는 진짜-가짜들의 뻔뻔한 말들을, 종교와 결탁한 듯 신념 가득한 언어들을, 진리명제로 승화되는 뜨거운 목소리들을, 그리고 이것들이 공증된 진실처럼 소비되는 광장의 온도를, 그 온도가 뜨거워질수록 가짜 광장의 언어들이 상식의 선을 넘는 것을, 특정 직업(무당)이나 특정 계층에 국한되지 않는 '현대성의 홀로코스트'를, 과연 정확하게 판단하고 구별할 수 있는 이성의 저울을 가지고 있느냐고 물으면서.

4. 안전하지 않은 글쓰기

자기이론(autotheory)의 서사는 수많은 '나'들의 개인사를 정치적 주체의 서사로 만들고, 그럼으로써 사회적 약자들의 실뜨기 연대를 촉발하는 생산적 양식이 될 수 있다. 일상에 잠재된 관습적 폭력과 구조적 차별에 너무 쉽게 노출된 '나'들은 단독자로서 존재하는 것이 아니라 사회적 관계성에 연루되어 있기 때문이다. 따라서 '나'의 생애-쓰기는 수많은 소문자 '나'들을 향한 "연대적 입장의 표명"[8]이 된다.

　반면 그것이 정치적 올바름 자체를 위한 글쓰기로 경사될 때 이 양식은 위험에 노출된다. 윤리적 정당성을 확신하는 순간의 글쓰기는 "나르시시즘의 재료로 소모"(정주아;68)되거나 '윤리적 폭력'(스피박)의 미끄러운 경사면에서 허우적이기 마련이기 때문이다. 즉 타자를 자기 윤리의 재현 도구로 삼는 방식, 반동인물을 대상화하고 그들의 모순을 분석하고 노출함으로써 화자의 정치적 입장을 안정적으로 구축하는 방식, 정치적 찬반 논쟁과 거리를 두거나 자신은 어느 쪽에도 편향되어 있지 않다는 객관적 포즈의 문법 등은 글쓴이의 수치심을 은폐하는 오래된 장막이기도 하다. 이를 '안전한 글쓰기'라고 할 수 있다면, 성해나의 소설은 '안전하지 않은 글쓰기'를 수행하면서 언어의 주도권을 타자에게 이양한다.

　성해나는 그들의 입과 그들의 언어로 그들의 문법대로 말하게 한다. 어떤 말들이 튀어나올지 알 수 없다는 점에서 이 방식은 위태롭지만, 이 위태로움이 소설을 새로운 폭발력의 지점으로 나아가게 한다. 말의 권리를 획득한 그들은 자신들만의 진실을 마음껏 이야기한다. 모든 가짜뉴스는 어느 정도의 진실과 혼재되어 있기 때문에 설득력이 있는 것처럼, 그들의 언어는 약간의 진실을 경유하여 거짓의 종착역에 도달하게 된다. 성해나의 소설은 그 과정을 서사화한다. 따라서 성해나의 진짜-가짜의 자기서사를 두고 진짜와 가짜를 동시에 경험하게 한다는 방식의 비평은 무딘 언어일 수밖에 없다. 또 '무엇이 진짜이고, 무엇이 가짜인가?'라는 질문으로의 회귀하는 것은 성해나의 이야기가 우리의 현

8　정주아, 「일인칭 글쓰기 시대의 소설」, 『창작과비평』 2021년 여름호, 67쪽.

실과 너무 닮았기 때문에 그것의 파괴성을 인지하지 못하는 게으름으로의 회귀일 수 있다. 이즈음 성해나는 "문학이 가지 못할 곳, 문학이 없을 것만 같은 곳"(정의정;52)을 향하는 것만이 아니라, 진짜-가짜가 숨어있는 모든 곳을 문학의 이름으로 파묘하고 있기 때문이다.

아픈 여자들의 자기이론(autotheory)

- 강화길의 『치유의 빛』을 읽고

1. 개인적인 것이 정치적인 것이다

강화길의 장편소설 『치유의 빛』[1]에서 보고된 여성/소수자들의 '생애-쓰기(life-writing)'는 뜨거웠던 한국문학의 여성주의 서사를 포괄하면서 그것을 확장된 궤도로 상변화하는 출구전략 중 하나로 보인다. 그중에서도 '아픈 여자들'의 자기서사적 글쓰기는 특히 주목할 징후이다. '자기이론(autotheory)'[2]은 여성/소수자인 당사자가 과거의 기

<hr>

[1] 강화길, 『치유의 빛』 은행나무, 2025.

[2] '자기의 삶으로 작업하기'로 표현되는 자기이론(autotheory)으로서의 글쓰기는 자서전과 사회비평을 합친 글쓰기 방식의 생애-사유하기 또는 생애-쓰기를 가리킨다. 이는 개인의 생애사를 사회적·정치적·철학적 이론들과의 연관성에서 바라본다는 의미이다. 개인의 삶과 감정들이 사회적으로 연루되어 인식이 그 바탕이다. 여기에 자기이론은 특히 아프고/미치고/소외되고/외부화되는 경계에 선 여성들의 여러 형식의 글쓰기를 대상으로 삼는다. 로런 포니에는 "역사적으로 봤을 때 누군가의 작업을 지적이고 비판적인 대상으로 고찰할 때, 우선 그 사람이 철학자, 역사가, 비평가, 혹은 교수로서의 객관적인 권위 같은 것을 지녔어

억에 얽힌 트라우마와 고통을 직접 노출하는 방식의 글쓰기를 그(녀)들이 더 이상 "가부장제의 눈치를 보거나 정상성 규범에 주눅 들지 않겠다는 의지"의 표현이자, 보편화된 페미니즘 이론이 하나의 '사회자본'을 형성함으로써 이제 "'완벽한 여성'이라는 환상에 구멍을 뚫는 징후"[3]로 독해한다. 이에 아프거나 고장난 그(녀)들과 같은 소문자 '나'들의 자기서사는 대문자 'I'를 달고 있는 이론의 지적 권위와 사회적 기준을 파훼하고, 그 환상을 따르지 않거나 거기에 속하지 않는 사람들에 대한 폄훼를 가로지르는 수행적 전회에 값한다. 그래서 로런 포니에는 '소문자 't'를 단 자기이론'이라는 표지판을 이 자리에 세운다. 그리고 BIPOC, 여성, 펨, 트렌스, 젠더 비순응자 들의 자기 작업만이 아니라 예술가나 작가들의 지극히 개인적인 작업까지도 자기이론의 사례로 제시한다. 사회적 규범의 외부로 배치된 이들의 글쓰기는 너무나 개인적인 것이어서 패싱되기 쉽지만, 역사적으로 비체화되고 외부화되었다는 바로 그 이유 때문에 아픈 '나'들의 너무나 개인적인 서사는 오히려 정치적인 것이 된다. 강화길의 소설은 아픈 여자들의 두 가지 상이한 자기서사로 이를 보고하고 있다.

야 했다"고 비판한다. 이와 달리 "여성들, 유색인들, 선주민들, 가난한 노동계급의 사람들, 대학 교육을 받지 않은 사람들은 그들에게 전가된 이른바 무비판적인 과잉주체성과 신체화를 이유로 그 영역에서 역사적으로 비체화"되었다고 언급한다. 이러한 비교를 통해 그는 자기이론으로서의 글쓰기가 일종의 정체성 정치이면서 포스트 페미니즘의 방향이기도 하다는 점을 강조한다. (로런 포니에, 『자기이론(autotheory)―자기의 삶으로 작업하기』, 양효실 외 옮김, 마티, 2025, 68~69쪽 참조.) 이 글의 '자기이론'은 이 입장을 견지하면서 강화길의 소설 속 이른바 '아픈 여자들'의 자기서사를 자기이론의 사례로 보고 분석한다.

3   김은하, 「젊고 아픈/미친 여자들과 자기 이론으로서의 글쓰기 ― 여성 거식증에 관한 일인칭 서사를 중심으로」, 『여성문학연구』61, 2024. 109쪽.

2. 완벽한 여성과 아픈 마녀

앞서 말한 '완벽한 여성'이라는 환상은 좋은 스펙과 매끄러운 신체를 요청한다. 이는 비단 여성의 몸에만 국한되지 않는다. 신자유주의 시대가 촉발한 정치의 실종은 자기계발의 과제와 자기긍정의 심리학을 한국사회의 문화적 내면 풍경이자 자기정체성의 기술로 습득하도록 했다. 성공한 자의 상승된 자존감은 결핍과 열등감을 극복하는 마법으로 기능했다. 그리고 이상적 자아상을 열망하는 자기정체성 기술은 그렇지 못한 자신의 결함을 스스로 적발하고 추궁하게 만들고, 일상적인 우울조차 사회부적응의 지표로 강화하면서 스스로를 병리학적으로 진단하게 한다.

강화길의 장편소설 『치유의 빛』에서 일인칭 화자인 '나'(박지수)가 놓인 사회학적 장소가 바로 이러한 지점이다. 소설은 비만과 섭식장애에 포획된 '나'의 자기서사로서 매력자본으로 대상화되지 못한 여성의 몸에 독자의 시선을 초점화시킨다. "모두가 사랑할 수밖에 없는 형태"(13쪽)를 갖춘 '몸'(박해리)에 대한 선망과 그렇지 못한 "무지막지한 몸 덩어리"(14쪽)를 지닌 '나'가 느끼는 "수치심"(12쪽)의 사이에서 이야기는 시작된다.

열다섯 살의 가을에 '나'는 갑자기 이십 센티미터가 자라면서 불어나버린 '덩어리'로 표상되면서 주변의 타인에게 공포, 파괴, 불쾌 등을 연상하게 하는 그로테스크한 "거대한 덩치"(21쪽)였다. 언제 어디서든 들키기 쉬운 몸 때문에 가장 먼저 사건의 원인으로 지목되거나("저 돼지 같은 년이 나를 가로막았다고!", 274쪽), 뚱뚱한 몸 때문에 너무 쉽게 '우리'의 외부로 토해진다("응. 지수야, 네가 뚱뚱해서 싫대.", 283쪽).

여성의 몸에 대한 정상성의 날조된 신화는 '나'를 온갖 편견과 무례함에 노출시키는 강력한 장치로 작동한다.

시간이 흘러 "서른두 살 가을, 나는 176센티미터에 50킬로그램"(25쪽)의 몸을 획득하고 소유했다. 매끄러운 신체를 유지하기 위해서는 몸을 장악하고 통제해야 한다. 폭식과 구토와 절식을 반복하면서. 와퍼 세트 세 개를 순식간에 먹어치우는 자신을 혐오하고 역겨워하면서. 충분히 통제했다는 생각이 들 때까지 "몸이 정상으로 돌아왔다는 느낌이 들 때까지"(40쪽) 굶으면서. "다시 시작할 수 있다. 새것을 가질 수 있다."(33쪽)는 희망과 "다시 시작하지 못했다. 새것을 갖지 못했다."(34쪽)는 절망 사이를 반복하면서. 그러니까 '완벽한 여성'이라는 환상은 가혹한 자기통제 없이는 유지될 수 없는 어떤 위태로운 불안함이며, 식욕을 억제하는 "나비 날개 모양의 작고 새하얀 알약. 펜터민"(46쪽)처럼 아름답지만 역겨운 자기부정 위에서만 가능한 날조된 신화인 셈이다.

여성주의 서사의 날조된 신화는 자본주의 서사에서도 작동한다. 이때의 증상은 '피로'다. 몸에 대한 욕망과 절망, 사이비 종교가 지배하는 고통스러운 기억이 눌러 붙은 고향("나의 고향. 안진. 영직동. 주공 아파트. 116동 402호", 34쪽)을 떠난 '나'는 표준에 부합한 삶에 대한 욕망("경력을 향한 목표. 성취감과 쾌감. 숨 막힐 정도로 빡빡한 일정을 소화한 끝에 누리는 강렬한 자극", 28쪽)과 결코 도달하지 못할 것만 같은 높은 문턱들 앞에서 좌절하고 피로를 느낀다. '나'는 『피로사회』(한병철)의 긍정성의 과잉과 소진증후군이라는 질병에도 포획되었다. 신경안정제와 번아웃 사이의 반복은 섭식장애자가 반복하는 절식-폭식-구토의 반복과 다르지 않다. 이 지점에서 강화길의 소설은 가부장제의 시선에 노출된 아픈 여자의 자기서사 위에 사회학적 병리 증상을 겹쳐

놓는다. (영직동의 주공 아파트에서 탈출한 이후 곧이어 죽음을 맞이함으로써 소설에서 사라지는 '나'의 아버지 서사는 가부장 서사의 의도적 삭제이면서 동시에 아픈 여자들의 이야기가 자본주의적 욕망과 피로와 결부되어 있음을 암시한다.)

자기 신체에 가하는 이상의 증상들은 사회규범을 내면화한 자기혐오라는 점을 부인하기 어렵다. 하지만 섭식장애에 노출된 아픈 여자의 몸은 사회규범이 요구하는 날씬하고 아름다운 몸에 대한 환상을 과잉 수행함으로써 그것의 폭력성을 반사경처럼 되비춰주는 비극적 장소이기도 하다는 점에서 역설적이다. 섭식장애를 앓는 절대 다수가 젊은 여성이라는 점은 여성의 몸이 여전히 사회적이라는 것을 의미한다. 비만한 몸과 섭식장애라는 질병은 자기 신체를 자본화하는 데 실패한 실격의 표시이며 하위계급의 지표일 수 있지만, 반대로 그것은 그들의 신체에 기입된 정상성의 규범이 남긴 낙인의 흔적을 노출시키면서 가부장제의 공모에 대한 저항의 증거로도 기능하기 때문이다. 이탈이나 탈락이 아니라 고발의 증거로서. 순종과 조롱 사이를 왕래하면서. 환상에 구멍을 내듯 목구멍으로 음식을 토해 내면서. 폭식과 절식을 반복하는 앙상한 몸으로 규범과 불화하면서. 이러한 방식으로 강화길의 '나'는 기꺼이 대문자로 쓰인 가부장적인 규범들을 토하는 '마녀'가 된다. 이점에서 강화길의 『치유의 빛』은 비규범적인 여성/소수자 정체성을 형성하는 문화적 실험이자 치유의 참호를 구축하는 이야기가 된다.

3. 안티오페 그리고 힐라리아

타자의 시선을 패러디적으로 되돌려주는 강화길의 마녀는 당사자의
자기서사의 방식으로 치유의 방향을 제시하기도 한다. 일인칭 화자의
자기서사는 경험과 기억을 왜곡하고 편집할 수 있다는 점에서 진실성의
위태로움 위에서 구축된다. 하지만 강화길은 이 위험성을 의도적으로
활용한다. 당사자가 겪은 고통을 편집·삭제·변형하면서 현실을 치유의
방향으로 선회하는 위험한 픽션으로. 진짜를 닮은 가짜가 모방과 변형
을 거듭하면서 진짜를 대체하는 '진짜-가짜'가 되는 위험한 이야기로.

소설은 이 위험하기 그지없는 자기이론 글쓰기의 사례로 『힐라리아』
와 〈오르페가와 힐라리아〉라는 이야기들을 제시한다. (물론 이 작품들
은 모두 허구이다.) 『힐라리아』에 얽힌 사정은 다음과 같다. 〈베르사유
의 장미〉를 그린 작가 이케다 리요코가 있다. 그리고 리요코의 만화풍
을 모방한 아우더라는 작가의 만화 〈힐라리아〉가 있다. 거기에 이 작품
이 수입되기 전 해적판으로 생산된 이장화의 소설 『힐라리아』가 있다.
(물론 아우더와 이장화도 강화길이 창조한 허구의 인물들이다.) '나'는
아우더의 만화보다 이장화의 소설을 먼저 알았다. 원작의 존재를 몰랐
다. 하지만 나중에 보게 된 아우더의 만화보다 모작인 이장화의 해적판
소설을 더 좋아한다. 그러니까 '나'는 이케다 리요코를 모방한 아우더를
모방한 이장화의 진짜보다 더 진짜 같은 가짜이야기 『힐라리아』를 좋아
한다. 소설의 주인공 힐라리아의 친구 안티오페 때문이다. 그 이유는
다음과 같다.

나는 아우더의 만화보다 이장화의 소설을 더 좋아했다. 만화 속

의 안티오페는 나의 상상과 거리가 멀었다. 그녀는 근육이 조금 있는 섹시한 여성에 가까웠다. 다른 여성 캐릭터들과 아주 약간만 다를 뿐이었다. 나는 그런 안티오페가 거인과 싸워서 이기고, 바위에 창을 꽂고, 힐라리아가 갇혀 있는 동굴의 문을 부술 수 있을 것 같지 않았다. 하지만 이장화의 안티오페는 달랐다. 크고 거대한 곰. 진짜로 강인한 인간. 때문에 나는 진짜 안티오페보다 해적판 소설에 등장하는 가짜 안티오페를, 내 멋대로 상상한 그녀를 사랑했다.

– 『치유의 빛』, 140쪽

'나'는 아름다운 힐라리아가 아니라 위험으로부터 그녀를 구원하고 테베의 여왕으로 만든 안티오페를 좋아한 것이다. 원작이 묘사한 안티오페의 여성성('섹시한 여성') 대신 모작이 재창조한 신화적 영웅성('크고 거대한 곰')을 선택함으로써 '나'는 가부장제의 차별적 시선을 벗겨낸다. 강화길이 구성한 액자 형식의 이 내화에서 동굴에 갇힌 힐라리아는 수영을 못하며 나중에는 사고로 아름다움을 상실하게 되는 외화의 박해리를('해리아'라는 별칭은 힐라리아에서 왔다), 덩치가 큰 안티오페는 박해리에게 수영을 가르쳐주는 외화의 '나'를 상징한다고 보아도 무방하다. 비록 현실은 무례한 시선에 노출된 비만한 몸의 악녀일지라도, 이장화의 소설을 통해 '나'는 괴물을 물리치는 마녀가 되는 것을 기꺼이 받아들인다. 즉 이장화의 『힐라리아』는 현실 속 박해리에 대한 선망과 질투 혹은 열망과 자기혐오의 늪에서 허우적대는 '나'를 구원한다. 그것이 픽션에 불과할지라도.

〈안티오페와 힐라리아〉[4]는 '나'가 대학에서 국문학 강사의 말[5]을 들은 후 자유를 얻기 위해 이장화의 『힐라리아』를 변형하여 쓴 자기서사다. 작가 강화길의 픽션이 창조한 가상 인물 이장화의 픽션을 모방한 '나'의 픽션은 다음과 같다.

힐라리아와 안티오페는 자매다. 그녀들이 사는 왕국에는 자신의 두 팔과 두 다리로 호수를 건너는 사람에게 자유가 주어진다는 전설이 있다. 가난했던 집안의 어린 자매는 호수를 건너는 희망을 품었다. 하지만 아름다웠던 힐라리아는 건강과 재력을 겸비한 남자와 결혼하면서 스스로의 힘으로 자유로워질 가능성을 포기했다. 반면 못생긴 안티오페는 평범한 농부와 결혼한 후 왕국에서 가장 가난한 마을에 살면서 서로를 "지겨워하고 답답해하고 미워"(80쪽)하는 삶을 살았다. 패배자라는 낙인은 자기혐오로 증폭되어 안티오페의 삶을 지배했다. 그러나 안티오페의 딸은 달랐다. 딸은 호수를 건너기 위해 노력한다. 안티오페는 딸을 위해 힐라리아에게 도움을 요청하지만 힐라리아는 "저런 못 생긴 년에게 왜 기회를 줘야 하지? 힐라리아로 태어난 자신도 꿈을 접었는데, 감히 조카가?"(81쪽)라는 말로 도움을 거절한다. 그리고 어느 날 힐라리

4　"그 글은 그냥…… 소설이 아니었다. 일기나 산문도 아니었다. 그냥 덩어리였다. 떼어냈다고 생각했지만 사실은 무엇도 떨어뜨려놓지 못한 하나의 덩어리. 나의 몸 그 자체."(89쪽) 장르가 불분명한 이 글은 그래서 자기이론의 글쓰기가 지향하는 목표에 부합한다. '나'가 벗어나고 싶은 '덩어리'였다는 점과 이 글이 여러 편으로 쓰였다는 이후 '나'의 진술은 이를 더 강화한다.

5　"사람들은 모두 자신만의 이야기를 갖고 있다고 말했다. 슬픈 일, 기쁜 일, 잊을 수 없는 일. 그냥 스쳐지나간 일. 모두 고유한 이야기다. 몇 발자국 떨어진 곳에서 그 순간을 바라보는 일. 이야기는 거기에서 시작된다. 나에게서 나를 떼어놓으면 자유로워진다."(85쪽) 이 말은 그 자체로 자기이론으로서의 글쓰기가 가진 힘을 대변하는 듯하다.

아는 호수를 건너기 위해 열심히 수영을 하는 조카를 보면서 이제 자신에게는 그러한 용기와 힘이 사라졌음을 느끼게 된다는 이야기이다.

　액자를 다시 가공한 액자 형식의 이 내화에서 왕국은 외화의 트라우마적 장소였던 '안진'을, 호수의 전설은 그곳을 탈출하고 싶었던 어린 소녀들의 희망을, 아름답지만 무례한 힐라리아는 박해리를, 가난한 자기혐오에 빠진 안티오페는 과거의 '나'를, 희망을 붙잡기 위해 수영하는 안티오페의 딸은 현재의 '나'를 상징한다고 보아도 무방하다. 그리고 힐라리아의 힐난은 외화에 쓰인 다음과 같은 공멸의 문장을 곧바로 환기시킨다.

　　"왜 너만 빠져나가려고 하지?"

－『치유의 빛』, 69쪽

　과거 안진의 사람들은 서로를 사랑한 만큼 질투했다. 서로를 "불쌍해하다가 미워하고, 안타까워하다가 꺾어버리고 싶어"했던, "가난과 계급을 향한 정말 순수한 혐오"(이상 69쪽)를 그들은 공유했다. 박해리에 대한 선망 뒤에도 혐오와 질투가 득실거렸다. 아름답고 공부 잘하고 사랑받아도 결국 그녀 또한 안진의 사이비 종교단체 조칠현 교회의 신자에 불과하다는 비아냥이 도사리고 있었다. 열여섯 살의 가을을 살았던 과거의 '나'와 박해리의 마음의 풍경은 이토록 가난했다. 그러니까 〈안티오페와 힐라리아〉라는 자기서사는 가난하고 빈약했던 '나'의 내면 풍경에 대한 처절한 자기고백인 셈이다. 비록 이 고백의 서사가 픽션에 불과할지라도. 현재의 '나'가 여전히 선망과 질투, 욕망과 절망, 진실과 거짓 사이를 반복하고 있을지라도.

강화길의 독자들은 서로에 대한 선망 뒤에 도사리고 있었던 그 혐오와 질투 또는 끝내 발설되지 않았어야 했던 가면과 거짓말을 읽을 필요가 있다. 강화길의 문장을 구성하는 가장 강력한 문법은 바로 이러한 위선의 결계들이니까. 그래서 궁금해진다. 두 개의 자기서사 중 무엇이 더 치유에 가까울까? 힐라리아를 돕는 안티오페의 이야기처럼 고통의 현실을 픽션화하는 방식일까, 아니면 순수한 혐오와 증오에 노출되었던 자기고백의 이야기일까? 두 가지 모두 아니라면, 소설의 마지막에서 해리-지수-신아-지연이 함께 수영을 하며 즐거워했던 한 순간을 '치유의 빛'으로 재편집한 이야기일까?

4. 약간의 진실과 자발적 동의

『치유의 빛』에서 아픈 여자는 '나'뿐만이 아니다. '나'의 자기고백과 자기이론으로서의 글쓰기가 치유의 방향인 것과 달리 아픈 사람들의 희망을 절망의 늪으로 빠지게 하는 진짜-가짜의 자기서사도 존재하기 때문에 하는 말이다. 전자가 정면으로 자기고통을 응시하면서 '치유의 빛'으로 향하는 '가부장제를 토하는 마녀'의 서사라면, 후자는 자기고통을 브랜화하면서 치유가 필요한 아픈 사람들을 희망을 세속적 욕망 성취의 수단으로 이용하는 진짜-가짜 마녀의 서사이기 때문에 하는 말이다. 마녀는 도처에 존재한다. 바로 박해리의 이야기이다.

(채수회관에 대한 '지우'의 진술)

여기는 진짜인가? 아니면 그저 그런 가짜인가. 벗과 심우. 지기,

지우라는 유치한 호칭. 최조의 기억과 마지막 동굴이라는 말장난 같은 이론. 이게 뭐지? 싸구려 심리상담 같았다. 소꿉장난이 따로 없어 보였다. 차라리 동네 점집이 나을 것 같았다. 모든 식재료를 직접 재배한다고? 약재를 넣은 물에 몸을 담그라고? 특별한 효과가 있다고? 아니, 치유 센터를 운영한다면 그 정도 노력은 당연하지 않은가. 뭐가 그렇게 대단하다는 듯 홍보하는 거지? 지우는 한때 심우가 오랫동안 채식 음식점을 운영했다는 이야기를 듣고서 더 시큰둥해졌다. 결국 사업을 이쪽으로 확장한 게 아닌가 싶었다.

이쪽.

그러니까, 늘 식생활에 신경 써야 하는 사람들. 건강 생각에 사로잡혀 매일 매시간 전전긍긍하는 사람들. 좋은 걸 먹고, 좋은 습관을 유지하려는 사람들. 그러지 않으면 금방이라도 미쳐버릴 것 같은 기분에 사로잡히는 사람들을 대상으로 한 아주 확실한 사업. 절박한 사람들이 돈을 내는 법이니까.

- 『치유의 빛』, 299쪽

열다섯 살의 박해리는 모두가 선망하는 '완벽한 여성'이었다. 역설적으로 바로 그것 때문에, 다른 말로 그녀의 신체가 남근중심주의적 가부장제의 유용한 선전도구라는 이유 때문에 박해리는 탈출에 실패했을 것이다. 박해리는 호수를 건너지 못하는 '힐라리아'니까. 그리고 수영장에서의 사고로 인해 얼굴에 깊은 흉터가 생기면서 그녀의 신체가 더 이상 매력자본의 표상이 되지 못한 것도 이유 중 하나일 것이다. 사고 이후 학교에서 사라진 그녀 또한 아픈 여자다.

문제는 성인이 된 박해리가 자신의 고통스러웠던 경험과 극복의 과정을 상업적으로 브랜드화 한 것이다. 박해리와 그녀의 추종자 이신아는 "어떤 경계에 서서 울부짖는 사람들. 내 몸을 내 몸처럼 여기지 못하는 사람들. 그래도 포기하지 않는 사람들"(336쪽)의 희망을 이용하여 〈채수회관〉을 설립하고, 질병에서 벗어나기 위해 찾아오는 아픈 여자들의 자기서사를 〈채수회관〉이 표방하는 교리("재생을 향한 치유, 치유를 통한 재생―우리는 스스로 우리 몸을 다시 만들 수 있습니다."149쪽)의 성공서사로 탈바꿈시킨다. 이는 앞서 언급한 바, 사회규범의 폭력성을 반사경으로 되돌려주는 자기이론의 순기능을 정반대로 역행하는 방식이다.

이러한 방식은 과거 안진이라는 장소를 지배했던 조칠현의 교회와 그 추종자들의 그것과 닮아있다. 기적의 샘물, 복리로 돈을 불려주는 마술, 교리에 복종하는 삶의 행복 등은 〈채수회관〉에서 기적의 치유술과 강령으로 그대로 복습된다. 조칠현이 안진의 사람들에게 약간의 희망과 몇 번의 수익금을 준 것이 어느 정도 사실인 것처럼, 〈채수회관〉의 강령을 따라 질병을 극복한 사례들도 존재했다.

그래서 덧붙이는 말인데, 가짜가 진짜―가짜가 되기 위해서는 약간의 진실과 추종자들의 서명이 각인된 동의서가 필요한 법이다. 지그문트 바우만이 『현대성과 홀로코스트』에서 말한 바와 같이, 가짜 권위가 작동하는 데에는 자발적 동의에 따른 복종의 심리학이 동원되는 법이니까. 오래전 안진의 소녀들은 모두 이렇게 말하기도 했으니까. "조용히 입을 다물고 시키는 대로 가만히, 아주 가만히 있는 것. 그래. 그건 내 의지였다."(16쪽) 조칠현은 안진의 영직동 사람들의 절망을 탐식하며 그들에게 도달불가능한 사이비 희망을 탐욕하게 했다. 그 욕망의 출처가 조칠현이 아니라 그를 신으로 섬기는 사람들에게서 기인했다는 점 때문에 사이비는 종교로 포장된다. 강화길의 소설 어디에도 조칠현이 직접 등장하는 대목이 없다는 점 또한 이를 강화한다. 유사하게 〈채수회관〉에서 '벗'으로 불리는 박해리는 쉽게 만날 수 없는 존재로 신격화된다. 신의 재림은 언제나 유예되는 법이니까. 조칠현을 복습하고 복사하는 박해리의 자기서사는 진짜-가짜가 약간의 진실을 이용하여 가짜를 진짜로 포장하고, 몸과 마음이 고장 난 추종자들의 자발적 동의에 의해 유지되는 진짜-가짜의 존재방식을 그대로 보여준다.

강화길의 소설은 아픈 여자들의 상반된 '자기이론-자기의 삶으로 작업하기'의 방식을 보여준다. 소설의 마지막 장면에는 〈채수회관〉에서 건강한 연대를 구축하는 '나'와 산소호흡기에 의지한 채 병상에 누워 있는 박해리의 모습이 대비된다. 이 상이함은 진정한 치유의 방식에 대한 강화길의 서사적 응답이다. 더불어 강화길의 소설 『치유의 빛』은 소설쓰기에 대한 근본적 질문, 그러니까 '무엇이 소설이 될 만한 것이고, 누구의 삶이 애도의 대상이 되는가?'라는 질문과도 마주하게 한다. 이는 강화길의 소설에 실린 아픈 여자들의 '생애사-쓰기'가 너무나도 개인적인 상처와 치유에 관한 이야기이기 때문에 발생하는 의문이기도 하다. 그러나 '개인적인 것이 정치적인 것이다'라는 자기이론의 명제처럼, 『치유의 빛』의 이야기들은 너무나 개인적이어서 병리학적 진단만으로는 포착할 수 없는 아픈 여자들의 소외에 얽힌 사회적 관계를 생각하지 않을 수 없게 한다. 그래서 강화길의 소설은 사회현상에 대한 직접적 언급이 없음에도, 「음복」처럼 피해자가 집행자가 되어가는 여성들의 공모나 아무것도 모름으로써 권력을 유지하는 남성들의 무지가 없음에도, 충분히 정치적이며 사회적이다.

사실은 아주 조금 망했을 뿐이므로
- 김지연의 『조금 망한 사랑』이 번역한 '반려(종)-되기'에 대해

1.

한국문학의 숲을 지배했던 우세종으로서의 퀴어서사는 면역정치의 배제성(팬데믹)과 죽음 정치(차이 나는 존재에 대한 절멸을 기획했던 정치 기술)의 강박을 거쳐 새로운 관계성의 지점으로 나아가고 있는 듯하다. 『마음에 없는 소리』와 『조금 망한 사랑』[1]의 변별지점은 김지연의 서사가 퀴어적인지 아닌지에 있는 것이 아니라, 각각의 작품에서 인물들이 겪는 불안의 원인이 다르다는 데 있다. 관습화된 젠더권력의 얼굴 없는 폭력이 전자의 불안이라면, 소수자끼리의 관계성 파괴 또는 연약한 주체들 간의 관계 위기가 후자의 불안이다. 김지연의 소설집 『조금 망한 사랑』은 이러한 불안의 감정이 연약한 주체들이 새로운 관계성의 레시피를 구축하는 과정에서 어떠한 오류와 마주하게 했는지에 대한

---

1   김지연, 『조금 망한 사랑』, 문학동네, 2024.

보고이자, "우리는-(모두)-여기에-함께-있지만-하나가-아니고-똑같지도 않"[2]은 연약한 주체들 간의 차이 그 자체에 대한 보고서이기도 하다. 이들이 겪은 사랑과 이별에 대한 김지연의 이야기들은 지워지거나 누락된 존재들에 대한 이야기를 경유하여 공동체에 공동 거주하고 있는 모든 우리의 관계성에 대한 질문으로 나아간다. 이때 김지연 소설의 미덕은 혐오와 차별에 얽힌 '차이 없는 반복'을 답습하지 않으면서 돈, 불안, 사소한 균열, 약자다움의 감성 등과 같은 현실적 문제를 직면했다는 데에 있다.

2.

확장된 의미에서 김지연의 소설이 퀴어적인 것은 그(녀)들의 이야기가 '연약한 주체'(주변화, 성차화, 인종화되면서 상징적 자격이 박탈되는 '소문자 인간')들이 경험하는 장면들을 서사화하기 때문이다. '대문자 인간'이 생산한 관습과 경계선들을 들춰내고 폭파하면서 그것의 패권을 의문으로 대상으로 만들고 그러한 세계의 문법이 모종의 사건들과 연루되어 있다는 혐의를 문제 삼을 때, 김지연의 소설은 퀴어적이고 때로 그것을 넘어 우리 사회 공동체 전체에 대한 사유가 된다.

이러한 시각에서 볼 때 『조금 망한 사랑』에 수록된 이야기들은 동성-이성에 얽힌 관계성을 더 이상 전경화하지 않으면서, 세계와 직접 부딪고 있는 소문자 인간들의 삶의 지속성에 주목함으로써 전진하고 있는

---

2   로지 브라이도티, 『포스트휴먼 지식』, 김재희·송은주 옮김, 아카넷, 2022, 87쪽.

듯하다. 끝끝내 '우리'를 떠나지 않는 반려종은 '불안'이라는 것, 그 불안으로부터 파생된 서툴기 이를 데 없는 사랑과 이별이 '빚'으로 남는다는 것, 그리고 이 과정을 겪은 연약한 주체들이 그 빚의 청산 유무와 관계없이 '평범함'의 장소로부터 이탈되고 있다는 것을 '망한 삶'의 풍경으로 보여 주면서 말이다. 그러니까 망했다는 것은 더 이상 평범하지 않다는 말과 등치되고, 평범하지 않다는 것은 한국 사회에서 '대문자 인간'으로 규정된 경계의 바깥으로 배치된다는 뜻이 된다.

3.

먼저 김지연의 소설이 사유하는 평범하다는 것의 의미를 추적해 볼 필요가 있겠다. 「좋아하는 마음 없이」에서 평범함은 '약자다움'을 커버링covering한 학습의 결과로 보고된다. 언뜻 화자 '안지'는 낙인의 근거로 지목되는 소문자 인간의 속성(행동과 언어)을 교정함으로써 세계의 문법을 내면화하는 데 성공한 인물처럼 보인다. "전형적인 사람" 또는 "평균적인 사람"(138쪽)이 되고 싶었다던 그녀는 "그저 무난한 사이"였던 남자와 "남들이 연애할 때 하는 일들"을 무난하게 수행했다. "서로 좋아 죽는 것만 빼면"(이상 139쪽), 그녀의 커버링 작업은 성공한 것처럼 보인다.

그러나 정작 그녀의 마음은 연약하기 이를 데 없어 보인다. 자신이 좋아하고 싫어하는 것이 무엇인지조차 헷갈려하거나 표현하지 않는다. "따뜻하고 달고 쓰"기도 한 맛이면서 "뒷맛은 조금 떫"(167쪽)기도 한 차의 맛을 좋아한다는 진술은, 그녀가 좋아하는 마음과 좋아하지 않는 마음을 결정할 승인 주체가 되어보지 못했다는 사실을 짐작하게 한다. 그래서 "누가 나쁜 짓을 해도 금방 용서"(154쪽)를 해버리기도 하고, 심지어 상간녀에게 남편과 아이를 빼앗겨도 화를 내지 않는다. 찻물이 뜨거울까봐 상간녀에게 물을 끼얹지도 못하는 이 불필요한 배려가 시니컬하고 쿨한 태도인지 연약한 마음인지 알기 어렵다. 안 하는 것이 아니라 못 하는 것에 가까워 보이는 이런 행동양식은 평범한 삶에 도달하기 위해서라면 그러한 것쯤은 참고 견뎌야 한다고 생각하는 약자다움의 생존논리에 준한다. 그렇다면 그녀의 은폐술은 성공한 셈인가?

문제는 소설이 이 은폐술의 균열지점을 집요하게 주목한다는 점이다. 자기감정을 자기검열하며 억제하는 자신에 비해 "자신의 감정이 무엇인지 잘 알고 솔직한 사람"이어서 "뻔뻔할 수 있는 사람"(158쪽)으로 그려진 상간녀에 대한 화자 '안지'의 모호한 태도(좋아할 수는 없지만 싫지도 않은)를, '좋아하는 마음'으로 선택한 관계들이 모두 사소한 것들(주로 돈과 관련된)에 의해 파국으로 마무리되는 경험으로 말미암아 차라리 '좋아하는 마음 없이' 무언가를 선택(당)하는 것이 더 안전하지 않을까 라는 '안지'의 태도가 사실은 연약한 주체들의 생존 기술이라는 것을, 자신의 평범한 삶이 어떤 불안요인에도 노출되지 않은 채 평온하다는 것을 입증하려는 '해괴한 디저트 대회'가 실상 '안지'의 희화화된 불안이라는 것을, 이 소설은 끈질기게 문제 삼는다. 그러니 극장의 편한 의자에 앉아 스릴러를 관람하면서 자신의 안전함을 확인받는 관객처럼, 너무나 평온하여 해괴한 맛의 디저트라는 안전한 균열을 소비하고 "지갑 속에 전남편의 가족사진을 넣고 다니는 이유"를 해괴한 에피소드 대회의 소재로 소비하면서 자신의 불안을 해소하는 '안지'의 은폐술이 과연 성공한 것인지, '안지'의 삶이 과연 평범함에 이르렀는지 의

문이다.

4.

커버링에 실패한 인물이라면 「경기 지역 밖에서 사망」의 '상욱'도 뒤지지 않는다. 미리 말하자면, 이 소설에서의 평범함은 이탈한 인물의 복귀로 보고된다. '상욱'은 "누구보다도 법 안쪽에 있고 싶어하는 사람"(56쪽)으로 진술된다. 그는 이 세계의 법칙이 불완전하다는 것을 알고 있음에도 불구하고("제대로 된 튜터리얼이 주어지지 않은 세계"), 이 세계의 세계관을 터득했다("시행착오를 거치며 게임 매뉴얼을 숙지하듯이 알아낸", 이상 44쪽)고 믿는다. 또한 그는 패싱passing("상대방에게 얕보이면… 호구 되는 거 순식간")되지 않기 위해 자신이 해당 집단의 속성("멍청하게. 순진하게. 꼴사납게", 이상 45쪽)과 연루되어 있지 않다는 자기인식을 강화하고, 법의 권리를 통해 "싼값의 육체노동"(42쪽)에 부려지는 "하청업체 현장직 노동자"(44쪽)라는 자신의 사회적 위치를 커버링한다.

소설은 '대문자 법'이 주휴수당, 근로계약서, 초과근무 수당, 산재보험금 등의 최소한의 권리로 쉽게 등치되는 장면을 보여 주면서 인물에 대한 비판적 거리를 확보한다. '상욱'이 믿어 의심치 않는 그 법이 실상 게임의 규칙을 만드는 사람들의 권리에 비해 최소한 죽지 않을 정도의 소소한 권리에 불과하다는 사실과 '상욱'이 대문자 인간의 알량한 협상안을 최고의 아이템이라고 착각하게 만드는 기만술에 포획된 인물이라는 것을 이 비판적 거리를 통해 소설은 사유하게 한다. 그가 이를 모르지 않음에도 불구하고("룰을 만드는 사람들은 조금씩 다 그런 폭력적인 데가 있는 것 같았다. 룰 자체가 폭력적인 것이기도 했다.", 64쪽), 그가 결코 "이 세계의 세계관"(44쪽)에서 벗어나지 못할 가능성이 크다는 사실도 함께.

그 근거는 반장과 '미주'라는 여성인물을 통해 간접적으로 보충된다. 먼저 반장, 자신의 운동신경이 좋아서 큰 사고를 피할 수 있었다고 믿으며 그것을 다행이라고 여기는 반장, 작업 수칙을 지키지 않는 현장(법의 불능과 무능)에서 프레스기에 오른손이 껴버린 사고를 당한 '상욱'이 산재처리를 하겠다고 하자 "세상 참 좋아졌다"(61쪽)라고 말하는 반장은 사고의 원인을 피해자의 무능력과 부주의 또는 영악함으로 호도하는 대문자 인간들의 논리를 대변한다. 이런 점에서 반장은 '상욱'과 다르지만 가해자의 논리를 답습하고 강화한다는 점에서 반장은 '상욱'의 미래일지도 모른다.

그리고 '미주', 배틀그라운드에서 1등을 하는 것보다 기절했을 때 팀원이 살려주는 게 더 좋다는 '미주', 타인을 죽이지 않아도 평화롭고 평범할 수 있는 세계('에란겔')를 보기 위해 '상욱'과 동행한 '미주', '상욱'에게 "여자들이 누구 때문에 제일 많이 죽는지 알아요?"(65쪽)라고 질문하며 젠더적 관습의 폭력성이 '상욱'과 같은 지방 청년에게 다른 이름으로 가해질 수도 있음을 말해 준 '미주'는 '상욱'이 믿는 이 세계의 문법이 얼마나 평범하지 않은지를 보여 주는 역할을 한다. 하지만 그녀가 원하는 평범함이 '경기 지역 바깥'이자 이름도 낯선 지방의 어느 구석(영춘호)에서라야 겨우 도달할 수 있는 세계이고, "여자가 겁도 없이"(63쪽) 낯선 남성의 잠재적 폭력과 예상을 벗어난 모종의 위험을 감수해야만 겨우 경험할 수 있는 장소라는 사실을 주목할 필요가 있다.

(소설에서 노인의 등장은 이러한 지점을 드러내는 역할을 한다.) 더욱이 이러한 역설이 '상욱'의 생각에 의해 진술되고 있다는 점을 감안하면, 그가 자신이 이해하는 세계에서 탈출하지 못할 가능성이 더 커 보이는 것이 이상하지 않다.

따라서 그가 '미주'에게 느끼는 이중의 감정(자신이 전혀 위협적이지 않은 존재라는 억울함과 자신이 남성성을 어필할 수 없는 존재로 여겨지는 의아함)은 피해자들이 느끼는 불안에 대한 공감의 결과가 아니다. 오히려 "그런 일들은 분명 법의 테두리 바깥에 있는 것"(56쪽) 때문이라는 공감의 결여, 법이 작동되지 않는 현장에서 자기가 원상 복구되지 않는 사고를 당했음에도 연약한 주체들이 놓인 불안의 자리를 명확하게 이해하지 못하는 상상력의 결여에 가깝다. 경쟁과 능력주의가 지배하는 이 세계의 평범함에서 자신이 소외될지도 모르는 불안감이 '상욱'을 지배하는 감정의 풍경이다. 그는 이 전쟁터 바깥으로 벗어날 생각이 없다. 조금 길지만, 경기 지역 바깥에 착륙한 후 소외의 불안을 느낀 그가 "똥줄타게 달려가는"(71쪽) 장면을 증거로 남겨둔다.

상욱은 외따로 떨어진 곳에서 홀로 죽지 않기 위해 총소리가 나는 쪽으로 달려간다. 거기서 타인을, 그러니까 적을 발견할 것이고, 숨을 참으며 총을 겨눌 것이고, 운이 좋다면 그의 머리를 맞히는 데 성공할 것이다. … 더 운이 좋다면 상욱은 다른 모두를 죽이고 홀로 살아남을 수도 있다. 홀로 살아남는 것. 최후의 일인이 되는 것. 그것이야말로 진짜 승리다. 이 게임 안에서 다른 방식의 승리는 없다. 그래서 상욱은 어떤 식으로든 자기 홀로 살아남는 때가 오기를 바란다. 그런 때가 오면 상욱은 총을 모두 내려놓고 적들의 시체 상자 앞에서 춤을 추며 승리의 기분을 만끽할 것이다. 하지만 그보다는 타인이 쏜 총에 맞고 먼저 쓰러져버리는 일이, 죽어버리는 일이, 패배해버리는 일이 훨씬 더 많다. 때로는 경기 지역 안으로 들어가지도 못하고 밖에서 죽어버린다. 그게 상욱을 초조하게 한다. 주식을 살 때 가장 설득력이 있었던 말도 그것이었다. 지금 들어가야 된다니까. 남들은 다 들어가 있어. 들어가야 한다. 들어가야 한다. 상욱은 살아서 들어가고 싶다는 마음으로 전력 질주한다.

— 「경기 지역 바깥에서 사망」, 71~72쪽

5.

「포기」에서 보고된 평범함의 의미는 다음과 같다.

내가 상상한 평범한 삶이라는 게 웬만한 건 다 충족된 삶이었다는 것도 나중에 깨달았다. 집이 있고, 차가 있고, 일 년에 한두 번 해외여행을 가고, 함께 여행 갈 애인이나 친구나 가족이 있는, 그런 게 평범한 삶이 아닌가 생각했었다. … 그건 아주 어렵게 얻을 수 있는 특별한 삶이었다. 민재가 말한 평범한 삶이란 불운과 함께하는 삶이었다. 살면서 한두 개의 불운이란 없을 수가 없으니까 그것이야말로 평범한 삶이었다.

— 「포기」, 25쪽

이 작품의 화자 '나'(미선)에 의하자면 '웬만한 것'들이 말만큼 웬만하지 않아서 '평범한 삶'은 '특별한 삶'의 도달하기 어려운 충분조건이 된다. 도달하기 어려운 장소임에도 그것이 평범함으로 명명되기 때문에 우리는 항상 불운을 경계하며 불안과 함께 살아간다. 그것이 일상이라는 점에서 불안이라는 특별한 감정은 너무나 도달하기 쉬운 '평범한 삶'의 필요조건이 된다.

앞서 언급한 작품들에서 '망한 삶'은 인물들이 상정한 '평범함'의 장소에서 이탈되는 것이었지만, 불안이라는 감정에 주목하면「포기」가 보고하는 '평범한 삶'은 예상치 못한 사건을 예상하지 않아도 되는 상태에 가깝다. 가령, 집주인이 전셋값을 갑자기 올린다거나, 다니던 회사가 갑자기 망한다거나(「경기 지역 바깥에서 사망」의 '선미'), 믿었던 친구나 애인이 돈을 갚지 않은 채 잠적했다거나(「포기」, 「반려빚」), 돈 때문에 이별을 선고한다거나(「긴 끝」), 이와 유사하게 사소하지만 누군가에게는 '필사적'일 수밖에 없는 일 따위들이 없는 상태 말이다. 사소하고 소소하기 때문에 더욱 더 불안에 가까운 것들. 그렇다면 망하지 않는 평범한 삶이란 불안을 느끼지 않아도 되는 것이거나 '필사적'이지 않아도 되는 것이기도 할 것이다. "대수롭지 않은 듯 살아가고 싶었지 필사적으로 살아남고 싶지 않았다. 매일 매일 죽기를 각오하며 살고 싶지 않았다."(「경기 지역 바깥에서 사망」, 61쪽)라고 말한 '상욱'의 진술은 그래서 더 아프다.

불안의 반대말을 안도라고 할 수 있다면, 평범함은 「긴 끝」에서 '문애'가 '찬희'의 몸을 안고 무방비상태인 자신의 가장 연약한 부분까지도 안심하고 노출할 수 있는 '믿음'("맘놓고 귀를 맡길 수 있는 이 신뢰감", 124쪽)이기도 하다. 상대가 나의 깊숙한 곳을 공격하지도 않고 위생의 정도를 평가하지도 않을 거라는 안도감의 상태. 또는 일상을 애써 꾸미거나 과시함으로써 자신의 평온함을 증명하지 않아도 되는 것("잘 사는 걸 보여 주고 싶은가보지. 잘 살고 있는 걸 누가 봐줬으면 하나보지.", 121쪽/"하지만 그런 건 금방 다 피로해졌고 주말 낮에도 휴대폰을 들여다보며 타임라인이나 피드를 끝없이 새로 고침 하는 게 무의미하게 느껴졌다.", 122쪽)이기도 할 것이다. 타인에게 보여지고 평가받음으로써 평범함을 승인받지 않아도 되는 상태. 안온함, 안도감, 안정감, 안전함 등 편안함의 의미를 공유하는 모든 명사형에 깃든 감정들.

'문애'의 진술을 직접 듣는 것이 더 좋겠다.

> 설레는 게 좋은가. 긴장되고 불안하기만 한데. 속을 알 수 없어서, 확신이 안 들어서 서글프기만 한데. 문애는 익숙함이 좋았다. 권태를 좋아했다. 나른함, 무기력함, 나태함이 문애를 안도하게 만들었다. 거의 매일이 뚜렷한 희로애락이 없는 희미한 감정의 연속이었고 어쩌면 그건 감정적으로 빈곤한 상태인지도 몰랐지만 문애는 아무런 이벤트가 없다는 것이, 매일을 겹쳐보면 다른 점이라곤 거의 없는 반복되는 일상이 만족스러웠다. 지루함 속에서 무한정으로 행복했다. 그건 문애가 어렵게 이룩한 것, 마침내 구한 것, 쟁취한 것이었다.

―「긴 끝」, 118~119쪽

곧이곧대로 읽으면 될 일이건만, 왠지 '문애'의 쟁취가 불안한 이유는 뭘까. 그래서 문득 드는 생각들. 이 세계의 문법에서라면 이것이 연약한 주체들의 감정으로 라벨링될 패배적 도피의 증거로 채택될지도 모른다는 생각, 그녀가 좋아하는 속성들이 어쩌면 불안을 증명하는 필사

적인 "안간힘"(121쪽)일지도 모른다는 생각, 귀를 맡긴 '찬희'의 무릎이
이 세계에서의 관계성이 허락한 가장 최소치이자 최대치의 장소일지도
모른다는 생각들 말이다. 짠해 보일 수도 있는 이들의 풍경을 누추하지
않게 청승맞지 않는 방식으로 보여 주는 것을 김지연 소설의 유쾌함이
라고 할 수도 있겠지만, 불안과 피로를 감춤으로써 자신이 연약하지 않
다는 것을 증명해야 하는 어떤 삶들의 보호색을 그대로 소설화한 것이
라면, 그것은 미덕이 아니라 불안에 대한 가장 유쾌하고 따뜻한 방식의
리얼리티 전략일 수도 있겠다는 생각도 함께.

6.

김지연 소설의 가혹함은 안도감을 가만 두지 않고 기어이 그 불안들
을 노출시키는 데 데 있다. 앞서 말한 바와 같이 끝끝내 우리의 곁을 떠
나지 않는 반려(종)은 불안이어서, 「포기」의 '민재'는 믿었던 사람들의
돈을 갚지 않은 채 잠적해버렸고, 「반려빛」의 '서일'은 애인 '정현'의 이
름으로 빌린 전세 자금 대출금 팔천 만원의 채무를 떠넘겼고, 「긴 끝」의
'찬희'도 그놈의 돈 때문에 이별을 선언했다. 예상하지 못했고 예상하지
않아도 될 사소한 불안들이 현실화되면서 소설의 인물들은 '믿음', '신
뢰', '안도'가 자리한 무조건적 상호 호혜성의 장소에서 '채권-채무', '공
증 서류', '각서' 등이 자리한 법률적 장소와 상태로 접어들게 된다. 법은
관계의 친밀성을 채권-채무의 차가운 온도로 응결시킨다.

서글픈 것은 저들이 믿음을 배신한 채 사라졌다는 사실이 아니라, 돈
과 결합된 권리-의무 관계로만 누군가의 안부를 확인하는 것[3]이 최대

치의 관계성이 되어버렸다는 사실이다. 그러니까 지구 반대편의 어떤 철학자께서는 '인간과 동물과 사이보그에 관한 전복적 사유'를 하면서 〈반려종 선언〉[4]을 하고 '실뜨기 연대'라는 이름으로 혈통으로 묶인 자식이나 가족이 아니라 인간종을 넘어서는 친척관계를 만들자고 하면서 〈사이보그 선언〉[5]까지 하는 판국에, "서로 보듬어주고 보살펴줄 그런 존재"(「반려빚」, 77쪽)라는 의미의 반려(종)의 한국적 현실태가 '고작' 돈(빚)이라는 사실이 일견 서글프기도 하다는 말이다.

하지만 꼭 그렇지만도 않은 것이 빚(돈)이야말로 진정한 반려라는 김지연의 선언이 어떤 이중의 상태를 나타내는 면도 있기 때문이다. 가령 「반려빚」에서 '정현'이 '서일'과 사귀는 동안 느꼈던 부채감은 조금 성격이 달랐는데, 그것은 상대의 마음을 살피지 못했을 때의 미안함과 그걸

---

3 가령 다음과 같은 구절들이 굳이 안부를 새삼스레 묻지 않아도 되는 관계에서 채무관계를 거쳐 생존을 확인해야 하는 관계로의 이행을 말해준다. "돈이 제일인 세상에서 그거만큼 확실한 안부 인사가 어딨어."(36쪽) "민재의 완납을 영원히 나중으로 미뤄버리면 안부를 확인할 수 있었다."(37쪽. 이상 「포기」)/"빚이야말로 정현이 잘 돌보고 보살펴 임종에 이르는 순간까지 지켜봐야 할 그 무엇이었다. 빚 역시 앞으로 수년간은 정현의 옆자리를 떠나지 않을 것이고, 정현이 죽었나 살았나 그 누구보다도 두 눈 부릅뜨고 계속 지켜볼 것이다. 빚이야말로 정현의 반려였다."(「반려빚」, 79쪽)

4 도나 J. 해러웨이, 『해러웨이 선언문』, 황희선 옮김, 책세상, 2019.

5 도나 J. 해러웨이, 『트러블과 함께하기 – 자식이 아니라 친척을 만들자』, 최유미 옮김, 마농지, 2021. 김지연의 소설에서 대체로 가족들은 도움이 되지 않거나(「긴 끝」에서 '찬희'의 가족들), 좋아하는 마음이 없거나(「좋아하는 마음 없이」에서 '안지'의 상황에 냉담했던 부모), 무례하다(「포기」에서 '호두'의 엄마가 남긴 보험금을 마음대로 이용하고 일부만 돌려준 외삼촌인 '나'의 아빠)는 점에서 해러웨이의 선언은 타당하기도 하다. 이는 '안지'가 친자식을 포기할 때도 적용될 수 있겠다. "핏줄이 뭐 대단하다고. 안지는 자신과 핏줄로 엮인 사람들을 생각했다. 이제는 거의 연락도 하지 않는, 아마 죽을 때에야 연락이 닿을 사람들을, 좋아하는 마음 없이 함께 살아야만 했던 사람들을 생각했다. 그 사람들한테 잘 보이고 싶어서 내렸던 선택들을 생각했다."(163쪽)

만회하기 위한 노력과 자신이 부족함 때문인 것만 같은 "빚진 마음"(83
쪽)과 같은 것들이었다. 이는 「포기」에서 '나'가 이불이 뒤집어지지 않았
는지를 확인하면서 안도하던 마음과도 다르지 않다. 법률이나 공증 서
류에는 도저히 기록될 수 없는 이런 '빚진 마음'을 가해자들은 잘도 이
용하지만, "합리적인 셈법으로는 도무지 취합되지 않는 자료들"(90쪽)
이 가득한 이 마음에는 분명 이중적 속성이 내포되어 있다.

「반려빚」에서 '서일'이 남긴 빚을 모두 갚은 후에 '정현'이 느낀 "마침
내 0이 된 기분"(105쪽)을 주목해 보자. 이 0이라는 숫자는 마침내 경
제적 빚을 청산함으로써 복원된 평범함의 장소이면서, 돈과 매개된 차
가운 빚과 상대를 마음을 살피는 따뜻한 빚이 모두 청산된 마음의 온도
(0℃)이기도 하다. 차갑게 응결될 수도 있고 따뜻한 방향으로 흐를 수
도 있는 미결정 상태로서의 온도. 또 서로가 연약한 주체인 인물들의
관계를 차가운 법률의 자리로 이동시킬 수도 있고, 반대로 서로의 안부
를 지속적으로 확인하면서 무조건적 증여 상태를 지속하는 상호호혜성
의 자리로 이동시킬 수도 있는 상태이기도 하다. 그리고 이는 권희철이
소설집의 해설에서 언급한 바 있는 "지연의 리듬"(〈해설〉 314쪽)에 대
한 보충지점이기도 하다.

7.

먼저 차갑게 응결되는 방향으로 이동해 보자. 대체로 법률적 문서로
결합된 채무관계는 일방의 일방적 파기로 인해 다른 일방의 포기를 종
용하기도 한다. '이혼'이라는 법률적 승인을 원하는 '문애'의 진술이 대

표적이다.

> 문애가 이혼을 하고 싶다는 생각에 사로잡힌 것도 그즈음이었다.
> 찬희와 카톡을 주고받다가 서로에게 익숙한 농담에 자기도 모르게
> 낄낄거린 문애는 이혼을 하고 싶다고 생각했다. 차라리 이혼을 했다
> 면 그런 사이로 지내는 게 별로 거리끼지 않았을지도 몰랐다. 관계
> 가 끝났다는 것, 정리되었다는 것은 명백했으므로, 하지만 이혼을
> 하지 않았기 때문에 마음이 불편했다. 헤어졌는데도 계속 관계를 이
> 어가는 것이 이상했다. …… 하지만 결혼을 하지 않았고 할 수도 없
> 었으므로 이혼도 할 수 없었다. 열심히 축구장을 뛰고 골을 넣었는
> 데, 관중석에서 수백의 사람이 환호하고 있는데, 아무런 골세리머니
> 도 하지 않고 다시 경기를 뛰어야 하는 선수가 된 기분이었다. ……
> 문애는 끝을 내고 싶었다. 그래야 다른 시작도 할 수 있었다.
>
> — 「긴 끝」, 131쪽

'문애'와 '찬희'로 상징되는 친밀성은 승인 과정이 없는 관계(동성애
나 동성혼 등 법률적 승인 대상이 아닌 퀴어라는 이름의 모든 관계), 그
래서 애매한 상태로 사랑과 이별의 궤도에서 벗어날 수 없는 관계, 끝
난 적이 없으므로 시작도 불가능한 관계라는 속성이 중첩되어 있다. 법
률로 얽힌 관계가 아니기 때문에 청산도 불가능하다. 이는 빚이 반려가
되는 이유이기도 해서, 「포기」의 '호두'가 '민재'에게 '각서'를 요구하기
전까지는 둘 사이의 채무관계가 청산(포기)되기 불가능한 것과도 다르
지 않다. 그래서 다음과 같은 '호두'의 진술이 가능하다. "두 달 세 달이
지나도록 소식이 없자 또 배신당한 기분이었지만 이번엔 그냥 포기해

버렸다. 그건 정말 원하지 않던 포기였다. 하지만 해야만 했다.”(37쪽)

이는 친밀성과 얽힌 관계만이 아니라 김지연 소설이 등장시키는 다수의 인물들이 놓인 비정규 계약직과 같은 임시 승인 상태와도 공명한다. 정규직과 같은 완전한 승인이 아닌 이들의 삶은 불안정하고 불안하다. 「경기 지역 밖에서 사망」이 은유적으로 보여 주는 게임의 세계도 마찬가지다. 게임 속 캐릭터는 쉽게 죽을 수 있지만 완전한 생존에 이르기는 어렵다. 이번 단계의 승리는 완전한 생존의 보장이 아니라 다음 스테이지로 넘어갈 수 있는 자격에 불과해서, 한 사람만이 최후의 승자가 되는 세계에서 완생은 거의 불가능에 가깝다.[6] 김지연의 소설은 불안정하고 불완전한 존재들의 불안한 사랑과 이별을 완결되지 않는 구조로 서사화함으로써 그들의 관계성이 파국으로 완료되지 않게 지연시키고 있다.

물론 이러한 관계도 결국은 끝나기도 한다. 다만 그것이 안도감이 지배하는 평범함의 자리가 아니라 불안이 지배하는 망함의 자리로 다시 이동하는 것이라는 점이 다르겠지만 말이다. 인용문에서 ‘문애’의 다짐은 이혼이 불가능하므로 지연된다. 그래서 궁상맞게 ‘찬희’가 반려종 ‘환타’를 산책시키는 공원을 염탐한다. 지연된 이별은 ‘환타’ 대신 ‘작고 흰 강아지’가 ‘찬희’의 무릎에 안겨 있는 장면과 ‘찬희’가 다른 여자와 입을 맞추는 것을 보고 나서야 가까스로 완료된다. 대체로 종이짝에 날인된 서명 따위 없는 미공증 관계는 그렇게 간단한 대체 또는 교환(작

---

6 한국사회의 청년들이 놓인 상황을 게임에 비유한 적확한 설명으로는 김홍중의 글이 대표적인 것 같다. 김홍중, 「서바이벌, 생존주의, 그리고 청년시대」, 『사회학적 파상력』, 문학동네, 2016.

고 흰 강아지, 어떤 여자, 새로운 비정규직 노동자 등의 등가물)으로 완료되는 법이기도 하니까. 따라서 "늦게서야 무엇이 끝났고 무엇이 끝나지 않았는가를 생각했다"는 소설의 마지막 진술에는 지연되었던 이별이 끝났다는 의미와 잠시 모습을 감추었던 불안이 다시 소환되었다는 진실이 은유되어 있다. '문애'는 불안이 상존하는 평범함의 자리로 다시 돌아왔다.

8.

  김지연의 이야기들은 예정된 이별을 지연시키면서 불완전한 방식으로나마 상대의 안부를 확인한다. 채무 관계에 묶이지 않았던 「포기」의 '나'와 '민재'의 관계처럼, '나'가 고동이라는 곳을 몰래 방문하는 것처럼, 「반려빚」의 '정현'이 끝내 차용증을 쓰지 않은 것처럼 말이다. 그러니까 미결정 상태의 온도가 따뜻한 방향으로 이동하는 이야기를 하려는 참이다. 이별이 남긴 빚이 정말로 반려가 되는 이야기. 그래서 묻는 질문, 과연 '민재'는 안녕할까?
  '민재'는 정상적 셈법의 세계에서 지워졌다. 비록 그가 자신을 믿었던 사람들의 신뢰를 배신하면서 '경기 지역 바깥으로' 사라졌지만, 그러한 일들이 김지연 소설의 인물 누구에게라도 충분히 일어날 수 있는 일이라면 어떨까? 소설의 서사에서 그가 잠적해야만 했던 모종의 이유, 소설이 밝히지 않음으로써 미궁으로 남겨진 그의 안부, 김지연의 의도적 생략으로 의심되는 '민재' 서사의 누락이 '애도 가능성의 차이'[7]를 연상하게 한다면 이것은 과잉 해석이 될까?

이를테면 「경기 지역 바깥에서 사망」의 '상욱'의 상황을 보아도 그럴까? '미주'가 던진 질문("여자들이 누구 때문에 제일 많이 죽는지 알아요?")은 '상욱'에게 세계의 구조가 갑자기 의문시되는 경험을 하게 하면서, 자신의 어리석음을 노출시키고 기존의 감각으로 동화될 수 없는 장소로 그를 이동시킨다. 그녀의 질문은 젠더 폭력에 의해 죽어가는 여성들처럼 누락 가능 명단에 놓인 자신 또한 지워질 수 있다는 가능성으로 변환되고, 애도의 대상이 되지 못한 채 감쪽같이 사라져버려도 아무에게도 기억되지 못할 수도 있다는 위기감으로 확장된다. 그러니까 이런 '상욱'의 이야기가 '민재' 서사의 대리보충이라면, 「포기」의 '민재'와 「반려빛」의 '서일'은 여전히 '나쁜 놈/년'들이기만 할까?

버틀러는 비극은 언제나 개인적이고 단수적인 문제지만, 그와 동시에 "세계의 구성 자체"(버틀러; 44)와 연루되어 있다는 감각을 요청한다. 이 요청을 받아들인다면 김지연 소설의 인물들이 놓인 자리가 단수적이고 특수한 경험들이 아니라, 사회적 구조로부터 괴리되는 것이 아니라, 세계의 구조가 실제로 어떻게 연약한 주체들에게 경험되면서 재생산되는지를 보여 준다고 읽는 것이 무리는 아닐 것이다.

내가 올바르게 행동할 때 상대도 다르지 않게 행동할 것이라는 기대,

---

7   "나는 애도 가능성이 어떻게 불공평하게 할당되어 있는지를 이해하지 않고서는 사회적 불평등을 이해하는 것이 불가능하다고 주장해왔다. 불공평한 할당은 사회적 불평등의 주요 요소인데, 일반적으로 사회 이론가들은 이를 중요하게 고려해오지 않았다. 공공연하게든 아니면 암묵적으로든 어떤 집단이나 인구를 애도 불가능한 것으로서 지정하는 것은 그들이 폭력의 대상이 되거나 혹은 그 죽음에 따르는 대가도 없이 죽게 내버려둘 수 있다는 것을 의미한다. … 따라서 차별적인 애도 가능성에 의해 확립되는 사회적 불평등은 제도적 폭력의 한 형태로 드러날 수 있다."(주디스 버틀러, 『지금은 대체 어떤 세계인가』, 김응산 옮김, 창비, 2023, 158쪽.)

서로의 행동이 복제될 것이라는 믿음, 이 무조건적 호혜성의 전제가 균열되는 순간을 김지연의 소설은 이별이라고 부른다. 돈을 들고 튈 때가 아니라. 또 우리를 둘러싼 "세계는 완전히 바뀌어버렸지만", 그럼에도 "미쳐 돌아가는 세상 속에서도 태연하게, 무탈하게 잘 살아갈 수 있으리라"(「긴 끝」, 117쪽)는 순진하지만 따뜻한 온도가 차갑게 무너질 때를 김지연 소설은 이별이라고 부른다. 채무관계가 끝날 때가 아니라. 비록 『조금 망한 사랑』 속 인물들이 돌연한 이별 앞에서 느끼는 배신감에는 연약한 주체들 간의 관계만은 안전할 것이라는 순진한 믿음에 대한 징벌의 성격이 있지만, '그만 정신 차려. 언제까지 안전할 줄 알았어.'라며 불안의 엄습을 예고하지만, 그럼에도 불구하고 완전한 이별이 오기 전까지 서로의 안부를 묻는 일(이어야 한다는 것)을 김지연 소설은 사랑이라고 부른다. 비록 평범하지 않아도.

이런 의미에서 나는 평범함의 자리에서 이탈된 채 망한 삶이더라도, '민재'의 안부를 묻게 된다. 소설의 서사에서는 삭제되었지만 애도 가능성의 차이에 연루된 연약한 주체들이 언제라도 '우리'일 수 있으므로. 그래서 「포기」의 '나'와 '호두'도 자꾸 '민재'의 안부를 확인하는 것은 아닌지, '때리면 아프겠지'라는 호두의 술주정이 사실은 자신도 맞으면 아프다는 말은 아닌지, 그런 방식의 서툰 공감일지라도 언젠가 우리에게도 그런 안부조차 간절할지도 모르므로, 어쩌면 아주 '조금 망했을 뿐인 사랑'이므로.

9.

　인류세와 자본세의 위기를 넘어서기 위한 해러웨이의 진지하고 당위적인 '반려종 선언'을 김지연은 한국적 현실로 재번역하면서 평범하지만은 않은 관계성 안에서 사유하는 듯하다. 한국에서 태어난 죄로 인해 살아 있는 동안 빚을 갚기 위해 열심히 살아야 할 수밖에 없음에도, 여전히 요구되는 것은 연약한 주체들 간의 친밀성일 것이다. 관계의 불안정성에 놓인 연약한 주체들이 경제적 매개(특히 돈의 문제)로부터 자유롭지 못하다는 사실이, 약자로 라벨링 되기를 피하기 위해 스스로를 커버링함에도 불구하고 결국 망한 삶의 늪에서 빠져 나오기 힘들다는 사실이, 이 세계에 다시 접속하기 위해 요청되는 능력이 결국 친밀성이라는 사실을 덮지는 못할 것이다. 망가진 행성의 공동 거주자들이 더 망가지지 않도록, 비록 조금 망했을지라도 여전히 돌봄과 연대의 수행이 요구된다는 것을 김지연의 소설에서 읽는 것은 그래서 당연한 일일 것이다. 「유자차를 마시고 나는 쓰네」에는 김지연이 보고한 새로운 반려에 대한 상상 한 구절이 있다. "유자는 설탕에 포개어져 다디달게 절여질 것이고 겨우내 썩지 않을 것이다."(287쪽) '절여지다' 대신 쓰인 '포개어지다'는 따뜻하고 안온한 느낌을 준다. 그렇게 포개어지는 평범한 삶들이 오래도록 썩지 않았으면 좋겠다는 마음이 든다.

울타리 너머의 이모들과 탈가족주의적 돌봄
– 백수린의 『눈부신 안부』와 최은미의 『마주』를 중심으로

1. 봉합의 논리들

재난은 면역정치의 울타리치기 방식에 대해서가 아니라 공동체의 모델과 작동 방식에 대한 재검토를 요구하고 있다. 맹골수도의 차가운 바다와 이태원의 좁은 골목 그리고 감염병의 시대를 거치면서 한국 사회는 끊임없이 외부를 생산하는 배타적 방식으로 공동체를 협소한 계곡으로 몰아넣고 있다. 울타리 외부의 참사 유가족과 감염병에 노출된 사람들은 생명정치의 대상으로 라벨링되었다. 우리와 타자를 경계 짓는 울타리가 높아질수록 내부는 어두워질 수밖에 없다. 생존주의의 아이템(가령 입시, 취업, 부동산, 사회적 권력, 교육 등과 연루된 생존의 조건들)은 집합의 평균점이 아니라 모든 조건을 충족하는 하나의 점에 수렴한다는 점에서 그것은 환상에 불과하다. 따라서 울타리의 내부는 더욱 협소해진다.

위험을 외주화하고 타자를 외부화하는 재난 처리의 관습을 통과하면서 우리는 인간 존재의 근본적 취약성을 목도했고 상호적 돌봄의 필요성을 어느 때보다 실감하고 있다. 근래 한국문학의 비평장에서 돌봄의 문제가 부각되는 것도 이러한 맥락일 것이다. 특히 세월호 이후 문학은 이러한 시대의 후위로서(또는 징후로서) 애도의 (불)가능성과 개인 주체들의 윤리적 성찰을 수행해 왔다. 참사의 기억을 서둘러 지우면서 외부로 방출하는 고통 봉합의 논리에 역행하면서 말이다. 아주 오래전의 작품이지만 애도 작업의 시작점은 아마도 정이현의 「삼풍백화점」일 것이다. 잠시 경유해보자.

정이현의 「삼풍백화점」[1]은 애도의 집단 기억을 폐기처분하는 현실에 균열을 가하는 자리에 문학을 위치시켰다. 현장에서 5㎞ 떨어진 '양재 시민의 숲'에 배치된 위령탑은 애도를 서둘러 사회의 외부로 방출하는 재난 처리 방식의 전례가 되었다. 이에 비하면 사회 참사를 종교적 심판["호화롭기로 소문났던 강남 삼풍백화점 붕괴 사고는 대한민국이 사치와 향락에 물드는 것을 경계하는 하늘의 뜻"(34쪽)]의 영역으로 휘발시켜버린 소설의 칼럼은 유아적 발상에 불과해 보인다. 정이현은 '사망자 502명, 부상자 937명, 실종 6명'이라는 통계적 숫자가 포착하지 못하는 고유명사의 삶을 복원시키면서 재난을 외부화하는 관습에 역행한다.

소설은 유니폼을 입은 채 죽어 간 '친구 R'과 평범한 삶에 대한 학습된 욕망에 충실했던 '나'의 삶을 겹쳐 놓으면서, 평범함에서 이탈된 삶에 대해 지녔던 기만적 자기 위로와 사회의 관습적 욕망에 대한 윤리적 성찰을 수행한다. '나'가 10년이 지난 시점까지 'R'의 집 열쇠를 보관하

---

1 정이현, 「삼풍백화점」, 『2006년 제51회 현대문학상 수상작품집』, 현대문학, 2005.

고 있다는 서사 장치는 타자의 빈자리에 자신을 포개 놓음으로써 그것이 지워지는 것을 거부하고 "단축되어 버린 애도의 시간을 지속"[2]하는 정이현의 문학적 주술이었다.

정이현의 소설이 사건을 지우고 외부화하는 고통봉합 논리에 역행하는 작품이었다면, 팬데믹 이전 발표된 최진영의 재난 장편소설 『해가 지는 곳으로』[3]는 재난 이후에도 작동하는 가부장 중심의 관습적 가족 이데올로기가 감염병보다 더 위험한 사회적 재난이라는 사실을 예고하는 작품이다. 애도와 윤리의 문제를 거친 이후 근래의 한국 문학이 정상가족과 돌봄 수행의 모델을 재검토하는 중임을 고려할 때, 정상가족과 남성중심의 가부장제가 상징하는 사회적 관습의 취약함과 그 대안으로 여성 인물들의 새로운 관계성을 보여 주는 최진영의 이 작품은 최근 한국문학에 대한 예고편처럼 보인다. 최진영이 던진 질문도 경유해 보자.

소설은 바이러스로 인해 세계 전체가 무정부상태에 처한 상황을 배경으로 한국에서 러시아로 떠난 인물들의 행적을 추적한다. 이 작품에는 바이러스를 극복하는 면역의 서사가 없다. 왜냐하면 이 소설에서 재난의 최대 숙주는 남성 권력의 정신적 공황과 국가 또는 사회라는 이름의 거대 시스템에 대한 반복 강박이기 때문이다. 소설 속 남성 인물들의 결정은 한국으로 다시 돌아가고 싶다거나, 폭력적 이데올로기로 유사 국가를 형성한 무장 단체에 투신하는 것에 불과했다. 진짜 바이러스

---

2   조윤정, 「백화점 붕괴의 기억과 재난 자본주의─삼풍 참사의 서사화와 쓰기─노동의 윤리」, 『한국문학연구』 제61집, 동국대 한국문학연구소, 2019, 112쪽.

3   최진영, 『해가 지는 곳으로』, 민음사, 2017.

의 정체는 새로운 관계맺음의 방식을 상상하지 못하는 무능력이며, 이 무능력은 이미 무너진 세계에 대한 관습적인 향수에서 비롯되었다.

'지나'의 아버지가 이끄는 남성 중심의 혈족 공동체가 대표적인 사례다. 씨족 공동체처럼 한 동네에 모여 살던 '지나'의 혈족들은 그녀의 아버지를 중심으로 두 대의 "튼튼한 탑차"(31쪽)를 타고 러시아를 횡단한다. 이 탑차의 여정은 혐오의 대상을 확장 생산하면서 가족 외부의 타자에 대한 배타적 폭력을 반복한다. 최진영은 '지나'의 목소리를 빌려 재난이 타자에 대한 살인과 강간을 불가결한 선택으로 만든다는 착각, 재난이 야만적인 생존논리와 약육강식을 양화한다는 변명을 정확히 겨냥한다.

난 가족을 의심하지 않았어. 좋고 나쁘고 없이 가족이니까. 우리 가족은 절대 나쁜 짓 하지 않을 거라고 도리에게 내가 몇 번이나 다짐했는지 알아? 우리 모두 충분히 나빠. 더 나쁜 짓도 할 수 있어. 그럴 수 있다는 걸 알았어. 알았으니까 이제 난 내가 지켜. 아빠는 아빠를 지켜. 제발 더 나빠지지 않게!

아빠가 나를 잡고 흔들었다. 널 지켜 줄 사람들이 누군지 똑똑히 보라며 소리 질렀다. 주변을 둘러봤다. 친척들이 나를 보고 있었다. 엉망으로 울고 있는 나를 바라보고 있었다. 그들의 이름을 떠올렸다. 삼촌이나 고모가 아닌 그들만의 고유 명사를. 그들과 이름을 묶으니 남처럼 느껴졌다. 가족이 보이지 않았다. 우리는 충분히 서로를 배신할 수 있다. 때릴 수 있고 버릴 수 있다. 강간할 수 있고 죽일 수 있다. 가족끼리는 절대 그러지 않으리라는 아빠의 확신은 성경책의 종잇장보다 허약하다.

—『해가 지는 곳으로』, 83~84쪽

가부장, 가족, 국가로 표상되는 관습의 허구성을 적나라하게 비판하는 인물의 외침은 차별과 혐오의 대상으로 타자를 생산하면서 유지되는 공동체의 허약성과 왜소함을 지시하고 있다. 앞서도 말했듯 이런 지점은 탈가족주의, 돌봄의 공동체, 상호의존성 등의 용어로 환기되는 최근의 문학적 흐름을 훨씬 앞서는 시점에서 그 필요성을 제기하고 있다는 점에서 가치가 있다. 아울러 최진영은 소설의 말미에서 퇴행하는 공동체의 반대편, 즉 '성(Gender, Family Name)'이 지워진 자리에 퀴어 로맨스와 무장 단체를 탈출하는 여성들의 희생과 연대를 배치하면서 새로운 관계성을 탐색한다. 다만 2017년의 이 소설은 퀴어 서사 또는 페미니즘 서사가 재난 극복과 돌봄으로 나아가는 통로를 정확하게 제시하지는 않는다. 다만 백수린과 최은미를 비롯한 지금-여기의 작가들과 작품들이 비워진 자리를 채우고 있다.

인류가 팬데믹을 통해 경험한 것 중 하나는 공동체와 구성원 사이에 형성된 이율배반적 관계성이었다. 팬데믹은 '코무니타스'(공동체)와 '임무니타스'(면역성) 사이의 상호보완적 관계를 예외상태로 만들었다.[4] 두 항은 지속가능한 보호체계 없이는 유지될 수 없다는 점에서 분리 불가능한 관계였다. 사회의 육체도 마찬가지다. 그래서 공동체 전체의 면

---

[4] 로베르토 에스포지토, 『사회면역: 팬데믹 시대의 생명정치』, 윤병언 옮김, 크리티카, 2023, 12쪽. 에스포지토는 코무니타스와 임무니타스의 관계를 검증하면서 다음과 같이 주장한다. "생명정치 체제가 절정에 달한 오늘날만큼 정치가 생명/삶의 보호와 발전에 직접적으로 관여해야 했던 적은 일찍이 없었다. 정치가 주목해야 할 것은 개별적인 종족의 생명뿐만 아니라 무엇보다도 인류 전체의 생명이다. 코무니타스와 임무니타스가 극단적인 형태로 중첩되는 지점에서, 각자의 생명은 오로지 모두의 생명에 의해서만 보호될 수 있다."(291쪽)

역 강화가 개인 구성원의 생존을 강화한다는 논리는 특정 외부 인자(병원체이거나 타자)를 공동체 내부로 받아들임으로써 면역성을 높이는 역사적 면역학의 방법론으로 굳어져 왔다. 그러나 외부 인자가 자가 면역 강화로 기능하는 한계점을 초과해버린 팬데믹의 경험은 코무니타스와 임무니타스 간의 오래된 계약을 파기시켰다. 하여 지금의 면역정치는 질병을 격리하고 이질적인 것을 공동체 바깥으로 외부화하는 방식으로 사회를 관리한다.

최근의 한국 소설들에서 확장된 가족의 표상으로 등장하는 여성들의 공동체는 이에 역행하면서 울타리를 해체하는 임무니타스의 가능성을 타진하면서 관습적 정치의 논리를 넘어서는 하나의 통로로서 기능하고 있다. 그중에서 백수린의 '이모 크루들'과 최은미의 '딴산 크루들'이 배타적 코무니타스에 맞서는 형태의 임무니타스를 어떤 방식으로 발견하고 확장하고 있는지 그 경로를 따라가 보자.

2. 이모들의 공동체
– 백수린, 『눈부신 안부』[5]

"너도 다들 이모라고 불러."

– 『눈부신 안부』, 41쪽

백수린의 『눈부신 안부』가 따뜻하게 읽힌 이유는 무엇보다 '이모 크

5　백수린, 『눈부신 안부』, 문학동네, 2023.

루들' 덕분이다. '나'(해미)의 이모 오행자, 마리아 이모 최말숙, 선자 이모 임선자 그리고 여러 파독 간호 노동자로 구성된 이모들의 공동체는 수시로 서로의 마음을 넘나들며 들여다보고 마주보며 관계를 맺는다. 요란스럽지 않은 이들의 '오지랖'을, 혈연으로 묶이지 않고도 모두들 '이모'라고 부름으로써 가족의 경계를 가볍게 넘어서는 이 관계성을 '상호의존성'이나 '돌봄 공동체'와 같은 표현이 모두 담을 수 있을지 모르겠으나, 이들의 관계맺음이 참사 유가족이었던 해미와 그 가족들의 삶을 "자꾸자꾸 나아지는 쪽으로 뻗어"(109쪽)가게 했다는 것만은 분명해 보인다.

해미의 가족은 "평소와 다를 바 없이 등교한 언니가 전국을 떠들썩하게 한 가스 폭발 사고로 갑자기 사라져버린 일"(24쪽)을 겪는다. 이후 아버지는 다른 도시로 직장을 옮기고 나머지 가족(엄마, 해미, 동생 해나)들은 이모가 있는 독일로 삶터를 옮겨야 했다. 유가족이 된다는 것은 일상의 문법이 파괴되는 삶과도 같아서 음식냄새와 생존을 위한 노동과 문득 스미는 웃음에 죄책감이 침투하는 시간으로의 진입을 뜻한다. 그 모든 시간들이 타인의 시선에 노출된다. "사고로 언니를 잃은 애"의 웃음은 비난의 대상이 되기 쉽다. 가족의 독일행은 "딸의 몸값"(29쪽)과 쉽게 연루된다. 슬픔과 보상금이 등가교환되는 증여관계의 맥락에서 사회적 재난이 사고될 때, 사회의 안정과 회복을 위해 사건이 서둘러 처리되고 봉인될 때, 애도의 미종결상태에 놓인 유가족은 아주 익숙하게 낙인(stigma)의 대상으로 라벨링되어 왔다. 그래서 오랫동안 한국 사회가 학습한 재난 처리 방식 속에서 유가족들은 사회적 관계의 단절과 긴장에 노출되면서 점점 이방인과 다르지 않은 위치에 놓여 왔다.[6] '이모 공동체'의 미덕은 관계맺음의 긴장에 놓인 이들에게 참사의 이야기를 직접적으로 꺼내지 않는 조용한 응원에 있다. 이는 참사에 대한 직접적 재현을 비껴감으로써 재난에 대한 재현서사가 아니라 응원과 성장의 서사로 이행하려는 백수린의 전략으로도 읽힌다.

소설의 처음과 끝에 등장하는 "야자수"는 주변 환경과 이질적 존재로서 관계의 단절 상태에 놓인 이방인과 같은 인물들의 처지를 환기한다. 기후가 맞지 않은 장소로 옮겨 진 야자수는 참사 유가족에게 피해자다움을 요구하거나 경제적 교환가치의 시선으로 죽음을 치환하는 사회적 시선을 벗어나기 위해 언어도 통하지 않은 외국으로 떠나야 했던 해미 가족의 처지를 연상하게 한다. 관계 맺기의 피로감으로부터 도피해 홀로 동아리방에서 시간을 보내던 해미의 대학시절도 그 연장선에 있다. 그리고 관광산업 육성이라는 경제적 효용성을 위해 제주도로 이식된 열대 식물의 사정은 '애국'과 '희생'의 이름으로 호명되면서 외화벌이를 위해 '파견'되었던 파독 노동자들(간호사, 간호 조무사, 광부 등)들의 삶으로 연결되는 링크와도 같다. 그러니까 해미 가족과 이모 공동체의 크루들은 모두 "뿌리가 끊어진 병"(129쪽)에 노출된 이방인들이었다.

---

6   재난 서사에서 유가족들이 한국을 떠나 치유의 가능성을 타진하는 소재는 자주 등장했다. 가령 세월호 이후 쓰인 김애란의 소설에서 '피해자다움'을 요구하는 사회적 시선의 폭력성에 노출된 「입동」의 인물들과 달리 「어디로 가고 싶으신가요」(『바깥은 여름』, 문학동네, 2017)의 인물들은 일상의 소소함을 살아남은 자의 뻔뻔함으로 자각하지 않아도 되는 외국으로 떠난다. 윤대녕의 「닥터 K의 경우」(『문학과사회』, 2015년 여름호)와 정용준의 「사라지는 것들」(『문학동네』, 2018년 겨울호)에서도 인물들은 피해자다움의 담론이 작동하지 않는 곳으로 떠난다. 다만 장소의 이동이 상처의 치유를 보장하지는 않았다. 백수린 소설의 가치는 앞선 작품들이 남겨 놓은 숙제를 독일의 이모 공동체의 구체적 삶을 통해 수행한다는 점에 있다.

그러나 백수린의 소설은 이들의 삶을 슬픔이나 희생의 영역에 가두지 않음으로써 눈부시게 읽힌다. 이 선택으로 백수린의 소설은 죽은 이에 대한 죄책감과 같은 자기혐오와 '가난한 집안의 장녀'들의 어쩔 수 없는 희생이라는 자기연민의 늪에서 스스로 빠져나온 인물들이 그런 자신에게 눈부신 안부를 건넴으로써, 모두가 "그 자체만으로도 태초의 별만큼이나 아름다운 존재"(303쪽)라는 사실을 깨닫게 하는 눈부신 성장의 서사가 되었다. "그런 야자수들이 살아남아 이젠 제주의 일부"(308쪽)가 된 것처럼, 고통을 외부화하고 희생을 외주화하는 사회의 논리에 순응하지 않고 이모들의 이야기(일기)를 복원하는 해미의 글쓰기는 어쩌면 문학이 할 수 있는 최대치의 정치일지 모른다.

소설은 해미에게 두 번의 글쓰기 경험을 거치게 함으로써 진정한 눈부심에 도달하는 길을 마련한다. 해미의 첫 번째 글쓰기는 거짓말로 시작되었다. 딸의 적응을 걱정하는 엄마를 안심시키기 위해 해미는 상상 속의 독일 친구들과 그들의 사연을 만들어 낸다. 이때의 거짓말은 외로움과 불안을 감추고 상처를 은폐하기 위한 위장막에 불과해서, 사건은 감추어지고 정동은 해소되지 않은 채 잠복하게 된다. 하얀 거짓말들이 빼곡하게 기록된 '가방 속 일기장'과 "책상 서랍 맨 아래칸"(35쪽)에 감춰진 열쇠처럼 '진정한 마음'은 자꾸 봉인된다. 이것이 소설 초반부 언니의 죽음에 대한 이야기가 최대한 절제된 이유이기도 하다.

이 봉인은 한국으로 돌아온 해미가 성인으로 성장할 때까지 풀리지 않는다. 대학 졸업 후 해미는 "진짜 이야기"(113쪽)를 쓸 수 있을 것 같아서 기자 생활을 시작하지만, 조회수 장사를 위해 사건이 선택되고 가공되는 현실 앞에서 "진실을 말하는 직업"(113쪽)에 대한 환상은 피로와 무기력으로 변질된다. 사회부 기자로 근무하면서 해미는 사건의 원인이나 대책을 다루는 심층보도 대신 피해자들의 자극적 개인사나 보험금 액수가 담긴 기사들이 데스크를 통과하는 걸 보게 된다. 이는 과거 어린 해미가 경험했던 고통 봉합의 논리의 반복이었다. 성과주체의 피로는 무엇보다 반복에 그 원인이 있다.

기자를 그만 둔 해미가 파독 간호사 이모들의 이야기를 쓰기 위해 국회도서관의 기록을 정리할 때에도 '진짜 이야기'의 봉인은 풀리지 않는다.

> 도서관에 틀어박혀 읽은 많은 자료 속에서 가장 빈번히 발견한 단어는 아마도 오래전 '윤리'가 강조했던 것처럼 '가난'이나 '희생' '애국' 같은 말일 것이다. 수많은 논문에 실린 생애사들을 읽다보면 그런 단어는 파독간호사들을 설명하기에 더없이 적절해 보였다. 하지만 해질녘 도서관 밖으로 나와서 버스를 타기 위해 푸른빛과 흰빛으로 일렁이는 강변을 따라 걷다보면 어김없이 그런 단어들에서 **어떤 결여**가 느껴지곤 했다.
>
> – 『눈부신 안부』, 73쪽 강조 인용자

공적기록 속의 파독 간호 노동자들(그러니까 이모들)은 외화벌이를 위해 팔려온 노동력(노동'자'도 아니고)일 뿐이었고, 극동의 가난한 나라와 가정 내 젠더 위계라는 이중의 덫은 애국을 위한 희생제의의 극적 효과를 고양시키는 요소일 뿐이었다.

인용문의 '푸른빛과 흰빛으로 일렁이는 강변'의 빛깔처럼 다채로울 수밖에 없는 누군가의 구체적 삶들이 교환가치로 환원되어 버리는 이 공적 '기록'에는 무엇보다 임선자라든가 오행자라든가 최말숙과 같은 고유명사들의 이야기들이 누락되어 있다. 이민 가방 위에 놓였던 "커다란 라면 박스"(86쪽)와 대륙을 건너는 동안 비행기 안에서 발효되던 알싸한 김치 냄새와 선배 간호사들의 따뜻한 환대와 어느 오후 함께 모여 김장독을 묻던 기억들 따위는 기록되어 있지 않다. 덧붙여 김추자 같은 멋지고 자유로운 가수가 되고 싶어서(가난한 집안을 돌보기 위해서가 아니라) 독일로 이주한 마리아 이모가 "미니스커트"를 입고 "빨간색 중고 폭스바겐 비틀"(91쪽)을 타고서 유럽 곳곳을 여행하던 이야기도 없다. 아름다웠던 독일 마을의 어느 저녁 풍경과 그때의 시원했던 바람의 냄새도 존재하지 않는다.

미리 말하자면 선자 이모의 일기는 이 누락된 기억과 이야기들을 복원하는 입구이다. 그러나 과거의 어린 해미는 이 복원의 입구를 봉인해 버린다. 죽음을 앞둔 선자 이모에게 '거짓 편지'를 보내고, 그로 인한 죄책감이 다시 소환되면서 해미의 첫 번째 글쓰기는 완벽하게 실패한다. (이는 우재와의 관계 맺음의 실패와도 연결되어 있다. 그리고 제주에 살면서 서울의 경조사를 알뜰히도 챙기는 우재의 다가섬은 과거 독일의 한수처럼 해미의 닫힌 마음을 여는 열쇠이기도 하다.)

해미의 두 번째 글쓰기는 '선자 이모의 첫사랑 찾기 프로젝트'의 뒤늦은 수행으로 재개된다. 첫사랑 'K. H' 찾기는 과거의 거짓 편지에 대한 속죄 행위만이 아니라 해미가 자신의 봉인된 마음을 열어내는 행위라는 점에서 중요하다. 선자 이모의 일기를 재독하는 일은 공적 기록의 결여를 보충하면서 이모들의 '진짜 이야기'를 기억하기 위한 글쓰기의 과정이고, 봉인된 상자를 뜯고 복원의 입구에 들어섬으로써 과거로부터 이미 발송되었으나 그때는 미처 알지 못했던 자신의 마음을 '마주'하는 것이기 때문이다. 물론 이러한 '읽기와 쓰기'가 사건의 재현이 아니라 고유명사로서의 구체적인 삶을 사유하는 백수린의 소설 쓰기 방식을 은유한다는 점도 덧붙여 두자.

이 마주함으로 인해 해미는 외롭고 힘들었을 이모들의 마음이 어떤 힘으로 "자꾸자꾸 나아지는 쪽"(109쪽)으로 나아갔는지를 알게 된다. 그러니까 선자 이모가 이종사촌인 말자 이모(김말자)를 만나 한국 간호 노동자들의 강제 송환에 맞서는 서명운동에 동참하게 되고 그 결과 체류권과 영주권을 보장하는 행정법 통과를 쟁취한 이야기["독일의 한국 여성들이 연대를 통해 스스로 권리를 쟁취한 최초의 경험"(198쪽)], 이후 선자 이모가 뉴스를 통해 광주의 참상을 보고 독일로 이주한 다른 나라의 이방인들과 함께 거리의 시위에 나서게 된 이야기, 이러한 연대의 경험을 거치면서 선자 이모가 사랑보다 학생운동에 투신한 'K. H'의 선택을 조금이나마 이해할 수 있게 되었다는 이야기, 그리고 이 이야기들을 채우고 있는 '함께'의 경험과 '오지랖'의 힘이 선자 이모의 삶을 눈부신 방향으로 이끌었다는 것을 알게 된다.

연대와 돌봄의 확장이 그 눈부신 힘의 정체라는 사실을 어렴풋이나마 깨닫게 되면서 해미는 다음과 같은 사실들도 알게 된다. 그러니까 의사가 된 오행자 이모가 자신과 같은 외국인 이방인들의 외로운 삶과 쓸쓸한 죽음들을 마주하면서 비로소 자기 삶의 가치를 '희생'에서 이탈시켜 '돌봄'으로 이행시켰다는 것, 그래서 같은 아픔을 공유한 엄마가 미처 보지 못하는 해미의 거짓 위장술을 오행자 이모는 정확히 꿰뚫어 볼 수 있었다는 것, 그리고 무엇보다 그런 이모들이어서 그런 이모들의 공동체가 선물한 어떤 행복의 순간["내 인생에서 가장 눈부신 한

때"(105쪽)]이 이미 자신에게 다녀간 적이 있었다는 것, 봉인된 마음을 여는 열쇠가 이미 과거로부터 발송된 적이 있었다는 사실을 비로소 알게 된다. 선자 이모의 일기를 재독하며 첫사랑을 찾는 뒤늦은 수행의 과정이 소설의 서사를 가득 채워야만 했던 이유가 여기에 있다.

서로의 삶을 돌봄으로써 자신의 삶을 눈부심의 영역으로 이끌어내는 이모들의 삶은 자기혐오에 놓인 '나'의 고립된 삶을 관계의 영역으로 탈출시키는 동력이 된다. 해미를 관계맺음으로부터 고립시킨 자기혐오의 사슬은 몇 겹의 감정들로 묶여 있었다. 언니의 죽음에 자신의 힐난('아파도 땡땡이도 못 치는 범생이')이 연루되었다는 죄책감, IMF로 한국으로 돌아온 후 다시 경쟁 사회에 진입하게 되면서 레나, 한수와 함께 했던 시절들을 망각했던 것에 대한 미안함, 선자 이모의 첫사랑 찾기 프로젝트가 자기 삶에 어떤 의미인지 미처 알지 못했던 과거 자신의 무지, 이를 감추기 위해 거짓 편지를 썼던 수치심. 선자 이모의 첫사랑을 찾기 위해 일기를 다시 읽는 소설의 과정은 이러한 죄책감과 수치심에서 조금씩 빠져나오는 과정이다.

소설의 상당 부분을 선자 이모의 이야기에 집중함에도 불구하고 이 소설이 1인칭으로 쓰여야만 했던 이유가 여기에 있다. 어린 시절의 자신이 미처 파악하지 못했던 일기의 컨텍스트를 재독하고 선자 이모의 삶을 복원하는 경로를 거침으로써 해미의 행복했던 시간들도 복원 가능해졌으니까. 따라서 이모들의 삶에 집중하는 소설의 플롯은 그대로 한때 '나'에게 가까이 있었으나 현재는 잊어버린 아름다운 시절을 되살리는 구조로 환원되고, 읽기의 시간이 쓰기의 시간으로 수행되면서 해미의 두 번째 진짜 글쓰기는 완성된다.

이 두 번째 글쓰기의 과정이 완료되었을 때 이모들의 삶은 해미가 위장막을 걷고 관계의 확장으로 나아가는 일과 포개진다. 그래서 백수린의 소설은 외로움의 장막을 통과해 함께의 영역으로 나온 앞 세대 여성들(이모들)의 삶을 경유해 자기혐오와 거짓의 세계로 도피했던 해미와 같은 후속 세대 여성이 성장하는 이야기가 되고, 사회적 고통을 봉합하는 현실을 고발하는 재현서사가 아니라 그것을 치유하고 이겨내는 성장서사가 된다. 이 출구 바깥에서 우리는 백수린이 루이제 린저의 『생의 한 가운데』를 빌려 전하는 눈부신 안부를 만나게 된다.

"아무것도 아직 결정되지 않았어. 우리는 우리가 원하는 것이 될 수 있어."

3. 가족이어서, 가족이 아니어서
– 최은미, 『마주』[7]

"나는 다른 사람의 신발에 발을 넣어본 적이 있다."

– 『마주』, 8쪽

백수린이 보여 준 이모들의 공동체의 모습은 최은미 소설의 만조 아줌마와 딴산 사람들의 이야기와 중첩된다. 가족의 경계를 확장시키는 탈–가족적 여성 연대의 등장과 이들의 돌봄 서사라는 유사성은 고통 봉합의 사회를 넘어서는 문학의 방법론으로써 포스트 페미니즘의 방향

---

7 최은미, 『마주』, 창비, 2023.

성을 시사하고 있다.

　최은미의 장편소설 『마주』는 통제와 배제의 방역 논리가 사회 유지의 기본값으로 작동했던 팬데믹 시대를 배경으로 삼고 있다. '새경프라자 304호'에서 '나리공방'을 운영하는 화자 '나'(나리)는 잠복결핵 보균자의 진단을 받고 그녀의 가까운 이웃 수미는 코로나 확진자로 진단되면서 인물들의 사적인 삶은 공적 면역정치의 대상으로 노출된다. 가령 소설 초반부 병원을 나선 '나리'가 포토라인에 서서 수많은 카메라에 노출된 채 감염병과 무관한 기억에까지 답변하는 장면(다소 비현실적으로 읽히는 이 시퀀스의 삽입은 그러한 비현실적 순간이 현실이 될 수도 있다는 것을 시사한다.)이나, 분노조절 실패의 순간이 딸(서하)의 화상 수업에 적나라하게 노출된 '수미'가 수치심과 죄책감으로 물든 자신의 "역겨운 면상"(142쪽)을 역학조사관에게 셀카 사진으로 전송해야 하는 장면이 그 사례이다. 특히 여기서 수미는 학원의 버스기사로서 수많은 아이들의 등·하원을 안전하게 책임지면서 많은 엄마들의 역할을 대리 수행했음에도 불구하고, 정작 자기 가정의 돌봄 주체로서 엄마의 역할은 제대로 수행하지 못했던 자격 미달의 주체이자 애초부터 정신적 질환을 지니고 있는 불안한 주체 그리고 "치부가 다 까발려진 저 여자"(110쪽)로 전락한다. 격리와 배제를 위한 역학조사는 "엄마의 도덕성에 대한 심문"[8]으로 확장되면서 사회적 재난의 책임을 특정 개인의 사정으로 봉인하는 관습적 처리방식으로 귀결된다.

　'딴산 마을 사람들'의 사정도 다르지 않았다.

---

[8]　이지은, 「감염병의 사회적 형식과 돌봄의 탈가족주의」, 『창작과비평』 2023년 겨울호, 347쪽.

딴산 사람들은 서로를 유추하지 않았다. 그이가 결핵 환자였는지 천애 고아였는지 노숙 정신병자였는지 간질 환자였는지 몸을 팔던 여자였는지 굳이 물어서 알려고 하지 않았다.

그들은 하나만을 알았다. 어떤 이유로 들어왔든 딴산에 들어왔다는 건 아무 데도 갈 곳이 없었다는 뜻이었다. 그들에겐 세상 어디에도 자신의 한 몸을 누일 장소가 없었다. 있을 자리가 없었다. 죽을 데가 없었다. 그래서 딴산으로 들어갔다.

그들이 딴산에 들어가자 사람들은 더 이상 딴산에 나물을 뜯으러 가지 않았다. 도토리를 주우러 가지도 않았다. 수세 독촉자들도 딴산엔 들어가지 않았고 수세를 거부하자며 서로를 독려하던 농부들도 딴산의 농부들은 예외로 두었다.

- 『마주』, 224~225쪽

뉴스에서는 불안에 떨고 있는 여안 사람들을 보도했다. 최초 감염원도 감염 경로도 밝혀지지 않은 상태였지만 여안 사람들은 딴산에 대한 출입 제한을 더욱 철저하게 해달라고 호소하고 있었다. 사는 내내 불안했다고, 몇십 년을 그랬다고, 주민 누군가의 인터뷰를 보다가 나는 잠시 심호흡을 했다. 뉴스는 딴산마을이 결핵 환자들이 모여 살던 마을이라는 걸 밝히며 다시 다른 주민의 인터뷰를 이어가고 있었다.

여안 사람들에게조차 존재하지 않는 곳으로 여겨지던 딴산은 코로나19 집단감염으로 육십 년 만에 그렇게 세상에 존재를 드러냈다. (『마주』, 276~277쪽)

'만조 아줌마와 그의 팀원들'은 여안에서 손꼽히는 사과농장의 일'꾼'["급히 구한 일당들 말고 일 제대로 하는 꾼"(201쪽)]이었다. 딴산 크루들이 일사분란하게 비탈밭의 사과를 수확하고 축제를 준비하는 장면을 떠올리는 것만으로도 충분할 터, 그들은 부족한 노동력과 돌봄의 역할(방학 동안 나리를 돌봐주던 만조 아줌마)을 대리보충해 주는 지역사회의 일원이었다. 여기에 "여안에 살면서도 딴산이 그냥 산인 줄 아는 사람이 적지 않았"다거나 "누군가에게 딴산은 전혀 존재하지 않는 곳"(220쪽)이기도 했다는 진술을 덧붙여 보면, 사실 여안 사람들과 딴산 사람들은 '함께' 살고 있었다.

면역정치는 '딴산'을 다시 오염의 대상으로 외부화시켰다. 그곳은 다시 "무서운 곳", "찝찝한 곳"(220쪽), "결핵 환자들이 모여 살던 곳"(221쪽)이라는 오염의 장소성으로 환원되어 버렸다. 오염에 대한 인식은 대상이 제자리를 이탈했을 때 발생한다. 자리를 이탈한 오염원과의 접촉은 주체를 잠재적 오염물이 될 위험에 처하게 한다. 딴산에 대한 오염의 라벨링(결핵, 정신병, 간질, 늙음, 병균 등)들은 단지 전염에 대한 불쾌가 아니라 장소 바깥의 타자가 장소를 이탈하는 것에 대한 혐오의 생산물이다. 여기서 놓치지 말아야 할 것은 오염원으로 인식되는 것들(가령 체액, 구토물, 배설물, 호흡한 공기 등)이 사실 한 때 내 몸의 구성하던 일부였다는 것이다. 한때 함께 섞여 살았으며 식별이 불가능했던 딴산 사람들처럼. 따라서 오염의 라벨링 작업은 사회적 경계 긋기를 통해 생산되는 정치의 결과물이며, 혐오를 유발하는 것은 단지 이러한 면역정치의 경계를 위반했다는 의미에 불과하다. 따라서 오염의 정의하는 면역정치는 오히려 그 사회의 오래된 관습이 퇴화 또는 퇴행 중이라는 사실을 폭로하는 일이다. "혐오는 자신의 몸이 퇴화하고 있으며 유한하다는 것을 자각할 때 생기는 불안"[9]과 연관되어 있기 때문이다.

특정 개인이나 집단의 취약성을 폭로하고 정상성의 내부와 외부의 경계를 재강화하는 방식으로 재난의 편재성을 은폐하는 오래된 관습은 최은미의 소설에서 '딴산 사람들'에 대한 코호트 격리 조치로 그 무능력한 민낯을 드러낸다. 재난이 취약한 존재들을 더 위험한 처지에 놓이게 한다는 바우만의 진단[10]은 자연적 재해 그 자체의 위험성이 아니라 그것을 처리하는 사회적 방식에 대한 우려였음을 상기할 필요가 있다. 딴산 사람들에 대한 면역정치는 감염병 확산에 있다기보다 잠복되어 있었던 그들에 대한 차별적 인식을 다시 드러내고 관계맺음의 고리를 끊어버리는 인상을 준다. 잠복성 보균자를 확정적 감염자로 만들고 그들의 삶터에 오염의 장소성을 부여하는 면역정치의 민낯은 눈을 가린 채 칼을 휘두르는 것만큼이나 무능력하고 무분별하고 무책임하다.

그러나 주목해야 할 점은 최은미의 소설이 노출시키는 것이 이러한 면역정치의 폭력성에 있지 않다는 것이다. 이 소설이 죄책감과 수치심과 불안에 놓인 자기혐오를 전면화하면서 역설적으로 사회의 관습적 이데올로기를 폭로하는 서사이기만 했다면, 결코 '만조 아줌마'와 '딴산

---

9 마사 누스바움, 『혐오와 수치심』, 조계원 옮김, 민음사, 2015, 180쪽.

10 지그문트 바우만, 『부수적 피해』, 정일준 옮김, 민음사, 2013, 15쪽. 바우만은 라틴-아메리카계 미국인이 겪는 자연재해를 연구하면서 다음과 같이 말한다. "우리는 자연재해가 어느 정도 공평하고 무작위적이라고 생각하곤 한다. 그렇지만 언제나 가난한 사람들이 위험한 처지에 놓인다는 것이 지금까지의 실상이다. 가난하다는 것은 그런 의미이다. 가난은 위험하다. 흑인인 것은 위험하다. 라티노인 것은 위험하다." 이 문장의 행간에는 사회적 차별이 재난의 불평등을 강화한다는 진단을 담고 있다.

사람들'의 이야기가 들어설 자리는 없었을 것이다. 이는 최은미 소설의 전략적 목표 지점이 임무니타스와 코무니타스의 역설 관계를 폭로하는 면역사회의 민낯이 아니라, 우리의 기억에 잠복한 과거의 복원을 통한 돌봄의 정치성에 있다는 사실을 시사한다. 그 한 가운데 만조 아줌마가 있다. 최은미의 소설은 자기혐오가 아니라 그것을 넘어서는 지점으로부터 도래했다. 타인의 삶에 기꺼이 자신의 몸을 겹쳐보는 것, 배제하면서 분리하는 것이 아니라 공감하면서 함께하는 것, 서로의 삶을 마주하고 돌보는 것, 소설의 첫 문장이 그 증거다.

"나는 다른 사람의 신발에 발을 넣어본 적이 있다."(8쪽)[11]

소설의 화자인 '나리'의 몸에 결핵균이 잠복하고 있다는 사실은 그녀의 기억을 오래전 거쳐 간 만조 아줌마와의 상호 돌봄의 마음이 잠복하고 있다는 것을 뜻한다. 따라서 "이나리라는 인간에 대한 총체적인 진단이 필요"(139쪽)하다는 말은 의학적 진단이 아니라 과거에 봉인되어 버린 그 마음의 장소를 찾아야 한다는 소설의 플롯을 암시하는 문장이다. 그 마음이 깊은 곳에 봉인되어 있는 것처럼, 만조 아줌마와 딴산 사람들의 이야기는 책의 두꺼운 페이지를 한참이나 넘겨야 드러난다.

잠복성 결핵보균자에 대한 병리학적 정보는 다음과 같은 사실들을 사유하게 한다.

---

11 소설의 후반부에 이 증거의 기원이 있다. 사과밭의 양조장에서 만조 아줌마가 만든 발효주에 흠뻑 취하던 "단 한 번의 예외"(258쪽) 같던 밤, "숱하게 펼쳐진 신발들 중에서 내 신발을 찾던 몇 초, 혹시라도 몸이 기울다 다른 사람의 신발에 발을 넣을까봐, 그 사람을 실감해 버릴까봐 바짝 긴장하던 몇 초"(259쪽)의 순간으로. 이 문장을 획득했을 어떤 순간, 아마 소설가 최은미는 시인 최은미가 되는 몇 초의 순간을 경험했을지도 모르겠다. 소설의 첫 문장은 그 고양의 순간이다.

먼저 잠복성 상태는 감염자와 비감염자를 식별할 수 없다는 말과 다르지 않다. 이는 면역정치의 구별짓기가 무기력하다는 뜻이면서, 나리와 수미의 차이가 식별 불가능하다는 뜻이기도 하다. "코로나19 감염자와 결핵 보균자가 하는 검사에 같은 항목"(141쪽)이 있어서 두 사람이 모두 객담 배양 검사를 받는 점과 "호흡기내과적 질환과 신경정신과적 질환이 별개가 아닐 수도 있"(139쪽)다는 소설의 설정이 그 증거다. 두 인물은 짝패다.

코로나와 공황장애는 타자와의 관계맺음을 감염의 경로로 인식하면서 이를 금기시한다는 유사성을 공유한다. 이 맥락 안에서 타자와의 관계맺음은 죄책감과 불안으로 연결된다. 그래서 상가의 해결사를 자처하던 나리의 "오지랖"은 "방어적인 태도"(133쪽)로 전환되고 수미는 격리된다. 이들에게 필요한 것은 관계의 복원이다. 그러니까 나리가 만조 아줌마를 만나야만 했던 이유는 "내 몸속에 잠복한 결핵균이 딴산발"(255쪽)이어서만이 아니라, 그것이 수미의 상처를 치유함으로써 짝패인 자신을 구원하는 길이기도 하기 때문이다. 나리가 수미와 함께 만조 아줌마를 찾아가게 되는 서사의 흐름은 과거로부터 송신되었으나 미해결된 상태로 봉인된 감정들(죄책감, 수치심)을 대면하는 과정이다.[12] 이는 코로나가 사회 공동체에게 던진 질문, '벽을 높이고 관계의 경계선을 진하게 긋는 일이 근본적인 해결책인가?'라는 질문에 대한 최

---

[12] 이 과정을 통해 만조 아줌마와의 기억을 복원한 나리는 수미에게 다음과 같이 말할 수 있게 된다. "서하를 보고 있는 어른이 너뿐이 아니라고, 너만이 아니라고, **가족이어서 해줄 수 없는 게 있다는 걸 받아들이라고, 가족이 아니어서 할 수 있는 게 있다는 걸 믿어보라고,** 가족 아닌 그이들이 저기 있다고, 수미가 체감할 때까지 나는 언제까지고 말해줄 수 있었다. (304쪽) 가족을 넘어서는 이 관계성의 제안이 최은미가 소설을 통해 전달하고 싶었던 확장된 돌봄의 메시지인 듯하다.

은미의 답변이다. 주체가 제 몸 바깥으로 내뱉은 후 봉인해 버린 자기 자신과 '마주'해야 한다는 전언 말이다. (소설은 이 지점에서 사회적 의제를 개인의 이야기로 환원하면서 가장 소설적인 방식으로 문학의 역할을 수행한다. 격리하고 구별하는 대신 한 인물을 통과한 삼십 년의 시간을 송두리째 소환하면서 기억의 역학조사를 수행하는 방식으로. 그렇게 소설은 봉인된 시간과 다시 '마주'하는 플롯으로 이행한다.)

반면 잠복성 결핵보균자(나리)는 자신의 면역력으로 결핵균을 '억제'한다는 점에서 바이러스를 전파하는 코로나 감염자(수미)와 다르다. 이는 수미에게는 없는 어떤 저항성이 나리의 삶에는 각인되어 있다는 것을 의미한다. 수미는 자신이 겪은 불행들이 딸 서하에게도 발현될 것을 불안해한다. 그래서 "나한테서 나온 애가 멀쩡할 리가 없다는 생각"(161쪽)에 봉인된 채 온갖 악담으로 딸을 옥죈다.[13] 수미가 겪었을 젠더 폭력과 차별은 분노조절장애와 자기혐오로 변이되어 딸에게 전염될 위험성에 노출되어 있다. 전염되는 것은 질병이 아니라 불안과 자기혐오이다. 그래서 나리는 수미를 만조 아줌마의 사과밭으로 데려 간다. 만조 아줌마와 그의 팀원들이 사과농사를 짓고 축제를 벌이고 발효된 사과주를 함께 마시고 취하는 곳으로. 그곳에서 수미는 비로소 딸 서하와 '마주'하고, 불안을 통과한 수미는 "'비감염자'들보다 단단한 면

---

13 "수미는 서하를 서하로 여기지 않았다. 자신의 확장으로 여겼다. 너한텐 아마 안 좋은 남자애들이 다가올 거야. 너는 누구를 만나도 그 결핍을 채우지 못할 거야. 너는 좋은 배우자를 고르지 못하겠지. 너한텐 좋지 않은 상황이 반복될 거야. 그런 건 하지 마. 거기엔 가지 마. 그건 너무 위험해. 제발 나를 안심시켜줘. 나를 힘들게 하지 말아줘."(166쪽)

역"(269쪽)을 갖춘다. '딴산'은 격리되어야 할 질병이 아니라 항체의 생산처이다.

수미와 달리 나리는 (비유적으로 말하자면) 이미 사과주에 취한 적이 있다. 나리는 어린 시절 만조 아줌마의 은밀한 항아리에서 발효되는 술을 몰래 먹었던 사실을 기억해낸다. "모르는 아저씨 앞에서 헤헤거린 딸아이의 행동"(254쪽)은 수세 거부 운동을 벌이던 사과농장 마을에서 불법으로 술을 제조했다는 빌미가 되었고, 소리 없는 비난을 피해 가족은 사과밭을 정리하고 여안을 떠나게 되었다. 그래서 간혹 엄마 몰래 생라면과 아폴로를 먹기도 했던 자신에게 "먹는 행위는 늘 죄책감과 연결"(228쪽)되었다는 것도 기억해낸다.

이 죄책감은 소설에서 나리의 아름답고 여성스러운 외모, 여자들에게는 질투와 불안을 남자들에게는 관심과 애정을 불러오게 하는 귀여운 외모라는 두터운 외투에 가려져 있었다. 이 죄책감의 외투를 걷어내면 거기에는 만조 아줌마가 비탈진 사과밭에 서서 "나리 니 탓이 아니라고. 너를 그렇게 둬서 미안하다고"(255쪽)말하며 팔을 쓸어내려주던 기억이 웅크리고 있다. 그리고 "나는 그 말이 지난 삼십년간 내 어딘가에서 숨죽인 채 살아 있었다는 사실을 실감"(255쪽)하게 된다. 이것이 수미에게는 없지만 나리에게는 있는 면역력의 정체라는 사실을 소설은 긴 서사 끝에 보여 준다. 사과주에 취한 경험은 일탈, 비정상, 바이러스에 노출을 환기하지만 정작 소설은 그것이 역설적으로 누군가에게 진심, 위로, 공감, 따뜻함이라고 말한다. 만조 아줌마는 결핵균만이 아니라 돌봄의 마음이라는 항체도 함께 주었기 때문이다.

백수린의 소설이 던진 질문을 최은미의 소설에 대입해본다. 만조 아줌마와 그의 팀원들은 무슨 힘으로 눈부신 방향으로 뻗어가는 걸까? 어쩌면 그것은 "이야기의 설정 자체를 바꾸고 싶다는 생각"에서 나온 듯하다.

> 만조 아줌마는 딴산 그이들 몇과 마음 맞는 동네 그이들 몇을 모아 사람들의 서명을 받으러 다니기 시작했다. 그들이 내건 슬로건은 '자녀들을 위한 통학버스 배차 증가'였다. 많은 사람들의 서명과 여론을 이끌어낸 포인트는 '자녀들을 위한'에 있었지만 사십분 간격으로 오던 버스가 이십분 간격으로 오게 되면서 민물고기 대야도 다시 버스에 실을 수 있게 되었다. …(중략)…
>
> 선글라스 여자가 말했다. 버스 배차가 실제로 늘어나는 걸 경험한 여자들은 농번기만이라도 마을에 탁아소를 운영하기 위해 움직이기 시작했다. 갓난아기 앞에서 멈춘 소에 대한 애정으로 이야기를 마무리 짓던 여자들이 이야기의 설정 자체를 바꾸고 싶다는 생각을 하게 된 것이다.
>
> — 『마주』, 234~235쪽

설정 자체를 바꾸는 일은 만조 아줌마와 '그이들'이 놓인 장소성을 근본적으로 재배치하는 것과 같다. 사회가 부여한 오염의 장소에서 스스로 빠져나옴으로써 삶의 방식과 관계의 방식 자체를 변화시키는 일이기 때문이다. 이는 백수린 소설의 이모들이 제 삶을 움츠리게 하는 외로움을 극복하는 방법과 다르지 않게 읽힌다. 이러한 힘으로 만조 아줌마는 전염병에 감염된 오래된 나무들을 베어 묻어버린 후 새로운 사과를 만들어 낸다. 더 자주 묘목상을 오가면서 더 많은 접목묘들을 만들어 내면서 이야기의 설정 자체를 재배치한다.

그래서 그이들의 사과 농장에는 일하기에 좋은 키 작은 사과나무가 있고, "빨갛기만 한 것도 아니고 노랗기만 한 것도 아니고 초록빛만도 아닌 사과"[14](242쪽)들이 있다. "딴산의 접목주들에서 따온 조금씩 다른 느낌의 사과들"(249쪽)은 서로 다른 존재들과 공존했을 때 생명력이 강해지고 제각각 아름다워 진다는 사실을 암시한다. 여러 빛깔의 사과는 규율화된 관습과 체계 바깥에서 생성되는 다양한 삶의 얼굴들과 같으며, 대화를 자제하라는 재난 문자에 아랑곳하지 않고 모두 함께 취한 채 "그곳의 모두가 예뻐진다"(248쪽)고 외치던 어느 밤을 함께 하던 사람들의 발그레 물든 제각각의 얼굴빛과도 같다. 그날 밤 이들이 마신 것은 술이 아니라 가족이라는 울타리를 훌쩍 넘어서는 돌봄의 마음이다. 서로를 들여다보고 마주하며 넘나드는 마음은 그래서 소설 곳곳의 인물들(서하, 썬글라스 여자, 은채의 낡은 서랍장을 가져간 여자 등)에게 전염된다. 가족이 아닌 이웃에게 어떻게 그런 마음일 수 있는지 묻는다면, 아래의 인용문이 이 연쇄적 돌봄의 시작점이었다는 것을 밝혀 둔다. 잠시나마 같은 곳에 머물러 주는 마음.

> 겨울이었는데, 나리가 그때 학교에 들어갔을 땐가 모르겠다. 한 겨울 아침에 애가 손등이 허옇게 터서는 강아지 밥그릇을 들고 울고 있는 거야. 강아지 밥이 꽝꽝 얼었다고. 꽝꽝 얼어서 강아지가 먹을

---

14 이 장면의 문장들을 보면서 커다란 무력감을 느꼈음을 고백한다. 이 무력감은 비평적 언어 또는 사회과학의 언어로 표현된 딱딱하기 그지없는 '다양성' 또는 '혼종성'과 같은 언어의 느낌을 초과하는 문학의 힘 앞에서 느낀 숭고함의 다른 이름이다.

수가 없다는 거야. 아니 겨울에 밖에 내놨으니까 얼지. 들여놓으면 다시 녹는다고 해도 듣지를 않아. 얼마나 울음을 안 그치는지. 나를 보더니 계속 우는 거야.

— 『마주』, 282쪽

4. 울타리 밖의 이모들

이 글에서는 자세히 다루지 못했지만 근래 한국 소설들에는 다양한 입사각으로 돌봄의 문제를 환기시키는 '이모'들이 다수 등장하고 있다. 전하영의 「숙희가 만든 실험영화」(『릿터』, 2023년 6/7월호)에는 40대 후반의 '미혼 이모' 숙희와 육십대 중반이 되면 비수도권의 주택에 모여 '서로의 식구'가 되어주기로 약속한 그녀의 친구 이모들이 등장한다. 이 소설은 여성에게 요구되는 모성 이데올로기의 바깥에서 결혼 제도의 틀에 묶이지 않는 여성들의 탈가족적 연대 가능성을 보여 준다.

최은영의 『아주 희미한 빛으로도』(문학동네, 2023)에 실린 작품 중 「이모에게」에는 "웃고 싶지 않을 때 웃지 않아도 되는 사람이 되기"(「이모에게」, 264쪽)를 바라는 이모가 등장한다. 이 문장은 그녀가 젠더 위계의 수직적 관계가 요구하는 성 역할을 그대로 수용하지 않아도 되는 방향으로 돌봄을 수행한 인물임을 단적으로 보여 준다. 또 「사라지는, 사라지지 않는」은 식모살이를 하던 어린 시절에는 주인집이 요구하는 돌봄의 임무를 수행했음에도 언제나 외부자이자 불순물이었던 '기남'이라는 인물이 나이가 들어서 자신의 딸로부터 보살핌을 받지 못하는 돌봄의 소외를 경험하는 이야기를 보여 준다. 이러한 돌봄과 보살핌의 엇갈림은 딸 '우경'의 집에서 '헬퍼'로 종사하는 '제인'의 처지와 겹쳐지면서 하위 계층에게 전가되는 젠더화된 돌봄 노동의 모습을 형상화하고 있다. 구체적 서사는 저마다 다르지만 이 작품들은 이전 세대와 후세대 여성들이 살아가는 세계가 평면적이지 않으며, 따라서 이들의 삶도 단일한 행동 양식으로 환원되지 않는다는 사실을 공통적으로 지시하고 있다.

돌봄, 상호성, 더 쉬운 말로는 '함께'라고도 할 수 있는 관계의 방식은 최은미의 표현을 빌려 '타인의 신발에 자신의 발을 넣어보는 행위'와 다르지 않을 것이다. 팬데믹 감염병의 시대와 사회적 재난을 통과하면서 우리 사회는 공동체(코무니타스)의 면역 강화를 위해 오히려 공동체를 해체하는 방식으로 고통을 외주화해 왔다. 이에 역행하면서 최근의 한국문학은 페미니즘 리부트와 백래시를 통과하면서 코무니타스를 강화하는 하나의 방식을 보여 주고 있는 듯싶다. 이모로 상징되는 여성들의 돌봄의 확장과 연대는 가족의 경계선을 확장함으로써 젠더의 문제를 공동체의 차원으로 돌봄과 함께 살아가기의 차원으로 이동시키는 역할을 해내는 중이다.

어느 청년의 소행성 일기
– 서이제의 「#바보상자스타」

1. 영상매체의 문법으로

서이제의 「#바보상자스타」[1]는 소행성들의 이름으로 소제목을 붙인
후 짧고 무작위적으로 이야기들을 나열하는 독특한 구성을 보여 준다.
등단작에서도 숫자의 배치를 의도적으로 바꾸고 서사를 파편화시킨 바
있으니, 작가의 일관된 형식을 관계의 고리가 희미해지고 개인화되는
지금 현세계의 모습을 재현하는 방식으로 보아도 좋을 듯하다. 찾아보
니 이런 인터뷰가 있다.

소설 「0%를 향하여」에서는 문단으로 나눈 100에서 0으로 갈 때
까지 물리적인 공간들을 선택해서 가는 방식이었고, 「그곳에서」라는
소설은 스도쿠 형식을 가져와 소설을 썼어요. 스도쿠가 복잡해 보이

---

1 서이제, 「#바보상자스타」, 『문학동네』 2021년 봄호.

지만 그 안에 체계가 있잖아요. 기존 구조 말고 새로운 구조를 빌려 쓰는 방식을 늘 고민하고 있어요. 저는 이야기를 단락으로 나눠 쓰는데 이때 문단도 나누지 않거든요. 한 단락을 마치 퍼즐 조각처럼 만들어서 여러 단락이 각자 다른 읽기 속도와 방식을 가지게끔 만들고 싶다는 고민을 했어요. 한편으로는 순서에 상관없이 읽어도 좋겠다는 생각도 들고요.

-『마리끌레르』[2]

평면적 공간에 쓰인 문장과 이야기들이 입체적 시공간에서 읽혀지고 말해지는 느낌이다. 마치 음성지원되는 것 같은. 또는 유튜브와 같은 영상매체의 문법으로 서이제의 문장들이 읽히고 소비되는 것 같다. 고전적 방식의 서사구조를 따르지 않는다. 그러나 규범이 아니니 문제될 이유가 없다. 그러면서도 하나의 단락 안에 전체의 이야기가 함축되어 있다. 1에서 100으로 나누어진 숫자들의 결합 방식이 반드시 1부터 100일 필요가 없는 것처럼, 수많은 조합의 방식이 가능한 것처럼. 모나드처럼. 나누어진 단락과 단락들은 때로는 '짤' 영상처럼 속도감있고 압축적으로 한 현상을 지시한다. 그런데 또 재밌는 것이 이렇게 읽어도, 그러니까 순서에 상관없이 추천되는 알고리즘처럼 무작위적으로 읽어도 이야기가 된다. (그래서 이 비평문도 서이제의 방식처럼 써볼까 한다. 잘 될지는 모르겠지만.)

---

2   https://www.marieclairekorea.com/lifestyle/2021/04/young-writer-1/

2. 엄마의 청춘

그룹 사운드 〈마그마〉와 조하문, 80년대의 대학 캠퍼스, 운동권, 6월 항쟁, 미니스커트, 유미리 〈젊음의 노트〉 등등. 서이제의 소설 「그룹 사운드 전집에서 삭제된 곡」[3]들이 지시하는 과거의 소행성들이다. 많은 별들이 반짝이다 사라지고 많은 과거의 시간들이 우주 공간을 유영하다 충돌하고 대기권에서 흔적 없이 타버리기도 한다. 중력이 강할수록 추락의 각도도 가팔라지듯이 성공의 신화와 핍진한 청년들의 삶의 격차가 클수록 슬픔의 깊이도 깊어진다. 민주화 투쟁이 한창이던 시대의 한편에서 엄마 김미경이 보여 준 실존의 분투가 이와 다르지 않다.

> 김미경은 어릴 적부터 가수가 되고 싶었다. 가수가 되려고 집을 나갔다가, 첫째 오빠에게 잡혀서 죽도록 맞았다. 죽도록 맞으면서 들었던 말. 천박한 짓 하고 돌아다니지 마라. 죽도록 맞기 전에 그는 단지 노래를 하고 싶었다. 춤을 추고 싶었다. 자유롭고 싶었다.
>
> —「그룹사운드 전집에서 삭제된 곡」, 193쪽

사실 엄마 김미경에게는 거리의 투쟁현장에서 회자되던 '자유'와 자신이 꿈꾸었던 '자유'가 크게 다르지 않았을 터, 청년 김미경에게 노래는 자유의 신호였고 삶의 목적이었다. 그러나 그녀의 꿈은 가부장적 질

---

3 서이제, 「그룹사운드 전집에서 삭제된 곡」, 『웹진 비유』 2020년 4월. (이후에는 본문에 작품명과 『2021년 올해의 문제소설』(푸른사상, 2021)에 수록된 쪽수로 기록)

서에서 탈주하는 '천박한 짓'으로 매도 당했고, 그래서 가부장의 질서 계승자인 오빠에게 붙잡혀 '죽도록' 맞았다. "80년대 한국은 딸과 어머니, 모두에게 거주지 이탈 금지의 명령이 시행되는 곳"[4]이었다. 가부장의 율법은 여자 김미경에게 성과 음반의 교환관계를 요구했던 음반 기획자와 끝내 청춘 김미경을 엄마 김미경으로 주저앉힌 예비 남편 정명일의 고리로 완성되었다. "엄마가 아닐 수 있었던 마지막 기회"(194쪽)와 함께 김미경의 청춘은 종결을 고하게 되었다.

그렇게 청년 김미경은 엄마 김미경이 되었고, 가정이라는 제도의 울타리 내부로 편입되었다. 근대적 권력 질서(사실은 남성 권력 질서)의 자장 바깥으로 벗어나지 않았고, (다행히) 남편은 죽었고 오빠는 서사에서 사라졌다. 그래서인가, 엄마가 초점화되는 서이제의 문장은 경쾌하다. 하지만 이제 다시 노래를 하고 싶다는 엄마 김미경의 현재는 명멸하는 별처럼 위태롭다.

딸인 화자 '나'는 취업에 성공했다. 김미경의 딸이 사는 현재 대한민국 청춘의 최대 과제가 취업이고, 취업이 현재의 세계 경쟁의 경제 질서에서 살아남을 수 있는 유일한 돌파구이면서 위너가 모든 것을 가져가는 가혹한 체제(세대 내 경쟁에서 세대 간 경쟁으로, 국가 내 경쟁에서 세계 간 경쟁으로)에서 자기 실존을 보존할 수 있는 유일한 통로로 제시된다는 점을 볼 때 '나'는 성공했을지도 모른다. 나의 입사(入社)는 청춘이 자본주의 체제의 질서에서 시민으로서의 자질을 증명해야 하는 입사식(통과의례)을 거친 것으로 보일지도 모르겠다. 그래서 딸인 나는

---

4 박신영, 「청춘이 잉태되는 그 밤」, 『2021 올해의 문제소설』, 푸른사상, 2021. 서이제의 작품 해설.

엄마 김미경이 음악 교습을 받고 싶다고 했을 때, "그냥 지내던 대로 지내지 갑자기 왜 이래"(191쪽)라는 가부장의 언어를 답습했을지도 모르겠다.

> 나는 나의 젊은 날, 그러니까 지난 20대를 그려보면, 머릿속에 남는 건 대학과 휴학과 아르바이트뿐이었다. 어쩌다가 대학을 8년 동안 다녔는지 모르겠지만, 졸업과 함께 남은 건 빚뿐이었고, 이제 내게 남은 일은 더 큰 빚을 지거나 빚을 갚는 일뿐이었다.
>
> — 「그룹사운드 전집에서 삭제된 곡」, 193~194쪽

그러나 앞으로도 꾸준히 '나'의 인생의 동반자일 것 같은 '빚'을 볼 때 엄마와 딸의 청춘이 그리는 궤도가 달라보이지 않는다. 엄마 김미경의 청춘은 그룹사운드의 수록곡에 실리지 못했고, 딸의 청춘도 통장 잔고의 숫자들처럼 잠시 반짝이다 사라질 것 같다. 아주 오래전 지구와 충돌해 파편처럼 사라진 소행성들처럼 우주의 별처럼 빛나고 싶던 과거의 시간들과 청춘의 시간들은 중력을 이기지 못해 목하 추락하는 중이다.

3. 소행성들

「#바보상자스타」에 등장하는 주인공 청년 김진호의 빛도 빠르게 희미해지는 중이다. 우주에서 빛나는 천체들이 모두 별은 아닌 것처럼, 지구생명체 인간들도 모두 빛나지 않는다. 누군가는 성공의 신화를 쓰면서 SNS에 여유롭고 풍족한 소비 기호를 배경으로 찍은 사진을 올리

겠지만, 누군가는 디스플레이 앞에서 좌절하고 열등감을 느끼며 지구
의 무거운 중력을 실감하고 있을 테니까. 우주항해의 꿈을 이루기 위해
검은 무중력의 공간으로 쏘아올린 무인탐사선들이 "우주 어딘가에서
자신의 임무를 성실하게 수행"하고 있는 것처럼 누군가는 제 몫의 영역
과 노동을 하며 제 몫의 임금과 제 몫의 행복을 누릴 것이지만, 누군가
는 "우주 어디쯤 이름도 없이 떠돌고 있을, 먼지와도 같이 작은 천체들"
처럼 "상상할 수도 없을 만큼 크나큰 우주"(이상 271쪽) 앞에서 제 이름
도 없이 명명되지도 못한 채 무력감과 좌절을 경험하고 있을 것이다.

2001GP2

소행성은 발견된 연도와 순서에 따라 임시 이름이 붙었다. 궤도
가 확정된 후에야 고유번호와 이름을 붙일 수 있었는데, 절차가 하
도 복잡해서 대부분의 소행성들은 발견된 이후로도 몇 년 동안이나
임시 이름을 가지고 우주를 떠돌았다. 어떤 소행성들은 임시 이름으
로 평생을 떠돌기도 했다. 아직 발견되지 않은 무수한 소행성들에는
이름이 없었다.

– 「#바보상자스타」, 242~243쪽

소설의 스토리는 간단하다. 사촌형 김재호는 고유번호가 있는 별이
고 화자 김진호는 임시 이름도 부여받지 못한 소행성이다. "재호는 11
월생, 나는 1월생"으로 둘은 사촌으로 같은 학년으로 입학했고 다른 중
학교를 다녔지만 같은 고등학교에 다녔으며 2학년 때는 같은 반이기도
했다. "재호는 말수가 적었고 나는 말이 많았다". 그러니까 그때는 진호
가 더 빛나는 별처럼 보였을까. 재호는 "한마디로 말해, 존재감이 거의

없는 그런 애"였다. 그런 재호가 싱어송라이터가 되고 싶다고 했을 때, 진호는 마음속으로 "헛된 꿈 꾸지 말고 지금이라도 정신차려서 공부하기를, 대학이라도 가서 어디라도 취직해 자기 밥벌이나 제대로 하고 살아가길, 진심으로 바랐다."(이상 236쪽) 그러나 졸업 후 몇 년 동안 연락이 없던 재호가 아이돌 그룹 '1pick'으로 데뷔를 했고 이름도 윤일오로 바뀌더니 어느새 우주대스타가 되었다. 그 사이 진호도 잠깐 잘 나가던 때가 있었다. "주식으로 소소한 재미"(234쪽)를 보다 아버지의 돈까지 끌어들여 투자를 했다. 하지만 이후 돈을 잃었고, 투자-창업-대출의 쳇바퀴를 돌다가 현재는 명절날 집에 가기 싫어 소행성과 지구 충돌을 바라는 상태다. 서이제가 이 소설의 작은 제목으로 붙인 소행성의 이름들 2020CD3, 2007TU24, 2018PP29, 1995XL2, 2015AC 등 무수한 기호들의 조합은 그래도 아침에 출근도장을 찍을 회사와 책상과 직함이 있는 존재들이다. 그들이 함께 모여 술을 마시고 구호를 외치며 각자 '우리'의 결속력을 과시할 때, 이름을 얻지 못한 우주의 '먼지'들은 '우리'(라고 부를 수 있는)의 세계로 직함과 함께 호명될 수 있는 세계로 진입하기 위해 얼마나 노력하고 희망하고 또 외로움을 단련하고 있을까. 지금 이 순간에도.

4. 환상 속의 그대와 방구석의 그대

성공한 청춘과 실패한 청춘의 상반되는 이야기는 우주에서 빛나는 별과 지구의 중력에 갇힌 삶으로 대비되면서 행성 반대편의 어둠을 더 깊게 만든다. 이러한 차이를 서이제는 문장 배치의 급작스러운 낙차를 통해 선명하게 부각한다. 가령 이런 것들이다.

빛나는 디스플레이를 바라보다가, 태양으로부터 1초에 30만㎞를 달려 지금 이 순간에 도달한 빛에 대해 생각했다. 내가 태어나기도 전에 지구궤도로 발사된 허블 우주망원경에 대해 생각했고, 지금 이 순간에도 고독한 항해를 계속하고 있을 보이저호에 대해 생각하는데, 괜히 그런 걸 생각하고 있자니, 새삼 내가 백수라는 사실을 다시 한 번 새기게 되고 그랬다.

— 「#바보상자스타」, 229쪽

환상 속에 그대가 있다
모든 것이 이제 다 무너지고 있어도
환상 속에 아직 그대가 있다
지금 자신의 모습은
진짜가 아니라고 말한다

한 해가 지나가고 있었다. 소행성 충돌로 인한 지구 멸망의 가능성으로부터 한 발 멀어지고, 생명의 기원을 밝혀줄 날에 한 발 가까워지고, 멀어지고, 가까워지고, 재호는 카메라 앞에서 멀어지고 가까워지면 춤을 추고 있었다. 그렇게 새해가 다가오고 있었다.

그대는 방 한구석에 앉아 쉽게 인생을 얘기하려 한다.

— 「#바보상자스타」, 261~262쪽

5. 라이카와 햄

'라이카'는 모스크바 시내를 떠돌던 거리의 개였다. 어떻게 그런 걸 아는지 모르겠으나 1957년 소련의 과학자들은 이 개가 "똑똑하고 용감하며 인내심이 강하다"(231쪽)는 이유로 인간 대신 우주선을 타고 우주로 갔다. '스푸트니크 2호'를 탄 '라이카'는 "우주에서 일주일 동안 생존한 후" 예정대로 "안락사"되었다. 하지만 사실 '라이카'는 "발사된 지 몇 시간 되지 않아 고열과 스트레스로 사망"(이상, 232쪽)했다고 프로젝트에 참여한 과학자는 고백했다.

'햄'은 "유인우주선 개발연구를 위해 NASA에서 훈련을 받았던 실험체-65"(241쪽)로 명명된 침팬지였다. 실험체들이 점점 인간 종과 가까워졌다. '햄'은 1961년 머큐리-레드스톤 2호를 타고 우주로 향했다. 사실 '햄'이라는 이름은 지구로 무사히 귀환한 후에야 부여받은 이름이었다. 생명체가 우주 공간에서 견딜 수 있음을 확인한 NASA는 미국 최초의 유인 우주비행 계획인 '머큐리 프로젝트'를 추진했고 일곱 명의 우주인을 선발했다. 이들은 모두 "지적이고 건강한 백인 남성"이었고 사람들은 그들을 "머큐리 세븐"(이상 241쪽)으로 불렀다.

실험체들은 인간의 우주비행을 위해 희생되었고, 실험 결과에 힘입어 인류는 영웅을 탄생시켰다. 냉전시대 미국인들은 '머큐리 세븐'을 보며 꿈과 희망을 가지게 되었다. 희생제물을 바치고 얻은 하늘의 계시는 언제나 주술사의 기망이었듯이, 이는 인기 있는 아이돌 그룹이 탄생하기 위해 수많은 연습생들이 단 한 번의 조명도 받지 못한 채 잊혀지는 생존과 경쟁 구조의 냉정함과 허망함을 연상하게 한다. 미국과 소련의 우주개발이 치열하던 사이 많은 사람들이 "가난으로 고통받으며 죽어

갔고, 전쟁터에서 목숨을 잃어야 했다.”(244쪽)

완전히 묻힐 뻔했는데, 팬들이 여기저기 홍보하고 유튜브로 콘텐
츠 길어올려서 뒤늦게 〈Origin〉 대박 남. 얘들아, 사람 인생 어떻게
될지 모른다. 실력을 갖춘 사람에게는 언젠가 반드시 기회가 오는
것 같아. 열심히 살자. 아직 세상에는 희망이 남아 있어.

– 「#바보상자스타」, 257쪽

때문에 이런 기적들은 하나의 신화가 되지만, 최근에도 역주행 신화
를 쓴 어떤 걸그룹이 많은 사람들에게 희망을 주고 있지만, 그들의 가
상한 노력과 인고의 기다림에 공감하며 흘리는 눈물이 혹은 부러움이
나 희석된 열등감은 아닐지(그러면 진호와 같아지니까), 유튜브의 알
수 없는 알고리즘에 의해 연관 영상으로 뜨는 다른 신화들과 함께 착종
되지는 않을지, 나부터 점검이 필요할 것 같다.

6. 거짓의 성좌들

진호(그리고 나도)는 텔레비전을 보면서 꿈을 키웠다. 세기말 인기
였던 그룹 ‘Y2K’의 고재근을 보면서 가수를 꿈꿨고, 2002년 월드컵
과 박지성을 보면서 축구선수의 꿈을 꿨고(어느새 박지성이 지나간 과
거가 되었나), 소유스 TMA-12에 탑승한 한국 최초의 우주인을 보면
서 천문우주학자를 꿈꾸기도 했다. (239쪽) “1969년 아폴로 11호가 달
에 착륙했을 때도 전 세계 사람들은 텔레비전 앞에 있었다.”(233쪽) 꿈

꾸었던 것들은 모두 텔레비전이라는 바보상자 안에 존재했다. 그 꿈은 별처럼 멀고 과거에만 있는 것이어서 그리고 텔레비전도 어두워진 우주처럼 검은 모니터만 보여서, 지금 진호는 유튜브를 보면서 밥을 먹고 사촌형 김재호 아니 '1pick'의 '윤일오'의 일상을 본다. 유튜브의 알고리즘은 나를 여전히 바보로 만든다.

새로운 '바보상자'에서 재호 아니 윤일오는 고시텔의 공시생 박한나 씨(26), 외국인 노동자 썸낭 씨(22), 감농장을 운영하는 부부 이미애 씨(55)와 강준희(55) 씨, 그리고 시골에서 혼자 살고 있는 김옥순 할머니(82)를 찾아가 이야기를 나누고 명절을 함께 보낸다. 윤일오의 연출된 위로 행위는 그들의 외로움을 만져주고 희망을 주지만 사람들이 보는 것은 윤일오라는 별의 선행과 그로 인해 확장되고 널리 구전될 신화일 뿐이다. 내가 아는 진짜 재호형은 이제 명절에도 큰집을 방문하지 않는다. 그리고 "넷플릭스 다큐멘터리 〈1pick: 새로운 세상의 중심으로〉"에서 "메이크업을 하지 않은 재호의 얼굴은 피로"해 보였고, 공연장과 연습실과 대기실과 자동차 공간을 반복하다 재호는 "갑자기 울어버렸다."(이상 266쪽) 그 모습을 보다 '나'도 울었다. 재호가 왜 우는지, 자신은 왜 우는지 몰랐지만 "어찌된 까닭인지 그렇게 한바탕 울고 나니 마음이 개운했다."(266쪽) 아리스토텔레스의 『시학』의 논리가 비극의 양식이 아니라 유튜브의 양식에도 적용될 줄은 몰랐다.

7. 2006QQ23과 2021MD-S106[5]

이미 말했지만 밤하늘에 빛나는 수많은 천체들이 모두 별은 아니다.

천문학에서 별은 스스로 빛과 열을 낼 수 있는 항성만을 의미했다.

◇가짜◇가짜◇가짜◇가짜◇가짜

◇가짜◇가짜◇가짜◇가짜◇가짜

◇가짜◇가짜◇가짜◇가짜◇가짜

◇가짜◇가짜◇진짜◇가짜◇가짜

◇가짜◇가짜◇가짜◇가짜◇가짜

◇가짜◇가짜◇가짜◇가짜◇가짜

◇가짜◇가짜◇가짜◇가짜◇가짜

─「#바보상자스타」, 249쪽

잘 보면 '진짜'가 하나 숨어 있다. 나머지는 모두 별이 아니다. 노트북 앞에서 유튜브를 보면서 밥을 먹는 우리의 눈이 반짝 빛나는 것은 우리가 별이어서가 아니라 그 안에서 빛을 내는 별 하나가 반사된 환영 때문이다.

추신. 새로운 긴장

나의 좁은 세계관 안에서 소설은 항상 우리가 살아가는 세계의 짜임

5　서이제가 명명한 소행성의 이름으로 그 의미는 '2021년 문동-봄 통권106'이다. 소설가 서이제는 자신의 작품에 고유번호와 이름을 붙였다. 재야에는 이름 없는 수많은 소행성들과 같은 문청들이 떠돌고 있다. 그들에게 2021MD, 2021MS, 2021CB, 2021HM 등등은 모두 별이다.

새에 대한 비판이었다. 서이제의 소설은 우리가 살아왔고 또 살고 있는 이 세계의 짜임새에 대한 비판적 글쓰기의 새로운 양식을 제공하고 있다. 퀴어든 청년이든 소수자들의 다름을 차별하고 혐오하는 것은 관습적 율법들과 자본주의 경쟁체제가 생산하고 조직한 억압의 체계를 승인한다는 말이다. 마주한 '너'의 삶을 '나'의 그것과 차별적으로 본다는 것은 기존의 위계에 기반한 힘의 획득과 전승 메커니즘을 고착화하고 개인이 사회와 맺는 관계를 특정한 방식으로 억압한다는 것과 다르지 않다. 때문에 서이제가 보여 주고 있고 또 앞으로도 지속할 쓰기의 새로운 방식들은 세계와 구조를 긴장시키면서 현재의 퀴어 또는 소수자들의 목소리들이 서게 될 자리를 새롭게 발견하고 발명하고 명명할 것 같다.

남겨진 자들
– 한유주의『숨』과 정소현의『가해자들』

1. 쓰고 지우고 쓰고 지우고 – 한유주,『숨』

한유주는 자기 문장을 무화하는 방식으로 글을 썼다. 쓰고 지우고 쓰고 지우는 습관은 여전해서, 최근에는 "나는 통사를 잃고 있다"(「처음부터 다시 짖어야 한다」,『연대기』, 문학과지성사, 2019, 209쪽)라는 자백까지 한 바 있다.『숨』에서는 아예 '쓰지 마라'는 문장을 필두로 시작하는 방법을 잊어버렸다는 말로 글을 시작하고 있다.

쓰지 마라. 처음을 어떻게 시작해야 하는지도 잊어버렸다. 처음, 그러니까 시작, 시작하기 전에도 처음이 있다고 말할 수 있을지 모르겠다. 이건 무슨 말일까. 또 이래서는 안 돼. 이러면 안 돼. 또 이렇게 시작하면, 아니, 시작하지 못하겠다고 말하면서 시작하면 안 돼. 쓰지 마라, 누군가가 말했다. 누가, 아마도 내가. 쓰지 마라. 그래서 나는 쓰지 않기도 했다. 오랫동안. 그리고 쓰지 말라는 말을 괄

호에 넣어버렸다. (쓰지 마라)

- 「private barking」, 『숨』, 7쪽

이쯤이면 (전략이거나) 고질병이다. 처음을 시작했지만 이것이 시작이 아니라고 한다. 이미 쓰인 문장에 또 빗금이 그어지고, 나는 시작부터 거미줄에 걸린 듯하다. 그런데 조금 이상하다. 이렇게 시작해서는 안 된다는 부정어법의 반복이 쓰기에 빗금을 그으며 흔적을 남기는 전략(데리다)이 아니라, 어떤 이야기를 꼭 해야만 한다는 안간힘처럼 느껴진다. 언어의 불가능성이라는 덫에 갇힌 소설적 자의식의 표현이 아니라, 그럼에도 불구하고 제대로 된 시작을 해야만 할 이유가 있는 것만 같다. 그래서일까, '쓰지 마라'는 목소리는 괄호에 갇혀버렸다. (책을 보면 글자의 크기도 조금 작다. 의기소침하게)

낭비; 의미의 지연

물론 한유주의 글은 여전히 축자적이지 않아서, 글은 이내 자살과 죽음에 대한 상념으로 이어지고 이야기의 흐름은 해체되고 있다. 그래서 한유주의 소설들이 오랫동안 제기했던, '왜 쓰고 지우고 쓰고 지워야 하는가?'라는 질문을 할 수밖에 없었다. 찾아보니 한유주는 이미 답을 남긴 바 있었다.

나는 언어를 낭비하고 싶다. 나는 언어를 경제적으로 운용할 생각이 조금도 없다. 나는 언어를 탕진하고 싶다. 어떤 의미를 적확한 한두 단어로 드러내고 싶지 않다. 그것은 내게 가능하지 않기 때문이다. 나는 너를 묘사하는 일에 번번이 실패했다. 너. 구체적이지 않

은 대상으로서의 너. 대단히 구체적인 주어로 자리하는 너. 나는 너
를 설명하는 일에 번번이 실패했다. 나는 너의 이야기를 하나의 이
야기로 완성하는 일에 번번이 실패했다. 그래서. 쓰고 지우고 쓰고
지웠다. 그래서. 쓰고 지우고 쓰고 지운다.

─「처음부터 다시 짖어야 한다」, 『연대기』, 218~219쪽

'너'는 '나'가 키우던 시추종의 개다. 주어는 있지만 그것이 지시하던
개가 죽어버렸으니 주어의 자리는 비어있다. 이것이 묘사와 설명에 실
패하는 이유일까. 아니다. 개에게는 이름이 있었다. 가족들이 부르던
고유명사로서의 개의 이름. 언젠가 '나'는 죽은 개의 고유명사를 검색한
적이 있다. 그러자 인터넷 창에는 같은 이름을 가진 너무나 많은 개의
사진들이 나왔다. 종도 다르고 생김새도 다른 그 개들은 모두 사랑받고
있는 듯했다. '나'가 그랬듯이. 고유했던 그 이름은 죽은 개만을 지시하
지 않는다. 그래서인가, 작가는 죽은 개의 이름을 말하지 않는다. 개는
그냥 개다. "죽은 개를 특정하는 고유명사를 견딜 수 없"(85쪽)단다. 개
는 세상에 존재하는 모든 개의 총합이며, "모든 사랑과 유사한 감정들
의 총합 혹은 그 이상"(108쪽)이기 때문이란다. 그러니 "한국어에는 정
관사가 필요하다"(37쪽)는 '나'의 아쉬움은 특정 대상을 지시하는 정관
사의 부재가 아니라 언어의 의미론이 넘어서지 못하는 한계에 대한 아
쉬움이다. 전작들을 들춰보니 이런 말들도 있다.

이름을 제외한 모든 것을 말할 수만 있다면, 굳이 이름을 말하지
않아도 좋지 않을까요. 이름을 붙여줄 시간도 없이, 이름을 불러줄
시간도 없이 사라진 것을 나는 생각해요.

─「식물의 이름」, 『연대기』, 80쪽

그런 냄새에도 이름이 있을까요. 내게는 의미나 상징이 필요한
게 아니에요. 내게는 이름이 필요해요. 구체적인 이름이. 존재하는
모든 것을 가리킬 수 있는 이름이. 모든 것의 모든 이름이.

- 같은 글, 83쪽

존재와 현상을 가리지 않고 이름을 초과하는 이름이 필요한 이유는,
아마 씀과 씀의 흔적으로 남는 문자의 조합은 씀을 요청했던 무언가를
완전하게 쓰지 못하니까. 벤야민의 말처럼 태초에 말씀이 있었고 세계
(특히 고유명사들)에는 말씀의 흔적이 새겨져 있겠으나 인간의 언어는
이미 오래전 타락해버렸으니까. 그렇다면 쓰고 지우고 쓰고 지우는 행
위는 완전한 언어에 도달하기 위한 작가 한유주의 도전일까, 아니면 재
현 불가능성을 언어적으로 재현하는 증명일까.

두 가지 방법을 가정해보자. 경제적으로 쓰는 것과 낭비하면서 쓰는
것. 둘 중 어느 쪽이 '쓰기 이전의 있음'에 가까울 수 있을까. 나는 솔직
히 잘 모르겠다. 그러나 한유주는 알고 있다. '쓰지 않는 것.' 말은(글은
더더욱) 실재에서 멀어지니까. 그러나 '쓰지 않음'이 '쓰기 이전의 있음'
을 그나마 훼손하지 않는다는 사실을 '쓰지 않음'을 통해서는 보여줄 수
가 없다. 그래서 한유주는 낭비를 선택한다. 쓰고 지우고 쓰고 지운다.
어떤 이야기를 완성하기 위해서가 아니라, 실패를 기록하기 위해서 쓰
고 지우고 쓰고 지운다. 이 행위의 반복과 그 흔적들은 의미에 도달하
는 것에 결국 실패하겠지만 의미의 주변을 맴돌면서 의미가 있는 곳을
가리킬 수는 있을 테니까. 의미는 지연되겠지만 지연을 통한 확장을 꾀
할 수도 있으니까. 의미의 행성을 공전하는 수많은 위성들이 그리는 궤

도들의 총합이 행성의 형태를 간접적으로 지시하면서 아름답게 빛낼 테니까.

그래서 나는 괄호에 묶인 (쓰지 마라)가 ((이렇게는) 쓰지 마라)는 이중 괄호의 문장으로 읽힌다. 그리고 괄호를 벗기면, '제대로 된 방식으로 제대로 된 언어로 써야 한다'는 긍정의 의지로 읽힌다. 마찬가지로 '쓰고 지우고 쓰고 지우다'는 '쓰고 또 쓰고 쓰고 다시 쓴다'로 읽힌다. (쓰고 지운다는 통사는 반드시 두 번 이상 반복되어야 하는데, 그 이유는 한 번의 '쓰고 지우다'는 어떤 오류를 수정한 후 정답에 도달한 느낌을 주기 때문이다. 그러나 두 번 이상의 '쓰고 지우다'는 이 행위가 지연되고 유예되고 반복되면서 멈추지 않을 수도 있겠다는 느낌을 주기 때문이다. 한유주의 문법은 이 무한한 위성들이 반복하는 궤도의 총합 위에서 빛난다.)

자살; 죽음의 지연

그런데 왠지 이렇게 단정해서는 안 될 것 같다. 이런 분석과 설명은 한유주 소설에 대한 정당한 독법이 아닌 것만 같다. (쓰지 마라) 언어의 낭비라는 설명만으로는 '쓰지 마라'를 괄호에 넣어버린 '써야 한다'는 목소리의 당위성에 닿을 수 없다. 더구나 한유주 소설에 끊임없이 등장하는 자살 충동과 수많은 죽음을 설명할 수 없다. (다시 쓰자)

'나'는 왜 쓰고 지우고 쓰고 지우는 걸까. 찾아보니 한유주는 이런 답도 남겼다.

나는 몇 년 동안 하루도 빠짐없이 자살을 생각했다. 밤에는 누워
서 가슴에 칼을 꽂는 방식에 대해, 가슴에 칼이 꽂히는 각도에 대해

생각했고, 낮에는 길 위에서는 도로에 뛰어드는 방식에 대해, 내 몸이 그릴 포물선의 정확한 형태에 대해 생각했고, 낯선 얼굴들로 가득한 폐쇄된 공간에서는 역시 칼을 생각했다. [……] 자살 충동은 대부분은 몇 초, 적게는 몇 분, 드물게 몇 시간 지속되었고, 그렇게 얼마간의 시간이 지나가고 나면 나는 다시 잠들거나 길을 걷거나 낯선 얼굴들에게 아무렇지도 않은 표정을 지어 보였다. 그런데 여기서 무언가가 시작되어야 할 텐데, 어떤 일이 일어나야 할 텐데. (쓰지 마라) 나는 이렇게 생각했어, 자살하면 쓰지 않아도 되겠지, 아무 것도. 자살하면 읽지 않아도 되겠지, 아무것도. 자살하면 말하지 않아도 되겠지, 아무 말도. 자살하면 보지 않아도 되겠지, 모든 것들을. 더는 아무것도 보고 싶지 않았다. 하지만 우습게도 이렇게 된 것이다. 내가 매일같이 자살을 생각하는 이유를 먼저 밝혀야 하겠다고 생각하는 지금, 그러니까 지금, 쓰고 읽고 말하고 보는 지금, 나는 이 글을 끝내지 않는 한 계속해서 자살을, 혹은 자살에 대한 생각을 미룰 수 있게 된 것이다. 그런 것이다. 그래서 나는 써야 한다.

– 「private barking」, 『숨』, 9쪽

　　『연대기』에 실린 「그해 여름 우리는」에서도 '나'와 '우리'는 끊임없이 자살을 이야기했다. 그해 여름 아직 이십대였던 다섯 명의 친구들은 같은 공간을 공유하며 자살을 습관처럼 되새김하고 있었다(『숨』의 「개와 개」에서도 이들은 같은 공간에서 자살을 이야기하고 있다). 아무리 찾아도 마땅한 이유가 없어서 삶의 무용함이라는 덫에 갇힌 스스로에게 내리는 최대한의 폭력이거나 세계가 그들에게 가한 폭력을 더 큰 폭력으로 응수하기 위한 나름의 복수의 방식이라는 이유를 말했지만, 정작

이들의 자살은 실행되지 않았었다. 그러니 「private barking」에서 '나'의 자살 충동에 얽힌 진술들은 한유주의 소설들이 지속적으로 반복할 '다시 쓰기' 중의 하나에 해당한다. 쓰기와 죽음 사이를 횡단하며 서사를 파괴하는 해체적 방식으로.

그런데 조금 이상하다. 위의 인용문 후반부에서 '나'는 "우습게도" 자살의 이유를 밝히는 대신 자살을 미룰 수 있는 이유를 말하고 있으니까. 씀, 읽음, 봄, 말함에 대한 거부감을 밝히다 보니 '우습게도' 씀, 읽음, 봄, 말함을 수행하면서 자살이 유예되고 있으니까. 쓰다 보니(제대로 된 방식으로 제대로 된 언어로 써야 하다 보니) 자살을 미룰 수 있게 되고, 더구나 쓰고 지우고 쓰고 지우다 보니 자살은 더욱 미뤄진다.

그러니까 쓰(고 지우)는 행위의 반복과 지연은 이제 죽음의 유예를 낳는다. 죽음은 존재의 끝이고 확실한 끝이니까, 끝이면 아무것도 할 수 없고(쓰기를 포함해서), 더구나 '죽음'(동사가 아니라 명사, 진행이 아니라 완료)은 피동이 아니지만 왠지 내 의지가 결여된 느낌이 나니까, 차라리 자살은 자기 존재에 대해 책임지는 행동일 수 있게 된다. 그러니까 '나'는 스스로의 끝을 스스로 결정하는 거다. "자살이야말로 가장 자존심을 세울 수 있는 일"(「그해 여름 우리는」, 28쪽)이라던 그해 여름의 문장은 「private barking」에서 이유를 찾은 셈이다. 그러면 이제 쓰고 지우고 쓰고 지우는 한유주의 쓰기 행위는 살기 위한 것이고, 살기 위해서는 써야 하고, 쓰(고 지우)는 동안에는 자살을 생각하지 않아도 되는 것이다.

그런데 이게 맞나? 아무래도 이상하다. 왜 자살을 미루어야 할까? 써야 한다는 당위가 죽음을 유예하기 위한 것이라면, 애초에 이 오래된 자살 충동을 미루어야 할 이유는 뭘까? 이 소설은 '나는 써야 한다'는 정언 명령 이후 쓰였을 터 '나'는 처음부터 죽음에 이를 생각이 없었던 것일까, 아니면 죽어서는 안 되는 어떤 이유라도 생긴 것일까. 그리고 도대체 무엇을 써야 한다는 걸까. (다시 쓰자)

비둘기와 개; 애도의 지연

수정하자. 친구가 죽었다. 자살이었고 죽음은 실행되었다. '나'는 "어느 화창한 봄날"(13쪽) 아니 "어느 화창한 가을날"(14쪽) 아니 "더위가 가시지 않은 여름날"(17쪽) 아니 "어느 차가운 봄날"(39쪽) 아니 정확히 "3월의 첫 번째 금요일"(45쪽) 오후 학교 근처의 한적한 카페에서 친구의 죽음을 전해 들었다. 이야기를 파괴하고 언어를 해체하는 거짓말쟁이 화자의 진술은 믿을 것이 못 된다. 언제 또 바뀔지는 알 수 없다. 익히 아는 바와 같이 한유주의 화자들은 이야기에는 재능이 없다. "이야기를 하려면 재단"을 해야 하고, 배열과 배치를 바꾸어가며 "자르고 붙이고 다듬고 잇고 바늘땀이 보이지 않게 처리"하는 일에 능숙해야 한다(64쪽). 그러나 한 번도 소설의 주인공들은 이러한 "언어의 경제적인 운용"(이상 65쪽)에 성공한 적이 없다. 완결된 적이 없는 서사는 쓰이지 않으므로 언제나 바뀔 가능성을 내포하고 있다(그런 점에서 한유주는 서사의 경계를 넘어섰다). 그러나 이야기의 재능과 사건에 대한 충실성(바디우)이 비례하지는 않을 터, 쓰고 지우고 쓰고 지우면서 친구의 죽음을 들었던 시간을 찾는 과정은 '제대로 된 방식으로 제대로 된 언어로' 쓰기 위한 주체의 윤리적 응답이다. 『숨』의 '나'는 써야 한다와 쓰지 마라 사이를 횡단하면서 하나씩 하나씩 통사를 완성하는 중이다. 통사를 잃었지만 통사를 앓는 중이다. 사건을 초과하지 못하는 언어들의 총량을 헤집고 뒤지는 작업이 한유주의 소설 쓰기인 듯도 하다.

다시 돌아와, '나'는 어느 해 3월의 첫번째 금요일 친구의 부음을 듣고 안산의 대학에서 강의를 마치고 서해안고속도로의 서부간선도로를 지나 신촌 세브란스 병원으로 가는 중이었다. 그리고 일직분기점 근처에서 죽은 비둘기를 보았다. 기억의 재구성 과정에서 비둘기는 몇 주 동안 도로가에서 '죽어가고 있었다'(여기서 죽음은 일회적 사건이 아니라 지속되는 상태로 표현된다는 점은 중요하다. 명사가 아니라 동사로, 완료가 아니라 진행으로. 진행 상태의 죽음은 '나'를 진행 상태의 불편함에 머물게 하면서 애도를 지연하고 지속하고 종결되지 않는 사건으로 영속화하기 때문이다. 한유주의 소설이 현재적 회상으로 서술되는 이유도 여기에서 찾을 수 있다. 과거에 일어났던 사건은 현재에도 일어나기 때문이고, 사건의 주체와 이름은 다를지라도 그들은 모두 '나'이거나 '너'이므로). 그리고 비둘기의 죽음은 한때 사랑했던 개의 죽음을 매개하고 개의 죽음은 개의 죽음(개의 죽음은 분명하지 않지만, 개에 대한 서술과 개에 대한 서술들의 유사성이 증거라면 증거가 될까)을 매개하면서 정리되지 않은 통사들은 하나의 담화가 된다.

그러니 이 소설의 중심 서사는(작가는 이걸 분명히 싫어하겠지만) 친구의 죽음으로 가는 길 위의 시간을 정지하고 분절하면서 다른 존재들의 죽음을 기억하는 쓰(고 지우)기에 해당한다. 죽음을 애도하러 가는 길에 또 다른 죽음들이 놓여 있다. 애도는 연기되고 또 다른 애도가 수행된다. 하나의 죽음은 또 다른 죽음을 상기하게 하고, 개와 비둘기의 죽음과 죽어감은 "현재적 회상"(101쪽)을 통해 애도의 지연(또는 지속성)을 수행한다.

그래서 다시 묻는다. '나'는 왜 쓰고 지우고 쓰고 지우는가? 찾아보니 작가는 이미 이런 독백을 남겼다.

> 나는 수많은 죽음을 방기하면서 나이를 먹어왔다. 친구들의 죽음 앞에서도 그랬고, 친구들의 죽음 뒤에서도 그랬다. 친구들의 죽음이 아니었어도 마찬가지였어, 나는 눈을 감았고, 귀를 닫았고, 입을 막았다. 그렇게 몇 년을 살았다. 그전은 잘 기억나지 않아, 기억하고 싶지도 않다. 그런데 이제, 처음이 시작된 것일까. 어쨌거나 시작되었을 것이다. 그러니까 시작하기로 한다. …(중략)… 그의 죽음에 대해서는 아무것도 쓸 수 없었다. 하지만 이제는 써야 해, 쓴다고 해서 아무것도 달라지지 않을지라도 써야 한다. 친구의 죽음에 대해 쓰겠다는 건 아니야, 그간 방기해온 죽음들에 대해서 쓰겠다는 것이지만 아마 쓰다 말 것이다. 그리고 처음을 어떻게 시작해야 하는지도 잊어버렸다는 변명을 할 거야, 그런데 그러니까 그래서 그럼에도 불구하고 그러면 다시 시작할 것이다. 그래도 써야 해, 누군가가 말했다.
>
> ― 「private barking」, 『숨』, 11~13쪽

친구의 죽음을 애도하러 가는 길을 다시 회상하고 또 회상하면서 '나'는 "그간 방기해온 죽음들"에 대해 쓰고 지우고 쓰고 지울 것이다. "그들이 살았을 때 관심을 가졌어야 했어"(25쪽)라고 후회하면서, 비둘기를 묻어주지 못했던 서부간선도로를 다시 지나가면서 쓰고 후회하고 쓰고 지울 것이다. 소설은 지속적으로 앞선 문장들을 무화하며 쓰일 것이다. '나'는 다른 '나'의 끈질긴 만류에도 불구하고 개와 비둘기의 죽음을, 그리고 '나'의 이야기를, 친구의 죽음과 나의 자살과 누군가의 자살

이후를 이야기할 것이 분명하다. 때문에 작가의 작업은 앞으로도 힘들고 더디겠지만, 다행인 것은 자살은 수행되지 않을 것 같다는 점이다. 애도의 작업이 종결되지 않을 테니까.

마지막으로 더듬어보니 이런 예고도 있었다.

> 나는 쓰다 지우는 소설을 완성하겠다고 말한다. [……] 나는 "자살자의 칼"이라는 제목이며…… 한동한 말을 멈춘다. 그리고 다시 대답을 이어간다. 애도의 한 형식으로서의 반복이 내용이며 형식이 될 것이라고 대답한다. 자살자. 칼. 애도. 반복. 형식. 그리고 다시 바닥에 엎드린 하얀 개를 내려다보며 대답을 이어간다. 내가 사랑했던 개들이 나를 사랑했는지에 관해 묻는 소설이 될 것이라고 대답한다. 내가 사랑했던 개들이 죽은 이후에 나는 그 개들에 대한 사랑을 어떻게 종료시켜야 할지 묻는 것을 쓰고 지우고 쓰고 지우고…… 대단히 구체적이며 그 자체로 있는 것인 나라는 주어가 대단히 추상적이며 이름들이 충분하지 않기에 많은 부분들이 묘사되지 않고 설명되지 않는 너라는 주어를 말하기 위해 언어를 낭비하고 탕진하는 과정……

–「처음부터 다시 짖어야 한다」, 222쪽

인용한 부분은 소설 『숨』에 대한 시놉시스와도 같다. 『숨』은 예고된 애도의 글이다. 『숨』은 언어를 충분히 잘 낭비했다. 통사를 잃어버린 자리, 다시 말해 통사를 거부하고 뒤튼 자리에 이름들을 채워 넣으며 쓰고 지우고 쓰고 지운 작품이 『숨』이니까. 이전의 한유주가 언어와 이야기의 해체를 감행하면서 소설의 문법에 새로운 통사적 시각을 던져준 데서 소설의 의미를 추구했다면, 『숨』은 그러한 실험적 문체가 죽음과 종결될 수 없는 애도 작업과 만나면서 그 내용을 갖추었다고 말할 수 있다. 그러니 조심스럽게 말하건대 이제 현재의 한유주 소설을 두고 언어에 대한 결벽증(김형중) 또는 이야기의 무덤(이광호)이라고 말할 수만은 없을 것 같다. 왜냐하면 한유주의 주인공들이 말하는 방식, 그러니까 말하고 부정하고 쓰고 지우는 직조의 방식은 그대로지만 이러한 언어가 가장 적절한 하나의 사건을 만난 것만 같으니까. 이러한 차이는 앞선 비평들의 누락이 아니라 한유주의 전진에 원인이 있다. 다시 쓰기는 힘이 세다. 물론 이 작품도 다시 쓰일 수 있겠지만, 언제든 환영이다. 그 소설은 또 다른 궤도를 보여줄 테니까. 혹 '자살자의 칼'이라는 작품을 쓰(고 지우)는 중일지도 모를 일이다. 그러니 소설도 비평도 끊임없이 "처음부터 다시 짖어야 한다"(이제 그만 하자).

2. 네 이웃과 원수를 사랑하라? ― 정소현. 『가해자들』

정소현의 『가해자들』을 읽으면서 문득 이웃이 이해 불가능한 수수께끼의 현존으로 느껴진다. 벽을 공유하고 소음의 공명을 주고받는 이웃과의 관계는 문명에 봉사하기는커녕 우리를 신경증적으로 만드는 것만 같다. 1211호 진이 이모네의 손자 손녀들로부터 시작된 소음은 1111호 윤서 엄마의 강박과 신경증에 의해 날카롭게 강화되고 증폭되어 결국 1212호 주인 남자의 조카의 죽음으로 끝난다. 물론 아이들의 소음이 진짜 이 비극의 시작이었는지, 또 1212호에서 나온 남자의 죽음이 끝일지는 모른다. 시끄러운 이웃은 언제나 존재하기 마련이고 우리들도 언젠가는 "귀가 트"(24쪽)이게 될지 알 수 없으니까.

가해자와 피해자들

일단 표면적으로 드러나는 가해자와 피해자 간의 사건을 정리할 필요가 있겠다.

1차 다툼은 1211호와 아래층 1111호 사이에서 시작되었다. 두 집안의 할머니들은 서로 알고 지내는 사이였기 때문에, 지난 8년 동안 1111호의 윤서 엄마는 위층에서 타고 내려오는 아이들의 소음을 참고 살았다. 그러나 윤서를 출산한 지 8년 후 산후풍이 왔고, 부엌에서 열리는 냉장고의 냉기가 안방에 있는 그녀의 몸을 시퍼렇게 질리게 할 정도여서 외출이나 환기와 같은 일상생활도 불가능할 정도가 되었다. 현관문의 여닫힘조차 악귀처럼 그녀를 덮친다. 집 안에는 악취가 사라지지 않았고 시어머니는 제 집을 버리고 원룸으로 이사를 나갔으며 아빠는 아들의 집으로 나갔고 딸 윤서는 학교를 자퇴했다. 이제 1111호의 창에는 빈틈없이 신문지가 붙어 있다. 햇빛은 차단되고 바람조차도 드나들지 않는 1111호에는 "더러운 공기와 비명"(37쪽)만이 가득하다. 신경이 예민해진 윤서 엄마는 위층의 모든 소리를 듣게 된다. 물이 배관을 타고 흘러내리는 소리, 벽 속의 낡은 철근들이 울리는 소리, 조용히 걷는 소리 등 모든 소리를 듣게 되었다. 1111호 윤서 엄마는 "이토록 명확하게 들려오는 것들을 못 들은 척하며 살지 않으리라 결심했다"(24쪽). 1211호에 한 번 울리기 시작한 인터폰은 이제 때를 가리지 않는다. 아이들이 "신발을 벗기 시작할 때, 식사하러 주방으로 이동할 때"(32쪽)에도 울렸고 심지어 침대 위에 누워 있을 때에도 인터폰이 울린다. 결국 1211호의 할머니는 이사를 갔다.

　2차 다툼은 1111호와 새로 이사 온 1211호(윗집) 사이에서 일어났다. 쌍둥이를 키우던 1211호는 아이들의 유치원 친구들을 초대했을 때 처음으로 관리실로부터 주의를 들었고 이후 몇 번의 인터폰을 받아야만 했다. 윗집은 아랫집에 정중하게 사과를 했고 소음매트를 깔았고 조심스럽게 생활했다. 그러나 언젠가부터 인터폰 대신 아래층에서 천장을 두드리기 시작했다. 사람이 움직이는 동선을 따라 두드리는 소리는 따라왔다. 관리소장이 다녀가기도 했지만 갈등이 깊어지고 급기야 아래층에서는 우퍼를 달아 윗집을 공격하기 시작했다. 두 집의 남편들이 만나 화해의 술을 마셨지만, 아래층에 들려 보낸 수박은 다음 날 아침 1211호의 현관 앞에 박살난 채로 뒹굴었다. 윤서의 짓이었다. 이제 1211호는 소음 매트를 걷어버릴 생각이다.

　3차 다툼은 1111호와 아랫집인 1011호 사이였다. 아이가 태어나기 전 1011호는 층간 소음이라는 것을 몰랐다. 그러나 신생아의 울음소리 때문에 처음으로 관리사무소의 주의를 받아야만 했다. 성빈이는 "태어난 지 일주일 만에 항의 전화 받은 아기"(79쪽)가 되었다. 1011호는 조심스럽게 아이를 달랬지만 성빈이는 잠에 예민한 아이, 우는 소리가 큰 아이가 되어버렸다. 그리고 언젠가부터 음악 소리가 들렸다. 남편은 피곤해서 환청을 들을 수도 있다며 대수롭지 않게 넘겼지만, 음악 소리는 점점 커졌고 그것은 분명 공격이었다. 신경이 예민해지는 아내에 대한 남편의 짜증은 점점 늘어간다. 나중에는 "여자가 흐느껴 우는 소리"(85쪽)와 성빈이의 울음소리를 따라 위층에서 찍어대는 발소리까지 따라왔다. 1011호 성빈 엄마는 이제 위층에서 이상한 소리가 들리면 "천장에 공을 튕겨서 받고, 청소기로 천장을 밀었다"(90쪽). 성빈이의 울음소리는 "윗집을 공격하는 좋은 무기"가 되었다(90쪽).

1111호의 윤서 엄마의 증상은 어느새 10년을 넘어 위아래 모두 이사를 했고, 4차 다툼의 대상은 이제 옆집 1112호가 되었다. 윤서는 옆집에 사는 일곱 살의 지안과 그 엄마를 잘 알고 있다. 윤서는 "너무 적막한 날이면 지안이와 함께 지나가는 아줌마를 기다리곤 했"고, 지안 엄마는 윤서에게 "다정하게 말을 걸어주며 막대사탕이나 캐러멜을 나눠주곤 했"다(98쪽). 그러나 엄마는 이제 옆집의 소음을 문제 삼는다. 아이가 화장실에서 물을 쓰면 벽을 두드렸다. 몇 번의 인터폰과 사과의 말들이 오갔다. 그리고 나중에는 험한 말이 오갔고 결국에는 서로가 서로의 벽을 두드리게 되었다. 급기야 두 집은 이성을 잃고 싸웠으며 경찰이 출동했다. 이후 지안 엄마는 남편과 이혼했으며 직장을 그만두었고 아이를 빼앗겼다. 윤서 엄마는 옆집에 아무도 없을 때에도 "아이가 떠드는 소리, 자동차 소리, 귀신 소리, 신음"(109쪽) 등의 소리를 들었다. 결국 아빠와 윤서는 엄마를 입원시켰다.

5차 다툼은 살인이었다. 1112호의 지안 엄마는 위층 1212호에서 나는 소음을 들었다. 그러나 1212호 부부는 제과점을 운영하는 중이며 주말에만 집에 들어온다는 사실을 알고 있다. 그럴 리가 없지만 지안 엄마는 그 소리가 1111호의 '미친 여자'가 내는 소리라고 생각했다. 지안 엄마는 윤서에게 따져 물었지만 엄마가 폐쇄 병동에 갇혀 있다는 윤서의 말을 듣지 않았다. "지금 아줌마 우리 엄마 같아요"와 "재수 없는 소리 좀 집어치워 이 계집애야"와 같은 말들이 오갔고, 다음날 새벽 1112호의 지안 엄마는 1212호에서 나오는 사람에게 과도를 휘둘렀다(125쪽).

소음, 소문, 독설, 악취

가해자와 피해자의 구별이 모호해지는 이 사건들의 이면에는 서로의 가슴을 후비는 독설들이 웅크리고 있다. 1111호의 할머니는 어린 자식이 있는 자신의 아들과 결혼한 며느리(윤서 엄마)에게 "나는 너 안 믿는다"(65쪽)라는 말을 달고 지냈다. 어쩌면 윤서 엄마가 앓는 산후풍은 시어머니의 냉대와 독설로부터 시작했을지도 모른다. 작가는 집을 나간 시어머니가 1211호 진이 이모와 함께 있는 모습을 발견한 윤서 엄마가 시체처럼 차가워진 몸을 떨면서 시퍼렇게 질린 장면을 통해 이를 확인시켜주고 있다. 이후 "저거 다 거짓말이야. 내가 나가면 멀쩡해질 거야. 나는 쟤 안 믿는다고 했잖아"(47쪽)라는 시어머니의 독설은 며느리의 비명과 구토를 유발한다. 이 소름 끼치는 장면은 소음이 갈등의 근본 원인이 아닐 수도 있다는 사유의 지점으로 독자를 이끈다.

혐오는 독설을 타고 전염되고 증폭된다. 윤서는 "할머니가 입을 열 때마다 불행의 입김이 가족을 더럽히는 것 같은 기분"이 들었고, 할머니에게 "제발 빠져줘"라고 말했다(66쪽). 할머니는 집을 나간 후 원룸에서 외롭게 죽었다. 1111호의 사정은 아파트 입주민들 사이에서도 공유되었다. "그 여자를 마지막으로 본 것이 10년 전인데 그때 이미 제정신이 아닌 사람 같았으니 집에서 은둔하는 동안 얼마나 더 망가졌겠어요"(130쪽)라거나, "애초에 여기 왔을 때부터 눈빛이 이상했다니까. 애 딸린 남자랑 살겠다고 시어머니까지 사는 좁은 아파트에 들어온 걸 보면 나사 하나가 빠진 거 아니겠어?"(131쪽)라거나, "그 집이 아들과 딸을 하나씩 데리고 재혼한 가정이고, 같이 살던 시어머니가 집을 뺏기고 쫓겨나서 화병으로 죽었다는 이야기"(132쪽)로 와전되는 등 아파트를 배회하는 말들에는 악의가 배어 있다. 소음과 소문은 악취를 공유한다.

벽과 소리를 공유하는 이웃들은 소음과 소문 또한 공유하고 증폭시킬 터, 창문을 덮고 있던 신문지들은 상처를 은폐하는 가림막이 됐을지 몰라도 벽을 타고 공명하는 독설의 속닥거림까지 막을 수는 없었을 것만 같다. 혹여 작가가 슬쩍 끼워 넣은 "귀신 소리"(109쪽)에 이런 말들의 독침이 서려 있을 지도 모르겠다. 더욱 안타까운 것은 누군가를 공격하고 파헤치고 차별하고 혐오하는 말들의 집합과 다르지 않은 이즈음의 신문이 그녀의 창문을 가득 채우고 있다면, 이는 다른 의미에서 독설들에 갇힌 꼴이 아닌가도 싶다. 가해자로서의 1111호의 여자를 두둔할 생각은 없지만, 피해자로서의 1111호의 부서진 마음은 보아주어야만 할 것 같아서 하는 말이다.

떠나는 사람들

고요할수록 더 잘 들리는 소리들, 혼자 있을 때 강하게 증폭되는 소리들은 외로움의 틈을 비집고 들어온다. 정소현이 들여다본 가족들의 삶에는 이미 불안과 불화의 씨앗이 자라고 있었다. 그럴 때일수록 소음은 외롭고 예민한 내면으로 파고들어 외부의 존재들과의 갈등을 폭발시키는 도화선이 되었다. 소설에서 소음을 듣고 갈등을 빚는 존재들이 모두 여자들인 점은 그녀들이 듣는 소리가 악귀에 홀려서가 아니라 가사와 육아를 전담하는 그녀들이 집 안을 떠도는 공기들의 온도와 공명하기 때문이라는 점을 지시한다.

이와 대응하는 소설 속 남편들의 비겁함은 우연일까 의도일까 아니면 사실의 재현일까. 1011호, 1111호, 1112호의 남편들은 모두 저마다의 이유로 집을 떠났으며 상황을 방치했다. 그들의 해결책은 고작 사회적 배려, 적당한 타협, 강박과 신경증의 젠더화였다. 소설의 말미에서 객관적 거리를 두고 주민들의 이중성을 비판하면서 작가의 생각을 대변하는 듯 보이는 관리소장도 비겁한 선택을 공유하고 있다. 그는 곧 이곳을 떠날 것이라는 사실을 말하지 않음으로써 남겨질 사람들의 불행을 관음하며 냉소한다. 그들은 모두 떠났거나 떠날 예정이다. 20여 년이 다 되어가는 아파트에는 이제 누군가로부터 유기된 존재들이 한 명 두 명 늘어갈 것이다. 사회적 유용성을 기준으로 잉여적 쓰레기(바우만)에 가까워져가는 사람들의 공간, 열패감을 공유하면서 동시에 이웃과 자신 간의 차별 지점을 찾으려 안간힘을 쓰면서 스스로를 위안함으로써 쓰레기 더미에 있음을 망각해야만 하는 공간에 그들의 가족이었던 누군가를 남겨두고 그들은 떠났다. 그래서인지 나는 윤서의 이 말들이 아프다.

> 나는 집에 혼자 남았다. 이렇게 되고 보니 엄마가 무슨 소리를 들었는지 알 것 같았다. 외로움이 만들어낸 실체도 없는 소리가 엄마의 삶을 잡아먹었다. 나도 머지않아 그것에 먹힐 거다. 옆집 아줌마는 무슨 소리를 듣는 건지 엄마처럼 계속 벽을 두드리고 있었다.
>
> −112쪽

> 너무 외로워요. 아줌마를 적으로 두기 싫어요.
>
> − 124쪽

그리고 익히 가해자와 피해자의 경계를 집요하게 묻던 정소현이 책의 뒤에 남긴 「작가의 말」에서 "사람들은 모두 자신이 피해자라고 말했다. 이상하게도 가해자는 아무도 없었다"라는 말보다 "나는 그 상황이 무서워 그곳을 영영 떠났다"라는 말이 더 무섭게 읽혔다. 떠나며 버리고 간 저주의 문장들이 벽을 타고 공명하며 혹 이곳을 거쳐 갈 누군가에게 전염될 것만 같아서 말이다.

이웃

네 이웃을 사랑하라는 율법의 불가능성을 언급했던 프로이트의 문장이 생각난다.

> 인간은 강력한 공격 본능을 타고난 것으로 추정되는 동물이다. 따라서 이웃은 그들에게 잠재적인 협력자나 성적 대상일 뿐 아니라, 그들의 공격 본능을 자극하는 존재이기도 하다. 인간은 이웃을 상대로 자신의 공격 본능을 만족시키고, 아무 보상도 주지 않은 채 이웃의 노동력을 착취하고, 이웃의 동의도 받지 않은 채 이웃을 성적으로 이용하고, 이웃의 재물을 강탈하고, 이웃을 경멸하고, 이웃에게 고통을 주고, 이웃을 고문하고 죽이고 싶은 유혹을 느낀다. 〈인간은 인간에게 늑대다.〉
>
> – 지그문트 프로이트, 『문명 속의 불만』, 김석희 옮김, 열린책들, 1997, 289쪽

차를 마시고 밥을 먹고 사람을 만나고 길을 걷는 모든 행위가 이웃의 안전에 위협의 가능성이 될 수 있는 시절이라서, 타자에 대한 혐오의 감정은 사소한 차별도 극대화하면서 파괴의 본능으로 전이되는 것 같다. 더욱 무서운 점은 사도 바울이 기독교 공동체의 보편적 사랑을 자기가 속한 공동체 바깥에 남은 사람들에 대한 배제를 통해 정초했다는 것이다. 이런 방식은 필연적으로 주체와 타자 혹은 이웃과 이웃 사이에

서 두 가지의 비극을 낳을 터, 하나는 게르만족의 반유대주의나 팬데믹 시대의 인종차별과 같이 외부 세계에 대한 파괴의 본능이 낳을 비극과 외부에 대한 공격성이 제한되었을 때 이 광폭한 리비도가 은밀히 수행할 자기 파괴라는 비극이다. 나는 '몸-살(殺)'을 앓고 있는 소설의 화자들을 둘러싼 고립의 냄새와 소외와 죽음 충동이 두렵다. "찔린 남자보다 찌른 여자의 비명이 컸"(135쪽)다는 소문, 눈물범벅이 된 아이와 달리 위층을 공격하며 웃고 있는 자신의 "거울에 비친 그 모습을 우연히 보고 경악"(90쪽)했다는 진술, 그리고 "엄마나 나나 집에 앉아서 하는 일도 없이 하루하루 늙고, 하루하루 죽어가는 건가 하는 생각이 들어 서글퍼졌다"(99쪽)는 윤서의 독백이 나는 또 아프다. 현실의 충실한 재현으로 읽히는 소설의 곳곳에 이런 자기 파괴의 비명들을 남겨둔 정소현의 비극적 감수성이 조금 무서워진다.

3. 짧은 소설들에 대해

딴지지만 무게와 길이의 조합인 '경장편'이라는 표현이 맞는 건지 모르겠다. 표현의 관습화 탓이겠으나 작품의 질과 양의 조합인 느낌이다. 최근 문화 콘텐츠들의 소비 경향을 무시할 수는 없을 터, 문학 텍스트 또한 빠르고 날렵하게 소비되는 듯하다. 손바닥 안에서 만나는 세계라면 장편(掌篇)이라는 표현이 어울릴 수도 있겠다. 덕분에 소설들 또한 빠른 호흡과 콤팩트한 감각을 익히는 중이다. 작가들에게 배분되는 격차가 양극화되지만 않는다면(사실 이게 가장 우려되는 것이지만, 아무래도 적응과 기회의 차이가 생길 테니까), 문학의 시장이 넓어지는 방

향으로의 변화는 필요해 보인다. 개인적으로는 출판사들이 작가들에
대한 후원자로서 역할을 더 강화해도 좋을 것도 같다. 차별 없이.

다만 이러한 출판 기획들의 의도가 시대와의 호흡인지 대중 추수인
지에 대한 판단이 두 편의 소설에서는 무용했다는 점을 밝히고 싶다.
남겨진 자들의 독백을 읽는 시간은 각각 두 시간 여 남짓이었으나, 한
유주의 소설은 언어의 무한궤도 전략 덕분에 원고를 준비하는 스무날
가까이 머릿속을 떠난 적이 없었고 정소현의 이야기는 현실과 밀접해
서 관련된 기사들마다 눈을 가게 했고, 내 삶의 공간 내외부를 다시 보
게 했다. 문자를 읽는 시간보다 세계와 나에 대한 사유를 이끈 시간이
더 많았다는 점에서 최소한 이 소설들의 우물은 충분히 깊었기 때문이
다.

제2부

남쪽 도시에서

절대 신화 너머의 자리, 포스트-광주

1. 세 가지의 '절대광주'

1980년 5월 26일 19시 10분, 시민군 지도부는 계엄군이 침공할 것이라는 정보를 발표한다. 도청의 공기는 일순간 무거워졌고, 지도부는 학생들과 여성들의 귀가를 권유했다. 그럼에도 누군가는 남았고, 또 누군가는 역사의 증언을 위해 도청을 떠났다. 23시경부터 공수여단 특공조의 침투작전이 실시되었다. 24시, 광주전역의 시내전화가 일시에 두절되었다. 외각 지역에서부터 총소리가 들린 것은 27일 새벽 03시부터였다. 이윽고 04시 46분, 전일빌딩이 계엄군에 점령되었다. 05시 06분에는 광주공원이, 05시 21분에는 도청이, 06시 20분에는 YWCA가 총격전 끝에 점령되었다. 07시 25분 계엄군은 작전 완료를 선언했다. 이 과정에서 시민과 학생 17명이 총상으로 사망했고, 295명이 체포되었다.[1]

---

1 〈형사재판 판결문〉, 서울고등법원 1996. 12. 16. 선고 96노1892 판결.

그렇게 '오월 광주'는 막을 내렸고, 그날의 새벽 도청은 현대사의 비극이 상연된 '절대적 장소'가 되었다. 형사재판 판결문의 상세한 기록조차 결코 도달할 수 없는 그 절대적 시공간에서 고정간첩, 불순분자, 공산주의자가 아님을 증명하기 위해 기꺼이 목숨을 바친 이들은 (죄스러운 표현이겠으나) 그렇게 '완전한 죽음'에 이르렀다. 결코 재상연 되지 않는(되어서는 안 되는) 이 비극의 시퀀스는 이후 오월 광주의 기준치가 되었다. 죽음을 무릅써야만 가능했던 절대적 사건의 시공간, 영원히 예외적인 시간성과 장소성으로 각인된 그 때 그 곳, 그리하여 '오월 광주'는 신화의 자리에 봉인되었다. 오랫동안 오월의 문학은 이 절대성과 대결해야 하는 과제에서 자유롭지 못해서, 오월의 소설들이 소환했던 감정들(부끄러움, 수치심, 죄책감 등)은 대부분 바로 이 시점과 장소에 집중되어 있었다.

당연하게도 살아남은 자 누구도 그 '완전한 죽음'의 자리에 이르지 못했다. 신화시대 이후 어떤 인류의 서사도 황금시대의 아우라에 근접할 수 없었던 것처럼, 어떠한 재현의 언어도 실재를 복원할 수 없는 것처럼, 어떤 남겨진 삶도 기꺼이 죽음으로써 도달한 그 정동의 꼭대기에 오르지 못했다. 오월 주체들의 정신병리적 증상은 신화 이후 서사들이 겪은 근본적 좌절 또는 불안과 다르지 않다.

또 다른 절대기준이 있다. 바로 최정운이 이름 붙인 '절대공동체'. 이 명명은 분명히 매력적이지만, 공수부대가 퇴각했던 해방 광주의 그 며칠은 사건 이후 한국사회가 다시는 도달할 수 없었던 시공간이라는 점에서 절대적 예외상태에 대한 표현이기도 하다. 이 절대공동체의 경험은 역설적으로 생존주의의 덫에서 자유롭지 못한 소설 주체들을 항구적인 결핍상태에 놓이게 했다. 시민, 학생, 간호사, 시장상인 등 모든 사람이 하나의 결기로 결집되었던 그 절대공동체의 시간은 먹고 살기 위해 망각의 경로에 접어든 현실의 삶을 비참하게 인식하는 과정으로 이행한다. (생존주의가 요구하는 망각과 신경증적 강박으로 소환되는 기억 사이의 전장에서 보고된 작품들이 여기에 해당한다. 어쩌면 오랫동안 오월문학은 임철우의 단편 「봄날」의 자장 안에 머물렀는지도 모른다. 오월을 망각하는 주체들에게, 그 절대성의 자리에서 자꾸만 멀어지는 주체들에게, '벙어리 아들을 낳으리라'는 저주의 주문을 남긴 오월의 마스터플롯. 이번 두 번째로 엮는 〈오월 총서〉에 실린 소설들 중 전성태의 「지워진 풍경」, 신수담의 「기억의 유통기한」, 범현이의 「가죽가방」도 이 목록에 포함될 수 있다. 그리고 손홍규의 「최후의 테러리스트」의 주인공이 끝내 복수에 실패할 수밖에 없던 이유도 절대공동체의 경험에서 멀어져버린 현재의 삶에서 기인한다.)

그리고 하나 더. 1980년대 비평담론이 요구했던 이데올로기적 민중 주체, 이를 '절대주체'라고 명명해보자. 당시의 민중문학 또는 민족문학 담론은 노동자 주체가 생산하는 노동현장의 이야기, 변증법적 역사발전의 필연성을 담지한 지식인 주체의 성장 투쟁사, 오월의 총체적 진실을 증언하고 주체들의 재현 서사 등을 요청했었다. 당시 문학계의 사회과학적 패러다임을 지금의 눈으로 재단할 수는 없겠지만, 김형중의 진단(『봄날』 이후」)처럼 그것이 '오월문학'이 아니라 '오월의 사회과학'이었음을 부인하기 어렵다. (이번 〈오월 총서〉의 소설들로 보자면, 당시의 민족문학 담론의 가능성을 보여 주었다는 찬사를 받았던 홍희담 작가의 다른 작품 「그대에게 보내는 편지」와 오월의 대표적 르포 『시대의 어둠을 넘어 죽음을 넘어』의 저자 전용호의 「마지막 새벽」의 인물들이 절대주체에 이르고자 한 시도로 보인다.) 이러한 절대주체가 기실 사회과학이 요청한 낭만적 환상에 가깝다는 점을 상기하면, 도달 불가능한 절대신화의 지점에 응전했던 오월 주체들의 근본적 죄책감과 결핍을 이해할 수도 있겠다. 어쩌면 오래전 쓰인 김현의 진단은 '절대광주'에 도달할 수 없는 문학의 고뇌를 표현한 것일지도 모른다.

광주 체험은 그러나 너무나 압도적이어서 그것을 시화시키는데, 시인들은 큰 고통을 겪는다. 광주를 노래하는 순간, 그 노래는 체험의 절실함을 잃고, 자꾸만 수사가 되려고 한다. 성실한 시인들의 고뇌는 거기에서 나온다. 광주에 대해 눈을 감을 수 없다. 그렇다고 절실하게 느껴지지 않는 시를 시라고 발표할 수도 없다. 그 고뇌를 예술적으로 현명하게 헤치고 나온 시인들은 불행하게 많지 않다.[2]

한국문학은 이미 첫 번째 〈오월 총서〉작업을 통해 이 절대성에 도전하는 서사들의 한계를 진단한 바 있다. 그래서 '절대광주'와 '절대현실' 사이의 협곡을 지나 '포스트-광주'의 가능성을 모색한다면, 아마도 그것은 다음에 살펴볼 몇몇의 소설들이 던지는 질문과 응답에서 그 씨앗을 찾을 수 있을지도 모르겠다.

2　김현, 「보이는 심연과 안 보이는 역사 전망」, 『전체에 대한 통찰』, 나남, 1990, 416~417쪽.

2. 'May, 18th' 또는 '쿄슈 시티'
– 박솔뫼의 「그럼 무얼 부르지」, 김승희의 「회색고래 바다여행」

사건 이후 40여 년이 넘는 시간이 흐른 지금, 이런 말 하고 싶지 않지만, 1980년 오월 광주는 더 이상 뜨겁지 않다. 박솔뫼의 표현을 빌리자면 그것은 '장막' 때문이겠다.

> 나는 그런 **명확한 세계**에 없었다. 마치 아주 복잡한 지도를 보고 있는 것처럼 거기는 어디지? 하고 들여다보아야만 했는데 그렇다고 무언가가 보이는 것도 아니었다. 나는 그렇게 들여다보는 사람이었으므로 당사자는 아니며 또한 **명확한 세계의 시민도** 아니었다. 내 앞에는 장막이 있고 나는 장막을 걷을 수 **없으므로.**
>
> – 「그럼 무얼 부르지」[3], 145쪽. 강조 인용자

다만 **내 앞으로는 몇 개의 장막이 쳐져 있고 나는 그 앞으로 직선으로 나아갈 수 없다는 것, 그것만은 확실하다는 이야기다.** 나는 3년 정도의 시간은 하나로 볼 수 있으며 3년 전은 3년 후의 시선으로 볼 수 있으며 그러므로 나는 모든 시제를 지울 수 있으며 그렇게 볼 수 있는 시간들은 점점 늘어나지만 나의 시선은 김남주가 이야기한 "광주 1980년 오월 어느 날"에는 가닿지 않는다는 말인데 이건 좀 신기할 수도 있지만 실은 당연한 이야기다. 확실한 이야기이다. 어떤 같은 밤들이 자꾸만 포개지는 나의 시간 속에서도 말이다. 몇

3　박솔뫼, 「그럼 무얼 부르지」, 『그럼 무얼 부르지』, 자음과모음, 2014.

번의 5월의 밤이 포개지는 나의 시간 속에서도 말이다.

─「그럼 무얼 부르지」, 152쪽. 강조 인용자

인용문의 저 '장막'은 '절대시간·절대장소'로서의 '오월'과 그 시공간에 도저히 가닿을 수 없는 '지금─여기' 사이에 놓여있는 어떤 불가능성에 대한 표현이다. 이 메울 수 없는 간극 때문에 박솔뫼의 이 장면은 최근 '오월'에 대한 비평에서 가장 빈번하게 소환되었다. 그럴 수밖에 없는 또 하나의 이유는 이것이 이른바 후체험세대의 솔직한 고백이기 때문이다. 오랫동안 오월의 광주는 국가 폭력의 증언 장소, 절대적 상징성을 보존한 채 화석화되어 가는 장소, 누군가에게는 죄책감을 환기하는 장소, 함부로 언급하기 부담스러운 장소, 그래서 어떤 자격 증명을 요청하는 장소였음을 부정하기 어렵다. 그 절대적 시공간의 외부(광주 바깥 또는 광주 내 다른 장소)에서 함께 죽지 못한 채 남겨진 사람들은 이 가혹한 자격증명에서 자유롭지 못했다. 오랫동안 오월문학이 죄책감의 서사 또는 기억의지를 표명한 재현 서사에 머물렀던 것도 같은 이유겠다.

그러나 후체험세대에게 광주는 더 이상 그러한 기념비적 장소가 아닐 터, 어쩌면 후체험세대라는 말은 자격 증명을 요청받지 않는 세대라는 말로도 변환할 수 있을 것이다. 세계사적 사건의 장소에서 태어나고 자랐다는 것이 그 장소의 절대성을 내면화하고 있어야 한다는 당위가 되지는 못할 테니까 말이다. 그렇게 볼 때 박솔뫼의 화자 '나'가 '장막'으로 표상한 '오월 광주'에 대한 솔직한 고백은 (표면적으로는) 이런 말이 되겠다. '죄송하지만, 잘 알지 못해요.'

절대적 시공간으로의 '오월'은 이제 '장막' 너머에서 흐릿해지고, '나'

에게 '오월'은 '명확한 세계'로 드러나지 않는다. 하지만 이렇게만 박솔뫼의 소설을 읽는다면, 이 솔직한 고백의 행간을 오독하는 길이 될 것이다. 익히 알고 있듯 소설의 화자는 의외의 장소에서 소비되는 '오월 광주'과 대면한다. 그곳의 '오월'은 의외로 명확하다. 박솔뫼는 이 대립적 배치를 통해 다음과 같은 질문으로 나아간다. '그런데요, 오월이 그렇게 번역될 수 있기는 한 건가요?' 샌프란시스코의 버클리 대학 인근 카페에서 열리는 한국어 모임에서 '오월'은 'May, 18th'로 번역되었고, 일본 교토의 시조역 근처 바에서 광주는 '코슈 시티'라는 노래 제목으로 호명되고 있었다. '나'에게는 명확하지 않은 사건이 그곳의 사람들에게는 반복되는 역사적 사건 중 하나로 인덱스 처리되어 있었다. 텍스트화된 자료들과 사진 속에서 '오월 광주'는 아일랜드의 피의 일요일, 칠레의 피노체트, 게르니카, 오키나와, 천안문 등의 세계사적 사건 중 하나로서 객관적 시선으로 조망된다. 즉 고유명사 '오월 광주'는 국가폭력의 한 사례로서 일반화되었다. 그래서 소설은 차라리 비밀리에 유통되었을 때 훨씬 뜨거웠을 오월의 온도가 세계사의 한 챕터 속에서 차갑게 응결되는 느낌을 전달한다. (박솔뫼의 소설에서 오월이 더 이상 뜨겁지 않은 것은, 선배 세대들만큼 절실하지 않아서가 아니라, 이미 오래전 피의 냄새가 세척되어서가 아니라, 적절한 언어를 찾지 못했기 때문이다. 그런 의미에서 박솔뫼의 소설은 현재의 '오월'에 던지는 질문이다. 〈임을 위한 행진곡〉 제창이 금지된 '지금', 다른 노래로는 도저히 그것을 대체할 수는 없을 것 같은데, '그럼 무얼 부르지?'라는 질문처럼. '그럼 이제 우리는 오월을 어떤 언어로 써야 하지?'라고 후체험세대가 선배세대에게 던지는 질문.)

박솔뫼는 명확하고 명백하게 해석, 소비, 유통되는 장소 반대편에 침묵하는 광주를 배치한다. 세계의 다른 곳에서 광주가 명백한 세계로 분석될 때, "의외로 이곳에서 무언가를 말하는 사람은 없었다."(136쪽) 그리고 "아무 말도 하지 않았다 대개는."(137쪽) 이 대립은 'May, 18th' 또는 '쾨슈 시티'가 '오월 광주'(사실 나도 어떤 명명이 그 절대성에 가닿을 수 있는 표현인지 모르겠다)를 정확하게 지시하는 표현인지 의문을 제기하면서, 그것이 오히려 다른 의미의 장막일 수도 있음을 침묵으로 보여 준다. 이러한 사실은 박솔뫼의 소설을 후체험세대의 솔직한 고백으로 읽는 지나친 담백함을 넘어서게 한다. 시제를 지우고, 언어의 국적을 지우고, 유사한 사건들을 중첩시켜 바라보아도 '오월 광주'는 대체되거나 복원되지 않는다. 우리에게 게르니카와 아일랜드의 피의 일요일이 그렇게 뜨겁지 않은 것처럼 말이다. 그러니 정작, "정말로 이곳에서 무슨 일이 있었는지 아는 사람들은 다른 이야기를 해 줄지도 모른다. 이제까지의 이야기와 다른 이야기를 말이다."(137쪽) 그게 아니라면 차라리 침묵이 나을 것이다.

그렇다고 해서 박솔뫼의 소설이 침묵을 종용하는 것은 아니다. 흥미로운 지점은 말할 수 없는 빈 기표의 자리를 음식에 대한 이야기들이 메운다는 점이다. 버클리에서 마셨던 커피, 도쿄에서 먹었던 무, 그리고 광주의 한 술집 사장님이 들려주는 떡과 죽과 국수 이야기가 서술된다. "마치 이야기가 끊어지면 안 될 것처럼"(150쪽), 그렇게 쉬지 않고 다른 말이라도 해야만 '오월 광주'가 다른 이름으로 불리는 오독을 막는 방법인 것처럼 음식 이야기가 이어진다. 장에 조린 무의 "짙은 갈색"(134쪽)을 설명하려 해도 그토록 많은 언어의 불능이 드러나는데, 하물며 '오월 광주'는 얼마나 많은 등가교환의 폭력을 거쳐야만 하는지 묻는 듯하다. 따라서 무한히 이어질 것 같은 '떡과 죽과 국수 이야기'는 '오월 광주'라는 고유명사가 일반명사로 치환되는 명명 작업에 대한 거부감을 잡담에 가까운 언어 포화로 되돌려주는 박솔뫼의 방식이다.

여기서 잠시 김승희의 「회색고래 바다여행」[4]의 한 장면을 경유해 보자. 오래전 발표된 이 소설의 한 장면은 언어의 불능과 "설명할 수 없는 것을 설명해야 하는 지옥"을 묘사하고 있다는 점에서 겹쳐 읽을 만하기 때문이다. 김승희의 소설은 1980년대 군부독재를 뒤로 하고 미국 특파원으로 간 한 기자가 그곳에서 오월의 이야기를 듣게 되는 과정을 서사화한다. 물론 1997년에 발표된 김승희의 소설은 기억의 당위성과 이를 외면한 화자의 부끄러움을 표면 서사로 한다는 점에서 앞서 말한 기억서사의 범주로 분류될 수 있다. 그러나 아래의 장면은 박솔뫼와 같이 '오월'의 절대적 시공간에 대한 언어의 무기력을 지시하고 있다는 점에서 재독의 가치가 있어 보인다. 조금 길지만 오래전에 미리 보고된 장면을 소환해 본다. 인용 부분은 '채청'이라는 한국계-미국인 화가가 자신이 스케치한 그림에 대한 메모이다.

광주민중항쟁 사망자 명단 54번: 손옥례. 여19세. 여고 졸. 취업 준비. 사망 일시 및 장소:80. 5. 21. 장소 불상. 사인: 총상 및 자상. 비고: 유방 자상 희생자.

그리고 공책의 다음 페이지엔 한없이 옥례라는 이름의 변주곡들이 밤의 무도회를 열 듯이 어지럽게 춤을 추고 있었다. 옥례를, 옥례가, 옥례야, 옥례처럼, 옥례는, 옥례만이, 옥례들이, 옥례만큼, 옥례 때문에, 옥례로부터, 너의 옥례, 나의 옥례, 옥례에게, 옥례를, 옥례

---

4 김승희, 「회색고래 바다여행」, 『산타페로 가는 사람』, 창작과비평, 1997.

가, 옥례야, 옥례처럼, 옥례는, 옥례만이, 옥례들이, …… 다음 페이지, 그리고 그 다음 페이지에도 옥례의 이름을 변주한 추상화의 축제였다. 종이 위의 제사. 오늘은 회색의 흐린 이월인데 채청에게는 아직도 그 참혹한 오월이구나. 그것은 종이 위에 차려진 성찬의 제사였다. **자, 이것을, 이 한글을 타인에게 이방인에게 어떻게 설명하여 채청의 아픔과 이 한글과의 연관을 밝힌단 말인가.** (…중략…)

설명할 수 없는 것을 설명해야 하는 지옥. 손옥례양의 죽음에 대한 나와 경파의 진지하긴 하지만 한없이 서투른 설명을 다 듣고 난 남자(레이, 미국인-인용자)는 한참을 깊이 생각하더니 **"그럼 보스니아 같은 거로군요."**라고 동의를 구한다. 보스니아와 같은 것이라고? 글쎄, 보스니아와 같은 것일까? 아니 그것이 더 나은지도 모르지. 적어도 그들은 인종이 다르고 종교도 다르지 않은가 말이다. 눈동자가 뿌옇게 흐려지면서 힘없이 눈물이 괜히 흘러내리기 시작한다. 그것은 보스니아가 아니다. 세르비아도 아니다. 보스니아도 세르비아도 아니고 대체 그럼 무엇이란 말인가…….

─「회색고래 바다여행」, 141~143쪽. 강조 인용자

끊임없이 변주되고 반복되는 '옥례'에 대한 추상 작업은 언어가 도달할 수 없는 사건의 지점을 맴돌고 있다. 이 중 어떤 것이 '오월의 옥례'에 닿을 수 있을지 알 수 없지만, 김승희의 소설은 이런 방식의 차이와 반복으로라도 오월이 새로운 의미의 지점으로 도달할 수 있기를 바란 듯하다. 그러나 아무리 설명을 해도 설명할 수 없는 것은 설명할 수 없다. 한글로 쓰인 추상은 한국어로도 설명될 수 없다. 그래서 그 의미는 미끄러지면서 '보스니아'로 오독된다. 옥례의 오월과 보스니아의 거리

는 이는 박솔뫼의 소설이 말하는 'May, 18th'·'쿄슈 시티'와 '오월 광주' 사이의 거리감만큼이나 멀다. 어쩌면 박솔뫼의 '장막'은 김승희가 먼저 도달한 지점에 대한 의도하지 않은 복습인지도 모른다.

이제 그렇다면 우리는 어떻게 '오월'을 이야기해야 할까? 박솔뫼는 모든 시간들이 "끊어지지 않고 하나의 공기로 흐르는" 밤, 수없이 "겹쳐지는 밤"(143쪽)에서 그 가능성을 타진하는 듯하다. 물론 소설은 그 대답 대신 질문을 건네는 것에 더 가깝다. (박솔뫼는 「그럼 무얼 부르지」 이후 『미래 산책 연습』(문학동네, 2021)을 통해서 스스로의 질문에 답하고 있다. 그리고 이후 살펴 볼 한정현의 소설 또한 시간의 장막을 통과하는 하나의 방법으로 박솔뫼의 질문에 답하고 있다.) 다만 3년 전과 3년 후를 하나의 시간으로 보는 능력이 가능하다면, 더 먼 시간을 겹쳐 보는 것도 가능할 것이다. 아마도 이러한 형식은 오월의 소설이 증언의 문학에서 픽션의 문학으로 이행하는 방식에 대한 힌트일지도 모른다.

3. 숭고한 환상에서 현실로
– 손병현, 「민주유해자」

많은 오월의 소설들이 기억과 망각 사이의 전장에서 쟁투를 벌이고 있을 때, 손병현의 소설 「민주유해자」[5]는 남겨진 자들의 현재가 지난 오월의 절대성에 과연 값하고 있는지를 자문하면서 '절대광주'의 배면에 시선을 던진다. 손병현의 작업은 광주에 거주하면서 국가폭력이 지나

5 　손병현, 「민주유해자」, 『쓸 만한 놈이 나타났다』, 문학들, 2020.

간 장소에 남겨진 사람들의 삶을 추적하고 서사화한다. 또 이 작가의 인물들이 대개 지식인, 대학생, 재야운동가, 노동자 등과 같은 민중 주체로 호명되지 않는 존재들이라는 점도 주목할 만하다. 손병현의 소설들[6]은 '오월' 이후의 장소성과 현재성을 표상한다는 점에서 오월 문학의 새로운 항목으로 재조명될 가치가 충분해 보인다.

특히 그의 문제작이라 할 만한 「민주유해자」의 경우 구속부상자회 동료들의 연이은 자살과 우울한 삶을 조명한다는 점에서, 이 소설은 그동안 광주라는 장소와 광주시민들에 대한 관습적 사고를 정면으로 깨뜨린다. '절대장소'에서 함께 죽음에 이르지 못했다는 사실과 당시 문학계가 호명한 이데올로기적 주체가 아니라는 두 가지의 결핍이 「민주유해자」의 인물에게 수치심을 촉발한다.

이미 생을 마감한 구속부상자회 동료들의 얼굴이 얼비쳤다. 지금까지 **스스로 생을 마감한 숫자가 얼추 50여 명**이었다. 한때는 투사였지만 생을 마감하는 순간에는 세상으로부터 단절된 **부랑자**일 뿐이다. 동지들은 정신과 치료를 받거나 배우자의 도움으로 겨우 연명하다 스스로 구차한 생을 마감했다. …(중략)…

아무도 비겁하다고 하지 않았지만 동지들은 스스로 죄인의 굴레를 덧씌웠다. 죽어가는 사람을 외면한 채 구차하게 건진 목숨은 이미 산목숨이 아니었다. 살아남았다는 것은 안도가 아니라 형벌이었다. 홍철은 살아남은 자의 덫에 걸릴 때면 달리는 차에 뛰어들고 싶

---

6   손병현의 『동문다리 브라더스』(문학들, 2017)와 『순천 아랫장 주막집 거시기들』(문학들, 2022)이 여기에 해당하는 작업들이다.

은 충동이 불현 듯 솟구치곤 했다. 그 죽어 가는 찰나의 무연하고 선
한 눈망울을 도저히 떨쳐 낼 수가 없었던 것이다.

-「민주유해자」, 13~14쪽

주인공 '홍철'을 비롯한 구속부상자회 동료들은 상무대 영창에 수감
되어 "수치와 치욕"(10쪽)을 견뎌야 했다. 참혹했던 기억은 대인기피
증, 불안, 분노조절장애, 무력감 등의 정신적 외상으로 남았다. 이러한
지점들은 그동안 오월 소설들이 소환했던 신경증적 주체들의 증상과
다르지 않다. 하지만 군인들의 폭력이 연상되는 순간마다 스스로의 육
체가 폭력성을 재현하는 기계가 되어 급기야 아내의 죽음으로까지 이
어져버린 강박의 순간에 이를 때, 소설은 계몽적 위치에서 기억의 필요
성을 당위적으로 주장했던 인물들의 전형성을 벗어난다. 협회 몫으로
주어진 자판기 사업의 적은 수익금에 의존하면서 라면으로 끼니를 떼
우는 동지들의 우울한 낯빛 또한 생존을 위해 "사회의 기생충"(17쪽)으
로 전락한 항쟁주체들의 가혹한 현재성을 적나라하게 드러낸다. 그래
서 "민주유공자가 아니라 민주유해자로 살아온 지난날이 아쉽고 부끄
러웠다"(27쪽)는 고해와 함께 자살에 이르게 된다.

스스로를 "민주유해자"(19쪽)로 지칭하는 이 수치심의 근원에는 어
떤 숭고함으로 기념비화되는 오월의 절대성이 자리 잡고 있다. 그 첫
번째는 자신이 '절대주체'로 환원될 수 없다는 사실에 기인한다. 자신이
오월 담론이 요청하는 민주 투사가 아니었다는 사실, 헌혈을 독려하는
한 간호사의 모습을 보고 시위에 참가하게 되었다는 우연성, 그래서 자
신이 변증법적 역사 발전의 필연성에 의해 소환되는 주체가 될 수 없다
는 사후의 자각, 그런 자신이 과연 누군가를 대신해서 살아남아도 되는

존재일까라는 자기증명 요청이 '민주유해자'라는 결과값으로 도출된 것이다.

두 번째는 '사회의 기생충'으로 전락해버린 비참한 현재의 민낯에서 기인한다. 한 때 세상의 변화를 위해 투신했지만 정작 남은 것은 불편한 신체와 피폐해진 정신과 가난뿐이라는 비참한 현실은 혹여 '국가권력에 대항하는 행위는 결국 초라한 삶으로 귀결될 수밖에 없다'는 패배주의적 명제를 정당화하는 수단으로 오용될 수 있다. 이 오독에 대한 위기감과 수치심이 자살이라는 비극으로 수렴되었다. 차라리 그때 함께 죽지 못함으로써 소설의 인물은 오월의 절대성으로부터 점점 멀어져 간다.

도청 최후의 순간 절대적 죽음에 이른 자들이 보통의 시민들과 분리된 특별한 존재가 아니었던 것처럼, 살아남은 자들도 특별한 소수로서 영웅주의적 대상으로 치환되지 않는다. 또 이들 모두 숭고한 역사의식을 광주라는 장소에 투사한 이데올로기적 주체로 환원되지도 않는다. 오월의 죽음들이 숭고함으로 호명될수록 함께 죽지 못한 채 남겨진 자들의 참혹한 삶은 그 숭고함에서 점점 멀어진다. 1980년 5월 광주에서의 사건이 숭고한 희생의 특별한 장소성으로만 환원될 때, 오월 문학의 주체들이 겪는 비극은 끝나지 않을 가능성이 농후하다. 지난 '오월'이 '특별한 사건의 장소'로 기념비화 될수록 광주는 완전성에 대한 환상에서 벗어날 길이 요원해지고, 광주는 분리의 폭력에서 자유로울 수 없게 된다. 손병현의 「민주유해자」는 이러한 낭만적 환상을 폭로하면서 오월의 문학을 현재성으로 긴급히 호출한다.

4. 소외된 오월
– 공선옥의 「은주의 영화」, 이현석의 「너를 따라가면」

공선옥의 소설 「은주의 영화」[7]는 역사의 논공행상에 초대받지 못한 소외된 존재들의 상처와 죽음에 주목하면서 '오월' 문학의 확장성에 기여하고 있다. 1980년 당시 아버지와 함께 토종닭과 보양탕을 팔던 어린 '상희 이모'(은주의 이모), 그리고 1989년 짧은 시간 인연을 맺은 북쪽 방의 어린 소년 '박철규'가 바로 소외된 오월의 주체들이다. 더불어 서사의 주된 장소가 무등산 중턱(금남로도 도청도 아닌)의 오래된 토종닭집이라는 설정도 이 소설이 절대성으로 표상되는 '오월'의 바깥을 응시하고 있다는 점을 시사한다.

먼저 상희 이모의 사연에 주목해 보면, 절름발이 딸을 본 한 손님의 의문에 답하는 아버지(은주의 외할아버지)의 진단은 참으로 공교롭고 '소소하다.'

오일팔 때 그랬습니다, 오일팔 때.

아, 그럼, 총 맞았어요?

어어어, 그것이 아니고오, 맥없이 맥없이 그랬단게애. 그냥 군인들이 퇴각험시로 뿔따구가 좀 났던개비여어. … 그래서 화풀이를 한다고 한 것이 지나는 길에 장독아지도 좀 깨고 총질도 좀 하기는 했제이. 시내서는 뭐 많이 죽기도 죽었지마는 우리 동네서는 그저 닭 몇 마리, 개새끼 몇 마리 죽고 거 머시냐, 하여간 그뿐이여. **소소허**

---

7   공선옥, 「은주의 영화」, 『은주의 영화』, 창작과비평사, 2019.

다면 소소허제. 아, 근디 저것이 방에서 나오다가 달구새끼 죽는 것을 좀 봤던 모양이여. 그것이 뭐이 어쩐다고 심적 타격을 좀 얻었던 모양이라. 한창 예민한 사춘기 때라이. 그럴 수도 있어. 충격을 먹었는가, 그 뒤로 저러요 안.

…(중략)…

오일팔 피해자구면, 피해자여.

아따, 그런 말 하지들 마쑈. **저 아래 누구 집, 누구 집 해서 죽은 사람들이 얼매나 많은디.** 우리 집 가시내는 직접적 피해를 입은 것도 없고 단지 달구새끼 때문에 충격을 좀 먹은 것 가지고 무슨 피해자는 피해자여. 어어어, 당최로다가 그런 말은……

– 「은주의 영화」, 79쪽. 강조 인용자

광주 시내의 '저 아래 누구 집, 누구 집'들에서 죽어간 목숨들에 비하자면, 산 중턱의 외진 곳에서 직접적 피해를 입은 것도 아닌 딸의 외상쯤이야 '오일팔 피해자'라고 자처하고 나서기엔 소소하다면 소소할 수도 있겠다. 그럼에도 오공 청문회를 보면서 "장광 깨지고 닭 죽고 개 죽은 사연 가지고 따지는 국회의원은 없다냐?"(97쪽)라고 말하는 외할아버지의 탄식을 나란히 놓고 보면, 오월에 대한 사후 평가에서 소외된 주체들의 상처를 직시하고자 하는 작가의 의도를 충분히 짐작할 수 있다. 절름발이가 된 '상희 이모'의 신체는 이웃한 타자들의 죽음이 각인된 흔적이며 '광주'가 사회의 육체에 남긴 상처의 은유임이 분명하기 때문이다. 직접적인 피해가 아니라는 이유로 공적 영역에서 언급되지 않은 채, '그저' 우연한 불행으로 개별화되는 소외된 오월들을 공선옥은 이 소설에 기입하고 있다.

다음으로 박철규는 어린 은주를 가끔 보살펴주던 북쪽방의 셋집 아이였다. 그의 엄마가 어린 아들을 내버려두고 사내와 여행을 간 사이, 학교 선생님의 부당한 폭력을 피해 학교를 가지 못하던 그 며칠 사이(어린 상희와 어린 철규가 위험에 처하는 동안 소설의 어른들은 한결같이 가해자 또는 방관자의 위치에 있다), 혼자서 산을 헤매다 경찰에 쫓겨 죽음을 맞이했다. 경찰이 쫓던 인물은 어린 국민학생 박철규가 아니라 조선대학교 학생 이철규였지만, "잡아라, 철규 이 쌍놈의 새끼"(131쪽)를 외치던 경찰들의 목소리를 선생님이 보낸 사람들도 착각하면서 어린 박철규는 벼랑으로 몰려 실족사했다는 것이 소설의 사연이다. 이 또한 소소하다면 소소한 것일까.

> 시내에서 학생들이 철규를 살려내라,고 데모를 해. 우리 철규를 왜 살려내라고 하나, 왜 그러느냐고, 우리 철규를 당신들이 아냐고, 왈칵 물었지. 대학생들도 울어. 울면서 나한테 물어. 이철규 누나냐고. 아니라고, 나는 박철규 에미라고 했지. 말하자면, **죽은 애가 철규는 철균데 우리 철규가 아냐.** ……
>
> 대학생 철규가 부럽더라고, 그때는. 우리 철규는 어떻게 죽었는지, 열한살 우리 철규의 죽음을 밝혀내라는 사람은 아무도 없었어. 내가 혼자 어떻게 해. **우리 철규는 대학생도 아닌데.** 그래도 이상해. 철규를 살려내라는 말이 꼭 나한테 하는 말 같아. 나 보고 철규 살려내라고 사람들이 종주먹을 들이대는 것 같아.
>
> —「은주의 영화」, 130쪽. 강조 인용자

소설은 다분히 의도적으로 '단순 추락사한 국민학생 박철규'와 '고문

치사 당한 대학생 이철규' 사이의 유사성과 차별성을 배치하고 있다. 이름의 유사성은 오월의 죽음들이 특별한 주체들의 죽음이 아니라는 사실과 누구라도 그럴 수 있었다는 보편성으로 확장된다. 반면 애도의 차이는 열사 또는 민주투사 등으로 호명되지 못하는 수많은 이름 없는 자들의 죽음이 충분한 애도의 종결을 맺지 못했다는 점을 직시하게 한다. 동시에 소설은 부모와 사회의 보살핌 바깥에 놓인 박철규의 죽음을 통해 오월 광주의 거리에서 죽고 다치고 사라진 모든 '이름 없는 자들'의 고통을 환기하게 한다.

약간의 선언 어투가 허락된다면, '오월 광주'는 거대담론이나 거대서사로 환원되지 않는 영역에 있을 때『봄날』을 넘어설 수 있다. 그곳에 사회에서 제 몫을 가지지 못했던 사람들과 역사적 영웅의 이름으로 호명되지 않는 수많은 상처들이 존재하기 때문이다. "우리 닭만 죽은지 아냐(…) 우리 장광만 깨진지 아냐"(91쪽)라는 자위적 탄식을, '우리 아들만 그란 것이 아닌디'라는 광주 엄니들의 탄식을, 상처뿐인 영광의 잔치상에 놓일 숟가락 개수를 결정하는 기준으로 삼을 때 '오월'의 문학은 도그마에서 빠져 나오기 요원해진다는 점을 공선옥은 강조하고 있다.

공선옥 소설을 마무리하기 전에 오월 소설의 형식적 가능성 측면에서 한 가지 사실을 덧붙이려 한다. 공선옥의 소설「은주의 영화」가 특별한 이유는 앞서 언급한 기억의 재생작업에 있지 않다. 이 소설의 가치는 카메라를 찍고 있는 주인공 오은주가 카메라의 영상 안으로 빨려 들어가는 순간에 있다. 소설의 카메라는 연출자-연기자-관객의 경계선을 지우고, 프레임의 경계를 뚫고 들어가 과거의 시간과 현재의 시간을 겹쳐 놓는 복원 기계로 기능한다. 그래서 오은주가 빙의된 카메라 안에서는 제 딸의 불행을 지키지 못했던 외할아버지의 회환의 눈물과 외롭게 산채를 지키며 살아야 했던 이모의 외로움이 현재로 소환되고 있다. 또 은주의 카메라가 박철규의 엄마이자 호프집 주인 박선자를 영상에 담을 때, 어린 철규의 목소리가 영상 밖으로 전송되고 한 치의 망설임 없이 카메라 안으로 들어간 박선자가 어린 철규의 마지막 며칠을 목도하면서 울음으로써 20년의 시간을 되돌리고 있다. 공선옥 소설의 복원 작업은 그러므로 재현이 아니라 '주체와 객체의 마주침'이라는 빙의의 방식에 가깝다. 주체와 객체의 자리가 지워진 공간, 산 자와 죽은 자 사이의 시공간이 무화되는 지점, 죽은 자의 목소리가 삶의 공간으로 재기입되면서 산 자들은 제 몫의 죄책과 회한을 목놓아 토해내는 지점, 바로 그곳이 카메라(즉 오월문학)가 서 있어야 할 위치라는 점을 공선옥의 소설은 말하고 있다. 그리고 이때 소설은 과거와 현재를 만나게 하는 영매(靈媒)가 된다.

은주의 카메라가 피사체(subject)를 오브제(objet), 즉 객체(object)로만 대상화했다면 소설은 새로운 의미생산의 지점에 닿지 못했을 것이다. 피사체(subject)가 곧 주체(subject)가 될 때, 예술은 관객을 주체(subject)로 만들 수 있다. 공선옥 소설은 주체와 객체를 무화하는 방법으로 재현의 장막을 통과하면서 포스트-광주로 나아가는 듯하다.

이현석의 「너를 따라가면」[8]은 젠더 차별을 경유하면서 소외된 오월의 서사를 한 발 더 밀고 나간다. 소설은 1980년 광주 시내의 한 병원에서 근무하는 간호원 '정혜'의 시선을 통해 그날의 참상으로 접속한다. 공선옥의 소설이 '이름 없는 자'들의 소외된 상처에 주목한 것처럼, 이현석

8　이현석, 「너를 따라가면」, 『다른 세계에서도』, 자음과모음, 2021.

의 소설이 먼저 보여 주는 것 또한 고유명사가 지워진 존재들이다. 가령 '파추하(파란색 추리닝 하의)'와 같은 이름들. 야전으로 변한 병원 로비에 실려 온 수많은 부상자들에게 붙여진 그와 같은 이름들.

> 그런 환자들이 꼬리에 꼬리를 물고 로비로 밀려들었다. 하얀 블라우스에 청원단 원피스를 입은 환자는 **청치마**, 여, 복부 총상, 일반외과. 정장 바지 허리춤에 묵직한 열쇠고리를 찬 환자는 **열쇠뭉치**, 남, 사지 관통상, 정형외과. 검은 바탕에 파란 줄무늬가 들어간 티셔츠를 입은 환자는 **검파상**, 남, 우측 흉부 총상, 흉부외과.
> **의식을 잃으면 이름도 잃었다.**
> ― 「너를 따라가면」, 236~237쪽. 강조 인용자

이와 같은 "임시의 이름"(237쪽)은 특별한 영웅이나 투사가 아닌 모든 시민들의 이름에 값한다. 그리고 소설은 이름을 잃어버린 이들의 모습을 경유해 정혜의 내면으로 접속한다. 그곳에는 과거 정혜가 어렸을 때 만났던 이름도 몰랐던 한 사람, 동네 사람들의 온갖 추문의 당사자였던 한 언니를 떠올리게 한다. 간호원이 되어 독일로 떠나고 싶었던 '그 언니', 항상 수선한 간호복을 입고 출근하던 '그 언니', "몸매가 훤히 드러나는 유니폼"(228쪽)이 거슬렸던지 병원장 오 박사의 내연녀가 되어야만 했던 '그 언니', 간혹 헝클어진 옷차림 때문에 동네 사람들에게 "도화살 낀 것 같은 애"(228쪽)로 불리던 '그 언니', 간호보조원에 불과한 신분 때문에 "저렇게 다니면 저가 정말 간호원이라도 된 거 같나."(228쪽)라는 비아냥의 대상이 되었던 '그 언니'.

전쟁고아라더라, 작부였다더라, 약쟁이라더라, 라는 최초의 소문
들은 오 박사가 제 버릇 개 못 주고 또 저가 뽑은 보조원이랑 정분이
났다는 소문으로 이어졌다. 마을 사람들은 오 박사의 아랫도리 일에
는 식상해하면서도 언니가 오 박사네 의원에서 오 박사의 애를 뗐다
는 소문에는 광적으로 흥분했다. 말은 돌고 돌아 오 박사네 사모님
귀에도 들어갔다는 말도 들려왔고, 그 말은 사모님 보는 앞에서 애
를 뗐다는 말로 바뀌기도 했다. 그렇게 한껏 부풀어 오른 말은 언니
가 사라지면서 편리하게도 진실이 됐는데 사람들은 진실로 바뀐 소
문에 더는 관심을 두지 않았다.

— 「너를 따라가면」, 241쪽

가해자보자 피해자에게 더 가혹한 소문에 대한 묘사는 그대로 '오월
광주'에 대한 1980년 당시의 추문들을 연상하게 한다. 온갖 소문에 의
해 사회의 비정상적 요소로 제거되어야만 했던 광주 사람들의 사정은
'그 언니'에게 붙은 온갖 악의적 표현들과 그대로 등치된다. 당시 언론
들에 의해 증폭된 소문 속에서 광주 시민들은 폭도, 불순분자, 간첩이
되어야만 했으며, '그 언니'에 대한 비아냥처럼 광주도 '그런다고 세상
이 바뀌기라도 하나'와 같은 조롱의 대상이 되었으니까 말이다. 그래서
생각해 보건대, 소설에서 그녀가 그저 '그 언니'인 이유는 고유성이 상
실된 텅 빈 기표에 누구라도 포함될 수 있기 때문이다. 이러한 작가의
의도는 국가폭력과 유언비어들에 의해 파괴되고 소외되어야만 했던 '그
도시'가 반드시 광주가 아닐 수도 있었다는 사실로 확장된다.

그녀가 그저 '그 언니'인 또 다른 이유는 '정혜'의 사정도 크게 다르
지 않았기 때문이다. 아버지의 사업 실패로 가정환경이 어려워진 당시

에도 오빠는 장남이니 재수학원에 보내야 했고 막내는 막내에 아들이라 직접 양육해야 했지만, 정혜는 "덜어내야 할 입"(227쪽)이었다. 그런 정혜를 맡아주던 외숙모는 "우리 정혜, 행여 **저런 것**들이랑은 말도 섞지 마라"(229쪽. 강조 인용자)라고 우려했으나, 정작 정혜는 '저런 것들'에 속한 그 언니와 함께 대마를 피우거나 당시 유행했던 김추자나 양희은이 아니라 트윈폴리오를 같이 들으며 외로운 처지를 공유했었다. '그 언니'를 따라 간호원이 되어 독일로 가겠다는 정혜에게 엄마는 "**일손이나 거들다 시집이나 가야 할 년**이 헛꿈 꾸지 마라, 아프레걸입네 비트니크입네 떠들어대니 **너 따위 계집**이 뭐라도 될 것 같으냐."(233쪽. 강조 인용자)라며 딸을 젠더 차별의 영역에 묶어 버렸다.

소설은 '그 언니'의 목록에 헌혈을 위해 병원으로 달려간 "역전 유흥가의 작부들"(251쪽)을 덧붙인다. 몇몇 사람들에 의해 헌혈이 제지된 그녀들이 "내 피가 더러워, 더럽냐고!"(251쪽)라며 항의하는 장면의 삽입에는 명확히 오월의 소설을 차별과 혐오로 얼룩진 젠더의 영역으로 확장하려는 작가 이현석의 의도가 개입되어 있다.

그러니까 오월 광주를 배경으로 한 이현석의 소설에 등장하는 '그 언니'라는 기표에는 다음과 같은 의미들이 기입될 수 있다. 가부장 중심의 가족 담론에서 제외된 '덜어내야 할 입' 정혜, 정상 가족 담론의 잠재적 윤락녀이자 파괴적 용의자로 지목된 '저런 것들'인 '그 언니', 헌혈에도 자격 증명을 요구받아야 했던 '더러운 피' 유흥가의 언니들, 그리고 이들처럼 제 이름값대로 호명되지 못한 채 병원에 실려 온 신원불상의 '파추하' 또는 '검파상'같은 시민들, 온갖 유언비어에 의해 빨간 밑줄이 그어진 어떤 도시, 폭도가 되어야만 했던 그 도시의 어떤 시민들 등등. 모두 같은 이름들이다. 이 목록들의 상단에 '소외된 오월의 이름들'이라는 명명을 붙이고 싶었던 것이 이현석 소설의 의도인 듯하다. 이현석의 소설은 국가 폭력과 젠더 폭력을 나란히 병치하고 그동안 '오월'의 담론에서 호명되지 못했던 이름들을 소환하면서 오월 문학의 영역을 역사 바깥의 지평으로 열어내고 있다.

5. 새로운 공동체, 확장되는 오월
– 한정현, 「쿄코와 쿄지」

한정현의 소설 「쿄코와 쿄지」[9]는 젠더 차별과 소외된 오월의 지점에서 한 발 더 나아가 '스스로의 공동체'를 기획하는 영역으로 전진한다. 박솔뫼의 소설이 오월 이후 세대의 질문을 통해 포스트–광주에 대한 입구를 열었다면, 한정현의 소설은 이에 대한 하나의 답변으로 읽히기에 충분해 보인다. 한정현의 작품들에 빈번하게 등장하는 연구자 인물들은 과거를 문화사적으로 복원하는 작업에 천착한다. 이것이 하나의 답변이 될 수 있는 이유는 특히 국가 이데올로기와 젠더 차별에 의해 억압된 존재들에게 목소리를 부여하면서 '오월'의 절대성 이면에 소실점을 맞추기 때문이다. 「쿄코와 쿄지」 또한 오월 광주를 연구하는 인물(영소와 경아, 그리고 연구자는 아니지만 증언자로서의 경자)을 통해 '소외된 오월'을 복원하는 작업에 해당한다.

9　한정현, 「쿄코와 쿄지」, 『문학과사회』 2021년 봄호. 「쿄코와 쿄지」에 대한 이 글의 일부는 졸고, 「소수자–퀴어–청년이 역사와 만나는 방식」(『문학들』, 2021년 여름호)의 내용을 참고했음을 밝힌다.

특히 오키나와라는 장소성은 배제와 차별의 꼬리표에서 자유롭지 못했던 수많은 소수자들의 이야기를 발굴하고 복원하는 한정현의 소설의 입구라는 점에서 주목할 만하다. 오키나와에는 옷차림과 노래가 당시 한국의 풍토와 맞지 않아서 "풍기문란이라는 꼬리표"가 달렸던 김추자와(「괴수 아키코」), "위안부라는 꼬리표" 때문에 "고향이 아닌 섬"으로 갈 수밖에 없었던 노인들과(「대만호텔」,[10]), '광주'와 '빨갱이'라는 꼬리표를 떼기 위해 이곳으로 온 '경자'(「쿄코와 쿄지」)가 있다. (미리 말하자면 「쿄코와 쿄지」를 읽을 때에는 특히 이름에 유의해야 한다. 경자의 본명은 '경녀'였으나 가부장 질서에 대한 저항의 의미로 아들 子를 쓴 '京子'로 바꾸었다가, 굳이 아들이어야 할 필요성에서 벗어나 스스로 自를 쓴 '京自'로 바뀌었다. 그렇게 그(녀)의 친구들도 모두 혜숙이 아니라 혜자, 미선이 아니라 미자가 되었고, 성소수자였던 영성은 영자가 되었다. 따라서 그(녀)의 일본식 발음도 '쿄코 아니고 쿄지'여야 한다. 그렇게 그들은 "아들들의 공동체를 통과하여 최종적으로는 스스로의 공동체"(87쪽)가 되었다.) 오키나와는 과거 끊임없는 자기증명이 요구되는 곳이었다. 가령 다음과 같은 서술을 보자.

"근데 갑자기 일본이 섬을 지배하면서 그런 질문들을 하기 시작한 거야. 넌 일본인이냐 오키나와 인이냐, 설마 조선인이야 이런 거. 그때 오키나와 사람과 조선인은 거의 같은 취급을 당했다고 하거든. 오키나와인들의 시신을 수습해준 것도 조선인들이고 아무튼 그래서, 거기 사람들은 살려면 자기가 일본인이라는 걸 어떻게든 증명해

---

10 이상의 작품은 한정현, 『소년 연예인 이보나』, 민음사, 2020.

야 했대. 모두가 마음만은 일본이 싫었겠지만 그렇다고 모두가 용기

있고 정의로운 사람이 될 순 없으니까 말이야.”

―「쿄코와 쿄지」, 91쪽

　1879년 메이지 정부에 의해 오키나와 현으로 복속되기 전까지 ‘류쿠 왕국’이었던 오키나와는 제국의 식민지가 된 이후 제2차 세계대전 당시에는 미국과 일본의 치열한 전투가 치러진 최후의 장소이기도 했다. 「괴수 아키코」에는 “오키나와 원주민들 중 표준어를 제대로 발음하지 못하는 자들을 골라 첩자를 색출”(26쪽)한 일본제국의 역사가 기술되어 있다. 비제국의 언어는 유다의 별과도 같아서, 폭력은 항상 연약한 존재에게 자기를 파괴하는 방식으로 자격의 증명을 요구했다. 제국과 식민 어디에도 속하지 않는 이중적 배제의 장소로서 오키나와는 국가, 인종, 언어, 젠더 등 수많은 배제와 혐오의 생산지였고, 일본과 미국이라는 제국 사이에서 지속적으로 자기증명을 요구받았던 국가폭력의 장소였다. 따라서 한정현의 소설 「쿄쿄와 쿄지」에서 오키나와는 ‘오월 광주’를 동아시아사의 지평으로 확장하는 특별한 장소성으로 기능하고 있다.

　그러나 이곳에는 “소바도 있고 맥주도 있고 고구마”(「쿄코와 쿄지」, 109쪽)도 있으며, 서로 싸우다가도 웃고 음식을 나누는 삶도 있다. 국적에 상관없이 모든 죽은 영혼들을 위해 “모두의 결혼식”(「대만호텔」)이 열리는 곳이기도 하며, 수많은 소수자들의 삶을 연구하고 복원하는 ‘영소’와 ‘경아’가 있으며, 무엇보다 ‘오월’의 공적기록에서 누락된 친구들의 삶을 기억하는 ‘경자’가 있는 곳이기도 하다. 이런 점에 주목하면 오키나와는 한정현 소설에서 소외된 죽음들의 상처를 복원하는 곳이

자 동시에 치유의 입구라는 이중적 장소성을 지니고 있다. '경자'가 '영소'(혜자의 아이)를 데리고 오키나와에 온 이유가 여기에 있다. 이런 곳이라면 "내 삶을 증명해 보이지 않아도 될 것"(103쪽) 같아서 말이다.

한정현은 '경자'가 오키나와로 오기 전, 광주에서 그(녀)의 친구들이 어떻게 역사에서 지워졌는지에 대해 많은 분량을 할애한다. 그것이 중요한 이유는 이들의 '소외된 오월'이 한정현이 열고자 하는 포스트-광주의 한 지점을 암시하기 때문이다. 따라서 조금 길더라도 이들의 이야기에 주목할 필요가 있다.

「쿄코와 쿄지」의 네 인물들은 모두 1958년 전라도 태생들이다. 이 주인공들의 삶은 한국 사회의 경제권력과 정치권력의 중심부로 성장하면서 '아버지들의 전성시대'를 이루었던 베이비부머 세대(58년 개띠)의 역사와 다르다. 전라도 사투리로 이들은 한국사회의 '한비짝'에서 태어나고, 자라고, 그리고 지워졌다. 그들이 만든 '스스로의 공동체'는 '오월'의 공적기록 어디에도 쓰이지 못했다.

"남자와 여자 둘 모두의 염색체"(82쪽)를 가지고 태어난 '영자'는 "아들이니까 인간 대접받고 사는"(83쪽)거라는 가부장의 명령으로 '소영성'의 삶을 살 수밖에 없었다. 그리고 '영자'는 '소영성'의 이름으로 광주에 투입된다. 국가폭력의 주체로 동원된 '소영성'은 불명예제대 후 조금씩 무너져갔다. 그리고 "경자야, 너는 아무거도 보지 못한 거야. 다 잊어. 다 잊고 살아가. 나도, 그 무엇도"(99쪽)라는 유서를 남겼다. '소영자'로서의 공식적인 기록은 어디에도 존재하지 않는다. 아버지의 율법과 법과대학으로 상징되는 성공의 방정식은 국가폭력에 의해 한 줄도 쓰이지 못한 채 지워졌다.

오빠의 질투와 폭력에 노출되었던 '혜숙' 아니 '혜자'는 아들이 되고 싶었다. 그래서 '혜자'는 "자애로운 어머니 신사임당의 땅"(84쪽)인 강원도의 의대에 진학했지만, 다시 광주로 돌아와 "양서협동조합과 들불야학"(80쪽)에 헌신했다. 전남대 법대에 다니는 운동권 남자친구와 자주 거리에 나섰던 '혜자'는 그해 오월 이후 아이(영소)만 남기고 지워졌다.

'미선' 아니 '미자'는, "신부가 되고 싶었지만 수녀가 될 수밖에 없"(101쪽)었던 베로니카 자매님 '미자'는, 그해 오월 군인들로부터 도망친 사람들을 위해 성당 문을 열어주었던 미자는, 유인물을 제작하면서 군부의 만행을 알리기도 했던 미자는, 아무도 모르게 사라졌다가 어느 정신병원에서 젊은 나이에 "죄 없는 백발의 노인"(97쪽)이 된 채 발견되었다. 오월에 대한 공적 기록은 신부님들 외에 베로니카 수녀와 같은 이들의 이야기를 전하지 않았다. 그렇게 '미자'는 지워졌다.

그리고 '경녀' 아니 '경자'는, "여자의 인생은 좋은 남편을 만나는 것으로 결정된다고 믿었기에 딸을 영부인과 대학 동기로 만들고자 했던 아버지의 뜻"(95쪽)에 따라 서울 광화문의 재수학원에 있어야 했던 경자는, 그곳에서 광주의 소식을 들은 경자는, "전라도에서 왔다고 하면 빨갱이라는 말"(100쪽)을 들을까봐 사투리 대신 서울말을 써야 했던 경자는, 광주에서는 굳이 사투리를 감추지 않아도 됨에도, 광주에서는 총상을 감추지 않아도 됨에도, 광주에서는 5월에 흰 옷을 입고 검은 리본을 달아도 하나도 이상하지 않음에도 불구하고, '혜자'가 남긴 아이를 데리고 오키나와로 떠났다. 다시 말하건대 이곳에서는 누구도 자기증명을 요구하지 않을 같았기 때문이다.

이들의 삶에는 모두 젠더 차별의 흔적이 새겨져 있다. 한정현은 가부장 질서로 표상되는 젠더 권력과 '오월'의 피 묻은 국가권력을 나란히 병치함으로써 앞서 이현석이 가려했던 길을 복습하고 있다. 그런데 한정현은 여기에서 멈추지 않는다. 이를 설명하기 위해 아래의 인용문들보다 여러 갈래로 얽힌 차별을 명확하게 보여 주는 방법은 없을 듯하다.

미자의 어머니는 **무당**입니다. 그리고 할머니는 **일본인**이래요.
일제 때 일본의 집이 너무 가난해서 한국으로 돈을 벌러 온 거라고 해요. 그렇게 온 사람 중에 여자들은 대부분 **현지처**나 카페나 호텔의 **여급**으로 일했대요. 외할머니는 조선에 온 일본 남자의 현지처가 되어서 미자의 어머니를 낳았다고 하던데 사실 정확히는 잘 모르겠어요,

— 「쿄코와 쿄지」, 94쪽

"어릴 적 외할머니가 **재조일본인**이라 그렇게 **친일파**라고, 또 일본인들에게는 **현지처 자식**이라고 **더러운 피**라고 욕을 먹었는데 이제는 광주 사람이라고 **빨갱이**라고 욕을 먹는다고요."

— 미자의 경우, 「쿄코와 쿄지」, 111쪽

반에서 따돌림을 당하던 사람은 총 네 명, 나와 **재일조선인** 아이, 그리고 **동성애** 스캔들을 일으킨 아이, 자기가 남자아이라고 주장하던 아이. **"더러운 피."** 사람들은 나를 보고, 나와 함께 따돌림 당하던 아이들 보며 종종 그런 말을 했다.

— 영소의 경우, 「쿄코와 쿄지」, 107쪽

하루는 **혐한시위대**를 마주친 거죠. 그냥 그들이 지나가길 기다리며 길 한쪽에 서 있었는데 어떤 사람이 저를 똑바로 보고 말하더라고요, **'한국인, 더러운 피.'** …… 그날 집에 돌아와 이유도 없이 샤워를 내가 몇 번이나 했는지 몰라요. …… 그러다가 깨달았죠. 그 사람은 내가 한국인이어서만 그런 게 아니라는 걸 말이에요. 한국인이기도 하지만 자신보다 **약한 여성**이기도 하니까, **서울이 아닌 도쿄**이기도 하니까.

– 경자의 경우, 「쿄코와 쿄지」, 112쪽. 이상 강조 인용자

'미자'는 '재조일본인–무당'이라는 모계의 혈통만이 선택적으로 차용되어 차별과 혐오의 대상이 되었다. '영소'와 '경아'는 '재일조선인'이라는 이유로 차별받는다. 재조일본인과 재일조선인이라는 엇갈린 차별의 화살표는 혐오의 근거가 다분히 자의적 선택에 불과하다는 점을 지시한다. '영소'의 친구는 성정체성 때문에 따돌림의 대상이 되었다. 이들은 모두 '더러운 피'이다. 인용문의 강조 표시들만을 모아 놓아도 한정현의 소설이 향하는 방향을 짐작할 수 있다. 여기에는 민족주의, 출생지, 인종, 종교, 이념, 근대 가정담론 등 다양한 혐오의 잣대들이 얽혀 있다. 한정현 소설의 의지는 국가폭력의 피해장소인 '오월 광주'에 젠더를 비롯한 소수자 정체성을 겹쳐놓으면서 여러 겹의 차별에 놓인 오월의 주체를 생산한다. 언어, 성별, 인종, 국가, 젠더, 직업 등등 차별의 목록이 끝도 없다.

그러므로 한정현의 소설은 퀴어 서사나 '오월 광주'에 대한 소설로 국한되지 않고, 역사의 '한비짝'에서 제 목소리를 부여받지 못했던 수많은 소외된 오월에 대한 연구에 가까워진다. '영소'와 '경아'를 비롯한 한정현

소설의 주인공들이 역사나 문화사 연구자라는 점은 포스트-광주를 위한 서사 형식에 있어 중요한 지점으로 보인다. 이들의 취재와 연구과정은 누락된 소수자들의 삶에 사실성을 부여하고, 그것을 공적 영역의 역사 기록으로 승화한다는 점에서 새로운 마스터플롯으로서의 가능성을 보여 주기 때문이다.

6. 다음의 자리

'오월'의 감정정치는 '절대광주'로 표상되는 완전성에 대한 환상에 기대고 있다. 군부의 환상은 국가 이데올로기에 배치되는 비동일적 존재들에게 혐오와 오염(불순분자, 빨갱이 등)의 낙인을 찍으면서 동일성을 확장하는 방식이었다. 그리고 오월문학도 군부의 강박만큼이나 강력한 오월의 절대성에서 자유롭지 못했다. 도청 최후의 날 함께 죽지 못함으로써 살아남은 자 누구도 그 절대성의 자리에 도달하지 못하게 되었고, 오월문학은 이를 죄책감의 서사와 재현의 서사로만 표현할 수밖에 없었다. 이 절대성을 넘어설 때 포스트-광주의 문이 열린다. 그곳에 젠더, 인종, 언어, 국가, 종교, 지역 등과 얽힌 이름 없는 존재들이 문학의 언어로 소환되기를 기다리고 있을 것이다. 그 만남이 소설이 역사와 정치 그리고 증언을 넘어 포스트-광주의 픽션으로 이행하는 시작일 터, 이 글에서 다소 고양된 언어로 강조한 작품들이 이후의 오월문학을 더욱 더 첨예하고 문제적인 자리로 이끄는 마중물이라는 점에 의심의 여지가 없다.

'아무'의 기억과 고통
– 김숨의 일본군 위안부 피해자 증언 소설들에 대해

1.

2018년 7월 김숨은 『흐르는 편지』의 마지막 페이지에 '작가의 말을 쓰는 오늘도 한 분이 돌아가셔서 생존자는 이제 스물일곱 분'이라고 기록했다. 이 글을 쓰는 2018년 12월 5일에도 경기도 광주 나눔의 집에서 생활하시던 일본군 위안부 피해자 김옥순 할머니가 별세했다.

이제 생존자는 스물여섯 분이다.

2.

『흐르는 편지』에서 '나'의 이름은 '후유코'이다. 그녀를 찾아온 일본군이 지어준 이름은 하나가 아니다. 후유코, 도시코, 모모코, 후미코, 야에, 미쓰코, 요시코, 히후미, 유키코. 이 이름의 주인들은 일본의 어딘가에 살고 있었을까. "혹시나 뱃속 아기가 그 여자들 중 하나의 아기가 아닐까"(『흐르는 편지』, 현대문학, 2018, 126쪽) 싶어서 '나'는 강물에 편지를 쓰면서 일본 여자의 이름들을 쓴다. 그 이름들 하나 하나에는 일본군들의 불안과 불안을 가장한 파괴적 폭력이 내재하고 있다. 때문에 '나'의 이름 쓰기 행위는 군인들이 행한 파괴적 폭력을 그들이 상상한 일본 여자들에게 되돌려주는 의미를 띤다. 비록 흐르는 강물에 지워지겠지만 그 이름들은 날선 부메랑처럼 강물에 베인다.

위안소의 다른 여자들도 일본 이름을 가지고 있다. 그중에는 위안소의 일본인 주인 할아버지 '오지상'이 지어준 이름도 여럿이다. 에이코가 죽으면 새로운 조선 소녀를 데려와 죽은 에이코가 입었던 옷과 이름을 준다. 이제 조선의 소녀는 에이코가 된다. 그리고 낮과 밤을 가리지 않고 위안소를 찾는 일본군인과 위안부들을 성-기계로 전락시킨 오지상은 조선의 소녀들을 일본 여성의 이름으로 부른다. 그들의 명명이 과연 누구를 피폭력의 대상으로 만드는지도 모른 채 말이다. 석순 언니가 죽었을 때 "땅도 아깝고, 흙도 아깝다"(『한 명』, 현대문학, 2016, 21쪽)며 변소에 시체를 버릴 때에도, 아래가 너무 심하게 부어 도저히 받아주지를 못하자 "아래를 못으로 찔러버렸"(『한 명』, 22쪽)을 때에도, 그들은 일본어로 일본 여성들의 이름으로 불렀다. 자신들이 과연 누구를 버리고 누구를 찌르는지도 모른 채로.

3.

열세 살의 '나'는 동네 구장 공씨가 비단 공장에 보내야 한다는 강압으로 기차를 타고 이곳으로 왔지만, 이곳 '낙원위안소'는 낙원이 아니며 비단공장은 더더욱 아니었다. 어느 모내기철 열여섯 살의 김복동 할머니에게는 동네 구장과 반장이 노란 군복을 입은 일본인과 찾아왔다. 그들은 열여섯 살의 김복동을 '데이신타이'에 보내야 하니 데려가야 한다고 그녀의 어머니에게 말한다. "데이신타이가 뭔가요?"(『숭고함은 나를 들여다보는 거야』, 현대문학, 2018, 49쪽.)라고 김복동의 어머니가 물을 때 그들은 군복을 만드는 공장이라고 말했다. 친구들과 사과밭에 놀러가던 길원옥 할머니는 "공장 가서 일하면 돈도 벌고, 좋은 기술도 배울 수 있을 텐데. 그럼 고생 하나도 안 하고 살 수 있는데."(『군인이 천사가 되기를 바란 적 있는가』, 현대문학, 2018, 44쪽.)라는 어떤 아주머니의 권유로 기차를 탔다. 그녀들은 모두 군복을 만들거나 비단, 성냥, 총알, 광목, 고무를 만드는 공장에 취직시켜준다는 말에 기차를 타고 배를 타고 아시아 전역의 위안소로 흩어졌다. 밭을 메다가, 목화를 따다가, 동네 우물가에 물 길러 갔다가, 냇가에서 빨래해 오다가 억지로 끌려온 조선의 소녀들은 그렇게 '조센삐'(삐는 여성 성기를 의미하는 속어)가 되었다.

그녀들의 평균나이 열 예닐곱이었고, 열한 살짜리도 있었다.

도키와(길원옥에 있던 위안소)…… 도키와라는 데였어. 군인들
이 표를 가지고 왔어.

만주 가는 줄 모르고 갔어…….

친구들 여럿하고…… 여럿이…… 친구들 얼굴…… 기억 안
나…… 어떤 여자가 우리를 데리고 갔어…… 할머니였어…… 평양
역에 여자애들이 많았어…… 내 또래 여자애들…… 나는 평양역에

서 기차를 탔어…… 서성리역에도 여자애들이 많았어……. (중략)

위안소 주인 여자도 할머니였어…… 그곳에는 조선 여자들만 있었어…… 한 열댓 명…… 스무 명쯤 될까…… 주인 할머니가 군인만큼 무서웠어…….

거기 간 지 얼마 안 돼서 요코네(성병)에 걸렸어…… 열이 무섭게 나고 사타구니 양쪽이 부어올랐어. 수술을 하면서 양쪽 나팔관을 막아놓았어, 아기가 못 들어서게.

— 『군인이 천사가 되기를 바란 적 있는가』, 40~41쪽

불행은 공평하게 분배되지 않는다. 가난은 가장 불공평한 방식으로 재난과 위험을 분배한다. 가난이 불공평하다는 것은 소유한 물질이 적다는 의미에서가 아니라 위험으로부터 가장 쉽게 노출된다는 의미에 가깝다. 또한 원인을 알 수 없는 어떤 폭력으로부터 스스로를 지키거나 그 상황을 판단할 능력의 부재에 가까운 의미이다. 가난하다는 것은 그런 것이다. "가난은 위험하다. 흑인인 것은 위험하다"(지그문트 바우만, 『부수적 피해』, 정일준 옮김, 민음사, 2013, 15쪽)라는 말은 여기서도 유효해서 조선인인 것은 위험하다. 그리고 조선인이 가난한 것은 더더욱 위험하다.

그렇게 가난해서 위험에 노출되었던 어린 소녀들은 고향을 떠나 기차를 타고 아시아의 전역으로 '배치'되어 일본 군인들의 성욕과 불안을 '받는' 성-기계로 전락했다. 언어로 표현 불가능한 수치와 모욕과 공포에 그녀들의 몸에 처음 다녀간 일본 장교에게 용서해 달라고 빌기도 했다. 잘못한 것도 없으면서. 자살을 선택하기도 했다. 그러나 죽는 방법조차 몰라 술과 약을 잔뜩 먹고 망가진 몸으로 군인을 받아야만 하기도

했다.

그렇게 가난해서 아무것도 몰랐던 그녀들은 '엄마'의 이름을 불렀다. 엄마가 오면 이 지옥에서 자신을 데려고 나갈 수 있을 것만 같아서 엄마를 불렀다. 하지만 자신들의 잘못이 아님에도 죄를 지은 것만 같아서 편지에 "저는 비단공장에 와 있어요. 돈 벌어 돌아갈 때가지 몸 건강히 계세요. 답장은 하지 마세요."(김복동)라는 거짓말을 쓰기도 했다. '답장은 마세요'라는 문장에 새겨진 죄책감과 서글픔이 아프다. 더러 "어머니가 아파 죽어간다"와 "어머니가 죽었다"(『한 명』, 129쪽)라는 전보가 한 달의 시간차를 두고 오기도 했다.

정말 운이 좋아 살아 돌아온 『한 명』의 그녀가 혹시나 해서 '군자'의 고향집을 찾아 갔을 때도 군자의 어머니는 "너도 만주 실공장에 갔었냐?", "우리 군자하고 같이 안 왔냐?", "그럼, 너 혼자 왔냐?"라고 물을 수밖에 없었다. 몰랐으므로. 자신들의 딸이 성노예가 되었다는 것을 꿈에도 생각해 본 적이 없으므로. 그녀는 죄책감에 군자의 어머니가 준 보리밥이 목구멍으로 넘어가지 않았다. "살아 돌아온 곳이 지옥"(『한 명』, 17쪽)이었어도 고향의 사람들은 몰랐으므로. 너무 가난해서 너무 무지했으므로. 그래서 동생의 "누나- 빨리 갔다 와!"(『군인이 천사가 되기를 바란 적 있는가』, 45쪽)라는 마지막 인사가 잊히지 않았다.

4.

그녀들을 위안소로 보낸 사람들 중 상당수는 조선인들이었다. 연순 언니는 식모살이하던 교장 선생의 부인이 중국의 공장에 취직시켜 준

다는 말에 기차를 탔다. 그녀의 나이 열두 살이었다. 을숙 언니는 돈을
벌러 대구로 갔다가 어떤 '사마귀 난 여자'(『흐르는 편지』, 75쪽)의 알선
으로 낙원위안소로 왔다. 많은 조선인들은 그들의 딸과 같은 나이의 소
녀들을 '공장'으로 보냈다. 네그리의 말처럼 제국은 외부에 존재하지 않
는다. 민족과 국가라는 이름이 사라진 자리에는 오직 생존만이 자리 잡
아, 당시의 조선은 삶-정치를 내면화한 존재들의 생존 투쟁의 공간이
었다.

그러니 지옥의 문은 죄값을 묻지 않고 열린다. "나는 무슨 죄를 지어
서 조센삐가 되었을까"(『흐르는 편지』, 26쪽)라고 아무리 자문해보아도
메아리는 없다. 위안소의 그녀들이 '전생의 죄값'이라고 자학해 보지만,
그 해석이 설명할 수 있는 현실은 아무것도 없다는 것을 모두들 알고 있
다.

우리는 이곳에 오게 된 까닭을 스스로에게 이해시키려 애쓴다.
우리에게 아무도 그 이유를 설명해주지 않기 때문이다. 우리의 신인
오지상조차도. 남을 원망하거나 미워할 줄 모르는 해금은 자신이 어
수룩해서 이곳에 왔다고 생각한다. 악순 언니는 부모 없는 고아 신
세라서, 점순 언니는 자신의 팔자가 사나워서, 끝순은 일본이 전쟁
에서 이겨야 하기 때문에, 요시에는 엄마 말을 안 들어서, 을숙 언니
는 직업소개꾼에게 속아서, 애순 언니는 그냥 이곳이 어딘지 잊어버
린다. …… 나는 이곳이 어딘지 잊어버리려고 애쓴다. 그런데 나는
이곳이 어딘지 모른다.

-『흐르는 편지』, 52쪽

　　우리는 군인들에게 조금이라도 덜 시달리려고, 맞아 죽지 않으려고, 라쿠엔(낙원위안소)보다 더 먼 데로 팔려 가지 않으려고, 저마다 터득한 요령대로 애를 쓴다. 우리가 조센삐라는 사실을 잊으려고, 해금은 일본 군인의 애인이 되고, 을숙 언니는 성냥불을 가져가 대면 화르르 불길이 치솟는 독한 중국술을 마신다. 악순 언니는 욕쟁이 싸움닭이 되고, 점순 언니는 아편에 취해 산다. (중략)

　　나는 조센삐인 걸 잊어버리려 애쓴다. 그리고 그때마다 내가 잊어버리는 것은 나 자신이다.

　　결국 조센삐만 남고, 나는 어디로 가버리고 없다.

— 『흐르는 편지』, 79~80쪽

　그래서 그녀들은 다시 묻고 싶어진다. 질문은 교체된다. 그때 나에게 왜 그랬어요? 그들은 답할 것이다. 어쩔 수 없었다고, 그때는 모두들 그렇게 살 수밖에 없었다고. 그러나 생존이라는 말은 변명이 될 수 없다. 온정주의적 시선은 사건의 본질을 흐리게 한다.

　스피박은 『포스트 식민이성 비판』(태혜숙·박미선 옮김, 갈무리, 2005)에서 서구의 제국주의가 제3세계 여성하위주체들을 제국의 논리를 강화하는데 이용한 후, 다시 그녀들이 스스로를 주체화할 수 없는 방식으로 버려진다는 의미로 '폐제(閉除, foreclosure)'라는 용어를 사용한다. 일본 제국주의가 생사여탈권을 기반으로 식민지 소녀들의 삶을 재배치하고, 자신은 은폐시키면서 이웃을 팔아넘긴 조선인들의 배신에 우리의 시선을 고착시키는 방식으로 작동할 때 거기에 이중적 폐제의 논리가 내재되어 있다. 앞선 인용문들의 마지막에 쓰인 것처럼 위안부가 된 '나'는 열세 살의 자신을 상실했다. 조센삐라는 이름만 남고

'나'는 없다. 고향을 떠나 목숨을 걸고 전쟁에 참여한 일본 군인들을 '위안'하는 방식으로 식민지 여성하위주체들은 제국의 팽창주의에 동원된 후, 어떠한 말로도 자신들을 주체화할 수 없는 존재로 버려진다. 또한 스피박은 제국주의자들에게 토착문명의 정보를 제공해주는 '토착정보원'들에 주목한다. 이들은 제국주의의 확장 논리와 유럽 백인의 주체를 확립하는 '대리보충'의 기능을 담당한 후 폐제된다. 조선의 소녀들을 팔아넘긴 조선인들이 이와 다르지 않아서 제국은 결코 그들과 권력을 나누지 않았다.

이 이중적 폐제의 상황에 제국주의 폭력의 논리가 숨어 있다. 사악한 개인이나 억압적인 공권력과 같은 가시적 폭력에만 초점을 맞추게 하는 시도에는 인식적 위험이 도사리고 있다. "다른 형태의 폭력을 시야에서 감추게 함으로써 문제의 진정한 중심에 주의를 돌리지 못하게 방해하고 있는 징후"(슬라보예 지젝, 『폭력이란 무엇인가』, 이현우 외 옮김, 난장이, 2011, 37쪽)를 놓치지 말아야 한다. 행위자를 명확하게 식별할 수 있는 가시적인 '주관적(subject) 폭력'이 전부인 것은 아니다. 이런 인식의 유혹은 지나치게 편리하다. 이러한 인식은 구조적인 배경을 보려는 노력을 은폐시켜 제국주의의 폭력의 논리에서 눈을 돌리게 한다. 우리가 눈을 돌리는 바로 그 자리가 '구조적 폭력'의 위치이다. 일상성의 유지를 위해 작동하는 구조적 폭력은 바로 이 정상적인 상태에 내재되어 있다. 제국주의 국가 권력의 팽창과 유지를 위한 구조적 폭력이 그 안에 도사리고 있다. 그러니 우리가 보아야 할 것은 '조선인-조센삐'의 관계라 아니라 '제국-조선인' 또는 '제국-벌레'의 관계이다.

5.

2016년 8월에 발표된 소설 『한 명』은 일본군 위안부 피해자가 단 한 사람만 남은 미래의 어느 시점을 배경으로 쓰였다. 자신도 위안부였다는 사실을 숨기고 살던 할머니('그녀')가 공식적 생존 피해자가 단 한 명 밖에 남지 않았다는 뉴스를 접하고 "나도 피해자요"라는 말과 함께 자신의 경험을 증언하는 내용이다. "그 한 문장을 쓰기까지 70년이 넘게 걸렸다."(『한 명』, 236쪽)

그녀는 대부분의 주민들이 떠나버린 재개발지구 15번지의 허름한 주택에 살고 있다. 버려진 동네의 창문들은 깨져있고 대문들은 무방비 상태로 열려있다. 마치 증언 이전 역사의 기록에 존재하지 않은 위안부들의 존재처럼 그녀는 주민등록도 없다. 옷수선 가게의 주인은 스무 번도 넘는 인공수정으로 새끼를 낳은 자신의 개를 그녀에게 넘기려 한다. 그 개는 그녀에게 위안소 여성들의 삶과 죽음과 버려짐을 연상케 한다. 또한 한 늙은이는 새끼 고양이들을 포획해 양파망에 집어넣고 빈집 대문 기둥에 걸어두었다가 5천원을 받고 판다. 새끼 고양이의 목덜미를 재빠르게 움켜잡는 늙은이의 올무 같은 손과 망에 갇힌 짐승의 질긴 울음소리는 그녀에게 끌려가던 소녀들의 기억을 떠올리게 한다. 이외에도 작품 곳곳에 편재하는 보조적 플롯들은 그녀의 증언과 기억의 의미를 풍부하게 현재화하고 있다.

이와 다른 측면에서 주목할 점은 이 책의 말미에 달린 총 316개의 각주들이다. 거기에는 박두리, 최갑순, 진경팽, 김복동, 김영숙, 정옥순 등 위안부 피해자 분들의 증언 기록들이 표기되어 있다. 그녀들의 증언이 거짓이 아님을 다른 증언들이 증명하고 있다. 서로가 증언자와 증거가 됨으로써 그녀들의 경험이 허구가 아니라 엄연한 사실임을 지시한다. "증언을 읽으면서도 사실일까 의심하는 마음이 들었다"는 작가의 어느 인터뷰 내용을 볼 때, 색인의 목록은 아마 작가 김숨의 자기 확인 과정이었을 것이다. 상상력이 진실을 침범할까 봐, 픽션이 현실을 넘어설까 봐 조심스럽게 글을 썼던 자기 검열의 과정일지도 모른다. 위안부 할머니들의 증언 기록만을 토대로 소설이 쓰였다는 점도 이러한 추측의 근거다. 물론 이 참혹한 증언이 과연 사실일까, 믿기지 않는 이 기록들이 과연 실제일까 하는 의문은 사건의 참혹함을 역설하기도 한다. 그럼에도 불구하고 316개의 각주는 마치 이것이 사실이라고, 수많은 증언들이 있지 않느냐고, 이 기록들이 그 증거라고, 그러니 기억해야 한다고 강변하는 듯하다. 픽션이라면 굳이 필요하지 않을 이 작업은 문학을 기록과 증언의 자리에 가깝게 하고 있다.

이렇듯 소설 『한 명』에는 문학적 장치와 사실적 기록이 양립하고 있다. 문학성과 사실성의 공존은 소설에 파괴력을 부여하지만 동시에 문학의 처소에 대한 혼란을 드러낸다. 이후 작가는 2년 동안 위안부 할머니들을 직접 만나 인터뷰하면서 그제서야 지식이 아니라 마음 속에 위안소의 모습이 그려졌다고 말한다. 그제서야 체화가 되었다고 말한다. 그래서 올해 발표된 『흐르는 편지』는 시간을 거슬러 '나'(후유코)라는 일인칭 화자의 목소리로 낙원위안소의 참담한 현장을 복원한다.

소설은 "어머니, 나는 아기를 가졌어요 … 어머니, 나는 아기가 죽어버리기를 빌어요"(『흐르는 편지』, 7쪽)라는 편지 형식으로 시작된다. 지옥에서 태어날 아이가 죽기를 바라는 것은 '나'가 자기 스스로 악마가 됨으로써 고통의 대물림을 단절하려는 결단이자 고통의 표현이다. 편지는 흐르는 강물 위에 쓰이므로 현존하지 않으며, '나'는 글씨를 쓸 줄 모르기 때문에 편지는 문자화되지도 못한다. 문자로 쓰이지 못한 편지는 입말로 쓰이고 동시에 사라진다. 쓰이지만 쓰이지 않는다. 증언은 존재하지만 여전히 굳건한 제국의 권력이 증언의 존재를 인정하지 않는 것처럼 말이다. 아니 반대다. 쓰이지 않았지만 쓰였고, 편지는 강물에 흘러가 버렸지만 그녀들의 신체가 여전히 살아있는 것처럼 '최종적이고 불가역적인' 화해란 있을 수 없는 것을 의미한다는 것이 더 옳겠다.

김숨은 할머니들의 증언을 문학의 언어로 복원했다. 마치『L의 운동화』를 복원하듯이. L의 운동화가 그때의 모습으로 복원되기 위해서 바닥의 패턴을 찾고 오랜 시간을 들여야 했던 것처럼 위안소의 풍경은 최대한 사실적으로 표현되었다. 사실성은 참담함과 고통스러움을 증폭시킨다. 반면 L의 운동화가 과거의 형태로 복원되기 위해서 현재의 과학적 지식들과 복원물질들의 도움이 필요했던 것처럼 할머니들의 증언을 온전하게 기록하기 위해 김숨은 주변 인물들의 이야기들을 직조하고 첨가했다. 이로서『흐르는 편지』는 문학이지만 문학의 문턱을 넘고 있으며, 사실이지만 사실 너머의 것을 지시하고 있다.

6.

그래서 생기는 물음이 있었다. 현실의 참혹함을 과연 우리는 얼마나 알고 있었는가?

아침마다 강가에서 삿쿠(일본군에게 지급된 콘돔)를 씻어 말리고 소독약을 뿌려 재사용해야만 했던 그녀들의 일상을, 많게는 하루에 50여

명이 넘는 군인들을 받아내야만 했던 그녀들의 하루를, 매독을 방지하기 위해 맞아야 했던 606호 주사에 중독되어 말라가고 썩어가던 그녀들의 신체를, 죽어서도 땅에 묻히지 못해 차가운 만주의 삭풍에 썩어가던 동료 위안부의 시체를 바라보아야만 했던 그녀들의 참혹함을, 차라리 그렇게 죽어서라도 그 지옥을 벗어날 수 있는 것이 부러웠던 생존의 수치를 과연 우리는 얼마나 알고 있었는가를 자문하게 된다. 김숨의 소설들이 현장의 참혹함을 그토록 생생하게 형상화해야만 했던 이유가 이 질문에 담겨 있다.

'일본군 위안부 피해자'라는 표현 자체는 사건을 지시하지만 사건의 내부에서 자행되었던 인간 폭력의 구체성을 봉쇄할 수 있다. 마찬가지로 '일본 제국주의의 폭력'이라는 수사는 제국 권력의 무자비함과 파시즘적 파괴성을 드러낼 수는 있지만, 벌레와도 같은 삶에서 벗어나지 못했던 위안부들의 삶과 죽음의 실질적 형상을 드러내지 못한다. 이 상상 불가능성의 자리에 문학의 처소가 있다. 김숨은 제국, 식민, 국가, 호모-사케르 등의 용어 등을 걷어내고 안개에 가려 보이지 않았던 위안부들의 삶과 죽음을 직접 기입했다. 증언을 바탕으로 이야기를 직조함으로써 역사적 기록의 언어가 미처 드러내지 못한 그때 그곳의 삶을 적나라하게 보여 주고 있다.

간호사와 내 눈동자가 마주친다. 나는 간호사에게 눈빛으로 묻는다.

'네 눈에는 내가 뭐로 보여?'

'뭐로?'

간호사가 눈빛으로 되묻는다.

‘내가 사람으로 보여?’

‘네가 사람이었어?’

‘나는 아기를 가졌어.’

‘아기가 아니라 새끼겠지.’

‘새끼?’

‘짐승이 아기를 가졌다고 하는 소리는 못 들었어. 새끼를 뱄다고 하는 소리는 들었어도.’

-『흐르는 편지』, 108쪽

그녀들은 제국의 벌레였다. "이와 벼룩, 빈대뿐 아니라 바퀴벌레와도 함께"(『흐르는 편지』, 41쪽) 살았다. 악순 언니는 스스로를 "개나 돼지보다 못하"다고 말한다.(『흐르는 편지』, 106쪽) 아우슈비츠의 생존자들과 위안부 생존자들의 모두 죽음을 건너온 자들이지만, 아우슈비츠의 생존자들은 언어를 가지고 있었다. 프리모 레비의 글쓰기는 증언을 넘어 인간 존재에 대한 철학적 질문에 가까웠다. 그러나 위안부로 끌려갔던 조선의 여성들은 이름이 없는 자들이었다. 글씨를 쓸 줄 아는 사람도 드물었다. 즉 그녀들은 언어가 없는 존재들이었다. 그들의 고통과 참혹함을 증명할 수 없었다. 그러니 김숨의 글쓰기는 그녀들을 대리 보충하면서 ‘말하는 입’을 빌려주는 작업이다. 입이 막힌 자들에게 입을 빌려주고, 글로 쓰여지지 않은 기억을 문학적 언어로 복원하는 일이다. 랑시에르의 어법을 빌리면 셈법에서 제외된 자들에게 자기 몫을 부여하는 문학의 정치를 보여 주는 일이다.

7.

그러나 위안소에서의 참상을 온전한 언어로 재현할 방법은 없다. 기억하는 것만으로도 고통스럽고 참혹한 현실에 규칙적으로 대응할 수 있는 언어는 존재하지 않는다. 태초부터 말씀은 살아있는 존재의 생성과 창조에 관계했지 죽어가는 존재의 고통에 관계하지 않았다. 그러므로 세월호를 앞두고 "문법 자체가 파괴"된 느낌이었다는 김애란의 진단은 '오래된 미래'에서 온 표현이다. "그가 겪은 모든 것을 세세히 서술하자니 그가 겪은 고통이 없어져 버린다. 오직 그의 목소리에서만 우리는 이질적이고 낯선, 그리고 악의에 찬 그 무엇인가를 느낄 수 있을 뿐이다."(알다이라 아스만, 『기억의 공간』, 변학수·채연숙 옮김, 그린비, 2011, 352쪽) 아스만이 인용한 루트 클뤼거의 이 문장은 아우슈비츠가 남긴 트라우마를 자세히 서술하는 것이 미처 도달하지 못한 지점을 가리키고 있다. 문자가 도달하지 못한 곳, 이야기가 미처 담아내지 못한 트라우마의 핵에 가닿기 위해 필요한 것은 오직 살아남은 자의 '목소리' 뿐이다. 때문에 문법화된 문장보다 육화된 입-말이 사건을 기억하는 언어에 가까울 수 있다. 인물의 경험에 이야기를 입히고 소설적 문장으로 구성해 낸 『흐르는 편지』와 『한 명』과는 달리 김복동 할머니(『숭고함은 나를 들여다보는 거야』)와 길원옥 할머니(『군인이 천사가 되기를 바란 적 있는가』)의 증언 과정은 더 날것에 가깝다.

나 말 안 할래.
불 켜지 마. 전기 아껴. 저기 햇빛이 아직 있는데, 햇빛이 아직 좋은데 ······.

나 말 안 하고 싶어.

말이 무서워.

사람은 하나도 안 무서워. 사람이 뭐가 무서워.

사람이 하는 말이 무섭지.

말 시키지 마.

입이 어디로 가버려서 하고 싶어도 못 해.

말을 하고 싶어도,

말할 데가 없었어.

–『군인이 천사가 되기를 바란 적 있는가』, 12쪽

시계는 시간이 가는 것만 알려주지, 한 방향으로만 흐르지.

시계는 몰라, 시간이 거꾸로 흐르기도 한다는 걸.

내 시간은 열세 살을 향해 흐르는데 시계는 백 살을 향해 흐르네. –『군인이 천

사가 되기를 바란 적 있는가』, 22쪽

일자로 된 집이었어. 방이 여러 개였어.

나 기억 못해.

–『군인이 천사가 되기를 바란 적 있는가』, 27쪽

오늘은 이 세상이 싫어.

말하고 싶지 않아.

말은 시작은 있어도 끝이 없어.

바람처럼.

– 숭고함은 나를 들여다보는 거야』, 150쪽

잠복 상태의 기억은 순결하다. 한 번도 이야기된 적이 없는 기억은 해석되지 않았으며 편집의 과정을 거치지 않았다는 것을 뜻한다. 트라우마는 특수한 기억이기 때문에 잠복하지만 그것이 일상화된 것일수록 서사구조나 의미부여가 없는 이미지로 각인되기 마련이다. 그렇기 때문에 때로 할머니들은 말을 거부하기도 하며, 지금의 시간과 과거의 시간을 넘나들기도 하며, 일관된 서사로 진술되지 않는다. 때론 시가 되고 때론 회한이 될 수도 있는 것이다. 이와 달리 구술의 내용이 구성적이고 완결성이 높다면 그 기억이 사후에 변형되었거나 어떠한 가치관에 동화되었을 가능성이 클 수 있다는 아스만의 진단은 이 경우에도 옳는 말이다.

트라우마는 몸에 직접 각인된다. 따라서 그 경험을 언어적으로 해석하는 것을 불가능하게 만든다. 그러니 트라우마와 서사는 양극에 위치하며 기억 작업은 이 극단을 왕래하면서 이루어질 수밖에 없다. 기억은 망각과 짝패(double)이다.

따라서 기억이 훼손되면 어떻게 할 것인가가 아니라 기억의 태도는 어떤 것이어야 하는가라는 질문이 필요하다. 김숨은 『L의 운동화』에서부터 이 질문을 지속하고 있었다. 작가는 마크 퀸의 〈셀프self〉를 통해 질문을 던진다. 마크 퀸은 5년 동안 자신의 피를 모아 응고시킨 후 자신의 두상을 제작한다. 작품은 영하 9도로 유지되는 특수 냉동고에서만 원형이 유지된다. 훼손과 변형의 가능성이 상존했다. 그러다 그의 두 번째 〈셀프self〉는 청소부의 실수로 전기가 끊겨 일부가 녹아내렸지만, 이후 작품은 훼손된 상처 그대로 '보존'됨으로써 오히려 생명의 나약함과 유한성이라는 본래 의도를 역설적으로 증명하고 있다는 일화이다. 이때 작가 김숨의 의도는 분명하다. L의 운동화는 지금-여기의 의미를 내포한 채로 복원되는 것이지, 1987년 6월 9일의 운동화로 복구될 수는 없다는 것이다. 마찬가지로 현존하는 역사의 증거인 할머니들의 신체의 나이 듦과 죽음에 임박한 존재는 현존하는 그대로 의미가 있다. 그러므로 때로는 시가 되고 때로는 증언이 되는 할머니들의 언어가 지금-여기의 의미를 명징하게 드러낸다. 또한 기억과 망각 사이의 엇갈림이 훼손된 신체를 짊어지고 70년을 견뎌온 신체의 아픔을 있는 그대로 증명하는 것이다.

몸이 곧 기억이다. 고통의 시간이 지난 후에도 되돌릴 수 없는 어떤 것은 잔존한다. 마치 칼이 남긴 흉터처럼 고통은 몸에 상흔을 남긴다. 몸은 기억의 흔적을 갖는다. 아기집을 드러내어 이제 아이를 가질 수 없는 그녀들의 신체처럼. 니체는 기억의 문자가 기록되는 표면은 마음이나 영혼이 아니라 예민하고 연약한 몸이라고 주장했다. 상처와 흉터로 새겨진 몸의 기억은 지워지지 않는다. 이런 의미에서 트라우마는 지속성을 띤 몸의 문자다.

"지울 수 없어, 아무것으로도. 군인들이 내 몸에 새긴 흔적은, 주름으로도."(『군인이 천사가 되기를 바란 적 있는가』, 130쪽)

8.

장소는 기억의 거처다. 장소는 기억의 기반을 확고히 하는 증거이자 지속성을 구현한다. 때문에 매체는 기억을 재생산할 수 없으며 장소와 무관하게 세워지는 기념비와 추모공간은 '장소의 아우라'를 만들지 못한다.

그러나 일본군 위안부 피해자들에게는 그러한 장소가 없다. 광주의 오월처럼 총탄이 박힌 건물이나 해방공간이 되었던 광장도 없다. 세월호처럼 진도의 팽목항이나 '맹수처럼 거칠고 빠른 물살'조차 존재하지 않는다. 기억을 매개하고 죽음을 애도할 수 있는 장소가 없다. 또한 위안부 스스로를 제외하고는 목격자가 없다. 분명히 목격되었겠으나 죽었거나 증언하지 않는다. 이런 부재의 아쉬움은 거꾸로 몇 가지의 특징을 산출한다. 위안부 할머니들이 소녀 시절에 겪었던 사건은 추모의 대상이 아니라 기억의 대상이 된다는 점, 현재 살아있는 생존자들의 증언과 신체 자체가 증거가 되고 '기억의 장소'가 된다는 점, 그리고 이들의 기억을 증언하는 것이 문학의 처소라는 점이 바로 그것이다. 그런 점 때문에 아우슈비츠와 달리 기억의 장소의 유무가 이후 생산되는 글쓰기의 차이를 촉발한다. 목격된 사건은 증명을 요구하지 않는다. 그러나 목격되지 않는 사건은 기억의 장소를 재구성하는 일부터 시작되어야 한다. 김숨의 문학적 글쓰기를 통한 복원의 필요성은 여기서부터 출발했다.

9.

아프리카의 열일곱 살인 여자는 세 아이의 엄마다. 여자의 여동생은 학교에 다녀오는 길에 반군으로부터 집단성폭행을 당했다. 여자의 친정 마을은 정부군과 반군이 수십 년째 전쟁 중이며, 마을에는 성폭행을 당한 여자들이 수십 명이다. 임신 중에 당한 여자도 있다. 겁먹은 얼굴의 한 소녀는 말한다. "나도 모르겠어요. 그들이 왜 내게 그런 짓을 했는지."(『한 명』, 181쪽) 2017년 5월 길원옥 할머니는 마르바 알–알리코라는 이름의 여성을 만났다. 그녀는 이라크 소수민족인 야지디족 여성으로 IS 성노예 피해자였다. 길원옥 할머니는 그녀에게 이렇게 말했다. "아프지? 너 아픈 거 내가 잘 알아……. 아파도 말해야 해."(『군인이 천사가 되기를 바란 적 있는가』, 87쪽) 이라크의 한 소녀는 또 이렇게 물었다. "남동생 손에 칼을 들려주며 엄마를 죽이라고 한 군인도 회개하면 천사가 될 수 있는지……."(『군인이 천사가 되기를 바란 적 있는가』, 92쪽) 일본군 위안부 피해자들이 겪었던 비–인간으로서의 경험은 특정 시공간에 국한된 사건이 아니다. 세계의 곳곳에서 지금도 하위주체 여성들은 성을 유린당하고 아래를 찢기고 언어화가 불가능한 고통을 경험하고 있다. 그러니 기억은 과거나 아니라 현재를 증언하기 위해 경유해야 하는 통로이다.

김숨은 『한 명』의 〈작가의 말〉에서 자신의 친할머니나 외할머니를 대신해 그분들이 지옥에 다녀오셨다는 생각이 들었다고 토로한다. '아무'라는 부정칭의 누구라도 폭력의 대상이 될 수 있다. 1930년부터 1945년까지 동원된 일본군 위안부 피해자는 20만 명이 넘는다. 그중 2만 명만이 살아 돌아왔다. 그리고 1991년 8월 14일 김학순 할머니의 공개 증언을 시작으로 사건은 역사의 수면 위로 부상했지만, 정부에 등록된 피해자는 238명에 불과하다. 그러니 "나도 피해자요"라고 외칠 사람이 많다. 시간은 인정머리 없이 죽음의 문턱을 수시로 앞당기지만, 아직 생존해 있다면 이름을 찾지 못한 '아무'의 기억이 무수하다.

미래 기억 연습
– 절망에서 우리를 구원하는 소설의 형식

1. 시계탑을 쏴라!

"살았던 순간들 하나하나가

최후의 심판일이 될 날의 의사일정에 인용 대상이 될 것이다."

– 발터 벤야민[1]

좁고 가파른 나무계단을 올라 다락방의 책장으로 갔다. 불현듯 생각난 한 권의 책을 꺼내 들고 차가운 마루에 앉았다. 변색된 책의 페이지에서는 여전히 못생긴 '꼽추 난쟁이'가 터키 파이프를 입에 문 인형 안에 숨어 메시아의 도래를 흉내 내고 있었고, 파울 클레의 천사는 제 발 앞에 쌓이는 과거의 잔해더미로부터 미래로 이륙하는 날개를 펼

---

1 발터 벤야민, 「역사의 개념에 대하여」, 『역사의 개념에 대하여/폭력비판을 위하여/초현실주의 외』(선집5), 최성만 옮김, 도서출판 길, 2008, 332쪽. 〈3번 테제〉.

치고 있었다. 시차를 두고 지구에 도착한 우주의 별빛들은 '지금시간 (Jetztzeit)'으로 충만된 채 균질하고 공허한 시간성을 해체하면서 새로운 성좌를 구성하고 있었다. 과거의 독해에서 확신할 수 없었던 문장들을 다시 읽었다. 과거-현재-미래로 이어지는 시간의 연속성을 해체하고, "그 미래를 회상 속에서 가르친다"(350쪽)는 벤야민의 문장은 여전히 어둡다.

글의 〈15번 테제〉는 1830년 7월 혁명 도중의 어떤 사건에 주목한다. 투쟁이 시작된 첫날밤, 시민들은 파리 곳곳에 세워진 시계탑들을 향해 총격을 가한다. 누군가 계획하거나 의도하지 않았으나 동시적이면서 독립적으로 행해진 총격으로 샤를 10세의 시간은 파괴되고 정지되었다. 매해 반복되는 기념일(공휴일)처럼 원형의 궤도를 벗어나지 못하는 기계적 시간은 왕정의 승리를 전승할 뿐이었다. 또한 인류에게 제시된 모든 시간의 세계관들은 하나같이 구원이나 희망의 도래를 약속했지만, 당시 세계는 절망의 한 가운데를 통과하고 있었다. 따라서 총격으로 멈춘 시계는 지난 역사에 대한 종말이면서 동시에 새로운 달력의 도입을 의미했다. 근대의 도시 파리는 그 군중들까지도 시적이다. 벤야민은 이 순간을 "역사의 연속체를 폭파"(346쪽) 사건으로 기록했다.

그로부터 100여 년 후인 1939년 8월 23일, 나치 독일과 소련이 상호 불가침 조약을 체결한다. 공산주의를 증오했던 히틀러와 나치 세력을 잠재적 위협으로 경계했던 스탈린의 결합은 충격적인 사건이었다. 부르주아 계급과 프롤레타리아 계급의 결탁이면서 광기어린 메시아적 세계관과 사적 유물론의 악수이기도 한 이 조약은 역사의 악수(惡手)가 되었다. 프롤레타리아의 혁명을 도래하는 미래로 설정한 유물론의 시간관은 타락한 존재인 인간에게 천국과 신의 재림이라는 구원을 제시하는 종교적 시간관과 닮은 구석이 있었다. 즉 흉측한 인형으로 전락한 역사적 유물론이 '꼽추 난쟁이'가 되어버린 메시아적 시간관과 결합함으로써 그 못생긴 생명을 유지하려는 것이었다.

이 독소조항이 폐기된 해가 1941년이라는 것을 상기하면, 「역사의 개념에 대하여」를 집필하던 1940년의 벤야민은 역사의 절망 한 가운데를 통과하고 있었던 셈이다. 그 어둠과 절망을 극복하고 못생기고 흉측해진 현재를 구원하기 위해 그가 기획한 것이 바로 시간의 재구성이다. "과거를 역사의 연속체에서 폭파"(345쪽)해낸 후 "과거 속으로 뛰어드는 호랑이의 도약"(345쪽)으로 사건의 단자(monade)들을 재구성함으로써 새로운 성좌를 구성하는 것, 인과적으로 구성되는 시간성을 정지시키고 진정한 비상사태를 도래시킴으로써 현재의 시각에서 과거를 구원하는 것, 마찬가지의 방법으로 "미래를 회상"하는 힘으로 현재를 재구성하는 기획 말이다.

다시 그로부터 80여 년 후의 어느 밤이다. 폭설이 내리는 밤이다. 지상을 덮은 눈의 두께가 대기의 모든 소음을 흡수해 버린 고요한 밤이다. 맹수처럼 거칠고 차가운 바다에 외롭게 가라앉았던 배와, 도시의 한 골목에서 국가의 부재를 경험해야만 했던 어떤 밤과, 전지구를 휩쓴 감염병으로 인해 인간이 인간을 증오하고 혐오하며 두려워했던 모든 눈빛들이, 파국의 성좌를 구성하는 밤이다. 이윽고 '미래를 기억하기 위한 연습'을 수행 중인 몇 편의 한국 소설들이 새로운 성좌로 재구성되면서 하나의 응답을 준 밤이기도 하다. 무엇보다 김연수의 소설을 읽은 후 쉽게 잠이 들지 않는 밤이었다.

2. 도래하는 미래, 현재를 바꾼다

"우리가 기억해야 하는 것은

과거가 아니라 오히려 미래입니다."

– 김연수[2]

고백하건대 미래를 기억하는 것의 힘과 도래하는 미래가 현실을 구원한다는 명제를 확신하기 어려웠다. 파울 클레의 천사 앞에 쌓이는 잔해더미처럼 우리가 근래 목도하는 것은 고립과 죽음과 절망의 잔해들이었으니까. 미래를 기억하는 일은 언어적 수사로서만 가능해 보였다. 김연수의 「다시, 2100년의 바르바라에게」의 마지막 장면을 읽기 전까지는 말이다. 이 장면으로 이행하기 전에, 그날 밤 김연수에게서 발견한 미래를 기억하는 방법은 다음과 같았다.

정신의 삶은 자기 자신으로부터도 멀어지는 고독의 삶을 뜻하지. 개별성에서 멀어진 뒤에 우리가 발견하는 것은 우리의 정신은 얼마간 서로 겹쳐져 있다는 거야. 시간적으로도 겹쳐지고, 공간적으로도 겹쳐지지. 그렇기 때문에 육체의 삶이 끝나고 난 뒤에도 정신의 삶은 조금 더 지속된다네. 우리가 육체로 팔십 년을 산다면, 정신으로는 과거로 팔십 년, 미래로 팔십 년을 더 살 수 있다네. 그러므로 우리 정신의 삶은 이백사십 년에 걸쳐 이어진다고 말할 수 있지. 이백사십 년을 경험할 수 있다면 누구라도 미래를 낙관할 수밖에 없을

---

2   김연수, 「이토록 평범한 미래」 『이토록 평범한 미래』, 문학동네, 2022, 29쪽.

거야.

– 「다시, 2100년의 바르바라에게」, 231쪽

죽음을 앞둔 화자의 할아버지는 정신적 삶의 연속성에 주목한다. 만약 지금 자신의 곁에 열 살의 아이가 있다면, 그 아이는 할아버지의 말과 글을 통해 80년 전의 일들을 연대기적 역사가 아니라 할아버지가 존재했던 시공간의 지점에서 실제의 사건으로 경험하게 될 것이다. 다시 이 아이가 자신의 손녀 또는 손자에게 이를 경험하게 한다면 그들은 이백 년을 넘는 시간을 경험하게 될 것이다. 매개체는 기억이다. "기억은 시공간적으로 겹쳐져 있으니까", 이런 기억의 형식이 가능하다면 "조부의 기억은 증조부의 삶으로 이어지고, 증조부의 기억은 어린 시절에 만난 신유박해를 기억하는 칠십 노인의 삶"(235쪽)으로 이어진다.

이것이 가능하려면 우리는 먼저 자신의 육체성에서 벗어나야 한다. 육체의 고립된 삶은 죽음이라는 암흑으로 몰락할 뿐이기 때문에 비관주의를 피할 수 없다. 하지만 다른 사람의 기억을 자기 것으로 만들어가며 존재를 확장할 수 있다면, 그러한 정신적 삶의 연속성이 가능하다면 누구라도 미래를 낙관할 수밖에 없을 것이다. 지금의 절망이 미래의 어느 순간에는 지워져 있을 테니까. "가능한 모든 세계를 인식하는 게 바로 신"(235쪽)이라면 이백사십 년에 가까운 시간은 신의 자리에 가까워질 터, 이 확장된 존재가 경험하는 미래의 시간은 언제든 현재로 도래할 수 있을 것이다. 이 소설의 할아버지가 말하는 이러한 사유 방식에 따르면 그가 이백 년 전 죽은 정약용의 조카 정하상과 만났다는 이야기나 죽은 바르바라와 대화를 나눈다는 사실이 전혀 불가능해 보이지는 않는다.

타인의 삶을 목도하면서 그것이 희열(ecstasy)이든 분노든 슬픔이든, 인간이 경험하는 감정은 문자 그대로 '자아의 옆/자아의 밖에 있다(to be beside/outside oneself)'는 뜻이다.[3] 때문에 기억을 통한 존재의 확장은 주체가 기꺼이 타자가 될 수 있는 상상력과 다르지 않다. 이런 사람의 마음은 그 자체로 부자다. "그대의 창고는 어디에 있는가?"(225쪽)라고 묻는 이웃 나라의 왕에게 "벗의 마음속에 있다"(226쪽)라고 답했다는 알렉산더대왕의 이야기가 그 근거다.

무엇보다 이것은 힘이 세다. 이를 설명하기 위해서 이제 소설의 마지막 장면으로 이동해야 한다. 소설에는 다른 시공간을 살았던 세 명의 바르바라가 등장하는데, 이교도 왕의 딸로 태어나 아버지의 반대를 무릅쓰고 그리스도인이 되어 끝내 아버지의 율법에 의해 참수당한 4세기의 순교자 바르바라, 천주교도의 삶을 위해 동정을 지키며 당대의 관습을 거부하다 끝내 목숨을 버리면서 세례를 받았던 조선의 소녀 바르바라, 그리고 북한의 원산에서 공산주의의 종교 박해에 목숨을 잃은 할아버지의 막내 여동생 바르바라가 그들이다. 라틴어로 '이방인'을 의미하는 이름처럼 세 사람의 바르바라는 모두 당대의 역사와 사회적 관습에 대항하다 경계 바깥으로 내몰린 존재들이었다. 소설의 마지막 장면은 이 중 세 번째 바르바라와 연결되어 있다.

1993년의 어느 날, 할아버지는 서울에서 대구로 가는 기차에서 과거 북한에서 막내 여동생 바르바라를 죽음에 이르게 한 정치보위부 간부를 보게 된다. 그는 간첩으로 남파되었다가 비전향 장기수로 복역한 후 출소했다. 할아버지는 여동생의 죽음 이후 한 순간도 "그 목소리를,

---

3 주디스 버틀러, 『위태로운 삶』, 윤조원 옮김, 필로소픽, 2018, 53쪽.

그 얼굴을 잊은 적이 없었다."(245쪽) 할아버지는 그를 죽이는 선택을 할 수도 있었을 것이다. 그러나 할아버지는 그 순간 바르바라를 생각했다. 그리고 가방에서 책을 꺼내 읽기 시작했다. 손만 뻗으면 닿을 수 있는 곳에 그 남자가 있었지만 할아버지는 다른 선택을 했다. "그때 할아버지는 미래의 우리를 생각"(245쪽)했기 때문이다. 할아버지가 기억한 미래에는 복수와 피의 미래가 아니라 손자와 함께 "말과 글을 통해 서로 협조함으로써 자신을 완성해나갈 시간을 단축"(222쪽)하는 미래가 있었기 때문이다. 미래를 기억한 과거의 할아버지는 이후의 모든 시간을 구원한 셈이다. 이것이 김연수가 보여주는 미래를 기억하는 사람에게 일어나는 기적이자 힘이다.

「이토록 평범한 미래」에서 지민의 엄마 지영현이 썼다는 소설 『재와 먼지』[4]는 미래를 기억하는 삶이 어떤 감각으로 경험되는지를 상상하게 해준다. 『재와 먼지』는 자신들의 사랑이 종말의 지점에 이르렀음을 알게 된 연인이 동반 자살을 하면서 겪는 임사 체험에 대한 이야기다. 두 사람은 죽음의 날을 시작으로 거꾸로 흘러가는 시간을 경험한다. 과거로 역행하는 기억의 시간 속에서 그들은 자신들이 처음으로 사랑에 빠졌던 순간까지 이행한다. 마치 그 첫 만남으로부터 모든 것이 출발된 것처럼 느끼면서 말이다. 그리고 그 시점에서 다시 시간이 원래대로 흐르면서 그들은 세 번째 삶을 경험한다. 이제 그들은 사랑이 처음 시작

---

4 이 '소설 속의 소설'이 판매금지 처분을 당했다는 설정은 '1972년 10월을 우리는 시간의 끝이라고 불렀다'는 첫 문장이 유신독재를 비판해서가 아니다. 오히려 언어로 이루어진 상징계의 세계가 인과율을 넘어선 상상을 수용할 수 없다는 한계와 연속되는 시간성의 궤도 바깥을 상상할 수 없는 한계를 드러내기 때문이다.

되었던 과거로부터의 모든 시간들과 그들의 사랑이 끝나는 미래의 모든 시간들을 함께 사유하면서 세 번째의 삶을 살게 된다. 그리고 그들의 미래가 "여느 여름과 다를 바 없는 평범한 여름"(12쪽)으로 이미 현재의 삶에 존재하고 있음을 알게 된다는 이야기다.

이미 존재하고 있는 미래의 기억은 현재의 삶을 앞으로 나아가게 한다. 미래가 구원하는 현재는 신의 계시나 예언처럼 초현실적 사건이 아니라 아주 평범한 일상일 수 있다. 이 사실은 현재의 삶을 특별해야 한다는 의무로부터 해방시켜 평범함의 이름으로 존재할 수 있게 한다. 그래서 평범한 미래의 기억은 현재의 삶을 포기하지 않고 앞으로 나아가게 한다. 우리가 특별한 존재가 아니어도 충분히 우리일 수 있는 시간으로 나아가게 한다. 그래서 김연수의 이 소설집은 읽는 이들에게 위로가 된다. 때문에 미래를 기억한다는 것은 "자신이 누군인지"를 묻는 것이 아니라 "자신이 누구일 수 있는지 물으며 스스로를 변형"[5]시키는 것이라는 말도 위로의 표현으로 읽혔다.

2019년의 가을, 소설가가 된 '나'와 '나'의 아내가 된 지민이 금서가 되어 역사에서 사라져버린 지영현의 『재와 먼지』를 구해서 읽는 현재의 순간은, 과거를 기억하는 일이 아니라 이미 1999년 그들이 죽음으로 절망을 맞이하려던 그 순간에 상상한 미래의 모습이다. 광화문의 뒷골목으로 동반자살을 계획하는 젊은 청춘남녀를 데리고 간 외삼촌이 상상하게 한 미래는 "만약 지민씨와 준이 앞으로 결혼하게 된다고 칩시다"(31쪽)라던 평범한 가정이었고, 신의 대답을 전달한다는 줄리아가 예언한 미래 또한 "두 사람은 결혼한다"(33쪽)는 "너무나 평범한 말"(34쪽)이었

---

5 박혜진, 〈해설〉「바람이 불어온다는 말」, 『이토록 평범한 미래』, 앞의 책, 253쪽.

다. 지민의 엄마가 좌절과 절망 속에서 자살을 할 수밖에 없었던 단 한 가지 이유는 이토록 평범한 미래를 상상할 수 없었기 때문이다.

"우리가 계속 지는 한이 있더라도 선택해야만 하는 건 이토록 평범한 미래"(34쪽)라는 평범한 사실은 평범하기 때문에 다분히 인간적인 능력이자 선택이다. 세기말의 절망적 정서가 지배했던 1999년의 그 여름, 그들이 줄리아에게 들은 것은 신의 목소리가 아니라 "미래의 통합된 마음"(33쪽)이었다. 지구는 종말하지 않았고 역설적으로 인류도 구원되지 않았다. 1999년 심판 받은 것은 오히려 신적 구원의 세계관이었다. 심판의 불은 신학적 시간관의 무능함을 징벌했다. 신의 존재가 사실은 시간을 초월하는 인간의 마음이라는 사실과 벤야민의 진단 이후 160년이 흘렀음에도 신은 여전히 '못생긴 꼽추난쟁이'에 불과하다는 사실만이 증명되었다. 구원은 지축을 흔들거나 세계의 모든 존재를 심판대 앞에 세우는 특별한 능력이 아니라 평범한 미래를 상상하는 인간학적인 힘에 의해 도래한다.

3. 이야기는 힘이 세다

> "기억이 수정되면
> 우주의 운행에는 전혀 영향을 끼치지 않고
> 자신의 미래를 바꿀 수 있다."
>
> — 김연수[6]

---

6   김연수, 「진주의 결말」, 앞의 책, 71쪽.

김연수 소설에서 읽어내야 할 중요한 지점은 이 평범하고 인간학적인 능력이 '이야기 속의 이야기' 혹은 '소설 속의 소설'의 형식으로 제시된다는 점이다. 이 지점에서 김연수의 소설은 시간성에 대한 사유에서 소설이라는 장르에 대한 질문으로 전진한다.

먼저 「진주의 결말」을 먼저 보자. 이 소설에는 유진주라는 한 인물을 두고 세 가지의 이야기가 구성된다. 먼저 첫 번째 이야기는 다음과 같다. 치매에 걸린 홀아버지를 돌보면서도 유진주의 표정이 점점 더 밝아졌다는 이웃들의 증언이 TV프로그램 〈사건의 결말〉 강PD에게는 계획 살인의 증거로 해석된다. 응급실에 도착한 아버지 몸의 피멍과 골절된 갈비뼈는 노인 학대 혐의를 입증하는 증거로 해석되었고, 아버지의 죽음 이후 발생한 빌라 방화 사건은 증거를 없애기 위한 계획으로 묘사되었다. 이 첫 번째 이야기에서 유진주는 '존속상해치사'와 '현주건조물방화' 혐의가 의심되는 강력한 용의자이자 "능동적인 범죄자"(78쪽)이다. 강PD의 서사에서 유진주라는 인물의 삶은 사회적 쟁점의 이슈화를 위해 도구화된다.

두 번째 이야기에서 범죄심리학과 교수이자 〈사건의 결말〉 팀의 멘토로 등장하는 화자 '나'에게 유진주는 "수동적인 희생자"(78쪽)이다. 유진주는 어린 시절 교통사고로 인한 어머니의 죽음 이후 홀아버지 아래 성장하면서 오랜 기간 자신의 감정을 억누르면서 살아온 존재로 분석된다. 아버지가 재혼을 하지 않고 외동딸을 홀로 키운 점, 딸은 이십대 초반 단 한 번의 연애 이후 사회적 교류가 거의 없었다는 점, 유진주의 노트에는 아버지에 대한 분노와 저주의 표현들이 수없이 쓰이고 지워졌다는 점 등을 근거로 '나'는 "어느 시점에 이르러 그녀가 성적으로 아버지의 배우자 역할을 대신"(83쪽)했을 가능성까지 추론한다. 결국 유진주의 아버지 살해와 건물 방화는 억압된 감정의 표출이면서 "심리적 정화"(80쪽)로 해석된다. '나'는 스스로를 "도마의 후예"로 규정한다. 예수의 상처에 직접 손가락을 집어넣었던 도마의 의심이 "예수의 신성을 확인하는 도구"였다면, 자신의 의심은 용의자들이 흔히 "진심이라고 말하는 그 마음의 무게를 재는 저울"(이상, 75쪽)로 여기는 철저한 이성주의자이다.

두 사람이 구성한 이야기는 모두 과거와 현재의 사건들을 인과적 관계의 맥락에서 바라본 결과라는 공통점이 있다. 각종 이론과 참고 사건들을 근거로 분석하고 추론하고 해석하는 행위로 만들어진 이들의 인과적 세계는 견고한 구조로 건축된 듯하다. 그러나 간암에 의한 내출혈이라는 수사 결과는 이들이 구성한 이야기가 상처와 고통이 만들어낸 빈 틈 투성이의 현실을 전혀 재현하지 못한다는 사실을 과학적으로 반증한다. 유진주의 말처럼 "인간의 실존은 앞뒤가 맞지 않는 비논리적인 이야기"(86쪽) 그 자체일지도 모른다. 그러니 이제 유진주의 세 번째 이야기를 들어야 할 차례다.

"저는 스스로를 속인 사람입니다. 하지만 다른 사람들이 생각하는 저 역시 기만이기는 마찬가지입니다. 그들도 저의 수많은 모습 중에서 자기들 입맛에 맞는 것들만 모아 저라는 이미지를 만들었으니까요. 그렇게 만들어진 이야기는 논리적으로 앞뒤가 척척 맞겠지만, 바로 그런 이유로 그것은 기만입니다. 실제의 제 삶은 앞뒤가 척척 맞아떨어지지 않거든요. 제가 선택한 제가 그럴싸한 이야기였듯이 선생님이 분석한 저 역시 또다른 그럴싸한 이야기겠지요. 〈사건의 결말〉 제작진이 편집한 저 역시 하나의 이야기이고요. 그러나 아시겠지만, 저는 그 어떤 이야기도 아니에요. 저는 혼돈 그 자체입니다. 카오스 그 자체예요. 저뿐만 아니라 모든 사람이 그렇습니다."

ー「진주의 결말」, 87쪽

유진주에 의하면 치매 증세가 심해진 마지막 일 년 동안 "아빠는 자신의 생각에 줄을 그을 줄 모르는 사람, 자신의 이야기를 가지지 못하는 존재"(87쪽)였다. 자신의 이야기를 가진다는 말은 과거-현재-미래를 관통하는 자기 삶의 모습을 상상할 수 있는 능력의 상실일 터, 어쩌면 김연수에게 이야기라는 형식은 자기 삶을 구성하는 동력이자 절망의 시간을 통과할 수 있는 존재 방식일지도 모르겠다. 미래를 상상하는 힘을 해체된 시간의 잔해 위에 덧입힘으로써 어둠을 통과하는 김연수의 이야기는 그래서 힘이 세다.

인용문으로 돌아와, 유진주가 자신의 이야기를 두고 '혼돈 그 자체'라고 표현한 것은 타인들이 구성한 "치매에 걸린 불쌍한 노인이라는 이야기"(87쪽) 또는 "아빠가 죽어야만 끝나는 그 이야기"(96쪽)라는 뻔하고 불행한 서사를 거부한다는 역설적 표현이다. 아버지의 죽음과 불타는 건물을 보면서 "그 순간 전 모든 이야기로부터 자유"(97쪽)로워졌다는 말도 인과적 논리와 시간의 연속성을 전제로 구성되는 예견된 새드엔딩으로부터 그녀가 자유로워졌다는 뜻이다. 소설의 앞부분에서 그녀가 '나'에게 보낸 편지에서 말하는 "감당할 수 없을 정도로 막막한 자유"(70쪽)는 자기기만을 감추는 사람의 불안이 아니라 이제 어떤 이야기도 쓸 수 있는 자유, 그래서 무질서로서의 카오스가 아니라 재조합의 함수들이 무한으로 열린 잠재적 시공간들의 가능성이 그녀의 미래일 수 있다는 어떤 '벅참'에 대한 표현이다.

> 우리가 달까지 갈 수는 없지만 갈 수 있다는 듯이 걸어갈 수는 있
> 다. 달이 어디에 있는지 찾을 수만 있다면. 마찬가지로 우리는 달까
> 지 걸어가는 것처럼 살아갈 수 있다. 희망의 방향만 찾을 수 있다면.
>
> — 「진주의 결말」, 73쪽

그러니까 미래를 상상하면서 현재를 구원하는 '진주의 결말'은 열려 있다. 모든 시차와 사건들이 무화되는 사건의 지평선에서 과거와 미래의 사건들을 건져 올림으로써 절망이 지워진 결말을 도래시킨다. 아버지가 좋아하는 엄마의 사진을 함께 보며 잊혀진 과거를 현재로 복원하고, 과거 아빠와 엄마가 신혼여행을 갔던 "풍림호텔 606호"(93쪽)(지금은 바람 박물관으로 바뀌어버린)로 모녀가 다시 찾아가는 미래를 현재화하면서 말이다. 유진주가 언젠가 '나'가 했던 말을 다시 되돌려 주는 위의 인용문은 작가 김연수가 인생의 새드 엔딩을 이겨내기 위해 독자들에게 건네는 삶의 방법론으로 읽혀도 무방하다.

다음으로 「난주의 바다 앞에서」를 보자. 소설에는 정난주에 대한 두 개의 이야기가 있다. 정약용의 조카였던 정난주의 평탄했던 삶은 정조의 죽음 이후 불어 닥친 천주교 탄압으로 인해 파국을 맞이했다. 북경의 주교에게 외국 군대의 파병을 요청하는 편지가 발각되면서 정난주의 남편은 사지가 찢기는 극형을 당했다. 현지인들에게 '정난주의 바다'로 불리는 곳의 안내판에는 "남편이 순교한 후 두 살배기 아들 황경한과 함께 제주도로 유배 가던 정난주는 배가 추자도를 지날 때 아들이 평

생 죄인으로 살 것을 염려하여 경한을 섬 동쪽 갯바위에 내려놓고 떠났다"(64쪽)라고 쓰여 있다. 여기까지가 역사적 자료에 기반한 첫 번째 이야기다.

그러나 손유미(과거 은정)는 여기에 새로운 서사를 덧입힌다. 갯바위에 버려진 아이가 발각되면 결국 관노비가 될 것을 염려한 정난주가 아들을 품고 바다로 뛰어든 어미의 시신만 인양된다면 이후 아들을 찾지 않을 것이라고 여겨 바다로 뛰어들었다는 이야기, "하느님. 저는 죽어야만 합니다. 제가 죽어야 제 아들이 살 수 있습니다"(65쪽)라고 말하자 하느님이 그녀에게 "제가 살아야 제 아들이 살 수 있습니다"(66쪽)라고 기도문을 수정했다는 이야기, 그럼으로써 그녀와 아들이 죽음의 늪을 통과했다는 이야기를 덧입힌다.

손유미가 이런 이야기를 쓴 데에는 그녀의 과거 경험이 반영되어 있다. 아홉 살 아이의 몸에서 악성종양이 발견되고 오 년의 투병 생활 이후 아이가 죽었을 때, "은정을 둘러싼 세상은 빛을 잃었다"(57쪽). 이십대 초반에 세운 그녀의 인생 계획이었던 "평범한 사람들이 가진 평범한 계획"(56쪽)은 폐기되었다. 절망의 끝을 헤매다 세상의 끝을 향해 배를 타고 도착한 곳이 바로 소설의 배경인 추자도였다. 여기까지가 '통계학과 은정'의 두 번째 이야기이다. 그녀는 추자도에서 자신의 이름을 '손유미'로 바꾸고 소설 쓰기를 시작한다. 달라진 이름은 그녀가 '사점(dead point)'을 통과해 "세컨드 윈드"(60쪽)를 경험했다는 것만이 아니라, 죽음과 절망이 가득한 시간의 어둠을 통과해 통계학과 학생답게 "철저하게 계획대로 살아온 자신"(53쪽)을 버리고 "추리소설은 꼭 한번 쓰고 싶다"(53쪽)고 말했던 자신의 과거를 복원했다는 의미를 동시에 지시한다. 새롭게 구성된 시간의 성좌는 필연적으로 죽음과 절망이 가득한 시간의 어둠을 통과한 손유미의 미래로부터 도래했을 것이니, 손유미가 쓴 『새 바람은 그대 쪽으로』라는 소설 속의 소설은 사점에서 그녀가 기억한 미래의 자기 모습이었을 것이다. (그러니 추리소설가 손유미라는 이름이 유명하지 않아도 무방하다.)

이러한 사정이 있기 때문에 미래를 기억함으로써 현재를 구원한 손유미가 정난주의 서사에 덧붙인 이야기는 절망의 현재를 경험하는 주체들에게 그녀가 건네는 위로의 주석이다. 그리고 이것은 소설의 정현이 섬의 아이들에게 들려주는 미야자와 겐지의 시 「비에도 지지 않고」의 의미와도 공명한다. "비에도 지지 않고/바람에도 지지 않고/눈에도 여름 더위에도 지지 않는"(48쪽) 그런 마음이 바로 미래를 기억함으로써 절망에 무릎 꿇지 않을 수 있는 힘이라는 위로 말이다. 김연수가 건네는 위로의 메시지는 어쩌면 평범할지도 모른다. 그러나 그것이 죽음에서 삶을 건져낸다면, 새로운 이야기를 만들고, 세컨드 윈드를 맞이하고, 자신의 삶을 구원하다면, 여전히 평범한가?

몇 개의 증거들을 첨언해 보자. 「엄마 없는 아이들」의 인물들은 대학 시절 연극 배우의 삶을 연기했다. 김연수에게 배우는 유동적인 존재들이다. 배우는 "현재의 얼굴에 과거를, 또 미래를 모두 담고서" 얼굴을 바꿀 수 있는 사람들이다. "그 시간적 간극을 압축"해 조명 아래 드러나는 얼굴이 바뀔 수 있다는 사실 덕분에 "희망이 생겨나는 것"이고, "그게 예술이 하는 일"(이상, 142쪽)이다. 그래서 다른 존재의 마음을 기꺼이 자신의 마음으로 바꿀 수 있는 것이 바로 예술이다. 2014년 세월호 사건을 접하고 공연 중에 눈물을 흘리는 가수를 보고 누군가 "가수라는 건 원래 그런 사람들"(「다만 한 사람을 기억하네」, 168쪽)이라고 말할 때에도 김연수는 예술이 예술일 수 있는 형식을 상상했을 것이다.

「바얀자그에서 그가 본 것」에서 정미가 "언젠가 세상의 모든 것은 이야기로 바뀔 것이고, 그때가 되면 서로 이해하지 못할 것은 하나도 없게 되리라고 믿는 이야기 중독자"(115쪽)였다는 사실도 덧붙여보자. 지민 엄마의 소설 『재와 먼지』도, 손유미의 추리소설도, 유진주가 발견한 『시간여행자를 위한 가이드북』도, 세 명의 바르바라를 비롯해 시간을 재구성하던 어느 늙은 철학 교수의 녹취록도, 이 소설집의 대부분의 이야기에 소설가 화자들이 등장한다는 사실도 덧붙여 보자. 그러니까 '이야기'를 만드는 상상력이 바로 "모든 사랑의 발생학"(142쪽)이다. 자신의 삶이 다른 이들의 삶과 연결되어 있고, 현재라는 시간에 과거와 미래가 동시에 존재하고 있다는 것을 설명하기 위해 김연수에게 아주 오랜 시간이 걸렸음을[7], 미래를 기억하는 상상력을 통해 현실의 절망에서 우리를 구원하는 일에 사실은 이야기가 가장 중요한 동력임을, 그것이 소설이 할 수 있는 최대치일 수 있다는 것을, 어쩌면 이 평범한 사실을

---

[7] 나는 이 소설집의 시작에 세월호가 있다고 생각한다. 2014년에 발표된 김연수의 「다만 한 사람을 기억하네」에는 미래를 기억하는 일에 대한 단자가 담겨있다. 후쿠다 준이라는 일본인이 제 삶을 구원한 것은 2004년에 2014년의 삶을 기억한 한국인 남녀가 남긴 쪽지 덕분이었다. 그리고 그때 들렸던 음악는 그를 미래의 지점으로 인도했다. 마찬가지로 2014년에 2004년의 일본 여행을 소환하게 된 나와 그녀는 세월호의 슬픔을 이겨내는 힘을 2024년 정도의 미래 기억에서 찾을 것이다. 그것을 기억하는 사람이 단 한 사람이어도 충분한 것이, "우리가 누군가를 기억하려고 애쓸 때, 이 우주는 조금이라도 바뀔 수 있을까?"(「다만 한 사람을 기억하네」, 181쪽)라는 의문문에 이미 긍정의 답변이 내재해 있기 때문이다. 다만 그 긍정의 사유 방식이 미처 완성되지 못한 채 10여 년의 시간을 거쳐 다듬어졌다. 그리고 결국 2014년에 발표된 이 소설은 8년 전의 과거에서 출발해서 2022년에 출간된 『이토록 평범한 미래』의 다른 소설들과 함께 도래해 하나의 성좌로 자리 잡았다. 함께 있으니 더욱 빛난다.

발견한 다락방에서의 그 밤이 나에게는 전혀 평범하지 않았다.

4. 소설이 할 수 있는 최대치의 일

"천천히, 아직 오지 않는 날 쪽으로."

– 김지연[8]

미래를 기억하기 위해 김연수의 인물들에게 이야기라는 형식이 필요했다면, 김지연의 인물들에게는 어떤 용기가 요구되는 듯하다. 그녀들에게 지금-여기의 시공간은 운신의 폭이 좁아서, "나체로 바다에 뛰어들어 보고 싶다는 나의 한가로운 소망"('우리가 해변에서 주운 쓸모없는 것들」, 9쪽)은 실현되지 못한 채 미래의 시간으로 유예된다. 이 소망이 '한가로운' 취급을 받는 이유는 노동과 생존으로 인한 시간적 여유의 부족 때문이 아니라, 사회의 관습이 이들 동성의 사랑(나이 차이와 사제지간이었다는 사실까지 고려하면 몇 겹의 차별에 놓인 이들의 사랑)을 '소망'이 아니라 자연스러운 것으로 받아들이기까지 걸릴 유예의 시간과 이성애적 관습의 문턱들 때문이다. 그래서 '나'와 진영은 해변의 아주 외딴 펜션을 수소문해야만 했다. 또 '나체'는 이들의 관계가 제도적 폭력의 대상으로서 벌거벗은 형상이라는 사실과[9], 스스로를 제

---

8   김지연, 「우리가 해변에서 주운 쓸모없는 것들」, 『마음에 없는 소리』, 문학동네, 2022, 38쪽.

도적 기호(의복)의 바깥으로 위치시키는 용기가 요구된다는 사실을 의미한다. 노출이 타인의 시선에 기초한 성적 기호의 은밀한 교환이라면, 나체를 드러내는 것은 타인의 시선을 신경 쓰지 않은 채 오로지 주체를 거울 앞에 세우는 행위와 같기 때문이다. 이것은 자신의 시선과 마음에 기초한다. 따라서 '나'에게 필요한 것은 이 '한가로운 소망'이 실현될 수 있는 장소가 아니라 행위의 능력과 용기인 셈이다. 차별과 혐오와 배제의 벽으로 사방이 막힌 이 현재의 시간을 넘어설 용기.

하지만 '나'에게 "다 겪은 것, 감당한 것, 견뎌낸 것에 대해서만 다른 사람과 공유할 용기"(25쪽)는 있었지만, 자신의 질병(자궁근종)에 대한 이야기를 진영과 나누며 미래의 아픔을 함께 통과하려는 용기까지는 없었다. 미래의 시간에 대해 "말하는 순간 다른 것이 되어버릴 것만 같았고 나로서는 변화를 감당할 수 없을 것"(25쪽) 같았기 때문이다. 해변에서의 둘째 날 밤, 아무도 없고 시선이 차단된 해변에서조차 결국 나체로 바다에 뛰어들지 못한 것과 떠나는 진영을 더 적극적으로 붙잡지 못한 것도 모두 미래를 상상하는 용기의 부재에서 기인한다. "서로 다른 두 사람이 모든 것을 공유할 수는 없었다"(33쪽)는 '나'의 고집이 순전히 그녀의 마음에서 유래한 문턱이 아니라는 사실을 알기 때문에 더욱 슬프지만, 진영과 헤어지던 그 여름날의 아픈 시간 속에 아직 미

---

9   그들이 해변에서 주운 것들―마모된 유리조각, 게에게 집을 내어준 소라 껍데기, 불이 붙지 않는 푸른색 라이터, 도기 파편, 말라죽은 해마 등―은 모두 죽거나 병들거나 낡아서 버려진 것들의 이미지로 수렴된다는 점에서 경계 바깥으로 추방되는 존재들을 상징한다. 해변에서 주운 '쓸모없는 것'이라는 표현은 이들의 사랑을 바라보는 사회적 시선에서의 가치 판단일 뿐이다. 물론 그들에게는 그것이 여행이 다 끝난 다음에도 발견되는 모래 알갱이처럼 영원히 잔존하는 기억임에도 불구하고.

래의 기억은 깃들지 않았다.

김지연의 등단작품인 「작정기」에서 미래는 불쑥 현실에 개입하면서 지금의 시공간 좌표를 헤살 짓고 어지럽힌다. '나'는 이혼한 원진과 일본 여행을 계획한다. 하지만 갑자기 원진의 할아버지가 돌아가시게 되면서,[10] '나'는 혼자서 원진이 세운 계획대로 일본의 작은 마을들을 여행한다.[11] 그 과정에서 소설은 시공간이 뒤틀리는 두 개의 장면을 배치하고 있다. 첫 번째는 작은 해변 마을에 주차한 자동차가 사라졌다가 두 시간 뒤 다시 나타난 사건이다. 소설의 후반부에는 '나'는 렌트카를 훔쳐 타고 돌려놓은 것을 원진이라고 생각하는 장면이 나온다. 이 불가능한 상상은 과거 그녀들이 여행을 계획하며 상상했던 미래의 한 장면이었을 수도 있다. 마치 평행우주의 다른 시공간과 이곳이 잠시 뒤바뀐 것처럼. 아주 잠깐 동안의 우주의 착각이 '나'의 소망을 실현해 준 것처럼. 두 번째는 굳이 수정하지 않았던 어떤 착각(혹은 소망)이 추후에 현실이 되어버린 사건이다. 작은 가게의 바에서 우연히 알게 된 일본인

---

10 원진의 할아버지의 죽음이나 동성이라는 사실 이외에도 이 소설에는 '나'의 은밀한 소망을 가로막는 장애물들이 다수 배치되어 있다. 원진의 결혼, 원진이 바람을 피운 상대 남성의 등장, 원진의 비자가 만료되어 할아버지의 죽음이 아니고서도 함께 출국을 하지 못했을 것이라는 추후의 사실, 그리고 원진의 죽음 등 소설에는 '나'의 사랑이 원진과 연결되지 못할 여러 개의 문턱들이 존재한다.

11 원진의 계획을 그대로 따르는 '나'의 여행기는 원진의 삶에 자신의 삶을 몰래 겹쳐보는 행위이다. 실현될 수 없는 짝사랑을 혼자서 수행하는 자위처럼. 원진이라는 닿을 수 없는 존재는 원진 없는 원진과의 여행이라는 텅 빈 괄호의 형식으로만 가능하다. 흥미로운 것은 '나'가 들르게 된 녹나무 숲이 사실은 원진의 계획에는 없었다는 사실이다. 이는 '나'의 사랑이 이미 정해진 지도의 바깥에서만 가능하다는 점을 암시한다. 원진이 죽은 이후에야 뒤늦게 도착한 유코가 만든 녹나무 정원처럼.

유코는 '나'의 여행이 "죽은 친구를 대신해 떠나온 것으로 오해"(111쪽)
했는데, 굳이 바로잡지 않았던 원진의 죽음이 나중에 현실이 되어버린
다. 미래에 발생할 원진의 죽음이 과거 누군가에게는 이미 실현된 현재
인 것처럼.

흥미로운 것은 "누군가 원진을 이미 죽은 사람으로 간주해버리고 말
았다는 사실이 원진의 죽음을 재촉하는 일"(111쪽)이 된다는 생각이 지
나치게 미신적이라는 것을 알고 있음에도 '나'가 어떤 "자책감"과 "가벼
운 해방감"(이상, 112쪽)을 느낀다는 점이다. 이 자책감과 해방감이라
는 모순적 감정의 정체를 소설은 과거 '나'를 스쳐갔던 한 순간의 생각,
"원진은 나에 대해 너무 많이 알고 있어서 곤란하다고 여기며 원진이
없어졌으면 좋겠다고 생각했던"(115쪽) 과거의 한 장면으로 제시한다.
여기서 원진이 나에 대해 알고 있는 사실은 원진에 대한 '나'의 사랑이
다. 언어와 표정을 기만하면서 감추고 싶었던 은밀한 감정, 실현 불가
능함에도 불구하고 실현 가능한 소망으로 상상했던 감정, 서로 알고 있
지만 결코 기정사실로 발설되어서는 안 될 감정. 그러니까 자책감은 이
러한 감정이 노출되기를 꺼렸던 '나'의 불온한 상상에 대한 자기검열이
며, 가벼운 해방감은 차라리 모든 것이 까발려지기를 바라는 은밀한 소
망의 표현이다.

자기검열이라고 표현한 바, 이 소설의 화자는 지독한 자기검열을 수
행하면서 소망과 현실 사이의 간극을 오간다. 강조하고 싶은 것은 이
자기검열이 미래를 기억하는 일, 그러니까 미래를 상상함으로써 현실
의 문턱을 넘어서는 길목을 자꾸 막아서고 있다는 점이다. "내가 이 세
상에 대해 품고 있는 가장 못마땅한 점"(108쪽)은 소망과 현실 사이의
간극이 너무나 분명하다는 것이다. "물리적으로 불가능한 일"(107쪽)

은 말 그대로 물리적으로 불가능하기 때문에 실현 가능성이 없음에도 '나'는 자꾸 "물리도 이 세계에 대해 완전히 다 아는 건 아니지 않나 … 그 사람이 원진이었다고 믿으면 안 될 건 또 뭐람"(108쪽)이라면서 현실을 부정한다. 하지만 이윽고 "그 사람이 원진이었을 것이라고 생각한다"(107쪽)는 문장(실현 가능한 추측)을 "그 사람이 원진이었으면 좋겠다고 생각한다"(107쪽)라는 문장(실현 불가능한 소망)으로 미묘하게 수정한다.

예민하고 지독한 이 자기검열은 현실원칙이 허락하지 않는 자신의 소망을 왜곡된 형태로 실현시킨다. 원진과 함께 여행을 가고 싶었던 소망은 자동차가 사라진 사건으로 실현되고, 원진과의 사랑이라는 소망은 유코의 오해를 거쳐 그녀가 만든 녹나무 정원 미니어처를 통해 실현된다.

물리적 법칙이 지배하는 세계, 다른 말로 큰 것들이 지배하는 세계는 너무 견고하다. 그래서 "큰 것들을 무화시키는 작은 이름들"(100쪽)이 필요하다. 「작정기」에서 '나'가 여행한 다케오라는 작은 마을과 녹나무 정원 미니어처는 「우리가 해변에서 주운 쓸모없는 것들」에서 비포장길을 한참 비집고 들어가야 도착할 수 있는 외딴 펜션과 다르지 않다. 사회나 관습이라는 '큰 것'들에게 허락을 요청하지 않아도 무방한 시간과 장소, 어쩌면 해변에서 주운 쓸모없는 것들처럼 작은 이름들, 현실의 쓸모에서는 벗어나 있지만 그들 사이에서는 충분히 큰 것들의 이름을 대신할 수 있는 평범한 순간들 말이다. 하지만 그녀들이 상상하는 미래가 현실로 도래하기에는 세계의 문턱들이 너무 높아서, 생각하면 슬퍼지는 이들의 사랑은 자꾸 미래의 시간으로 유예된다.

그것이 용기의 부재이든 자기검열의 결과이든 그녀들의 현재 사랑은 이별로 마무되었다. 하지만 다행히도 김지연의 소설들은 문턱 앞에 멈추었던 현재의 절망과 슬픔을 미래의 풍경으로 다시 열어낸다. 「우리가 해변에서~」의 마지막 장면에서 '나'는 오래전의 그 해변에서 알몸으로 수영을 하는 중이다. 이 장면이 상상인지 현실인지 중요하지 않다. 마찬가지 이유로 함께 있는 사람이 진영인지 현재의 여자친구인지는 중요하지 않다. "그것들은 실현될 수도 있고 안 될 수도 있지만 당장은 모든 게 실현될 것처럼 말"을 하고 상상을 함으로써, 그 일은 "희한한 기쁨"(38쪽)으로 기억될 것이기 때문이다. 또 이러한 상상이 미래의 기억이 되어 과거의 사랑도 이별에서 건져 낼 것이기 때문이다. 「작정기」의 '나'는 원진의 죽음 이후 간혹 일본으로 여행을 간다. '나'는 자주 길을 잃고, "지도의 바깥"(122쪽)으로 걷는다. 지도 바깥의 "여백"(122쪽)에 존재하는 호텔과 길들은 여전히 물리 법칙에서 벗어나 있지만, "낯선 골목을 걸으며 서서히 현실과 같은 축척을 갖게 되길 기다리는 동안 나는 길을 잃었지만 완전하게 안전하다"(123쪽)고 말한다. 감추지 않고 발설한다. 실현된 현실일 수도 실현되지 않은 소망일 수도 있지만, '나'는 원진과 함께 낯선 길들을 걷고 있으며 원진이 자신을 보호하고 있다고 느끼기 때문이다. 두 작품 속 그녀들의 미래 기억이 비록 "계획보다 많이 늦은 도착"(124쪽)일지라도, 그 사랑의 시간성이 무한으로 열려 언제든 "경이로운 미래의 퀴어 시간성"[12]을 열어낼 것임을 의심치 않는다.

---

[12] 강지희, 〈해설〉「두 번의 농담과 경이로운 미래」, 『마음에 없는 소리』, 앞의 책, 310쪽. 해설은 미래를 도래시켜 과거의 슬픔을 지워나가며 무한의 사랑을 열어내는 김지연의 서사 전략을 두고 "소설만이 할 수 있는 최대치의 일"(311쪽)이라고 표현했다. 이 문장의 진동에서 한동안 벗어나지 못했다.

5. 사랑이라는 무한의 시간

"민!"

"그런 시대에서 사람들은 사랑했을까?"

"깡통. 말이라고 해? 끔찍한 소릴?

부지런히 사랑했을 거야. 미치도록. 그 밖에 뭘 할 수 있었겠어."

— 최인훈[13]

눈은 지상의 누추한 기억들을 모두 덮고, 하늘의 별들은 유난히 반짝이던 밤이었다. 다락의 차가운 공기 속에서 벤야민과 김연수와 김지연의 글들을 겹쳐보면서 하나의 성좌를 그리던 밤이었다. 미래를 기억함으로써 현재의 절망을 벗겨내는 일의 가능성을 확인한 그 밤, 이와 유사한 사유들을 보여준 최근의 한국 소설들이 옆에 나란히 펼쳐 보았다.

최인영의 소설[14]은 말기암으로 죽음을 앞둔 한 인물이 폐가를 복원하고 자신만의 공간으로 가꾸어가면서, 그곳에서 사랑하는 가족들과 함께 부추전을 만들어 먹는 "미래의 어느 여름날"(69쪽)을 '기억'해 낸다. "살고 싶다는 생각이 아닌 살아 있다는 감각에 충실"(68쪽)하기 위해서, 이 소설의 주인공은 "미래를 기억할 수 있을까?"(67쪽)라는 질문을 통해 죽음의 절망에서 자신의 삶을 구원해 내었다. 최진영은 죽음을 이겨내는 마음을 미래에서 찾았다.

천선란의 소설[15]은 파국을 맞이한 49세기라는 미래의 시공간을 배경

---

13   최인훈, 『구운몽』, 『광장/구운몽』(최인훈 전집1), 문학과지성사, 1996, 312쪽.

14   최진영, 「홈 스위트 홈」, 『현대문학』, 2022년 9월호.

으로 로봇 '고고'와 인간 '랑' 사이의 공감을 보여준다. '랑'의 죽음 이후 그를 묻고 떠나는 로봇 '고고'의 여정에는 수시로 랑과의 추억들이 소환된다. 전투로봇이었던 과거의 기억들은 삭제되고 함께 사랑하고 함께 슬퍼했던 '랑'과의 기억으로 로봇 '고고'의 삶은 재구성된다. '고고'가 향하는 여정의 목적지는 '과거의 문'이다. 미래의 기억을 지닌 채 과거의 문을 통과해서 '고고'와 '랑'이 살게 될 또 다른 시공간에는 아마 인간과 비인간의 경계가 무화될 지도 모르겠다. 한 로봇의 여정을 통해 천선란의 서사는 미래를 기억하는 시간성이 인간의 존재론 너머로까지 나아갈 수 있음을 보여주었다.

그리고 박솔뫼의 소설[16]은 이들보다 앞서 미래를 산책하는 연습을 수행중이기도 했다. 『미래 산책 연습』은 아직 도래하지 않은[未來] 시간과 와야 할 것이라고 믿는 시간을 넘나드는 연습을 통해 자신의 삶과 다른 이의 삶을 겹쳐 보는 소설이었다. 소설은 82년 미문화원 방화사건의 부산과 사건의 당사자들을 80년 5월의 광주와 그곳의 사람들과 연결하고 중첩시킨다. 또 미래를 현재로 끌어당겨 마치 산책하듯 그 길을 반복적으로 걷는다. 그러니까 박솔뫼의 작업은 서로 다른 장소와 사람에 연루된 시간들을 하나의 궤도로 만들어냄으로써 시간성을 무화시키는 산책과도 같다. 무엇보다 이 소설은 그 시작과 끝을 원형구조로 이어냄으로써 이 무화된 시간의 산책을 무한대로 열리게 했다.

---

15 천선란, 『랑과 나의 사막』 『현대문학』, 2022년 1월호.

16 박솔뫼, 『미래 산책 연습』, 문학동네, 2021. 이 글의 제목을 박솔뫼의 소설에서 차용했음을 밝힌다. 애초의 계획은 김연수, 김지연, 최진영, 천선란, 박솔뫼의 글들을 두루 살피는 것이었으나 미진한 문장이 길어졌다. 하여 그 과거의 계획도 미래의 어느 시간으로 넘긴다.

조금의 시간을 거슬러 가다, 결국 60여 년 전에 발표된 어느 소설이 실린 책의 먼지를 털어냈다. 군사 쿠데타로 4·19 혁명의 좌절을 경험한 1961년, 최인훈은 『구운몽』을 발표한다. 그는 실패한 혁명의 서사를 사랑의 서사로 바꾸어냄으로써 현재의 절망을 미래의 가능성으로 이동시켰다. 이 이동은 유예가 아니라 '미래의 사랑'을 기반으로 과거와 현재의 사랑을 지속적으로 발굴하고 독해할 것을 지시하는 요청이었다.

『구운몽』은 네 개의 서사 궤도로 시간과 공간을 겹쳐놓았다. 첫 번째 이야기에서 주인공 '독고민'은 죽음의 공간에서 '숙'이라는 여자의 편지를 받고 현실공간으로 불려 나온다. 혁명 과정에서 죽음을 맞이했던 신체는 혁명과 사랑을 상징하는 '숙'이라는 기표를 찾기 위해 다시 소환되었다. 두 번째 이야기 공간은 꿈으로 이행한다. '숙'을 찾기 위해 도시를 떠돌지만 '숙'으로 보이는 여성들의 형상은 계속 바뀌면서 변주된다. 완결되지 않고 기표를 달리하면서 '차연(différence)'되는 숙의 모습은 쉽게 도래하지 않는 혁명을 상징하는 것처럼 보인다. 이후 정부군에 의해 독고민은 광장에서 총을 맞고 쓰러지고, 다시 살아나 바티칸으로 망명하면서 그는 혁명과 사랑의 실패를 선언한다. 세 번째 이야기 공간에서 독고민은 동사체로 발견된다. 사체를 발견한 한 간호사는 혁명 당시 죽은 자신의 아들을 떠올리게 되는데, 이 장면은 지연되고 유예되는 독고민의 사랑이 간호사에 의해 대리 수행됨을 의미한다. 마지막으로 네 번째 이야기 공간은 아주 먼 미래의 서울이다. 현실과 환상이 중첩된 지금까지의 서사가 〈조선원인고〉라는 이름의 다큐멘터리 영화로 상영되는 몇 천 년 후의 서울에서 사랑을 나누는 남녀가 아주 먼 과거의 사랑의 서사를 떠올리면서 마무리된다.

소설이 보여주는 네 가지 궤도의 플롯을 경험하면서 나는 완결된 것으로 보였던 이야기가 그 바깥의 다른 서술자와 인물들에 의해 새롭게 해석되는 것을 재발견한다. 견고한 틀로 보였던 텍스트의 경계가 무한히 확장되면서 의미의 완결은 지연된다. 이러한 최인훈의 서사 방식은 현재의 미완과 절망을 미래의 사랑으로 이전하고, 다시 미래의 존재들이 과거의 미완된 사랑을 사후적으로 복원하면서 새로운 성좌를 구성하는 벤야민의 방법과 닮았다. 그래서 미래 서울에 존재하는 '민'이 그의 연인에게 과거의 사람들도 "부지런히 사랑했을 거"라고 "미치도록" 사랑했을 거라고 말할 때, 완결되지 않았던 과거의 사랑과 혁명은 드디어 빛을 띠게 된다. 앞서 인용한 대화 속 남녀의 입맞춤은 과거로부터 발송된 독고민이 완성하지 못한 작업이 미래에서 완수되는 모습이다. 혁명은 미래로 송신되어 사랑으로 지속된다. 그렇게 미래의 존재는 과거로부터 발송된 편지를 통해 이미 죽은 자의 꿈을 백일몽의 형태로 다시 꾸게 된다. 1961년의 최인훈이 '고고학'의 임무를 "지층 깊이 묻힌 신의 사생아들의 굳은 돌을 파내는 일"(『구운몽』, 307쪽)이라고 표현했을 때, 그것이 사실 소설의 발생학과 형식을 두고 한 말이라는 사실을 이제 알 수 있다.

다시 2023년의 어느 겨울, 한국 소설들은 "옛날에 존재했던 것에 대한 아직 의식되지 않은 지식"[17]의 문턱에 도달하려는 듯하다. 한발 더 나아가 미래의 어느 시점에서 현재를 구원하는 소설의 형식을 고민하고 있는 듯하다. 그 작업에 기꺼이 도전하는 이들의 작품을 읽을 수 있

---

17 발터 벤야민, 『방법으로서의 유토피아―아케이드 프로젝트 4』, 조형준 옮김, 새물결, 2008, 10쪽.

는 일이 고맙기만 하다. 하지만 공기는 여전히 차갑고, 세계는 지금도
수많은 재난 가운데 놓여 있다. 미래를 기억하는 연습이 더 필요할지도
모르겠다.

밝힐 수 없는 공동체

- 한정현의 「쿄코와 쿄지」

1. 사라진 것들

한정현의 소설은 과거의 시공간을 문화사적으로 복원하고 역사적 사건을 개인 주체의 삶으로 복원하면서 국가 폭력과 젠더 억압 속에서 이름을 부여받지 못했던 이들에게 목소리를 부여한다. 수많은 차별과 혐오의 덫에 걸린 이들의 삶을 정확하게 무엇이라고 말해야 할까. 몇 겹의 배제와 혐오의 덫에 갇힌 이들을 어떤 언어로 표현할 수 있을지 모르겠다. 이들이 제 목소리를 낼 수 있는 언어와 자격을 부여받지 못한 것이 아니라, 이들의 말을 담아낼 수 있고 이들의 존재를 드러낼 수 있는 언어 자체가 협소하다는 느낌을 지울 수 없다.

그래서 일단 무작정 적어본다. 한정현의 문화적 기호(嗜好)에는 이런 것들이 있다. 신중현, 고정희, 최승자, 〈자유문학〉, 〈우리 시대의 문학〉, 어니언스, 펄씨스터즈, 「후뢰시맨」이나 「OK목장의 결투」 같은 영화들이 상영되던 극장(영화관이 아니라 왠지 극장이어야 할 것 같다. 광주

극장, 태평극장, 무등극장, 한일극장, 아세아극장, 신동아극장, 현대극장 등. 서울에 있는 극장 말고.), 개구리 소년, YH 사건 등등. 너무 많으니 일단 대표적으로 '아키코'라고 하자.

한정현의 소설은 자꾸 오키나와로 간다.

> "오키나와에 갑니다."
>
> 이웃은 강조하지는 않았으나 누구든 눈치챌 수 있을 정도로 혀를 찼다.
>
> "오키나와에선 무엇을 할 셈인데?"
>
> 그는 마치 맹세를 하는 사람처럼 말했다.
>
> "김추자를 찾아보겠습니다."
>
> — 「괴수 아키코」, 35쪽[1]

오키나와로 향한 '그'가 소설에 남긴 이 말은, 작가는 '말하는 입을 가진 사람'이 아니라 먼저 '듣는 귀를 가진 사람'이어야 한다는 한정현 소설의 태도에 해당한다. 그리고 오키나와에서 김추자를 '찾아보겠'다는 문장은 배제와 차별의 꼬리표를 달고 살았던 수많은 소수자들의 이야기를 발굴하고 기록하고 쓰겠다는 한정현 소설의 출사표이다.

---

[1] 한정현, 「괴수 아키코」, 『소년 연예인 이보나』, 민음사, 2020. (앞으로 작품 인용은 본문에 작품명 또는 쪽수로 표기)

2. 오키나와에는 무엇이 있을까

오키나와에는 수많은 '아키코'들이 있다. 그러니까 오키나와에는 한정현 소설로 보면 "옷차림이나 노래"가 이 나라 사람들의 기호와 맞지 않아서 "풍기문란이라는 꼬리표"(「괴수 아키코」, 35쪽)가 달렸던 김추자(아키코)와, "위안부라는 꼬리표" 때문에 "고향이 아닌 섬"(「대만호텔」[2], 321쪽)으로 올 수밖에 없었던 한 '노인'과, '광주'와 '빨갱이'라는 꼬리표를 떼려고 "내 삶을 증명해 보이지 않아도 될 것"(「쿄코와 쿄지」[3], 103쪽) 같아서 온 '경자'('京子' 아니고 '京自', 쿄코 아니고 쿄지)가 있다. 그리고 이런 역사의 비극도 있다.

> "2차 세계대전 당시 오키나와에서는 대규모의 자살 사건이 있었다. 수만의 오키나와인들이 토굴로 들어가 서로의 목을 칼로 찔렀다. 아버지는 아들의 목을 조르고 어머니가 그런 아버지를 찌르면 그 칼을 넘겨받은 딸이 다시 어머니를 죽이는 식이었다. 그들은 하나같이 자신들이 미군의 스파이 노릇을 했다는 자백의 유서를 남겼다. 유서의 말미엔 "천황 폐하 만세"가 피로 적혀 있었다. 전쟁 때 오키나와로 끌려왔던 조선인들이 오키나와인들의 시신을 수습해 주었다. 그래서인지 오키나와의 한 마을에는 일본어와 한국어가 동시에 새겨진 추모비가 있다고 했다."
>
> – 「괴수 아키코」, 23쪽

---

2 「대만호텔」에는 또 다른 '아키코'도 있다. 한정현, 「대만호텔」, 『소년 연예인 이보나』, 같은 책.

3 한정현, 『쿄코와 쿄지』, 『문학과사회』 2021년 봄호.

"근데 갑자기 일본이 섬을 지배하면서 그런 질문들을 하기 시작
한 거야. 넌 일본인이냐 오키나와 인이냐, 설마 조선인이야 이런 거.
그때 오키나와 사람과 조선인은 거의 같은 취급을 당했다고 하거든.
오키나와인들의 시신을 수습해준 것도 조선인들이고 아무튼 그래
서, 거기 사람들은 살려면 자기가 일본인이라는 걸 어떻게든 증명해
야 했대. 모두가 마음만은 일본이 싫었겠지만 그렇다고 모두가 용기
있고 정의로운 사람이 될 순 없으니까 말이야."

– 「쿄코와 쿄지」, 91쪽

1879년 메이지 정부에 의해 오키나와 현으로 복속되기 전까지 이곳
은 '류쿠왕국'이었다. 제국의 식민지가 된 이후 제2차 세계대전 당시에
는 미국과 일본의 치열한 전투가 치러진 최후의 장소였고, 1972년 일본
복귀 이전까지 미군의 통치를 받은 땅이었다. 그러니까 이곳 사람들은
역사에서 지워진 왕조의 후예였고 일본제국주의의 신민이었다가 또 다
른 제국의 지배를 받은 부역자였을 터, '낮에는 태극기, 밤에는 인공기'
를 들어야 했던 한국전쟁 당시 산자락 마을의 주민들처럼 오키나와 원
주민들의 유서에 쓰인 '천황 폐하 만세'라는 혈서는 죽음을 담보로 자기
증명을 요구받았던 제국의 심판장에서 강요된 거짓 자백을 증명하기
위해 남긴 혈흔일 것이다.

일본의 교사서에는 "오키나와 원주민들 중 표준어를 제대로 발음하
지 못하는 자들을 골라 첩자를 색출"(「괴수 아키코」, 26쪽)했다고 기술
하고 있다. 비제국의 언어는 차별과 배제와 혐오와 죽음으로 이어지는
유다의 별이었다. 말하는 입을 가지지 못한 자들의 죽음은 정상성의 폭

력이 남긴 살해의 증거다. "그렇게 폭력은 항상 약한 존재에게 자신을 파괴하는 방식으로 증명을 요구한다."(「쿄코와 쿄지」, 107쪽) 추모비에 새겨진 일본어(오키나와어가 아니라)와 한국어는 여러 겹의 버려짐에 놓였던 제국의 벌레로서의 공감과 연대의 피로 쓰였을지도 모르겠다.

제국과 식민 어디에도 속하지 못했던 이들의 이중적 배제의 장소로서의 오키나와는 국가 폭력, 젠더 억압, 인종 차별, 언어 차별 등 수많은 배제와 혐오를 생산했던 동아시아사로 확장되면서 한정현 소설의 특별한 장소성으로 기능하고 있다.

그러나 오키나와에는 24만 명의 희생자들의 이름이 적힌 평화의 초석과 조선인 위령비만 있는 것은 아니다. "버려진 땅, 소외받은 땅, 미국과 일본의 폭력으로 얼룩진 땅"(「쿄코와 쿄지」, 109쪽)이지만 오키나와에는 다른 것도 있다. 이곳은 "다양한 것들이 공존"하고 있다. 일본 본토의 우익교과서 대신 "오키나와의 역사와 조선인들의 역사와 재일 조선인들의 역사를 모두 배울 수 있는 곳"이기도 하며, "말하는 방식은 다양할수록 좋아"(「쿄코와 쿄지」, 108쪽)라며 미즈노 루리코의 시를 읽어줄 줄 아는 역사 선생님이 있는 곳이기도 하다. "소바도 있고 맥주도 있고 고구마"(「쿄코와 쿄지」, 109쪽)도 있고, 싸우고 웃는 삶이 있다. 모든 죽어 간 영혼들을 위한 "모두의 결혼식"(「대만호텔」, 321쪽)이 열린 곳이기도 하다.

그러니까 오키나와는 한정현 소설의 상처의 입구이자 치유의 입구이기도 하다. 수많은 '아키코'들의 삶을 연구하고 복원하는 영소와 경아가 있으니까. 친구들을 기억하는 경자의 이야기를 통해 지난 시간의 광주와 기록에서 누락된 소외된 자들의 이야기를 복원하기 위해 연구하는 영소가 있으니까. 또 「괴수 아키코」의 '그'가 김추자를 찾으러 와서 아마도 오래도록 머물면서 많은 아키코들의 이야기를 오래도록 복원했을 기억의 통로니까. 무엇보다 오키나와에서는 스스로를 증명할 필요가 없으니까. 그래서 삶을 살 수 있으니까. 굳이 그 이유를 묻는다면 이런 말들이 답변이 될까. 경자는 광화문의 재수학원에 다니면서 "전라도에서 왔다고 하면 빨갱이라는 말"(「쿄코와 쿄지」, 100쪽)을 들을까봐 사투리를 감추고 일부러 서울말을 써야 했다지만, 광주에서는 굳이 사투리를 감추지 않아도 되니까. 광주에서는 총상을 감추지 않아도 되니까. 광주에서는 5월에 흰 옷을 입고 검은 리본을 달아도 이상하지 않으니까.

3. '한비짝'에서 구축된 스스로의 공동체

「쿄코와 쿄지」의 네 인물들은 모두 1958년 전라도 태생들이다. 이 주인공들의 삶은 한국 사회의 경제권력과 정치권력의 중심부로 성장하면서 '아버지들의 전성시대'를 이루었던 베이비부머 세대('58년 개띠')의 역사와는 다르다. 전라도 사투리로 말하자면 그들은 한국사회의 '한비짝'에서 태어나고, 자라고, 그리고 지워졌다. (한정현은 인물들의 죽음을 직접 지시하지 않는다. 이는 진정한 애도로 종결되기 전까지 그것은 죽음이 될 수 없다는 작가의 의지 표현으로 보인다. 「괴수 아키코」에서 '그'가 사고 이후 아버지에 대한 기억을 복원하고 이해의 과정을 거친 후에야 김현의 책과 아버지의 장화를 태울 수 있었던 것과 다르지 않다. 기억과 복원은 진정한 애도를 종결짓는 유일한 통로다.)

어떤 공동체의 목록에도 이들은 존재하지 않는다. 여자로의 삶을 이미 경험한 터라 이미 그 사실을 예상한 듯, 「쿄코와 쿄지」의 친구들은 폭력적 현대사에 노출되어 제 이름을 찾지 못한 채 사라져 가기 전 '스스로의 공동체'를 만들었다. 경녀는 경자로, 혜숙은 혜자로, 미선은 미자로, 영성은 영자로. 아들 子가 아니라 스스로 自. 그렇게 이들은 "아들들의 공동체를 통과하여 최종적으로는 스스로의 공동체"(87쪽)를 만들었다. 하지만 명명의 방식을 무화하고 재배치하는 이들의 공동체 이야기는 역사의 기록 어디에도 존재하지 않는다. 오키나와에 있는 경자의 기억을 제외하고. 그러니까 한정현의 이 소설은 경자의 기억과 아들 영소의 연구 작업을 매개로 몇 겹의 소외와 배제의 미로 속에 갇힌 인물들에게 말과 소리를 부여하는 복원 작업이다. 그 작업을 따라가 보자.

먼저 영성 아니 영자.

> 그리고, 거기에는.
>
> 또 그 반대편에서 총을 겨누었던, 칼로 사람을 찔렀던. 아니, 그러라고 명령을 받았던 영자가 있었습니다. 압니다, 모든 군인이 다 영자는 아니에요, 절대 아니에요. 그러니 그저 영자라고 하겠습니다. 그렇게, 영자가 그곳에 있었어요. 그리고 다시, 여자의 삶을 선택한 영자는 받아들일 수 없던 소영성의 부모가 죽어서까지도 소영성으로 사망신고를 한, 영자가 소영성인 채로. 또 그렇게 있었습니다. 영성이가 아닌 영자와 함께 살았던 나는 아무런 제도적 힘이 없어서, 그렇게 소영성인 채로 보내야 했던 소영자가 정말 그곳에 있었습니다.
>
> ─「쿄코와 쿄지」, 102쪽

'그곳'은 1980년 5월의 광주다. "남자와 여자 둘 모두의 염색체를 가지고 태어났"(이상 82쪽)던 '영자'는 "아들이니까 인간 대접받고 사는"(83쪽)거라는 가부장의 명령으로 '소영성'으로 살았다. 아버지는 자식이 서울 지역의 법대에 진학하기를 바랐다. 한국 사회에서 제도권의 권력을 획득하고 뺄셈의 대상이 되지 않는 성공의 방정식이었으니까. 그러나 기대와 달리 '영자'는 광주의 한 대학 일문과에 진학한 후, 머리를 기르고 시를 읽었고 '미선'의 성당 야학에서 시를 가르쳤다. 대학 졸업 이후 멀리 떠나려고 생각했지만(그곳이 오키나와가 아니었을까), 입대한 후 광주에 투입된다. 국가폭력의 주체로 동원된 '소영성'은 불명예 제대 후 조금씩 무너져갔다. "군복을 입은 다른 남자들을 볼 때마다 어깨가 움츠러들도록 몸을 떨었다."(95~96쪽) 그리고 "경자야, 너는 아무거도 보지 못한 거야. 다 잊어. 다 잊고 살아가. 나도, 그 무엇도"(99쪽)라는 유서를 남겼다. '소영자'로서의 공식적인 기록은 어디에도 존재하지 않는다. 아버지의 율법과 법대로 상징되는 성공의 방정식과 국가폭력에 의해 발언되지 못한 채 지워졌다.

혜숙 아니 혜자는 아이를 남겼다. "자신의 배 속에 있는 아이를 위해서, 그런 아이들이 죽어가는 걸 그대로 볼 수 만은 없어서 시위에 나섰던"(102쪽) 혜자는 그해 오월 이후 소설의 서사에서도 사라졌다. 혜자는 오빠에게 맞았다. "학교 대표로 글쓰기 공모전에 나가 상을 받기도 하는 모범생"(76쪽)이라는 주변의 평가에는 여동생을 감정해소 수단으로 대상화하면서 폭력을 휘두른다는 사실이 누락되어 있었다. 혜자는 "나는 아들이 되고 싶"(77쪽)다고 했다. 혜자는 "자애로운 어머니 신사임당의 땅"(84쪽)인 강원도의 의대에 진학했지만, 다시 광주로 돌아와 "양서협동조합과 들불야학"(80쪽)에 헌신했다. 전남대 법대에 다니는 운동권 남자친구와 함께 혜자는 자주 거리에 나섰다. 그리고 그해 오월

이 되었고, 그렇게 아이(영소)만 남기고 지워졌다.

미선 아니 미자는, 신에게 "죄를 열심히, 말할 수 있는 게 좋"(94쪽) 아서 "신부가 되고 싶었지만 수녀가 될 수밖에 없"(101쪽)었던 우리 베로니카 자매님 미자는, "그해 봄, 도망친 사람들을 숨겨주기 위해 성당 문을 열었던 미자"는, 유인물을 제작하여 군인들의 만행을 알렸던 미자는, "며칠 후 누구도 모르게 사라졌다 어느 정신병원에서 머리가 하얗게 센 채 발견된 미자"(이상 95쪽)는, "가장 죄 많은 건 바로 신이야"라면서 이제 더 이상 신에게 고해성사를 하지 않는 미자는 "죄 없는 백발의 노인"(이상 97쪽)이 되어버렸다. 할머니와 어머니와 미선이었던 모든 시간들이 한꺼번에 밀려와 버려서.

> 미자의 어머니는 무당입니다. 그리고 할머니는 일본인이래요.
> 일제 때 일본의 집이 너무 가난해서 한국으로 돈을 벌러 온 거라고 해요. 그렇게 온 사람 중에 여자들은 대부분 현지처나 카페나 호텔의 여급으로 일했대요. 외할머니는 조선에 온 일본 남자의 현지처가 되어서 미자의 어머니를 낳았다고 하던데 사실 정확히는 잘 모르겠어요,
>
> — 「쿄코와 쿄지」, 94쪽

> "어릴 적 외할머니가 재조일본인이라 그렇게 친일파라고, 또 일본인들에게는 현지처 자식이라고 더러운 피라고 욕을 먹었는데 이제는 광주 사람이라고 빨갱이라고 욕을 먹는다고요."
>
> — 「쿄코와 쿄지」, 111쪽

　　미자의 존재는 모계의 혈통만이 선택적으로 차용되어 차별과 혐오적 언어의 공격 대상이 되었다. 민족주의, 근대적 가정담론, 종교, 지역 정서와 이데올로기를 악용하는 국가폭력에 의해 미자 모계의 삶은 배제되고 저주당하고 지워졌다. 신의 응답도 없었다. 그해 오월 성당에서도 신부님들에 대한 기록 외에 수녀님들과 사람들에 대한 이야기는 전해지지 않았다. "불편하게 만드는 존재들을 아예 지워버린다"(111쪽)는 모든 "당연함"에 의해 미선은 몇 겹의 배제를 한 순간에 겪었다. 외할머니가 이곳으로 건너 온 그 순간부터의 모든 차별과 배제의 시간들이 한 순간에 미선에게 밀려와 "하룻밤 만에 머리가 하얗게 센"(111쪽) 미자가 될 수밖에 없었다.

　　그리고 경녀 아니 경자(京自, 쿄지). 그해 오월 "여자의 인생은 좋은 남편을 만나는 것으로 결정된다고 믿었기에 딸을 영부인과 대학 동기로 만들고자 했던 아버지의 뜻"(95쪽)에 따라서 서울 광화문의 재수 학원에 있었던 경자는, 아무것도 보지 못했서 다행이라고 친구들은 말했지만 정작 백발이 되어버린 미자와 편지만 남기고 "방 가운데 떠 있는 것처럼 흔들리던 영자의 발"(99쪽)을 보게 된 경자는, 혜자의 아이 '영소'와 함께 "본토와의 거리도 멀고 한국에서도 아는 사람이 별로 없던 때"(102~103쪽) 이곳 오키나와로 오게 되었다. 영자가 가고 싶어 했을 곳일지도 모르니까. 그리고 이곳에서는 누구도 자기증명을 요구하지 않아 무엇보다 경자는 스스로의 공동체의 이름을 유지하면서 이곳에서 이들을 기억하고 있는 인물이니까.

4. 회귀하는 궤도

한정현은 젠더와 정치, 소수자와 그들이 지나 온 역사를 전면적으로 연결하며 사라진 존재들의 말을 복원한다. (소환이 아니라 복원이다. 소환은 현재로 과거를 불러오지만 복원은 현재를 과거로 이끈다.) 복원에는 대상과 주체가 필요하다. 또 이 둘을 매개하는 기억(또는 기록)이 필요하다. 그리고 무엇보다 그래야만 하는 이유가 필요하다. 이유는 오키나와의 영소와 경아 씨에게서 찾을 수 있다.

반에서 따돌림을 당하던 사람은 총 네 명, 나와 재일조선인 아이, 그리고 동성애 스캔들을 일으킨 아이, 자기가 남자아이라고 주장하던 아이. "더러운 피." 사람들은 나를 보고, 나와 함께 따돌림당하던 아이들 보며 종종 그런 말을 했다.

—「쿄코와 쿄지」, 107쪽

하루는 혐한시위대를 마주친 거죠. 그냥 그들이 지나가길 기다리며 길 한쪽에 서 있었는데 어떤 사람이 저를 똑바로 보고 말하더라고요, '한국인, 더러운 피.' …… 그날 집에 돌아와 이유도 없이 샤워를 내가 몇 번이나 했는지 몰라요. …… 그러다가 깨달았죠. 그 사람은 내가 한국인이어서만 그런 게 아니라는 걸 말이에요. 한국인이기도 하지만 자신보다 약한 여성이기도 하니까, 서울이 아닌 도쿄이기도 하니까.

—「쿄코와 쿄지」, 112쪽

영소와 경아는 일본에서 한국인이라는 이유로 차별받는다. 미자의 할머니가 한국에서 일본인이라는 이유로 친일파가 되었듯이. 영소의 친구는 성정체성 때문에 더러운 피가 되었다. 영자가 끝내 소영자로 살지 못했듯이. 경아 씨는 여성이라는 이유로 혐오의 대상이 되었다. 네 명의 친구들이 모두 당했듯이. 영소와 경아는 이곳이 일본이기 때문에 차별을 받는다. 광주라는 이유로 외로웠듯이. 오키나와인들은 일본인이 될 수 없었듯이. 김추자가 아키코가 될 수밖에 없었듯이. 「대만호텔」의 노인은 위안부 피해자가 될 수 없었듯이⋯⋯

> 그래요, 그 영자 말이에요, 30년이 흐른 뒤에도 불리는 그 이름 영자. 결혼 지참금 마련을 위해 성판매 여성이 되는 영자, 그러다가 돈을 떼어먹히자 그 집과 자신의 몸에 불을 붙이는 그 영자 말이에요. 그런데 참 신기하죠? 다들 책을 읽고 영화를 보면서는 그 영자를 동정하지만 실제 영자들을 보면 손가락질했으니까요.
>
> —「쿄코와 쿄지」, 86쪽

한정현이 소설에서 영성이가 영자가 될 때 언급했던 이 영자는 '영자의 전성시대'의 그 영자다. 1960~70년대 서울역에는 '무작정 상경 소년/소녀'들로 넘쳤다. 식모는 기술과 거처가 없었던 그녀들의 가장 보편적인 직업 중 하나였다. 그러나 '가정생활의 과학화'라는 당대의 가정 담론과 부녀행정으로 인해 식모들은 가정 내 '잠재적인 범죄자', 남자 집주인의 성폭력에 노출된 '잠재적인 윤락녀', 근대적 문화의 세례를 받지 못한 '촌년'으로 전락했다. 결국 무작정 상경 소녀들의 삶이 '식모-여공 또는 여차창-윤락여성'이라는 이동경로를 갖게 된 데에는 구조적인 배제의 메커니즘이 작동되었다.[4] 그리고 이들의 이름이 바로 '영자'이다. 「괴수 아키코」의 어머니가 나체시위를 했다는 이유로 잡혀가게 된 이야기(1978년 동일방직 사건)도 결국 그 시대 수많은 '영자'들의 이야기가 아니었던가. 그러니까 '영자의 전성시대'는 역설적으로 여성 폐제의 시대이며 경제일꾼-반공투사-꼴초 등으로 표상되는 꼰대들의 전성시대였던 셈이다.

다시 돌아와, 누군가의 이야기는 그들의 자식에게서 반복된다. 더러운 피의 자식은 또 더러운 피로 불린다. 진정한 애도가 수행되지 않으면 죽음은 재생되고 재현되고 재발한다. 끝이 없다. 언어, 성별, 인종, 국가, 젠더, 직업 등등 차별의 목록도 끝이 없다. 그러므로 한정현의 소설은 퀴어 서사가 아니며 「쿄코와 쿄지」는 광주에 대한 소설 아니다. 이 소설은 역사의 '한비짝'에서 제 목소리를 부여받지 못했던 수많은 소외된 자들에 대한 인터뷰다.

5. 흑백 사진 한 장

영소와 경아를 비롯한 한정현 소설의 1인칭 화자들이 역사와 문화사의 연구자라는 점은 한정현 소설의 서사 구조에 있어서 중요한 지점이다. 연구자 화자들의 취재와 연구의 과정에서 역사에서 누락된 소수자

4　조선작의 「영자의 전성시대」와 관련해서 무작정 상경 소년/소녀와 식모-여공-윤락여성으로 이어지는 당시 수많은 여성 노동자들의 삶으로 분석한 글로는, 졸고, 「'객관적 폭력'의 비가시성과 폐제되는 식모들의 목소리 – 조선작과 최일남의 소설을 중심으로」, 『열린정신 인문학연구』 제17집, 2016.

들의 삶이 기록된다는 것은 이들의 서사에 사실성을 부여하고 공적 영역의 역사적 기록으로 승화된다는 점에서 형식적 가치가 있다.

앞서 복원 작업에는 대상과 주체가 필요하다고 말한 바 있거니와, 그 대상은 이들의 삶을 기억하는 사람들이다. 그해 오월에 죽어 간 친구들을 기억하는 「쿄코와 쿄지」의 경자와 미자, 「괴수 아키코」에서 김추자를 기억하는 어머니와 그 어머니를 기억하는 아버지와 그 아버지를 기억하는 아들이 여기에 해당한다. 복원의 주체는 「쿄코와 쿄지」에서 경자의 이야기를 듣는 연구자로서의 영소와 미자의 이야기를 논문으로 쓴 경아, 「괴수 아키코」에서는 김추자를 찾기 위해 오키나와로 떠난 그(아들)와 또 그런 그의 연구를 연구하는 1인칭 화자가 여기에 해당한다. 이와 같은 기억의 연쇄가 복원을 가능하게 한다. 그리고 한정현의 소설은 복원의 임무를 다음의 연구자에게 이어주며('그'가 '나'에게 〈우리 시대의 문학〉을 건네주고, 영소와 경자가 서로의 연구에 대해 이야기하듯이) 발굴과 기록을 지속적으로 생산한다. 한정현의 소설들이 굳이 플롯의 혼란과 위험성을 감수하면서까지 이야기의 앞과 뒤 간혹 중간에 인터뷰의 장면을 삽입하는 데에는, 그것이 한 사람에 대한 이야기로만 끝나는 것이 아니라 기억의 연쇄를 통해 연구와 복원의 연쇄를 생산하기 위한 전략이 깔려있다. 이런 의미에서 다음과 같은 말들은 한정현 소설이 지속적으로 파생되는 지점을 암시한다.

> "그렇게 가로지르다 보면 서로 교차되기도 하는 거니까 어딘가에 서는 만나는 거 아니겠어?"
>
> — 「쿄코와 쿄지」, 79쪽

아마도 혜숙이와 영성이는 어느 순간 서로의 인생을 교차했을 거라고요. 교차하면, 언젠가는 마주치게 되는 거니까 혜숙이와 영성이도 어느 한 지점에서는 같아졌을지도 모르겠어요.

–「쿄코와 쿄지」, 80쪽

마지막으로, 그런데 이런 작가의 힘이 어디에 있나 생각해보니, 그것은 사랑인 듯하다. 그 시절과 그 시절을 함께 했던 이 가상의 인물들에 대한 사랑. 마치 오래전 찍은 흑백 사진을 들여다보고, 그 안에 등장하는 사람들의 이야기를 하나씩 복원하는 것 같은 소설. 흑백에 색을 부여하며 생명력을 주는 것 같은 소설. 이름을 바꾸어 '스스로의 공동체'로 진입한 우리(라고 했다)의 영자, 미자, 혜자, 경자가 광주 충장로 거리 어디쯤이나 무등산장 가는 길 지산유원지 쯤에서 찍었을 법한 사진 한 장이 한정현의 가슴에는 있을 것만 같다.

피사체(subject)는 곧 주체(subject)다
- 공선옥의 「은주의 영화」를 읽고

1. 첫 번째 시퀀스 : 은주의 카메라

비자발적 백수 오은주의 카메라에는 두 사람의 이야기가 담겨있다. 1980년 당시 무등산 중턱에서 아버지와 함께 토종닭과 보양탕을 팔던 오은주의 이모 어린 이상희, 그리고 1989년 상희 이모와 어린 은주가 함께 살던 짧은 시간 동안 인연을 맺은 북쪽방의 어린 소년 박철규의 이야기다.

이상희는 5·18 당시 절름발이가 되었지만 외할아버지의 회상은 의외로 담담하다. "맥없이 그랬단게애. 그냥 군인들이 퇴각험시로 뿔따구가 좀 났던개비여어. … 그래서 화풀이를 한다고 한 것이 지나는 길에 장독아지도 좀 깨고 총질도 좀 하기는 했제이. 시내서는 뭐 많이 죽기도 죽었지마는 우리 동네서는 그저 닭 몇 마리, 개새끼 몇 마리 죽고 거머시냐, 하여간 그뿐이여. 소소허다면 소소허제."(78쪽) 직접적 가해를 당한 것도 아니었으며, 1989년 5공 청문회에서도 산중턱의 개나 달구새끼들이 죽은 이야기가 증언될 리는 만무하다. 그러니 소소하다면 소소한 일이겠으나, 총에 맞아 살점이 찢기는 가축들의 참상은 산 아래 도시에서 어떤 일이 벌어졌는지를 익히 짐작하게 했을 것이다. 때문에 절름발이가 되어버린 이모의 육체는 이웃한 타자의 죽음을 제 몸에 각인한 흔적이며, '광주'가 우리 사회의 육체에 남긴 상처를 은유한다. 그것이 우리에게 직접적인 피해를 입히지 않았다는 사실이 '광주'가 망각되거나 우연한 불행 쯤으로 평가절하 될 이유가 될 수 없음을 증명하는 것이 이상희의 육체와 기억이 갖는 소설적 진실이다.

하지만 오은주가 이모 상희의 기억과 상처를 카메라에 담았다는 것이 이 소설의 핵심가치는 아니다. 1980년 이후 39년 동안 광주를 기억하고 추모하고 재정립하려는 예술적 시도들이 결코 적지 않았음을 상기할 때, 공선옥의 소설 「은주의 영화」가 특별한 이유는 이러한 기억의 재생작업에 있지 않다. 이 소설의 가치는 카메라를 찍고 있는 오은주가 카메라의 영상 안으로 빨려들어가는 순간에 있다.

"카메라가 나를 빤히 바라보고 있다. 카메라가 숨을 쉰다. 카메라가 큰 숨으로 나를 빨아들인다. 나는 저항하지 못하고 카메라 속으로 빨려들어간다. 카메라 속에서 카메라를 찾는다. 그리고 나는 알았다. 카메라 속에서는 카메라가 필요 없다는 것을. 카메라 속에서는 내가 카메라이고 카메라가 이모다. 나는 이제 이모가 되었다."(83쪽)

이모 상희의 상처와 외로움, 아버지의 죽음과 동생(이상순, 오은주의 엄마)의 가출과 동생부부가 맡긴 어린 은주를 홀로 돌봐야 했던 외로운 영혼의 기억 속으로 오은주가 빙의되고 흡수되어 버린 순간을 주목해야 한다. 오은주가 기꺼이 이모가 된 카메라 안에서는 제 딸의 불행을 지키지 못했던 외할아버지의 회환의 눈물과 외롭게 산채를 지키며 살아야 했던 이모의 외로움이 상영되고 있다. 그리고 카메라의 바깥에는 카메라 속으로 들어간 은주를 보며 어린 은주를 버리고 집을 나가 방황했던 엄마 이상순의 죄책감의 눈물 또한 있었으니, 카메라에 빙의된다는 소설적 장치는 과거를 망각한 주체들을 되돌아보게 하는 윤리적 성찰의 장치라고 해도 무방하겠다.

일반적으로 카메라는 영상을 찍는 연출자, 혹은 영상을 보는 관객, 그리고 영상에 찍히는 피사체를 사건의 주체와 객체로 구분 짓는 경계다. 그러나 소설은 이 경계선을 지워버린다. 은주는 기꺼이 이모가 되어 과거의 기억을 재생 아니 복원한다. 은주의 카메라는 사각형 프레임의 경계를 뚫고 그 안으로 들어가 관련된 인물들의 마음과 상흔을 헤집고 상기하는 장치로 기능하고 있다.

2. 두 번째 시퀀스 : 피사체=주체

박철규는 어린 은주를 가끔 보살펴주던 북쪽방의 셋집 아이였다. 박철규는 그의 엄마가 '자신의 삶을 살기 위해' 어린 아들을 내버려두고 한 사내와 여행을 간 사이, 학교 선생님의 부당한 폭력을 피해 학교를 가지 못하던 그 며칠 사이, 혼자서 산을 헤매다 경찰에 쫓겨 죽음을 맞이했다. 경찰이 쫓던 인물은 어린 국민학생 박철규가 아니라 조선대학교 학생 이철규였지만, "잡아라, 철규 이 쌍놈의 새끼"(131쪽)를 외치던 경찰들의 목소리는 어린 박철규를 벼랑으로 몰고가기에 충분했던지 비명횡사한 그의 죽음은 그의 엄마 박선자에게는 불현 듯 닥친 불행이었으며 돌이킬 수 없는 죄책감의 기억이었다. 광주의 오월이 그랬듯이.

도심에서는 철규를 살려내라는 학생들의 집회가 열렸지만, 그 역시 어린 박철규가 아니라 대학생 이철규였다는 사실은 열사 또는 민주투사 등으로 호명되지 못하는 수많은 이름없는 자들의 죽음이 충분한 애도의 종결을 맺지 못했다는 점을 뼈아프게 직시하게 한다. 때문에 부모와 사회의 보살핌의 바깥에 놓인 박철규의 죽음은 오월 광주의 거리에서 죽고 다치고 사라진 모든 '이름없는 자들'의 고통을 환기한다. 오월의 '광주'는 민주주의와 이데올로기와 역사 등등의 거대 서사의 값으로 환원되지 않는 영역에 있다. 거기에는 사회에서 제 몫을 가지지 못했던 사람들과 역사적 영웅의 이름으로 호명되기를 꺼려하는 수많은 상처들이 존재하기 때문이다. "우리 닭만 죽은지 아냐 … 우리 장꽝만 깨진지 아냐"(91쪽)라고 부르짖던 상희 오빠의 말은 '우리 아들만 그란 것이 아닌디'라는 전라도 광주 아줌씨들의 목소리를 연상케 한다. 때문에 박철규와 이철규라는 이름의 엇갈림은 거리의 맨 앞자리에서 싸웠으나 영광의 잔치에서는 뒤로 물러난 사람들의 침묵을 상기하게 한다.

그러나 역시 이 소설의 핵심가치는 여기에 있지 않다. 은주의 카메라가 박철규의 엄마이자 호프집 주인 박선자의 이야기를 영상에 담을 때 그 영상의 세계 안에서 어린 철규의 목소리가 영상 밖으로 전송되는 순간에 주목할 일이다. 그래서 죽은 철규의 목소리를 들은 박선자가 "가만, 우리 철규 목소리가 들리네. 분명이 우리 철규여"(125쪽)라고 말한 후, "내가 혼자 어떻게 해. 우리 철규는 대학생도 아닌데. 그래도 이상해. 철규를 살려내라는 말이 꼭 나한테 하는 말 같아. 나보고 철규 살려내라고 사람들이 종주먹을 들이대는 것 같아"(130쪽)라고 회한의 눈물을 흘리던 순간에 주목할 일이다. 한치의 의심도 없이 카메라 안으로 들어와 어린 철규의 그 마지막 며칠을 목도하면서 박선자가 과거를 재기억하고 자책하고 기어이 울음으로 20년의 시간을 되돌리는 순간 소설은 기억의 복원작업을 시작하는 셈이다.

바로 주체와 객체의 자리가 지워진 공간, 산 자와 죽은 자 사이의 시공간이 무화되는 지점, 죽은 자의 목소리가 삶의 공간으로 재기입되면서 산 자들은 제 몫의 죄책과 회한을 목놓아 토해내는 지점, 바로 그곳이 카메라가 서 있어야 할 위치라는 점을 말하는 것이 공선옥의 소설이다.

은주의 카메라가 피사체(subject)를 오브제(objet) 즉 객체(object)로만 대상화했다면 소설은 새로운 의미생산의 지점에 서지 못했을 것이다. 그러나 은주의 카메라는 카메라 뒤편의 연출자 또는 영상을 보는 관객을 카메라 안으로 들어가게 하고 피사체와 함께 대화를 나누고 과거의 시간을 이야기하게 함으로써 영매(靈媒), 곧 무신(巫神)이 되었다. 영매는 죽은 자의 목소리를 소환해 산 자와 대화를 나누고, 과거를 복원해 현재와 하나의 시공간을 연출한다. 그때 영매는 춤을 추고 굿을 하는 제의의 피사체가 아니라 한의 주체가 된다. 그러니 카메라의 피사체는 객체가 아니다. 은주는 곧 상희가 되고, 박선자는 곧 박철규가 되어 같이 기억하고 같이 운다. 그러니 피사체(subject)가 곧 주체(subject)가 될 때, 예술은 관객을 주체(subject)로 만들 수 있다. 공선옥 소설의 설계값은 바로 우리가 곧 주체여야 한다는 지점에서 기획되었다.

3. 보론 : 영화 〈김군〉, 제1광수는 존재하지 않는다

한 장의 사진. 1980년 5월 23일 도청 앞 페퍼포그 위에 올라 캐리버 50에 손을 올린 채 날카로운 눈매로 카메라를 응시하는 한 시민군. 바로 '김군'이다. 지만원은 그를 북한의 지령을 받고 광주로 내려온 '제1광수'로 지목한다. 그는 해묵은 이데올로기적 주체, 반공 콤플렉스에 기반한 이념적 주체로서 김군을 재소환한다. 반대로 영화는 '제1광수'를 찾기 위한 과정을 그대로 담아내면서 광주의 오월을 함께했던 인물들을 찾는다. 제36광수로 지목된 양동남, 당시 고등학교 교사였던 박선재, 시민군 김태찬, 김용균, 박인수 등. 해마다 열리는 금남로의 오월 행사의 무대 아래에 모이는 그날의 투사들은 대부분 영웅으로 호명되는 사람들이 아니다. 그들은 광주의 거리에서 어깨를 부딪는 전라도 아저씨 또는 아줌니들이라는 사실을 영화는 보여 준다. 때문에 이들 시민군들을 반공 이데올로기의 주체로 매도하려는 지만원의 시도는 시대착오적이며 실패가 예정된 전술이다. 오월의 주체는 한 사람 한 사람의 고유명사로 존재하는 수많은 아무개들이기 때문이다. 사건의 주체가 각각의 이름값을 지닌 수많은 인민(people)들임을 그는 여지껏 모른다.

공선옥의 소설을 읽으며 영화 〈김군〉이 오버랩되는 이유에는 또 하나의 장면이 있다. 오월의 사진들이 영사되는 한 극장에 세 명의 인물이 모인다. 김군으로 추정되는 이강갑, 최영철, 최진수가 그들이다. 이 중 최진수는 송암동의 어느 집에 함께 숨었다 발각되어 공수부대의 총에 관자놀이를 맞고 쓰러지던 당시 김군의 눈을 기억하고 있다. 자신이 주춤하던 사이 한 걸음 먼저 발을 내딛어 죽어갔다는 말과 함께 그는 고개를 떨군다. 자기 대신 김군이 죽었다는 생각 때문에. 극장에 모인 세 사람은 모두 알고 있다. 그들이 곧 김군일 수도 있었다는 아찔한 사실을.

극장의 화면은 김군의 사진을 비추고 화면을 바라보는 세 사람은 39년 전 광주의 거리로 시간이동한다. 오월의 거리와 그곳을 가득 메운 사람들의 흥분과 그 뒤로 무겁게 내려앉은 죽음을 이미 알고 있는 그들의 눈이 김군의 날카로운 눈매 위에 얹힐 때 영화는 화면을 보는 세 사람의 '죽은-삶'과 화면에 비춰지는 한 사람의 '산-죽음' 사이의 경계를 지워버렸다. 죽은 김군이 곧 자신들일 수 있었다는 슬픈 전제는 그들이 곧 영화를 보는 우리들일 수도 있다는 섬뜩한 추론을 거쳐 그러므로 김군이 곧 우리라는 결론으로 귀결된다. 그러므로 「은주의 영화」와 〈김군〉이 만나는 지점은 1980년 5월의 광주라는 사건이 아니라, 사건을 기억하는 '지금-여기'의 '우리'다.

오월시의 현재성은 어디에 있는가

1. '비겁하지 않음'

1980년 5월의 광주는 민주주의의 암묵적 계약이 일방적으로 파기된 장소였다. 그리고 '법 보존적 폭력'과 '법 정립적 폭력'이 충돌하던 광주는 고립된 상태의 외로움을 감당해야만 했다. 1980년 5월 20일의 밤을 김준태는 다음과 같이 묘사하고 있다.

아아, 밤이었다 불 꺼진 밤 10시/텅 비어 있는 죽음과 죽음 속에/가득히 담겨 소용돌이치고야 마는/저 역사에 대한 명백한 진리의/어둠 속에 부서진 라디오와/눈덩이처럼 얼어붙은 별빛이 뒹굴고/<u>그러나 사람들은 결코 비겁하지 않았다.</u>

– 김준태, 「밤 10시」 부분[1]

---

[1] 김준태, 「밤 10시」, 『5월과 문학』, 남풍, 1988, 61쪽. 강조는 인용자.

‘불 꺼진 밤 10시’는 물리적 어둠만을 지시하지 않는다. ‘부서진 라디오’와 ‘얼어붙은 별빛’은 시대의 침묵을 명백하게 지시하고 있다. ‘명백한 진리’의 불빛은 어둠에 무릎 꿇었다. 그 밤의 지배적인 감정은 불안과 공포보다 외로움과 모욕감이었을 터이지만, 여기서 시인이 읽어낸 정동의 요체는 무엇보다 ‘비겁하지 않음’이었다. 파괴된 도시와 피 흘리는 육체의 파국보다 시인은 그 공백의 자리에 기꺼이 자신의 몸을 투신했던 사람들의 모습에 주목한 것이다. 때문에 인용문 뒤에 이어지는 “아아, 나도 이미 내가 아니었다.”(「밤 10시」)라는 말은 이성의 상실이 아니라, 타자의 공백에 자신의 신체를 기입함으로써 폭력에 대항하는 애도의 연대를 구축하는 정동의 응집을 표현한 말로 읽힌다. 이로써 “비겁하지 않았다”는 진술은 침묵에 맞서 외로움을 ‘사건’으로 승화시키는 진리 공정의 시작점이 되었다.

버틀러가 언급한 바 있는 “사회성의 자국”[2]도 이 지점에 중첩된다. 주디스 버틀러는 취약한 존재로서의 인간이 주체–타자의 관계로 분리될 수 없다는 점을 애도에 대한 사유의 출발점으로 삼는다. 타자의 고통을 목격한 주체가 느끼는 슬픔은 한때 주체구성의 필요조건이었던 타자의 자리와 ‘나’가 연결되어 있다는 징표이다. 따라서 ‘이미 내가 아니’게 된 주체의 ‘비겁하지 않았다’는 진술은 주체가 타자의 자리와 공명하는 응당한 ‘자리바꿈’이며, 외로움과 슬픔에 무릎 꿇지 않으면서 지워

---

2 주디스 버틀러, 『위태로운 삶』, 윤조원 옮김, 필로소픽, 2018, 58쪽. 취약한 존재로서 인간의 몸이 누군가의 고통에 반응하여 감정을 느낀다는 것을 버틀러는 그 순간 인간이 ‘자아의 밖에 서 있다(to be outside oneself)’고 표현하며 또 이를 누군가에게 말을 거는 행위라고 말한다.

진 사회성의 관계를 복구하라는 호소이며, 재현의 서사가 닿지 못하는 자리에 고여 있는 정동의 필연적인 노출인 셈이다. 주체와 타자의 자리 바꿈이야말로 오월시의 한계와 현재성을 진단하는 주요한 기준이기 때문에 하는 말이다.

2. 유예된 약속

외로운 시공간이었던 오월 광주의 진상 규명과 고발이 '오월시'의 탄생 이유였다. 때문에 초기 '오월시'는 '사건'으로서의 5·18을 재현하는 데 집중되었다. 사건의 참상을 고발하고 국가폭력에 대한 비판의 연대를 구축하는 문학의 최전선 기지가 바로 오월시였다. 하지만 안타깝게도 40여 년의 시간이 지난 지금 오월시는 여러 우려의 시선에서 자유롭지 않다. "평면적 재현"과 "이미지의 반복"과 같은 기존의 시적 문법을 넘어서라는 요청[3], "전형적인 이미지 반복생산"이 오월 광주의 문화적 기억과 전승의 국면을 주도하고 있다는 진단[4], 그리고 오월이 공기념비화되면서 오월의 시들이 "오래된 기억의 문서들"이 되었다는 아쉬움[5]들이 보고되었다.

---

3 김청우, 「오월시의 사건 재현 방식과 정치─시학의 가능성」, 『인문학연구』 제62집, 조선대학교 인문학연구원, 2021, 336쪽.

4 김미정, 「미끄러지고, 다른 힘을 만들고, 연결되는 것들 – 2020년대에 생각하는 '5월 광주'와 문학의 방법들」, 『문학들』 59호, 2020, 28쪽.

5 강소희, 「오월을 호명하는 문학의 윤리」, 『현대문학이론연구』 62집, 현대문학이론학회, 2015, 5쪽.

그런데 정말 그러한가? 전형성에 고착되어 있다는 우려에는 일부 공감할 수밖에 없지만, 이러한 진단들이 대개 선형적인 시간성에 기인하고 있다는 점을 상기할 필요가 있다. 시간이 언제나 과거의 유산을 축적하면서 진보적 방향성을 보인다는 선입견을 벗어낸다면, 오히려 초기의 오월시들에서 현재 우리가 찾고자 하는 오월시의 확장성이 잠재되어 있을 수도 있기에 하는 말이다.

그래서 다시, 김준태의 시로부터 출발해 보자. 긴급한 요청으로 쓰인 「아아 광주여! 우리나라의 십자가여!」는 오월의 참상에 대한 최초의 고발이자, 피 묻은 언어와 원한 맺힌 호소와 결코 무릎 꿇지 않겠다는 복수의 정동을 담아낸 시였다.

아아 광주여 무등산이여/죽음과 죽음 사이에/피눈물을 흘리는/**우리들의 영원한 청춘의 도시여**//… 하느님도 새떼들도/떠나가버린 광주여/그러나 사람다운 사람들만이/아침저녁으로 살아남아/쓰러지고, 엎어지고, 다시 일어서는/우리들의 피투성이 도시여/**죽음으로써 죽음을 물리치고**/죽음으로써 삶을 찾으려 했던/아아 통곡뿐인 남도의/**불사조여, 불사조여, 불사조여**//… 아아, 광주여 광주여/이 나라의 **십자가**를 짊어지고/무등산을 넘어/**골고다 언덕**을 넘어가는/아아, 온몸에 상처뿐인/죽음뿐인 하느님의 아들이여//예수는 한 번 죽고/한 번 **부활**하여/오늘까지 아니 언제까지 산다던가/그러나 우리들은 몇 백 번을 죽고도/몇 백 번을 부활할 우리들의 참사랑이여//… 여보 당신을 기다리다가/문밖에 나아가 당신을 기다리다가/나는 죽었어요/… 아아, 여보!/그런데 **나는 당신의 아이를 밴 몸으로**/**이렇게 죽은 거예요** 여보!//… 광주여 무등산이여/아아,

우리들의 영원한 깃발이여/꿈이여 십자가여/세월이 흐르면 흐를수
록/더욱 젊어갈 청춘의 도시여/지금 우리들은 확실히/굳게 뭉쳐 있
다 확실히/굳게 손잡고 일어선다.

– 김준태, 「아아 광주여! 우리나라의 십자가여!」 부분[6]

5·18의 현장성이 응축된 이 시는 오월시의 출발점이자 상징이었다.
문체적 차원에서 반복되는 감탄어구들은 현재의 광주와 도래하는 광주
를 동시에 호명하는 듯하다. 연대시를 연상케 하는 시의 형식은 광주의
현장성과 정동의 확장을 강화하고 유도하고 있다. 구체적으로 시어들
의 살펴보면, 먼저 시의 시작점에서 호명되는 "광주"와 "무등산"이라는
지명은 사건의 장소성을 상징하는 기호이자 시간이 흘러도 여전히 제
자리를 지키고 있다는 점에서 유력한 증언자이자 기억의 주체로 의인
화된다. 많은 오월시들에서 소환되는 장소들인 금남로, 망월동 등의 지
명들도 사정은 다르지 않다.[7] 광주에 얽힌 이 지명들은 모두 간곡하고
긴급한 호소의 대상이면서 외로운 투쟁을 외롭지 않게 만들어 준 존재
이자 영원한 증언의 주체로 호명되고 있다.

"영원한 청춘", "불사조" 등의 시어들은 광주가 피 흘린 채 쓰러지고
점령당했지만 시민들의 저항과 연대의 의미는 퇴색되지 않은 채 영원

6　김준태, 「아아 광주여! 우리나라의 십자가여!」, 〈전남매일신문〉, 1980년 6월 2일.
　　여기서는 『5월문학총서 1– 시』(문학들, 2012)에서 인용. 이후 『총서1–시』로 표기
　　함. 강조는 인용자.

7　금남로의 경우만 보더라도, 김준태,「금남로의 사랑」/이명한, 「금남로 가로수」/고
　　은, 「금남로」/차정미, 「금남로에서」 등이 있다. 『총서1–시』편 〈3부〉의 시들은 온통
　　광주의 지명을 의인화하면서 사건의 목격자이자 증언자로서 해당 장소를 소환하
　　고 있다.

할 것이라는 의미를 지닌다. 5·18이 전무후무한 '사건'임은 분명하지만, 그래서 다시는 이와 같은 참상이 반복되어서는 안 되지만, 그 정신의 영원성은 지속적으로 작동하기를 바라는 염원의 표현으로 읽힌다.

이러한 지점은 다음의 종교적 구원과 연관된 시어들에서 그 의미가 구체화된다. **"십자가"**, **"골고다"**, **"예수"**, **"부활"** 등의 종교적 시어들은 원죄와 배신을 짊어지고 골고다 언덕을 올랐던 예수와 외로운 투쟁을 치르는 광주의 모습을 중첩시킨다. 하지만 이것이 희생의 숭고함을 신격화하면서 오월 광주를 절대화하려는 시도로 읽히지는 않는다. 오히려 신의 소환은 종교적 구원의 무력함('도대체 신은 무엇을 하고 있는가?')에 대해 질문한다는 점에서 종교적 탄원에 더 가깝다. 어떤 외부적 도움도 없었던 처절한 외로움과 침묵의 비겁함을 가리키면서, 망각과 묵인에 대한 경고('부활'할 것이므로)와 함께 진정한 의미의 구원을 요청하는 것에 가깝게 들린다. 따라서 이 종교적 시어들은 오월의 정신을 절대적 자리에 봉인하는 것이 아니라 '영원한 청춘의 도시'를 구원의 장소로 승격시키는 의미를 띤다.

"죽음"과 관련된 시어들은 진정한 구원의 방법론이다. 기꺼이 타자의 빈자리에서 함께 "죽음"으로써 국가권력이 공포로 인질 삼는 죽음을 무력화시키는("죽음으로써 죽음을 물리치고") 이러한 방법론은 죽지만 죽지 않음으로써 (벤야민적 의미에서) '신적 폭력'의 가능성을 증명하고 있다. 김준태의 '비겁하지 않음'은 이 시에서도 타자와 주체의 자리바꿈을 통해 이어지고 있다. 즉 오월시의 시작점에는 이미 오월만의 것이 아니라 수많은 타자들의 죽음과 공백의 방향으로 이어지는 확장성과 항구성이 내재되어 있었다.

3. 평범한 모든 사람들

김준태의 시에서 마지막으로 주목해야 할 표현은 "아이를 밴 몸으로" 죽음에 이른 어떤 사람이다. 오월시는 이름 없는 자들의 이야기로 오월 광주를 기입했다. "아이를 밴 몸"이 겪은 참화는 이데올로기적 지식으로 무장한 소영웅이 아니라 평범한 시민들이 5·18의 주체이자 피해자였다는 사실을 환기시킨다. 정치의 셈법에서 제 몫을 부여받지 못한 존재들이자 가장 낮고 평범한 자리에 존재했던 사람들에 대한 소환은 이후의 오월시들에서 지속적으로 반복되는 화소가 된다. 나종영의 사례를 보자.

> 1980년 5월**광주는 아직도 끝나지 않았다**/아 우리들의 영원한 어머니/무등산이여 산천에 핀 진달래꽃이여//… 1980년 5월**광주는 아직도 끝나지 않았다**/자운영 꽃 흐드러진 방죽가에서/열한 살 철부지 너는 죽었고/금남로에서 화정동에서 역전광장에서/양동시장에서 계림동 오거리에서 황금동 술집거리에서/광주는 죽고 두 번 세 번 죽고/광주는 싸움으로부터 주검으로부터 다시 살아나**공장노동자 식당종업원 운전기사 교수 학생 의사**/**술집아가씨 회사원 구두닦이 넝마주이까지**/한 덩어리가 되어 이루어낸 **부활의 도시여**
>
> – 나종영, 「아 5월! 광주는 끝나지 않았다」 부분, 〈무등일보〉 1989년 5월 20일

이 시는 수많은 광주 내 지명들을 호명하면서 그곳에서 이름 없이 죽어 간 사람들을 "부활의 도시"로 승천시키고 있다. "열한 살 철부지"부터 "공장노동자 식당종업원 운전기사 교수 학생 의사" 그리고 "술집아

가씨 회사원 구두닦이 넝마주이"까지, 모든 장소에서 모든 사람들이 참여한 사건이었으므로 시인의 말처럼 "광주는 아직도 끝나지 않았다"고 말할 수 있는 것이다. 또한 다른 작품인 「5월, 광주여, 영원한 깃발이여!」에서 시인은 "열두 살 까까머리 어린 학생", "자전거를 타고 가던 아저씨", "쫓겨 온 여학생", 그 여학생을 "숨겨준 할머니"의 죽음을 구체화한다.

2024년에 간행된 『오월문학총서 2024』[8]에서도 많은 사례를 발견할 수 있다. 가령 임동확은 「돌의 초상 – 류동훈 열사비 앞에 서서」(『누군가 간절히 나를 부를 때』, 문학수첩, 2017)에서 5월 27일 새벽 도청에서 산화한 한 신학도의 삶을 기록으로 남겼다. 김수의 시 「들풀처럼 떨어진 이 한 목숨 –박용준 열사에게」(『총서2–시』, 175쪽)는 천애고아로 태어나 신문배달과 구두닦이를 하다가 인쇄공의 경험을 살려 투사회보를 찍어냈던 한 청년이 27일 새벽 진압군의 총에 맞고 쓰러진 장면을 기록했다. 안오일의 시 「날개를 접지 않는 나비 – 상무대 영창 철창에 갇힌 구속자들을 보며」(『총서2–시』, 198쪽)에는 야학하던 회사원, 신부, 고등학생, 학교 선생, 서점주인 등을 나비의 승천으로 기록하고 있다. 사례들은 무수하다.

이름 없이 죽어간 사람들의 이야기를 기록하는 이런 작품들은 물론 오월시의 한 전형이라고도 할 수 있다. 그러나 '이야기'로 기록되는 사건들은 특별한 가치를 지니게 된다. '사실'로 기술되는 시간과 '이야기'로 다가오는 시간은 다르다. 사실의 기록은 개별적 존재들의 삶과 그

---

8   오월문학총서간행위원회, 『오월문학총서 2024–시』, 문학들, 2024. 이후에는 『총서2–시』로 표기.

절멸을 기억하지 않는다. 실종자와 사망자를 숫자로 알려주는 기록은 개별적 존재들의 이야기를 증발시킨다. 반면 이야기로 기억되는 오월은 하나하나가 미증유의 사건이 된다. 때문에 이러한 작품들이 이후 하나의 전형성과 재현의 반복이라고 하더라도 그 자체로서 대체 불가능한 시간들을 경험하게 한다.

이상의 시들이 기록한 보통명사의 존재들은 사건의 보편성에 기여하는 호소력을 지니면서, 국가폭력의 무차별성과 무자비함 그리고 비합법성과 악마성을 강조한다. 참혹한 장면들을 시적으로 서사화하면서도 오월 광주를 "영원한 깃발이여!"라고 호소할 수 있는 이유가 여기에 있다. 나종영의 다음 시를 보자.

금남로에서 도청 앞에서/광천동에서 동지들의 시체가 뒹구는 거리에서/피 묻은 손에 손을 잡고/차가운 김밥을, 주먹밥을 이웃 형제들과/나누어 먹으면서 우리는 알았다/살아있음이 소중한 것이 아니라/소중한 것을 위하여 살아있어야 한다는 것을/그것은 피로 맺은 희망과 평등/그리고 **약속의 밥**이었으므로

– 나종영, 「5월, 광주여, 영원한 깃발이여!」 부분, 〈광주매일〉 1993년 5월

무엇이 그렇게 불을 붙였는지/어쩌면 그렇게 따스한 가슴들이 있는지/치안이 사라진 거리에는 도둑이 하나도 없었다/**해방구**에는 총알을 늘어뜨린 경찰들이 없었지만/살벌한 패싸움 한 번 없었다/모두들 문을 활짝 열고 나그네를 맞아들이고/사람들은 동별 반별로 밥을 짓고 반찬을 장만해/시민군들로 하여금 광주의 뜨거운 **자존심**을/굳게 지켜주도록 부탁했다//… 광주의 뜻을 광주만이 아닌 전

국으로 확산시키려/죽음을 무릅쓰고 광주 밖으로 포위망을 뚫고 나
가/돌아오지 않는 사람들/몸은 비록 불타 사라졌지만/진정 새벽을
갈망하는 사람들의 가슴속에/뽑히지 않는 못으로 박혀 있으리라

– 박몽구, 「도둑 없는 거리」부분, 『십자가의 꿈』, 1986년

인용한 두 작품에서는 모두 해방구가 된 광주의 '절대공동체'를 형상
화하고 있다. 나종영의 시에서 이웃들과 나누는 "밥"은 무조건적 증여
의 상징이다. 죽음이 유예된 상태에서 증여된 "약속의 밥"은 생존이 아
니라 "희망과 평등"에 대한 약속이었다. 그것이 당장에 실현될 수 없다
는 것을 모두 알고 있었다는 점에서 이것은 교환관계를 넘어 영원성의
시간으로 확장되는 증여의 관계가 된다.

랑시에르의 '치안'과 '정치'의 역학관계를 연상하게 하는 박몽구의 시
에서도 해방구는 모두에게 문을 열고 "밥을 짓고 반찬을 장만해" 나누
었다. 이때의 약속은 "광주의 뜨거운 자존심"이었다. 이것이 나종영의
시가 말하는 "희망과 평등"의 약속과 다르지 않을 터, 박몽구의 시는 이
약속을 "광주만이 아닌 전국으로 확산"시키기 위해 광주 바깥으로 떠난
사람들의 가슴 속에 "못"으로 박아 놓았다. 그러니까 인용한 두 시는 해
방구라는 특별한 장소성에 대한 기록만이 아니라 '유예된 약속'에 대한
기록이다. 미해결상태의 항구적 예외상태가 되어버린 약속의 실현을
광주 이후의 시공간으로 유예함으로써 영원성을 확보하기 위한 기록
말이다.

4. 오월은 어디에 있는가

긴급한 호소문이자 증언의 기록이었던 김준태의 시는 이후 오월시의 한 전형이 되었다. 증언자가 된 광주의 지명들을 호소하고, 제 이름조차 남기지 못하고 죽어간 사람들의 이야기를 복원하고, 그리고 광주의 정신을 영원성의 시간 속으로 이행시킴으로써 결코 죽음에 이르지 않게 하는 방법론으로 말이다.

잊지 말아야 할 것은 이 방법론의 핵심이 광주의 오월을 광주 바깥으로 확장하면서 그 의미를 지속적으로 사건화 하는 데에 있다는 것이다. 혹여 오월시가 재현과 기억과 상상의 자동화라는 늪에 빠진다면, 오월 광주의 의미는 그 확장성의 에너지를 잃고 소진될 것이다. 5·18도 그렇거니와 오월시 또한 기념비화되면서 화석화되어서는 안 될 것이다. 오월의 현장을 재현하는 방법론이 고착화될 때 오월시는 더 이상 뜨겁지 않게 된다. 따라서 문제는 광주 이후의 영원성으로 유예된 약속을 잊지 않고 있느냐에 있다. 그래서 백무산은 다음과 같이 묻는다.

> **지도를 펴보자**/**오월은 어디에 있는가**/오월을 헤쳐보자/광주는 어디에 있는가/노동자 동지들!/광주는 여기서 얼마쯤 떨어져 있는가//광주에 가면 오월을 만날 수 있는가/금남로에 가면, 망월동에 가면/우리의 영웅적 투사들을 만날 수 있는가/가슴이 뭉텅 잘려나간 살아남은 이들을 만나면,/무명용사들의 절단된 신체를 만나면/가슴마다 박혀 있는 붉은 오월꽃을 볼 수 있는가/어디쯤 오월은 있는가//… **광주는 어디서 계속되고 있는가**/광주를 헤쳐보자/오월은 어디에서 계속되고 있는가//… 노동자 동지들/오월을 더 이상/광

> 주에 못 박지 말아다오/우리의 자랑스런 자유 투사들을/더 이상 망
> 월동에 묻어두지 말아다오/더 이상 상처로만 치유하려거나/흘러간
> 역사에 맡기지 말아다오/**오월은 용광로처럼 일어서는 노동자, 농
> 민의**/**영웅적 투쟁의 대열에**/**살아있다**/**계속되고 있다**
>
> – 백무산, 「오월은 어디에 있는가」 부분, 『노동해방문학』, 1989년

백무산의 시가 던지는 질문은 두 가지로 압축된다. 첫 번째 질문은 '오월의 장소성'에 대한 것이다("광주는 어디에 있는가"). 시는 오월 광주의 의미를 물리적 공간에서 찾지 않는다. "무명용사의 절단된 신체"가 지시하는 당시 광주사람들의 파괴된 육체에서만 찾지 않는다. 오월의 의미를 "상처로만" 본다면 그것은 "흘러간 역사"의 자장에 갇히기 때문이다. 그래서 이어지는 두 번째 질문("광주는 어디서 계속되고 있는가")은 유예되었던 '오월의 확장성'에 대한 것이다. 앞서 언급한 초기 오월시들이 말한 '부활'과 '영원성'은 해방구 광주의 기억을 그 바깥으로 확장했기 때문에 가능한 것이었다.

이에 근거해 볼 때 백무산의 시가 말하는 광주의 장소성과 확장성에 대한 질문의 답은 (랑시에르의 어법으로) 광주 바깥의 영역에서 끊임없이 발생하는 '치안'과 '정치' 간의 투쟁에서 찾아야 한다. 오월의 정신은 광주에만 국한되지 않는다. 반공 이데올로기와 전체주의적인 파시즘의 기획은 그 얼굴을 달리하며 해체된 양상으로 인민(people)들의 삶에 기입되고 있기 때문이다. 비록 백무산은 "노동자"와 "농민"으로 대표되는 1980년대적 민중 주체를 호명하고 있지만, 분명한 것은 그의 시가 오월시를 광주의 바깥으로 이동시키고 있다는 사실이다. 그리고 이는 오월시의 현재성에 대한 사유의 단초가 된다.

오월시의 확장성을 위해 광주 바깥으로 시선을 이동해야 하는 이유
는 권력의 작동 방식이 달라지지 않았기 때문이다. 1980년 5월 신군부
는 광주에 '반공'의 낙인을 찍고 고립시켰다. 오염의 대상을 확인하고
그 대상을 '호모-사케르'와 같은 존재로 만듦으로써 생명정치권력을 유
지하는 이러한 전략은 5·18을 전후하여 작동되었다. 이때 '혐오'는 한국
의 국가권력이 즐겨 사용한 오래된 전략적 감정정치의 도구였다. 혐오
는 "역겨워 보이는 물질을 섭취함으로써 자신이 저열해지거나 오염될
수 있다"[9]는 사고에 근거한다. 혐오의 가장 전형적인 표현은 구토이다.
즉 어떤 역겨운 대상(이를테면 빨갱이)이 주체(국가)의 체내로 침투할
가능성에 대한 불쾌의 반응이다. 그 일차적 대상이 바로 다양한 형태의
오염물이다.

오염된 대상과 장소에 대한 처분은 인종청소와 같은 절멸의 기획과
다르지 않다. 유대인에 대한 홀로코스트의 경우 최초의 정책은 '격리'
수용이었고, 다음 단계는 집단 '이주'였다. 오염의 존재를 경계 바깥으
로 내몰아 버리는 기획이었다. 하지만 수백만 명에 이르는 유대인을 이
주시킬 현실적 방법은 존재하지 않았으므로 최종해결책으로 제시된 것
이 바로 '절멸'이었다.[10] 특정 대상에 대한 차별적 인식이 오염에서 시
작되어 배제의 방식으로 작동되는 순간 그 귀결은 '절멸'이다. 여기에서
유대인을 광주(사람)으로 바꾸어도 전혀 낯설지 않다.

해방 이후 극심했던 이념 대립은 반공주의를 국가보존의 수단으로

---

9 마사 누스바움, 『혐오와 수치심』, 조계원 옮김, 민음사, 2015, 168쪽.

10 한나 아렌트, 『예루살렘의 아이히만』, 김선욱 옮김, 한길사, 2006. 4장~6장 참
조.

고착화했다. 제주 4·3사건, 여순사건, 한국전쟁 시기의 국민보도연맹과 빨치산 토벌, 부마항쟁과 광주 5·18, 6월 항쟁 등의 과정에서 국가는 시민들의 대항폭력을 오염된 불법행위로 규정하고 이를 진압하는 합법적 공권력으로써 국가폭력을 정당화했다. 이때 사회의 안녕과 질서 유지라는 이 오래된 표어의 심층에는 언제나 오염물에 대한 혐오의 정서(반공주의)가 잠복되어 있었다. 여순사건을 배경으로 쓰인 다음의 시는 이러한 작동방식을 명확하게 보여 주면서 오월시의 확장성에 기여하고 있다.

> 얼마나 죽어야 사나/여순항쟁이 발발하자 선량한 사람들을 빨갱이라는 **멍에**를 씌우고 반공이라는 구호 아래 허물과 과오를 묻어두고서 죗값을 더미씌웠다//…… 가담자 색출 시 머리가 짧고 군용 팬티를 입었다는 이유로, 평소 경찰에 밉보이고 백색 찌까다비를 신었거나 미군 샤쓰를 입었다는 이유로 빨갱이라는 **낙인**을 찍었다//낙인찍힌 이들은 **소각 처분**할 대상이고 뽑아내야 할 **잡초** 취급을 받았다//이건 분명 미친 짓//국가는 국민을 보호하고 지켜줘야 하거늘 어찌 그들을 향해 총칼을 들 수 있는가//여수와 순천에 뿌리를 내리고 산 이들은 **호모사케르**/한때, 무참히 버림을 받은 적이 있다
>
> – 우동식, 「호모사케르」 부분[11]

이 작품에서 "멍에-낙인-소각"으로 이어지는 과정은 절멸의 기획이 작동되는 양상을 그대로 담고 있다. '빨갱이'라는 멍에는 여수와 순천을

---

11 우동식, 『여순 동백의 노래』, 실천문학사, 2022, 40~41쪽.

예외적 장소로 낙인찍게 하고, 그곳의 사람들을 "호모사케르"로 배제시키는 생명정치적 통치술의 시작이었다. 빨갱이라는 오염물에 대한 증오와 학살은 반공주의를 기준으로 삼아 국민의 자격을 정하고 등급을 매기는 "조절과 교정"의 방식으로 작동되었던 권력의 오래된 기술체계[12] 실천이었다. '빨갱이 제거'의 프레임은 국가폭력의 왜곡을 정당화하면서 성공적으로 정착했다. 그러면서 제주, 여수·순천, 광주는 반공주의를 실천하는 국가폭력이 용인되는 장소로 노출되었다.

다시 말하지만 이 문장들의 대상을 바로 광주(사람)로 바꾸어도 전혀 낯설지 않다. 진압군이 보여 준 혐오의 정서는 '빨갱이, 전라도, 불순분자, 대학생, 성적으로 문란한, 국가의 법을 지키지 않는, 그리고 이전(부마항쟁)에 한 번 처리한 오염물과 유사한, 국가 안전에 위해가 될 만한 가능성을 지닌' 등과 같은 "신비적 사고"[13]에 기반하고 있다. 오월 광주는 '혐오-모욕-차별-절멸'로 이어지는 논리의 취약함을 폭로하고 국가폭력의 부당함에 분노의 감정으로 맞서면서 군부가 광주라는 장소에 기입하려 했던 감정정치의 실패를 증명하는 장소이기도 하다. 이 지

---

12 김성례, 「국가폭력과 여성체험─제주4·3을 중심으로」, 『창작과비평』 1998년 겨울호, 343쪽. 빨갱이에 대한 증오는 국가공권력에 의한 대량학살을 합리화하고, 좌경분자 혹은 반체제인사에 대한 고문과 테러, 살해 등으로 실현되어왔으며, 반공 국가의 정체성을 확립하고 도덕적 반공주의 사회질서를 지탱하는 정초로서 정당화되었다. 즉 주민의 삶을 떠맡는 것이 임무인 국가권력은 지속적인 조절과 교정의 기제로서 반공주의를 규준으로 주민의 자격을 정하고 등급을 매기는 규준화를 시행한다. 빨갱이에 대한 증오와 학살은 이러한 규준화를 추구하는 반공 국가의 권력기술체계를 실천한 것으로 볼 수 있다.

13 혐오의 감정은 근거가 불확실하다는 점에서 비합리적이며 비윤리적이고 비합법적이다. 판단의 근거는 단지 그럴 수도 있다는 막연한 가능성에 기대고 있다는 점에서 취약하다. 따라서 군부가 생산한 혐오는 "사회적 순수함에 대한 비현실적인 낭만적 환상"(누스바움;200)이라는 취약한 뿌리에 근거하고 있다.

점이 바로 오월시의 장소성이 확장될 수 있는 근거이다. 오월은 도처에 있다.

5. 가령 세월호라면

2014년 4월 16일 '맹수처럼 거칠고 빠른 물살'의 수면 아래로 가라앉은 것은 세월호만이 아니었다. 국가에 대한 믿음은 말할 것도 없거니와 침몰하는 배를 생중계로 목도했던 모든 시민주체들의 자본주의적 욕망도 함께 침몰했다. 오월 광주와 달리 세월호의 경우 애도의 공동체를 형성할 수 있었던 배경에는 신자유주의적 이기적 윤리에서 누구도 자유롭지 못하다는 부끄러움과 미안함이 작동했기 때문이다. 이태원의 한 골목에서 돌연한 죽음을 맞이한 사건의 경우 국가는 희생자들의 이름과 사연을 지워버림으로써 애도를 통제했다. 하지만 오월 광주와 다르게 이태원은 외롭지 않았다. 모두가 보았고, 모두가 함께 슬퍼했기 때문이다. 그래서 오월의 어머니들은 세월호와 이태원의 유가족들을 만나고 보듬었다.[14] 오월의 어머니들은 아마 다음과 같이 말했을 것이다.

---

14 "1980년 5월 대동세상이 펼쳐졌던 광주 금남로에서 사회적 참사의 아픔을 어루만지는 시민들의 연대가 펼쳐졌다. 17일 오후 금남로 일원에서 열린 5·18 민주화운동 44주년 전야제는 오월의 광주가 우리 사회의 슬픔과 고통을 끌어안고 새로운 삶을 향해 함께 나아가는 모습을 보여줬다. 44년 전 자식을 잃었던 오월의 어머니들이 다시 금남로에 서서 자신들과 똑같은 상처를 간직한 세월호·이태원 참사 유가족을 보듬었다." 연합뉴스, 〈세월호·이태원 아픔도 어루만진 5·18 44주년 전야제〉, 2024년 5월 17일.

인자 울지들 말어/다시는 이런 아픔 없도록 진상 밝히고/책임자 처벌하려면/맘 다부지게 먹어야 써//1980년 오월/고등학생 아들을 잃은/하얀 소복의 광주 오월 어머니가/2014년 사월/고등학생 아들을 잃은/노란 리본의 세월호 어머니 손을 잡고/오래도록/아주 오래도록 놓지 않았다

– 김수열, 「망월동」 전문[15]

그날 밤 당신은 외쳤지요/"고등학생들은 총을 버리고 나가라/반드시 살아남아야 한다/민주주의와 민족통일의 빛나는 미래를 위해서"/그런데 지금 자본과 권력은 말합니다/"가만히 있으라 자리에서 대기하라"/아이들을, 그 밝고 어여쁜 고등학생들을, /펄펄 뛰노는 영롱한 생명들을/어둠으로, 공포로, 죽음으로 몰아넣지요

– 이인범, 「지금은 아직 슬퍼하지 말아요– 고 윤상원 열사 추모시」 부분[16]

인용한 시들은 오월 광주의 현재성을 세월호와 겹쳐놓고 있다. 중요한 것은 고정된 장소가 아니다. '사건 이후의 충실성'은 장소가 아니라 기억과 확장에 있다. 문학은 "다른 사람의 고통을 정확하게 상상하여 사려 깊게 측정하고, 나아가 그것에 관여하고 또 그것의 의미를 물을 수 있는 능력"[17]이다. 이 글의 표현으로 그것은 주체와 타자의 '자리바

---

15 『총서2–시』, 244쪽.

16 이인범, 『숲의 어둠은 다 푸른 나뭇잎들이다』, 문학들, 2017. 여기서는 『총서2–시』(161쪽)에서 인용.

꿈'이라고 할 수 있겠다. 이것이 가능하다면 '오월시'는 여전히 생명력이 살아있다.

　일본군 위안부 피해자였던 길원옥 할머니는 2017년 5월 마르바 알-알리코라는 이름의 여성을 만났다. 그녀는 이라크 소수민족인 야지디족 여성으로 IS 성노예 피해자였다. 아프리카의 열일곱 살인 그녀는 벌써 세 아이의 엄마다. 그녀의 여동생은 학교에 다녀오는 길에 반군으로부터 집단성폭행을 당했다. 그녀의 친정 마을은 정부군과 반군 사이 수십 년째 전쟁 중이며, 마을에는 성폭행을 당한 여자들이 수십 명이다. 임신 중에 당한 여자도 있다. 겁먹은 얼굴의 한 소녀에게 길원옥 할머니는 "아프지? 너 아픈 거 내가 잘 알아……. 아파도 말해야 해."[18]라고 말했다. 일본군 위안부 피해자들이 겪었던 비-인간적 경험은 특정 시공간에 국한된 사건이 아니다. 세계의 곳곳에서 지금도 하위주체 여성들은 성을 유린당하고 아래를 찢기고 언어화가 불가능한 고통을 경험하고 있다. 그러니 기억은 과거가 아니라 현재를 증언하기 위해 경유해야 하는 통로이다. 오월의 어머니들이 세월호와 이태원의 유가족들을 만난 것처럼, 위안부 할머니가 이라크의 한 소녀를 만난 것처럼, 그래서 함께 아파하고 서로의 자리에 서로의 삶을 기입한 것처럼, 사건의 현재성은 이러한 자리바꿈의 수행을 통해 확장될 수 있다. 오월은 도처에 있으며, 오월시는 그 자리에서 현재성을 가질 것이다.

17　마사 누스바움, 『시적 정의』, 박용준 옮김, 궁리, 2013, 195쪽.
18　김숨, 『군인이 천사가 되기를 바란 적 있는가』, 현대문학, 2018, 87쪽.

악의 연대기 그리고 공감의 연대
– 정용준 연대기

1. 순수한 악의 표정

운명론은 악(惡)이 짓는 가장 순수한 가면이다. 피를 통해 유전되는 살해의 충동, 의도나 욕망이 개입되지 않은 살해 행위, 어떤 고통도 느낄 수 없는 신체, 비극적으로 뒤틀린 가족사는 운명의 이름으로 악이 스스로를 치외법권의 영역으로 놓이게 했다.

정용준의 『유령』[1]에서 474번은 열두 명을 살해한 현장에서 "붉게 변한 탕 속에 몸을 담그고 눈을 감고 있는 고요한 표정"(16쪽)으로 체포되었다. 그는 어떠한 저항이나 변명도 하지 않음으로써 사법체계의 영향력을 무력화시켰고, 자신의 행위를 불가항력의 운명의 영향으로 치환하면서 면죄를 청구한다. 일단 그의 주장들을 따라가 보자.

---

[1]   정용준, 『유령』, 현대문학, 2018.

애초에 이유 같은 게 없거든요. 의도도, 목적도, 없죠. 그러니까
그는 누군가에게 자연 같은 존재입니다. 그는 의도를 품지 않아요.
죽이고 싶어 하는 욕망이 없고 그로 인해 얻는 쾌감도 원치 않아요.
그는 그냥 죽입니다. 그는 미워하는 사람이 없고 사랑하는 사람도
없어요. 따라서 복수도 없고 오해도 없지요. 폭우가, 눈덩이가, 번
개가, 곰이, 인간에게 죄책감을 가질 필요가 있나요? 사자는 사슴의
숨통을 끊고서 자신을 만든 창조자에게 용서를 빌지 않아요. 그냥
먹을 뿐입니다. 본성이란 그런 것입니다.

—『유령』, 28쪽

자연의 세계에는 창조자의 의지만 있을 뿐 피조물들의 의지는 없다.
약육강식은 질서이지 윤리적 판단 대상이 아니다. 이 논리는 474번(신
해준)의 무죄청구의 강력한 근거로 작동한다. 또 누나 신해경의 서사
[2]는 악의 운명론을 한층 강화한다. 소설은 혈통의 동일성(살해 충동과
무통각증[3])과 아버지의 비자연적인 성적 욕망으로 인한 파국(신해경은

---

2 단편 「474번」(정용준, 『우리는 혈육이 아니냐』, 문학동네, 2015)은 중편 「사수의
별」(『현대문학』, 2018년 1월호)로 개작된 후 『유령』이라는 단행본으로 출판되었
다. 중편으로 개작되면서 추가된 것은 누나이자 엄마인 신해경의 서사와 그녀가
들려주는 사수의 별자리 이야기다. 이는 저항할 수 없는 혈육의 운명에 놓인 악
의 사연을 서사화하면서 악에 공감하게 하는 변론에 동원된다. 박혜진은 작품해
설(「악은 침묵할 권리가 없다」, 『유령』, 같은 책)에서 이러한 불편함을 우리가 악
을 이해하기 위한 '악에 대한 존재론적 보고서'라면서 예리하게 지적하고 있다.

3 「개들」(정용준, 『우리는 혈육이 아니냐』, 문학동네, 2015)의 화자도 고통을 느끼
지 못한다. 그리고 474의 누나 신해경도 마찬가지다. 공통적 증상으로서 "선천
성 무통각증"(56쪽)은 그들이 악의 혈통이자 권력 계승자라는 강력한 자격 조건
으로 기능하며 악의 운명론을 강화한다.

474번의 누나이자 엄마. 신해경은 아버지를 죽이고 동생이자 아들인 신해준을 기르다 떠난다) 그리고 누나로부터의 버려짐이라는 비극의 화소를 한껏 부여함으로써 악에 대한 우리의 판단을 교란하는 데 성공하고 있다. 더불어 누나 신해경이 들려 준 사수자리의 이야기[4]는 개인사의 비극에 신화적 세계관을 덧입히면서 474번의 삶의 이정표로 기능했다. 자연의 거대한 위력과 폭력적 파괴에는 인간의 언어로는 표현 불가능한 무력감에서 파생되는 숭고함(칸트)이 서려있다. 때문에 켄타우로스 종족의 현자였던 케이론의 비극적 운명은 인간의 그 무엇보다 강하고 슬프고 아름답게 느껴진다.

그러나 신화적 세계가 자연의 공포를 구조화하고 인간의 폭력성을 미화하기 위한 서사적 장치라고 할 때, 혈육에 얽힌 비극적 운명과 신화적 세계관으로 미화된 이 남매의 서사는 자신들의 비극을 정당화하기 위한 위악이며 악이 펼치는 강력한 자기 변론의 수사학일 뿐이다. "마치 자살하러 들어온 사람"(92쪽) 같았던 474번이 누나 신해경과 면회한 후 "죽고 싶지 않아요"(142쪽)라고 말한 점과 "고통스러운 표정"을 지으며 "끔찍한 비명"(이상 149쪽)을 질러댄 부분은 그가 반인반수 케이론이 아니라 한낱 인간이라는 점을 강하게 지시하면서 악의 운명론에 강력한 반론의 근거가 된다. 한 가지 더, 『유령』에서는 사라졌지만 「474번」에는 있는 교도관의 말이다.

---

4 "은하수 가운데 자리 잡은 저 별들. 저게 사수 자리야 반은 사람이고 반은 말인 한 남자가 있었지. …… 사람들은 그를 두려워하며 동시에 사랑했단다. 그는 강하고 아름답고 심지어 죽지도 않는 위대한 운명을 타고났지만 외로웠어. 항상 사람들에게서 멀리 떨어져 혼자 지내야 했거든. 너도 그 사람과 같아. …… 그러나 명심하렴. 너보다 아름다운 사람은 없어. 너보다 강한 사람은 없어."(『유령』, 77쪽)

"본질대로, 욕망대로 사는 자들일세. 이기적이라는 거지. 그것은
필연적으로 남을 해치게 되지. 순수하다고 했는가. 나쁜 것은 원래
순수하네. 선은 순수할 수 없어. 위선 없는 사랑도 없고 자만 없는
동정도 없지. 하지만 악은 다르네. 얼마든지 순수할 수 있지. 자네는
이제껏 봤던 그 어떤 사람보다 순수한 죄인이네. 아주 악하지."

— 「474번」, 28쪽

선은 위선이든 자만이든 감정을 띤다. 수행의 의지가 필요하며 본질
적 악으로부터 멀어지려는 노력이 요구된다. 선은 어떤 수행성으로 작
동된다. 때문에 아무것도 하지 않는 행위, 무감정과 무표정은 악에 가
까워지고 있다는 증거가 된다. 현실의 우리가 무사유와 행동하지 않음
에 익숙해질 때 점점 악과 닮아갈 수도 있다는 점은 악의 운명론이 아니
라 사유의 능력(한나 아렌트)이 인간이 악으로부터 멀어질 수 있는 길
중의 하나라는 점을 강조한다.

2. 피는 맑아지지 않는다

정용준의 많은 작품들에서 아버지들은 대체로 폭력의 기원이었다.
「굿바이 오블로」[5]에서의 아버지는 딸(오블로)의 폭식을 유도하고 비인
간적으로 비대해진 몸뚱어리를 대중매체에 노출시켜 돈을 벌었다. 오

---

5   정용준, 『가나』, 문학과지성사, 2011.

블로는 경제적 착취의 수단이었고, 대중들의 동정과 연민(물론 여기에는 저 비극의 주인공이 자신이 아니어서 다행이라는 공포로부터의 해방감이 작용한다)의 대상으로 전락하면서 이중적 배제의 상태에 놓여 있었다. 이 소설에서 아버지는 호모-사케르의 사육자이다.

「이국의 소년」[6]에서의 아버지는 베트남전쟁의 용병으로 민간인들을 학살했다. "물 인민을 퍼내서 고기 베트콩을 잡는다"(149쪽)는 명령을 그는 주저 없이 수행했다. 그는 한국군에게 음식을 나눠주던 주민들을 죽였다. 여자들과 아이들도 죽였다. 베트콩에게도 음식을 줄 수 있으며, 여자들은 베트콩을 낳을 수 있으며, 아이들은 자라서 베트콩이 될 수도 있었기 때문이었다. 아버지를 포함한 "그들은 순수했다. 그들에게는 의도가 없었고 오직 학습받고 물려받은 행위만 있었다."(145쪽) 다시 말하지만 이 '순수함'은 악의 오래된 가면일 뿐이다. 그들은 복종에 길들여졌고 사유하지 않았다. 아버지는 한때 죄책감을 느끼는 것도 같았지만, 아무도 보지 않을 때의 아버지는 그들과 다르지 않았다. 여자를 강간했고 아이들에게 포탄을 던졌다. 그리고 "뜨겁고 환한 태양빛이 폐허가 된 마을 위로 찬란하게 쏟아져내리"는 모습을 보며 "아름답다는 말 외에 달리 표현할 말이 없는 풍경이었다"(151쪽)라고 회상한다. 죽음이 낭자한 현장에서 아버지가 본 아름다움은 수치심과 죄책감을 느끼지 못하는 무사유의 순결함이 가진 백치의 표정과 다르지 않다. 아버지는 아이히만이었다.

이 외에도 경찰이었던 「내려」에서의 아버지는 과거 재개발 구역 주민들의 집회를 진압하는 과정에서 한 소년이 그의 허벅지를 찌르자 흥분

---

6 정용준, 『우리는 혈육이 아니냐』, 문학동네, 2015.

한 채 권총을 발사했고, 그로 인해 소년의 여동생이 죽었다. 그는 경제 발전이라는 국가모델의 첨병이자 국가폭력의 주체였다. 「우리는 혈육이 아니냐」의 아버지는 24년 전 아내를 살해했다. 「개들」[7]에서의 양아버지 '곰'은 개를 도살하고 '모란'의 몸과 노동력을 착취하는 인물이며, 『유령』의 아버지는 딸을 겁탈한 말종이었다.

이미 알고 있겠지만 정용준의 소설에서 폭력의 기원으로 기능했던 이 아버지들은 대부분 비극적 운명에서 자유롭지 않다. 이들은 모두 죽었거나(「굿바이 오블로」, 「개들」, 『유령』), 곧 죽을 것이거나(「우리는 혈육이 아니냐」), 그들이 죽인 영혼에 의해 죽음 보다 못한 고통을 맞이하고 있다(「이국의 소년」, 「내려」). 그리고 이 비극의 굴레에 공통적으로 그들의 자식들이 관계하고 있다. (『유령』에서 서술된 사수의 운명이 유의미하게 작동되는 지점도 바로 여기다. 사수자리의 켄타우로스 케이론은 그의 제자였던 헤라클레스의 독화살을 맞은 후, 불사의 운명을 프로메테우스에게 양도한 후 죽음을 받아들인다. 즉 사수의 숙명은 그의 제자(또는 후계자)에 의해 종결된다.) 물론 여기에는 징벌의 성격이 존재하지만, 주목할 점은 자식들이 그들의 아버지와 닮았다는 점이다. 그들은 혈육이 아닌가.

얼어붙은 바다를 깨고 쇄빙선이 느린 속도로 전진하고 있다. 거대한 얼음판은 크고 작은 조각으로 갈라져 유빙이 되고 수면은 둔중하게 울렁인다. 배가 육지에 닿는다. 오래된 눈이 단단하게 굳어 있

7　이상 모두 정용준, 『우리는 혈육이 아니냐』, 같은 책.

는 육지에는 바다코끼리들이 아무렇게나 누워 한가하게 햇볕을 쐬
고 있다. 배에서 두 명의 남자가 내려선다. 그들은 등산 스틱 같은
가늘고 긴 막대기를 손가락 사이로 돌리고 있다. 한쪽은 뾰족하고
다른 한쪽은 뭉툭하다. …… 바다코끼리들은 게을러 보이고 심하게
살쪄 있다. 스스로도 감당이 안 되는 거대한 송곳니를 서로의 배에
걸쳤다. … 남자들 중 하나가 바다코끼리의 머릿속에 뾰족한 막대기
의 한쪽 끝을 쑤셔넣는다. 눈 속에 막대기를 집어넣듯 너무도 쉽고
도 경쾌한 움직임이다. 바다코끼리들은 커다란 몸을 크게 한번 튕기
며 맥없이 쓰러진다. 정수리에서 피가 솟는다. 주위는 금방 붉게 물
든다.

– 「우리는 혈육이 아니냐」, 59~60쪽

쇄빙선은 「우리는 혈육이 아니냐」와 『유령』에 공통적으로 등장한다.[8]
두 명의 사내가 배에서 내린다. 이들은 한쪽은 뾰족하고 한쪽은 뭉툭한
스틱을 들고 있다. 얼음 위를 걷기 위한 도구가 아니다. 바다코끼리를
죽이기 위한 도구다. 심하게 살 찐 바다코끼리의 묘사에서는 '오블로'
가 연상되기도 한다. 생명을 죽이는 이들의 행위에는 한 치의 망설임이
없다. 익숙하고 절제되어 있다. 반복되는 아들의 꿈이었는데 사내가 한
명에서 두 명으로 늘었다. 바다코끼리는 왼쪽 관자놀이에 칼이 박힌 채
죽은 어머니의 이미지이다. 한 명의 사내는 어머니를 찌른 아버지였다.

---

8 박혜진은 이 쇄빙선의 물질적 직진성을 악을 탐구하는 정용준의 작가적 정직성
　으로 보았지만, 두 작품을 겹쳐보면 쇄빙선의 이미지는 제 운명에 충실한 채 연
　약한 신체를 파괴하는 악의 직진성에 가까워 보인다.

새로운 사내 한 명은 누구일까?

> 이 순간 나를 정말 역겹게 하는 것은 이제는 나 스스로가 헷갈리기 시작했다는 것이다. 그는 내게 아무것도 아닌 존재가 아니라는 것, 그에게 연연하고 있는 난 자신을 통제할 수 없다는 것, 내 의지와 상관없이 그는 나의 아버지일 수밖에 없다는 것을 인정해야 한다는 강제된 생각들. 나는 하얗게 질려 있는 팔뚝을 내려봤다. 그의 말이 생각났다. "우리는 혈육이 아니냐." 아니냐, 는 그의 말에 아니라고 대답할 수 없다. 나는 허벅지 위에 놓여 있는 팔을 바라봤다. 내 것이 아닌 것 같았고 딱딱한 사물처럼 이질스럽게 느껴졌다. 피부밑에 희미하게 숨어 있는 푸른 정맥이 보인다. 그 속에 바늘을 집어넣고 나도 투석기 옆에 누웠으면 좋겠다.
>
> ― 「우리는 혈육이 아니냐」, 61쪽

혈액을 타고 흐르는 유전자를 아들은 투석기로 정화하고 싶어 한다. 그러나 투석기로 정화된 피는 곧바로 섭취한 음식으로 인해 다시 오염된다. 피는 맑아지지 않는다. 소설에서 아버지는 병원에서 환자들에게 제공하는 치즈를 훔치다 아들에게 걸린다. 아무 말도 못하고 당황한 아버지를 한동안 응시하던 아들은 치즈 두 박스를 아버지의 헝겊가방에 넣는다. 비굴한 표정의 아버지는 "이번 달만 지나면…… 다른 병원으로 옮길게"(64쪽)라는 말을 남기고 퇴장한다. 그리고 아들은 바람을 타고 들어오는 "비린내"를 맡은 후 갑자기 허기를 느끼고 "하얗고 부드러운 계란을 반으로 나누고 한쪽을 입에 넣고 우물우물 씹었다"(이상 65쪽). 무기력해진 악은 새로운 악으로 대체되어야 한다. 그것이 자연의 법칙이다. 아버지의 등장과 퇴장은 아들의 본성을 일깨운다.

「개들」의 화자인 '나'는 '곰'의 양아들이다. 곰(죄의식이 없는 자연의 포식자)은 형제사철탕을 운영하면서 개고기를 판매한다. 양아들은 형제사육농장에서 개를 도살해서 곰에게 제공한다. 처음 고아원에서 데려온 양아들에게 곰은 개를 죽이는 법을 가르친다. "곰은 팔뚝만한 몽둥이를 집어 들고 개를 때리기 시작한다. 일정한 힘과 리듬으로 팔을 휘두르는 표정에서는 아무 감정도 읽을 수 없었다."(111쪽) 무표정과 냉정함은 악의 오래된 관습이며 징표다. 타인들에게 두려움을 주면서 불가침의 영역을 수호하는 차가운 장벽과도 같다. 이는 『유령』의 474와 「내려」의 주인공과 「굿바이 오블로」의 스끼 등 폭력적 주체들에게 작가가 부여한 동일한 표정이다.

이와 반대로 연약함은 폭력의 대상이 되는 존재들의 동일한 징표다. 단편 「벽」에서 노동력을 상실한 채 살아있는 시체가 되어 정물처럼 서 있는 '벽'은 섬의 권력을 생산하고 유지하게 하는 호모-사케르로서 '사내'가 지닌 권력의 기반으로 작동했다. 「떠떠떠, 떠」의 '오블로'도 「가나」9의 외국인노동자도 모두 사회의 셈법으로부터 배제되는 약자들이다. 그리고 이들이 대부분 '말의 불(가)능'과 연루되어 있다는 것은 정용준의 소설이 다루는 두 가지의 주제, 즉 '악'와 '말'이 매개되는 지점이기도 하다. 약한 존재들에게 가해지는 폭력의 원인과 결과에 '말'이 관여하고 있다. 말을 하지 않아서 폭력의 대상이 되고, 말을 할 수 없어서 폭력의 대상이 되고, 폭력의 대상이 되어버려서 말을 할 수 없게 되고, 폭력의 대상이 되고 싶지 않아서 말을 하지 않게 된다. 파괴된 입과 육체

9　이상 정용준, 『가나』, 같은 책.

를 떠난 입에 의해서 폭력의 기억은 보존되고 이야기된다. 악의 연대기와 말의 연대가 만나는 지점이 바로 여기다. 물론 『가나』는 그 기원이다. 외국인, 말더듬증, 벙어리, 간질 등 신체적 장애와 언어적 결핍으로 인해 파생되는 인물들의 슬픔과 고통과 폭력 등이 모두 이 소설집에 존재한다. 이러한 유약함은 악의 표적이 된다.

다시 돌아와 냉정하고 단호한 곰의 훈육은 양아들에게 효과적이었다. 그는 빠르게 도살 기술을 습득했고 형제사육농장으로 독립했다. 더구나 그는 "통증을 느끼지 못한다"(112쪽). 통증을 느끼지 못하는 화소의 반복은 타자의 고통에 무감하다는 악의 필요조건이면서 권력 계승의 충분조건이다. 474의 무통각증처럼 이는 악의 진화된 형태이기 때문이다. 이미 말한 바와 같이 곰은 이 진화된 악에 의해 죽는다.

양아들은 "곰의 딸이고 종업원"이며 "또한 하인이고 아내"(이상 119쪽)인 모란을 마음에 두고 있다. 물론 표현하지 않았다. 곰의 사각지대인 사육농장에서 그는 운동을 하고 병구가 주워 온 책을 통해 필요한 지식을 습득하면서 힘을 길렀다. 그리고 곰이 가르친 방식 그대로를 곰에게 되돌려준다. "곰. 내 아버지. 바닥에 쏟아진 것을 보세요. 이것들은 개의 간식이 될 거예요. 당신은 곧 움직이지 않게 될 겁니다. 십 분, 딱 십 분이면 끝납니다"(128쪽). 힘의 균열과 위험을 감지하지 못하는 권력은 자연스럽게 젊고 강한 힘에 의해 제압된다. 그리고 권력의 재산은 승계된다. 아마 모란은 새로운 힘의 여자가 될 것이다. (병구의 죽음은 연약함과 쓸모를 다했기 때문이다. 나는 살인에 필요한 모든 지식을 이미 습득했다. 그러니 더 이상 책은 필요하지 않다. 반면 같은 약자이면서 살아남은 모란은 다르다. 그녀는 욕망과 성취의 대상이다. 모란의 생존이야말로 이 양아들이 곰을 대체한다는 강력한 증거다.)

두 편의 소설을 대표적으로 이야기했지만 악이 교체되는 증거는 차고 넘친다. 「이국의 소년」에서 어머니가 집을 떠난 이유는 "아들과 남편의 불가해한 친밀함"(142쪽) 때문이었고, 신해경이 신해준을 떠난 이유도 자기 스스로의 살해 충동도 원인이었지만 (아들이자) 동생의 눈빛에서 아버지의 더러운 피를 발견했기 때문이다.

냉정함, 차분함, 무표정, 언어의 절제와 같은 악의 징표들이 흔들리는 순간 악의 권력은 교체의 징후를 맞이한다. 무기력해진 권력은 새로운 권력으로 대체되어야 한다. 정용준의 소설들이 지속적으로 보여 주는 가혹한 폭력의 연대기는 악의 기원이 아니라 악의 진화 또는 악의 양육을 가리키고 있다. 그래서 '우리는 혈육이 아니냐'라는 문장은 일면 힘이 빠진 늙은 아버지들이 연민을 호소하는 말처럼 들리기도 하지만, 악의 유전으로부터 과연 자유로울 수 있느냐는 악마의 질문처럼 들리기도 한다. 악은 치환되고 교체되면서 증폭된다. 재빠른 육체성과 간결한 언어를 상실한 악(연약한 아버지들은 말이 많아진다)은 교체된다. 이런 점에서 볼 때 「벽」에서 염전을 운영하는 사내의 언어 율법은 가장 보편적이며 일상적인 악의 모습을 닮았다.

『가나』, 『우리는 혈육이 아니냐』, 『유령』으로 이어지는 정용준의 악의 3부작에서 우리가 보아야 할 것은 악의 기원이 아니라 훈육되고 진화하는 악의 연대기이다. 운명으로 어쩔 수 없음으로 포장된 악의 얼굴은 그들이 자주 인용하는 자연처럼 일상적이며 무표정이다. 언어를 가지지 못한 사람들, 파괴된 입과 말할 수 없는 입을 가진 사람들, 제 몫을 가지지 못한 채 사회의 셈법에서 제외된 약자들에 대한 우리의 혐오와 차별을 악은 먹고 자란다. 악의 이런 식탐은 도시의 가장자리나 어두운 골목에서 풍겨오는 악취(정용준의 소설들에서 냄새는 악이 출현하는 배경음악과도 같다)처럼 일상에 내재되어 있다. 스스로 독극물을 마심으로써 악의 운명을 거스르는 신해경과 '그렇게 하지 않음'을 선택함으로써 사내의 율법을 무력화하는 '9'처럼 언제까지나 죽음으로 운명을 거스를 수는 없지 않은가.

3. 말의 불능

「가나」는 귀환에 실패한 오디세우스의 노래였다. 가족을 위해 떠난 노동자는 사이렌의 유혹을 이겨내지 못해 바다에 잠겼다. 정용준은 죽은 자들의 얼굴에 색을 입히고 그의 파괴된 입에 이야기를 입혀 주었다. 그러자 소설이 되었고 노래가 되었다. '가나'는 노래였다.

> 하비바, 나는 당신이 좋아했던 노래가 되었다. 나는 지금 당신이 있는 곳으로 돌아가고 있다. 나는 바람보다 가벼워졌다. 나는 바다를 건너고 산을 넘는다. 국경을 넘어 마을로 향한다. 가나가 만지고 있을 초원의 풀 위로, 새 떼가 뒤덮는 하늘 위로, 나를 기다리고 있을 당신의 머리 위로, 그리고 당신의 말라 버린 성대 속으로, 조금만 더 기다려주면 좋겠다. 오래 걸리지 않을 것이다.
>
> — 「가나」, 67~68쪽

하지만 안타깝게도 죽은 자의 노래가 살아 있는 자에게 전달되기까지 10여 년이 시간이 필요했다. 그 사이 정용준은 입이 파괴된 존재들에게 언어를 부여하는 서사적 실험을 지속했지만 그 말들이 따뜻할 리 없었다. "오랜만이에요. 아버지"(「이국의 소년」, 157쪽)라는 말은 증오와 복수를 담고 있었고, "나는 잎이 하나도 없는 고목 꼭대기에 앉아 있다. 손과 발에 커다란 못이 박혀 있다"(「안부」, 183쪽)로 시작하는 의문사에 얽힌 사자의 언어는 여전히 슬펐다.

급기야 텅 빈 기표였던 인간의 말은 파괴적 물질성을 지닌 채 종말론적 디스토피아를 초래하기도 했다. 정용준의 첫 번째 장편 소설 『바벨』[10]은 말의 (불)가능성과 화해하는 길을 찾지 못한 작가의 비극적인 진화의 서사였다. 〈얼음의 나라 아이라〉의 동화적 상상력을 현실화시키려던 '노아'의 실험이 실패로 끝나고 세계는 거대한 '펠릿'의 무덤이 되어 버렸다. 언어의 물질화는 실현되었으나 인간들이 내뱉는 말들은 검고 탁한 감정의 색과 악취를 띠는 펠릿이 되어 세계를 종말로 내몰았다. 인간 언어의 물질화의 결말은 세계 전체를 하나의 '아브젝트(abject)'로 만들었다. 신은 말(씀)으로 세계를 창조했다지만 정용준이 바라 본 세계는 그 신이 내뱉은 거대한 '펠릿'이었다. '바벨의 아이'들은 급기야 혀를 잘랐고 말은 텅 빈 기표의 동굴 속으로 사라졌다.

유일한 희망이 있었다면 그것은 말더듬 증상을 앓았던 '노아'와 '룸'이 만든 펠릿이었다. 그들이 마지막으로 머물렀던 방에서는 아침마다 "형형색색의 아름다운 펠릿"(280쪽)이 가득했다. 그리고 집으로 돌아온 '룸'이 보여 주는 펠릿은 아름다웠다. 그는 처음부터 인간의 언어에 오염되지 않았다. 룸의 회상 속에서 노아와 룸의 대화는 이러했다.

---

10 정용준, 『바벨』 문학과지성사, 2014.

우리의 말은 정확했다. 착각도 없었고, 오해도 없었고, 거짓도 없었다. 말은 따뜻한 물처럼 방을 채웠고, 부드러운 이불처럼 바닥에 깔렸다. …… 우리가 하는 말은 모두 실재했고, 투명하고 명징했다.

－『바벨』, 285쪽

어떤 오해와 거짓과 악이 없는 말의 실재, 아름다운 형상과 차별과 혐오가 거세된 감정으로 가득 찬 말의 세계, 이것이 아마도 정용준이 바라던 언어의 세계였는지도 모르겠다. 『바벨』의 그로테스크한 서사는 강렬했고 정용준의 디스토피아적 언어 세계는 한층 강화되었지만, 언어를 가진 말과 언어를 가지지 못한 말의 평등은 세계의 종말에 가서야 평등해졌다.

4. 영혼과 공감의 언어

정용준의 두 번째 장편 소설 『프롬 토니오』[11]에서는 들리지 않아도 들리는 음성, 보지 않아도 보이는 의미의 이미지, 직관적으로 이해하고 깨닫게 되는 인식과 메시지가 실현되는 세계를 보여 준다. 영혼이 육체를 벗어나야만 감각할 수 있고 보이게 되는 말들의 세계를 『프롬 토니오』에서는 볼 수 있다. 그러니까 「가나」의 노래는 십여 년 만에 '하비바'에게 도달하는 방법을 찾은 셈이다. 마치 오디세우스의 항해가 십년이 걸린 것처럼.

11　정용준, 『프롬 토니오』, 문학동네, 2019.

『프롬 토니오』는 남겨진 연인(콘수엘로)을 잊지 못해 신의 세계에서 인간의 세계로 귀환한 자(토니오 tonnio)와 죽음의 세계로 떠난 연인(앨런)을 잊지 못해 인간의 세계에서 홀로 괴로워하는 자(시몬)의 만남으로부터 시작된다. 2차 세계대전 당시 지중해 상공을 비행하다 실종되었던 토니오(50년 전 그의 이름은 생텍쥐베리였다)는 고래(룸)와 함께 신의 세계 '유토 euto'에 도착한다. 신이 만든 천궁이 바다 속으로 가라앉아 형성된 그곳은 죽음의 고통과 언어의 장벽이 존재하지 않는다. 유토는 "깊은 물속에 태양이 떠 있고 그 태양 속에 바다가 있고 그 바다엔 수중 사원 같은 세계"이다. "시간이 녹아 있는 금빛 대기. 바람과 물결과 소리와 기억과 대화와 감각 속에 새겨진 태초의 언어와 지금의 언어. 그것들이 허공에 둥둥 떠다니는 아름답고 허무한 영원의 나라"(이상 49쪽) 유토는 『바벨』에서 '룸'과 '노아'가 꿈꾸었던 세계일지도 모르겠다. 신의 창조물인 고래들이 그곳의 주인이다. 〈얼음의 나라 아이라〉는 이 소설에서 신과 고래의 세계 유토로 변주되었다.

이 소설에서 주목하는 지점은 세 개의 대화 장면이다. 첫 번째는 어느 날 고래들의 알 수 없는 집단 죽음(스트랜딩)으로 인간의 세계로 돌아온 토니오가 시몬의 도움으로 육체를 회복한 뒤 해변에서 죽어가는 고래 '룸'과 '영혼의 언어'를 나누는 장면이다.

"흰수염고래의 분기공 주위로 희미한 광채가 일렁이기 시작했다. …… 그의 언어가 얇고 투명한 얼음 같은 이미지였다면 고래의 것은 색채를 띠고 있었다. …… 경이로웠다. 심해에서 발광하는 야광 생물 같기도 했고 북유럽의 차가운 밤하늘에서 춤을 추는 오로라 같기도 했으며 맑은 물속에서 번져가는 한 방울의 푸른 잉크 같기도 했

다. ······그 순간 다른 고래들의 사체에서도 소리가 들리기 시작했
다. 그리고 그 위로 떠오르는 기묘한 말들. 마치 오케스트라의 합주
처럼 말들이 패턴을 파악할 수 없는 미지의 체계와 질서 속에서 섞
이고 변주됐다."

— 『프롬 토니오』, 41쪽

토니오와 룸의 대화가 태초의 언어와 인간의 언어가 아름다운 광채
를 띠는 물질성으로 변주되어 '말 없는 말'의 가능성을 보여 주었다면,
두 번째로 토니오와 앨런이 바다 밑 죽음의 세계에서 나눈 대화를 시몬
에게 전달해주는 장면(66~68쪽)은 또 다른 의미가 있다. 죽은 자의 목
소리를 산 자에게 들려주는 토니오의 이 행위는 마치 「가나」, 「이국의 소
년」, 「안부」, 「내려」 등의 단편에서 억울한 죽음으로 인해 말의 불능 상태
에 놓인 이들의 목소리를 현실로 소환해주는 것과 다르지 않았다.

마지막 장면은 토니오가 모든 기억을 회복한 후 그의 고향으로 돌아
가 그의 연인 콘수엘로가 남긴 편지를 보는 순간이다. 콘수엘로의 육체
는 이미 그곳에 없었지만 그녀가 남긴 한 장의 편지를 보며 토니오는 그
녀의 냄새와 소리와 목소리를 감각한다. 콘수엘로 여사는 남편의 실종
이후 "그라스의 영원한 이방인"(330쪽)이었다. 그녀는 다른 나라에서
온 여인이었고 잘 아는 집안끼리 결혼하는 프로방스 지역에서 다른 나
라에서 온 여인은 환대받지 못했다. 더구나 사람들은 "생텍쥐페리의 이
상적인 경력을 위해 지속적으로 그녀의 삶과 흔적을 지우는 작업"(328
쪽)을 했었다. 그런 그녀가 홀로 남편의 죽음을 부정하며 남긴 편지는
시공간과 육체성을 초월하는 사랑의 언어였다. 그리고 남편을 기다리
며 차별과 배제의 삶을 살다 죽었을 콘수엘로 여사의 서사는 「가나」의

‘하비바’를 연상하게 했다. 마치 비로소 바다 속에 가라앉은 남편의 말들이 언어로 승화되어 아내에게 전달되는 것 같았고, 어쩌면 이 소설이 쓰인 목적인 것만 같다.

토니오가 체험한 신의 세계 ‘유토euto’는 유한자의 결핍과 제약을 초월한 완벽한 장소가 아니었다. 완전무결한 신의 시공간에는 죽음이 존재하지 않는다. 죽음의 부재를 기반으로 하는 유토의 풍요로움과 여유로움은 역설적으로 생의 활기가 잠식된 무기력과 권태와 침묵의 얼굴을 가지고 있었다. 그래서 토니오는 무한한 삶을 버리고 죽음이 존재하는 인간계로 복귀한 것이다. 그는 인간의 육체를 회복해 가면서 노화의 고통과 다가오는 죽음의 시간을 절감하지만, “그래, 차라리 이렇게 늙어가는 이 느낌이 삶의 감각이지. 죽음에서 아주 멀리 떨어진 안전한 삶은 왜 지루한 걸까”(230쪽)라면서 죽을 수 있음에 안도한다.

그러므로 토니오의 여정은 “그간 보류되었던 인간적 죽음을 완수하는 여행”[12]이며, 비로소 연인이 남긴 편지를 읽으며 충만한 죽음을 맞이한다. “상처에 몰두하는 자들은 그것을 지난 일로 생각할 줄 모른다. 과거가 아닌 오늘로 인식하는 것이다. 그러나 그 환각에서 벗어나는 것이 인간의 삶”85쪽)이라는 데쓰로의 말에는 죽음의 고통을 초월한 세계가 아니라 죽음이 존재하고 고통이 존재하는 현실 세계로 눈을 돌리고 있는 작가 정용준의 변화가 암시되어 있다. 정용준의 소설들은 여전히 언어와 불화 중이며, 언어는 육체성을 벗어났을 때 비로소 아름답게 묘사된다. 하지만 말의 죽음이라는 극단에서 그가 찾은 ‘입 없는 말’이 아름다운 이유는 의미를 주고받는 나와 너 사이의 사랑 또는 감정의 마주침

12　정주아, 「믿는 것과 믿기로 한 것」 『문학과사회』 31(3), 2018년 가을, 251쪽.

때문이라는 사실이다.

5. 굳이 사랑이 아니어도 괜찮아

「이코」[13]는 말을 할 수 없는 자신을 미워하고 증오하는 인물에 대한 이야기다. '주우'의 입 속에는 '치즈'가 살고 있다. 치즈가 입 밖으로 나올 때 그것은 욕설과 증오와 저주가 된다. 말은 오해를 낳고 폭력을 낳고 혐오를 낳았다. '미이'는 이런 주우를 유일하게 감싸 준 친구였지만, 미이가 아무 말도 없이 사라져버린 이후 주우는 오랫동안 마스크를 쓴 채 말을 거부하는 중이다. 그리고 입에는 구슬을 물고 있다. 이 완강함에는 도저히 어쩔 수 없는 자기 본능에 대한 자기혐오가 내포되어 있다.

우연히 다시 만나게 된 미이는 그동안 "약하고 불쌍한 것들에 끌려왔"다고 고백한다. 연민을 사랑으로 믿었다고, 그래서 "사랑할 수 없는 것을 사랑하고, 사랑해서는 안 되는 것도 사랑"(이상 67쪽)으로 믿어서 불쌍하다고 여긴 누군가를 사랑했다고, 그런데 그 사람이 자기를 때리고 증오했다고, 그래서 그 사람을 죽이고 감옥에 다녀왔었다고. 그러니까 "너는 나를 좋아하면 안 돼"(70쪽)라고.

그 순간 주우의 입에서 치즈가 나왔다. "개 같은 년아. 뭘 쳐다 봐. 칼로 쑤실 거라고" 말하자, 미이는 "치즈야. 안녕"이라고 말한다. 치즈가 "씨발년아 뭘 쳐다봐. 죽을래?"라고 말하자, 미이는 "죽여. 죽여 봐. 개새끼야. 내가 먼저 널 죽일 걸?"(이상 70쪽)이라고 말한다. 그리고 "괜

---

13 정용준, 「이코」, 미메시스, 2018.

찮아. 이제 됐어."(71쪽)라고 말해 준다. 괜찮아. 괜찮아. 괜찮아. 그리고 "미안해"(71쪽).

미이는 약함에 대한 동정과 연민은 결국 상대의 파괴를 야기한다는 것을 알고 있다. 병구(『개들』)의 자살처럼 그것은 상대의 죽음으로 귀결되는 것을 알기 때문에, 그것이 진정한 사랑이 아니라는 것을 알기 때문에 미이는 주우를 사랑할 수 없다. 하지만 사랑이 아니어도 괜찮다. 사랑이 아닌 걸 사랑이 아니라고 말할 수 있는 것만으로도, 같이 아파하는 것만으로도 충분히 괜찮다.

『세계의 호수』[14]에는 사랑이 아닌 걸 사랑으로 믿었던 사람의 어리석음이 기록되어 있다. 영화감독 한윤기는 영화진흥위원회와 번역원이 공동으로 진행하는 예술지원사업에 선정되어 자신의 단편 영화를 번역, 각색, 연출하는 오스트리아 빈의 한 대학에 방문한다. 그러나 언어의 장벽과 문화적 차이는 영화의 번역을 어긋난 방향으로 이끌 뿐이다. 또다른 인물인 무주의 삶도 이와 다르지 않다. 한윤기에게 이별을 고하고 스위스로 이주한 무주는 이곳에서 "나무를 만지는 사람이 갖는 단순함과 고상함"(85쪽)에서 오는 남편의 건조한 무관심과 동양인 엄마와 이곳 엄마들의 다른 양육 문화의 차이를 실감하면서, "투명한 유령처럼 1그램의 존재감도 없이 존재하는 것 같아. 아무도 나를 못 보고 누구도 나를 기억하는 사람이 없는 것 같은 기분"(113쪽)을 토로하기도 한다.

연인 관계였을 때의 무주는 "목소리, 눈빛, 한숨, 웃음"만 보고도 한윤기의 "마음의 모양"(이상 36쪽)을 알았다. "어제의 문장과 오늘의 문장의 다름과 뉘앙스의 차이를 짚어냈고", 한윤기의 "마음에 맞게 문장

---

14 정용준, 『세계의 호수』, arte, 2019.

과 이야기를 고쳐주기도 했다"(이상 37쪽). 그래서 한윤기는 "〈아바타〉
의 나비족처럼 머리에 촉수 같은 게 있으면"(104쪽) 말이 필요 없는 완
전한 의사소통이 가능하지 않을까 생각한다. 정용준은 여전히 말 없는
말의 꿈을 꾸고 있는 걸까.

잠시 「사라지는 것들」[15]을 경유해 보자. 소설에서 인물들은 아이의
죽음 이후 고통의 시간을 산다. 화자인 '나'와 아내는 이혼을 했고, 사고
현장에서 세 살짜리 아이의 손을 잡고 있지 못했던 할머니는 "그만 살
기로 했어"(134쪽)라고 말하며 죽음을 맞이하려 한다. '나'는 가족을 지
키려 했지만 결국 지킬 수 없었다. 아내의 진단은 이러하다.

> "당신, 그동안 아이 지키고 어머님 지키고 나 지키고 살아왔지.
> 지인이 일 때문에 서로 상처 주고 싸울까 봐 걱정하고 애쓰며 살았
> 어. 눈치 보고 염려하고 말이라도 나올 것 같으면 말을 돌리거나 그
> 도 아니면 전부 당신 탓으로 돌리려고 노력했고. 알아. 아는데, 그건
> 아니야. 당신은 화냈어야 했어. 탓했어야 했어. 부주의했던 당신 엄
> 마를. 알량한 석사 학위 하나 따보겠다고 애들 팽개치고 밖으로 나
> 돌며 어머님께 애를 맡겼던 나에게 말을 했어야 했다고. 차라리 그
> 게 나아."
>
> — 「사라지는 것들」, 164쪽

어쩔 수 없는 것들이 있다. 소설에 등장하는 〈언니네 이발관〉의 노래

---

15 정용준, 「사라지는 것들」, 『문학동네』 2018년 겨울호. (여기서는 『소설보다』 2018
년 겨울호, 문학과지성사.)

「나를 잊었나요?」의 한 구절, "두려워하는 건 반드시 찾아와"(164쪽)라는 말처럼 비극의 결말이 두려워 자꾸만 감추고 미뤘던 것들은 반드시 찾아오고야 만다는 것, 돌이킬 수 없는 것, 운명 같이 어쩔 수 없는 것들이 있다. 아이의 죽음은 돌이킬 수 없다. 사고는 인과율 바깥의 일이다. 그러나 언제나 문제는 그 이후. 사고는 남겨진 자들에게는 사건이 되니까. 그래서 '나'는 그렇게 될 수밖에 없었던 이유를 고집스럽게 파헤치고, 세심하지 못했던 순간들을 후회하면서 자책하고 원망하고 스스로와 주변을 파괴하는 게 싫어서 입을 닫았다. 그래서 그것은 더 큰 사건이 되어 버린다. 침묵과 배려가 상처에 대한 동정과 연민이 오히려 상대를 파괴하는 사건이 되어 버린다. 그래서 아내는 말한다. 말했어야 한다고 말해야 한다고.

「사라지는 것들」은 그래서 '어쩔 수 없는 것들이 있구나'가 아니라, 그 어쩔 수 없는 것들이 우리에게 닥쳐왔을 때 우리를 관통했을 때 그때 우리의 태도에 대한 질문을 던진다. 그것은 윤리적 질문이 아니라 말과 감정이 부딪는 관계론적 질문이다. 이후 우리의 삶의 태도에 대한 질문을 읽어야 한다. 그리고 정용준은 하나의 답을 보여 준다. "어떤 일 때문에 무너지는 게 아니"라 "일이 일어나지 않게 버티는 힘으로 무너지는 거"(163쪽)라는 정용준의 전언은 이제 언어의 필요성을 지시하고 있다. 그 말이 굳이 사랑의 언어가 아닐지라도 적어도 파국은 막을 수 있다는 사실을.

이제 다시 『세계의 호수』로 돌아오자. 사실 한윤기는 무주가 이별을 선언할 때 그녀를 붙잡지 않았다. "무주가 먼저 손을 잡았으면 그렇게 했을 거면서 끝까지 먼저 잡지는 못하는 세상 비겁한 새끼"(128쪽)였다. 그의 사랑은 일방적인 의존과 희생에 빚지고 있었다. 사랑이 아닌

걸 사랑이라고 믿었던 그의 지난 시간들이 '세 개의 호수'('세계의 호수'
가 아니었다)의 햇살 아래서 손가락 사이로 빠져나간 햇살을 바라보고
만 있다. 그래서일까. 무주가 말한다.

> "넌 핵심 장면에서 해야 할 말을 못 하고 있어. 그 말을 안 하면서
> 빙빙 돌리고만 있잖아. 사실을 쓸 필요는 없지만 진심을 말해야지.
> 쓰지 않으면 읽어낼 방법이 없어. …… 그냥 써. 걱정 말고"
>
> − 「사라지는 것들」, 128쪽

정용준은 여전히 바벨의 언어와는 불화 중이지만, 그럼에도 불구하
고 말해야 하는 것들이 있음에 주목하고 있는 듯하다. 그것이 굳이 사
랑이 아니어도 '괜찮아, 괜찮아, 괜찮아'라고 말하는 듯하다. "내가 말하
고 있잖아"라는 목소리와 함께.

6. 따뜻한 이야기들

그래서 나는 「나무들」[16]에서 서로 다른 사연과 상처를 가진 세 명의
사람이 캘리포니아의 레드우드 국립공원의 깊은 숲에서 각자의 히페리
온에 등을 기대고 앉아있는 풍경이 좋다. "아무 소리도 들리지 않고 아
무 냄새도 맡아지지 않는 진공의 상태"(43쪽)에 삼각형의 구도로 앉아

---

16 정용준, 「나무들」, 『자음과모음』 2018년 봄호.

있는 모습이 아름답다. 또한 「미스터 심플」[17]에서 새벽의 빨래방에서 중고물품을 거래하던 두 사람이 눈 내리는 거리를 걸어 한 사람의 작은 방에 찾아가는 장면이 좋다. 거리에는 눈이 오고 있었고 작은 방 안에서는 낮고 장중한 호른 악기 소리와 닉네임 미스터 심플의 원고를 세심하게 읽어주는 사람의 마음이 있었다. 모두 따뜻했다.

언젠가 정용준이 나온 팟캐스트를 들은 적이 있다. 그곳에서 작가는 누군가 자신의 소설을 읽는 걸 보고 싶다고 말했었다. 내가 강의하는 대학에서 몇 학기 째 정용준의 「벽」을 읽고 토론하고 있다. 인간의 폭력성과 말의 불능과 '9'와 '21'의 다른 선택에 대해 이야기하고 있다면 조금이라도 더 따뜻해질까. 이제는 정용준의 다른 작품도 읽혀야겠는데, 조금 더 기다려 보려 한다. 아무래도 더 따뜻한 이야기가 기다리고 있을 것 같아서 말이다.

---

17 정용준, 「미스터 심플」, 『현대문학』 2021년 1월호.

차별과 혐오의 뒷골목, 유럽의 정치지리학
– 김솔의 『유럽식 독서법』과 『부다페스트 이야기』를 읽고

1. 유럽의 항문

첼시와 아스널의 런던 더비가 한창이던 시각, 시에라리온에서 불법
으로 건너 온 '하마드 세와'는 "한때 세상의 중심"(「영국―피카딜리 서커
스 근처」, 48쪽)[1]이었던 런던의 피카딜리 서커스 근처 맥도날드 매장
지하의 유료화장실에서 울고 있었다. 어금니에서 "신의 곳간"(24쪽, 항
문을 거슬러 대장 깊숙한 곳)으로 이어진 비단실을 갈아주어야 했기 때
문이다. 아리아드네의 실을 따라 미궁으로 들어간 것은 테세우스가 아
니라 콘돔이었는데, 그 안에는 시에라리온의 다이아몬든 광산을 둘러
싼 다국적기업과 반군 간의 전쟁으로 인해 목숨을 잃은 가족들의 희망
이었던 전 재산 천 달러가 들어있다. (유럽의 마약상 중개상들은 하마

---

[1] 김솔, 『유럽식 독서법』, 문학과지성사, 2020. (이후에는 본문에 작품명과 쪽수,
또는 쪽수만 표기)

드 세와와 같은 불법 이민자들의 항문을 이용해 마약을 밀수입한다. 그
들은 이런 운반책을 '인간 컨테이너' 혹은 '모비 딕(Moby Dick)'으로 불
렀다. 허먼 멜빌이 합리적 이성과 개척정신으로 무장한 200년 전의 백
인들이 결코 정복할 수 없고 설명할 수 없었던 존재로 모비 딕을 탄생시
켰다는 사실을 저 마약 중개상들이 알 리는 없을 것 같다.)

　과거 대영제국의 영광이 프리미어 리그의 다국적 자본 간 축구 전쟁
으로 재상영되고, 런던에서 그 지나간 영광이 맥주와 함성으로 소비되
는 사이, 시에라리온을 비롯한 제3세계 국가들에서는 과거 제국-식민
의 관계가 다국적 자본과 반군들 간의 '다이아몬드 더비'로 치환되어 인
민들의 목숨을 소비하고 있었다. 그러니까 런던 더비의 격정(정확히는
술기운)을 진정시키지 못한 '루 첸'과 '장 크리스토프 드니' 두 사람이 콜
라와 맥도날드 아이스크림을 하마드 세와의 구강으로 쏟아 부어 그의
깊숙한 곳간을 털려는 계획은 식민지의 자원을 강탈했던 제국의 폭력
과 불법 이민자들의 몸을 컨테이너로 이용해 환락을 유지하는 유럽의
타락이라는 이중의 착취 행위가 런던 거리 한 복판에서 재현된 것이다.
한 때 세계의 중심이었던 제국의 영광을 불법이민자들의 항문 속에서
찾고 있다는 수치를 모른 채 말이다.

　프랑스 오를리 공항 근처 주차장에서 일하는 '나우팔 첸토프'(모로코
에서 온 불법 이민자, 15세)는 뛰어난 공간지각능력과 운전 실력 그리
고 기억력으로 동료들이 다섯 대의 자동차를 세울 수 있는 공간에 한 대
의 자동차를 더 끼워 넣을 수 있는 최고의 발레파킹 직원이다. 양떼와
카라반을 이끌고 사막을 넘나들던 조상들이 유전자에 남긴 능력은 나
우팔이 파리의 불법 이민자에서 파리의 시민이 되기 위한 교환 관계 속

에서 겨우 그 가계의 전통을 유지하고 있는 셈이다. 나우팔은 '알라이'가 되는 것이 꿈이다. 아랍어로 목동이라는 뜻의 알라이들을 프랑스인들은 '블뢰(voleur)', 즉 도둑이라고 부른다. "자정 무렵부터 파리 시내 어느 곳이든 10여 분만 서성거린다면 그날 밤 숙소로 사용할 수 있는 자동차의 문을 열어줄 사람"(「프랑스—누군가는 할 수 있어야 하는 사업」, 111쪽)을 발견할 수 있다. 그들이 바로 알라이들이다. 물론 자동차는 그들의 것이 아니다. 파리의 유럽인들이 여행을 가기 위해 주차장에 맡겼거나 퇴근 후 거리에 세워둔 것들이다. 나우팔의 뛰어난 기억력은 바로 이 불법 숙박업에서 진가를 발휘한다. 자동차 주인의 여행 일정과 생활 패턴과 습관들을 모조리 기억하고, 하룻밤의 숙박이 끝난 후 모든 것을 제자리로 돌려놓아야 하기 때문이다.

파리에 몇 개의 주차장을 소유하고 있는 '카이사르' 사장의 가족들은 고향인 모로코에 머물고 있다. 불법 이민자 시절 사장은 파리 지하도의 화장실을 청소했다. 물론 그가 돈을 번 것은 화장실을 항문을 개방하기 위한 목적으로만 사용하지 않았기 때문이다. 유럽에는 하룻밤 몸을 눕힐 공간조차 없는 불법체류자들이 넘쳐났고, 유럽의 백인들이 잠드는 밤의 화장실은 그들의 시선을 피할 수 있는 최적의 공간이었다. 카이사르는 유료화장실을 값싼 여관으로 탈영토화시킨 셈이다. 알라이들의 등장은 공급의 확대를 의미했지만 "오늘의 유럽에는 납세하는 시민과 불법 이민자, 극우주의자, 유태인 그리고 로마니만 존재"(95쪽)했고, 납세하는 시민을 제외하면 언제나 수요가 더 많았으므로 카이사르의 사업은 번창했고 모로코의 가족들은 평안할 수 있었다.

유럽의 백인들이 잠 든 시간, 그러니까 소유와 지배 관계가 일시 정지하는 시간 동안 '알라이'들과 '카이사르'의 동업자들은 도시의 바퀴벌

레들처럼 어둠을 방패삼아 유럽인들의 소유물을 잠시 점유하는 것이
다. 불법이민자들이 불법이민자들에게 하룻밤의 휴식과 슬픔의 자유를
제공하는 것은 불법이 아니라 '누군가는 할 수 있어야 하는' 인도적 사
업이자 공적 정치가 미치지 않는 영역의 이름 없는 자들에 대한 선배 집
단들의 배려에 가깝다. 물론 약간의 돈과 탈법과 불안이 공존하지만 말
이다.

　작가의 의도인지는 알 수 없으나 신의 곳간과 화장실이 항문의 구조
와 작용에 연관된 장소라는 점은 퍽 공교롭다. 가난한 국가들에서 유럽
으로 건너 온 하위주체들이 합법적 지위를 얻기까지 유럽의 오물과 관
계한다는 점은 욕망의 배설과 노동력의 착취로 구성되는 위계적 세계
질서가 반복되는 역사를 그대로 노출시키고 있다. 여전히 아름답게 보
존되고 있는 유럽의 거리들은 향수를 가득 뿌린 채 배설물의 냄새를 가
리는 유구한 은폐술의 전통을 계승하고 있는 듯하지만, 제국의 항문에
우글거리는 '벌레'들의 구조와 작용이 그 몸뚱어리를 병들게 할지 아니
면 벌레들의 존재를 정치적으로 구조화하면서 제국의 몸뚱어리가 유지
되는지는 두고 볼 일이다. 본래 예외적 존재들을 생산하고 그들을 경계
선 외부에 위치시킴으로써 내부의 질서를 구조화하는 것이 정치의 작
동 방식이라고 했으니(푸코), 차별과 혐오 위에 세워진 유럽의 정치 지
리학은 한동안 이상 증세를 자각하지 못할 듯도 싶다.[2] 태양의 시간을

2　　김솔은 〈작가의 말〉에서 2012~2015년에 쓰인 소설들이 여전히 유효하다면 "그
　　동안 쳇바퀴를 반대방향으로 돌리고 있었다는 의미일 테니 헛헛하고 부끄러워질
　　것 같다"고 말한 바 있다. 아쉽게도 그의 소망은 실현되지 않은 듯하다. 과거의
　　소설이 내린 진단이 여전히 유효하니까.

활보하는 유럽의 백인들이 어둠을 생존 조건으로 요구하는 뱀파이어의 슬픔을 알 리 만무하다. 본래 하위주체들에게는 언어가 주어지지 않았으니(스피박), 불법이민자들이 서로 주고받는 이야기들을 알아들을 리 없을 뿐더러 또 하나의 변방 언어인 한국어로 기록된 이 정치지리학의 보고서도 읽을 수 없을 테니까.

2. 유럽의 정치 지리학

김솔의 장편 소설 『부다페스트 이야기』[3]는 유럽 연작에서 보여 주었던 차별과 혐오의 주제의식을 현실과 맞닿은 언어로 풍자하고 있다. 전작에서 지배적이었던 환상과 몽상의 언어가 사라진 자리에 거짓과 허영과 모순이 지배하는 현실적 인간 군상들의 언어가 적나라하게 노출되어 있다. 소설은 헝가리 부다페스트에 있는 국제학교에서 매년 주최하는 '인터내셔널 데이' 행사에서 사회 각층의 저명인사들을 '일일교사'로 초청하는 직업체험 프로그램을 소재로 삼고 있다. 소설은 군인, 요리사, 의사, 엔지니어, 공무원, 건축가, 영화배우, 변호사, 부자 등 16명의 일일교사들의 에피소드로 구성되어 있다. 형식은 간결해졌고 메시지는 분명해졌다.

이 국제학교의 일일교사가 된다는 것은 지역에 자신의 이름을 알리고 더 많은 부와 권력을 생산할 수 있는 기회였기 때문에 일일교사의 선정 작업에는 수많은 개인들과 집단들의 이익이 거래되었다. 그 결과 일

3　김솔, 『부다페스트 이야기』, 민음사, 2020. (이후 본문에 작품명과 쪽수만 표시함)

일교사로 선정된 자들은 대부분 "서방 사업가들이거나 그들의 사업을 직간접으로 돕는 자들 또는 외교관"이었고, "그들 모두가 중산층 백인에다 영어를 모국어처럼 사용하고 기독교도라는 공통점"(이상 16~17쪽)을 가지고 있었다. 결코 우연의 결과라고 할 수 없는 이 사실은 인종과 국가와 언어에 대한 유럽의 차별주의적 시선이 끊임없이 재생산되고 있음을 증명한다.

소설에는 두 가지의 진실이 두 가지의 책으로 존재한다. 하나는 일일교사로 참여한 인물들의 강의록을 그대로 정리해서 학교 측이 대외비로 관리하는 책이다. 다른 하나는 익명의 역사 교사가 이들의 강의록을 입수한 뒤, 강의의 내용과 달리 인종차별적이고 이기적인 일일교사들의 모순된 삶의 기록을 함께 수록한 책이다. 『부다페스트 이야기』는 바로 이 익명의 교사가 정리한 두 번째의 책의 이름이다. 대외적 진실은 두 가지이지만 첫 번째 책이 거짓의 기록이라는 점을 분명히 함으로써 김솔의 소설은 악의 연대가 이룩한 거짓된 세계의 이면을 적나라하게 고발하는 서사로 직행하고 있다. 가령 코소보에서 평화유지군 활동을 수행하면서 수많은 난민들을 보호했다는 군인의 강의록 뒤에 덧붙인 기록은 이러하다.

그가 코소보에서 평화 유지군 임무를 마치고 모국으로 귀국한 이듬해 이웃나라의 전쟁에 참가하여 민간인들을 무참하게 학살했다는 사실은 일일교사 선정 과정에서 미처 확인되지 않았다. 그가 공습할 목표의 좌표를 잘못 계산하는 바람에 폭격기는 아이들이 수업을 받고 있는 한낮의 학교에 폭탄을 투하했다. 아이들에게서도 어른들만큼이나 많은 양의 피가 흘러나왔으나 비명은 어른들보다 훨씬 짧았

다. 많은 아이들이 죽었으므로 한동안 테러리스트를 걱정할 필요가
없다고 그는 상부에 덤덤하게 보고했다. 승전의 공로로 포상을 받고
진급까지 하게 된 이상 그는 굳이 자신의 실수를 고백할 필요를 느
끼지 못했다. …(중략)… 게다가 그는 최근 부다페스트 외곽에서 로
마니들이 대규모 시위를 벌였을 때 나토군 장교라는 신분을 숨긴 채
민병대의 일원으로 참가하여 로마니들을 무자비하게 진압했다는 의
혹까지 받고 있다. 최근 그의 모국에서 발행된 진보 성향의 일간지
에 지난 추악한 전쟁에 대한 사설이 실렸다.

— 『부다페스트 이야기』, 70~71쪽

소설은 이와 같은 방식으로 지워졌거나 초대받지 못한 자의 이야기
를 제외하고 모두 14개의 에피소드를 통해 이들의 위선을 고발한다. 특
히 부다페스트 외곽 지역에 거주하는 '로마니'들에 대한 일일교사들의
이중적 시선들을 공통적으로 부각시키고 있다. 로마니들은 앞서 언급
한 유럽의 불법 이민자들의 존재와 다르지 않다. 로마니라는 예외적 존
재를 경계 외부에 존재하게 하고, 그들에 대한 혐오와 차별을 동력으로
부다페스트의 백인들의 배타적 공동체를 작동시키고 있기 때문이다.

"직업과 접속한 개인의 기묘한 욕망, 사회 체제의 우스꽝스러운 역학
관계, 역사의 아이러니, 그리고 그것과 동시에 연동 중인 우리들의 편
견과 무지, 차별 의식"(351쪽)이 도사리고 있다는 송종원의 평가는 인
터내셔널 데이의 일일교사들의 거짓된 망상과 일일교사 선정과정에 얽
힌 학교 교사들의 이해관계와 학교 행사를 통해 백인 공동체의 정치 공
간을 확보하려는 수많은 개인과 집단들의 네크워크를 비판하는 정확
한 표현이다. 한 주체가 새로운 공간(문화적, 지리적 조직이 다른 세계)

에 들어선 순간, 그것은 새로운 사물들로 가득 찬 생태계의 정치 지리 공간에 들어섰음을 의미한다. 이는 숨겨진 지리학에 내재한 차별의 조직화라는 비—동질적 폭력적 세계에서 타자로 노출되었음을 의미한다. 그러니 로마나나 불법 이민자들이 거리에서 싸늘한 시체로 발견된다고 해서 이상할 것이 전혀 없다. 김솔에게 유럽은 타자들을 벌거벗은 인간으로 생존하게 하면서 고요한 중세 유럽의 유산을 상품화하는 생명정치의 공간이다.

정치체는 인간으로만 구성된 것이 아니다. 네트워크에는 거대하고 복잡한 테크놀로지가 복잡하게 얽혀 있다. 이 소설이 폭로하는 네트워크의 구성체들의 얽힘은 '정치'라는 개념 안에서 그리 조화롭게 어울려 있지는 못하다. 사물들의 관계(세계)는 한 눈에 파악할 수 없을 정도로 복잡하고 거대하다. 맥도날드, 유료 화장실, 마약, 코카인, 로마니, 이슬람, 프리미어 리그, 대도시의 뒷골목, 국경, 이민자, 불법 체류자, 버려지는 아이들과 뒷골목에서 자라는 아이들, 밀입국, 결코 끝나지 않는 악의 순환, 프랑스 요리, 백인 사회의 고상함, 차별과 혐오를 은폐하는 공동체와 각종 모임들, 범죄 조직들, 마피아, 중세의 유산들 등 '행위자—네트워크'[4]의 그물망은 너무나 거대하고 촘촘하다. 작가 김솔이 직조한 거미망 같은 소설의 세계도 한 눈에 파악하기 어렵다. 김솔은 보이지 않지만 보이지 않기 때문에 견고한 비합리적 세계의 단면을 노출

4　김솔이 구축한 유럽의 미궁을 ANT로 분석할 수 있는 가능성에 대해서는, 브루노 라투르, 『인간·사물·동맹 — 행위자네트워크 이론과 테크노사이언스』, 홍성욱 엮음, 이음, 2010, 276쪽. 라투르의 분석방법을 따르면 일일교사들은 '인간 행위자(Actor)'로 인터네셔널 데이 행사는 '비인간 행위자'로 네크워크를 구성하면서 권력 재생산의 그물망을 형성하고 있다.

시키면서 우리를 출구를 알 수 없는 미궁으로 밀어넣는다.

김솔의 소설이 공공의 문제를 소재로 삼거나 사물(현실)로 돌아가자라고 이야기할 때, 그것은 구시대적 유물론으로 돌아가자는 것이 아니다. 물질 그 자체는 현대 사회에서 쉽게 소비할 수 있는 대상이 되었기 때문이다. 때문에 지금 유물론자가 된다는 것은, 이를테면 다이달로스가 만든 미궁보다 더 복잡한 사물들의 미궁에 들어간다는 것을 의미한다. 김솔의 세계는 이와 같이 유럽을 구성하는 수많은 사물(인간과 비-인간을 포함해서)들이 얽힌 미궁 속에서 구축된다. 출구를 알 수 없는 막막함과 모호함과 혼돈의 문체로 쓰여진 김솔의 문장을 읽는 것은 그러므로 사물과 사물의 관계가 지배하는 이 세계의 폭력성과 차별성이 '유럽'이라는 근사한 옷으로 은폐한 뒷골목을 탐색하는 것과 다르지 않다.

3. 비극의 연쇄

김솔의 소설집 『유럽식 독서법』의 화자들은 흑인이거나 아시안이거나 홈리스이거나 알라이거나 히치하이킹을 하는 소녀이거나 제각각이지만, 모두들 불법 이민자이거나 불법 이민자였거나 불법 이민자가 되려는 사람들이다. 그래서 김솔의 소설은 명백히 차별과 혐오에 대한 이야기들이다. 또는 차별과 혐오로 은폐된 역사의 스티그마들이 유럽의 밤거리를 배회하는 이야기들이다. 또는 한때 제국이었고 한때 인종차별의 주체였고 한때 세계의 부를 독차지하기 위해 서둘러 아프리카와 남미와 아시아로 그들의 군대와 학자들을 보냈던 착취의 생산자들이 살고 있는 유럽의 민낯을 폭로하는 이야기이다. 그러니 김솔의 소설은 차별과 혐오를 연료삼아 유지되는 오래된 기계의 삐걱거리는 소리를 언어화한 유럽의 정치 지리학에 대한 보고서이기도 하다.

김솔의 소설이 모호함, 소설의 새로운 형식적 실험, 또는 보르헤스적이라는 수사를 얻은 것은 기실 이들이 살아남기 위해 불가분 경험해야만 했던 이 가혹한 현실을 소설화한 때문이다. 백인들에게 유럽의 국경은 희미한 점선이겠으나, 전쟁과 가난으로 삶이 파괴된 국가의 인민들이나 인종이나 종교에 새겨진 주홍글씨 때문에 차별 받는 사람들에게 그것은 지워지지 않는 문신처럼 견고하고 험난하다. 경계의 문은 야곱의 사다리처럼 기적이 필요하다.

김솔의 소설을 두고 형식의 파격이라고 할 때 그것은 대체로 시작과 끝의 모호함이나 플롯의 혼돈에 기인하는 바, 이러한 새로운 낯설음은 김솔의 소설이 인과를 알 수 없고 책임을 물을 수 없는 비극의 무한궤도에 놓인 인물들의 삶을 그대로 옮겨놓고 있기 때문이다. 특히 「알바니아-이즈티하드Ijtihad의 문」은 누군가 겪은 고난의 경험이 수정되지 않은 채 다른 누군가의 삶에서 반복되는 비극의 순환을 그리는 김솔의 구성 전략이 표면화된 작품으로 보인다.

소설은 유고 연방의 해체 후 인종청소의 홀로코스트와 전쟁과 가난에서 탈출하기 위해 그리스의 국경을 넘는 알바니아 인민들을 초점화하고 있다. 〈1장-아스르(Asr, 오후)〉에서 알바니아의 경찰 '히카'는 마피아 조직이 연루된 마약과 인신매매 사건을 수사 중이다. 그는 서장에게 "그리스나 이탈리아로 밀입국하려는 여자들의 몸속에 마약을 숨겨서 국경까지 실어 나른다는" 사실과 정신적 충격으로 이상 증세를 보이는 "어떤 여자는 베개를 자신의 아들로 여기고 주기적으로 수유을 시도"(이상 259쪽)하기도 한다는 보고를 한다. 하지만 이미 마피아에게 매수된 서장은 "마피아가 지배하는 세상에선 친구와 적이 구별되지 않"는다는 것과 "지혜로운 자는 침묵을 무기로 사용할 줄 알아야 한다"(이상 261쪽)는 가르침을 잘 이해하는 자였다.

히카의 보고에 담긴 그 어떤 여자는 〈2장-이샤(Isha, 밤)〉의 초점 인물인 '베네라 무스타파'일 수도 있다. "무자비한 포주의 추적을 피해 험준한 설산을 임신 7개월의 몸으로 넘으면서"(263쪽) 무스타파는 알라의 이름을 잊지 않았다. 그러나 코란은 "어느 아야(Aya)에서 시작해도 늘 같은 자리로 돌아왔기 때문에, 알라를 향한 예배를 멈추지만 않는다면 그녀와 아이의 목숨은 유지"(267쪽)할 것으로 믿었다. 그러나 제 자리로 돌아오는 것은 신의 계시나 율법의 엄중함이 아니라 지옥이었다. "문득 코란의 신성한 문구가 자신의 몸 안에서 모유를 만들어냈을지도 모른다는 생각이 들어 무스타파는 등에 매달려 있는 아이를 가슴 쪽으로 끌어당기려고"(267쪽)하지만, 아이는 없다.

무스타파는 국경을 넘으며 마피아를 만났을 수도 있다. 〈3장-주흐르(Zuhr, 정오)〉의 '게르트 콜리키'는 여권이 없는 사람들에게 마약이 담긴 콘돔 20개를 삼키게 한 뒤 냉동차에 싣고 국경을 넘는 일을 하는 마피아의 중간 보스였지만 현재는 소파에서 싸늘한 시체가 되었다. 러시아 출신의 부하 한 명이 임신한 여자들의 자궁 속에 40개의 마약 콘돔을 숨기게 했다. 콜리키는 임산부를 인간 컨테이너로 이용하는 것을 반대하다 부하의 총에 죽었으니, 임신한 여자들은 배 속에 아이와 마약 콘돔을 넣은 채 그리스의 국경을 통과했을 것이다.

〈4장-마그립(Maghrib, 일몰)〉에서 관광 가이드인 '도리안 촐라쿠'는 심야관광 옵션을 예약한 남자 손님들을 데리고 슈코더르 시내의 유곽을 향한다. 수십 명의 창녀들이 건물을 가득 채우고 있다. 〈5장-파즈르(Fazr, 새벽)〉에서 '엘세이드 마브라이'의 여동생은 '미할' 가문과의 전쟁에서 패배한 자신의 가문을 떠나 접시와 찻잔 세트를 들고 미할 가문으로 향했다. 아마도 마브라이의 여동생은 유곽으로 팔려가고, 그곳에서 임신한 알바니아의 여성들은 무스타파처럼 사창가를 도망나오다가 아이를 잃었거나 마약 콘돔을 숨긴 채 그리스의 국경을 넘었을 것이다.

> "전쟁을 통해 막대한 권력과 이익을 얻게 된 자들이 자신의 불행에 책임져야 한다고 생각했다. 전쟁이 없었더라면 유엔은 쿠케스에 난민수용소를 세우고 평화유지군을 파병하지도 않았을 것이고, 성욕을 해결하지 않고서는 자신의 거룩한 임무를 시작할 수 없는 군인들이 여자들의 꽁무니를 쫓아다니지 않았을 것이며, 돈냄새를 맡은 마피아가 난민수용소 부근에 임시 사창가를 만들거나, 민족의 명운이 걸린 전쟁 비용을 마련한다는 명목으로 정부군이나 반군이 평범한 여자들을 납치하여 포주에게 헐값에 팔아넘기는 일도 결코 일어나지 않았을 것이다."
>
> ー「알바니아-이즈티하드의 문」, 264쪽

아스르에서 파즈르로 이어지는 시간의 연쇄는 알바니아 여성들의 연쇄적 불행이 반복되는 시간의 궤도에서 벗어나지 못할 것임을 알려준다. 전쟁과 성욕과 돈과 권력은 몇 겹의 덫을 치고 알바니아의 여성들을 지옥의 문으로 들어서게 한다. 정부 경찰 마피아로 이루어진 부패의 카르텔은 무너지지 않는다. 그러니 마브라이의 여동생은 무스타파가 되고 무스타파는 '모비 딕'이 되고, 운이 좋아 살아남게 된 아이들은 다시 마피아의 조직원이 되거나 서유럽 거리의 화장실을 청소하거나 알라이가 된다. 그러나 유럽의 백인-기독교 국가들은 그들에게 식탁의 한 자리를 내어주기는 해도 결코 그들에게 식사를 제공하지는 않을 것이다. 인종과 종교와 가난은 인민을 구성하는 배타적 경계의 기준이 되고 있다. 그러니 김솔의 유럽에 대한 보고서는 반복될 수밖에 없는 비극에 대한 기록이며, 그 기록의 형식이 낯설고 새롭게 느껴지는 이유는 김솔의 실험정신 때문만이 아니라 인과율을 벗어난 비극적 현실 때문이기도 하다.

4. 인과율과 양자 역학

김솔의 소설을 지배하는 반복적 구조와 비극의 연쇄는 그것인 현실이기도 하면서 동시에 그가 꿈의 구조를 소설의 형식으로 가져온 데서 기인한다. 불법으로 국경을 건너 온 이들이 살아남기 위해 필요한 것들은 무엇일까? 밤 새 주차된 자동차와 유료화장실(「프랑스-누군가는 할 수 있어야 하는 사업」)이나 사회적 약자를 보호하기 위한 법률(「영국-피카딜리 서커스 근처」)을 악용할 수 있는 약간의 뻔뻔함일까? 이들이 백년의 고독 쯤을 이겨내면 시민의 권리가 주어질 수도 있겠지만, 그때까지 이들은 유럽의 항문을 닦으며 밤에만 돌아가는 초콜릿 공장에서 일당을 받으며 가슴을 졸여야 하고(「벨기에-유럽식 독서법」), 마약을 넣은 콘돔을 스무 개씩 삼키고 냉동차에 몸을 숨긴 채 국경을 넘어야 하고(「알바니아-이즈티하드의 문」), 유럽의 시민들에게 마약과 코카인을 공급하기 위해 제 항문을 열어야 할 것이다. 그러니 지금 당장은 이러한 지옥도의 현실을 견디기 위한 생존 전략이 아니라, 어떤 환상이거나 꿈이거나 혹은 이야기가 필요한 것은 아닐까.

김솔은 소설의 곳곳에 환상과 현실의 관계에 대한 기록, 또는 소설의 형식이 사유되는 방식에 대한 기록들을 숨겨놓았다. 이번 소설집에서는 아래와 같은 문장을 찾았다. 김솔 소설의 구성론에 대한 힌트이기도 한데, 문장에서 꿈을 이야기로 바꾸면 「유럽식 독서법」이 되며 꿈을 환각으로 바꾸면 마약이 된다. 이야기와 마약은 모두 현실로부터 도피하게 한다는 점에서 공통적이다.

인간은 잠을 자는 동안 여러 편의 꿈을 동시에 꾼다. 그 꿈들은 서로 완벽한 수미상관의 형식으로 연결되어 있기 때문에, 전편의 결말은 후편의 원인으로 작용하고 후편의 결말은 전편의 원인으로 귀속된다. 또한 전편에 등장했던 인물들은 똑같은 모습과 행동으로 후편에 등장하여 전편과는 정반대의 이야기를 이어간다. 마치 색이나 빛의 삼원색을 섞으면 검은색이나 흰색이 되듯이, 여러 편의 꿈들이 완벽하게 포개지면 전혀 다른 이야기가 되기 때문에 그것의 시작과 끝을 찾는 건 쉽지 않다. 더욱이 그것을 이해하거나 꿈 밖에서 기억해내는 일은 거의 불가능하다. 그러니 매일 같은 꿈을 꾸게 될 확률이나, 매일 같은 꿈을 꾸고 그것을 기억할 확률은 거의 같다고 말할수 있다.

－「스위스－브라운 운동」, 136~137쪽

'완벽한 수미상관의 형식으로 연결'된 꿈처럼 김솔의 소설은 시작과 끝의 지점을 짚어내기 까다로운 경우가 빈번하다. 스토리의 끝을 소설의 앞부분에서 미리 보여 주지만 처음 읽을 때에는 그것이 끝인 줄을 모르다가 기시감처럼 불쑥 앞부분의 문장들이 끼어들기도 한다. 이걸 다시 시간 순서대로 배치해보지만 끝은 다시 또 다른 시작으로 이어진다. 전편의 결말이 후편의 원인이 되고 후편의 결말이 전편의 원인이 되므로 이야기는 순환 구조를 띤다. 그러나 꿈의 이미지와 상황이 그러하듯 이야기는 같은 궤도를 돌지는 않는다. 이와 같은 특징은 김솔의 유럽 연작이 불법 이민자들의 생존과 불행이라는 공통의 궤도를 가지고 있지만, 이야기의 화자가 누구냐에 따라 전혀 다른 삶의 스토리가 펼쳐지는 것을 이해하게 해준다.

가령 「유럽식 독서법」에서 소녀의 이야기를 듣는 '나'는 이후 소녀처럼 이야기를 들려주는 히치하이커가 되고, 파리에서 추방된 '나우팔'은 언제나 다시 돌아와 '카이사르'가 될 것만도 같다. 알바니아 여성들의 비극은 이름을 달리한 채 반복되고, 「에스메랄다 블랑카」에서 323번 국도에 버려진 아이의 삶은 살인과 복수와 죽음을 반복하면서 323번 국도의 주변에서 맴돈다. 특히 전체가 하나의 문장으로 구성된 이 소설의 끊어질 듯 끊어지지 않는 문장 구성과 인과관계를 혼돈에 빠뜨리는 배치는 마치 꿈의 궤도에 불시에 떨어진 것과 같은 인상을 준다. 김솔의 소설을 읽는 일은 매일 같은 꿈을 꾸지만 다르게 기억하거나 다른 꿈을 같은 꿈으로 착각하며 살아가는 우리의 일상과 다르지 않다. 안타깝게도 분명한 사실 하나는 어디에서 시작하든 궤도에서 벗어날 수는 없다는 점이다.

꿈과 현실에 대한 작가의 사유는 두 가지의 상이한 결과를 산출한다. 먼저, 「스위스-브라운 운동」의 경우에는 현실과 꿈의 경계가 의도적으로 뒤섞여 있다. 꿈에서 본 거대한 범선이 산 정상에 놓여있고, 소설의 인물들이 이 범선을 타고 탈옥할 계획을 세우는 이야기는 비현실적이며 몽환적이지만 김솔의 세계관에서는 불가능하지 않다.

> 기억이나 상상에서 비롯된 사물들은 모두 가능태(可能態)이기 때문에, 그것이 존재할 가능성을 완전히 제거하지 못하는 한 범선은 언제든지 다시 나타날 수밖에 없다.
>
> ―「스위스-브라운 운동」, 138쪽

> 시간은 강물처럼 연속적으로 흐르다가도 갑자기, 강물 위에 떠 있는 꽃가루들처럼, 전혀 연관되지 않은 자리로 옮겨가서 잠시 멈춘다.
> 강물처럼 흐르는 시간은 미래에서 현재를 거쳐 과거로 흘러가지만, 꽃가루들처럼 움직이는 시간은 과거에서 미래를 거쳐 현재에 도달하거나, 미래에서 과거를 거쳐 현재로 건너온다.
> 현재라는 순간은 과거와 미래의 곤죽 상태이므로, 현재는 결코 한 방향으로 흘러갈 수 없으니, 그것은 마치 오래전에 멈춰 선 증기기관차와 다르지 않다. 그 아래의 철로마저 이미 사라지고 없다.
>
> ―「스위스-브라운 운동」, 144~145쪽

액체나 기체 속에 포함된 작은 입자들은 진로를 예상할 수 없을 정도로 불규칙한 운동을 한다는 것이 바로 '브라운 운동(Brownian motion)'이다. 파동이면서 입자이기도 한 빛의 이동을 시간이라고 하고 시간에 브라운 운동을 적용하면 과거-현재-미래로 이어지는 시간의 흐름은 뒤집히게 된다. 하나의 세계는 다른 세계와 만날 수도 있으며, 이야기의 원인과 결말이 한 방향으로만 흐르지 않고 평행 우주처럼 무수한 이야기들을 산출할 수도 있다. 그러므로 감옥에 갇힌 사람들이 꿈속의 산 정상에 있는 범선을 타고 탈옥할 수도 있다는 상상은 전혀 문제될 게 없다. 모든 상상이나 환상은 김솔에게 '가능태'이기 때문이다. 더구나 소설의 인물들은 "현실을 환상이라고 믿고 실재 세계는 꿈 안쪽에 있다고 생각"(「스위스-브라운 운동」, 141쪽)하는 작가의 상상을 대변하고 있으니까.

이러한 특징이 김솔 소설의 새롭고 복잡한 형식을 이해하는 열쇠가 될 수는 있지만, 마냥 긍정적이지만은 않다. 왜냐하면 원인과 결말이 인과율로 묶이지 않고 시간의 흐름이 뒤섞이고 현실과 환상의 구별이 무의미하다는 사실은 이 세계에 대한 전망이 예측불가능의 영역에 놓여 있다는 말이기도 하기 때문이다.

자신의 일상을 구성하고 있는 배경과 인물과 사건 사이의 인과관계를 끊임없이 찾아라.

하지만 배경이나 인물이나 사건은 하나같이 모든 가능성 위에 적절히 산포되어 있는 양자적 현상에 지나지 않기 때문에 하나의 진실은 또 하나의 거짓으로 해석될 수 있다는 역설을 이해해야 한다.

그럴 자신이 없다면, 세상은 오로지 자신을 철저하게 절망시키기 위해 존재한다고 간주하는 편이 훨씬 낫다.

– 「프랑스-누군가는 할 수 있어야 하는 사업」, 113~114쪽

인용문의 말을 정리하면 이렇다. '불행의 인과관계를 찾아라. 그러나 세계는 양자적이기 때문에 인과율은 무의미하다. 이것을 받아들여야 유럽에서 살아남을 수 있다.' 양자 역학의 세계에서 슈뢰딩거의 고양이는 살아있을 수도 있고 죽어 있을 수도 있다. 이것을 확인하기 위해 덮개를 여는 행위는 현상에 영향을 주기 때문에 고양이의 방사능 오염 여부와 생사는 알 수 없는 영역에 존재한다. 이러한 불확정성의 원리는 김솔의 소설에서 유럽의 밤거리를 배회하는 인물들의 현재와 미래를 예측불가능하게 한다. 어차피 이들의 현실은 인과율을 벗어난 비극의 연속이었다. 가령 '나우팔'에게 닥친 불운의 인과관계에 대한 다른 동료 알라이의 전언은 다음과 같았다.

> 주사위를 한 번 굴렸을 때 각 숫자가 나올 확률은 정확히 6분의 1이지만, 열두 번쯤 굴렸을 때 각 숫자가 나올 확률은 결코 6분의 1이 아니다.
>
> 무한 반복의 결과로 6분의 1이라는 확률에 수렴해갈 수는 있겠지만 인생에서 무한히 반복할 수 있는 사건은 결코 일어나지 않는다.
>
> … 그 사건은 그들에게 고작 두 번 반복됐으므로 불운이 그들 중 한 명을 선택할 확률은 서로 달랐다.
>
> — 「프랑스—누군가는 할 수 있어야 하는 사업」, 122쪽

무한한 반복의 결과는 확률로 수렴할 수 있지만, 한 명의 개인이 경험하는 세계는 무한할 수 없으므로 불운은 확률적으로 예측할 수 없다. 그러니 런던이나 파리로 들어오는 하위주체들에게 삶은 확률로 수렴하는 주사위 놀이가 아니어서, 부디 차별과 혐오가 자신들에게 가해지지

않을 행운에 기대야 한다. 그들이 유럽의 시민이 될 수 있는 가능성 또한 필연의 영역을 벗어나 있다. 그래서인지 알라이들은 자신이 점찍어 둔 자동차의 주인이 예상과 다르게 일찍 귀국한다고 해서 억울함을 항변하지 않는다. 이것이 불행이면서 동시에 다행이기도 한 이유는 다른 측면에서 볼 때 인과율이 지배하는 세계는 그들에게 비참한 미래가 도래할 수밖에 없음을 필연적으로 증명할 테니까. 또는 그들이 겪은 고통이 인과법칙의 상식으로 도저히 이해할 수 없는 것이어서 차라리 두 개의 진실이 공존할 수 있는 양자 역학적 가능성의 영역에 자신들의 삶이 놓이기를 원할 수도 있으니까.

김솔이 소설 곳곳에 무작위적으로 배치해 놓은 해독의 열쇠는 신의 무책임함을 성토하는 문장이기도 하다.[5] 신이 창조한 세계는 인과율을 한참이나 벗어나 있어서 환상이 아니고서는 견딜 수 없으니까 말이다. 김솔의 소설이 형식적 실험이나 새로운 소설 장르의 시작으로 언급되는 이유는 그의 소설이 환상으로 현실의 고통을 유예시키는 이 오래된 삶의 방법론을 옮겨 놓았기 때문이다. 사실 김솔이 한 일은 현실을 소설 장르의 규범으로 구조화하지 않은 일, 소설로 현실을 재구조화하지 않은 일이다. 그러므로 김솔 소설의 독특함은 '하지 않음'을 선택함으로써 무언가를 하게 되었던 필연적-우연의 산물이다.

---

5 「에스메랄다 블랑카」에서는 신성 모독의 문장을 서슴지 않는다. 성서에 기록된 구원의 약속은 다르게 번역되어야 했다. '아브라함을 이삭을 낳고 이삭은 야곱을 낳고'로 이어지는 무한한 족보가 아니라 전쟁이 가난을 낳고 가난이 불행을 낳고 불행이 죽음을 낳고 불법 이민자가 불법 이민자를 낳는 지옥도의 풍경으로 다시 쓰여야만 한다. 이 소설집에서 가장 난해한 형식으로 쓰인 이 소설은 해독불가능을 꿈꾸는 소설의 실험이 아니라 대를 이어 반복되는 비극에 대한 화자의 복수심이 기록한 성서에 대한 원망 섞인 주석에 가까워 보인다.

5. 경고

「유럽식 독서법」의 태국인 소녀가 절룩이는 '오른쪽 다리'[6]를 끌고 유럽의 지도에 새긴 생존의 문장에는 소녀가 살아남기 위해 서툰 언어로 만들어야만 했던 수많은 환상의 이야기들도 가득하다. 이 환상은 현실로 치환되는 힘이 있어 소설 속 화자는 소녀의 마법에서 허우적댄다. 거미여인의 이야기는 그의 집에 거미를 불러와 아내를 기겁하게 했으며, 고슴도치 요리 이야기는 아내의 닭 요리를 고슴도치로 바꿔놓았으며, '알라이' 이야기 이후 그의 자동차는 불법 이민자들의 하룻밤 숙소로 바뀌기도 했다. (앞서 말하지 않았던가. 김솔의 소설은 환상과 현실을 구별하지 않는다고.) 그들의 흔적이 불쾌해서 도난경보장치를 달았을 때 소녀는 그를 쏘아보며 이렇게 말한다.

> "당신도 유럽의 인종차별주의자처럼 그들을 추방시켰군요. 그들이 당신에게 큰 손해를 끼친 것도 아닌데 말이에요. …… 당신이 추방한 사람들 중엔 초콜릿 공장에서 어제 해고된 당신의 동료들도 있지 않을까요? 그리고 다음엔 당신의 차례가 되겠죠."
>
> ― 「벨기에-유럽식 독서법」, 83쪽

다시 말하지만 소녀의 이야기는 현실화되는 힘이 있어서, 그는 소녀의 말처럼 직장에서 해고되고 자동차를 잃었다. 소녀의 경고는 저주로

---

6 고무나무 수액의 할당량을 채우지 못해서 손발이 잘린 콩고 사람들과 닮았다. 콩고는 벨기에의 식민지였다.

실현된 것 같다. 이제 화자는 자신을 자동차에 태운 누군가의 호의가 식어버리지 않도록 소녀가 그랬던 것처럼 "적확한 단어와 문장"을 찾고 "세밀한 논리"(55쪽)로 이야기를 만들어야 할 것이다. 자동차의 주인이 현실원칙으로 회귀하는 길을 늦추기 위해서 이야기의 결말은 최대한 뒤로 미루는 것이 좋을 것이다. 아마도 "완벽한 수미상관의 구조"(55쪽)가 좋을 것 같다. 시작과 끝을 알 수 없을수록 좋다. 이야기의 화자도 독자도 모두 길을 잃으면 더 좋다. 김솔의 고백에 의하면 "나 역시 이 소설을 어떤 속도와 방향으로 몰고 가야 하는지 그리고 언제 어디서 어떻게 내려야 하는지 전혀 알지 못한다"(54쪽)고 했으니, 굳이 인과법칙이나 완벽한 플롯이나 행복한 결말 따위를 상상하지 않아도 좋다. 다만 이야기가 멈추면 안 된다. 고속도로로 던져질 수도 있으니까. 그런데 소녀는 이미 그에게 이런 경고들을 한 적이 있다.

> "상상이란 아주 위험한 화학물질이기 때문에 잘못 취급하면 돌이킬 수 없는 상황을 초래하지요. 당신도 곧 그 사실을 깨닫게 되겠지만, 그렇다고 달라지는 건 거의 없을 거에요."
>
> —「벨기에-유럽식 독서법」, 85쪽[7]

---

[7] 〈경고1〉 이야기는 달콤하지만 위험하다. 소설을 읽는 일도 마찬가지다. 유럽에 대한 환상을 가지고 이 책을 펼쳤을 때 바로 부딪치게 되는 당혹감처럼, 소설은 현실에 지친 독자들에게 유토피아나 희망 같은 것을 제공하지 않는다. 작가 김솔은 그런 것에 관심이 없는 사람이다. 소녀의 이야기에 빠져들어 모든 것을 잃어버린 소설의 화자처럼 이야기에 빠지면 우리는 현실과 이야기를 혼동하게 된다. 그 순간 현실로 귀환하는 길을 잃어버릴 수도 있다. 그러니 출근길에 이 소설을 읽는 삼가기 바란다.

환상과 이야기는 위험하다. 불법 이민자의 현실을 잠시 잊게 해주겠지만 이야기를 듣기 위해 길을 돌아갈수록 유럽의 시민이 되는 길도 멀어지기 때문이다. 뒤늦게 깨달은 화자도 이런 문장을 남겼다.

> 타인과의 경쟁에 필요한 지식과 경험을 얻기 위해서 항상 독서가 권장되는 건 아니다. 이미 최대제한속도 이상으로 질주하고 있는 자본주의 체제에 짐짝처럼 실려 가면서 한가롭게 독서를 하느라 한눈을 파는 사이에 삶의 성패를 결정하는 중요한 신호를 자칫 지나칠 수도 있기 때문이다.
>
> ― 「벨기에-유럽식 독서법」, 78쪽[8]

표현은 다르지만 의미는 같다. 화자는 이 소설의 목적을 "순전히 유럽에 대한 당신의 이해와 적응을 돕기 위함"(53~54쪽)이라고 강조한다. 오해해서는 안 된다. 이 문장은 안내가 아니라 경고다. "갑자기 아내와 아이가 사라졌고, 이어 소녀에게 자동차와 직업마저 강탈당하면서 이 소설은 비로소 합목적성을 갖추게"(55쪽) 되었다는 말은 '이 소녀

---

[8] 〈경고2〉 혹여 코로나 종식 후 유럽 여행을 계획하고 있거나, 유럽 여행을 가기 위해 질주하는 자본주의 체제에서 '짐짝'처럼 일을 하고 있는 중이거나, 성공과 실패를 가르는 중요한 신호를 놓치지 않으려 안간힘을 쓰고 있는 독자들에게 김솔의 소설은 결코 권장할 만한 이야기는 아닐 듯싶다. 반대로 여행에서 돌아와 출근은 앞두고 있거나, 자기가 '짐짝'이라는 사실을 모르고 있었거나, 항상 성공과 실패를 가르는 중요한 신호들을 놓쳐 왔던 독자들이라면 김솔의 소설은 권장할 만한 가치가 있다. 김솔이 들려주는 이야기는 환상이 아니라 환상에 빠져 몇 겹의 시공간이 얽힌 꿈의 크레바스에 갇힌 사람들의 이야기이기 때문이다. 화들짝 놀라 혹 자신이 이 세계의 불법체류자일 수도 있다는 가능성을 발견하는 순간 번뜩 정신이 들 수도 있으니까 말이다.

를 조심하세요'라는 말이다.

그러나 이 소설은 읽혀지기 어려울 것이다. 서툰 태국어로 발화된 소녀의 이야기를 표준 태국어로 쓴 후 다시 프랑스어로 번역해서 우주 공간처럼 광활한 인터넷을 시공간으로 쏘아 보낸 소설을 읽을 사람이 거의 없을 것이기 때문이다. 또한 몇 번의 번역을 거친 문장은 소녀의 존재와 목소리를 온전히 담아낼 수도 없을 것이다. 그리고 무엇보다 소녀와 화자와 같은 불법 이민자들의 언어는 목소리를 갖지 못한다. 그러니 굳이 '최대제한속도'나 '최소안전거리'와 같은 경고문을 아무리 세워도 효과는 없을 것이다. 소녀의 목소리와 존재를 정확하게 재현할 수 없다는 이 불가능성은 우리가 "상상하는 것보다 훨씬 넓고 모호"(57쪽)한 이 세계에 우리를 무지의 상태로 방치하는 듯 보인다.

그런데 위의 말들은 자신의 작품을 읽는 독자에게 건내는 한 소설가의 경고처럼 읽히기도 한다. 우리가 살고 이 세계에 대한 이해하기 위해 소설을 읽는다면 그것은 위험한 일이라고 말이다. 상상과 이야기는 현실을 살아가는 데 도움이 되지 않는다고 말이다. "한 편의 소설로 몇 명의 인간들과 시공간을 통째로 재현하려는 나와 당신의 시도가 얼마나 부질없는 짓인지 각인시킬 목적"(55쪽)이라는 문장은 재현 불가능성이라는 본질적 형벌에 갇힌 소설가 김솔의 목소리로 들린다. "어차피 그곳(목적지)에 이르면 이 소설은 더 이상 누군가를 싣고 달릴 수 없는 돌멩이 정도로 변해 있을 것이고, 돌멩이에 대한 당신의 독서 편력을 아무도 믿으려 하지 않을 것"(54쪽)이라는 문장은 소설을 통해 세계를 이해하려는 우리의 노력이 사실은 '돌멩이'에 대한 이해처럼 무의미할 것이라는 문학에 대한 무력감으로 읽힌다. 틀린 말은 아니다. 상상과 독서는 위험하다. 이야기는 위험하다. 이야기를 하는 모든 존재들은 위험하다. 더구나 한국어로 다시 번역된 소녀의 이야기는 유럽에 가닿지 못한다.

이런 점에 주목해 볼 때 「유럽식 독서법」은 세 가지의 층위에서 의미를 가진다. 첫째, 이야기 내부의 층위에서 그것은 유럽의 불법 이민자들의 고통과 시련이 계속 반복될 것임을 의미한다. 재현불가능한 화자의 경고장은 그들에게 닿지 않고 무한한 궤도 위에서 그들의 불행은 다르게 재현될 것이다. 둘째, 소설 구조의 층위에서 그것은 환상과 현실이 교차되고 잠재적 가능태가 현실태로 치환되는 김솔 소설의 구조적 방법론을 구현한 작품으로 읽힌다. 셋째, 소설 장르의 층위에서 화자의 무용론은 모든 소설이 결국 현실을 정확히 재현할 수 없으며 소설을 통해 누군가의 삶을 완벽하게 이해하는 것이 불가능하다는 사실을 아프게 꼬집고 있어 보인다.

> "당신은 우릴 결코 찾아내지 못할 거야. 유럽은 당신이 상상하는 것보다는 훨씬 넓고 모호해서, 당신이 정면으로 마주하고 있는 세상은 당신이 등지고 있는 그것과 전혀 다르지 않을 테니까."
>
> —「벨기에-유럽식 독서법」, 57쪽

그런데 비평가 김현의 오래전 말처럼 문학은 여전히 무용해 보이지만, 소설가 김솔의 말처럼 상상이 현실이 되고 가능태가 현실태가 될 수 있다면 어떻게 되는 것일까. 화자의 아내가 떠나면서 남긴 메모에 적힌 저 문장에서처럼 유럽(세계)은 상상보다 훨씬 넓고 모호하다면, 그래서 마주한 세상과 등지고 있는 세상이 다르지 않다면, 우리가 누군가의 불행에 등을 돌리든 아니면 응시하든 크레바스에 빠진 현실이 달라지지 않는다는 저주일 뿐인 걸까. 소설을 읽든 읽지 않든 세계의 모호함이 달라지지 않는다면, 그래서 "독서를 멈추는 순간, 나는 나의 아내와 아이를 영원히 잃고 어느 시공간의 크레바스에 처박히게 될 것"(56쪽)이라는 말이 사실이라면, 이 말은 도대체 어떤 경고일까. 김솔의 논리를 따라 소녀의 이야기를 들은 화자가 소녀와 같아졌고 화자의 소설을 읽은 우리가 그와 같아질 것이라면, 현실이 환상과 다르지 않고 실재가 꿈 안에 존재하는 것이라면, 그가 곧 내가 되는 것이고 내가 독서를 멈추면 시공간의 크레바스에 갇히게 될 가족이 곧 나의 가족일 수도 있게 되는 것이라면 어떻게 되는 것일까. 그러면 독서를 하는 것이 '돌멩이'를 읽는 것보다는 조금 더 가치가 있는 것이 되는 것일까. 인과를 해독하려 하지 말고 "자신의 내부에 잠시 드러나는 인상과 감정에만 집중"(54쪽)하라는 김솔의 말은 언젠가 우리에게도 닥칠 수 있는 잠재된 가능성에 대한 경고문인 걸까. 무용함을 극복할 수 있는 방법이 될 수 있을까.

나비 허리에 새파란 초생달이 시리다
– 이민진의 『파친코』와 애플TV 드라마 〈Pachinko〉 겹쳐 보기

1. 나쁜 피; 영도와 이카이노

이민진의 소설 『파친코』는 처음부터 여러 겹의 차별과 광범위한 전선을 긋는다. 식민지 조선 땅 '영도'에서 제국의 도시 오사카의 '이카이노(Ikaino)'로 이주해 벌거벗은 생명의 삶으로 전락하기 전부터 작품의 주인공 김선자는 "언청이에다 한쪽 발이 뒤틀린 기형아"(1;11)[1]로 태어난 아버지 김훈의 피를 물려받은 저주받은 혈통이었고, 일생동안 "일이 끊이지 않는 고통스러운 삶"(1;48)이 예고된 제3세계의 하위 주체인 여성이었고, 일본의 우생학적 시선으로는 열등하고 야만적 삶을 살아가는 제국의 '벌레'였다. 당시 조선의 의학적 관습은 선자를 정상적 혼

---

1 이민진, 『파친코』, 이미정 옮김, 파주, 문학사상, 2018. 이 글에서는 한국어판을 기본으로 하며 이후로는 본문에 권수와 쪽수만 기재함. 드라마의 경우 구별을 위해 〈Pachinko〉로 표기하고 〈에피소드1~8〉로 표기함.

담의 예외적 대상으로 규정했다.[2] 더구나 선자는 고한수와의 관계에서
혼외자를 임신한 미혼모라는 오명과 낙인까지 감당해야만 했다. 그러
니까 작가는 선자에게 젠더, 계급, 장애, 인종, 교육, 정치, 정상가족 등
과 얽힌 겹겹의 소수자성을 부여한 셈이다. 이런 점에서 볼 때 선자의
도일은 고향이라는 장소성의 상실이면서 동시에 차별적인 사회적 관습
망에서 단숨에 이탈함으로써 낙인으로부터 해방될 수 있는 기회이기도
했다.[3]

그러나 이민진의 이 가혹한 기획은 여기서 그치지 않는다. 선자는 백
이삭의 무조건적 증여와 고귀한 희생으로 일본으로 건너가게 되지만
오사카의 슬럼가 이카이노에서 조선인들은 '벌거벗은 생명'으로 격리
수용(손영희, 70쪽)[4]된 처지와 다르지 않았다. 이카이노는 일본인 거
주지와 철저히 구별되면서 주류사회로부터 격리되고 배제되는 타자의

---

2 Apple TV의 드라마 〈Pachinko〉에서 김훈은 성실하고 정직한 삶의 태도로 이
웃들에게 존중받는 인물로 묘사되면서 선자의 삶에 중요한 지표로 묘사된다. 하
지만 "지금까지 다 계획이었어? 너가 시집 갈 사람 없으니까 나한테 들러붙으려
고? 하긴 누가 돈 없는 병신 딸년을 데려가려고 하겠어. … 지금 누가 누구 피를
더럽히는 거야?"(〈에피소드3〉)라는 고한수의 말과 "아무도 선자 엄마에게 딸을
달라고 하지 않았고, 하숙인들도 선자를 놀리기만 할 뿐 결혼 상대로 진지하게
대하지 않았다"(1;83)는 서술을 볼 때, 선자는 처음부터 정상가족 담론에서 배제
된 대상이었음을 알 수 있다.

3 선자의 이주를 추방, 실향, 장소상실 등으로 해석하는 관점(강유진, 「역사가 우
리를 망쳐놨지만, 그래도 상관없다」, 『교양학연구』 9, 다빈치미래교양연구소,
2019./임진희, 「민진 리의 『파친코』에 나타난 재일한인의 장소담론」, 『예술인문
사회융합멀티미디어논문지』 9(8), 인문사회과학기술융합회, 2019.)과 반대로
겹겹의 낙인으로부터 벗어나 자신과 아이를 지키기 위한 주체적 행위로 해석하
는 관점(나보령, 「모범 소수자를 넘어」, 『인문논총』 79(1), 서울대인문학연구원,
2022)이 보고된 바 있다.

4 손영희, 「디아스포라 문학의 경계 넘기: 이민지의 『파친코』에 나타난 경계인의 실
존 양상」, 『영어영문학』 25(3), 미래영어문학회, 2020.

장소였다. 또 가축과 인간이 생활공간이 구별되지 않아 마늘냄새와 똥냄새가 뒤섞인 불결함의 장소로서 근대적 위생담론의 예외적 공간이었다. 특히 소설과 드라마에서 빈번하게 묘사되는 냄새, 더러움, 시끄러움과 같은 감각 요소는 차별의 감각지리학을 형성하는 주요한 표식(stigma)이기도 하다. 이러한 가혹한 환경에서도 선자는 꿋꿋하게 생존을 이어가지만 그녀의 자식인 노아와 모자수, 그리고 손자 솔로몬은 '자이니치(Zainichi;在日)'라는 표식에서 끝내 자유롭지 못했다.

그래서 애플이 만든 오리지널 시리즈 〈Pachinko〉는 선자의 과거와 솔로몬의 현재를 교차하면서 작가 이민진이 그어 놓은 차별의 전선을 현재화시키는 전략을 기획한 듯하다. 그러니까 제국의 식민지와 정상가족 담론의 주변부에서 '더러운 피'(조선인의 혈통)를 매개로 경계를 긋는 또 다른 차별의 주변부로 이행한 선자의 서사와 자이니치라는 낙인을 지우기 위해 부의 획득과 신분 상승의 욕망으로 매진하다 결국 추락하는 솔로몬의 서사를 중첩시키면서 50여 년이 흐른 뒤에도 '지워지지 않은 피'의 낙인을 추적하는 것이 드라마 〈Pachinko〉의 서사적 전략이다.

2. 근대 일본의 두 얼굴 ; 편재하는 차별

선자에게 고한수와의 만남은 멋진 신세계와의 조우이면서 차별의 덫이라는 이중적 의미였다.

한수는 선자가 상상도 해보지 못했던 장소와 사람들에 대해 이야기를 해주었다. 그 이야기들은 선자의 머릿속을 가득 채웠다. 한수는 오사카에 살고 있었다. 오사카는 일본에서 가장 큰 항구 도시라서 돈만 있으면 원하는 것을 모두 살 수 있고, 모든 집에 전기가 들어오며 난방기가 있어서 겨울에도 따뜻하다고 한수가 말했다. 도쿄는 경성보다 더 분주한 도시라서 사람과 가게, 식당, 극장도 더 많다고 했다. 한수는 만주와 평양에도 가 봤다. 한수는 그 모든 곳을 선자에게 설명해주면서 언젠가는 함께 가 보자고 말했다. …(중략)…

선자는 한수의 이야기와 경험에 매료되었다. 그의 이야기는 먼 곳에서 온 어부들이나 노동자들의 모험담보다 훨씬 더 독특했다. 선자와 한수의 관계는 한층 더 새롭고도 강력해졌고, 그것은 선자가 전혀 예상하지 못하던 것이었다.

– 『파친코』1, 65~66쪽

"오사카. 없는 게 없는 곳이지. 미국서 들어온 달디단 오렌지, 대만산 바나나, 불란서에서 온 최고급 사탕. 집집마다 전기도 들어와. 전기난로만 꽂으면 한겨울에도 따뜻하고, 전차가 다녀서 못 가는 데가 없지. 밤에는 커다란 전광판에 불이 들어오는데 그럼 거리가 환한 대낮 같아. 기적 같은 곳이랄까. 이렇게 작은 오사카도 그렇게 좋은데 다른 덴 어느 정도겠어? 만주, 중국, 유럽, 그리고 지구 반대편 미국."

"가 보이 어떻든가예?"

"Everything and Nothing"

– 드라마 〈Pachinko〉, 에피소드2

고한수가 들려준 조선 바깥의 세상은 선자에게 꿈과 같았다. 집집마다 들어오는 전기, 공간을 잇는 전차, 밤을 아름답게 밝히는 불빛, 그리고 한 번도 맛본 적이 없는 이국의 음식들의 이미지들은 선자가 상상한 근대의 첫 얼굴이었을 것이다. 겹겹의 소수자성에 갇힌 그녀에게 고한수와의 사랑(자유연애)과 함께 다가온 오사카의 이미지는 낯설고 설렌 '멋진 신세계'였을지도 모른다. 빨래터에서 고한수가 선자에게 "너도 제대로 배웠으면 이런 촌구석 진작 벗어났어"(〈에피소드2〉)라고 말했을 때, 그리고 바위에 세계 지도를 그리면서 조선 바깥의 세상을 말해주었을 때, 그리고 "내가 더 가난했지만, 나에겐 꿈이 있었어"라고 말하며 가난에서 벗어나기 위해서는 그 꿈을 가지는 것이 필요하다고 했을 때 고한수와 선자는 근대적 계몽의 주체과 객체로 표상된다.

드라마에서 선자는 이제 막 어둠에서 벗어나 밝은 빛을 본 듯했고 사고의 대전환을 경험한 어린 아이의 상기된 표정이었다. 양복을 입은 멋지고 돈 많은 남성이 아무것도 가진 것이 없는 식민지의 하위 주체인 자신에게 그러한 이야기를 던질 때 선자에게 근대는 멀리 존재해서 손에 잡히지 않는 별과 같은 세계가 아니라 새롭고 강력한 모험의 대상이었을지도 모른다. 솔로몬에게 미국이 그러했던 것처럼.

〈에피소드2〉에서는 시플리은행의 일본 도쿄 지사로 입성한 솔로몬의 모습을 교차시킨다. 1989년 당시의 일본은 가공할 속도의 발전을 이룩하면서 세계 최강국 미국의 경제력을 넘보던 시절이었고, 드라마는 최고의 호황기를 누리던 일본 최상위 계층의 넘치는 부의 풍경을 보여 준다. 이때 명품 에르메스 넥타이를 매고 있는 솔로몬과 프로젝트의 성공을 통해 다시 도약을 꿈꾸는 톰과 그리고 일확천금의 희망을 품고 파친코 매장으로 서둘러 입장하는 일본인들의 상기된 얼굴들은 도쿄의 마천루를 하늘에서 조감하며 찍은 수직적 시퀀스와 중첩되면서 희망과 성공의 욕망을 반복적으로 상기시킨다.

그러나 '모든 것이 있으면서 아무것도 없다'는 고한수의 말은 더 높은 곳을 꿈꾸는 욕망의 좌절을 예고하는 복선이다. 드라마는 곳곳에 추락의 불안을 배치해 놓았다. 솔로몬을 처음 만난 일본인 투자자 아베는 솔로몬에게 "혈액형이 어떻게 되죠?"라고 묻는다. 솔로몬은 'O형'이라고 대답하며 질문의 의도를 애써 외면하지만 '너의 피는 지워지지 않는다'는 경계를 긋는 말임을 모르지 않았을 것이다. 또 호텔 건설 프로젝트의 핵심 부지에 땅을 소유한 조선인 한금자 할머니를 찾아 간 솔로몬은 같은 조선인임을 협상의 무기삼아 토지 매매를 제안하지만 단호하게 거절당한다. 돈을 모두 잃은 어느 여인은 파친코 기계 앞을 허망하게 떠난다.

언제나 어둠 속에 있었던 존재에게는 작은 불빛조차 태양처럼 빛나 보일 수 있다. 다시 선자의 서사로 돌아가서, 이민호가 연기한 고한수의 모습은 더할 나위 없이 멋있는 근대의 얼굴이다. 그의 언어와 몸짓과 태도는 유년의 불행을 극복하고 부자가 된 성공의 좌표이며 조선인임에도 불구하고 일본 순사들을 함부로 하대할 수 있는 권력의 상징이다. 그러나 "우리 같은 사람들에게는 고국이라는 게 없어"(1;355)라는 말은 그가 조국이라는 가치보다 오직 돈과 권력의 힘을 신봉하는 탈정치적이며 자본주의적 존재라는 것을 알려준다. 더불어 고한수가 자주 사용하는 단어인 '멍청함'이란 셈이 밝지 못하거나 경제적 능력을 갖추려 노력하지 않은 채 현실에 안주하는 비합리적이고 비경제적인 존재들의 특징이다. 또는 백이삭이나 그의 형 사무엘처럼 조국의 독립이나 고귀한 희생과 같은 고매한 이상을 위해 인생을 허비하는 행위를 의미한다. 즉 고한수의 멋진 양복 뒤에는 아들을 원하는 가부장적 젠더인식과 돈을 위해서라면 기꺼이 사무라이 정신을 가장할 수 있는 야쿠자의 폭력성 그리고 천민자본주의라는 일그러진 근대의 얼굴이 존재한다.

선자와 그의 가족들이 경험한 일본의 얼굴은 더욱 가혹한 차별의 장소였다. 이민진은 1세대 이민자만이 아니라 재일조선인으로 불리는 자이니치들의 문제를 본격화한다.[5] 그리고 그 안에는 조선-일본 또는 식민-제국의 관계를 넘어서 일본사회의 소수자에 대한 사회적 낙인의 문제를 배치하고 있다.

사례는 매우 많다. 먼저 모자수의 친구인 도토야마 하루키 가족의 서사를 보자. 장애를 갖고 태어난 동생 다이스케의 존재는 이들 가족을 일본 사회의 경계 바깥으로 내모는 낙인으로 작동한다. 가족은 조선의 빈민가와 맞닿은 경계 지역에 살고 있고 하루키는 학교에서 배제되며 폭력의 대상이 된다. 그리고 2권에서 하루키 아내의 서사에서는 그가 성소수자라는 사실도 전개된다. 경찰이 되고 결혼을 하면서 정상적 삶을 가장하지만 이는 장애와 성소수자에게 가해지는 이중의 사회적 낙인을 패싱(passing)하기 현실적 선택이었다.

모자수가 아내인 유미와 사별한 뒤 만나게 된 일본인 여성 에쓰코 가족 또한 일본의 정상사회에서 배제된 존재다. 에쓰코가 저지른 불륜은 평범한 중산층 가족의 아내로서 용납될 수 없는 행위였고, 이혼은 자식들에게까지 정상가족에서 이탈된 존재라는 낙인을 전가하는 것이었

---

5 소설이 묘사하는 자이니치에 대한 본격적 연구로는 임진희(2019), 강유진(2019), 오태영(「경계 위의 존재들: 이민진의 『파친코』를 통해 본 재일조선인의 존재 방식」, 『현대소설연구』 82, 한국현대소설학회, 2021)의 글을 참조할 것.

다.[6] 에쓰코의 딸이자 솔로몬의 첫사랑인 하나는 성적 자유분방함, 잦은 가출, 교육과정 이탈이라는 청소년기를 거친다. 그리고 솔로몬의 미국유학으로 이별한 후 도쿄의 유흥가에서 호스티스와 매춘부 일을 하다 HIV에 감염되면서 결국 병원에 수용되면서 사회로부터 격리된다.[7]

또한 노아의 아내 리사의 서사도 추가할 수 있다. 리사의 아버지는 의사였지만 의료사고에 대한 자책으로 자살을 하게 된다. 일본 사회에서 자살한 부모의 자식으로서 리사는 이른바 '나쁜 피(혈통)'를 물려받은 여성으로 낙인찍히며 정상적 가족의 가능성에서 제외된다. 이는 선자가 아버지 김훈의 장애로 인해 정상적 결혼이 불가능한 존재였다는 지점과 공명하면서 상대적 근대 국가였던 일본 또한 비과학적 근거에 기반한 차별적 낙인이 작동하는 사회였다는 점을 보여 준다.

"일본은 절대 변하지 않아. 외국인을 절대 받아들이지 않을 거야.

---

6   "이렇게 될 인생이었다. 스물다섯 살인 큰아들 다쓰오는 2년제 삼류대학을 졸업하는 데 8년이나 걸렸다. 둘째 아들인 다리는 내성적인 열아홉 살로, 대학 입학시험에 떨어져 영화관에서 표 받는 일을 했다. 에쓰코는 중산층 사람들이 흔히 갖는 야망 같은 것을 자식들이 품고 있기를 기대할 수 없었다. 도쿄대학을 졸업하고, 일본 산업은행에 사무직으로 취직하고, 좋은 가문의 사람과 결혼하는 그런 꿈을 꿀 수 없었다. 자신이 그 아이들을 낙오자로 만들었으니까. 그 아이들은 사회에서 인정받을 수 있는 방법이 없었다."(2;245)

7   선자와 그녀의 가족은 이들을 따뜻하게 환대하며 전통적 의미의 가족을 넘어선 열린 공동체의 가능성을 보여 준다. 나보령(2022)은 이에 기초해 소설 『파친코』를 가족사 연대기의 폐쇄적인 혈연적이고 제도적인 가족의 테두리를 넘어서는 상상력을 서사화하는 지점에서 평가하고 있다. 관련된 한 장면을 옮긴다. "네 할머니와 큰할머니도 토요일에 찾아와. 그거 알고 있었니? 그들도 날 위해 기도해 줘. 예수 따위는 이해하지 못하겠지만 아픈 사람을 어루만져주는 사람들한테는 뭔가 성스러운 게 있어. 여기 간호사들은 날 만지기 무서워해. 네 할머니는 내 손을 잡아주고, 네 큰할머니는 내 몸이 너무 뜨거울 때 내 머리에 시원한 수건을 올려줘. 두 분 다 내게 친절해. 내가 이렇게 나쁜 사람인데……"(2;362)

내 사랑, 넌 언제나 외국인으로 살아야 할 거라고. 절대 일본인이 되지 못해. 알겠어? 자이니치는 여행을 떠날 수 없는 거 알지? 하지만 너만 그런 게 아냐. 일본은 우리 엄마 같은 사람들도 다시 받아주지 않아. 나 같은 사람들을 절대 받아들이지 않지. 우리는 일본인인데도 말이야! 난 병에 걸렸어. 오래된 무역회사를 운영하는 어떤 일본인 남자한테서 옮은 병이야. 그 남자는 죽었어. 하지만 아무도 신경 쓰지 않지. 여기 의사들도 내가 떠나버리기를 바라고 있어."

– 『파친코』2, 361쪽

"넌 절대 그들이 될 수 없어. 그렇게 비싼 옷을 입고 좋은 학위를 따도. 그들은 네가 기회가 있다고 착각할 딱 그만큼만 문을 열어 놓을 거야. 넘어가지 마."

– 드라마 〈Pachinko〉, 에피소드6

자이니치라는 점을 철저히 숨기며 일본인의 삶을 살고 싶었던 노아에게 리사의 가족사는 동질감을 느끼게 했을 터, 두 사람의 결혼은 사회적 낙인을 커버링(covering)할 수 있는 기회였지만 노아의 자살은 이들의 삶이 다시 한 번 실패의 역경으로 들어서게 됨을 의미한다. 결국 노아는 보쿠 노부오라는 이름의 일본인으로 살아가는 것에 실패했고, 그와 리사 사이에서 태어난 자식들은 자살한 외할아버지와 자살한 아버지의 '나쁜 혈통'을 이어받은 존재가 될 것이다. 솔로몬은 열네 살 생일날 외국인 등록증을 발급받아야 했다. 1952년 이후 일본에서 태어난 조선인들은 14세가 되면 지방관청에서 거주 허가를 받아야 하고 3년마다 등록증을 갱신해야 한다. 이러한 식별과 관리의 인구 통제는 하나와 같은 감염병자와 다이스케와 같은 장애인들에 대한 시설 수용이라는 제도로 재생산되며 확산된다. 푸코를 인용하지 않더라도 근대의 국가는 인구를 관리하는 제도를 통해 호모사케르적 존재를 생산함으로써 생명정치 권력을 강화한다는 사실을 생각하게 한다. 또한 일본을 초과한 미국 자본의 꼭대기 한 자리를 차지하고 싶었던 솔로몬은 아베의 표정이 예고한 것처럼 결국 실패한다. 그는 하나의 말처럼 그들이 준 착각 속에서 살아 온 '사각 상자 안에서 키워진 수박'(《에피소드2》)에 불과하다. 이러한 사실들은 이민진의 소설이 역경을 이겨낸 승리와 보상의 서사가 아니라 여전히 근대 국가라는 표상에 편재하는 차별의 서사에 더욱 가까워짐을 의미한다.

어쩌면 2022년의 대한민국에서 애플TV가 생산한 드라마를 보는 우리는 이제 돈 걱정이 없는 선자와 그의 가족이 발전된 대한민국으로 돌아와 한을 풀어내는 카타르시스를 기대했을지도 모르겠다. 소설의 수많은 기독교적 메타포들처럼 민족을 구원하고 조국으로 돌아와 마침내 성공의 역사를 완성하는 것이 사실 디아스포라 서사의 전형이기도 하니까 말이다. 그러나 소설과 드라마는 그러한 서사가 카타르시스의 분출구여서는 안 된다는 사실을 지속적으로 가리키고 있다. 우리가 바란 것이 혹여 통쾌한 복수이거나 성공적 귀환을 통한 심리적 보상 또는 백이삭의 존재가 상징하는 구원의 서사였을지 모르지만 작가 이민진이 가리키는 것은 더 확장된 곳인 듯하다. 자이니치들이 수십 년 간 겪었던 차별과 낙인의 상처가 어디에나 편재하고 있다는 불편한 진실, 서양을 꿈꾸었던 일본의 강박적 정상가족 담론과 파시즘적 우생학과 같은 근대 담론의 폭력성이 여전히 튼튼한 뿌리를 내리고 있는 어떤 곳 말이다.[8] 작가의 이런 손가락 끝을 보지 못할 때 우리는 여전히 세계 최강국

인 강력한 타자 미국의 글로벌 기업이 만든 차별과 굴욕의 역사를 이겨
낸 한국인의 성공 스토리만을 소비하게 될 가능성이 농후하다.

<hr>

8 미국이라는 존재도 이와 다르지 않다. 모자수의 아내 유미에게 미국은 "일본인
이 아니라도 아무도 신경쓰지 않"(2;166)는 곳이며 "멸시당하거나 무시당하지
않는"(2;99) 환대의 장소였다. 또 이민자의 나라로서 모든 디아스포라에게도 평
등한 부의 축적 기회를 제공하는 기회의 장소였다. 이런 미국의 존재는 모자수와
유미가 영어를 배웠던 조선인 교회의 선교사인 존 메리맨에게서도 발견할 수 있
다. 자이니치였던 자신을 입양해 준 미국이라는 나라와 영어라는 언어는 그에게
종교와도 같다. 그가 지닌 영어에 대한 자부심과 우월감은 조선어와 일본어 사이
에 존재하는 정치적 그물망과 차별의 스티그마를 단숨에 뛰어넘을 수 있다는 희
망에 기초한다. 그러나 반대로 이제 미국인의 정체성을 가진 그의 동정과 연민
의 시선에 잠복된 오리엔탈리즘이 작동하고 있음을 부인하기 어렵다. 또 솔로몬
의 여자친구로 등장하는 한국계 미국인 피비의 존재도 빼놓을 수 없겠다. "미국
에서는 강꼬꾸징韓國人이니 조센징朝鮮人이라는 게 없어요. 왜 내가 남한 사
람 아니면 북한 사람이 돼야 하는 거야? 이건 말도 안돼! 난 시애틀에서 태어났
어."(2;314)라는 그녀의 말은 현재의 세계가 민족적 동일성에 기반한 '상상의 공
동체'가 아니라 트랜스내셔널리즘의 시대임을 명확하게 보여 준다. 이들의 등장
은 디아스포라로서 자이니치와 동일한 구조적 운명에 놓였으나 전혀 다른 삶을
누린다는 점을 통해 근대 일본의 우생학적 순혈주의가 작동하는 근대 일본 사회
를 간접적으로 비판하게 하는 작가의 의도적 장치이다. 하지만 한 발 더 나아가
보면 이는 유토피아의 표상으로 작동하는 아메리칸 드림에 대한 성찰지점을 내
포하기도 한다. (양미영, 2020, 124쪽) 당대의 일본에게 압도적으로 우월한 타자
로 묘사되는 미국이라는 근대의 얼굴은 겉으로는 환대와 평등의 장소인 듯하지
만 정작 동양인이었던 솔로몬은 시플리 은행의 예의 '43층'에 입성할 기회가 주
어지지 않았고 프로젝트에 실패한 솔로몬은 회사에서 해고되면서 비자가 취소되
어 미국으로 돌아갈 자격을 상실당했다. 드라마에서 솔로몬은 모자수에게 "미국
은 정답이 아니라 환상이에요"라고 말한다. 그리고 하나에게 "널 두고 떠나서 미
안해. 난 그들의 규칙을 따랐어. 시키는 대로 다 했어."라고 말한다. 그리고 하나
는 "농락당한 거지, 안 그래?"(이상 〈에피소드8〉)라고 대답한다.

3. 洛花 또는 落下

소설을 읽으면서 가장 충격적이고 슬펐던 장면은 바로 노아의 자살이었다. '가혹함'이 무기인 작가는 이 부분을 참 무심하게도 서술하고 넘어가지만, 사실 소설은 여기에서 극적 전환을 이룬다. 노아의 목적은 일본인들이 무시할 수 없는 높은 자리에 올라가 '명예와 부'를 얻는 것이었다. 경제적 부유함만으로는 불가능하다. 그것이 노아가 와세다 대학에서 영문학을 전공한 이유였고, 모자수가 파친코 사업으로 경제적 성공을 이루었음에도 불구하고 솔로몬을 미국으로 유학보낸 이유였다. 그러나 그것이 결국은 실패의 서사로 끝날 수밖에 없음을 소설과 드라마는 가혹하게 그려내고 있다. 소설은 노아의 죽음으로, 드라마는 솔로몬의 추락으로 말이다. 이제 드라마를 통해 왜 경제적 성공이 한을 해소하는 보상의 방법이 아닌지를 설명해야 할 차례인 듯하다.

드라마의 〈에피소드4〉를 주목해보자. 한금자 할머니에게 솔로몬은 "이제는 이 사람들이 우리한테 갚을 때에요"라고 말한다. 4천 엔을 주고 산 그 땅을 10억 엔으로 팔게 되면 이제 대대손손 자식들에게 물려줄 큰돈이 생긴다면서 사인 서류를 앞에 둔 한금자에게 "할머니가 이겼어요"라며 말한다. 그러나 그녀는 "나는 그게 악담처럼 들린다"라고 말하는 장면이 있다. 이어서 솔로몬은 자신의 할머니 선자가 50년 전 일본으로 올 때는 빈손이었지만 오늘은 일등석을 타고 한국으로 가고 있다면서 사인을 독려하고, 한금자의 자식들은 "다 지나간 일"이라며 사인을 재촉한다.

이때 화면은 과거 선자가 백이삭과 함께 일본으로 건너오는 배로 이동한다. 배의 삼등석에는 가축들과 함께 일본으로 건너가는 조선인 광부들을 비춘다. 배의 위층 연회장에서는 (윤심덕처럼 보이는) 한 조선인 여가수가 일본인 귀족들 앞에서 헨델의 〈울게 하소서〉를 부른다. 아래층의 광부들은 노래에 귀를 기울인다. 이윽고 갑자기 여가수가 헨델의 노래를 멈추고 '갈까부다'로 시작하는 조선의 민요를 부르자 아래층의 광부들은 민요에 박자를 맞추며 눈물을 훔친다. 연회장은 가수를 끌어내라는 일본인들의 아우성으로 소란스럽다. 그리고 무대의 여가수는 칼로 자신의 목을 찌른다. 무대에 물든 피는 낙화처럼 붉고 선연하다.

다시 현재, 한금자는 과거 자신의 아버지가 일본 치쿠호 광산으로 징용 간 400여 명의 광부 중 한명이었다는 기억을 소환한다. 한금자의 자식들은 "다 지나간 일"이라며 사인을 재촉한다. 하지만 한금자는 방 하나에 우글우글 살 수밖에 없었던 과거를 이야기하면서 일본인들은 "우리를 바퀴벌레라고 불렀지. 땅 속에 다시 쳐박아야 된다면서. 잘 생각해 봐. 그게 너한테 하는 얘기니까. 네 할머니가 저 희죽대는 면상들 쳐다보며 여기 앉아 계시는데 그 몸속에 한 맺힌 피가 그 핏방울 하나하나기 이걸 못하게 막는다면 뭐라고 말씀드릴거야? 그래도 사인하라고 하겠니?"라며 묻는다. 화면은 붉은 꽃으로 쓰러진 여가수와 아래층의 조선인 광부들과 한금자와 솔로몬을 교차편집으로 보여 준다. 그리고 이윽고 솔로몬은 "하지 마세요. 그렇게 말씀드렸을 거에요"라고 말한다. 한금자는 사인을 하지 않고 자리를 뜨고 결국 계약은 파기된다. 아베는 이런 자를 프로젝트에 합류시키는 건 처음부터 무모하고 어리석은 일이었다고 말하면서 자리를 뜬다. 높은 빌딩의 회의실에서 한없이 계단을 내려오는 솔로몬은 에르메스 넥타이를 계단 아래로 던지고 그는 지하도 계단까지 뛰어서 내려온다. 그리고 갑자기 길거리밴드의 음악에 맞춰 비 속에서 춤을 추는 장면으로 이어진다.

조금 길게 설명한 이 장면은 드라마 〈Pachinko〉의 가장 중요한 터닝 포인트로 보인다. 과거와 현재를 교차하며 위-아래, 비상-추락의 수직적 구성으로 연출된 이 장면은 앞장에서 언급한 도쿄 도시의 수직적 시퀀스와 오버랩되면서 높이로 상징되는 성공의 욕망이 수직 낙하의 실패로 귀결되는 것을 명확하게 보여 준다. 이는 일본의 보상이 금전적으로 해결될 수 없다는 사실을 지시하면서 선자의 귀향 장면으로 이어진다. 선자는 요셉의 아내 경희의 죽음을 정리하면서 "다 지나 간 일에 목숨 걸 필요가 없다"며 서둘러 애도의 종결을 고했다. 그러나 한금자와의 만남 후 경희의 유골을 한국의 고향으로 가져간다. 이제 "내가 아는 시상은 하나도 없을긴데…"라며 귀향의 의미를 애써 주저했지만, 부산 영도 앞바다에서 과거 고향의 흔적을 느낀 선자는 비를 맞으며 바다로 걸어들어가 50년 만의 울음을 토해낸다.

선자는 이 장면 전까지 과거의 어려움을 이겨내고 이제 물질적 풍요를 누리는 고운 할머니의 모습에 가까웠다. 선자와 그 가족의 물질적 성공이 과거 식민시대의 서글픔과 서러움을 보상해 주는 것처럼, 이제는 정말 다 지나간 일인 것처럼, 그래서 이를 보는 2022년의 우리들도 다행이라고 여길 수 있었을지도 모르겠다. 그래서인지 〈에피소드3〉에서는 과거 영도 하숙집 마당 한 켠의 부엌에서 어부 아제들의 밥상을 차리던 장면과 현재 입식으로 정돈된 부엌에서 가족의 식사를 차리는 장면이 교차되었다. 가마솥의 보리밥과 전기밥솥의 흰 쌀밥이 대비되었고, 1934년 이카이노의 진흙길과 1989년 도쿄의 화려한 시가지가 의도적으로 대비되었다. 그래서 과거의 서러움은 시간의 지평선 아래로 사라진 줄만 알았다.

그런데 단 한 번도 화를 내거나 울지 않았던 선자가, 철저한 금욕과 성실함으로 백이삭이 남긴 청교도적 유산을 실천했던 선자가, 탈정치적이었고 조국의 서글픈 현실보다 가족의 생존과 안위가 먼저였던 선자가,[9] 물질적 성공이 모든 것을 잊게 해줄 줄 만 알았던 선자가 영도 바다에서 울고 있다.[10] 이는 돈으로 보상될 수 없는 한의 지점이 있음을 의미한다. 또 종결될 수 없는 애도의 눈물이 남아있었음을 의미한다. 더불어 이 눈물은 노아의 죽음이 자신의 이상적 사유가 낳은 결과라는 뼈아픈 후회이기도 하다. 솔로몬 또한 '43층'의 위치와 에르메스 넥타이와 높은 니케이 지수로 표상되는 어떤 높이가 사실은 자신을 옥죄는 철갑옷임을 알게 된 것을 의미한다. 그래서 그는 양복을 집어 던지고 춤을 추면서 비로소 자유를 느낀다. 따라서 이 에피소드에서 묘사된 수많은 하강의 이미지(비, 여가수의 붉은 피, 계단, 눈물 등)는 추락이 아니라 아름다운 낙화에 가깝다. 떨어짐으로 열매를 맺는.

이제야 노아의 죽음의 의미를 이해할 수 있겠다. 와세다 대학에서 강의를 듣는 노아의 서사다.

"유대인들은 종종 남다르게 뛰어난 사람들로 비추어졌고, 여자들
은 아름답지만 비극적인 삶을 살기가 일쑤였어요. 외부인인 한 남자
가 자기 정체성을 모른다고 가정해보죠. 이 남자는 창세기에서 자신

---

9 소설이든 드라마든 어디에도 남한과 북한이라는 국가의 역할이 등장하지 않는다. 선자에게 영도는 고향일 뿐이다. 즉 Motherland이지 Nation이 아니다.

10 이 장면에서 우리는 윤여정 배우의 얼굴에서 영어를 자유롭게 구사하면서 무심하게 오스카를 수상하는 멋진 한국인 배우의 얼굴이 아니라 주름살 깊이 박힌 과거의 시간들이 얼굴을 무늬를 무너뜨린 채 오열하게 만든 한 많은 이민자 1세대 할머니의 얼굴을 보게된다.

이 이집트인이 아니라 유대인이라는 사실을 알게 되는 모세와 비슷한데……" 구로다 교수가 이렇게 말하면서 노아를 흘낏 쳐다봤지만 노아는 필기를 하느라 그 시선을 알아차리지 못했다.

— 『파친코』2, 74~75쪽

"유대인들이 자기들 국가로 돌아갈 권리는 있을지 모르지만 미라와 다니엘이 영국을 떠나야 할 필요는 없었어요. 숭고한 정신이니 박해받는 사람들을 위한 더 위대한 나라가 있다느니 하는 소리는 전부 다 원치 않는 외국인들을 모두 쫓아내려는 구실에 불과해요."

— 『파친코』2, 76쪽

서구에서 승리의 역사로 기록된 유대인들의 서사는 집단적 귀환과 구원을 의미한다. 노아를 보는 구로다 교수의 시선은 노아가 자이니치로서의 정체성을 인정하고 죄-이산-속죄-귀향-구원이라는 디아스포라 서사를 완성해야 한다는 의미였을 것이다. 그러나 아키코는 그것이 자이니치와 유대인을 구조적 동일성으로 묶는 폭력임을 비판한다. 그들에게 귀환할 수 있는 이유를 제시하면서 사실은 '이제 너희들의 나라로 돌아가라'는 추방명령과 다르지 않기 때문이다. 이는 솔로몬과 선자에게 물질적 성공으로 보상이 완료되었음을 선언하면서 과거를 잊으라고 하는 것과 같다. 다분히 유럽적인 구로다 교수의 옷차림과 미국에 대한 선망은 서구 사회를 유토피아로 대상화하면서 탈-일본의 희망을 통해 여전히 일본 사회에 편재하는 차별의 그물망을 초월하려는 인식적 눈속임이자 망각을 요청하는 폭력에 불과하다. 제국은 결코 자이니치를 위해 식탁의 한 자리를 마련하지 않는다. 이것이 솔로몬이 일본을 떠나지 않고 파친코 사업에 뛰어드는 이유이며, 노아가 죽음을 선택할 수밖에 없었던 이유이다. 그리고 이민진의 소설이 디아스포라의 이야기임과 동시에 보편적 차별성에 대한 서사로 확장되는 길목이기도 하다.

4. 바다와 나비 ─ 백이삭 그리고 솔로몬.

일본의 문인 안자이 후유에(安西冬衛, 1898~1965)가 남긴 「봄」이라는 짧은 시가 있다. "てふてふが一匹韃靼海峽を渡って行った(나비 한 마리가 닷탄해협(타타르해협)을 건너갔다)." 이 시는 일제 침략의 교두보이자 소련 등 서구 열강과 각축했던 식민도시였던 대련에서 쓰였다. 나비 한 마리가 그 얇은 날개로 14km에 달하는 해협을 날아 사할린에서 유라시아 대륙으로 건너갔다는 시의 묘사는 제국의 자신감과 포부를 보여 준다.

그 영향 관계를 확인할 수는 없지만 이후 조선의 시인 김기림은 1939년 〈여성〉지에 「바다와 나비」를 발표했다. 익히 알고 있는 이 시의 나비는 바다를 건너지 못했다. 청무우밭인 줄 알았다가 어린 날개에 시린 상처를 입었다. 선자와 백이삭은 1933년 4월 부산에서 시모노세키로 바다를 건너갔다. 백이삭이 선자에게 보여 준 신세계는 기독교적 윤리와 청교도적 성실함 그리고 무조건적 환대의 가능성을 지닌 얼굴이었다. 그는 고한수와 달리 금욕적이었고 약자에게 공감하고 그들과 연대했다. 그러나 동시에 그는 현실을 모르는 이상주의자였다. 질병에 시달리며 인생의 오랜 시간을 병상에서 지낼 수밖에 없었던 백이삭의 신체적 허약함은 당시 조선의 허약함을 연상케 한다. 그리고 그의 안타까운 죽음은 상처 입은 나비의 시린 허리를 연상케 한다. 무조건적 증여와 절대적 환대의 가능태였던 백이삭은 바다의 수심을 미처 알지 못했다. 그의 죽음이 시리다. 그러나 소설의 서사는 백이삭의 죽음에 집중하지 않는다. 감정에 동요되지 않는 서사의 전진은 작가의 간결하면서도 깊은 울림을 전달하는 특징이다. 동시에 남성 가부장의 무기력함과 모성적 존재의 강인함을 보여 주기도 한다. 오사카 역의 한켠에서 김치 장사를 시작한 선자의 목소리가 그래서 깊은 잔상을 남긴다. 드라마에서 일본 억양의 조선어는 일상에 침투한 제국 권력의 미시적 통제를 보여 주었다. 반면 조선 억양의 일본어는 지울 수 없는 낙인의 표식이었다. 그러나 마지막 에피소드의 끝에서 선자가 외치는 일본어("김치 사세요. 갓 담든 김치 맛보세요. 우리나라 김치입니더. 우리 어무이한테 배운 깁니더"〈에피소드8〉)는 더 이상 상처입은 나비의 그것이 아니었다. 역사가 우리를 망쳐놨지만, 그래도 선자는 상관없었다.

꼰대-(안)되기
- 김애란과 편혜영의 경우

1. 세대 말고 태도

최근 강화길의 「음복」과 「가원」이 '몰라도 되고 책임지지 않아도 되는 것'이 젠더 권력임을 말해주었기 때문일까, 오은교의 "한국문학사의 '문학적인 남성'들이 강화길의 가족 서사로 다시 쓰이는 중"(「계간평-변화하는 세계와 나아가는 소설」, 『문학동네』, 2020년 여름호, 391쪽)이라는 말에 격하게 고개를 끄덕였기 때문일까, 그래서인지 근간의 소설들에서 유독 재소환되는 (할)아버지들은 물론 그 소환장에 동의 사인을 한 어머니-할머니들의 삶 또한 다분히 위독하고 앙상해 보였기 때문일까, 그들과 작별을 고하는 가족 서사들에 무수한 차별의 기호들이 서늘하고 날카롭게 배치되었기 때문일까, 그런 차별을 일반화시키며 삶의 태도와 사유를 고집하는 인물들의 명랑하고 무지한 피부에는 깊은 주름살도 없겠다 싶어 문득 꼰대라는 단어가 떠올랐다.

그리고 차별과 혐오가 안전이라는 이름으로 전염되는 팬데믹의 시대를 통과하고 있는 이즈음, 혹시 오늘날의 꼰대는 무수한 나와 너의 차별의 태도에서 파생되는 특이점을 통과하고 있지는 않을까, 그렇게 습득된 태도가 세대론적 규정을 뛰어넘어 횡단하고 진화하면서 우리의 모든 관계를 심문의 장에 회부하고 있는 것은 아닐까, 그러니 꼰대라는 용어는 세대에 대한 지칭이 아니라 어떤 태도에 대한 현상이지 않을까, 그리고 김애란과 편혜영의 소설들이 이 거칠고 얄팍한 꼰대론에 도움을 주지 않을까 싶어 이들의 필력에 기대 차분히 작품을 따라 읽어 보려한다.

2. 세련된 꼰대

김애란의 「이물감」(『자음과 모음』, 2020년 여름호)은 스스로를 "균형 잡힌 사고를 가진 성인"(151쪽)이며 고착화되는 한국 사회의 계층 구조에서 "사다리 마지막 칸에 기적적으로 오른"(145쪽) 자수성가형 인물이라고 생각하는 14년 차 은행원 '기태'가 자기모순과 자기혐오를 관통하면서 꼰대로 진입하는 이야기이다.

기태가 꼰대가 되어가는 과정을 세 장면으로 압축해 보자. 첫 번째는 기태가 자동차 안 거울을 향해 크게 입을 벌리는 장면이다. 기태가 입을 크게 벌리거나 심지어 입안을 스마트폰으로 찍어서 살펴보는 이유는 목 안쪽에 뭔가 걸려있는 것 같은 이물감 때문이다. 불편하게 걸려있다 가끔 헛구역질과 함께 입으로 넘어오는 그것들은 식도를 통과해 내장에서 흡수되는 음식물과 소화되지 못한 채 다시 몸 바깥으로 나오는 구토물의 경계에서 '되새김질' 된다. 이 되새김질은 주체와 타자의 경계에서 양쪽 모두에게 혐오와 불쾌를 생산하게 될 터 화장실에서 목구멍이 드러나게 찍은 입속 사진, 이물스럽게 확대된 혀의 표면, 지워지지 않는 마늘 냄새, 열과 산이 뒤섞인 침, 입안에서 되새김질 되는 고추기름이 버무려진 육개장 등과 같은 것들은 절대로 타자에게 노출되어서는 안 된다.

몸안에서 기능하는 살덩어리는 생명을 유지하는 기능적 존재들이겠지만 몸밖으로 적나라하게 드러나는 순간 그것들은 불쾌와 혐오를 생산한다. 몸에서 빠져나온 침, 변, 구토물 등이 혐오의 대상이 되는 것은 살아있는 존재인 자신의 몸에서 이탈했기 때문이다. 그것이 자신의 몸에서 나온 것이라 할지라도 말이다. 더구나 냄새를 동반할 때 그것은 젊음, 활력, 아름다움, 건강한 신체 등과 같은 이상적 주체의 이미지들과 멀어지면서 늙음, 추함, 느림, 지성의 후퇴와 같은 비루한 현실의 이미지들과 가까워진다. (김종갑, 『혐오, 감정의 정치학』, 은행나무, 2017, 10쪽.) 다시 말해 주체의 바깥은 혐오와 불쾌의 잠재적 대상들이며, 우리의 신체는 그런 혐오의 생산체가 된다(사회적 거리 두기가 일상이 되어버린 지금 주체와 타자의 신체는 모두 두려움과 질병의 원인이라서 더더욱). 따라서 언제나 노출되어 있는 신체는 항상 화장과 편집과 가면을 요청하기 마련이다. 문제는 적나라한 자신의 일부를 스스로 볼 수밖에 없는 순간들인데(주로 화장실과 같은 개인적 공간에서), 그때 직면하게 되는 자기혐오의 가능성을 자연스럽게 처리하는 능력 또는 능청이 삶의 비루함을 견뎌내는 '어른'의 내력인지도 모르겠다.

기태는 "화장실을 나서기 전 손바닥에 입김을 분 뒤 남몰래 자기 냄새를 맡아보았다."(146쪽) 무엇보다 그는 스스로 "산뜻한 중년"(154쪽)

이 될 수 있다고 믿는 사람이었으니까. "청결한 옷을 입고, 타인과 적정 거리를 유지하며, 젊은 세대를 지지하고, 주변에 해가 되지 않는 사람"(146쪽)이 될 수 있다고 믿었고, 그것이 이른바 꼰대가 되지 않는 방법이라고 생각했으니까. 그러나 김애란은 꼰대는 그런 게 아니라고, 젊음과 건강한 신체를 유지하거나 타자에 대한 학습된 공감지수 같은 것으로 가려질 수 있는 게 아니라고, 냄새나 트림처럼 노출되는 것이며 헛구역질과도 같은 거부반응이라고, 감추려 하지만 어느덧 드러나 버리는 순간 그때의 자기혐오를 어떻게 들여다보고 처리하는가에 따라 달라지는 거라고 말하는 듯하다. 김애란의 이 소설에는 감추어져야 할 것들이 무의식적으로 표출되는 순간을 날카롭게 포착하여 드러내는 능청스러운 매력이 있다.

　두 번째는 기태가 SNS의 사진들을 열어보는 순간이다. 이곳은 감춤과 드러남이 훌륭하게 통제되(어야 하)는 공간이다. "북극의 오로라, 열대의 낙조, 도시의 마천루, 얼룩 없는 창, 전선 없는 방, 보풀 없는 옷, 질병 없는 신체, 그림 같은 요리"(138쪽)들이 영롱하게 전시되어 있다. 여기에 있는 것은 쾌적함, 여유, 건강, 성공, 자연 등이다. 반대로 여기에 생활은 없다. 건조대에 널린 빨래나 오래된 벽지의 얼룩과 낙서들, 복잡하게 꼬인 전선이나 알록달록한 색깔을 뽐낸 채 바닥에 깔린 이불 같은 것은 없다. 파스텔 톤의 정돈된 색감처럼 북유럽풍의 여유로움과 같은 판타지를 확대재생산하면서 가난과 계층의 표식을 지우는 세련된 화장술과 지지고 볶는 삶의 과정이나 먹고 사는 노동의 힘겨움으로부터 최대한 자유롭다는 기호들의 능청스러운 전시가 요구된다.

　생활의 흔적이 없는 포장들, 과잉 연출된 포즈들, 가난과 힘겨움이 편집된 행복의 순간들 속에서 자본주의의 야수성과 폭력성은 최대한 잘 감추어져야 한다. 이미지의 생산자와 소비자가 공유하고 공모하는 이 연출에 실패하는 순간 가면이 벗겨지며 불쾌와 불안의 얼굴과 마주해야 하기 때문이다. 희주가 기태의 꽃 배달에 회신을 하지 않은 것도 바로 이 공모의 룰이 깨졌기 때문이었을 것이다. 사진과 달리 초라하고 낡은 붉은 벽돌 건물 4층에 자리한 희주의 요가학원은 1층의 횟집에서 흘려보낸 물비린내처럼 생활의 흔적이 적나라했을 터, 이를 확인한 기태가 희주를 만나지 않고 화원에서 벤저민 나무를 보낸 것도 이를 받았으면서도 어떤 답신도 보내지 않는 희주의 침묵도 감춘 속살을 봐 버렸거나 들켜 버린 사람들의 당혹스러움을 보여 준다.

편집되고 연출된 이미지와 현실의 낙차가 클수록 이물감도 증폭되기 마련이지만 어른이라면 마땅히 자꾸 목에서 뭔가 올라오는 것 같은 그런 이물감쯤이야 모른 척 되새김질하면서 넘길 줄 알아야 했다. 기태는 봤으면 못 본 척 했어야 했고, 희주는 받았으면 '올라오지 그랬어?' 정도의 짐짓 세련된 태도로 아무렇지 않은 척 했어야 했다. 그러나 이들은 그러지 못했다. 아직 이들이 꼰대의 문법을 다 익히지 못했으니까. 희주는 여전히 "식물은 똥도 안 싸고, 아름답고, 울지도 않"(139쪽)아서 좋아하고, 기태는 여전히 파트너 지수에게 사랑한다는 거짓말을 하지 못하니까.

기태가 결정적으로 꼰대의 문법을 깨닫는 순간은 따로 있다. 희주와 묘한 기류를 형성하면서 성적 기호를 주고받는 차대표의 식당으로 찾아갔을 때, 차대표가 자신을 찾아온 검정 원피스의 여성에게 "이건 메뉴에 없는 요리"(159쪽)라며 안주를 건넨 것을 본 순간 기태는 결정적으로 꼰대질의 쓰임을 터득한다. 어떤 계급의 표식도 없어 보이는 차대표의 SNS 사진들과 현실 세계 속 셰프 차대표의 차이가 발견되지 않아 기가 죽어있던 찰나 다른 여자에게 신호를 보내며 접근하는 남자를 본 순간 그는 불쾌했을까, 어떤 속살을 봐 버려 비웃음이 나온 걸까.

- 「이물감」, 159~160쪽

음식물 그릇 안에 휴지를 던져 놓는 꼰대력은 이후 매우 젠틀하고 세련된 태도로 식당을 나서는 애티튜드에서 완성된다. 차 대표가 다급하면서도 침착하게 "음식을 많이 남기셨던데… 혹시 식사 중 불편한 점이 있으셨나요?"라고 물을 때 "아니오. 맛있게 잘 먹었습니다."(160쪽)라며 정중한 어른의 문법으로 응대하는 순간 기태의 세련된 꼰대질은 드디어 완성된다. 불쾌하지 않은 방식으로 상대를 불안하게 만듦으로써 굴복하게 하는 태도의 습득과 발현, 정중한 어법 속에 얄량한 승리감과 혐오의 기호를 암호처럼 녹여내는 능력의 터득, 이제 기태는 "존중받는 은따, 대우받는 꼰대"(146쪽)로 진입한 셈이다. 그래서 세련된 신꼰대 기태는 냉큼 파트너 지수에게 "오늘 만날까?"(161쪽)라는 반말 문자를 보낼 만큼의 뻔뻔함도 장착하게 된다. 희주에 대한 미련이 꼰대가 아니었던 과거에 대한 갈망임을 알아버렸고 잘 연출된 SNS 사진의 화장술에 가려진 민낯 정도는 파악할 수 있으니까. 물론 지수의 '정중한 읽씹'이 자신의 정중한 꼰대질에 대한 응답이라는 것과 식도를 역류해 올라온 내장 덩어리의 냄새가 자기혐오를 강화한다는 것을 몰랐을 테지만 말이다. 더 큰 문제는 그것이 기태의 진심이라는 데 있다. 진심이었기 때문에 더더욱 불화할 수밖에 없는 차이가 균열을 만든다. 다시 말해 이물감의 정체는 자기모순을 인식하지 못하는 주체의 내면에 쌓이는 자기혐오이다.

입속을 들여다본 것같이 비루한 자신의 일상이 드러나는 폭로의 순간, 이를 감추고 포장하고 편집하려 했던 자기-디자인이 허상으로 드러나는 순간의 낭패감이 바로 불안의 실체이다. 탁하고 매캐하게 목구멍을 타고 올라오는 이 불안을 짐짓 아무렇지도 않게 되새김질하며 소화할 수 있는 내력이 체화된 순간 우리는 꼰대의 태도를 학습하게 된다. 그래서 나는 김애란의 소설에서 이전 세대가 새로운 세대에 공감하지 못하거나 그들을 훈계하려는 세대론적 차이가 아니라, 누구에게나 생산되고 학습될 수 있는 태도를 보게 된다. 꼰대스러움은 감출 수 있는 걸까, '노오력'을 통해 이 또한 극복할 수 있는 걸까라는 질문과 함께.

3. 뒷짐 진 꼰대

편혜영의 소설 「홀리데이 홈」(『문학동네』, 2020년 여름호)은 예고 없이(사실은 예고된) 닥치는 불안의 징후를 능숙하게 처리하는 '어른'이 등장한다. 많지 않은 나이임에도 불구하고 이 인물의 유구한 꼰대력은 '뒷짐'에서 완성된다. 정서적 거리를 두고 관조하면서 아무것도 하지 않고 아무 기억도 하지 않고 누군가의 울부짖음을 무심한 듯 바라볼 수 있는 뻔뻔한 내력의 몸짓이 바로 뒷짐이라면, 이진수라는 인물은 완벽한 재현자에 가깝다.

이진수는 소령으로 전역했다. 납품 비리가 적발되었기 때문이다. 4년간의 정황을 아내 장소령에게 고백하는 데 걸린 시간은 고작 4분이었다. 그리고 그는 "홀가분한 표정으로"(297쪽) 소파에서 일어났다. 전역 후엔 한우전문점을 운영하다 영업정지 처분을 받았다. 육우를 한우로 속여 팔았다. 징계 내역과 사과문을 식당 정문에 게시했다. 소설은 이 일련의 사건들을 짧게 언급하고 지나간다. 마치 인생에서 겪게 되는 수많은 파고들 중 하나라는 듯이. 영업정지 기간이 끝나자 식당은 다시 문을 열었다.

만회를 위해 이진수는 다른 일을 벌였지만 결국 식당을 처분해야 했다. 대출금을 갚기 위해 휴양지의 집을 팔기로 했다. 그 집은 이진수에게 호의적이고 정직했던 식자재 납품업자의 소유였다. 납품업자는 눈물을 흘리며 호소했지만, 그가 채무를 제때 상환하지 못하자 "원칙대로"(298쪽) 집을 넘겨받았다. 장인에게는 "수완이 좋다는 말을 들었다."(298쪽) 이진수의 원칙과 수완은 타인에겐 냉정하고 자신에겐 관대했다. 그는 줄곧 부도덕했으나 곧잘 잊었다.

앞서 잠깐 언급했듯이 소설은 이진수가 연루된 사건들의 진실에 친절하지 않다. 이는 작가의 불친절이 아니라 이진수의 고백이 성실하지 못했기 때문이며, 그래서 더욱 리얼리티에 가까워진다. 자신을 심판대에 세우는 이진수의 괴로운(실은 귀찮은) 고백은 매번 짧게 마무리되었고, 거짓과 편집을 거친 결과만이 전달되었다. 마치 살다 보면 의도치 않게 불운이 생길 수도 있는 것처럼. 이진수의 부도덕함을 드러내는 소설의 문장들도 놓치기 쉽게 배치되어 있다. 마치 가면 뒤의 얼굴을 모두 다 알기는 어렵지 않느냐는 듯. 작가 편혜영의 이 의도된 감춤과 생략에는 현실에서 마주치는 타인들의 삶의 정보를 자세히 알 수 없는 상태에서 관계 맺기가 이루어진다는 점을 상기할 때 아찔한 공포가 스며 있다. 때문에 서사의 간결함과 속도감은 현실의 핍진성과 호응한다.

소설이 말해주지 않는 진실의 간극은 아내가 초점화되는 장면들에서 메워진다. 첫째, 아내는 "이진수가 그렇게까지 한 결과로 거기서 눈을 감고 누워 있게 된 사람"(298쪽)을 보기 위해 병원에 간 적이 있다. 물론 다른 사람을 찾는 척하며 확인했을 뿐이지만. 소설은 그가 누구인지 말해주지 않는다. 유추컨대 그는 납품 비리를 고발한 사병이었을 것이다. 그리고 이진수는 폭행의 대가로 군복을 벗는 데 동의했을 것이다. "책임을 져야 할 사람이 어째서 다른 누가 아니라 자신인지 잘 알고 있는 것 같았다"(297쪽)는 문장은 여기에서 해석의 인과를 형성한다. 언젠가 아내가 그 사람 어떻게 되었느냐고 물었을 때, 이진수는 "글쎄, 무슨 소린지 모르겠네."(299쪽)라며 외면했다.

둘째, 아들이 캐나다로 떠난 이유와 "입을 다물고 이불을 찢고 먹은 것을 토하고 방에 틀어박혔던 이유"(301쪽)에 대해서도 이진수는 알지 못한다. 소설도 설명해주지 않는다. 유추컨대 아버지 이진수의 폭행 사실에 대해 사택에서 소문이 돌았을 것이고, 이를 알게 된 아이들 사이에서 아들은 괴롭힘을 당했을 것이다. "무섭지 않았어?"(301쪽)라는 아들의 질문은 납품 비리에 대한 것이 아니라 폭행에 대한 것일 가능성이 높다. 비리는 부끄러운 것이지 무서운 게 아닐 테니까. 그러나 이진수는 고해성사를 마친 자의 평온한 얼굴로 "괜찮아져서 다행이야"라며 "다 끝나버린 일처럼 이야기"(301쪽)할 뿐이었다.

푸코는 『성의 역사 4: 육체의 고백』에서 고해성사가 교리에 종속되고 부합하는 삶을 내면화시키면서 기독교 권력을 절대화하는 기제라고 설명한 바 있다. 이때 고백의 주체들은 권력에 종속되면서 동시에 고백의 행위를 통해 자신의 부도덕을 해소하는데, 역사 이래 고백의 주체와 청자는 공모 관계에서 자유롭지 못했다. 이진수와 아내 장소령처럼. (아내의 이름이 소령인 것은 소령으로 전역한 이진수와 그녀의 삶이 전염된 듯 유사해질 것이라는 것을 암시한다. 편혜영은 여러 번 초점 화자와 비판의 대상 간 차이를 무화시키는 방식으로 나와 너가 다르지 않음을 말해왔으니까.) 이진수의 짧은 고백을 듣는 동안 아내 장소령은 아무것도 따져 묻지 않았다. "비난은 쉽고 위로는 가당찮았다"(297쪽)라는 생각은 그녀 또한 공모자라는 증거이자 고백으로 읽힌다.

이들의 암묵적 공조는 잠깐의 행복을 가져오기도 했다. 박민우가 나타나기 전까지는. 매매를 위해 휴양지의 집에서 머무는 동안 그들은 마당에 상추를 심고 칼국수를 끓여 먹고 해 질 녘이면 리클라이너에 앉아 계곡을 감상했다. 양푼에 밥을 비벼 먹기도 했고, 해가 좋은 날이면 계곡의 낚시꾼들을 구경하기도 했다. 그렇게 그들은 기억하지 않아도 되고 아무것도 하지 않아도 괜찮을 것 같은 어느 가을을 보냈다. '홀리데이 홈'에서 스스로를 용서하면서 가만히 있었다.

'가만히 있으라'는 명령 어법은 오랜 시간 동안 한국 사회에서 권력의 보수성과 책임회피를 위한 알리바이로 사용되어 왔다. 예상하지 못한 어떤 행위가 야기할지도 모르는 어떤 변화의 결과물이 자신들에게 미칠 영향을 사전에 차단하기 위한 보호막이기도 했다. 그 결과 맹수처럼 거칠고 차가운 바다에 304명의 생명이 수몰되었다. 그에 대한 우리의 대답은 '미안하다' 그리고 '기억하겠습니다'였다. 그러니 기억은 사건에 대한 주체들의 최소한의 항변이자 최대치의 변화를 야기하는 잠재성이다.

박민오의 기억은 '잔존하는 반딧불을 파동'을 수면 위로 인양했다. 중개업자의 소개로 집을 둘러본 두 명의 남자 중 한 명이 이진수를 알아보고 '소령님'이라고 불렀을 때 이진수는 그때 박민오를 보내야 했다. 한때는 대위였고 한때는 소령이었던 과거를 기억하고 있었다면 말이다. 아니면 차 한 잔으로 시작된 자리가 와인을 거쳐 소주로 이어질 때 박민오가 "소령님은 정말 제가 기억나세요?"(307쪽)라고 물었을 때, 이진수는 그 순간 최소한 한때 병실에 '눈을 감고 누워 있게 된 사람'이라도 떠올려야 했다. 최소한 '자네'라는 호칭을 정정하거나 "그럼, 그럼, 다 기억나지."(307쪽)라는 거짓이라도 하지 말았어야 했다. 부끄러움이라는 것을 알고 있다면 말이다. 그러나 기억하지 않았기 때문에, 내내 그래도 되는 삶을 살아왔기 때문에 이진수는 핏기 가신 고기를 공격적으로 씹다가 박민오의 다음과 같은 말들과 직면해야만 했던 것이다.

> "소령님이 멀리서 걸어오시기만 해도 우린 다 쫄았잖아요."
>
> "우릴 엄청 팼으니까요. 툭하면 팼어요. 우리더러 악마에 씌었다고 했어요."
>
> "일병 시절은 정말 끔찍했어요."
>
> "소령님도 그럴 때가 있어요?"
>
> "있어요? 뭘 했어요?"
>
> "왜요? 왜 아무것도 안 해요? 뭐라도 해야죠."
>
> "소령님."
>
> "예? 소령님?"
>
> — 「홀리데이 홈」, 308~311쪽

편혜영의 이 소설은 "있어요? 뭘 했어요?"라는 문장을 우리의 삶에 각인하기 위해 쓰인 것만 같다. 그리고 빗소리 탓에 잘 들리지 않는 박민오의 말들을 괄호치고 그 안에 각자의 변명 내지는 항변을 채워 넣어 보라고 하는 것만 같다. 물론 이진수는 이런 기대를 넘어서는 인물이지만.

> 박민우가 목소리를 높였다. 이진수가 느긋하게 뒷짐을 졌다.
>
> 장소령은 박민오가 애타게 부르는 소령님이 누구인지, 무엇을 추궁하는지 당연히 알았다. 하지만 좀더 시간이 지나야 정확히 알 것 같았다. 지금은 달리 이유를 대보기에는 늦은 기분이었다.
>
> — 「홀리데이 홈」, 311쪽

편혜영의 윤리적 성찰의 방법론은 이 작품에서도 유사한 방식으로 작동된다. 이를테면 「개의 밤」에서 이웃한 타자의 불행에 침묵으로 대응하는 사람들의 태도를 '개가 짖지 않는다'라는 문장으로 표현했지만, 정작 우리가 짖지 않는 존재임을 알게 했던 것처럼. 이진수의 느긋한 저 뒷짐은 공감하지 않고 기억하지 않아도 되는 위치에서 파생되는 자연스러운 몸짓이다. 그리고 아내 장소령은 그 무엇도 하지 않음으로써 하지 않아도 되는 알량한 힘에 편승한 채, 어쩌면 자신의 이름을 호명하는 것인지도 모르는 목소리를 외면하고 있다. "긴 인생을 두고 봤을 때 이진수가 군인이었던 것은 잠시뿐이었다. 하지만 인생의 어떤 일은 잠시에 불과할수록 평생 지속되는 법이다."(297쪽)라는 문장은 비로소 소설의 말미에서 이진수와 장소령에게 변하지 않고 지속된 것은 비리와 부도덕이 아니라 자기 용서와 자기 회개의 비겁함이며 알량한 권력의 일상화라는 의미로 확장된다. 그러니 허리를 세우고 배를 내밀며 고개를 꼿꼿하게 뻗게 되는 뒷짐은 자기 잘못을 모르지는 않지만 아무것도 기억하지 않겠다는 뻔뻔한 꼰대들의 전통쯤 되겠다. 이때 위로 살짝 치켜뜨게 되는 눈동자의 흔들림이 자신의 부끄러움을 드러내는 것인지를 모르기 때문에 더욱 뻔뻔해지는.

아무것도 하지 않고 뭘 해야 할 이유를 찾지 않아도 되는 당당함, 절대 당황하지 않고 몸에 밴 여유를 소환하는 복원력, 부도덕을 일반화시킴으로써 제 이름을 탈각시켜 버리는 망각의 힘을 가진 사람의 자격은 무엇일까. 그걸 갖추기 위해 얼마나 많은 무시와 변명의 변증법을 거쳐야 하는 걸까. 얼마나 많은 망각과 자기 합리화가 필요할까. 이 또한 학습되는 걸까.

우리의 현실이 그러하듯 편혜영의 서사는 칼날을 감추고 있고 불친절하니까 소설 속 저 '뒷짐'을 기억하지만 기억하지 않으려는 무책임으로, 누군가의 불행과 자기의 안전 사이에 경계를 긋는 관조의 태도로, 이 시대 우리가 뻔뻔한 꼰대가 되지 않기 위해 경계해야 할 몸짓으로 읽는다면, 혹여 오독일까.

4. 보론; 문학이 꼰대라면

대학에서 문학을 강의하면서 '한국 사회에서 살아남기 시리즈'라는 주제의 기획으로 작품을 소개한다. 가령 '시리즈 1-청년 편'에서는 장강명의 소설들을 읽고, '시리즈 2-여성 편'에서는 조남주의 『82년생 김지영』으로 싸우고(이번 학기에는 강화길의 「음복」도 넣어볼 생각이다), '시리즈 3-세월호 편'에서는 김애란의 「입동」을 읽는 식이다. 그러다 '시리즈 4-오월 광주 편'에 이르면 자꾸 문학을 통해 사회와 정치와 역사를 강변하는 나를 발견하게 된다. 문학 시간인데. 특히 여기 광주에서 5·18은 사건 자체만으로도 무게를 가지는 것이어서, 한강의 『소년이 온다』와 임철우의 단편 「봄날」을 읽을 때는 매번 숙연해진다. 나는 또 예상했다는 듯 오월 광주 이후 문학의 침묵과 무기력함을 성찰하다 이내 랑시에르의 '문학의 정치'를 이야기할 즈음에는 목소리가 높아진다. 눈치도 없이 멈추지 못하고 기어이 세월호와 문학의 힘을 침 튀기며 이야기하다 보면(온라인이라 걱정하지 않아도 된다) 고요한 침묵의 순간에 직면하게 된다. 꼰대질 중에서 상꼰대질이 아닐까 싶다. 그런데 나는 반성도 없이 성찰도 없이 '시리즈 5-꼰대 편'을 생각 중이다. 부제로는

'꼰대와 어른' 또는 '꼰대와 안-꼰대' 정도로 설정하면 어떨까, 김애란과 편혜영의 작품으로 안-꼰대의 태도로 이 시대의 꼰대에 대해 읽어보면 어떨까 한다. 욕심일까? 다음 학기에는 폐강될까?

생존 게임의 서글픈 레짐
– 최유안, 「거짓말」/장강명, 「대기 발령」/김유담, 「이완의 자세」

1.

지난 몇 년간 우리는 생존을 위협하는 각종 재난과 사건들을 목도해 왔다. 그 참혹한 서사의 리얼리티가 위협적인 이유는 생명정치 관리 시스템의 파열음들이 현 세계의 풍경과 구조에 앞으로도 고스란히 재현될 것이기 때문이다. 이른바 '살게 하고, 죽게 내버려두는' 생명정치는 곳곳에서 실패의 신음을 생산하고 있다. 계급, 세대, 지역, 인종, 젠더 등의 뇌관을 건드리면서 작동하는 혐오와 차별의 언어들이 그 증거다. 또한 결혼, 출산, 육아, 취업 등 생의 과정 곳곳에 놓인 높은 문턱은 개인들을 생존과 경쟁의 서바이벌 게임으로 내몰고 있다. 주체의 생존을 위협하는 모든 경계에 대한 거부와 두려움에서 생산되는 기호들이 곧 현시대 우리 삶의 아비투스 기표이며 서글픈 레짐이다. 이즈음에 발표되는 한국의 소설들은 이러한 마음의 풍경들을 예민하게 관찰하면서, 생명정치의 우울한 파편들을 일상 공간의 사건들로 보고하고 있는 듯하다.

2.

　최근 출산과 육아가 다루어지는 소설의 풍경에는 그들이 체화한 삶의 기호들이 아프게 새겨져 있다. 그것이 아픈 이유는 사회가 생산한 위험이 개인적 삶의 차원에서 경험되면서 개인의 윤리 또는 개인의 능력을 시험대에 올리는 참담함 때문이다.

　인간의 생존을 위협하는 모든 위험군들을 재난이라고 규정할 수 있다면, 전투의 최전선에서 경력이라는 자원을 축적해야 하는 여성 노동자에게 임신이라는 사건은 재난에 준하는 경고장이다. 은행에서 근무하는 「거짓말」(최유안, 『문장 웹진』 2019년 5월)의 주인공 세영에게 임신은 "커리어"의 단절을 의미한다. 임신이 아니었다면 그녀는 브라질에서 열리는 국제은행 컨퍼런스에 참가할 기회를 단단히 붙잡았을 것이며, 이후 본사 발령을 받았을지도 모른다. 때문에 임신과 출산은 생애 주기의 자연스러운 과정이 아니라 의도하지 않은 오발탄에 가깝다. 생존의 게임에서 자신의 계정을 휴면 상태로 전환하는 일은 전투에서의 패배를 의미한다. 때문에 경제적 재생산 구조의 논리로 임신과 출산을 장려하거나 아이가 주는 가상의 행복을 제시하는 모든 행위들은 생존의 장애물로 인식된다. 소설에서 쌍둥이 엄마가 보여 주는 상대적 우월감과 성취감이 세영에게 인식적 폭력으로 다가올 수밖에 없는 이유가 여기에 있다. (쌍둥이 엄마도 결국 경력 단절을 고민하면서 고투하고 있다는 소설적 진실은 덫에 걸린 여성 주체가 다시 덫을 놓는 불행의 재생산구조가 일상화된 우리 사회의 낭만적 거짓을 폭로하는 역할을 한다) 출산을 단념할 수밖에 없는 방향으로 개인의 삶이 유도될 때, 사실상 그것은 선택이 아니라 강요에 다름 아니다.

서사를 좀 더 거슬러 올라가 세영은 윤호와 결혼하는 데에도 상당한
노력과 결단이 필요했다.

그즈음 언론에서는 주택 가격 상승과 청년 실업률 증가가 우리
세대의 결혼 연령을 늦추고 있다고 분석했지만 나는 그것과 내 결혼
사이에 도대체 상관성이란 없다고 생각했다. 윤호는 윤호의 커리어
를, 나는 내 커리어를 각자 생각하기에도 벅찬 날들이었다. 그러니
인간의 자유의지를 어떻게든 프레임에 가둬 해석하는 잔인한 사회
의 습성에 맞춰 나는 나를 옭아맬 생각이 없었다. 이건 내 전공이었
던 사회학을 경멸하는 내 나름의 방식이었다.
일단 결혼을 하고 나니 수많은 사람들이 물었다. 애 생각은 없어?

– 최유안, 「거짓말」 중에서

'임신-출산-육아-교육-대학-취업-결혼-다시 임신'으로 이어지
는 정상적(?) 생애 주기는 더 이상 표준적 모델로 기능하지 못하는 듯
하다. 생애 주기별 관리 프로세스가 국가의 정책으로 존재한다는 사실
은 역설적으로 생애 주기별로 위험군들이 대기하고 있다는 말이기도
하다. (세영의 친구 재희는 서울 시청 출산정책과에서 근무하지만 정작
그녀는 결혼과 출산에 관심이 없다. 노동 과정으로부터의 자발적 소외
를 실천하고 있는 셈이다) 하나의 문턱을 넘는 데도 고도의 노력과 능
력이 요구된다. 그러니 '생존' 자체를 목적으로 삼을 수밖에 없는 이들
은 모두 탈표준화된 삶의 모델을 스스로 생산하고 있는 셈이다. N포 세
대라는 말이 더 이상 낯설지 않은 것은 그것이 근접해 있다는 근거다.
무한대로 확장 가능한 기표 N에는 무한한 공포와 두려움이 잠복해 있

다. 그런 점에서 세영의 신체가 조기 폐경이 의심되며, "아이가 착상되기 어려운 자궁"을 가졌고, "고위험군에 속하는 산모"로 분류된다는 사실은 개인의 불행을 지시하기보다 이 사회의 재생산구조가 불임 또는 난임의 위기에 처했다는 사회적 표상으로 읽힌다.

그녀는 아이를 유산했다. 유산이 그녀가 원하는 바는 아니었으나 임신과 출산 역시 계획에 없던 일이었다. 이 과정에서 드러나는 양육 주체들의 갈등과 선택장애는 서바이벌 참가자인 우리가 잠재적 유아 살해의 공범 내지는 미필적 고의에 준하는 방조범에 점점 가까워지고 있음을 아프게 직시하게 한다.

최유안의 서사는 우리의 삶을 관리하는 생명정치라는 숲 속에 있는 늪의 영역에서 쓰였다. 아름다운 숲길로 위장한 늪에 서서히 가라앉으면서, 먼저 늪에 빠진 이들의 안도의 눈빛을 응시하며, 그들의 손짓에 새겨졌던 거짓을 읽지 못했던 자신을 후회하며, 동아줄조차 마련해 놓지 않은 숲의 위장술을 저주하며 이렇게 외치고 있다.

'거짓말.'

3.

김홍중은 "서바이벌은 청년 세대의 꿈이며 악몽이다"(『사회학적 파상력』, 문학동네, 2016, 50쪽)라는 명제를 제시한 바 있다. 장강명은 이런 류의 악몽을 일상의 서사로 바꿔 놓는 데 익숙한 작가다. 소설 「대기발령」(장강명, 『릿터』 2019년 4/5월)은 주인공 조연아가 선배 희정, 윤수, 지연, 중훈과 함께 대기발령 사령장을 받는 것으로 시작한다. 그들은 사외보 〈행복동행〉을 발간하는 편집부 소속이었다. 처음부터 식품회사와는 어울리지 않는 부서였고 수익성과는 거리가 멀었기 때문에 팀은 몇 차례의 부침을 겪었던 터다. 한때는 발행 부수가 10만 부를 넘기도 했지만, 선대 회장의 사망 후 식품회사가 "문화잡지를 만들면서 편집부를 회사 내에 둔 이유"(149쪽)를 그 누구도 설명할 수 없었으니 부서 폐지는 당연한 경제적 합리성의 수순이었다. 대기발령을 받은 그들은 사무 공간과 복도 사이의 경계에 놓인 텅 빈 책상에서 선택을 해야 했다. 자회사로의 발령을 받아들이는 "각자도생"(158쪽)의 길과 "인간의 존엄"과 "품위"(162쪽)를 유지하는 길이 선택지다. 이제 살아남기 위해 그들은 실존의 가치를 전략적으로 계발함으로써 자신의 쓸모를 증명해야 한다. 회사(사회라고 쓸 뻔했다)는 주체에게 스스로를 구성하고 구제해야 할 과제를 부여했다.

어디 나가서 청소를 하는 게 차라리 낫겠어. 실존적 고민이 들더라니까. 내가 지금 뭐 하는 건가 하는. 이거 아주 실존적 형벌이야. 그런데 회사는 저희를 지금 자르려는 거예요, 벌을 주는 거예요? 그게 문제지.

― 「대기발령」, 152쪽

어학 공부, 독서, 게임, 취침 등 금지. 경영지원 팀으로 일일 업무 보고서 제출(매일 퇴근 전), 회사 혁신 방안 보고서 제출(매주 수요일 퇴근 전). 자기 주도 학습 보고서 제출(매주 금요일 퇴근 전) ……

― 「대기발령」, 156쪽

전날 술자리에서 실존적 형벌이라는 얘기가 나왔는데 이건 실존적이라기보다 초현실적이라는 생각이 들었다. 업무를 하지 않는데 어떻게 업무 보고서를 쓰라는 건가. 회사 혁신 방안을 사무실 안에서 말없이 꼼짝 않고 앉아서 떠올릴 수 있는 걸까. 자기 주도 학습이라니, 나에게 뭘 가르쳐야 하는 걸까. 눈치? 적응력? 비굴함?

— 「대기발령」, 156쪽

서바이벌 게임의 스펙터클은 희박한 전망과 가혹한 고투가 주는 외로움에서 생산된다. 이 싸움은 상대를 공격하기보다 최소한의 안전을 위해 울타리 안으로 위험군이 침투하지 못하게 하는 철저한 방어가 유일한 전략이다. 경쟁에서 승리하기가 아니라 경쟁에서 잔존하기가 목적이다.

문제는 실존의 텅 빔을 경유할 수밖에 없는 그 외로운 투쟁의 내면에 새겨진 배신의 쓰라림을 그 누구와도 공유할 수 없다는 점이다. 대기발령 일주일째 윤수가 처음으로 GG를 선언했다. 회사 앞 지하철에서 지상으로 오르는 계단 앞에서 가빠지는 숨을 이겨내지 못했다. 대기발령 12일째 지연은 사직서와 함께 남은 세 사람에게 메일을 남긴 채 떠났다. 기회에 남편과 히말라야를 가고 싶다고 했다. 연아는 짧은 답장만을 발송했다. 며칠 후 연아는 자회사로의 고용 승계 제의를 수락하는 쪽을 택했다. 물론 패자에게는 면접이라는 형식적 절차와 반성문이라는 굴욕이 요구되었다. 희정은 홍보팀으로 옮기는 걸로 내정되어 있었지만 일이 꼬였다. 서둘러 패자들이 떠나야 하는 눈치 게임에서 그녀는 배신의 칼날이 오히려 자신을 상처내고 있음을 나중에야 안 듯하다.

결국 그녀도 연아가 떠난 이후 회사의 배신 제안을 배신했다. 중훈만이 석 달을 버텼다. 연아는 "벽을 보고 앉은 중훈의 등 뒤를 그냥 지나"(161쪽)칠 수밖에 없었다. 이후 그녀는 자회사에서 석 달을 일하고 나와 여러 회사를 옮기면서 "우정이나 동료애 같은 단어가 공허하고 기만적인 구호"(159쪽)라는 것을 경험했을 것이다.

생존의 게임에서 "업의 본질이라든가 자아실현이라든가 하는 따위의 말"(159쪽)들은 실존적 사치일 뿐이다. 대신 그 자리에 남는 것들은 청춘이 지워진 자리에서 행복을 미래로 유예하는 청년들, 사람이라는 음운이 지워져 버린 '삶'이라는 텅 빈 기표, 억압의 주체가 너무나 현실적이어서 거대 담론의 이데올로기로 치환 불가능한 싸움(네그리가 설명하는 '제국'의 일상적 지배논리와 '다중'이라는 대항논리는 너무 아득하고 멀다), 도덕적 정당성 혹은 윤리적 가능성의 이름으로 남는 철학적(너무 철학적이어서 현실을 초월하는) 질문들뿐이다. 장강명이 이론이나 이데올로기로 환원될 수 없는 한국 사회의 구체적 현장을 소설로 쓰는 데에는 그만한 전략적 이유가 있다.

4.

김유담의 중편 「이완의 자세」(『창작과비평』 2019년 봄호)는 '24시만수불가마사우나'의 여탕 때밀이 오혜자 여사의 딸 김유라(나)의 이야기다. 오혜자 여사도 한때는 잘나갔다. 여상을 졸업하기 전부터 "당시만 해도 아무나 드나들 수 없는 곳"(197쪽)이라던 서울 최고의 백화점 1층 화장품 매장에서 근무하며 특출 나게 단정한 용모를 뽐내기도 했단다.

산업재해로 사망한 아버지의 보상금으로 '오혜린 피부관리숍'을 운영할 때도 엄마의 "윤기 나고 반짝이는 피부"(198쪽)는 그녀의 빨간 스포츠카처럼 한 치의 의심도 없이 아름다웠단다. 사파이어 아저씨에게 사기를 당하면서 혜자라 혜린으로 변하는 마법이 물거품처럼 사자져버리기 전까지 말이다. 그 이후 줄곧 엄마는 구 '선녀탕' 현 '24시만수불가마 사우나'의 여탕에서 때를 민다. 돈을 벌어 빚을 갚고 아파트를 장만해도 엄마는 사우나 여탕의 평상 위에서 벌거벗은 몸으로 몸을 누인다. '나'는 그런 엄마와 함께 유년의 몇 년을 여탕 평상 위에서 벌거벗은 채로 보냈고, 간혹 엄마의 때밀이 연습 대상이 되기도 했다.

그러니까 그때부터였는지 모르겠다. 그녀의 신체가 여성성을 상실한 채 '경직된 자세'로 뻣뻣하게 굳어버린 것이 말이다. 어린 그녀의 가랑이는 부끄러움을 학습할 기회도 없이 때밀이 수건에 쓸리면서 노동생산을 위한 몸으로 기호화되었다. 그러다 소아질염에 걸려 손님들이 오가는 탕 한구석에서 다리를 벌린 채 대야에 담긴 갈색 약물로 좌욕을 해야 했던 그때, 그녀의 신체는 에로스적 기능이 정지되었다. 어린 그녀가 "밋밋하고 딱딱한" 미미인형을 세숫대야에 거칠게 씻기면서 "가랑이를 쭉 찢어서 비누칠을"(207쪽) 하는 장면과 사파이어 아저씨를 찾기 위해 엄마가 필리핀으로 떠났던 어느 해 여름 홀로 초경을 겪는 장면은 경제적 논리에 밀린 몸의 에로스적 기능이 그녀에게서 탈착되는 증거로 기능한다.

김유담의 소설에서 몸은 두 가지로 분류된다. 하나는 강력한 욕망을 환기하는 에로스적 기능체로서의 몸이다. 간혹 이는 엄마의 아찔한 가슴 곡선과 목욕탕에 들르는 직업여성 언니들의 은밀한 부위 등의 기표로 표현된다. 다른 하나는 경제적 기능체로서의 몸인데 이때 몸의 기표는 무엇보다 엄마의 "붉은색 브래지어와 팬티"(232쪽)로 표상된다. 엄마의 속옷은 성적 충동을 야기하는 강력한 기호로 산출되지 않는다. 엄마에게 붉은 속옷은 "작업복"(232쪽)이기 때문이다.

엄마는 전자를 포기하고 후자를 선택함으로써 생존 게임에 참여한다. 캐릭터는 딸이다. 동네 무용학원에서 딸은 신체의 움직임이 아름다움을 생산하는 방식을 습득한다. 신체의 예술적 쓰임은 그것이 노동과 생존이라는 경계 바깥에서 소비되는 기호라는 의미다. 때밀이의 딸로서는 과분하게도 유라는 명문여대 무용과에 합격함으로써 엄마의 소망은 대리보충 되는 듯했지만, 딸은 조연의 자리에서 멈추고 만다.

게임의 논리를 몰랐기 때문이다. 마지막 스테이지에 등장하는 최후의 괴물을 물리치는 서사로 끝나는 게임이 아니라, 끊임없이 이어지는 로드에서 스테이지 하나하나를 무사히 건너가야만 하는 연옥의 무한반복이 게임의 룰임을 몰랐기 때문이다. 여기서 생존은 말 그대로 살아남는 것에 불과하다. 유일한 승리가 가능하다면 그것은 단 하나의 소실점으로 수렴되는 그 자리일 것이다. 유라는 아니 우리는 그 하나의 소실점이 되지 못한 무수한 '우리'일 뿐이다. 무용수의 신체가 아름다움의 기호로 소비되면서 경제적 필요성과 노동 너머의 존재가 되기까지 무수한 경쟁의 터널을 통과해야 한다. 그러나 아쉽게도 에로스가 뻣뻣하게 굳어버린 그녀의 신체는 무언가를 연기한다는 재현 능력 이상의 정동을 불러일으키지 못했다. 그녀의 몸은 에로스적 신체와 경제논리로 환원되는 몸 사이를 매개하면서 상실과 실패를 향한다.

(김유담의 소설은 이런 문장들이 지시하는 의미를 넘어서는 유쾌함과 따뜻함의 서사를 갖추고 있다. 그러니 여기 쓰인 문장들의 폭력을 용서해 주기를 바란다. 나는 어느새 이 작가의 다른 작품을 기다린다.

울면서 웃을 준비가 되어 있다.)

5.

초등학교 4학년 아들이 즐겨 읽는 만화책이 있다. 『○○에서 살아남기』 시리즈다. 주로 ○○의 자리는 사막, 무인도, 아마존 같은 것들이 차지한다. 생존에 필요한 정보와 기술을 알려준다. 최근 이 시리즈는 수학세계에서도 살아남는다. 물론 아들놈은 여기에 관심이 없다. 녀석에게 정작 필요한 책은 따로 있는 것 같아 아무리 찾아봐도 보이질 않는다. 방법을 모르니 내가 써줄 수도 없다. 누구라도 찾으면 알려 달라. 제목은 『한국에서 살아남기』이다.

이토록 매력적인 '언니'의 복수와
비겁한 예수의 남자들
– 박서련의 『마르타의 일』을 읽고

1.

사적 복수의 칼날이 벼려지고 있다. 선언적이지도 요란하지도 않다. 자살이지만 타살에 다름 아닌 동생 임경아(리아)의 죽음에 응전하는 언니 임수아의 복수전은 일상의 '루틴'을 철저히 유지하며 은밀히 진행 중이다. 임용고시 2차 시험을 위한 계획을 묵묵히 수행하고, 카페에서 스터디를 하고, 고시원에서는 신경이 예민한 옆방 여학생의 심기를 건드리지 않게 정숙을 유지하면서 애도와 슬픔을 유예하고 있다. 복수의 날 이후로. 아직은 슬퍼할 때가 아니니까. 애도의 시간도 허락지 않는 치열한 전쟁터에서 수아의 하루는 가난만큼 빠듯하며 소설의 문장만큼 긴박하며 숨차다.

어떻게 그럴 수 있을까? 사람이 죽었는데, 어떻게 밥을 먹고 잠을 자고 공부를 할 수 있을까? 이 당연한 물음에 대한 답으로 아무리 혈육의 죽음일지라도 이 사회의 취업준비생들이 짊어진 생존의 과제를 유예할 수는 없을 테니, 죽음과 생존이라는 이중의 덫에 발목 잡힌 수아의 현실에서 대한민국 젊은이들의 가혹하고 긴박한 현실을 떠올리는 것도 무리는 아니겠다. 그러나 이 응답만으로는 박서련의 서사에 담긴 핵심에는 이를 수 없다. 경아의 죽음은 우연한 불행이 아니다. 죽음의 원인이 여성혐오와 성차별에서 기인한 '페미사이드(femicide)'라면, 그리고 용의자가 특정되었고 수아가 그에 대한 사적 복수를 결심했다면 이야기는 달라진다. 용의자 차해경은 유력한 교육감 후보인 어머니와 재벌 계열사 사장인 아버지를 두고 있다. 그는 사회 권력과 경제 권력이 낳은, 즉 남성주의 권력 구조의 정점에서 태어난 괴물이다. 법이라는 공적 폭력으로는 이 괴물을 처벌할 수 없다. 어차피 남성주의적 권력의 파생물이라는 점에서 다르지 않으니까. 그러니 복수의 시간은 은밀하고 치밀하게 은폐되어야 한다.

예수 앞에 앉아 가르침을 배우는 마리아(경아)를 조롱하고 차별하고 상상적 성폭력을 감행했을 거대한 벽과 싸우기 위해서 마르타(수아)에게 필요한 것은 무장이지 눈물이 아니었을 터, "감상에 빠질 시간은 없다."(194쪽) 눈물과 회환은 그 다음. 차해경, 아니 수많은 '예수의 남자들'에 대한 사적 복수를 마무리 한 후 남게 될 불안과 악몽을 이미 견디기로 작정한 마르타에게 눈물은 사치에 불과하다.

> 정신 차리자. 우선순위를 놓치지 말자. 시간상 먼저인 건 경아 일이지만 냉정히 말해 내게 더 중요한 일은 시험이다. 난이도는 감히 비교할 수 없고 비교해서도 안 되겠지만, 사람을 죽이는 것보다는 중등교사 임용시험 공부가 훨씬 쉬워야지. 훨씬 쉬운 일을 못 해내서는 안 되겠지. 그게 사람이겠지. 사람의 도리겠지.
>
> —『마르타의 일』, 226~226쪽

수아의 이 말은 남겨진 자의 윤리는 슬픔의 정동이 아니라 치열한 생존에 있다는 점을 직시하게 한다. 그러니 수아가 동생의 죽음 이후에도 그 빌어먹을 루틴을 지켜가면서 시험에 몰두해야 했던 이유는 다음과 같다. 첫째, 복수의 성공을 위한 알리바이. 둘째, 경아가 겪은 고통들에 비해 자신 앞에 놓인 과제는 아주 작은 것에 불과하다는 윤리. 셋째, 생명정치라는 타락한 시대의 권력에 맞서는 가장 타락한 방식의 전략. 이 매력적인 언니의 복수는 여성혐오, 성적 대상화, 남성주의적 권력구조에 당당히 맞서는 여성들의 윤리이며 알리바이이며 전략이다. 이 일을 하지 않고서는 자신의 작은 성공들이 결국은 그 레짐 안으로 흡수되는 것에 불과하니까. 그것이 마르타의 일이니까. (그래서 수아는 매니저 언니와의 사랑에도 주저함이 없다. 추리와 복수의 서사에 끼어든 동성애 코드에는 사회의 모든 차별에 맞서는 인물에게 작가가 부여하는 상징과 전략이 담겨있다.) 그러니 질문이 달라져야겠다. '어떻게'가 아니라 '왜'로. 논의의 초점도 달라져야겠다. 청년 세대의 긴박함이 아니라 광범위한 페미사이드에 피폭된 여성들의 불행에 대한 매력적인 '언니'의 복수전으로.

한 가지 더 알아둘 점. 복수의 대상은 특정 개인으로만 환원되지 않는다. 경아의 죽음은 자살로 가장된 페미사이드였고, 용의자는 차해경만이 아니라 이 사회에 만연한 차별과 비교의 언어들, 여성의 육체와 일상을 성적 대상으로 타자화한 관음증적 시선들, 그리고 이를 묵인한 채 내재화한 우리의 일상에 깃든 비겁한 동조 내지는 침묵이었으니까. "마리아는 흔한 이름"(259쪽)이었고, 그만큼 복수의 칼날은 복수(複數)로 존재하니까. 모골이 송연하다면 죗값을 따져 볼 일이다.

2.

예수의 발치에서 가르침을 받던 마리아, 그 주변에는 남자들만이 가득했다. 당시 여성들에게 배움이 허락되지 않았으니 부엌에서 일을 하는 마르타와 달리 예수 앞에서 자신들과 같이 가르침을 받고 있는 마리아는 남성들에게 눈엣가시였을 터, 그러니 마리아는 예수의 사랑을 받은 특별한 존재가 아니라 남성들의 시선과 비난을 몸으로 받아낸 존재에 가깝다. 이는 소설의 경아가 '(마)리아'로 개명되면서 우리 사회의 구조화된 남성 폭력의 최전방에 놓인 인물이 되었다는 의미에 다름 아니다.

이러한 폭력의 과정에서 부모 또한 자유롭지 못하다. 소설에서 수아의 부모를 포함한 어른들은 이제까지 비교와 평가의 주체로 기능하면서 생명정치의 논리를 대변하는 자들에 가까웠다. 부모(어른)는 이제까지 세월호 사건이 적나라하게 드러냈던 그들의 위기관리 방식을 바꾸지 않았다. '가만히 있으라'는 명령은 이 세대들에게 삶의 지침과 같은 것이었고, '생업으로 돌아가라'는 국가의 명령을 단 한 번도 어긴 적이 없는 세대들이었으니까. 그런 면에서 작가 박서련은 확실이 독하다. 세다. 그녀가 적으로 삼는 것은 이 세계에 형성된 모든 인식적 폭력이며, 거기에서 '부모'라는 이름은 생물학적 연관성을 지닐 뿐 어떤 면죄부도 될 수 없다. 이것이 복수의 주체가 부모가 아니라 언니여야 하는 이유다. 가족 연대가 아니라 여성들의 연대.

(마)리아는 어린 시절부터 예쁜 외모로 주목받았다. 불특정한 남성들의 시선 폭력과 성적 대상화에 노출되었다는 이야기다. 여성혐오〈misogyny〉가 단순히 여성에 대한 혐오나 비하가 아니라 여성을 일반

화하고 대상화하는 일체의 타자화적 배제와 차별에 가까운 의미라면, (마)리아가 마주해야 했던 SNS의 악성 댓글들("솔직히 임리아가 한 번 준 거 아니냐, 봉사녀라서 그런 봉사도 잘하냐", 168쪽), 데이트 폭력, 원치 않은 임신, 낙태 권유, 우울증 등과 같은 삶의 많은 장면들이 그로부터 그리 멀지 않음을 알 수 있다. 중요한 점은 실제의 사실이 아니라 사람들 사이에서 불명확한 사실에 대한 갑론을박이 일어난다는 사실 그 자체였고, 그 과정에서 생산되는 (사람들의 숨겨진 욕망으로 덧칠된) 서사들이 사실 또는 사건으로 유통된다는 것이다.

(마)리아가 SNS의 셀럽이 된 시초에는 '봉사녀'라는 타이틀이 있었다. 학창시절부터 지속되어 온 봉사활동은 마땅히 찬사의 대상이어야 겠으나, 남성중심사회에서 여성을 이른바 '개념녀'로 지칭하는 것에는 구조적 폭력이 도사리고 있다. 여성 인물이 보여 주는 희생적이고 이타적 행위를 상찬하는 '모성 숭배'는 '모성'을 실현하지 않는 여성들을 비난할 근거를 제공한다. 이러한 방식의 여성숭배는 여성 스스로가 '개념녀'가 되기를 선택하게 하는 권력의 자기 유지 방법에 다름 아니다. 젊고 예쁜 여성의 신체에 대한 찬사와 성적 매력이 충만한 여성이 누리는 '권력' 역시 남성 우월주의가 가장 원하는 성적 대상이기 때문에 주어지는 독사과일 뿐이다. 때문에 '봉사녀'에서 '낙하산녀'로 이행하는 경아의 이력은 그녀가 지속적으로 남성주의의 차별과 배제의 대상이었다는 점을 지시한다. 더구나 그녀가 '낙하산녀'라는 비난을 받게 된 것도 그녀가 사회적 인정을 받는 과정이 불합리했기 때문이 아니라, 그녀가 남성들의 자리를 위협했기 때문이다. 모성 숭배로 가장한 남성들의 지배 권력은 결코 그녀들과 자리를 나누지 않는다. 마치 예수의 발치에서 가르침을 듣는 마리아를 힐난하듯 바라보던 예수의 남자들이 그러했던 것

처럼.

— 『마르타의 일』, 258쪽

3.

복수의 성공 후 "피에 젖은 운동화 한 짝"이 마르타에게 배달된다. 이 소설의 마지막 문장은 몇 가지의 사실을 섬뜩하게 예고하고 있다. 또 다른 복수를 불러오리라는 사실을. 작가의 말에서처럼 덤불에 숨은 괴한이 한 둘이 아니라는 것을. 그러니 아직 '마르타의 일'이 끝나지 않았고, 작가 박서련의 서사는 지속되리라는 사실을.

실어증을 앓는 언어들

– 2024년 『제25회 젊은평론가상 수상작품집』

1.

이미 언어를 초과해버린 사유는 언제나 언어의 집에서 외출중이다. 때문인지 자음과 모음으로 붙잡을 수 없는 이러한 초과상태를 포착하려는 노력은 실패를 예고할 수밖에 없다. 마찬가지로 이미 궤도를 이탈한 의식은 현실원칙을 넘어선 무의식에 영어(囹圄)되어 있다. 간혹 꿈의 기제는 이를 폭로하지만, 주체는 항상 그 꿈에 결석 중이거나 지각한다. 그러므로 인간의 언어는 언제나 공백을 가리키며 곁눈질하는 방식으로만 존재를 증명하는 운명일지도 모른다. 더더욱 시가 이런 운명에 포획될 수밖에 없는 이유는 언어에 빚지고 있으면서 동시에 그 언어를 배반해야만 가능한 것이 시적 언어이기 때문이다.

이 모순의 싸움에 기꺼이 응전한 시의 역사는 사실 아주 오래전부터 시작되었다. 다음의 시는 1934년 7월 24일부터 〈조선중앙일보〉에 발표된 이상(李想)의 「오감도烏瞰圖」 연작 중 〈詩第四號〉다.

患者의 容態에 關한 問題

```
1234567890·
123456789·0
12345678·90
1234567·890
123456·7890
12345·67890
1234·567890
123·4567890
12·34567890
1·234567890
·1234567890
```

診斷 0·1
26·10·1931
以上 責任醫師 李箱

〈환자의 용태에 관한 문제〉라는 부제가 달린 이 시에서 가장 먼저 눈에 띠는 것은 뒤집힌 숫자판이다. '거울'이라는 오브제가 근대의 불안을 분열된 자아의 아이러니로 드러내는 작가 이상의 시그니처였다는 점을 상기할 때, 뒤집힌 숫자들의 (비)대칭적인 배열은 거울에 비친 '환자 이상'의 불안한 존재 방식과 내면을 그대로 노출하고 있다. 거울 속 자아를 진찰한 '책임의사 이상'은 환자의 용태를 반–언어적 방식으로 기술함으로써 자아와 근대의 불안을 그대로 표면화한다. 일상 언어를 부정한 이 진단서는 단지 낯선 시각적 효과를 위한 것이 아니라 분열된 내면을 표현할 방법이 언어에 존재하지 않았기 때문일 것이다. 따라서 숫자가 세계를 이해와 계산의 대상으로 치환가능하다고 믿었던 근대적 세계관의 합리성을 표상한다고 가정하면, 저 전복된 숫자판은 근대적 합리성에 대한 거부감이면서 동시에 합리적 자아의 전복으로 읽힌다. 그래서 '진단0·1'은 무와 유, 죽음과 삶, 불안과 기대, 비합리성과 합리성이 공존하는 마음의 상태를 가장 정확하게 진찰한 기호가 된다.

의미에 포획된 상징계의 신전은 그러니까 이미 90여 년 전부터 무너지고 있었던 셈이다. '한국시의 향방'이라는 원고 요청은 버겁지만 그것을 '시적 언어의 향방'으로 번역 가능하다면, 기꺼이 이 요청에 응답하고 있는 지금-여기의 시적 언어들을 곁눈질하는 일이 그리 버겁지만은 않다는 것을 이 오래된 미래의 시가 말해주고 있다.

2.

김준현의 시집 『자막에 입을 맞추는 영혼』(민음사, 2022)은 인간에게 주어진 모든 감각 기관의 작동을 모조리 초기화시켜 버리는 작업을 수행하면서 시의 언어를 부정하고 해체한다. 시집은 눈, 시선, 시력, 눈동자 등의 이미지를 강렬하게 해체하고(「멍 때리기」, 「매일 화성을 바라보기 시작한 너의 구조적 결함」, 「여기는 계란의 내부」 등), 타락한 언어의 '실어증'을 치료하기 위해 화자들을 언어가 낯선 시공간으로 보내버린다. 한국에 거주하는 외국인들에 대한 빈번한 묘사, 낯선 이국의 도시, 낯선 언어들과 낯선 사물들, 보디랭귀지 등과 같은 묘사가 많은 것은 이런 이유에서다. 김준현의 화자들은 입은 있지만 말할 수 없고 눈은 있지만 볼 수 없는 존재가 되어 스스로 낯선 시공간의 낯선 존재가

되는 일을 마다하지 않는다. 언어를 버림으로써 시의 언어를 구출하려
는 시인의 노력은 다음 두 편의 시에서 청력과 시력의 상실을 오히려 반
기는 방식으로 묘사된다.

> 이어폰 스피커는 볼륨 37을 넘으면 내 청력 손실을 걱정한다

> 청력은 중요합니다
> 볼륨을 이 지점 이상으로 높이면 청력이 영구적으로 손상될 수
> 있습니다

> 나는 이 지점을 꽤 좋아한다
> ……
> 이제 바꿀 때가 되었다, 이런 먹물, 이런 연필의 심, 이런 속 깊은
> 데서 꺼낸 말
> 듣다 보면 청력 손실이 오겠지
> 이제 안 들을래, 그만 들을래, 나는 그냥 즐겁고 행복하게 살래
> –「명왕성」 부분

저 똑똑한 이어폰은 청력 손실을 경고하지만 화자는 오히려 그 상태
를 더 좋아하고 반긴다. 청력의 손상은 소리가 크다는 물리적 성질 때
문에 발생하는 것이 아니라, '먹물'과 '연필의 심'으로 표상되는 문자 이
미지가 화자의 듣는 능력을 퇴화시키기 때문이다. 문자는 의미를 규정
하고 경계를 긋는 방식으로 세계를 폭력적으로 정의한다. 이 시의 제
목이 「명왕성」인 이유도 그것이 문자로 대표되는 상징계적 개념 폭력의

대상이라는 점을 공유하기 때문이다. 명왕성은 한때 태양계에 속한 행성이었다가 인간의 과학이 규정한 '우리와 타자의 경계' 바깥의 대상으로 규정되면서 자격 상실 선고를 받았다. 이어폰을 통해 들리는 음악의 가사들은 음악이 묘사한 감정과 의미를 요청한다. 소리가 클수록 우리는 요청된 감정으로부터 벗어나기 힘들어진다. 그래서 「자막과 입을 맞추는 영혼」(1)에서 화자는 이어폰을 빼버린다. "이어폰을 빼자 풍경이 내게로 밀려들었다"는 진술은 이미 주어진 세계의 감각을 벗어났을 때 우리가 도달하게 될 새로운 어느 지점을 보여 준다.

> 너를 무음으로 해 놓았다
>
> 영혼이 1도 없는 문장 앞에서 수신 확인을 기다리는
>
> 사람의 눈처럼 소리내지 않고 오는 것
>
> ……
>
> 그 안에 갇히지 않았으면 좋겠다
>
> 이런 데서 어떻게 살아, 밖으로 나와 밖에 뭐가 있는데 사람들이 있잖아
>
> 사람의 눈 끊임없는 사람의 눈 제가 무엇을 보면서 어떻게 드러나는지도 모르는 사람의 눈이 있잖아 사람이 사람을 안 보고 살 수는 없는 거잖아
>
> — 「자막에 입을 맞추는 영혼」(3) 부분

그래서 같은 제목으로 세 번째 쓰인 이 시에서 시인은 '너'라는 대상 세계를 '무음'으로 처리한다. 소리로 가득한 문장이 오히려 어떤 진실을 가리니까. 마찬가지로 시는 '무엇'을 보는지도 모르는 '사람의 눈'을 거

부한다. 대상이 눈에 '어떻게' 드러나는지, 포착된 대상의 모습이 본래의 그것과 어떻게 다른지, 이 눈은 모른다. 우리는 지구에 살면서 정작 지구의 공전 소리도 듣지 못하며 지구의 모양도 제 눈으로 본 적이 없다. 따라서 "사람이 사람을 안 보고 살 수는 없는 거잖아"라는 저 외침은 눈을 버릴 수 없다는 말이 아니라, 그러한 눈으로는 제대로 사람을 볼 수 없다는 말로 읽힐 수밖에 없다.

그래서 김준현의 빈 종이들은 모조리 실어증을 앓는 중이다. 도대체 무엇을 보고, 무엇을 말하고, 무엇을 듣고 있는지, 김준현의 시는 도통 알 수 없는 고장난 시스템을 거부한다. 마지막으로 인용하는 작품에서는 이러한 고장난 감각으로 세계를 옮기는 일의 위험성을 고발한다.

> 복사할 게 많아서 장난이 아닌, 한 페이지당 스무 장씩
> 『잘 표현된 불행』을
> 발레리나가 끝가지 찢어야 하는 다리처럼 벌리고
> 빛이 지나갈 때까지 손으로 눌렀다
> ……
> 머리를 박고
> 다리를 벌리고
> 계속해서 나오는 새 종이들은
> 갓 태어난 것처럼 뜨거워, 너희들은 복제된 것뿐이야
>
> — 「잘 표현된 불행」

책을 '복사'하는 일은 미메시스에 대한 은유로 읽힌다. 또 복사기의 '빛'은 대상을 재현하려는 인간의 감각기관을 연상하게 한다. 왠지 이

빛은 뜨겁고 폭력적으로 다가온다. 책은 뒤집혀 박히고 벌려지고 빛에 노출되고 열기에 데인다. 시인이 "시를 쓰는 일은 손에 직접 피를 묻히는 일입니다"라고 고백한 이유를 알 것도 같다. '스무 장씩'이나 복사물(시 혹은 언어)은 계속 생산되지만, 이 생성은 탄생이 아니라 '복제'일 뿐이다. 원본을 대신할 수도 없으면서 조금씩 원본을 왜곡하는 "잘 표현할 수 없는 불행"을 반복하면서 말이다.

김준현은 시집 곳곳에 언어의 위험성을 고발한다. 「장미의 얼굴」에서 꽃의 '빨강'은 '빨갱이'로 변화되면서 목숨을 앗아간다. 이것뿐이던가. 달팽이의 점액질로 '스킨'을 만들어 '피부'에 바르는 기표의 폭력(「당신의 세계였던 신체에서」)과 '분홍'과 '핑크'의 국적을 다르게 만들어버리는 언어의 분열(「우리의 소원은 통일」)을 폭로한다. 그래서 그는 "통일이 싫다"고 고백한다. 통일이라는 단어가 의미하는 차이나는 것들의 통합을 "온전하다는 것은 잘못된 감각"이라고 비판한다. "입으로 하는 일을 다 받아 내는 것", 세계의 모습을 이미 주어진 감각으로 포착하는 일은 위험하다. 따라서 "우울증에 걸린 번역기는 좋은 시를 전부 '번역 불가'라고 했다"는 진단은 "시가 무엇인지 잘 이해"(이상 「우리의 소원은 통일」)하고 있다는 점에서 정확한 판단이다.

시집을 여는 〈자서(自序)〉에는 "이것은 싱크로율을 맞추는 작업/이것은 명도와 채도를 맞추는 작업/이것은 눈부신 작업/고원에서 사슴 탈을 쓰고 춤을 추는 것처럼/조용하고 사랑스러운 작업"이라는 문장이 쓰여 있다. 여기서 '이것'은 당연히 대상에 자신의 입을 맞추는 일이다. 이 작업을 수행하기 위해서는, 대상과 언어의 싱크로율을 일치시키기 위해서는, 사물의 말들을 오역 없이 번역하기 위해서는, 하여 언어 너머의 진실의 입구에 도달하기 위해서는, 위험한 언어를 복사하는 시의 운명을 고발해야만 했던 것 같다. 그러니까 『자막에 입을 맞추는 영혼』이라는 제목은 기꺼이 사슴의 탈을 쓰고 사슴의 춤을 출 수 있는 시인의 영혼을 가리키고 있다.

3.

황유원의 시집 『초자연적 3D 프린팅』(문학동네, 2022)은 인간 언어의 어쩔 수 없는 공백을 다른 우주의 언어로 프린트하려는 작업이라는 점에서 '책임의사 이상'의 언어를 계승하고 있다. 현실을 초과한 '초자연적'인 세계를 미래적이면서 가장 충실한 미메시스의 방식일 수 있는 '3D'로 프린트하겠다는 선언을 하고 있으니 말이다. 불가능해 보이는 이 일을 위해서는 역시 기존의 감각 기관과 언어를 부정하는 작업이 필요하다.

앞서 김준현 시집의 〈자서〉를 보았는데, 공교롭게도 황유원의 시집을 여는 〈시인의 말〉에도 그가 하는 일이 김준현의 작업과 다르지 않다는 사실이 예고되어 있다. 서시(序詩)라고 하는 것이 더 적당할 이 페이지는 "관상용 식물은 눈이 없으면 필요/없어진다/그리고 우리는 눈의 노예가 아니다//지하철에서 꽂고 있는 이어폰은 귀가 없으면 필요/없어진다/우리는 귀의 노예도 아니다"라는 문장으로 시작하여 유사한 방식으로 코, 혀, 피부 등의 감각을 부정할 것을 독자들에게 요청한다. "없어진다"는 서술어를 행갈이 방식으로 앞쪽에 배치하면서, 우리가 감각들의 '노예'에서 자유로워질 때 세계의 수많은 사물들의 고정된 의미로부터 자유로워질 수 있다고 말하는 듯하다. 증거로 인용하고 싶은 작품이 너무나 많아서 문제인 이 시집에서 겨우 하나를 골라 보았다.

> 이 사진은 음소거되었다
>
> 밖에서 개들이 미친 듯이 짖어대고 있지만
>
> 들리지 않는다
>
> ……
>
> 발전기의 소음 들리지 않는다
>
> 풀벌레 소리도 들리지 않아
>
> 바람은 한 찰나에 멈춰 있어
>
> 더 이상 불지 않는다
>
> ……
>
> 사원의 종소리는 들리지 않는다
>
> 맞은편 건물 옥상 바라나시 리버뷰 레스토랑의 푸른 불빛도
>
> 보이지 않는다
>
> 그러나 이 사진은 이 모든 것 그 이상을 말해준다
>
> 수면은 얼어붙은 듯 잠잠하고
>
> 그 위에 묶인 배들의 고요
>
> 나는 이 사진을 아직 찍지 않았다
>
> — 「음소거된 사진」

좋은 시는 제목이 모든 의미를 함축한다. 사진에 담긴 세계는 모든 음이 소거된 상태다. 이어폰을 빼버리자 새로운 풍경이 보였다는 김준현의 진술과 나란히 놓고 본다. 그리고 '사실 우주도 묵음 아닌가'라고 웅얼거려 본다. 사진에도 소리가 저장되지 않는다. 그럼에도 "사진은

이 모든 것 이상"을 담아내는 매력이 있을 터, 하지만 두 가지 문제가 있다. 하나는 인간의 기술력이 사진의 묵언의 낭만을 거세했다는 것이고, 또 하나는 사진을 찍는 행위 자체도 세계를 프레임 안에 가두려는 재현의 욕망에서 자유롭지 못하다는 것이다. 황유원은 이미 이 문제를 알고 있어서 그는 "이 사진을 아직 찍지 않았다." '아직'이라고 했거니와 이 부사가 '드디어' 또는 '이제'로 바뀌는 순간은 오지 않을 것 같다. 그는 감각과 언어의 무례함을 이미 알고 있으며, 모든 것이 지워져야 더 큰 것을 담을 수 있다는 사실도 이미 알고 있으니까 말이다. 세계의 모든 소리가 지워지면, 거기에 우주도 담을 수 있다는 사실도. 그러기 위해서면 아무래도 아주 큰 집이 필요하겠다.

좀더 큰 집이 필요하다 그 안에 온 우주를 가둘 수 있는,

그러나 우주도 결국 하나의 집이다
집 우(宇) 집 주(宙) 넓을 홍(洪) 거칠 황(荒) …… 평수가 좀더 될 뿐

우리가 또 여기서 어디로 갈 수 있겠어? 가도 가도 여기 이곳뿐인데

그래도 지금보다는 훨씬 더 큰 집이 필요하다
그건 크기만의 문제는 아니어서 한순간의 진동일 수도 있고 물에서 빠져나와 들이쉬는 단 한 번의 숨일 수도 있지만

여하튼 그 안에 모든 발광과 기쁨과 통곡과 신경쇠약을 가둘 수
있는
　눈물과 눈물 없인 못 들어줄 그 모든 노래를 넘나들 수 있고 여기
서 저-기로
　저-기서 여기로 마음껏 건너뛰며 놀 수 있는, 장대높이뛰기 선수
가 필요하다
　……
　세상에, 글자들이 담긴 여백이, 그 글자들보다 더
　그럴듯해 보이는 거 있지!

－「초자연적 3D 프린팅」부분

　우주도 함께 가두고 싶지만, '넓고 거친' 우주는 너무나 거대해서 바깥의 상상이 불가능하다. 우주는 묶음이지만, '발광', '기쁨', '통곡', '신경쇠약', '눈물', '노래'가 아니면 도무지 자신을 설명할 수 없는 인간은 너무 시끄럽다. 이 모든 것들을 함유하는 언어의 버림을 경유하지 않고서는 '초자연적 3D 프린팅'은 요원한 일이다. (그래서 앞서 언급한 〈시인의 말〉은 서시처럼 기능하면서 황유원의 시를 이해할 수 있는 열쇠에 해당한다.) 하여 시인은 '장대높이뛰기 선수'를 소환한다. 이 모든 것들을 한 순간에 넘어서는 도약이 필요하다. 그래야 지구의 중력장에 갇히지 않고 '마음껏 건너뛰며 놀' 수 있으니까.

　이러한 사유의 연장선에서 황유원이 즐겨 사용하는 이미지가 산출된다. 바로 '밤'과 '행글라이더'이다. 두 단어의 공통점은 중력이나 빛의 폭력으로부터 자유로워질 수 있다는 점이다. 이상에게 모든 사건이 '거울'을 경유해서 발생한다면, 황유원에게 모든 일들은 '밤'을 경유한다. 한

낮의 밝은 빛은 너무 폭력적이기 때문이다. 낮의 시간은 너무 밝아 의미가 환하게 드러나고 경계가 너무나 뚜렷해서 자유로워질 수가 없다. 마치 이상에게 거울과 날개가 없는 것과 같다. 그래서 이렇게 하소연하기도 한다.

> 이토록 많은 생물과의 만남을
>
> 잠이라 할 수 없다
>
> 어느 때보다 환히 깨어 있는 이 밤을
>
> 밤이라 할 수 없다
>
> 잠 하나 제대로 자지 못하는 인간을
>
> 인간이라 할 수 없듯
>
> 꿈결에도 밖에서 부르는 소리에 대답하고
>
> 꿈속에 펼쳐진 길을 한 걸음 한 걸음 망설이며 걸어나가는 이 밤
>
> 고만고만한 꿈만 꾸다 깨어나는 이 밤을
>
> 과연 밤다운 밤이라 할 수 없다

– 「밤다운 밤이 아닌 밤」 부분

반대로 밤은 상징계의 신전에 불이 꺼지는 시간, 초자아[super-ego의 감시망이 눈감는 시간, 이드(id)의 비-언어들이 날개를 펼치는 시간, 우주의 웜홀을 통과할 수도 있는 시간, 모든 존재가 다른 모든 존재로 겹쳐지는 시간, 긴 꿈의 회랑이 한없이 이어진 시간이다. 황유원은 이 밤을 사랑한다. 술도 사랑한다. 술은 밤을 더 길고 깊게 한다. 잠도 사랑한다. 꿈도 사랑한다. 잠을 자야 꿈을 꿀 수 있고, 그래야 밤은 진정한 밤이 된다. 황유원의 시들에서 빈번하게 등장하는 이 단어들은 낮

의 문법을 거부하면서 끝없는 유영을 한다. 「무한대의 밤」은 이러한 황유원의 사유가 맘껏 펼쳐진 정수이다. (그러나 옮기기에 너무 길다. 글의 제목에 '실어증을 앓는 언어들'이라고 했건만, 사실 황유원은 실어증이 아니라 실없는 말들의 과밀을 통해 말이 비어 있음을 보여 주는 방식에 더 가까워 보인다. 시집에서 직접 확인하시라.) 대신 마지막으로 앞서 언급한 '밤'과 '행글라이더'의 콜라보 일부를 인용한다. 유사한 문장들이 무수하게 중첩되는 차이와 반복의 미덕(?)을 보여 주는 이 시는 반드시 여러 번 읊조리면서 읽어야 한다. 그러면 행글라이더에 탄 자유를 느낄 수 있을 것이다.

> 밤의 행글라이더는 밤의 행글라이더
>
> 어디까지 날아가나
>
> 언제까지 날아가나
>
> 바보같이 저렇게
>
> 날아가기만 하고 있을 텐가
>
> 밤의 행글라이더는 밤의 행글라이더
>
> 낮의 행글라이더도 아니고
>
> 밤의 산토끼도 아닌
>
> 밤의 행글라이더는 밤의 행글라이더
>
> ……
>
> 밤의 행글라이더는 밤의 행글라이더
>
> 오늘밤의 비행은 이것으로 끝나지만
>
> 내일 밤은 또 어떤 비행이 펼쳐질지 알 수 없다
>
> 펼쳐진다

펼쳐지는 그것이 원래 얼마나 많이 접혀 있었던 것인지 알 수 없다

낮에는 있지도 않았을 밤의 행글라이더

……

나는 그만 이 시를 끝내지만

이 시는 끝나고도 계속 날아가고 있다

밤의 행글라이더는 밤의 행글라이더

밤의 행글라이더는 밤의 행글라이더

—「밤의 행글라이더」 부분

4.

김석영의 두 번째 시집 『돌을 쥐려는 사람에게』(민음사, 2022)는 두 개의 세계가 중첩되는 이상의 거울 이미지를 우리가 일상을 영유하는 시공간 전체에 재배치하고 있다. 수면, 벽, 창문 등으로 변주되는 평면성의 오브제들은 반대편의 세계에서 다중의 우주처럼 존재할 자아들 간의 겹침의 순간들을 포착하게 하는 기제로 작동하고 있다. 마주하는 또는 맞닿아 있지만 결코 서로에게 존재를 들켜서는 안 될 세계들 간의 겹침은 기억상실 또는 편집된 세계라는 모티프를 매개로 현대를 살아가는 우리의 삶이 사실은 또 다른 자아가 영어(囹圄)된 세계일 수도 있다는 불편한 진실로 이끈다. 즉 이러한 사유를 통해 이상이 근대의 모순과 근대적 주체의 불안을 보여 주었다면, 김석영은 구로사와 아키라 감독의 〈라쇼몽〉이 그러했듯이 입체적인 플래시백의 방식으로 현재성의 시간 속에 여러 개의 진실이 가능한 세계를 구축한다(실제로 시집의

구성 또한 다른 시점으로 반복되는 사건들을 영화적 구성으로 보여 준다). 이상의 모더니즘적 주체의 불안이 '나'라는 개념으로부터 파생된 것이라면, 김석영 시의 다중적 주체는 '나이면서 동시에 너'이고 '여기이면서 동시에 거기'일 수 있는 입체적 상상력으로부터 파생된 것이라는 말도 덧붙이고 싶다. 「불완전한 세 개의 이미지」연작은 이러한 세계 인식이 가장 인상적으로 피력된 작품으로 보인다.

불완전한 세 개의 이미지
– Animated Anti-animal/2022/Experimental/349"

▶ 0′ 00", 평일 낮. 천변을 떠다니는 오리들. 지나가는 사람 몇. 새끼 오리가 자맥질하는 풍경. 물속으로 들어간 새끼 오리가 나오지 않는다. ▯ 클로즈업. ▶ 1′ 13". 다시 전경. 흐르는 강물. ◁ 새끼 오리가 후진하는 모습. 물 밖으로 나오는 장면. ▯ 천변 클로즈업. ▶ 54". 물속으로 들어간 새끼 오리가 나오지 않는다. 1′ 13". 새끼 오리가 들어간 물과 지금의 물은 이어지지 않는다. 물은 편집된 채로 흐른다. 새끼 오리는 결락된다. 그때 엄마처럼 보이는 오리 등장 ▯▶ 1′ 30". 오리는 왔던 길을 거슬러 무언가를 찾고 있는 것처럼 보인다. 잘린 필름 조각을 궁금해하는 것처럼. 무언가 사라졌다는 걸 눈치챈 화면 속 최초의 목격자. 화면 밖의 나는 오리에게 알려 줄 수 없다. 현장 속으로 참여할 수 없다. 오리에게 새끼 오리의 실종을 알릴 수 있는 오리의 언어가 없다. 말은 번역되지 않는다. ▷▶ 2′ 77". 새끼 오리가 없는 천변 전경. 물의 편집. 물이 삼켰다. 물이 오리를 오렸다. 물이 오리의 자유를 오리가 물의 자유를 먹었다. 자유는 자

유를 먹는다. 죽음은 되감기 하지 않는다. 순간 팔뚝만 한 물고기가 펄쩍 튀어 올랐다가 물속으로 다시 들어간다. ▯▯ 포즈. ▶ 2′ 35″. 한 낮 천변 풍경. 산책은 계속된다. 물이 흐르는 방향으로 나란히. 입구와 출구를 따라 걷고 있다. ◼ 3′ 49″

천변을 떠다니던 새끼 오리의 돌연한 실종을 다루는 이 작품에는 유사하면서도 미세하게 다른 세 개의 사진을 모티프로 만들어진 요나스 메카스의 영화 〈불완전한 세 개의 이미지〉, '마리'가 천변에서 오리를 찍은 영상을 가리키는 「Animated Anti-anamal —2022/Experimental/3′ 49″」, 그리고 이 시의 제목이 부제로 달린 「불완전한 세 개의 이미지」라는 세 개의 이미지가 메타적으로 중첩되어 있다. 이 시에서 '마리'는 어느 날 "물고기가 간혹 새끼 오리를 잡아먹는다"는 기사를 본 후 자신이 찍은 영상을 확인한다. (재생, 멈춤, 되감기, 빨리감기 등의 영상기호들이 삽입은 문자 예술을 영상의 영역으로 이끌고 있다.) 요컨대 이 시는 김석영이 구축한 세계관과 유사하게 하나의 작품에 여러 개의 작품과 스토리가 중첩된 형식을 취하고 있다.

시의 스토리는 자못 공포스럽다. 물속으로 자맥질 한 새끼 오리의 돌연한 실종은 "물의 편집"으로 인해 이 세계에서 지워진다. 새끼 오리가 들어간 물의 흐름과 아무 일도 없었다는 듯이 흐르는 지금의 물 사이에 미세한 이음새의 위화감이 느껴진다. 물은 편집된 채 흐르고 엄마 오리는 이 결락을 감지한 "최초의 목격자"로 묘사된다. 그리고 영상을 천천히 돌려보는 '마리'는 화면 바깥의 목격자이다. 그러니까 마리는 편집자가 아니다. 그렇다면 오리를 편집한 존재는 누구(또는 무엇)일까. '오리다' 그리고 '편집하다'라는 서술행위의 주어는 명목상 '물'로 표현되지만, 실질적으로 물을 편집한 주체는 이미 중첩된 이 세계의 바깥 어딘가의 시점에서 이 장면을 내려다보고 있을 것만 같다. 화면 내부와 외부에서 편집된 세계의 비밀을 알아차린 두 목격자가 서로 소통할 언어가 없는 것과 마찬가지로 이 세계 바깥에 존재할 그 어떤 존재와 소통할 언어도 존재하지 않는다. 맞닿아 있지만, 그래서 간혹 겹쳐지고 삼켜지지만, 결코 하나의 세계로 통합되지 않는 이러한 김석영의 세계관은 '주체-타자', '이곳-그곳', '이때-그때' 등으로 분화된 시공간이나 존재성을 다른 시각에서 재조명할 필요성을 제기한다. 시공간을 중첩된 세계로 바라본 한 사람이 여기서 다시 소환된다.

> 싸움하는사람은즉싸움하지아니하던사람이고또싸움하는사람은
> 싸움하지아니하는사람이었기도하니까싸움하는사람이싸움하는구
> 경을하고싶거든싸움하지아니하던사람이싸움하는것을구경하든지
> 싸움하지아니하는사람이싸움하는구경을하든지싸움하지아니하던
> 사람이나싸움하지아니하는사람이싸움하지아니하는것을구경하든
> 지하였으면그만이다
>
> — 이상, 「오감도 – 詩第三號」 전문

이 시에는 '싸움하는 사람, 싸움하던 사람, 싸움하지 아니하는 사람, 그리고 싸움하지 아니하던 사람'으로 분화된 네 명의 사람이 등장한다. 이상의 언어유희는 다른 사람처럼 보이는 이들이 결국 다르지 않은 사람임을 말한다. 시제를 제거하면 현재와 과거의 동시성(싸움하는사람=싸움하지아니하던사람, 싸움하던사람=싸움하지아니하는사람)이 드러난다. 마찬가지로 위의 시에서도 '새끼 오리가 존재하던 세계-새끼 오

리가 편집된 세계―편집 이후 마리가 영상을 확인하는 세계―이를 바라
보는 시점의 존재가 있는 세계' 등 다중으로 중첩된 세계'들'이 존재한
다. 하지만 시간성과 공간성의 가림막을 제거하면 세계들 간의 겹침과
동시성을 확인하는 것이 불가능한 일은 아닐 것이다. 이러한 사유는 김
석영의 세계를 비밀스런 기획이 은폐된 음모론에 대한 폭로가 아니라,
주체와 타자를 나누고 여기와 저기를 경계 짓고 현재를 과거와 미래로
부터 탈착시키는 사유방식의 빈약한 한계를 폭로하는 것으로 이해하는
입구에 서게 한다.

　김석영의 시집을 여는 〈자서(自序)〉에는 이런 문장이 있다. "달은 돌
기 때문에 달이다/돌지 않으면 돌이다." 여기에는 상징계에 포획된 언
어를 다른 가능성의 세계로 이동시키는 상상력(돌다, 움직이다, 충돌,
반동 등의 운동성)이 차이와 반복(달―돌―둘, 개―게―계)을 경유하면
서, 기어이 '돌'이 '달'이 될 수도 있음이 암시되어 있다. 달도 돌이니, 달
이 둘이 되지 말라는 법은 없다.

5.

　언어를 초과하는 무언가를 언어의 집에 담아내는 편집능력과 상상력
이 시를 쓰는 일이라고 한다면 우리는 박제가 되어버린 근대의 천재가
완성하지 못한 모더니즘의 과업을 수행하는 중이다. 시의 언어를 언어
의 집에서 꺼내서 날개를 달게 하고, 밤을 유영하게 하고, 우주의 묵음
과 만나게 하고, 그리하여 '언제―어디'의 세계'들'과 접촉하게 하는 시인
들의 작업이 여전히 거울 속으로 '외출 중'이듯이 말이다.

우리는 모두 낯익은 이방인
- 박참새 시집 『정신머리』를 읽고

1.

　박참새의 시집 『정신머리』의 매력은 무엇보다 예의를 차리지 않는 '비아냥'과 '조롱'에 있다. 그 말들은 밉지 않게, 하지만 고분고분하지도 않게, 따박따박 할 말 하면서 언어의 신전을 무차별하게 폭격한다. 오랜 시간 이곳에 봉헌된 주술적 마력은 이미 그 힘을 잃어버려서, 신성스러운 빛으로 위장한 경전의 언어들조차 박참새의 무례한 시선과 말들 앞에서 한없이 위태로워진다.

　이 위태로움은 박참새의 시들이 화려하고 아름답게 화장한 시의 언어가 "진리를 덮기 위한 진리"(「청강」)에 불과한 텅 빈 기표일 뿐이라는 진실을 폭로할 때 노출된다. 한때 언어는 진리에 이르는 이정표였기도 했겠으나, 지금의 언어는 "일종의 표식"으로 전락한 지 오래여서 "아무도 표지판을 보고 멈추지 않는다"고 시인은 고발한다. 시인은 그 텅 빈 언어의 껍데기에서 "악취"(이상 「커피하우스 가는 길」)를 감지하는 사람이다. 시인은 공회전하는 의미의 그물망에서 더 이상 새로운 집을 짓지 못한 채 과거를 반복하기만 하는 관성과 회피를 조롱하는데 탁월한 능력을 보여 주는 사람이다. 따라서 시인 박참새의 비아냥과 조롱 앞에서 '말로 지은 집들(시를 포함한 모든 글쓰기)'의 운명은 한동안 위태로울 것이다.

그래서인지 이런 걱정조차 드는 것인데, 그러니까 박참새의 시에서 "풍부한 문학적 레퍼런스를 토대로 한 과감한 발상과 파격적인 형식들"을 발견하고, 겁도 없이 과감하게 제 할 말 다하는 시인의 목소리를 "다채로운 화자가 빚어내는 매력이 압도적"이라고 평가한 심사위원들의 말이 어쩌면 참 점잖은 표현으로 보일 수도 있었겠다는, 언어의 집을 허물고 폐허가 된 말의 조각들을 재조립하면서 끊임없이 상속과 폐기를 반복하는 시인에게 이 심사의 말들조차 화석화된 언어의 향연처럼 보일 수도 있었겠다는, 이런 걱정이 드는 것은 기우일까, 아니면 기대일까.

2.

박참새가 즐겨 찾는 전투의 장은 주로 강의실과 같은 배움의 공간이다. 이곳에서 언어의 계승자들—선생님, 신부님, 선배 시인, 의사 등으로 제시되는 유물의 제사장들—은 오래된 "금칙 같은 것들"(「창작 수업」)을 깔끔히 무시하는 박참새의 화자와 마주한다. 아마도 엄숙했을 것이 분명한 "A시인의 시 창작 수업"이 한 사례가 되겠다. 3주차 강의의 과제로 제출(될 뻔)한 시 「호소 사피엔스(가제)」는 "주님"에게 "그 새끼 죽여 주세요 그 새끼 강간당하게 해 주세요 그 새끼 배신당하게 해 주세요"라는 '호소'를 담고 있다. 한 인간에 대한 저주의 감정을 있는 그대로 최대한 "더럽게 쓰고" 싶었던 한 호모 사피엔스의 간절한 호소는 "허락" 되지 않았다. 시의 신전에 봉인되기에는 정제되지 않은 욕설과 저주 등의 언어들은 너무 현실적이고 너무 '구리다.' 전통적 시 작법에서 이런 표현들은 "절제"되어야 할 과잉이자 금기였다. 아니나 다를까, 박참새의 화자는 이런 금기들에 대해 다음과 같은 비아냥으로 응전한다. ("깡패처럼 제멋대로 쓰고 살겠다"는 수상소감이 빈말은 아닌 듯하다.)

절제절제절제절제절제절제절제절제절제절제절제절제도 많이 하
면
부담스럽습니다 그건 왜 몰라요?

금칙 같은 것들이 있죠, 예를 들면
선생님 쓰지 않기
설명하지 않기
단언하지 않기
미리 생각하지 않기
정답을 제시하지 않기
주어를 똑바로 잡되 '나'는 쓰지 않기
시에서 시 얘기하지 않기 (구림)
꿈 얘기 쓰지 않기 (사실상 치트키)
(비겁하고)

ㅋㅋ 웃겨 정말

지들은 다 해 놓고선

-「창작 수업」 부분

　그러니까 '절제'된 언어로 연명하는 시의 운명은 한 인간의 응어리 진 감정을 추상과 관념으로 보편화할 것을 요구할 뿐이어서, 그 말에 붙어 있는 정확한 정체조차 포착하지 못하는 취약한 처지에 놓여있다. 따라서 "선생님도 모르겠죠/표정 보니까 그런 것 같아요"(「창작 수업」)라는 일갈은 사실 당신들도 언어의 죽음을 이미 알고 있지 않느냐는 되물음이면서, 언어의 계승자들이 끝내 버리지 못하는 미련과 협박("이거, 영원히 남는 거야")의 무력함을 폭로하는 말이 된다.

　그리고 이 무능에 대한 고발은 "너는 너만의 말로 지은 말의 집에서 홀로 살 것이다"(「건축」)라는 저주로 이어진다. 이 저주의 주문(呪文) 앞에서 언어는 한없이 외롭고 초라해 보인다.

　너에게는 말이 있다. 오로지 언어일 뿐인, 너에게만 머무를 뿐인, 그저 그뿐인, 동시에 전부라 버릴 수도 외면할 수도 없는, 때로는 연결을 위한 유일한 수단이면서 단절을 초래하는 단 하나의 종말이기도 한, 오로지 말. 그리하여 너는 말로써 지은, 말의 집에서, 살 것이다. 너는 너만의 말로 지은 말의 집에서 홀로 살 것이다. 너는 갇히지도 자유롭지도 않은 상태로, 탈출도 방생도 못 한 채로, 이동도 거주도 불편한 상황을 자초하며, 아름다우며 기괴한 말로 집에서, 그것에 의지하고 외면당하며, 그곳에서, 홀로 살 것이다. 너는 홀로 살며 늙은 것이고 끝을 볼 때까지 늙을 것이고 이따금 모든 것을 포기

하고 싶어서 발버둥칠 것이다. 네게 주어진 유일한 집을 저주라고
느낄 수도 있을 것이다.

- 「건축」 부분

시를 쓰는 일이 마치 언어로 집을 짓는 것과 다르지 않아서, 「건축」은 박참새 시인이 생각하는 시와 시적 언어에 대한 제문(祭文)으로 읽힌다. 이 시에서 언어는 유물 같은 건축물에 고립되어 있다. 확장성과 변화 가능성(이동, 탈출, 방생, 자유, 연결 등)이 상실된 채 언어는 오직 자위적인 역할("너에게만 머무를 뿐")에 갇힌 채 죽음("종말")을 맞이하고 있다. 혹여 가끔은 위대한 주술사가 "아름다우며 기괴한 말"로 그 죽음을 은폐할지라도 말이다. "네게 주어진 유일한 집"이 혹여 시를 두고 한 말이라면, 오직 자신만을 지시할 뿐이거나 의미 없는 연속을 위한 수단일 뿐이어서 이제 더 이상 새로운 영감을 주지 못하는 시의 숙명은 한없이 외롭고 위태로워 보인다.

3.

언어를 직접적으로 은유하는 시들에는 이 위태로움이 죽음에 이를지도 모른다는 경고를 담고 있다. 「국어」의 세계에서 같은 "모국어"를 사용하면서도, "우리는 서로를 잘 아는 이방인"에 불과하다. 같은 언어를 사용하면서도 서로의 내면에 접속하지 못하는 이 모순적 감각은 "이젠 쓸 게 없다/얼마나 살았다고"(이상 「국어」)라는 자조적인 고백으로 이어진다. 익숙함 속에서 낯선 것을 발견할 때 비로소 시는 쓰이겠지만,

낯섦에도 불구하고 익숙함만을 반복하는 감각은 지루하다.

시 「환생」은 이 지루함을 글쓰기 전반으로 확장하면서 조롱한다. 더 이상 새로울 것도 없는 언어의 세계에서 "유별ㄹㄹㄹㄹㄹ나게 지루하다 느꼈던 날", 화자는 누군가 자신의 시를 표절했다고 주장하는 시인들에 대해 이야기한다. "한국 현대시에서 포착되는 표절에 관한 연구_(초안)_2022"라는 이름의 연구 논문 형식(그러니까 최대한 진지한 말투로 돌려까는)으로 작성된 이 시는 언어의 신전에 '표절'이라는 주홍글씨를 붙인다. "말은 말에 지나지 않고 활자는 더더욱 미미한 것인데 어디서부터 어디까지가 사유재산인가"라는 근본적 질문을 던지고, 새롭다고 생각한 시가 "어쩌면 읽은 것의 그림자"에 불과할 수도 있다는 자괴감과 "낡은 글자"에 대한 신경질적 반응을 경유한 후, "독보적이라고 생각하는 순간 당신은/억울한 시인"이 될 수밖에 없게 되는 언어의 숙명을 고발하면서 말이다.

급기야 「국어의 신-i에게」에서 시인은 "내가, 국어가 얼마나 모자라냐면은, 네가 부족해서 수치스럽다"는 고백에까지 이른다. 이 '수치'는 반복에 기인한다. 말로 집을 짓는 글쟁이들에게 반복은 죽음("기일")과도 같다. 따라서 "반복은 또 다른 의미에서의 소멸이니 나는 언제나 활자 속으로 침몰하고 있었지"라는 고백의 주체는 이 시의 화자만이 아니다. 금기와 율법을 수호하면서 죽은 언어를 계승하고 전승했던 강의실의 모든 참여자가 이 문장의 주어이다. 하여 다음의 인용문은 박참새의 조롱이자 회개에 해당한다.

그래서 싫었다. 내가 하는 일이 싫었단다. 무슨 의미가 있겠니.

읽지 않고 버려지는 글을 위해 나는 나를 버렸다. 돈을 준대도 싫었다. 억만금이면 했을 테지만 세상 누구도 글에 억과 금을 쓰지는 않을 테니 돈을 준대로 싫었다. 왜 써야 하는데. 왜 읽어야 하는데. 뭐가 좋아서 좋다고 하는 건데. 전염처럼 옮은 난독은 도무지 나아질 기미조차 없었고. 그래서 싸우지 않기고 했단다. 나는 포기했어. 포기할 것이야.

─「국어의 신-i에게」 부분

'국어가 모자르다'는 고백에는 의미의 확장과 변이에 무능력한 시의 숙명("전염처럼 옮은 난독")에서 자신조차 한 발짝도 벗어나지 못할지 모른다는 시인의 공포가 담겨있다. 누가 그런 시를, 돈도 되지 않고 외면당하기만 하는 시를, "뭐가 좋아서" 읽겠는가. 그래서 싫었을 것이다. 이 위태로움과 불안을, 모두가 알고 있음에도 불구하고 그 자리를 서둘러 피하고 외면했던 수치를, 박참새는 직시하고 있다. 그 방식이 무례한 조롱일지라도 책임감 있게 느껴지는 것은 박참새의 화자들이 그 수치의 자리에 일인칭으로서 자신을 위치시키고 있기 때문이다.

박참새는 언어의 위기를 '당신'들의 권태가 아니라 '나'의 권태로 표현한다. 지루함과 권태를 인지하는 것이야 말로 시인의 첫 번째 의무이자 감각이라는 점을 상기하면, 박참새가 표현하는 지루함과 위태로움은 새로운 변화를 알리는 시작이다. 기표의 텅 빈 허공 속에서 말의 집을 짓는 사람의 숙명은 파괴의 아름다움에 있을 것이다. 견고해 보이는 건축물의 빈틈을 찾은 후 그곳을 헤집고 확장하며 비로소 벽 전체를 허물고 다시 짓는 작업의 연속, 시인이라는 직업을 가진 사람에게 그 충동만큼 매력적인 작업이 또 있을까 싶다.

"뭐든 아파야 혁명이 일어난다. 병증은 새로움의 기표일 뿐이다. 변

화의 예측이다. 그러므로 귀하다."(「새집 증후군」) 그러므로 이 무례하
기 짝이 없는 신인(新人)이 문자 그대로 새롭고 귀한 사람처럼 느껴진
다.

    4.

   이쯤에서 언어의 말도 들어보아야 할 듯하다. 시 「청강」을 보자. 이곳
도 강의실이다. 아마도 '현대문학비평'과 같은 이름의 강의이지 싶다.
"안녕하세요, 교수님"으로 시작하는 이 시의 화자는 이 "수업을 정당하
게 몰래" 듣고 싶어 하는 청강생이다. 그런데 도강 중이었던 청강생 주
제에 질문("비평이란 무엇입니까? 현대란 무엇이고요?", "그런데 완전
한 설명이란 게 있기는 한가요?")이 당돌하다. 이런 당돌함이 가능한
이유는 이 화자의 이름이 '관념어'이기 때문이다.
   '관념어'는 스스로를 "늙음과 낡음이 공존"하는 존재로 소개한다. 오
랜 시간 존재했음에도 자신에 대한 인간 언어의 규정은 전혀 갱신되지
않았다는 증언이자 고발이다. "사실 나는 아아아무것도 아닌데요. 인간
은 그것도 모르고 (아니면 알고서도 그랬는지) 나를 치켜세우곤 했"다
거나, 규정할 수 없는 존재를 규정하기 위한 '집착'에 사로잡힌 모든 인
간들(아마도 현대문학비평과 관련된 모든 글쟁이들 또는 이론가들)을
가감 없이 "바보들……. 그게 세상의 전부인 줄 알고"라고 비웃거나, 그
럼에도 불구하고 자신을 멋지게 설명해 낸 누군가 있었는가라고 묻는
다면 "제 기억에 남는 인간은, 글쎄요, 그렇게 많지 않습니다. 유의미한
투쟁이었다고 할 수 있을까요?"라고 말하며 교수를 비롯한 언어 계승

자들의 해맑은 무능력을 조소한다. 박참새의 공격은 다음과 같은 말로
이어진다.

> 나는 그들이 살기 위해서 존재하는 껍데기입니다. 진리를 덮기
> 위한 진리입니다. 나를 지배했다는 느낌은 가질 수 있어도, 나로 인
> 한 포만감은 느끼지 못할 것입니다. 나는 절대로 드러나선 안 되고,
> 설명되거나 해체될 수 없게끔 끊임없이 진화해야 합니다. 시대와 시
> 기를 막론하고 모두에게 기억되고 귀속되고 규정되는, 그것이 나의
> 영광스러운 운명이고 나 역시 그것이 자랑스럽습니다. 이것이 저의
> 한 측면에 불과한 것이라고 나는 그러한 것이라고
>
> 전해
> 들었습니다
>
> — 「청강」 부분

"껍데기"라는 표현은 두 가지 의미를 함축한다. 하나는 '관념' 안에는
아무것도 존재하지 않았음에도 오랜 시간 언어는 그 무위의 장소에 무
수한 의미를 부여해 왔다는 허위를, 다른 하나는 그럼에도 불구하고 이
렇다 할 명확한 결론도 도출하지 못했다는 무능력이다. 이런 박참새의
공격적 비판은 시집 여러 곳에 무차별적으로 분포되어 있다.

그런데 '관념어'은 본래 추상이므로, 청강생은 출석부에 등록되지 못
하는 존재이다. 이 등록불가능성이라는 지점에서 박참새의 시는 한 발
더 전진하는데, 이 시의 화자 '관념어'가 청강생이라는 설정은 두 가지
의미를 가리킨다. 첫째, 등록되지 않은 청강생의 존재는 고상한 수식어

들로 포착불가능성을 은폐해왔던 계승자들의 무능력과 거짓 프로파간다의 역사를 고발한다. 둘째, 등록되지 못한 존재의 존재는 그 자체로 이 작업의 필요성을 촉발한다. 왜냐하면 그것이 시의 본질이기 때문이다. 확정하지 않는 것, 반복과 차이를 오가면서 끊임없이 다름을 확장하면서 정착을 거부하는 것, 의미를 지시하지 않음으로써 의미의 지속가능성을 지시하는 것이 언어의(어쩌면 시의) 존재성이기도 하기 때문이다. 그러니 박참새의 시는 한동안 이 상속과 파괴 사이를 오갈 것이 분명하다. 그 창조적 파괴의 힘이 이 시인의 주된 무기이니까. 다음의 회개 요청이 증거다. (이 회개는 신 앞에 무릎 꿇는 어리석은 양들의 고해가 아니라, 의미 없는 말들의 성전을 쌓고 그 위에 군림했던 언어의 건축물들, 그 비겁한 승인에 대한 회개를 의미한다.)

> 말들이 현재를 살생할 수 없도록
> 그것이 직업이 되지 않도록
> 굶지 말고
> 손쓰며 막으십시오
> ……
> 회개하면 됩니다
>
> ― 「우리 이제 이런 짓은 그만해야지」 부분

5.

　그러면 마지막으로 선생님들의 이야기도 들어봐야 공평하겠다. 역시 강의실이다.

다음이란 거 그런 거 없으니 그러니 내 얘기 좀 할까

솔직히 괴로웠어. 미치기 직전. 사실 우리가 이야기하는 이거, 배울 수 없어. 가르칠 수는 더더욱……. 나는 알고서도 그랬다. 여러 번. 생떼 같은 얼굴들 셀 수도 없어. 꿈에서나 만난대도 모를 거다. 아마 지옥의 개 같은 얼굴을 하고 날 잡아먹으러 오겠지. 귀엽겠지. 머리가 세 개잖아. 머리만.

…(중략)…

나가……. 너네 아직 젊잖아. 찌르면 새파란 피가 나올 것 같다고. 가끔은 징그럽기까지 하다고. 제발 그만해 제발 다른 걸 해 제발 끝까지 외면해 싸우고 터져지지 말고 이겨 지더라도 아름답게 어차피 패배란 기분에 불과하니까. 나를 넘보지도 말고 이쪽을 기웃거리지도 말아 마지막이니까 말하는 거야 다시는 돌아오지 마 우린 충분해 너네가 낄 자리란 건 없어 내어 줄 마음도 없다고. 우리끼리도 바쁘고 우리가 아니래도 이미 두터워 살집 오른 시간이 우리 숨통을 조이고 있다고 그러니 가담할 필요도 없고 솔직히 또 만나면 그땐 정말…….

다 두 고 나 가

– 「마지막 수업」 중에서

모든 비밀이 들통난 자의 고백(배울 수 없고 가르칠 수 없음), 더 이상 확인사살하지 말라고 절규하면서 스스로를 모래사막의 신전에 유폐시키는 패배의 작별('다 두고 나가'). 이제 선생의 강의는 폐강될 것이다. 물론 그는 여전히 그곳에서 자신만의 언어의 신전에 갇혀 있을 테지만, 박참새 같은 귀여운 케르베로스들은 이제 다른 공간에서 새로운 언어의 신전을 세울 것이다. 그러니 '마지막 수업'은 승계의식이기도 하다. 첫 강의 교재는 『정신머리』이다.

6.

　박참새의 강의는 쉽지만은 않을 것이다. 우리끼리만 읽을 수 있는 무언가(시가 분명함)를 보면서 우리끼리만 좋아했다는 선배들의 고백이 쓰인 『새시대』는 타자기로 타이핑한 문자를 여러 번 복사한 듯한 이미지를 보여 주면서 일부러 가독성을 역행하고 있으니까. 챕터 「울음 찾는 자」는 애써 쓴 문장에 사정없이 중간선을 그어버림으로써 자신이 만든 건축물을 일부러 파괴하고 있으니까. 그뿐인가. 문자 편집을 말 그대로 「정신머리」 없이 하는 바람에 제 정신을 가지고는 시를 쓸 수 없음을 고백하는 강의자를 지켜보기도 해야 할 것이다. 영어로 시를 쓰는 수업도 한 번씩 할 텐데(「Defence」), 영어로 쓴 시와 그 시를 chat-GPT가 번역한 한국어 문장과 본래 자신이 의도한 바를 한국어로 적은 시를 함께 배치하는 작업도 할 것이다. 그럴 때마다 강의자는 같은 말을 사용하는 이방인이 되는 기분을 느껴보라고 말할지도 모른다. 언어로 말을 하면서도 언어의 불능과 소통불가능성을 체험하는 이상한 강의일 것이다. 컴퓨터로 할 수 있는 모든 방법을 동원해 문자를 파편화하고 편집과 배치의 끝을 보게 될지도 모른다. 그럼에도 나라면 '깡패 짓'같은 그의 강의를 끝까지 수강할 의향이 있다. 문자에서 목소리가 들리거나, 문자가 그림이 되는 경험을 할 수도 있으니까. 무엇보다 독자의 오독을 박참새 선생은 절대로 혼낼 것 같지 않으니까.

"박참새 선생님! 그럼, 다음 강의는 무언가요?"

불안과 권태를 넘어서는 두 개의 시선
– 이장욱의 『음악집』과 장석주의 『꿈속에서 우는 사람』

1. 불안한 시대와 노련한 시인들

세계에도 감정이 있다면, 이즈음 세계의 얼굴은 불안하다. 세계의 구상에서 버팀목의 역할을 해왔던 토대들이 취약해지면서 불안은 짙어진다. 총체성의 붕괴, 예측 불가능성의 확장, 사회구조의 불안정성, 유대감의 파괴, 공정과 상식의 얼굴로 가장한 불평등, 세대와 계층 간의 갈등 등과 같은 거친 진단들이 현재 사회의 불안을 설명할 수 있을지 모르겠다.

세계-내-존재로서 개인들도 다르지 않아 보인다. 그 어디에도 내가 서 있을 자리가 명확하지 않다는 것, 그 어떤 좌표도 주체의 현존을 설명할 수 없다는 것, 밀려나고 탈락하고 좌절하고 늙어가면서 저만큼 멀어지는 시간의 꼬리를 슬픈 눈으로 바라볼 수밖에 없다는 것, 이러한 비유적 표현들이 세계에 내던져진 우연적 존재로서 개인이 느끼는 불안을 모두 설명할 수 있을지 모르겠다. 어떤 목적도 없고 어떤 설명도 없이 이곳에 불시착한 존재인 인간은 세계의 법률과 환경에 종속되고 수렴된다. 익명의 타인에게 예속되고 환경에 순응하면서 자기 삶의 주체가 되지 못하는 이러한 상황에 대해 의문부호를 지니게 되는 순간, 주체가 직면하는 감정은 불안일 것이다.

그러나 하이데거의 말처럼 우리가 불안에 직면한다는 것은 오히려 근원적인 존재가능성이 열리는 계기가 된다는 역설을 상기한다. 불안에 직면한 순간 현존재는 존재를 응시하고 세계를 조망한다. 그래서 이때의 불안은 우리를 허무에서 이탈시키고 '세속적 존재(das Man)'에서 해방시켜 단독자로서 실존의 가능성을 여는 계기가 된다. 만약 이 불안을 감지하고도 이를 직면하지 않는 것은 존재적 불안 상태를 은폐하는 것일 테다. 하지만 시는 이 은폐를 폭로한다. 존재의 불안을 피하지 않고 오히려 이를 매개삼아 세계를 응시하고 직시한다. 이장욱과 장석주의 시집을 읽는 이유 또한 이 노련한 시인들의 언어가 어떤 방식으로 이 은폐의 장막을 투시하는 지를 보고 싶어서이다.

2. 예고된 종말과 종말의 바보들
 – 이장욱, 『음악집』, 문학과지성 시인선 599, 2024.

불안이 가득한 세계를 통과하면서 이장욱의 시집은 첫 시를 보여 주기 전부터 세계의 종말을 예고하고 있다.

여보세요, 여보세요.
어디예요?

어디요? 어디라고?

난 홍대입구역이라니까요.

9번 출구 앞에 수평선이 보여요.

뜨거운 바람이 불어와요. 마침내

캄캄하고 거대한 파도가 밀려오는데

여보세요?

어디라고요? 어디?

당신, 듣고 있어요?

―「시인의 말」

이장욱의 「시인의 말」은 시집 전체를 관통하는 묵시[apocalypsis]의 예고편처럼 보인다. 시인은 도시가 물에 잠기고 뜨거운 태양풍이 대기를 덮는 종말의 징후를 목도하고 있다. 요한의 묵시록처럼 악의 시대가 종말하고 신의 부활이 재현될지는 모르겠다. 다만 시인은 (타인은 모두 지옥이라지만) 애타게 '당신'의 좌표를 호출하고 있다. 시인은 '당신'에게 (묵시의 본래 의미처럼) 비밀을 폭로하고 세계의 덮개를 열어 보일 생각이다. 그러나 문제는 '당신'이다. '당신'의 위치는 오리무중이고, '당신'의 감각도 불확실하다. 도대체 '당신'은 어디에서 무얼 하고 있는지.

대답은 첫 번째 시 「더 멀고 외로운 리타」에 있다. 여전히 시인의 목소리는 절박하다. 세계는 "매일 장례식이 열"리는 중이다. 하지만 당신은 "이어폰을 귓속 깊숙이 밀어 넣고" 음악을 듣는 중이어서, "만나러 와주어요."라는 몇 번의 호출에도 응답이 없다. "당신의 가까운 생물이 사라졌어요. /당신의 먼 사람이 앓고 있어요."라고 호소도 수신되지 않는 모양이다. 인간 종은 외롭고 세계는 죽어간다. 그러는 동안에도 당신은 "집을 나오지 않았다." 그리고 급기야 이렇게 말한다.

> 여행자가 실종되었다는군. 열대야가 다가오고 있어요.
> 빙하기가 시작되었다. 코인이 급등했대. **다 집어치워!**
>
> 만나러 와주어요. 여기가 불가능한 곳이라도
> 만나러 와주어요. 나의 먼 꿈속으로
> 북극에 내리는 뜨거운 비
> 열대우림에 쏟아지는 폭설
> 이곳에서 새들은 헤엄치고
> 펭귄은 날아다니죠.
>
> **좀 조용히 해줄래?**
> **음악이 안 들려.**
>
> – 「더 멀고 외로운 리타」 부분. 강조는 인용자

지구의 자오선이 180도 회전이라도 한 모양인지("북극에 사는 펭귄") 이상기후가 곳곳에서 감지된다. 동물들은 서로의 유전자를 교환한 듯해서 『종의 기원』을 다시 써야 할 판이다. 하지만 여전히 음악을 듣고 있는 당신은 이 모든 외침들이 귀찮은 모양이다. "좀 조용히 해줄래?/ 음악이 안 들려."

어리석은 당신, 고작 세계의 불안을 "코인"으로 번역하기 바쁜 당신, 시에서 세 번이나 반복되는 나의 호출("만나러 와주어요."라는 구절은 시집 전체에 깔린 작가의 목소리로 들린다)에 불응하는 당신, 이 반복되는 무지 또는 무관심이 이장욱 시집의 최대 관건이다. 그러니까 세계의 곳곳에서 도래하는 신호(또는 신음)들이 종말을 예고하고 있음에도 음악에 두 귀를 양보한 당신에게 그 소리들이 들리지 않는다는 사실이 『음악집』에 실린 (듣기 쉽지 않은) 가장 큰 음악이다. 생물들이 변종하고 지상의 인간들이 사라져도 당신은 히키코모리처럼 방구석에 틀어박혀("집을 나오지 않았다.") 종말의 바보가 되어가는 중이다. 혹여 신이 저자로 등록된 역사책이 있다면, 거기에 지구의 인간은 다음과 같이 기록될 것이다. "희노애락이 많은 단세포동물" 또는 "악몽에 시달리는 미물"(「내 생물 공부의 역사」), 바로 당신(들) 또는 우리.

근대의 시간관은 화살과 같다. 한 번 지나간 시간은 다시 돌아오지 않는다. 과거는 축적되고 그러므로 미래는 진보한다. 마치 시간을 인간의 역사가 회귀하지 못하도록 수많은 역회전 방지 톱니들로 만들어진 기계처럼 작동되는 듯 사고한다. 그러나 이장욱의 시에서 시간은 직선적으로 흐르지 않는다. 축적되지도 않고 진보하지도 않는다. 시인의 세계에서 어리석은 인간의 시간들은 반복되거나 중첩되고, 현재와 멀지 않은 곳에서 과거와 미래의 목소리가 송신되고 있다. 마치 수많은 타원형의 궤도들이 미세한 차이를 보이면서 하나의 중심점을 도는 것처럼 보여서, '차이와 반복'의 타원 궤도들 사이에서 시간은 상사성을 지닌다.

특히 시의 화자들이 우주와 직면하는 장면들에서 이 중첩된 시간성은 '먼 곳'에서 도착하는 예언을 들려준다. 마치 미래의 시공간을 이미 경험한 세계에게 어떤 경고음을 알리려는 것처럼 말이다. 대표로 「친척과 풍력발전기」를 보자면, 이 작품의 마지막에는 "먼 곳의 음악은 천천히 불어온다. 마치 오래전에 종말을 지나온 영혼과 같이"라는 문장이 배치되어 있다. 지구에서 보는 밤하늘의 우주에는 아주 오래전 발송되었으나 이제야 도래한 빛들이 가득하다. 과거에서 현재로 도달한 그 별빛들이 지닌 시간의 역사는 저마다 달라서, 어쩌면 그 수많은 시간의 빛들 중에는 지구의 역사를 예언하는 어떤 목소리("오래전에 종말을 지나온 영혼"의 목소리, 종말을 알리는 '리타'의 "음악")가 깃들어 있을 수도 있겠다. 하지만 진공의 우주는 소리를 삼킨다. 더구나 지구는 우주와 주파수가 다르다. 따라서 당신은 그 소리를 들을 수 없다. 이것이 문제다.

「월요일의 귀」에서도 시간은 중첩된다. 월요일이 화요일에게 수요일이 목요일에게 말을 건다. 어느 화요일에는 어떤 목소리를 듣는다. "화요일 아침에 깨어났는데/지상에서 사라진 사람이 무어라 말을 했다." 이 '사라진 사람'은 「더 멀고 외로운 리타」에서 당신을 호출했던 그 사람이라고 해도 무방하다. "월요일의 귀가 그것을 간절하게/간절하게 듣고 있었다." 하지만 월요일의 귀가 간절하게 들었던 목소리는 화요일의 당신에게는 끝내 도착하지 않는다. 오늘을 설명하는 수많은 말들과 언어들은 어제로 도착하지 못하고, 음악에 귀를 도난당한 오늘의 당신은 어제의 음악을 잊는다. 따라서 당신이 시간을 직선적으로 바라보는 관습을 벗어나지 않는다면, 저 목소리들은 우주의 진공에서 영원히 떠돌 운명에 처해 있다. 이장욱의 많은 시들 속에서 시간들이 겹치고 중첩되고 반복되더라도, 당신은 불규칙하게 도래하는 예언들의 언어를 번역할 의지가 없다. 이것이 문제다.

「불규칙하게 도래하는 것들의 폭설」에서 이 시의 화자는 우연히 시간의 궤도를 뛰어넘었지만, 여전히 화자 '나'는 역사와 시간의 경험이 탈각된 텅 빈 주체일 뿐이다.

　　자고 일어나 거울을 보았더니 글쎄

　　하루아침에 노인이 되어 있었어. 정확하게

　　하루아침에.

　　어제는 모든 게 새롭다고 생각했는데

　　오늘은

　　오래전에 당신에게 보낸 편지는 이제

　　물의 표면처럼 흔들리네.

　　읽어도 무슨 뜻인지 알 수가 없네.

　　겨울이고 눈이 내리는데 나는 왜

　　여기 있는 거야?

　　패스트리처럼 한 겹 한 겹

　　기억이 쌓인다고 상상할 수는 없어요

　　눈송이들이 맹렬하게 추락하다가 스르르

　　녹아버리죠.

　　허공으로 만든

　　총알인가 봐요.

　　내 머리통을 뚫었다!

―「불규칙하게 도래하는 것들의 폭설」 부분

　　만약 시간이 역회전 방지 톱니바퀴 기계처럼 흐른다면, "모든 이의 얼굴이 같은 속도로 변하는” 것처럼 평등하다면, “하루아침에 노인이 되어”버리는 일 따위는 일어나지 않을 것이다. 우리가 탑승한 급행열차는 고장 난 철로를 질주해 지옥으로 향하는 중이어서, 다른 시간성에 존재하는 누군가 “오래전에 당신에게 보낸 편지”를 읽어도 당신은 “무슨 뜻인지 알 수가 없”다. 맹렬하게 추락하다가 이내 곧 녹아버리는 폭설처럼 기억은 훤히 뚫린 머리통 너머로 사라졌다. (“내 머리통을 뚫었다.”) 이것이 문제다. 아무리 말해도 우리가 그 소리를 들을 수 없다는 것. 미래의 시간을 경험한 누군가 우리에게 종말을 예언하거나, 몇 번의 복습을 반복한 미래의 우리가 이제 그만 헛된 악몽에서 벗어나라고 외쳐 봐도, 우리는 그 목소리를 알아듣지 못한다는 것.

시인은 듣고 있어도 듣지 못하는 우리의 어리석음에 대한 폭로를 마지막까지 멈추지 않는다. 시집의 마지막에 놓인 시 「재즈 싱어」에서도 당신, 아니 우리는 여전히 어리석어서 “노래는 아직 시작되지도 않았는데/왜 다 들은 것 같지?”라는 착각에서 빠져나오지 못한다. 시인은 그런 우리에게 다음과 같이 일갈한다. “쉿!/잠깐만,/잠깐만,/너는 아직 아무것도 못 들었다니까.”

예고는 예습으로 이행되지 않고, 우리는 종말만을 복습한다. 이것이 문제다. 멸종이 반복되는 세계, 죽음이 반복되어도 아무도 듣지 않는 세계, 도저히 학습이 되지 않는 부적응자들의 적응능력만이 쌓이는 세계. (지면이 부족할 듯해서 미리 말해두자면, 이렇게 우리의 학습능력이 떨어질 때 필요한 것이 스승일 터다. 그러나 이장욱은 「무지의 학교」, 「방학 숙제」 등의 시를 통해 이 세계에 진실을 알려주는 선생과 학교가 없음을 고발하고 있다. 일독을 권한다.)

　　어느 공원에 누워 세계에서 자신이 잊혀지는 순간을 기록한 시를 마지막으로 살펴보자.

　　신기해라, 세상에는 언제나 오늘 죽은 사람이 있는데

　　그이가 죽은 세상에서도 직원은 역시

　　직원인데

　　직원은 직원의 일을 계속하기 때문에

　　그이의 없음에 익숙해진다.

　　그이도 자신의 없음이 익숙해지자 가만히

　　눈을 뜬다.

　　오늘이란 공전하는 별들의 조용한 배열 같은 것

　　수금지화목토천해…… 같은 것

　　별 하나가 지워져 있어서 조금씩 이상하다가

　　조금씩 익숙해지다가

　　잊었다.

　　하지만 자정의 외로운 배회라든가

　　외진 골목에서 누가 나를 부르는 소리

　　뒤를 돌아보았는데 아무도 없는 골목 끝에서 불현 듯

　　내가 내 손목을 긋는 모습

　　에도 적응이 되는가?

　　나는 지금 횡단보도에 나란히 선 부적응자들을 바라본다.

먼 신호를 기다리는 그이들을 다정하게 불러본다.

부적응자들이여,

부적응자들이여,

적응을 하고 난 뒤에는 옷이 사라지고 신발이 사라지고 또

사랑하는 이가 사라지리라.

나는 처음 와보는 공원에 앉아 있다. 마침

뒤뚱거리며 걸음을 연습하는 저 아기는

무엇에 적응하고 있는가?

중력에? 허공에? 지구의 회전에?

아기가 불현 듯 내 쪽으로 몸을 돌려

갸우뚱하게 고개를 기울인다.

–「적응하는 사람」 부분

　시의 화자 '나'는 한때 '직원'이었으나 지금은 "자신의 없음"에 적응한
존재다.　명왕성이 태양계의 행성에서 지워져도 "수금지화목토천해"는
"배열"된 세계에 적응할 뿐, 이상함을 느끼다가도 금세 잊어버린다. 세
계는 '아무의 사라짐'에 익숙하다.　직원인 사람이든, 직원이었던 사람
이든, 직원일 사람이든, "적응을 하고 난 뒤"에는 모두 사라진다는 사실
은 마찬가지다.　문제는 자신의 '없음'의 가능성을 알지 못한다는 점에서
적응은 부적응에 노출되어 있다는 점이다. 지금은 살아있지만 곧 '나'와
같이 지워질 것을 알지 못하기에 무관심한 '부적응자'이지만, 누군가 사
라지는 세계('公園'이자 '空園'인)를 천국이라고 느낀다는 점에서 무지한
'부적응자'이기도 하다.　이것이 문제다. 반복되는 세계의 지루함에 '적

응'하는 것, 세계의 불안을 직면하지 못한 채 마지막 연의 저 아이처럼 "갸우뚱하게 고개를 기울"이며 질문을 하지도 못하는 것, 묵시록의 계시에 무지하고 사라지는 존재들의 텅 빈 허공에 무관심하고 복습의 필요성을 무시하는 당신, "당신, 듣고 있어요?"

3. 야생을 잃어버린 기린
– 장석주, 『꿈속에서 우는 사람』, 문학동네시인선 208, 2024

장석주의 시집은 온통 '여름'과 '날씨'의 이야기들로 가득하다. 언뜻 보면 경기도 파주에서 망중한을 즐기는 듯도 해서, 〈해설〉은 시집의 곳곳에 파종된 '권태'를 읽어내기에 여념이다. 도시보다 자연에 가까운 마을에서 애써 힘쓰지 않아도 나무와 풀들이 자라는 것처럼 시의 언어들도 힘써 만들어낸 것이 아니라 저절로 뱉어진 말들처럼 보인다고 한다. "언어라는 벽돌로 정교하게 구축된 성채"가 아니라 "대지에 파종된 언어의 씨앗에서 싹이 움트고 성장한 나무"(해설, 141쪽)와도 같다고 말이다. 그렇게 자연스럽게 움트고 자란 시에서 권태와 우울의 미학을 읽어내고 있다.

아니나 다를까, 그것은 사실이다. 장석주의 이번 시집에서 그것은 아주 느리게 흐르는 시간을 견디고 조망하는 모습으로 드러난다. 권태의 시간은 중력장이 강하게 작동하는 공간에서처럼 느리게 흐른다. 강한 중력의 세계에서 1초라는 시간의 단위는 '똑~~~~딱~~~~'으로 흐르고, 지구 중력의 세계에서 1초의 단위는 '똑딱'으로 계산된다. 저 물결의 수만큼 시간은 상대적으로 계산되어서, 전자의 세계에서 하루는 후

자의 세계에서의 며칠과 같다. 세계의 모든 것들이 정지한 곳에서 나만
홀로 움직이는 것처럼. 무엇보다 블랙홀의 영역에서는 모든 존재와 기
억들이 흡수되면서 사라진다. 뜨겁고 찬란했던 한 때의 시간들은 느린
시간의 영역에서 사라지고 말라간다.

더이상 젊지 않다고 느끼는 순간 피의 고도는 낮아진다. 빈 복도
에는 한기가 들어차고 광장의 천막들은 자취를 감춘다. 정오마다 광
장에서 연주하던 브라스밴드는 벌써 철수했구나. 카페를 지나 모퉁
이를 돌아오는 길 가장자리에 가랑잎이 쌓인다. 저 녹색의 시체들을
누가 한데 모았을까? 파주의 차고 시린 하늘엔 쇠기러기들이 V자로
대오를 이룬 채 떠간다. 두어 마리는 대오에서 이탈한다. 아마도 날
개 근육이 발달하지 못한 새끼 쇠기러기일 테다.

– 「멜랑콜리」 부분. 강조는 인용자

남극 펭귄통신원의 하루가 저문다.
그의 손톱과 머리카락이 미세하게 자라고
감정의 기복은 거의 없었다.
커피맛이 어제와 다르지 않았다고
오늘도 무사했다고
빙벽 너머로 해가 뉘엇뉘엿 지는 걸 바라보며
펭귄통신원은 혼자 중얼거렸을 뿐이다.

– 「펭귄통신원의 평범한 하루」 부분

「펭귄통신원의 평범한 하루」에서 '그'는 어제와 거의 다를 바 없는 하

루하루를 보낸다. 그는 "얼음과 극지를 연구"하면서 "황제펭귄에 관한 생태 보고서"를 쓴다. 해수면의 온도는 큰 변화를 보이고 바다는 "태풍의 볼륨"을 키우고 있다. 세계는 불안의 볼륨을 키우며 종말을 예고하고 있지만, 그의 하루는 "오늘도 무사"하다. 미세하게 달라지는 신체와 날씨의 변화에도 감정의 기복이 없는 쓸쓸한 고요. 뜨거운 한 철을 흘려보낸 사람의 노년은 이처럼 쓸쓸한 모습일까.

시의 제목부터 우울을 내세운 「멜랑콜리」에는 온갖 대상들이 사라진 이후("자취를 감춘다.", "철수", "녹색의 시체", "떠간다", "이탈" 등)를 조망하는 화자의 쓸쓸한 내면이 보인다. 이 시만이 아니라 "벚꽃 다 졌다"(「벚꽃, 가난, 아나키스트」)로 시작하는 시편 등 이런 정서는 시집 전반에서 반복된다. 다시 「멜랑콜리」에서 정오의 뜨거운 시간이 지난 뒤 쓸쓸하게 남은 광장의 모습은 "더이상 젊지 않다"고 고백하는 화자의 모습과 조응하고, 이는 "근육이 발달하지 못한 새끼 쇠기러기"라는 대상으로까지 확장된다. 뜨거움과 차가움의 대조("정오" vs "한기" 또는 「펭귄통신원의 평범한 하루」의 "얼음과 극지") 또한 젊음의 시절 뜨거웠던 "피의 고도"가 식어버린 현재의 모습을 지시하고 있다. 그렇다. 맞다. 그는 우울하다. 그러나 그것만이 전부는 아닌 것만 같다. 인용하지 않은 시의 1연에 이런 표현이 숨어 있다. "차라리 태양이 광기와 대의명분으로 극렬하던 시절을 그리워한다." 화자의 이 고백이 진짜 하고 싶었던 말이 아닐까 라는 생각을 한다. 그렇게 생각하고 싶다. 시인은 뜨거웠던 한 시절을 그리워하고 있다고.

특히 빈번하게 등장하는 '여름'에 대한 묘사에서 이러한 양가감정을 확인할 수 있다. 「여름의 끝」 연작이 대표적인데(이 연작은 시집을 이해하는 입구이다), 화자에게 여름은 "최선을 다하던 계절"로 환기된다.

"태양이 광기와 대의명분으로 극렬하던 시절"이었으니까. 비록 지금은 "속수무책으로 낡아"버려 "여름의 끝에 우두커니 서 있는/털 빠진 짐승"일지라도, 화자는 내면에 웅크린 "어린 짐승들"(이상 「여름의 끝1」)의 소리 없는 울음에 귀를 기울이고 있다.

「여름의 끝2」도 마찬가지 구조다. 시의 마지막에서 화자는 "여름은 끝난 거나 마찬가지다."라고 슬퍼한다. 하지만 문장의 곳곳에는 뜨거웠던 시절에 대한 회상이 스며있다("아버지의 이름은 명예로 빛난다.", "우리의 청춘은 영화로웠다"). 광인("긴 머리칼")처럼 뜨거웠던 화자의 여름은 아마 "누군가가 다른 누군가의 등에 칼을 꽂는" 배신으로 막을 내린 것도 같다. 하지만 이 시에서도 「여름의 끝1」의 '어린 짐승들'처럼 "내 안의 한 광인이/몸밖으로 나오려고 몸부림"을 치고 있다. 그래서 나는 자꾸 '여름의 끝'이 아니라 화자의 내면에서 "새 여름"을 기다리는 '광인'이나 '어린 짐승'에 시선이 간다. 권태와 우울의 원인은 여름이 지나가버렸기 때문이겠지만, 나는 자꾸 시인에게 남은 것이 그것만은 아닌 것 같다.

「양파의 계절」에서 이걸 확인해보자. 참고로 양파꽃은 여름이 피고 진다.

　　　슬픔이 직업일 수는 없다면
　　　진흙이 스승일 수가 없다.

　　　버드나무가 소슬한 종교인 적은 없지만
　　　동물원에서 기린을 보고 온 날

사무침으로 어깨를 들썩이며 운 적은 있다.

…(생략)…

어머니의 기일에는 면도를 하고

순하게 살기로 마음먹었다.

뜻대로 되지 않았다.

그래서 그까짓 것들 그만 잊기로 했다.

교외에 땅 몇 평이나 사서

텃밭을 가꾸며 어린 딸과 살자던 약조는

지킬 수가 없게 되었다.

날씨가 사악해서라고 변명은 하지 않을게.

내 안의 어린 동물이 죽은 탓이다.

양파꽃 지는 저녁이 돌아오면

사라지는 소년들 탓이라고 여길 참이다.

− 「양파의 계절」 부분

시의 첫 연에는 두 가지의 부정문이 쓰여 있다. "슬픔"에 대한 부정은 권태와 우울에 대한 부정으로, "진흙"에 대한 부정은 그의 삶이 망중한이 아니라는 것으로 읽힌다. 이 부정의 이유를 시에서 찾자면, 그것은 동물원에서 "기린"을 보며 울었던 기억 때문이다.

'기린'에 대한 이야기를 잠깐 경유해보자. 「동물원 초」에서 시인은 "야생에서 추방된 동물들"을 마주한 적이 있다. 동물원에서 시인은 본 것은 "유년기가 없는 맹수들"과 "초목과 대양과 악천후를 잃어버린 초식

동물들"처럼 활기를 잃은 모습이었다. 마치 여름의 뜨거웠던 시절을 잃어버린 자신처럼. 시인의 우울은 여기에서 온다. 뜨거웠던 계절이 지나가버렸기 때문이 아니라 그 계절이 지나가는 것을 활기 없이 바라볼 수밖에 없기 때문이다. 따라서 "사무침으로 어깨를 들썩이며 운 적"(「양파의 계절」)은 동물원에서 기린을 본 날 "동물의 내부에서 꺼진 불꽃들이 흐느꼈지"(「동물원 초」)라는 문장을 쓴 그때이다. 자신의 야생과 유년기가 갇혀버린 '여름의 끝'을 목도한 그 순간.

'기린' 이야기를 마저 할 참이다. 이와 같은 이유에서 "기린은 먼 데서 온 당신의 이복형제"이자 "웃음 속에 거짓말과 진실을 감춘 형제"(「기린이라고 불리는 식물」)로 호명된다. '이복형제'는 시인의 다른 표상이며, '거짓말'은 권태를 '진실'은 내부에 잠든 '어린 짐승' 또는 '광인'으로 보인다. 여기서도 진실은 감추어져 있다. 기린이 등장하는 또 다른 시 「식물의 자세」에는 "식물(기린, 인용자)은 외부로 열린 문을 닫아걸고 고독에 유폐당한다."는 문장이 있다. 여기서도 식물이자 기린이자 시인 자신인 존재는 내부에 '유폐'되어 있다. 하지만 중요한 것은 갇혀있다는 사실이 아니라, 그 기린을 보고 울었다는 것이다. 그 울음에 맺힌 그리움과 광기를 볼 일이다.

기린은 당신의 말을 모르고
당신의 기린의 말을 알아듣지 못한다.
당신은 때때로 울고
기린은 우는 법을 알지 못한다.

왜 기린은 당신의 꿈속을 헤매는가?

……(생략)……

초식동물의 상냥함을 배우지 못한 채로
살아온 것은 당신 운이 좋았던 탓이다.
기린에게 바닷가의 석양을 보여 주고
기린의 마음을 받으려 하지 마라.

—「기린이라고 불리는 식물」 부분

동물원에 찾아 간 '당신'과 야생을 잃어버린 '기린'은 모습이 다른 도플갱어다. 기린은 "당신의 꿈속을 헤매는" 시인 내부의 어린 짐승들이다. 그러므로 시집의 제목『꿈속에서 우는 사람』은 당신 바로 여름의 끝에 선 시인 자신이다. 중요한 것은 시의 마지막 문장이다. 기린이 보고 싶은 것은 야생의 초원이지 "바닷가의 석양"이 아니듯, 시인에게 중요한 것은 모든 것들이 사라져가는 쓸쓸한 여름의 끝이 아니라 "광기와 대의명분으로 극렬하던" 여름일 것이다.

이제 다시 「양파의 계절」을 보자. 시의 화자는 울음의 원인을 '사악한 날씨' 때문이라고 변명하지 않는다. 여름이 지났기 때문이 아니라는 것이다. 그 원인은 "내 안의 어린 동물이 죽은 탓"이고 "사라지는 소년들 탓"이라고 말한다. 시인은 자신의 뜨거웠던 여름을 호명하고 있다. 비록 지금은 꿈속에서 우는 것에 불과할지라도 지향점이 향하는 계절은 '다시 여름'이다. 그래서 화자는 "순하게 살기"와 "텃밭을 가꾸며" 살자는 약속을 파기한다.

그러니까 나는 장석주의 시에서 권태와 우울을 보지 않으려는 작정이다. 지난날을 쓸쓸하게 추억하며 어느 몽골 초원에서 "게르 한 채를 구해 마두금이나 켜며 살고자 한다."(「게르와 급류」)는 늙고 낡은 장석주의 말을 믿지 않는다. "더는 누군가를 사랑할 일이 없겠구나. /나는 세포 단위로 날씨를 견디겠구나."(「날씨와 기후」)라는 진술도 믿지 않는다. 시집 속 화자들의 외모는 늙고 낡았을지언정 그들의 내부는 여전히 여름이니까. 마찬가지로 자신의 죽음 이후 눈이 많이 내리는 겨울의 파주로 문상을 오는 쓸쓸한 저녁을 그린 「꿈속에서 우는 사람」의 진술도 곧이곧대로 보지 않는다. 고작 '꿈속에서 우는 사람'일 뿐이니까. 고작 "그건 귀신의 말, /알 수 없는 외계인의 말"일 뿐이니까.

　시인의 진짜 마음은 다음과 같다.

　　　밤은 아침의 피부양 가족,
　　　어느덧 와 있는 내가 놓친 애인,

　　　햇빛이 파도 머리마다 부서지는 아침,
　　　저 바다는 누구의 꿈이었을까.

　　　자, 나가자 나무들아,
　　　불면과 나쁜 꿈을 지운 뒤
　　　이제껏 하지 않은 일을 하러 가자.

　　　식물의 마음으로 산다고
　　　소나무같이 늘 푸르렀다고 할 수는 없겠지만,

아기를 낳은 여자들과 아기를 낳지 않은 여자들, 어린 동생들의
칭얼거림, 기타와 드럼 연주자들, 담배를 피우는 남자들, 투기꾼과
배신자들 사이에서 나는 풀잎처럼 펄럭거렸다. 삶이라는 미제 사건
에서 내가 놓친 것은,

저 거리에 널린 소규모의 불행들,
내가 살아보지 못한 저 지루한 거리!

─「밤은 찬란하고 불안은 다정하다」 전문

"밤"과 "아침"은 앞서 언급한 "기린"과 "당신"의 관계와 같다. 모두 내
가 놓친 또 다른 나다. 다른 말로 꿈속의 자신이 아니라 꿈 바깥으로 탈
출한 자신이기도 하다. 그래서 이 시에서 화자는 "식물의 마음"으로 살
아왔던 자신의 지난 시간을 성찰한다. 자신의 푸름으로 '광기와 대의명
분'을 포장했던 시간들을 말이다. 그리고 그 시간 동안 보지 못했던 것
들을 다시 보려고 한다. "저 거리에 널린 소규모의 불행들"에는 자신의
대의명분이 놓쳤던 일상의 수많은 삶("미제 사건")들이 있다. 거대 담론
에 휩싸였던 여름이 지난 후 알게 된 것, "남은 날을 가늠하기는 어렵지
만"(《시인의 말》), 그럼에도 불구하고 여전히 시를 써야만 했던 이유가
이것이 아닐까 짐작해본다. 다시 여름을 살아야 할 이유가 있다. "자,
나가자 나무들아,/불면과 나쁜 꿈을 지운 뒤/이제껏 하지 않은 일을 하
러 가자."

「새」와 「발레」 연작은 다시 새로운 여름으로 비상하는 문장들로 가득
하다. 모두 인용할 수 없어 아쉽지만, 이 부분 인용을 통해서 시집에 새
겨진 다른 결의 마음을 보여줄 수 있다면 만족할 뿐이다.

사는 건 피크닉이 아니라 노역이었어. 여름날엔 시작하는 일과 실패 따위를 두려워하지 않으려고 이를 악물었다. 제도와 족보, 도덕과 관습에서 도망치고, 새벽 풀숲에서 떨어진 별을 주우며 불가능을 꿈꾸었다. 젊음이란 잔고가 두둑했으니 가여운 것들은 안중에도 없었지. ……

새들은 공중의 산책자, 공중은 배와 새들의 사원. 늙은 어머니는 사원의 새들 중 가장 작은 새를 가여워했다. 바람의 서재에서 책을 읽었다. 시냇물의 음악에 귀를 기울였다. 공중에 뿌리를 내리는 새들. 새들이 지나간 자리에 별의 잔해가 뿌려진다. 새들은 공중의 정원에서 키우는 푸른 불꽃이다.

—「새」 부분

당신은 발끝을 뾰족하게 모아 바닥을 박차고 날아오르는가. 당신은 중력의 그물을 찢고 공중에서 새의 자세로 날아오르는가. …(생략)…

당신이 기르는 새들은 8월의 명랑한 소녀들처럼 까르륵 웃는다. 당신 손끝에서 느릅나무의 초록 잎들 위에서 폭죽처럼 터지는 새들. 당신 두개골에 숨은 새들이 손가락 끝을 빠져나와 공중에서 활강한다. 아, 저 기쁨의 찰나들! 누가 전대미문의 전율을 겪는가. 당신은 공중의 한 정점에서 황옥인 듯 반짝인다.

—「발레1」 부분

거칠었던 지난여름을 지나 '8월의 소녀들'처럼 척추를 세우고 발을 모아 날아오르는 위의 시편들에서 나는 이 시집의 다른 목소리를 발견한다. 이런 이유에서, 미안하지만, 나는 장석주의 시에서 권태와 우울만을 읽지 않으려 한다. 고독의 순간 명징하게 솟아나는 미학의 극단으로 그의 시를 읽지 않으려 한다. '나른한 고양이'보다는 '슬픈 기린'을 보겠다. 기린을 보고 우는 사람의 마음을 보겠다. 뜨거웠던 지난 삶의 여름, 너무 뜨거워서 보지 못했던 것들에 눈을 돌리고 귀를 기울이는 마음을 보려 한다. 무엇보다 권태는 권태로워서가 아니라, 세계를 권태로 만드는 힘으로 세계를 파괴하고 돌파하기 때문이다. 『파리의 우울』이 근대의 우울을 폭로한 것처럼, 백 년 전 작가 이상이 온통 초록뿐인 자연에서 느낀 권태를 통해 너무 일찍 도달한 이 세계의 지루함을 폭로한 것처럼 말이다.

탈출 불가능한 프랙탈 서스펜스

- 차호지 시집 『시작법』을 읽고

1.

하나의 문을 열었더니, 같은 문이 또 있다. 여기의 공간이 지나온 공간과 다르지 않아 보인다. 그뿐인가. 오늘의 시간이 어제와 닮았고, 지금 보는 사람이 예전에 본 사람과 닮았다. '너'는 '나'와 닮았고, 심지어 오늘 쓴 새로운 시가 예전에 쓴 오래된 시와도 닮은 듯하다. 우연의 반복은 필연을 암시한다. 불안과 공포를 느낀 인물은 창문 바깥으로 시선을 돌린다. 그러자 창문 바깥에서 창문 안을 들여다보고 있는 사람과 눈이 마주친다. 어딘가 익숙한 얼굴이다. 옆방에 있는 친구가 자기 방의 창문 바깥으로 내가 보인다고 한다. 두 사람은 분명 반대 방향을 바라보고 있어야 하지만, 두 사람은 지금 같은 방향을 바라보고 있다. 자고 일어났더니 창문이 있던 자리는 벽이 되었다. 상자와도 같은 사각의 방에는 바깥을 내다볼 수 있는 구멍 하나도 없다. 이 공간에서 나가고 싶어 문을 열었더니, 다시 같은 문이 있다. 이곳은 어제의 저곳과 닮았다. 오늘의 시간이 어제의 시간과 다르지 않다. 벽이 있던 자리에는 다시 창문이 생겼는데, 그 창문 바깥에서 누군가가 창문 안을 들여다보고 있다. 그 사람의 얼굴이 어딘가 익숙하다. 옆방에 있던 친구의 얼굴인지 나의 얼굴인지 구별이 되지 않는다. 다시 잠을 잔다. 그리고 다시 문을 연다. 반복된다. 우연의 반복에 대한 지속적 묘사는 필연의 비극을 보여 주는 방법론이다.

위의 문장들은 차호지의 시집 『시작법』에 실린 작품 몇 편을 재조합해 본 하나의 이야기다. 시인이 '설계'한 문법으로 써내려가는 문장들은 이렇듯 무한 반복의 미궁과도 같다. 그래서 『시작법』이 엮어낸 공간 구조는 자못 공포스럽고 섬뜩하다. 이 감정의 첫 번째 이유는 '익숙한 낯섦'에 있다. 차호지가 만들어 낸 직육면체의 공간들(육면체로 이루어진 것으로 상자 또는 방과 같은 장소가 적절한데, 창문이 있지만 열리지 않거나 같은 구조로 겹겹이 쌓아 올린 형태라면 더 적절한 그런 공간들)은 우리가 살고 있는 지상 세계의 생활공간과 다르지 않다. 전혀 낯설지 않은 단어들로 구축된 세계가 순간 낯선 시공간으로 보이는 순간만큼 섬뜩한 것은 없을 터, 현실원칙이 억압한 무의식적 존재의 돌연한 출몰처럼 차호지의 이야기들은 이 세계의 익숙한 삶을 낯선 대상으로 호출하는 효과를 낳는다.

시집이 보여 주는 공간들은 독립적으로 보이지만 어떤 순환 구조 안에서 재생산되고, 시집의 화자들은 이 공간을 벗어나기 위해 노력하지만 그 모든 행위들은 다시 이 순환 구조의 건축에 참여하는 것으로 수렴된다. 차호지 시집의 '나'들은 사방이 "벽"으로 막힌 이 공간을 벗어나기 위해 무던하게 애를 쓰지만, 그럴수록 창문을 벽으로 만들고 탈출의 가능성을 거세해 버린 사람이 사실은 이전의 '나'였다는 것을 발견하게 한다. 차호지의 시집을 읽으면서 느낀 공포와 섬뜩함이라는 감정의 두 번째 원인이 여기에 있다. 그 누구도 '나'를 여기에 가두지 않았다는 것, 주어진 세계가 아니라 만든 세계이므로 '나'가 지닌 자기연민도 결국 자기부정의 자학에 불과하다는 것, 그러므로 그 누구도 그 누구를 원망할 수 없다는 것. 그래서 차호지의 시들을 읽는 일은 자승자박의 형상을 재확인하는 비극을 추체험하는 효과를 낳는다.

2.

이러한 세계의 구성은 마치 자기 유사성을 갖는 기하학적 구조들의 연속체인 프랙탈을 연상하게 한다. 부분의 형태가 전체와 비슷한 기하학적 형태를 띠는 프랙탈 구조는 끊임없이 자기증식을 반복함으로써 그 형태를 무한 확장한다. 기본 함수의 무한은 한 공간에 갇힌 자들이 탈출을 위해 새로운 공간을 창조할수록 더 깊은 공간으로 자신을 갇히게 한다. 따라서 시작(始作)은 영[0]이자 무한[∞]으로 귀결되고, 시작(試作)은 이전에 쓰여진 시들에 대한 복습이 되고, 때문에 차호지의 시작(詩作)법은 처음부터 구조를 호출하는 비명이 된다. 시집을 여는 첫 작품인 「시작법」의 마지막에 이 비명이 새겨져 있다.

선생님. 진짜 같은 말을 하라고 하셨지요. 모두 거짓말인 걸 알고 있다고요. 거짓말이지만 진짜처럼 보이는 그런 말을, 진심을 다해서 해야 한다고요. 복잡하게 생각해서는 안 된다고요. 수업 시간에 저는 손을 들고 물었습니다. 선생님은 왜 선생님이 되셨느냐고요. 선생님은 꼭 이렇게 되고 싶지는 않았다고 하셨습니다. 그때를 떠올려보면…… 칠판에 글자를 적고 있는 선생님께 손을 들고 질문을 했었다고요. 그날 수업이 끝나고 하교하는 길에 선생님이 사라지셨고 그다음 날부터 선생님은 선생님이 되었다고 하셨습니다. 절차는 생각보다 간단했고 맨 마지막 페이지에 사인을 한 번 했다고요. 선생님, 제가 선생님께 질문하지 않았더라면 선생님은 사라지지 않으셨을까요? 선생님, 말씀해주신 것보다 절차는 그리 간단하지 않은 것 같습니다. 선생님, 선생님이 사라졌다, 그렇게 말하면 되는 것이지요? 선생님이 정말 제 눈앞에 없는 것처럼 생각하고 그렇게 말하면 되는 거겠지요? 선생님, 저는 배운 대로 잘하고 있는 것이지요? 선생님, 제가 본 선생님을 못 본 척하고, 진심으로 못 본 척하고 여기 있는 문장들을 못 본 척하고 서명하면 되는 것이지요? 그러면 여기서 나갈 수 있겠지요? 네?

―「시작법」 전문

시인답게 차호지는 시의 도구인 언어(말)에게서 그 혐의를 추궁한다. 이 폐쇄된 세계의 원인은 "거짓말"로부터 시작된다. 시의 전반부에서 선생님은 학생들에게 '진짜 같은 거짓말'이 필요하다고 가르친다. 이미 세계가 온통 거짓일지라도 그것이 선생의 문법이어서는 안 되기에 학생은 "질문"을 한다. 이 질문의 문장은 힘이 있다. 질문은 참과 거짓으로 판명되는 명제가 아니라, 참과 거짓을 심문하는 문장이기 때문이다. 선생님이 이 심문에 응답하지 못한다. 그는 이 거짓세계의 바깥으로 나갈 자신이 없다. 따라서 하굣길에 선생님이 사라진 사건은 예견된 것이다. 문제는 "그다음 날부터 선생님이 선생님이 되었다"는 진술이다. 그는 응답 대신 "사인"을 함으로써 진실을 외면하고 회피했고, 거짓 세계를 승인하고 거기에 합류했다.

이윽고 제자는 다시 질문한다. 시의 후반부는 아마도 선생님이 된 것처럼 보이는 옛 제자의 재질문으로 가득하다. 자신의 질문이 선생님을 사라지게 했는지, 정말로 간단하게 사인만 하면 괜찮은 것인지, 그렇게 생각하고 배운 대로 학생들을 가르치면 되는 것인지, 그리고 그렇게만 한다면 당신처럼 이 세계에서 탈출할 수 있는 것인지 등을 묻는다. 하지만 전반부와 달리 후반부에 나열된 이 질문들은 힘이 없다. 그는 이미 이전의 선생님과 같이 선생님이 아닌 선생님이 되었기 때문이다. 차호지의 설계대로 상상한다면 아마도 어떤 학생이 질문을 했을 것이고, 옛 제자이자 현 선생님인 화자는 힘겹게 "사인"을 함으로써 응답을 회피했을 것이다. 세계는 반복을 수행함으로써 비극을 재생산하니까. 점점 화자의 마지막 질문이자 비명("그러면 여기서 나갈 수 있겠지요?")에 응답해 줄 사람이 사라지고 있는 것이다.

태초에 신이 '말씀'으로 세상을 창조한 것처럼 시인들도 말(언어)을 통해 자신만의 세계를 구축한다. (이는 시집을 관통하는 원칙 중 하나이다.) 문제는 자신들이 구축한 이 세계를 스스로 감당할 수 있는가이다. 자신들이 뱉어 낸 말들이 모두 진실인지 알 수 없다는 불안에서 자유로울 수 없을 테니까. 따라서 저 비명은 뒤늦은 후회이자 응답 없는 구호신호일 뿐이다. 독자로서 대신 답변을 할 수 있다면, 탈출은 불가능하다. 늪에서 벗어나기 위한 몸부림이 강할수록 더 깊이 빠져드는 것처럼, 폐쇄된 공간을 벗어나기 위한 그들의 모든 행위는 결국 더 많은 프랙탈 구조를 재생산하는 행위로 수렴될 것이다. 공간은 더 깊어지고 복잡해 질 뿐이다.

3.

물론 이 세계의 설계자(그런 존재가 있다면)에게도 할 말은 있을 터, 「설계자」는 자신이 아니라 '너'(지시의 관계가 역전되었느니 이 '너'는 다른 시들의 화자인 '나')가 한 행위들을 친절하게 설명하고 있다.

> 너는 기계로 상자를 만들고 있다. 기계는 들은 말을 문장으로 변환하고 그것을 송출한다. 너는 기계로부터 송출된 문장을 이어 붙여 네 개의 모서리를 만든다. 네 개의 기둥을 나란히 세워 여덟 개의 꼭짓점을 만든다. 면을 채우는 일은 지루한 것만 빼면 어렵지 않은 일이다. 너의 가족들이 방문했을 때도 너는 기계 앞에서 말하고 있었다.
>
> …… 기계 앞에는 네가 만들다 만 상자가 놓여 있다. 멀리서 보면 상자 같으나 가까이서 보면 만화영화 속 치즈처럼 구멍이 숭숭 뚫려 있다. 너는 말을 자주 잊어버리는 늙은 가족을 생각한다. 그 가족은 오늘 오지 않았다. 너는 그 가족이 여생을 살 동안 갇혀 있게 될 상자를 만들어 선물할 것이다. 너는 고개를 들어 천장 모서리를 본다. 그 안에서 가족은 너와 함께 사과를 깎아 먹을 것이다. 그 상자에는 바깥을 내다볼 수 있는 구멍 하나 없을 것이다. 너는 그럴 수 있을 만한 말을 생각해야 한다. 아주 많이 생각해내야 한다.
>
> — 「설계자」 부분

'말'이 세계를 구축하는 원칙은 여기에서도 적용되고 있다. "기계"는 "말"을 "문장"으로 산출하고, '너'는 그것으로 "상자"를 만든다. 직육면체의 이 공간에서 '너'는 끊임없이 말을 하고 문장을 송출하고 면을 채우고 공간을 만든다. "아주 많이 생각"을 해야 아주 많은 말들이 문장으로 변환될 것이므로 '너'는 이 일에 전념이다. 하지만 여전히 벽면은 완벽하지 않으므로("치즈처럼 구멍이 숭숭 뚫려 있다") '너'의 강박은 멈추지 않는다. 과일을 사러 나간 가족들이 돌아오지 않음에도 불구하고 '너'는 맹목적으로 상자의 면을 채운다. 결국 "바깥을 내다볼 수 있는 구멍 하나 없을" 때까지 너는 멈추지 않을 것이다. 그로 인해 이제 상자는 빛 한 줌도 허용하지 않을 것이다. 누구도 들어올 수 없게 될 것이다. 문도 없고 창문도 없으므로, 과일을 사러 나간 가족들도 들어올 수 없을 것이다. '너'가 냉장고에서 "껍질이 마른 사과"를 꺼내야만 했던 이유이기도 하다. 이제 '너'는 완벽한 상자를 만들었지만 동시에 완벽히 혼자가 되었다. 아마도 설계자와 이와 같이 변명을 하지 않을까 싶다.

「설계자」의 바로 다음 페이지에는 "빛이 없는 방"에 대한 이야기가 이어진다. 이곳에는 "바퀴"가 살고 있다. 시의 주인공인 바퀴벌레는 어디로 들어왔는지 알 수 없어서 사람들을 놀라게 하는 능력을 가진 녀석이니까 폐쇄된 공간의 빈틈을 찾아내기에 참으로 적절한 캐스팅이다. 더구나 녀석은 「바퀴의 왕」이기도 하다. 그러나 사정은 예상과 달라 보인다.

예를 들면 빛이 없는 방이 있다 그곳에 바퀴의 왕을 가두고 바퀴의 왕은 아무것도 먹지 못해 부스러기도 먹지 못해 왕이라고 하기에는 너무나 불행한 상태에 있는데 바퀴의 왕을 왕으로 만든 것은 바퀴의 왕이 어느 구멍에나 들고 날 수 있기 때문이었지만 바퀴의 왕이 갇힌 방은 완벽한 사각의 방이었으므로 바퀴의 왕은 어느 곳으로도 나갈 수 없다

…(중략)…

이런 상황에서도 바퀴의 왕은 왜 스스로 굶어 죽지 않는가?

바퀴의 왕은 왜 스스로 벽에 머리를 부딪쳐 죽지 않는가?

-「바퀴의 왕」 부분

　"빛이 없는 방"에 있는 "바퀴"는 차호지의 화자들이 거주하는 창문도 없고 문을 열 수도 없는 방과 유사하다. 그럼에도 녀석은 바퀴벌레 중에서도 왕이니까 이들과 다르지 않을까 싶은 기대는 너무 일찍 무너진다. "바퀴의 왕"은 "어느 구멍에나 들고 날 수 있기 때문"에 왕이지만, "완벽한 사각의 방"은 이조차 허락하지 않는다. 그런데 녀석은 애초에 어디를 통해 이곳으로 들어왔을까 싶다.

　답은 시의 다음 연에 다음과 같이 기록되어 있다. "그레텔은 마녀의 굴 속으로 들어가고 있다는 사실을 실은 알고 있었을 것이다 그레텔을 잡아먹으려는 마녀와 그 마녀를 솥으로 들어가게 만든 그레텔은 같은 사람이다"라고 말이다. 그레텔을 유혹하는 마녀와 마녀를 죽인 그레텔이 사실 같은 사람이라는 사실은, 빛도 들어오지 못하는 방에 갇힌 존재와 그곳으로 들어가게 한 존재가 사실은 같은 바퀴라는 사실을 의미한다. 매듭을 묶는 자가 결국 매듭을 푸는 사람과 겹쳐지는 세계를 묘사한 「매듭」에서도 이 원리는 거듭된다. 그리고 이는 다시 앞서 언급한 바와 같이 이 폐쇄된 시공간을 구축한 '너'(「설계자」)와 그곳에 갇힌 '나'가 같은 존재라는 것을 가리키고 있다. 따라서 '나'는 곧 '너'이며, 이곳은 곧 저곳이며, 현재는 곧 과거이며, 모든 공간에서의 모든 행위들은 이 무한 반복의 굴레에서 벗어나기 어렵게 된다.

4.

　간혹 탈출에 성공하기도 하는 모양이다. 「도망자」라는 시는 "나는 거기로부터 도망쳤다"로 시작한다. 이 "도망자"는 '나'가 그렇게 발음을 한 순간 생겨났단다. 그렇다. 이 세계에서는 말이 그대로 현실이 되는 것이 원칙 아닌가. 말로 인해 만들어지는 세계니까 '도망자'라고 말하거나 '탈출'이라고 말하면 이 세계에서 벗어날 수도 있겠다. 왜 이걸 몰랐을까? 그러나 이 시의 처음과 끝을 주의 깊게 읽어볼 필요가 있을 터, 시의 첫 문장을 마지막 문장의 뒤로 이어 붙여 읽어 보기를 권한다.

　　나는 거기로부터 도망쳤다. 도망자. 나는 그렇게 발음해 보았고 그러자 도망가는 나를 뒤쪽에서 쫓아가는 내가 생겨났다. 우리는 서로에게 아무것도 묻지 않고 달렸다. 도망자가 먼저 달리고 내가 그 뒤를 쫓았다. 도망자는 공원에서 트랙을 달리는 사람들 사이를 달렸다. 그러자 도망자는 도망자처럼 보이지 않았다. 오히려 달리다 지친 저 사람들이 도망자 같아 보였다. …(중략)… 나는 도망자를 쫓기 위해 도망자가 가까워지기를 트랙에 서서 기다렸다. 그러나 뒤쪽에서 사람들이 달려오고 있어 가만히 서 있지 못하고 일단 달려야만 했다. 아무리 빨리 달려도 도망자는 보이지 않았다. 나는 내 뒤에 바짝 따라붙은 기척으로 내가 다시 도망자가 되었음을 알게 되었다.

－「도망자」 부분

도망자는 '나'의 말로부터 파생되었다. 그러므로 도망자와 나는 분리될 수 없다. (이 생각은 못했다.) '도망가는 나'와 '쫓아가는 나'는 그렇게 서로의 역할을 규정하며 존재하는 짝패가 되어 서로의 목적을 규정하는 역할을 수행한다. 더구나 그들은 뫼비우스의 띠와도 같은 "트랙"을 돌고 있으므로, 달리기의 속도는 도망자의 포획으로 이어지는 것이 아니라 '쫓아가는 나'를 '도망가는 나'로 바꾸는 역할 교대로 이어질 뿐이다. 역할은 바뀌지만 관계성은 역전된 채로 유지된다. 두 사람은 다르지만 하나의 세계를 이룬다. 그리고 이 세계는 영원히 반복된다. 창문 바깥으로 그 누구도 빠져나갈 수 없는 이유이다. 뭔가 탈출할 수 있는 「순서」같은 게 있지 않을까 싶었지만 답은 달라지지 않았다.

자고 일어났더니 창문이 사라져 있었다. 어제는 창문 바깥에서 안쪽을 보는 사람이 있어 나도 계속 창문을 보고 있었다. 창문이 없었더라면 그러지 않아도 됐을 것이다. 그런 생각을 하며 잠에 들었다. 일어나 보니 창문이 있던 자리는 원래 없었던 것처럼 벽이 되어 있다. 여름이고 방은 덥고 미처 나가지 못한 벌레가 창문을 찾아 날고 있다. 창문이었던 벽에 앉은 벌레를 누른다. 벌레가 남긴 검은 얼룩을 보다가 그것을 가두는 커다란 사각형을 그린다. 틀과 손잡이를 그린다. 어제 봤던 사람을 그린다. 비를 그린다. 뛰어가는 사람을 그린다. 떨어뜨린 우산을 그린다. 우산을 들고 나선 문을 그린다. 문이 있는 벽을 그린다. 벽에 있는 창문을 그린다. 창문 안에 있는 사람을 그린다. 그러면 창문 보는 사람이 창문 안에 있는 사람을 보게 된다.

－「순서」부분

　인용한 부분은 3연으로 구성된 시의 1연이다. 차호지의 방식대로 시의 이야기를 정리해보면 다음과 같다. ‘나’는 어제 창문 안쪽을 바라보는 창문 바깥의 사람을 보고 있었다. 그게 싫은 ‘나’는 창문이 없었으면 좋겠다고 생각한다. 생각대로 창문은 사라지고 벽이 되었다. 창문의 자리를 기억한 벌레가 그 벽에 앉는다. ‘나’는 벌레를 눌러 죽이고, 그 주위에 그림을 그린다. 그러자 벽에 창문과 문이 생긴다. 창문 안에 “어제 봤던 사람”을 그린다. 아마 그 사람은 어제 비가 내리는 바깥으로 뛰어나간 모양이다. 아무튼 ‘나’는 창문 안에 그 사람을 그리고 바라본다. 이제 창문 바깥에서 창문 안을 보는 사람은 ‘나’가 된다. (원한다면 더 이어갈 수도 있다. 창문 바깥에 창문 안을 들여다보는 사람이 있다. 그게 싫은 창문 안의 사람은 창문이 없었으면 좋겠다는 생각을 하고, 창문 대신 벽이 생기고, 벌레가 날고, 벌레를 죽이고, 그 자리에 다시 창문이 생긴다. 창문 안에 사람을 그린다. 그를 본다. 그가 나를 본다. 반복이다.)

　중요한 것은 ‘나’가 창문 안의 사람이었다가 뒤에서는 창문 바깥의 사람이 되는 구조이다. 인용한 구절의 마지막 문장은 첫 문장을 지시하면서 사건은 반복된다. 벽은 창문이 되었다가 다시 벽이 되는 일을 반복하고, 창문 안에 그려진 사람은 창문 바깥의 사람이 되어 사건은 반복된다. 이 공간은 끝이 없다. 사건은 끝나지 않는다. 따라서 사실 “순서”는 없다. 더구나 “자고 일어났더니 창문이 사라져 있었다”라는 첫 문장을 마지막 문장 뒤에 이어 붙여 읽어보면 이 시 역시 「도망자」와 같은 구조라는 것을 알 수 있다.

　「순서」의 2연에는 ‘옆방의 친구’가 등장한다. 친구는 ‘나’에게 “창문 바깥에 서있는 사람이 보이느냐"고 묻는다. '나'는 "나도 보고 있다고" 대답한다. 정황 상 둘은 서로를 마주보고 있다. 서로를 창문 바깥의 사람으로 착각하면서 말이다. 이 마주봄은 1연에서 보여 준 상황의 변주이다. 차호지의 세계에서 '너'와 '나'는 같은 존재이다. 다만 "우리는 반대 방향으로 발사되었던 것"(「카운터포인트」)임에도, "우리의 창문은 같은 방향을 향해 있"(「순서」)는 중첩과 꼬임의 프랙탈 우주에서 헤매고 있을 뿐이다.

차호지는 도대체 왜 이런 세계를 구축했을까? 세계에 대한 경고이자 고발일까? 창작의 괴로움에 대한 자기고백일까? 아니면 스스로 굶어 죽지도 못하고 스스로 벽에 머리를 부딪칠 용기도 없는, 자기파괴와 자기부정의 용기도 없는 이 세계 내 존재들에 대한 연민일까?

질문을 잠시 미루고, 차호지가 만든 뫼비우스의 띠와 같은 프랙탈 서스펜스를 조금 더 들여다보자. 자꾸 읽다보면 이 세계도 조금은 흥미로워 지니까 말이다. (그런데 독자로서 시집의 안을 들여다보는 나는 창문 안에 있는 사람인지 창문 밖에 있는 사람인지 문득 궁금해진다.) 이곳의 사람들은 어떻게 살고 있는지 궁금해진다. 시 「시놉시스」는 제목처럼 프랙탈 공간 속 사람들이 살고 있는 스토리의 단면을 보여 준다. "고저택에 모인 사람들이 차례로 살해당한다"로 시작하는 시는 고딕소설의 서스펜스적 분위기를 형성한다. 일을 마치고 새벽 3시에야 귀가한 저택의 사람들은 "열심히 생각을 했더라면 그 사람이 누구고 이 사람이 누구고 이 사람과 저 사람이 어떻게 알게 된 사이인지 알 수 있었을지도 모르지만", 너무 피곤한 관계로 사람이 죽었음에도 "자다가 일어난 사람"과 "잠을 깬 다른 사람"과 "누워 있던 사람"은 같은 공간을 점유하고 있지만 "아무도 그 사람을 죽이지 않았다고 거짓말"을 하고 있다. 그들은 일어난 시간이 달라서 다른 이들의 잠 든 모습을 보다가 다시 잠들어 버린 알리바이를 가지고 있다. 그들이 다시 일어났을 때에는 "아무도 없었다." 그뿐이다. 사건은 반복되지만 출근하고 퇴근하는 생활이 반복되면서 사건은 없는 것이 된다. 이들에 대한 지칭은 모두 다르지만 하나의 사람일 수 있다. 누워 있다가 잠을 깬 다음 일어난 사람은 다른 시간에 존재하는 한 사람의 모습이기도 하니까. 현재의 나는 과거의 나를 부정하고 과거의 나와는 다른 현재의 나가 되어서 일터로 나가야 한다. 그러니까 "살해"는 일어나서 "출근"을 하는 매일 반복된다. 이 매일같이 반복되는 자기 부정의 삶이야말로 가장 흔하고 보편적인 그래서 가장 진짜처럼 보이는 "거짓말"이 아닐까.

5.

다시 질문해 보자. 도대체 시인 차호지는 왜 이러한 세계를 구축했을까? 진짜처럼 보이는 거짓말의 세계를 폭로하기 위해서일까? 무지와 무감각을 은폐하며 구축된 이 거짓 세계의 서스펜스가 시인은 즐거울까? 그래서 하는 말인데, 영화계에는 서스펜스를 공유하는 두 가지 장르 문법에 대해 다음과 같은 멋진 문장이 있다.

'미스터리는 범인이 누구인지 마지막 페이지에서 알 수 있지만, 스릴러는 범인이 누구인지 첫 페이지에서 알 수 있다.' 그래서 미스터리는 머리로 풀어가는 퍼즐과 같고, 스릴러는 가슴으로 느끼는 악몽과도 같다. 차호지의 이야기는 이 세계의 설계자가 바로 '나'라는 것을 애써 숨기지 않는다는 점에서 스릴러에 가깝다. 그래서인지 그의 시를 읽는 내내 갇힌 세계에서 탈출할 수 없는 악몽을 반복해서 꾸는 것과도 같은 느낌을 받는다.

영화 서사의 두 장르를 조금 더 비교해 보자. 누가 범인인지를 끝까지 숨기는 미스터리의 주인공은 사건의 용의자를 찾아다니지만, 누가 범인인지를 처음부터 밝히는 스릴러의 주인공은 배신자를 찾아다닌다. 차호지는 배신자가 바로 '나'라는 것을 시집의 처음(「시작법」)부터 밝히고 있다는 점에서도 스릴러에 가깝다. 미스터리는 관객을 사건 해결에 동참시키는 탐정 판타지를 선사하고, 스릴러는 관객을 사건의 당사자로 만드는 희생자 판타지를 제공한다. 그래서인지 차호지의 시를 읽는 동안 우리가 살고 있는 이 현실세계 또한 닫힌 구조라는 기시감을 지울 수 없을 때, 나 또한 설계의 주체이며 희생자라는 생각을 하게 된다.

하지만 한 걸음만 더 내딛어 보자. 전통적인 스릴러라면 어떤 끔찍한 사건을 멈추는 것이 이야기의 핵심이 된다. 문제는 차호지의 시집에서는 이 끔찍한 사건을 멈추는 것이 불가능하다는 점에 있다. 프랙탈과 같은 구조로 반복되고 순환되는 시공간에서 절대로 탈출이 불가능하다는 것을 시집의 독자들이 이미 느끼고 있다면, 독자는 사건의 희생자가 되어 가슴으로 악몽을 느낄 것이다. 그러나 여기서 차호지의 이야기들은 끝을 알 수 없는 미로에서 같은 행위만을 반복하는 누군가의 모습을 폭로한다. 사건은 이미 벌어졌지만 그것을 멈추는 것은 불가능해 보이고, 왜 그런 공간에 갇혔는지 누가 그런 공간을 만들었는지 그 공간은 어떻게 계속 만들어지는지를 보여 준다. 그래서 갇힌 자가 사실은 설계자라는 사실로 인해서, 이 끔찍한 현실은 멈출 수 없는 것이 아니라 멈추지 않고 있다는 사실로 인해서, 내가 희생자일 수도 있다는 생각마저 저 너머로 사라지고 만다.

따라서 진짜 문제는 독자(또는 관객)이다. 차호지의 시집은 끝까지 관객을 참여시키지 않는 방식으로('나'라는 화자를 고수하는 방식으로) 시를 읽는 내가 설계자인지 미궁에 빠진 희생자인지 구분하기 어렵게 만든다. 이 지점에서 차호지의 시집은 미스터리 장르를 답습하면서 시를 읽는 독자들을 추리물의 독자로 만든다. (분명 차호지의 시들을 처음 읽을 때 누구라도 '도대체 이게 무슨 말이야?'라며 화를 낼 테니까.) 하지만 이는 착각일 가능성이 농후하다. 반복되는 세계의 문법이 눈에 들어올 때쯤 시의 독자들은 마치 탁자 아래 폭탄이 숨겨져 있다는 사실을 이미 알고 있는 관객들처럼 영화 속 인물들의 행동과 긴장에 동참하게 될 것이기 때문이다. 이러한 방식으로 차호지의 시집은 시를 읽는 시간들을 서스펜스와 공포로 물들인다.

그러면서 다음과 같은 질문을 자연스럽게 만들어 내고야 만다. '그럼 나는 누구지? 여기는 어디야?'

자꾸 문이 열리는 소리가 들렸다. 어디야? 묻는 소리가 또 들렸다. 나는 안쪽에 있었다. 그 사람은 바깥에 있었다. 너는 어디야? 나는 목소리를 내보았다. 답은 없었다. 나는 닫혀 있는 문을 보았다. 그러고 보니 문은 드나들 수 있게 만들어진 것이었다. 가까이 가자 문이 조금 열려 있었고 거기서 찬 바람이 들어오고 있었다. 나는 문을 다시 완전히 닫았다. 닫았다가 열었다가 해보았다.

— 「어디야?」 부분

이 시에서 더 명확해지는 것은 두 가지이다. 하나는 이 폐쇄된 것처럼 보이는 이 공간들이 사실은 열려있기도 하다는 것이고, 또 하나는 열린 문을 닫은 주체가 바로 자신이라는 것이다. "어디야?"라고 묻는 바깥은 소리는 아마도 구호 신호를 받고 온 사람일 수도 있고, 옆방에서 똑같은 처지에 놓인 사람의 통방(通房) 신호일 수도 있다. 또는 중첩된 시공간에 놓인 또 다른 '나'일 수도 있겠다. 여하튼 '나'는 그 소리를 들었지만 문을 닫아버린 것도 '나'다. 시의 마지막 문장("닫았다가 열었다가 해보았다")은 이 행위가 다시 또 반복되면서 시의 처음으로 회귀할 것임을 암시한다. 이쯤 되면 '나'는 할 말이 없어진다. 이제 영화를 보는 관객들은 공범이 되고, 시를 읽는 독자들은 최소한 이 닫힌 세계를 생산한 정범이 된다.

6.

시집의 마지막 작품은 「신작」이다. 그런데 이 「신작」은 전혀 신작(新作)이 아니다. 이유는 두 가지다. 하나는 이 작품 또한 처음과 끝이 맞물린 구조를 띠고 있다는 점에서 시집에 실린 다른 작품들(「도망자」와 「순서」를 비롯해 「2인실」, 「열차」, 「면적」, 「대화」 등등)과 다르지 않기 때문이다. 또 하나는 시적 화자의 고백이 증거인데, 화자는 새로 쓴 시가 예전에 읽었던 어떤 시('나'가 쓴 것인지 다른 사람이 쓴 것인지 불분명한)와 닮았다고 말하기 때문이다.

나는 시를 한 편 썼고 그 시가 예전에 읽었던 시와 비슷해서 내가 읽은 게 그 시가 맞는지 확인해보고 싶었다. 그러나 책장과 책장 아닌 곳을 아무리 찾아도 그 시가 있는 시집을 찾을 수 없었다. 나는 서점에 가서 그 시집을 찾아보려 했으나 제목을 기억하지 못했다.

제목이 흔한 단어로 이루어졌다는 것은 기억한다. 나는 분명 그 시
와 이 시가 닮았다고 생각했다. 어디서 본 적이 없느냐고 나는 나의
시 친구에게 내 시를 보여 주었고 시 친구는 내가 쓴 시를 보고 그러
고 보면 어디선가 읽어본 것 같기는 한데 잘 모르겠다고 했다. 하지
만 내가 모든 시를 다 읽어본 것은 아니야. 나는 떨떠름한 채로 시를
계속 썼다. 시 친구는 다른 친구를 소개했고 우리는 서로 자기가 쓴
시를 보여 주었다. 우리의 시는 점점 닮아갔다. 우리는 왜 비슷한 시
를 쓰는 것일까 얘기도 해보았지만 다들 잘 모르겠다고 했고 곧 그
들은 시 쓰기를 그만두었다. 나는 요즘 많은 것을 잊어버린다. 그들
의 이름도 기억이 나지 않는다. 예전에 썼던 시 한 편을 서랍 속에서
발견했는데 거기엔 이름이 씌어져 있지 않아서 그게 내 시였는지 친
구 중 한 명의 시였는지 잘 모르겠다. 나도 이제 시를 쓰지 않는다.
나는 그것을 반으로 접어 오래된 시집 사이에 끼워두었다.

–「신작」 전문

닮은 시의 행방에 대한 추적으로 시작한 작품은 결국 시의 종말로 마
무리되는 듯하다. 새로 쓴 시와 닮은 시의 행방은 묘연하다. 책장과 서
점에서도 그 시를 찾을 수 없다. 시의 제목을 모르고 있다는 것도 한 몫
거들고 있다. 시 친구들(여전히 이런 사람들이 있다니)에게도 수소문
해 보지만, 그들도 '나'와 같은 느낌일 뿐 명확한 장소는 오리무중이다.
더구나 이들은 서로 닮아가는 시를 쓰고 있으니 문제를 오히려 더 어렵
게 만드는 형국이다. 결국 '나'는 새로 쓴 시를 "오래된 시집 사이"에 끼
워둔다. (아마도 이 시는 잊혀질 것이다. "서랍 속"에서 발견된 시와 같
은 운명이 될 것이다.) 그리고 이야기는 다시 처음으로 이어진다. 시간

이 흘러 '나'는 새로운 시를 쓸 것이고, 그 시는 예전에 읽었던(또는 썼던) 시와 비슷하다는 느낌에 위와 같은 이야기를 반복할 것이다. 즉 시집은 마지막까지 처음과 끝이 맞물린 뫼비우스의 띠와 같은 구조의 작품에 '신작'이라는 수식을 붙임으로써 닫힌 세계의 순환구조를 시의 세계로 번역하고 있다. 세계의 운명이 이럴진대 시의 운명이라고 무엇이 다르겠냐고 질문하면서 말이다.

시작과 끝을 알 수 없는 세계의 시작인 「시작법」에서 시작해서 전혀 신작이라고 할 수 없는 「신작」으로 끝맺는 차호지의 시집 『시작법』의 세계가 구축한 원칙은 단순하다. 당신은 말로 모든 것을 만들 수 있다. 그러나 한 번 만들어진 그 세계에서 당신은 탈출할 수 없다. 이 원칙들을 시의 세계로 번역해 본다. 당신은 언어로 모든 시를 만들 수 있다. 그러나 당신은 그 시의 세계에서 벗어날 수 없다. 그러니 당신이 말을 버리지 않는 이상 새로운 시는 존재할 수 없다. 언어 없이 시를 쓸 수 있다면 몰라도. (그것이 불가능하다는 것을 알아서인지, 아니면 어떻게든 새로운 시를 쓰기 위한 몸부림인지, 차호지의 시집은 참 많은 말들이 문장으로 변환되어 있다. 그도 이 세계에 갇힌 것인지 알 수가 없다.) 하지만 분명한 사실 하나. 이 출구 없는 세계에서 차호지가 보여 준 출구 없는 세계의 모습은 출구 없는 세계에 갇힌 우리의 모습을 명확하게 비춰주고 있다는 것이다. 그것이 비록 비극이라 할지라도. 연민과 공포를 생산한다는 비극의 힘을 조금은 믿어보고 싶은 여름이다.

쪼개지고 스며들어 이어지는
– 손미 시집 『우리는 이어져 있다고 믿어』를 읽고

1.

　손미 시인의 전작들을 기억하는 독자라면 이번 시집의 첫 작품인 「몽돌 해수욕장」의 첫 문장("네가 돌이 됐다고 해서 찾아왔다")을 보고 그리 놀라지 않았을 것이다. 시인은 이전 시집에서도 '돌'을 사랑했고 그 움직임에 주목하고 있었으니까 말이다.

　　돌멩이가 떨어진다

　　서로에게

　　저를 던지면서

　　충돌한다

　　우리는 다 저기서 떨어졌으니까

어차피 하나였으니까

— 「돌 저글링」 부분(『사람을 사랑해도 될까』, 민음사, 2019)

일례로 이 시에서 '돌'은 서로에게 투신하고 '충돌'하면서 다른 우리가 본래 '하나'였다고 주장한다. 그러니 드디어 "네가 돌이 됐다"는 소식이 오히려 반가웠을지도 모르겠다. 손미 시인이 사랑했던 물질은 비단 돌만은 아니어서, 언제든 또 어디로든 움직일 수 있는 '꼴'을 지닌 것들을 주목했었다. 공, 박, 전구, 위성, 혜성, 대관람차 등으로 변주되던 꼴의 공통점은 '원(圓)' 또는 '구(球)'였고, 이는 곧바로 물질들의 무한한 운동과 변화의 가능성으로 독해되었다. 인용시의 제목인 '저글링'의 운동 궤도 또한 마찬가지다. 약간의 비약을 첨가해 말하자면 손미 시인이 사랑한 대상들은 상승-하강, 만남-이별, 죽음-생성의 운동을 반복 수행하면서 새로운 관계성을 상상하게 했다.

「돌 저글링」에서 돌멩이의 '떨어짐'은 본래의 세계에서 추락하는 존재의 이별, 파괴, 죽음을 연상하게 한다. 하지만 뒤이어 발설된 출생의 비밀("우리는 다 저기서 떨어졌으니까")은 저 '떨어짐'이 귀환의 증표라는 사실을 지시한다. 따라서 "서로에게 저를 던지면서 충돌"하는 침투는 간절한 구애이면서 격렬한 사랑이자 서로 다른 세계가 하나로 '이어지는' 운동 그 자체이다. 『사람을 사랑해도 될까』는 때로는 죽어 가는 사람의 간절한 구조 요청으로, 때로는 그 요청에 응답하지 못한 사람의 죄책감으로, 이 운동성을 방향을 타자에 대한 환대의 지점으로 열어놓았다.

『우리는 이어져 있다고 믿어』는 전작의 사유를 복습하고 강화하면서 모든 존재들의 '이어져 있음'의 가능성을 확인하려는 변주곡이다. 차이가 있다면 서로를 이어주는 끈의 양쪽 끝자리에 '인간-인간'(주체-타자)만이 아니라 '인간-비인간'을 위치시키고 있다는 점이다. 요컨대 손미 시인은 주체와 타자 간 연대와 환대의 가능성을 모든 물질들 간의 새로운 관계성으로 전진시키고 있다. 주의할 것은 이 운동의 과정이 결코 아름답거나 행복하지만은 않다는 사실, 충돌과 결합의 과정에서 한 존재의 모든 것이 파괴되고 쪼개지고 갈라지고 찢어지는 고통이 수반된다는 사실이다.

2.

다시 '너'가 돌이 된 사연을 전하는 「몽돌 해수욕장」 이야기로 돌아가자.

거기 있는 돌을 모두 밟았다

네가 돌이 됐다고 해서 찾아왔다

나는 아무 돌이나 붙들고
안아봤다

거기 있는 돌을 모두 밟았다
돌을 아프게 해보았다

돌들에게 소리지르고
돌 위에 글씨를 써보았다

옷을 벗고

누워보았다

돌에게 내가 전염됐다

– 「몽돌 해수욕장」 부분

해수욕장의 명칭('몽돌')이 주는 어감('몽돌몽돌함')은 이곳의 돌들이 수많은 부딪힘(마주침이라고 번역해도 무방할 테지만)을 거쳤을 것이라는 사실과, 그로 인해 드디어 언제든 무엇으로든 변신할 수 있는 꼴과 자세("돌 돌 돌 돌 돌 돌 돌")를 갖추었다는 사실을 연상하게 한다. 그리하여 '너'는 이곳에서 '돌'이 되었고, '나'는 '너'의 변신을 여러모로 확인하고 검증한다(붙들다, 안다, 밟다). 소리도 지르고 아프게도 해보고 그 옆에 누워도 본다. 정말 돌이 된 거야? 그러다가 '나' 또한 "전염"된다.

인간이 돌이 되었다는 진술이 너무나 천연덕스러워 하마터면 놀라지 않을 뻔했다. 이건 '돌'이라는 물질의 운동성과는 다른 차원 아닌가. 하지만 이 시에서는 왜 '나'와 '너'가 돌이 되어야(만) 하는지에 대한 진술이 생략되어 있다. 다만 금기의 문장 하나("절대 뒤를 보면 안 돼/다시 사람이 될 거야")를 남겨놓았다. 인간 존재의 절대성을 부정하고 인간-비인간의 경계를 무화하면서 원초적 물질성의 차원으로 이행하기 위해서는 이 금기를 절대 어기면 안 된다는 듯이 말이다. 첫 번째 시에서 시인은 이미 인간과 비인간의 경계는 무화된 사건의 종료를 선언했다. 따라서 "너는 누구인가"라는 문장은 정체성 상실의 언어가 아니라 새로운 존재의 첫 번째 발화로 읽어야 할 것 같다.

3.

시집 곳곳에는 인간과 물질 사이의 경계가 무화되는 사건들이 기록되어 있다. 인간과 물이 서로 스며들기도 하며("물은 나에게 녹을까/물은 내가 되고 싶을까/나에게 알을 낳고 가버릴까"—「물」), "너와 다시 이어지는 것"(「주전자」)을 바라면서 '주전자'를 만지고 문지르다 급기야 주전자가 되는 소원을 빌기도 한다. 인간─인간의 관계만이 아니라 인간─물질의 관계로까지 확장되며 경계를 지워가는 손미 시의 운동성은 '우리가 이어져 있다고 믿기' 위해서 반드시 거쳐야 할 수행성 내지는 행위 주체성으로 보이기도 한다.

문제는 이 과정에서 드러나는 파괴의 양식이다. 손미의 이번 작품집 『우리는 이어져 있다고 믿어』에서 가장 빈번하게 동원되는 동사들('가르다/갈라지다/녹이다/뚫다/스며들다/쪼개다/찌르다/찢다')은 이러한 이행(또는 변신)의 과정에서 필수적으로 요청되는 조건들이다. 그리고 이 가혹하고 파괴적인 이어짐의 방식은 당연하게도 고통과 아픔을 수반한다. 가령 「점」에서 화자는 "작고 자아져 더 작아짐"의 방식으로 '너'의 몸속으로 들어가 "영영 발견되지 않는 병균처럼/너를 아프게 할 것이다"라고 경고한다. 「잘게 부서지는 컵」의 경우는 조금 더 잔혹한데, '너'의 부재를 메우기 위해 '나'는 "내 앞에 앉았던 너"를 자르고 부수는 방식을 선택한다. '나'를 두고 가버린 '너'를 "자르고 잘라/컵 속에 넣고" 마신다. 가루가 된 '너'에 대한 "추모식" 일상의 사건인 듯 "고요"하게 치러진다("나는 가루를 넣고 커피를 저었다").

「침」에서 서로가 이어지는 방식은 대표적으로 '찌르기'와 '뚫기'이다. 사례는 많다. 혈을 찌르고 파고드는 예리한 침, 아이슬란드의 어느 동굴 속에서 어둠을 파괴하는 휴대폰의 빛("어둠을 찌르며 솟던 희고 뾰족한 침"), 건물에 내리꽂히는 굵은 비, "옥상에서 몸을 던져/아래로 아래로/뚫고 들어" 가버린 친구, 그 친구를 추모하는 향로에 꽂아 넣은 "에쎄 일 미리" 담배, 그리고 '나'의 내부로 침투하는 '너'("내 옆에서 너는 바늘 같아져/찌르면서 들어온다")까지 대상의 폐부에 수직의 상처로 꽂힌 침투의 흔적이 이 시에는 가득하다. 서로의 세계로 침투하는 대상들을 가리키는 말들은 '나'와 '너', 주체와 타자, 인간과 물질, 그리고 '여기'와 '거기' 등 다양하게 변주 가능할 것이다.

하지만 이 시는 서로에게 침투하는 이 행위들이 파괴의 공격성만을 의미하지 않는다는 지점으로 나아간다. "여기서 짧아지면 거기선 길어지네"라는 문장이 그 증거로 기능하고 있는데, 반복되는 이 문장은 두 세계가 차이를 경유하여 하나로 이어질 수 있는 가능성을 상상하게 한다. '여기'와 '거기'라는 지시어는 두 세계의 차이성을 강조하지만, 짧아지고 길어지는 대조적 변화는 두 세계의 상대성과 연결성을 동시에 함축하고 있다. 요컨대 이 시에서 찌르고, 뚫고, 꽂히고, 비집는 행위는 모두 이어지기 위해 거쳐야할 통과의례의 고통이다. "감염된 곳"을 정확히 찾아 찌르는 '침'은 신체의 고통을 수반하고("살 아래 번개가 친다/네가 다가오면/살 밑은 이렇게 시끄러웠다"), 깜깜한 동굴을 찌르는 빛("어둠을 찌르며 솟던 희고 뾰족한 침")은 원시적 고요함을 훼방 놓는다. 하지만 침투의 결과는 근원적 다름의 "틈을 비집고 돋아"나는 이어짐으로 귀결된다.

동굴을 빠져나와 가이드는 말한다
인원을 세봅시다

하나 둘 셋 넷 다섯 여섯 일고옵……

투어버스의 자리는 여덟 개

다시 인원을 세봅시다
하나 둘 셋 넷 다섯 여섯 일고옵……

당신은 왜 이렇게 긴가요?

— 「침」 부분

가이드의 주의사항("모든 빛을 끄세요")을 어긴 누군가는 '여기'의 세계에서는 사라졌지만("검은 통로를 지나 못 돌아오는 빛") '거기'라는 가능세계에서 "일고옵"의 일부가 됨으로써, '일곱'과 '여덟'으로 구별되던 두 세계를 관통한다. 혈을 뚫는 침이 질병을 치료하듯, 이러한 방식으로 「침」의 화자 '나'는 오래전 "내가 찌르며 지나온 모든 사람"(가령 옥상에서 몸을 던진 스물두 살의 어떤 친구)들에게 뒤늦은 애도를 표하며 마주하고 있다.

4.

손미의 시는 우리가 이어지기 위해서 쪼개지고, 작아지고, 갈라지고, 찢어지고, 녹아서 스며들고, 찌르고 헤집는 방식으로 서로의 내부로 들어가야 한다고 말한다. 그것이 인간의 생존을 위해 희생된 저 물질 세계의 파괴된 상처를 적나라하게 드러내면서 인간과 비인간 사이의 고통스러운 관계성을 더욱 더 고통스러운 방식으로 폭로하는 유일한 길이기 때문이다. 이처럼 인간과 비인간 사이의 이어짐을 상상하는 시의 언어가 파괴적 양식을 띠는 이유를 김보경은 "누군가의 생존의 편의는 다른 누군가의 죽음을 대가로 유지되어왔다는 것이 우리가 살아가고 있는 시대에서 '연결'이 갖는 잔혹한 진실"(《해설》, 148쪽)이라고 말한다.

「오래된 고래」에서 들려오는 "자리 좀 바꿔줘"라는 비명은 비인간 존재의 죽음과 고통이 인간 생존의 조건이 되는 비대칭적 폭력성을 자리바꿈의 방식으로 경험할 것을 요청한다.

고래의 뱃속에게
플라스틱 모양의 알들에게
우리가 열심히 죽인 고래에게
내가 끌고 온 마음에게
내가 구하지 못한 고래에게

자리 좀 바꿔줘
내게 말하는 고래에게
내가 죽인 나에게

– 「오래된 고래」 부분

마지막 문장의 "내가 죽인 나"라는 표현은 '고래'와 '나'의 자리바꿈, 인간과 비인간 자연의 등가교환을 통해 물질(인간)과 물질(비인간) 사이의 '연결됨'을 감각하고 사유한 결과이다. 이즈음 유명세를 타면서 활발하게 연구되는 신유물론의 등장 또한 기실 비인간 존재인 자연의 파괴에 대한 성찰적 사유에서 출발했다는 점은 상기할 만하다.

주지하다시피 『우리는 결코 근대인이었던 적이 없다』(홍철기 옮김, 갈무리, 2009)라고 말했던 브루노 라투르의 선언은 근대 유물론적 사유의 거대한 실험장이었던 사회주의 국가의 몰락으로 인한 공동체주의 실패와 복원 불가능한 단계로까지 파괴된 자연환경이 불러오는 전지구적 기후위기라는 두 가지의 위기감에서 촉발되었다. 신유물론자들은 그 원인을 고대와 근대에 걸친 유물론이 빠진 함정, 즉 인간 존재의 절대적 행위주체성과 비인간 존재인 물질의 수동성에서 빠져나오지 못한 결과로 진단함으로써 물질에 대한 우리의 시각을 전복시키고 있다.

물질을 수동적 존재로만 규정할 때 원자들의 충돌과 결합으로 탄생하는 우주는 근본적으로 비창조적 결과를 초래할 뿐이다. '이미-존재하는'(pre-existing) 가능성들이 실현되는 충돌을 통해서만 생산되기 세계는 무기력하며 폭력적이며 비극적이다. 무엇보다 물질을 수동적으로 보는 관점으로는 세계-내-존재들의 수많은 다양성과 관계성을 상상할 수 없게 되며, 인간의 폭력성에 노출된 비인간 물질의 참혹함을 이해할 길을 잃게 된다. 요컨대 "자리 좀 바꿔줘"라는 고래의 언어는 번역이 불가능해진다.

이에 반해 신유물론은 무한한 수의 원자들이 존재하는 것과 마찬가지로 무한한 수의 공존하는 가능세계를 사유한다. 이 핵심에 바로 물질의 무한한 운동성과 능동성이 있다. 특히 수행적 신유물론은 물질의 운동을 '무작위적', '불확정성', 그리고 '비결정성'으로 특성화한다. 이는 결정론적 자연법칙을 무력화시키면서 세계의 무한한 가능성만이 아니라 세계-내-존재들의 '독특성'(specificity)과 '잡종성'(variegation)을 긍정하게 하는 계기를 마련해준다. 즉 행위주체성을 지닌 물질의 관계성은 '평평flat'하지 않고, 언제나 비대칭적이다.

　신유물론의 이러한 사유 방식 내에서 인간은 비인간과 구별되지 않는다. 인간 존재의 절대적 우위성이 무력화될 때, 인간-비인간의 관계는 물질-물질의 관계로 이행할 수 있게 된다. 그리고 이는 손미의 시가 보여 주는 인간과 비인간 사이의 이행과 물질들의 운동성(인간을 포함한)을 이해하는 통로가 된다. 요컨대 손미 시인의 상상력은 물질의 수동성에 대한 반성을 촉구하면서 물질의 행위주체성을 요청하는 신유물론의 사유에 대한 시적 응답이다.

5.

　이러한 이해의 관문을 통과했다면, 이제 우리는 손미 시인이 요청하는 고통을 기꺼이 수용할 수 있겠다. 인간과 비인간, '나'와 '너', 주체와 타자 등의 기표로 환원되면서 위계적 관계로 분리된 우리가 다시 하나로 이어지기 위해 스스로를 작게 부수고 쪼개는 이유로 알게 된다. 그리고 다음 시의 화자가 겪는 불면도 이해할 수 있게 되지 않을까.

　　나를 쪼개고 쪼개면 원자가 되고

　　전자와 원자핵이 되고

　　전자와 핵 사이는 대체로 비어 있고

　　비어 있는 곳을 압축하면 나는 소금 한 개의 알갱이가 되고

그런 생각을 하느라 여러 날 잠을 못 잤다

소금이 소금을 낳고

소금 알갱이처럼 작아질 때까지 멀어진 사람

–「점점 크게」 부분

시는 '나'를 원자의 단위까지 잘게 쪼개 후 무작위적인 운동의 궤도에 올려놓는다. 역설적인 시의 제목은 우리의 원자–되기가 무한한 관계성을 상상하는 통로이며, 다른 '나'의 고통을 이해하는 큰 존재가 되는 길임을 암시하고 있다. 인간과 물질 사이 무화된 경계 지점에서 발생하는 고통과 아픔은 '나'와 '너' 사이의 이어짐을 감각하고 사유하는 것이 낭만적 상상이 아니라, 오히려 "파괴와 상처, 고통의 구조 속에서 존립하고 있는 '나'에 대한 고통스러운 자각"(151쪽)일수도 있다는 진단도 이 지점에서 빛난다. 손미 시의 상상력은 인간 존재인 우리가 우주 내 모든 물질들의 무작위성과 결정불가능성을 긍정하고 그 물질들이 처한 고통스러운 현재성을 직시하는 일을 앞서 수행하고 있다. '우리가 이어져 있다'는 믿음을 가능성의 세계로 실현하기 위해, '나'와 '너' 사이의 균열을 메우기 위해 끊임없이 운동하는 언어를 생산하면서 말이다. 다음의 진술이 그 증거다. "나는 계속 말을 했다/공간을 다시 메우기 위해/연고처럼 끈적한 말을/계속 계속 …… 다시 오지 않을 것들에게/멀어지는 것들에게/말을 걸면서//빈 곳을 메우기 위해/혼잣말을 한다."(「혼잣말을 하는 사람」). 시인의 독백을 외롭지 않게 하는 일은 이제 우리의 몫이다.

빈집에서 들리는 소리

– 손미 시집 『사람을 사랑해도 될까』를 읽고

1. 사람을 사랑해도 될까

사람이 죽었는데 사람을 사랑해도 될까. 밤을 두드린다. 나무 문
이 삐걱댔다. 문을 열면 아무도 없다. 가축을 깨무는 이빨을 자판처
럼 박으며 나는 쓰고 있었다. 먹고사는 것에 대해 이 장례가 끝나면
해야 할 일들에 대해 뼛가루를 빗자루로 쓸고 있는데 내가 거기서
나왔는데 식도에 호스를 꽂지 않아 사람이 죽었는데 너와 마주 앉
아 밥을 먹어도 될까. 사람은 껍질이 되었다. 헝겊이 되었다. 연기
가 되었다. 비명이 되었다 다시 사람이 되는 비극. 다시 사람이 되는
것. 다시 사람이어도 될까. 사람이 죽었는데 사람을 생각하지 않아
도 될까. 케이크에 초를 꽂아도 될까. 너를 사랑해도 될까. 외로워서
못 살겠다 말하던 그 사람이 죽었는데 안 울어도 될까. 상복을 입고
너의 침대에 엎드려 있을 때 밤을 두드리는 건 내 손톱을 먹고 자란
짐승. 사람이 죽었는데 변기에 앉고 방을 닦으면서 다시 사람이 될

까 무서워. 그런 고백을 해도 될까. 사람이 죽었는데 계속 사람이어도 될까. 사람이 어떻게 그럴 수 있어? 라고 묻는 사람이어도 될까. 사람이 죽었는데 사람을 사랑해도 될까. 나무 문을 두드리는 울음을 모른 척해도 될까.

- 「사람을 사랑해도 될까」 전문

사람이 죽기 전 '소리'가 먼저 있었다. "나무 문이 삐걱"대는 소리. 누구였을까? 죽음이 예고된 자의 구조 신호였을까? 안타깝게도 그때 '나'는 먹고 살기 위해 무언가를 쓰는 중이었다. "가축을 깨무는 이빨"처럼 날카로운 "손톱"으로 자판에 문자를 박고 있었던 '나'의 행위는 살기 위해 누군가를 무수히 찔러야만 했던 비겁한 생존 방식을 심문에 회부한다. 시를 쓰는 행위만이 아니라 인간이 먹기 위해 동물의 살을 뜯고, 동물이 먹기 위해 식물의 살을 찢고, 식물이 살기 위해 공기의 몸을 찌르는 모든 삶의 방식이 지니는 폭력성과 다른 존재에 대한 무신경함과 끝나지 않는 이 슬프고 끔찍한 궤도 운동(「9번」, 「찰흙 놀이」, 「그거」, 「공」 등의 작품에 기록된 존재의 순환이 주는 비극들을 상기해보라)의 윤리성에 대한 질문을 던지는 중이다.

사람이 죽었는데 혹시라도 다시 사람으로 태어날까봐 무서워 '나'는 수영을 하는 "내가 찔러서 물이 아프"고, 해변을 걷는 "내가 닿아서 네가 아프"며, 똑똑 떨어지는 물방울들의 소리가 어떤 존재의 구조 신호인 것만 같아서 "끌려나오는/모든 물이 아프다."(「물의 이름」)라는 비명을 듣는다. 나의 살아있음이 모든 너의 피와 살을 찌르고 할퀴는 것만 같은 이 가혹한 감각은 괴물이 되지 않기 위한 주체의 윤리적 질문에서 비롯된 산물이다. 저 피 묻은 이빨의 '씹는' 행위는 무의식적 습관이어서, 가끔은 "여기가 어디지?"라는 자각에도 불구하고 "빨아도 빨아도/ 허기가 질 때"(「국수」)까지 다른 존재를 빨고 물고 씹고 삼킨다. (낯짝도 두꺼워서 명이 길어진다는 국수를 자르고 빨고 씹었다. 찬장에 쌓아두면서까지) 그것이 부끄러워서, 끔찍한 순환의 궤도상에서 결국 그게 제 살을 파먹는 것임을 알아 버려서, "한 번도 광장에 나가지 않은" 자신이 "여기 있을 자격이 없다"(「양말도 안 신고」)는 뒤늦은 자각 때문에, '나'는 이제 죽음 이후 또다시 도래한 "나무 문을 두드리는 울음"을 들을 수 있게 한 것이다.

그러니 "사람이 어떻게 그럴 수 있어? 라고 묻는 사람이어도 될까"로 변주되는 질문은 '나'의 비겁함에 대한 윤리적 질문이 혹여 더 본질적인 질문을 은폐할 가능성에 대한 경고장에 다름 아니다. 때문에 다시 질문해야 한다. "사람(a)이 죽었는데 사람(b)을 사랑해도 될까"라는 자문에 저 사람(b)는 누구일까? 죽은 사람(a)일까, 아니면 그럼에도 불구하고 살아서 밥을 먹고 글을 쓰는 사람(b)일까? 이 질문의 가능성 위에서라야 사람(a)의 죽음이 모든 살아남은 우리(b)의 위태로운 존재 양식과 누군가(a)의 죽음에 모든 나(b)의 책임 있음을 묻는 소환장으로 기능할 수 있게 된다. 내가 만져서 모든 물이 아프고, 식물의 잎이 자라서 공기가 아프다. 즉 내(b)가 존재함으로 너(a)를 해친다. 나의 몸이 너의 몸을 뚫고 찢고 빨고 먹음으로써 너는 위험하다. 사람은 서로가 서로를 아프게 한다. 그러므로 이 시의 질문은 사람(b)이 사람답게 사는 것은 무엇인지, 나아가 사람이라는 존재자의 존재 방식 자체에 대한 근본적 질문으로 읽혀야 한다.

그래서 "나무 문을 두드리는 울음을 모른 척해도 될까"라는 마지막 진술은 다중적 의미의 윤리적 실천을 요청하는 셈이다. 첫째로 누군가

구조의 신호를 보낼 때 기꺼이 응답할 것, 둘째로 사람으로서 살아가는 의미에 대해 되물어 볼 것, 셋째 '사람'이라는 존재 양식에 대해 회의할 것, 마지막으로 '사람'을 넘어 풀이든 공이든 행성이든 존재하는 모든 것들의 '소리'에 귀를 귀울여야 할 것. 이 가능성의 토대 위에서 시인의 세계는 모든 물질들의 세계로 무한히 확장된다. 그러니까 사건은 사람이 죽음이 아니라 그 이후 사건에 충실한 주체가 해체되고 재정립되는 순간, 바로 질문을 던지는 순간에 도래한다.

"사람이 죽었는데 사람을 사랑해도 될까"

2. "금방 갈게"

금방 온다는 약속은 지켜지지 않았다. "식도에 호스를 꽂지 않아"(「사람을 사랑해도 될까」) 죽은 그 사람은 아마 "오랫동안 숨이 끊어지지 않은 사람"(「장마 병원」)이었을 터, 죽음의 문은 천천히 열렸을 것이다. 지연되는 죽음은 죽음을 무디게 한다. 그러나 도래한 죽음은 죽음의 보편성을 환기시키면서 살아남은 자들에게 '사람'으로서의 존재 양식에 대한 반성적 회의를 요청한다.

침대에서 불타고 있는 사람을
오랫동안 면회 가지 않았다

비를 흠뻑 맞은 나무가
무서운 걸 그렸다며 내게 주었다

나를 그린 그림

－「장마 병원」 부분

　지연된 죽음은 '장마'처럼 일상으로 스며들어 '나'는 오랫동안 병원에 찾아가지 않았다. 그래서 "비를 흠뻑 맞은 나무"(애도의 주체)는 "나를 그린 그림"을 주면서 애도의 자격을 박탈한다. 때문에 "실종된 개가 나를 물고 나타났다//나는 통째로 녹아내릴 수도 있다"는 시의 첫 구절은 죄책감의 표현이다. 무서운 것은 그림의 '나'와 유사한 사람(b)들이 세계의 곳곳에 출몰하고 있다는 사실이다. 표제작의 의문형 문장은 이 지점에서 날카롭게 확장된다.

　일레인 스캐리는 『아름다움과 정의로움에 대하여』에서 아름다움에 대한 응시는 '분배적인 것'을 촉구한다고 말한다. 어떤 아름다운 대상에 대한 고조된 관심은 다른 사람이나 사물들에로 자발적으로 확장된다. 예리하게 확장된 지각의 일깨움은 세계의 모든 대상들을 감각과 정동의 대상으로 포섭하고, 세계는 우리로 하여금 엄밀한 기준의 지각적 돌봄에 헌신하도록 만든다. 이는 심미적이면서 윤리적인 정동의 촉발이다. 때문에 여기서 분배적이라는 말은 보편적인 감각의 확장이라는 뜻에 가깝다. 죽음 또는 이별에 대한 응시 또한 아름다움과 같은 구조로 작동된다. 아마도 혈육이었을("딸", "끈적한 살") 누군가의 죽음에 대한 반성적 고찰은 세계의 모든 사라지는 것들에 대한 확장된 지각으로 이어진다. 그래서 이전에는 감각하지 못했던 모든 존재들의 슬픔과 죽음이 뒤늦게나마 도착한다.

뉴스에 나온 사망자 명단이 없어서

너는 오늘도 안 온다

(…중략…)

거기서 뭐가 될지 모르는 사람이

계속 생긴다

(「모퉁이에 공장」 부분)

앉았던 자국이 지워졌다

가서 오지 않는 사람처럼

네가 밀면 나는 바닥이다

반성하는 자세로 너를 본다

(…중략…)

온몸에 힘주어 서로를 밀면서

그걸 사랑이라 불렀다

내 모양만 찍으려 하고

사지를 벌리고 깔린 맹수의 가죽처럼

한 번도 투명해지지 않으면서

앉았다 일어나도

자국 하나 남지 않는

방석이 있었다

　　공장과 방석이라는 일상적 대상에 대한 시인의 감각은 한 죽음으로 인해 예리하게 확장된 감각이 결과물이다. 사람(a)이 죽었는데, "사망자 명단"에 없는 그 이름들을 호명하지 못해서 애도가 마무리되지도 못했는데, 모퉁이의 공장에서는 오늘도 사람(b)들이 태어난다. 똑같은 설정값으로 세팅된 "뭐가 될지도 모르는 사람"들이 공산품처럼 생산된다. 사람이 죽었는데 사람이 사람(b)으로 그대로 살아가는 것은 죄다. 제품에 다름 아닌 존재가 행여 고장이라도 날까봐 사람의 탈을 버리지 못하는 것은 죄다. 그래서 "왜 내게서 너 같은 게 떨어집니까"(「흔들다」), "왜 안 끝나나요"(「사슴」)와 같은 문장은 '나'에서 '우리'로 확장된 경고장에 가깝다. 이런 방식으로 이 세계에 "다시 태어난다는 것은"(「공」)은 끔찍하지 않느냐고 물으면서.

　　방석에 앉으면 사람의 몸이 새겨진다. 그러나 방석의 탄성력은 사람의 모양을 지우고 자신의 모양으로 되돌아온다. 죽은 동물의 가죽은 제 자국을 남기지만 방석은 이 세계를 거쳐간 사람의 흔적을 지워버린다. 이런 방식으로 유지되는 세계의 끔찍함을 시인은 이제 안다. 지금의 죄많은 인간의 존재 양식을 그대로 유지하려는 삶의 탄력성에 몸을 숨긴 폭력성을 이제 안다. 제 꼴로 돌아가려 "온 몸에 힘주어 서로를 밀면서" 그걸 사랑이라고 착각하면서["병신아/니가/힘주고 있잖아/못 가게"(「사혈」)] 살아가는 것이 죄임을 안다.

　　「장마 병원」에서 시작된 '나'에 대한 심문은 「한마음 의원」에 이르러 그것이 죄임을 모르는 '우리'에 대한 고발로 이어진다. '한마음'으로 무관심했던 '우리'라는 종족의 무관심과 분명히 아픈데도 무엇이 아프게 하는지를 모르는 무감각과 "몰라, 중요한 건데 없어졌다"(「그거」)는 표현처럼 환부 없는 아픔에 시달리고 있는 집단적 병리현상을 노출한다. 그런 면에서 이 시는 공포스럽다.

다큐멘터리에서는
방금 멸종된 종족을 보여 주었다

우리는 끝까지 살아남을 수 있을까

안 사랑하는데
여기 있어도 될까

머리와 머리가 부딪혀 깨지는데
흰 달이 도는데
네가 누워 있는 여기로 아무도 오지 않았다
(…중략…)

병이 없었다
그래서 우리는 슬펐다

– 「한마음 의원」 부분

3. "내 말 들려?"

자꾸 소리가 들린다. "똑, 똑, 똑,"(「빈집에 물방울이」) 또는 "쿵, 쿵"(「최선」) 또는 "내 말 들려?"(「소리와 소리」). 누굴까? 어딜까?

자꾸 무언가 떨어진다. 돌멩이가 떨어지고 혜성이 우주에서 떨어지고 달에서 해골이 떨어진다. (떨어짐을 중심으로 구르고, 부딪치고, 깨지는 이 운동성은 시집의 전편에 편재하면서 시적 상상력의 동력으로 작동하고 있다.) 어딜까? 누굴까?

만약 모든 것이 하나였다면 어떨까. 그러니까 모두가 처음에는 하나였다면. 죽은 사람(a)과 남은 사람(b)들이 이 끔찍한 세계에서 같이 존재했던 것처럼. "우주가 팽창해서/모두 멀어지"(「최선」)기 전처럼. 자신의 반쪽이 잘려나간 인간의 등이 외로워지기 전처럼 사랑도 그렇게 한 몸이었다면. 그렇다면 혹여 멀리서 궤도를 돌던 행성의 파편 하나가 이 세계로 떨어지는 것은 혹 시공간을 거스르는 회귀의 신호가 아닐까.

    돌멩이가 떨어진다

    서로에게
    저를 던지면서
    충돌한다

    우리는 다 저기서 떨어졌으니까
    어차피 하나였으니까

–「돌 저글링」 부분

우리는 모두 어차피 하나여서 떨어지는 것들은 모두 제자리로 돌아온다(「박 터트리기」, 「공」, 「9번」, 「조립」 등). '저글링'의 운동이 그러하듯 돌은 상승과 하강을 반복하면서 이별과 만남, 죽음과 생성의 무한 반복을 상징하고 있다. 그리고 이러한 순환은 돌, 혜성, 공, 총알, 박, 대관람차, 전구, 위성 등의 언어로 변주된다. 주목할 만한 것은 이것들이 모두 공통의 꼴이라는 점이다. 구(球). 어디로든 튈 수 있으며 운동성을 내재하고 있는 꼴, 정현종 시인이 말했듯이 「떨어져도 튀어오르는 공처럼」 쓰러지는 법이 없어서 무엇이든 될 수 있는 자세를 갖추고 있는 꼴. 모든 물질 생성의 원형태인 꼴. 구(球)는 첫 기억을 간직하고 있는 꼴이다.

그럼으로 그런 구가 깨지고 파편이 떨어진다는 것은 일차적으로 이별이며 죽음이며 파괴다. 하지만 이 모든 떨어지는 것들은 '소리'를 낸다. 소리는 저 세계에서 이 세계로 부딪는 모든 것들의 신호로 확장된다. 똑똑 수도꼭지에서 물이 떨어지는 소리, 비오는 산사(山寺) 처마에 달린 풍경이 바람에 흔들리는 소리, 또는 쿵쿵 다리가 출렁이는 소리, 혜성이 무중력의 우주를 가르며 가까이 오는 소리 등은 모두 처음의 존재로부터 떨어져 나간 것들의 살아있음과 돌아옴의 증표다. 그러므로 구가 깨지고 파편이 떨어진다는 것은 귀환이며 생성의 움직임이다.

떨어지는 돌멩이는 "서로에게 저를 던지면서 충돌"하는 가장 격렬한 사랑의 행위에 다름 아니다. 자기 존재의 일부를 떼어내어 상대에게 침투하는 행위, 다시 하나로 돌아가려는 몸짓이 바로 떨어짐이다. 우리는 다 저기서 떨어져 나왔고 어차피 하나였으니까, 이제 그만 "그 세계에서 떨어져/나와 포갭시다"(「전구」)라는 간절한 구애이기도 하다. 즉 떨어짐은 이별-죽음의 의미에서 만남-생성의 의미로 확장되는 이중적 변주이다.

"여기서 다른 행성이 자랄 거야! 우리 거기서 살자!"(「저지대」)

4. "우린 재채기로 서로를 알아봤다"

『양파 공동체』에서 평행한 두 세계는 좀처럼 만나지 못했는지 사람들은 그곳에서 이별, 파괴, 소멸의 언어들을 보았다. 그도 그럴 것이 "문을 닫으면 북반구의 어둠이 시작되고/이제 당신은 나를 찾을 수 없을 것이다"(「도플갱어」)라며 날선 언어로 이별을 선언했으니, 더구나 도플갱어를 만나면 죽는다고 하니 그럴 만도 하다. 그러나 『사람을 사랑해도 될까』에는 우주의 저편에서 보내는 노크 소리가 가득하다. 이별해서 아픈 게 아니라고, 죽어서 끝이 아니라고, 다른 존재로 태어나 다시 만나고 싶다고 타전하고 있다. 과거에도 이미 재채기만으로도 서로를 알아봤던 사람이니까. 그러니 '사람을 사랑해도 될까'라는 의문은 '사람을 사랑하고 싶어요'라는 고백으로 읽힌다.

빈집을 두드리는 소리가 그 증거다. 똑, 똑, 똑,

5. 말하지 못한 것들

• 시집의 109쪽에 QR코드가 있다. 「물개위성 3」에서 보내는 신호다. 6년 전의 시집에도 외계의 신호가 기록되어 있다. 「물개위성 2」에서 보

내는 신호다. 외계의 언어이므로 번역이 불가하다.

• 「목요일의 대관람차」에서는 '시'가 이 세계로 떨어지고 있다. 천생 시인이다. 관람 바람.

• 「전람회」를 여기서 낭독할 수 없다. 깊은 밤 혼자서 소리 내어 읽었다. 매번 좋았다.

• '맹수처럼 거칠고 빠른 물살'에 수몰된 사람들에 대한 시인의 말을 차마 옮기지 못했다.

존재의 빈자리를 응시하는 고요한 집요

- 김네잎 시론

1.

서늘하다. 어둡다. 그리고 쓸쓸하다. 표정을 지워버리고 감정을 억제한 세계를 구축한 근래 김네잎 시인의 시들을 읽은 후의 첫인상이다. 이 인상은 몇 편의 작품에서 공통적으로 드러나는 어떤 '결여의 구멍' 때문이다. 존재가 증발해버린 빈 공백에 남겨진 구멍은 마치 텅 빈 기표가 영원히 도달하지 못하는 공허한 쓸쓸함을 닮았다. 또 그 빈자리에서 한없이 귀환을 기다리는 한 실존의 외로움이 느껴지기도 해서 읽는 내내 외롭고 쓸쓸했고 슬펐다.

가령 다음과 같은 사례들을 보자. 한 가지의 표정밖에 지을 수 없는 인형의 내면에 갇힌 텅 빈 실존(「구체관절 인형」), "기피생물종으로 분류"된 채 어디에도 자기 존재를 기록할 수 없는 어느 "코피노"의 깊은 공허(「미기록종」), "빛조차 벗어날 수 없는" 소실점(블랙홀)으로 사라져버린 "너의 빈자리"(「π 로 향하는 무한수열」), 백야와 극야가 반복되는 극점에서 멸종한 인류처럼 사라진 후 끝내 돌아오지 않는 K의 증발(「동물행동학자 K」), 그리고 "헛배"만 불리게 한 후 끝내 수포성 세포로 사라져버린 아이의 "까만 눈동자"(「포도나무」)들이 구멍의 증거들이다.

이 텅 빈 구멍의 실체는 다양하게 해석될 수 있다. 주체의 측면에서 이것은 현실세계의 가면에 의해 억압된 실존의 공백을 지시하기도 하며, 관계의 측면에서 이것은 사랑하는 대상과의 이별과 이별 후의 깊은 공허이기도 하며, 의리론적 측면에서 이것은 기호로 이루어진 언어의 텅 빈 기표가 끝내 포착할 수 없는 의미의 연쇄적 미끄러짐처럼 보이기도 한다.

김네잎 시인의 미덕은 이처럼 다양한 해석의 통로를 모두 열어놓고 있다는 것에 있다. 다층적 의미로 중첩된 시를 읽는 일은 괴롭지만 흥미로운 일이니까. 반면 김네잎 시인의 잔인함(이라고 말할 수 있다면)은 그토록 깊은 공백을 무표정한 얼굴로 견뎌내고 있다는 점이다. 그것이 무엇이건 존재가 지워진 빈자리는 주체에게 공포와 불안을 야기하기 마련일 터, 하지만 시인은 이 공포와 불안을 과잉된 감정으로 폭발시키지 않는 채 긴장을 유지하고 있다. 공포와 불안을 감추기 위해 서둘러 하나의 의미지점으로 종결시키지 않은 채 어떤 지점으로든 확장될 수 있는 운동성을 부여하면서 경계에 선 존재들의 긴장을 응시하고 있다. 한 존재의 실존을 뒤흔들기에 충분한 사건임에도 시의 언어들은 슬픔으로 채색되지 않는다.

이 지점이 바로 이 짧은 작품론이 시작점이다. 그러니까 이런 질문들. 어떤 힘이 이 공포스러운 공백을 견디게 하는 걸까. 어떤 이유가 시인으로 하여금 무표정한 얼굴을 유지하게 하는 걸까. 무엇이 이 긴장을 유지하게 하는 걸까. 그래서 시인의 집요한 응시가 향하는 지점은 과연 어디일까. 무표정한 얼굴이 던지는 고요한 집요는 그래서 어떤 질문을 내포하고 있을까.

2.

「볼 트래핑」과 「관계」에는 불안과 일탈욕망 사이의 긴장이 표현되어 있다. 전자의 작품에서 시인은 '볼 트래핑' 기술을 공이 지닌 "운동에너지를 급격히 감소"시키는 행위로 정의한다. 구(球)의 형태인 공의 기본적 속성이 운동성이라는 점을 상기하면, 볼을 트래핑하는 '당신'은 '나'의 일탈욕망을 억압하는 존재가 된다. '당신'은 "나를 벗어나면 어디나 낭떠러지야"라고 속삭이면서 "능숙하게 내 표정을 다룰 줄" 아는 사람이다. 이러한 속박의 관계는 「관계」에서도 반복된다. "이 관계는 어떤 생각도 밖으로 나갈 수 없게/설계되어 있다". 이 관계에서 벗어나고 싶은 '나'는 "철거 공사 시공계획서"를 들고 "벽"을 부수지만, 그 시도는 결국 실패도 귀결된다("사과와 π 는 분리되지 않고 흩어진다"). 그 결과 '나'는 "밖에서는 보이는데 안에서는 볼 수 없는 디저트 가게"에 갇힌다. 이 '안'의 공간은 디저트 가게처럼 달콤하지만, 결코 바깥을 볼 수 없다는 점에서 갇힌 공간이다.

실존이 갇힌 '안'의 공간은 "어둡고 축축하다."(「볼 트래핑」) '나'는 '당신'의 "쓸모없는 그림자"이거나 "분신"인 것만 같다. 그곳에서 주체는 긴장("팔다리가 말려드는 것 같다")과 불안을 느끼지만, 시인은 '나'에게 "팽팽하게 부풀어 올라 질문을 품는다"라는 본성을 부여해 주었다. 언제든 벗어나고 튕겨나갈 준비가 되어있는데, 왜 이 공간에 갇혀있어야만 하느냐고 묻는 듯하다. 즉 공은 정지보다 운동에 가까운 꼴, 언제나 '바깥'으로 향하는 일탈욕망을 제 실존의 꼴로 표상하고 있다. 도자기 박물관에 들어간 코끼리처럼 운동에너지로 팽팽해진 주체는 디저트 가게를 부술 준비가 되어있는 셈이다.

견고한 관계의 벽과 언제든 튕겨나갈 준비가 되어있는 주체의 긴장 관계는 김네잎의 시들에서 빈번하게 등장하는 '안과 밖'이라는 상징을 이해할 열쇠인 것은 분명해 보인다. 중요한 것은 그 경계에 서있는 주체의 마음과 태도일 터, 「미기록종」은 이러한 경계에 선 주체의 불안과 슬픔을 동시에 표현하고 있다.

난 코피노 누군가에겐 기쁨이 아니었다 내 주변은 온통 벽

벽은 또 다른 인칭

…(중략)…

진실을 규명하라, 지나는 행렬의 구호 소리에 우리의 진실은 멈춘다 놀라지 않는다

거짓이 거짓을 낳는다는 말은 정말이다 거짓으로부터 시작된 잉태가 외삼촌이 아버지가 되는 거짓을 낳았다 그는 죽는 날까지 나를 기피생물종으로 분류했다

나는 피와 피의 접속점

그토록 불결한가

어떤 감정도 없이

어스름이 깔리고 있다

–「미기록종」 부분

시의 화자인 '코피노'는 한국인 남성과 필리핀 현지 여성 사이에서 태어난 2세로서 양쪽 모두의 혈통이나 계통에 소속되지 못한 지워진 존재이자 동시에 안과 밖 사이의 경계에 선 존재이다. '나'는 불결한 피로 라벨링되어 있으며, 태생의 진실은 패싱된다. 행렬의 구호가 요구하는 어떤 진실에도 코피노들의 진실은 포함되어 있지 않으며, 외삼촌이 아버지가 되는 거짓은 또다른 거짓을 계속 잉태할 것이기 때문이다. "날씨 예보가 빗나간다"는 시의 마지막 구절은 화자가 갇힌 이 거짓된 세계를 표상하고 있다. 앞선 작품들과 하나의 플롯으로 엮어 읽을 때 이 시는 반경을 이탈해 관계의 바깥으로 튕겨나간 존재들의 현실을 조망한 것으로 읽힌다. 이 가혹한 현실이 불안의 이유일 것이다. 하지만 우리가 정작 시에서 읽어야 할 것은 이 가혹한 현실보다 그러한 현실에 놓인 화자의 목소리이며 그 목소리에 주목하는 시인의 시선이다.

3.

'안과 밖'이라는 세계관과 '안'의 세계에 갇힌 존재에 대한 시인의 시선이 갑자기 생겼을 리 만무하다. 그것은 마치 선험적으로 새겨진 유전형질과도 같아서, 김네잎의 첫 시집 『우리는 남남이 되고자 포옹을 했

다』(천년의시작, 2020)에서도 시인의 시선은 그런 존재들에 주목해왔
다. 이전 시집에 실린 「마리오네트」와 새로 발표한 「구체관절 인형」은 시
인의 집요한 응시가 만들어낸 변화 지점을 읽어낼 수 있는 좋은 비교 사
례로 보인다.

　반경을 벗어난 적 없다 반경을 가졌다는 건
　상상을 확보하는 일

　줄의 기울기와 당김에 따라 내가 이야기가 되고 춤이 된다
　당신은 나를 조종하고 나는 타협한다
　당신은 목소리를 주고 나는 주인공인 척한다

　……

　그래도 하나뿐인 표정은 편리하다
　박수와 동정을 구걸하지 않아도 되니까
　생각을 품을 필요 없으니까
　쓰러지는 순간 죽음처럼 고요해질 수 있으니까

　테헤란로 저, 불 꺼지지 않는 사무실엔
　마리오네트가 많다
　공손의 각도와 굽신의 양상에 따라
　곧, 무대에 오르거나 망각될 잉여들
　정해진 플롯 속에서 각자의 역할을 수행한다
　비상구를 열었는데 비상구가 없는

창문을 열었는데 누군가가 밀고 있는 구조

넥타이를 매는 순간 인형극은 시작되고

넥타이를 푸는 순간 캐릭터는 사라진다

　　　– 「마리오네트」 부분 (『우리는 남남이 되자고 포옹을 했다』, 천년의시작, 2020)

「마리오네트」의 인형극은 우리의 실존 조건과 실존의 양식을 정직한 비유를 통해 폭로하고 있다. 시의 전반부는 '당신'이라는 '대타자'에 의해서만 자신의 이야기를 들려줄 수밖에 없는 '나'(마리오네트)의 고백이다. '나'는 '당신'에 의해서만 상상을 이야기로 실행할 수 있다. '당신'이 조종하는 줄의 기울기와 당김의 정도는 '나'의 감정을 결정한다. 따라서 '나'는 주인공이지만 주인공이 아니다.

이는 상징계의 법을 통해서만 무의식의 욕망을 드러낼 수밖에 없는 무의식과 대타자의 관계를 상상하게 한다. '나'의 무의식 또는 욕망은 '당신'이라는 출구로 한정되어 있고, 이는 무의식이 언어라는 기표에 의해서만 표현될 수밖에 없는 관계를 떠올리게 한다. 따라서 "박수와 동정"을 구걸할 필요가 없어서, "생각을 품을 필요"가 없어서, '당신'이라는 대타자의 승인이 없으면 "고요해질 수 있으니까" 오히려 "하나뿐인 표정은 편리하다"는 '나'의 진술은 거짓이다. 자신이 제 삶의 주인공이 아니며 자신의 표정이 제 감정의 표현이 아닌 상태를 그대로 수용할 수밖에 없는 상황을 긍정하는 이 진술은, 그러므로 오독을 유발하는 의도된 위악이다. 그리고 이 위악의 태도가 갇힌 세계를 견뎌내기 위해 '당신'이라는 대타자가 허락한 유일한 마취제라는 사실도 이 시는 폭로하고 있다.

시인은 이를 친절하게도 도시의 사무실에서 명령과 과업을 수행하는 "망각될 잉여들"의 삶으로 번역해준다. 인형을 속박하는 줄은 넥타이로 번역되고, 줄의 기울기는 사무원들의 공손과 굽신의 각도로 번역되고, 인형극의 시나리오는 현실 세계의 "정해진 플롯"으로 번역된다. 이 세계 속에서 도시의 사무원들은 인형처럼 하나뿐인 표정을 지은 채 살아간다. 경계의 '바깥'은 허용되지 않는다. 비상구(非常口)에는 비상통로 대신 비상(飛上)만이 있을 뿐이니까.

굳이 이러한 설명이 없더라도 이 시는 정직하고 친절하게 현실을 재현하면서 명확한 의미를 지시하고 있다는 것을 알 수 있다. 비교해 볼 작품인 「구체관절 인형」은 인형이라는 표상을 유지하고 대타자의 억압을 답습하면서도 전작이 도달하지 못했던 새로운 지점을 향하고 있다. 시인은 정직한 비유를 버렸다. 시가 명확한 의미로 수렴되는 것이 미학적 감수성과 반비례하지만은 않음에도 불구하고 시인은 그 친절함과 과감하게 이별했다. 그 이유를 알아야겠다.

받아들이는 겁니다
리듬을
206개 뼈의 방식을
격렬하게, **기계** 인간이 되는 겁니다

저 거울 속 투영체는
실존입니까
가면입니까

비트에 취해
한 호흡마저 흘러넘칠 때

내가 **다리 하나 분실된 불량품**이란 걸 망각합니다

관절과 관절을 조였던 생활이 잠시 헐거워지는 이 밤이
반복 재생됩니다

고요한 몸짓
역동적인 멈춤
누가 나를 자꾸 되감아 놓는 걸까요

때문에 내일은 늘 내일로 밀려나 있죠

춤은,
내가 나에게 하는 무언(無言)의 답
살아있냐는 물음에
감정을 이해하는 인간처럼……

그런데 내 이 기분이 쓸모없음으로 돌아설 때

혼잣말로 속삭인 적 있습니다.
그거 아니? 네 다리는 끝까지 수선되지 않겠지만, 언젠가 저 **생
존 배틀 무대**에 올라갈 거야

슬픈데 웃음이 멈추질 않아요

- 「구체관절 인형」 전문

이 시에서 "기계 인간", "반복 재생", "생존 배틀 무대", 그리고 "다리 하나가 분실된 불량품" 등의 시어들은 전작에서 보여 준 세계관의 반복으로 보인다. 반면 이 시가 새롭게 획득한 것은 저 인형의 '서늘한 무표정'이다. 마리오네트의 "하나뿐인 표정"에 감추어진 불안과 공포를 구체관절 인형은 "슬픈데 웃음이 멈추질 않아요"라는 진술로 표출하고 있다. 대타자가 관장하는 상징계는 인형에게 한 가지의 표정('웃음')만을 허락했지만, 주체의 내부에서는 슬픔을 비롯한 갖가지 감정들이 웅크린 채 폭발준비를 하고 있다. 시인은 이를 "고요한 몸짓/역동적인 멈춤"이라는 역설적 표현으로 애써 감추지만, 우리는 고요한 멈춤 대신 역동적인 몸짓을 읽어낼 수 있게 된다. "멈춤"에서 "춤"으로 이행하는 언어유희는 「볼 트래핑」에서 공이 지니고 있는 운동성의 에너지를 연상하게 하기에 충분하기 때문이다. 하여 김네잎의 인형들은 이제 경계선에서 바깥을 응시한다.

4.

이러한 상태가 정지가 아니라 운동성과 일탈욕망을 응축하고 있다는 사실을 말해주는 작품이 바로 「잠열」이다. 물리학에서 '잠열(latent heat)'은 상변화 상태에서 소비되는 열로 정의된다. 잠열 상태의 물질은 상변화(고체−액체−기체 간 변화)하지만 온도는 변하지 않는다. 이는 겉으로 보이는 표정에는 아무런 변화가 없는 것처럼 보이지만, 내면의 상태에서는 엄청난 변화가 분출하고 있다는 말과 같다.

따라서 김네잎이 한 가지의 표정("슬픈데 웃음이 멈추질 않아요")만 짓는 인형을 반복적으로 제시할 때, 그것은 독자들이 잠열 상태에 놓인 주체의 불안과 불안정 그리고 일탈의 욕망을 보아달라는 주문일 것이다. "우박이 떨어졌다/이 차고 딱딱한 사물은/이젠 슬픔의 결정체가 아닌 것만 같다"는 「잠열」의 한 구절은 상변화("악천우"-"안개"-"우박")하는 '나'의 "병든 얼굴"만 보지 말라는 주문이기도 하다. "마침내 나만 울었다"는 고백은 웃는 얼굴 안에 웅크린 주체의 슬픔을 보아달라는 외침이기도 하다. 그리고 이 외침은 현실에서 우리가 마주치는 수많은 "익명"들의 얼굴에서 과연 우리가 보아야 할 것은 무언인지를 묻는 질문이기도 하다.

전작 시집에 실린 「뫼비우스 증후군」을 잠시 경유해보자. 오래전 시인이 이미 이런 주문을 한 적이 있다는 사실을 발견할 수 있기 때문이다.

어떤 기분도 파동을 만들어낼 수 없다
감각을 증폭시키려는 시도는 매번 헛수고
모든 감정이 와해된 얼굴에
불가피하게 남은 무표정
너라면 미세하게 떨리는 살갗의 감촉만으로
슬픔의 징후를 감지할 수 있을 거다
보이지 않는 웃음을 만질 수 있을 거다
예측 불가능은 고립을 가져온다
고립 뒤에는 들키고 싶은 무수한 순간들

누가 변할 수 없는 안색을 건넨 걸까

– 「뫼비우스 증후군」 부분

　신경 이상 증상의 일종인 '뫼비우스 증후군'에 걸리면 기쁘거나 아프거나 슬퍼도 아무런 표정이 생기지 않는다. 이런 이유로 "변할 수 없는 안색"을 가진 화자가 우리에게 슬픔의 징후를 감지해 달라고 말하고 있지 않은가. 보이지 않은 웃음에 깃든 슬픔을 만져달라고 말하고 있지 않은가. 따라서 "불가피하게 남은 무표정"이라는 구절에서 우리가 읽어내야 할 것은 '무표정'이 아니라 '불가피함'이다. "다리 하나가 분실된 불량품"인 인형의 무표정과 '뫼비우스 증후군'에 걸린 어느 익명의 무표정과 필리핀 거리에서 마주치는 어느 '코피노'의 무표정에서 우리가 읽어야 할 것은 그 존재들이 속박된 세계의 구조라는 말이다.

5.

　닫힌 세계에서 잠열 상태를 거쳐 이탈하는 존재들의 빈자리가 바로 이 글의 서두에서 말한 '구멍'의 자리다. 이 구멍의 공포와 불안 앞에서 시인이 침착한 무표정을 유지하면서 그 빈자리를 응시할 수 있었던 이유는 그것이 슬픔의 외침만이 아니라 새로운 지점으로의 이행이기도 하기 때문이다. 「π 로 향하는 무한수열」을 보자.

　돌진했다 너는 빛조차 벗어날 수 없는 그곳으로
　부피를 버리고 소실점을 껴안는다

　　　탁자 위에 사과가 놓여있다

　　　웜홀이 중심을 관통한

　　　분명 넌 이곳을 지나고 있을 거다

　　　사과를 창가로 옮긴다

　　　기다리는 사람처럼

–「π로 향하는 무한수열」 부분

　　다른 작품들처럼 이 시에도 구멍이 있다. 바로 '너'가 사라져버린 어떤 소실점("네가 끝내 빨려 들어 간 블랙홀")이다. 빛조차 거역할 수 없는 이 깊은 구멍으로 '너'는 홀연히 사라졌고, 그 공백의 자리에서 화자는 그곳을 응시하고 있다. '너'가 다시 돌아오기를 "기다리는 사람처럼" 말이다. 시의 제목에 등장하는 'π'값이 무한하게 이어지는 것처럼 '너'는 이곳으로 수렴되지 않을 것만 같다. 하지만 기약 없어 보이는 이 기다림이 가능한 이유는 화자가 그 구멍을 '블랙홀'이 아니라 "웜홀"로 기술하고 있기 때문이다. 다시 말해 '너'는 사라진 것이 아니라 웜홀을 통해 다른 세계로 이행한 것이다. 양자역학의 세계라면 사라진 존재는 구멍을 통해 다시 회귀할 가능성이 열린다. 불확정성이 지배하는 이 세계에서 슈뢰딩거의 고양이는 살아있을 수도 있으며 동시에 죽어있을 수도 있다. 이 상반된 가능성을 통해 시인은 현실과의 비유 속에서 명확한 하나의 지점으로 소실되는 시의 의미(사랑하는 대상과의 이별과 슬픔)를 불확정성의 원리가 지배하는 양자역학의 영역으로 이동시켰다. '너'는 사라졌지만 회귀할 수도 있다. (아마도 "사과"는 이 양자역학의 세계로 다가가는 뉴턴의 흔적일 것이다.) 이를 확장하면 김네잎의 시들이 보여 주는 모든 공백 또는 빈자리는 사라짐이 아니라 새로운 이행의 운동이 된다. (「동물행동학자 K」도 이런 차원에서 읽으면, K는 백야와 극야가 반복되는 지구의 극점에서 펭귄처럼 퇴화하고 멸종하는 운명 대신 "빙봉에 올라가 비행을 시도"함으로써 이 세계의 문법을 이탈하는 운명을 선택한 것으로 해석할 수 있다. 그리고 "K가 남긴 기록장"을 읽는 행위는 웜홀을 관통하면서 다른 우주를 비행하는 K의 위치를 추적하는 공감의 실천이 된다.)

6.

잠시 김네잎의 이야기를 언어적 차원으로 옮겨보자. 시의 화자들이 경험하는 실존의 불안은 언어가 지닌 선험적 불완전성과 대응한다. 언어의 불완전성과 한계를 다시 언어로서 극복해야 하는 역설적 과제 수행이 어쩌면 시인의 숙명일 것이다. 기표의 텅 빈 자리를 다시 기표의 운동성으로 메우기 위해 시인은 지속적으로 질문을 던져야 하는 셈이다. 김네잎의 화자들이 놓인 자리는 속박된 세계에서 벗어나고 싶은 현존재의 욕망과 불안 사이의 긴장의 영역이며, 질문은 바로 이 장소에서 발생한다. 블랙홀로 빨려들어간 누군가를 기다리고, 극점에서 사라진 동물행동학자의 기록을 응시하는 것도 이런 질문의 일환이다. 잠열 상태와 웜홀에 대한 시인의 관심도 존재들이 이행하며 변환하는 순간순간을 놓치고 싶지 않은 욕망 때문일 것이다.

무의식은 대타자의 담론이라는 라캉의 말을 떠올려보자. 그에 의하

면 인간의 욕망은 대타자의 욕망을 넘어설 수 없다. 이 대타자의 위치
는 상징계이며, 상징계는 주체를 초월한 선험적 영역이다. 인형의 줄을
조종하는 존재들이 바로 이와 같다. 즉 대타자는 상징계의 법률을 대표
하는 심급의 다른 이름이다. 반면 무의식적 주체, 다른 표현으로 대타
자의 법률로 소거되지 않는 일탈의 욕망은 끊임없이 의미가 차연되는
시니피앙의 논리로 구성된다는 점에서 자율적 법칙을 따르며 고정된
의미를 부정한다. 즉 무의식적 주체의 욕망은 운동성을 지니기 때문에
대타자를 극복할 가능성을 내포한다. 이것이 김네잎 시에서 표현된 운
동성의 원리로 보인다. 「볼 트래핑」에서 자꾸 "당신의 바깥"으로 이탈하
는 공과 불량품임에도 춤을 추는 「구체관절 인형」의 역동적이면서 고요
한 몸짓이 그 사례다. 언표된 주제로서의 대타자는 무의식적 주체를 소
외시키면서 배척하지만 무의식적 주체는 담론 공간에서 사라지면서도
동시에 또 다른 의미화의 연쇄를 끌고 들어오면서 자신을 표현한다. 이
러한 논리를 적용하면 김네잎 시의 수많은 구멍들을 우리는 현존과 부
재의 복합장소로 읽어낼 수 있는 입구에 서게 된다.

　이제 김네잎 시에 대한 첫인상을 수정해야 할 때다. 시인의 시는 서
늘하지만은 않다. 어둡고 축축하지만도 않다. 대신 시인은 자기 시의
운명을 의미가 명확하게 드러나는 세계에서 의미의 포착이 불가능한
세계로 이행시켰다. 다른 말로 이는 불안을 '재현'하는 시의 세계를 의
미포착이 불가능한 양자의 영역으로 옮겨냄으로써 새로운 '질문' 또는
'고요한 응시'가 가능한 세계로 이행시켰다는 말이 된다. 이 세계에서
김네잎의 시는 무한수열에 근접한다. 부디 그의 시가 너무 쉽게 어느
행성에 도착하지 않기를 바란다.

사다리 아래의 ‚껴옴'

– 하린 시집 『기분의 탄생』을 읽고

1. 전복된 평등

하린의 시집 『기분의 탄생』은 세계의 가장자리에서 위태롭게 생존하는 '비체(abject)'들에게 시선을 두고 있다. 오염물(부패하는 신체, 오물, 쓰레기, 죽음을 연상시키는 것들)에 대한 혐오를 생산하는 문화적 표상으로 줄리아 크리스테바(『공포의 권력』, 서민원 옮김, 동문선, 2001)가 정식화 한 이 개념은 주체들의 '삶의 의지'를 강력하게 추동하는 공포를 생산한다는 점에서 조금 다르게 적용될 여지가 있다. '비체'는 부패와 죽음을 거부하는 생물학적 신체 반응을 넘어 삶/죽음, 생존/탈락, 내부/외부, 근대/야만, 주체/타자 등 다양한 기준의 경계선 바깥 장소로 치환되면서 작동하기 때문이다. 이 바깥의 장소에 하린의 시들에 등장하는 인물들이 '생존'하고 있다. 일단 이곳을 "세상의 모든 가장자리"(「기분의 탄생-가장자리」)라고 명명해 두자. 외롭고 춥고 어두워 누구도 방문하지 않는 곳.

끊임없이 증식하는 신자유주의적 게임 공간에서 이탈하지 않고, 시스템의 내부에 자신을 등록하기 위한 필사의 노력이 이 시스템의 원료이다. 문제는 스테이지가 끝나지 않는다는 점, 마지막 생존자는 어차피 한 사람이라는 불편한 진실, 따라서 수많은 장애(경쟁자, 함정, 생존의 문턱들)를 이겨내고 트로피를 쟁취하는 장면에서 관객은 존재하지 않는다는 사실이다. '비체'의 존재는 폭력과 피로 물든 이 시스템이 왜곡된 신화라는 것을 폭로한다. 엄연히 내부에 존재함에도 불구하고 마치 존재하지 않는 것처럼 취급(얼굴과 명예의 박탈)되기 때문에, 시스템이 객관적이며 평등하다는 환상을 강조할수록 비체의 존재는 그 권위를 끈질기게 모욕한다. 말하자면 비체는 시스템의 '구성적 외부'로서 '내부'의 작동원리를 폭로하는 셈이다.

하린의 시집 『기분의 탄생』은 시스템이 선전한 평등의 약속이 허구이며, 사다리 아래에는 희망 대신 '시체와 붉은 피[abject]'가 '전복된 평등(얽음)'의 초라한 현재성이라는 사실을 직설적으로 들려준다. 그들에게 직접 목소리를 부여하고 언어의 장소를 할애하면서 말이다. 마치 그것이 본래 시가 하는 일이며, 춥고 외로운 그곳이 문학의 거처할 장소라는 점을 강조하면서.

2. '가장자리'의 존재들

시집의 1부에는 19편의 「기분의 탄생」 연작이 수록되어 있다. 이 연작들은 세계의 '가장자리'에서 위태롭게 생존하는 비체들로부터 '탄생한 기분'을 그들의 목소리로 들려준다. 그러니까 "체념, 침묵, 사과, 자학,

자책, 불안, 불신, 비굴, 비참"과 같은 감정들. 사실상 탄생이 아니라 학습된 감정에 가까운 이 '기분'들은 세계의 시스템이 약자들에게 어떠한 태도를 강요하고 있는지를 적나라하게 노출시키고 있다.

무릎은 나의 소심화
아버지 앞에서든
교무실 안에서든
바닥은 나의 일반화

매미를 부러워했지
칠흑 속에서도
날개에 대한 목적을
버리지 않았으니까

벌레처럼을 수식어로 내밀고
벌레 같은을 뒤집어쓰게 하고
벌레 보듯을 실천하는 당신들
사라진 벌레의 행방을 한번이라도 궁금해했을까

뇌 속에 구더기를 생생하게 키우고 있는
나의 의지는 벌레화
기분의 반경마저 정해진 생활을
견디고 있는 나의
끝없는 암흑화

– 「기분의 탄생-벌레」 부분

시의 화자는 "아버지"와 "교무실"로 표상되는 상징계의 질서 앞에 "무릎" 꿇는 삶을 "일반화"해 왔다. 자신을 "벌레처럼" 취급하는 세계에서 자기 삶의 가능성을 벌레로 한정시킨 것이며, "유동성을 최대한 통제하는 것이야말로 체제의 기능"(《해설》, 140쪽)이라는 말이 옳다면 화자는 스스로를 온순한 습속으로 적응시킨 것이다. 기껏해야 "꿈틀꿈틀" 또는 "꼼지락꼼지락"이라는 소심한 반응이 전부인 삶으로 말이다. 노동하는 하위 주체의 신체와 감정마저 통제의 대상으로 만드는 시스템("기분의 반경마저 정해진 생활")을 단지 견디고 감내하는 무릎의 시작은 시의 전사에 기록되어 있다. 화자는 자동차 부품 하청업체로 실습을 나갔던 때, 장갑이 드릴에 끼어 손가락이 뭉개진 열아홉 살 친구의 피와 살이 기계에 다닥다닥 붙어 있는 모습을 보았을 때, "손가락을 부여잡고 울"던 친구에게 어떤 도움도 줄 수 없는 자신을 발견했을 때, "벌레의 기분은 그때 탄생"했을 것이다.

시인은 「기분의 탄생―이중부정」에 이와 같은 감정의 또다른 기원을 겹쳐놓는다. "어머니는 나를 낳고 싶지 않다고 했고/아버지는 그런 어머니를 긍정"(27쪽)함으로써 '나'를 '이중부정'의 주체로 각인시킨 기원, '나'(들)이 선택하지 않은 시작점이자 불평등이 불평등을 낳는 출발점에는 가난이 낳은 가난이 웅크리고 있다. 그러니까 사다리는 예전부터 부러져 있었던 셈이다. 그러니 자신처럼 유기되고 버려진 "길가 고양이 한 마리"에게 '나'는 "넌 버려진 오답이고/난 쉽게 들킬 약점이니까 가까이 오지 마"라고 말할 수밖에 없다. 자기와 닮은 부정된 존재들의 연합은 "부정의 비린내"를 풍기며, 삼중 사중의 부정을 중첩시키는 결과만을 낳을 테니까 말이다. 따라서 "1+1처럼 가출+종말을 던져 줄 엄마"

로부터 유기된 '나'는 온순한 습속이 되어 인내를 학습했을 것이다. 절대 울지 않기, 외롭다고 말하지 않기, 불만과 불평을 늘어놓지 않기, 괜찮은 척 연기하기, 무릎 꿇기, 침묵, 체념, 그리고 적절한 낙법을 연습했을 것이다. "그늘이 없는 아이처럼 굴었"(「기분의 탄생-편의점」)을 것이다.

시인 하린은 이들의 오래된 미래에 목소리를 부여한다. 이 아이들이 자라서 편의점 알바생이 되고 1.5평 고시텔의 투숙자(「기분의 탄생-거푸집」)가 되고 거리에서 홀로 밥을 먹는다(「혼밥」). 이들이 자라서 "무덤 속 같은 어둠"과 결속하여 "도시의 하부구조에 최적화된/최저임금을 위한 소모품"(「호모소품스」)으로 3교대 근무지의 노동하는 신체가 된다. 스케줄 없는 연습생(「연습생」), 조연을 위한 조연(「인간 실격」), 헌책방 주인(「기분의 탄생-가장자리」), 무명 선수(「기분의 탄생-희생번트」)처럼 사다리 아래의 뒤집어진 평등에서 허덕이는 하위주체가 된다. 과거의 가출 청소년이 자라 아버지가 되어도 아버지를 찾지 않는 가장(「로드킬」)이나, "비굴 앞에서 비겁해도 비참을 떠올려선 안 된다"(「家長」)고 말하는 가장이 된다. 그러다 이내 "혼자라는 단어도 지겨워"지고 어차피 결론이 다르지 않을 거라는 걸 알게 되면, "바깥을 전부 사양할래요/마지막까지 혼자만 아는 혼자로 남을래요"(「선택」)라는 선택을 할 것이다. (여기 나열된 시의 화자들의 목록만으로도 하린 시인의 작업이 이 세계의 어떤 장소를 조망하고 있는지 알 수 있다.) "나만 빼고 다 호황"(「기분의 탄생-부재」)인 세계에서 깊은 고립과 결핍에 배치된 이 존재들의 삶을 그들의 목소리로 직접 들려주는 작업을 진행하는 것이 『기분의 탄생』의 기원이다.

이 존재들을 지칭할 하나의 단어를 찾기 어렵다. 같은 공간에 존재함에도 얼굴의 명예를 박탈당한 이들을, 생산-동원-보충-폐기의 사이클의 부품으로 소모되는 이들을, 끊임없는 자격의 증명을 요청받는 이들["언제나 2%가 부족하대요 연습만 하다 어른이 될 것 같은데 자꾸 성장을 하래요", 「연습생」)]을 이 존재들을 어떤 용어로 정의할 수 있을까? 이들을 생산하고 외부화함으로써 자본주의의 생산관계가 구축된다는 점에서 이 글은 '비체'라는 말을 사용하지만, 이 용어가 하린 시인이 응시한 사다리 밑 세계를 모두 포함할 수 없다는 것을 알고 있다. 언제든 '나' 또는 '우리'가 될 수도 있는데 말이다.

3. 가스라이팅

체제의 사다리에 오르지 못한 채 외부로 배치된 존재들의 (가혹하게 말하자면) 비겁한 관습은 지속적으로 반복강화된다. 뼈에 각인된 내면화, 다른 출구를 상상하지 못하는 빈약한 사유는 무엇보다 교육과 학습의 결과다. 「기분의 탄생-희생번트」만 보아도 그렇다. 화자는 체제의 내부자에게는 결코 요구되지 않을 희생("4번 타자에겐 내려진 적 없는 사인")을 기꺼이 수행한다. 자신을 희생함으로써 자신의 존재가치를 증명하며("스스로 나를 아웃시켜야/지금 이 자리를 유지할 수 있다니"), 스스로를 게임의 외부로 재배치하는 복습을 마다하지 않는다("번트에 성공합니다/스스로 죽었습니다"). "전력과 질주가 쓸모없는 자리"이자 "희생이 끝나면 엑스트라조차 되지 못하"는 장소에 선 비체들에게 다른 감정은 허락되지 않는다. ("대기실에 돌아와서도 절대 울지 않습니다")

스스로를 가둔 무능과 열등의 감옥은 자기의 감정을 스스로 억압하는 지경에 이른다. 자신의 실패와 절망을 인정하지 않으려는 안간힘은 "숨김을 숨기려는 강박"이 되고, "자기 표절과 자기 변용"(이상 「기분의 탄생-강박」)으로 강화된다. 비체들에게 허락된 감정은 자학과 자책이며, 이는 체념과 침묵이라는 태도로 변이된다. 통제된 감정을 학습한 사례들은 무수하다.

> 죽음 아래에서 몇 년째 괜찮은 척을 한다
>
> 비참은 만성이 된 지 오래
> 비굴은 독종이 된 지 오래
>
> 바이러스로 가득 찬 꿈을 꾼다
> 적응와 순응 두 가지 선택만 있지만
> 난 끝까지 울지 않는다
>
> – 「기분의 탄생-면역」 부분

아무렇지 않은 척 연기(演技)하는 태도를 "적응와 순응"이라고 말하는 「기분의 탄생-면역」편은 자신의 감정("비참", "비굴")을 "바이러스"에 비유한다. 여기서 '면역'과 '바이러스'라는 시어는 로베르토 에스포지토의 '면역정치'의 통치술(『사회면역』, 윤병언 옮김, 크리티카, 2023)을 연상하게 한다. 공동체의 의무(환대, 선물, 증여)를 공유하는 '코무니타스(communitas)'는 외부의 요소(질병, 전쟁, 타자)에 취약할 수밖에 없다. 따라서 공동체에는 보호장치가 필요하다. '면역'을 의미하는 '임무니타스(immunitas)'는 질병과 외부인자를 통제하기 위해 공동체의 구성원에게 요구되는 의무를 면제함으로써 공동체를 보호한다. 약한 병원체를 신체(공동체)에 투입함으로써 집단적 저항력(항체)을 기르거나, 감염자를 집단에서 분리 격리하는 방법이 여기에 해당한다. 즉 면역은 예외의 생산을 통해 공동체를 유지하는 오래된 정치술이었다. 하린의 시에서 체제의 시스템은 임무니타스에 부여된 면제의 권리를 다른 방식으로 전유하고 있다. 즉 예외적 존재를 관리함으로써 집단을 보호하는 방식이 아니라 스스로에게 예외적 권리를 부여하면서 사다리의 꼭대기에 서고, 사회적 약자들을 오염물로 낙인찍고 그들을 혐오의 대상으로 치환했다. 중요한 지점은 이 시스템을 내면화 한 시의 인물들이 스스로를 질병, 오염, 혐오, 아브젝트로 배치한다는 점이다. 이런 점에서 볼 때 「기분의 탄생—면역」편은 현실 세계의 정치술을 보여 주면서 동시에 통제된 감정만을 학습한 주체들의 비극을 보여 준다고 할 수 있다.

이런 차원에서 "당신에게 했던 악취 나는/나의 변명과 불만과 불안을 잊어 주세요//꼬리에 꼬리를 물었던/나의 무능과 무감과 무례를 용서해 주세요"(「기분의 탄생—하수구」)라는 노예의 도덕이 생산된다. 또 통제된 감정을 내면화하고("마음이 틀어지지 않게 자세를 유지합니다") 스스로를 "쉬운 인간/하류 인간/부끄러운 인간"이라고 깎아내리는 화자의 자기비하가 산출된다. 이윽고 '나'가 학습된 경계를 초과하는 감정("배고픈 나의 슬픔")을 느낀 순간을 "치욕"(「기분의 탄생—거푸집」)이라고 표현하는 아이러니가 발생한다. '거푸집'이 튼튼할수록 건물은 견고해진다.

「가스라이팅」은 통제된 감정의 결정판이다. 일부를 옮겨본다. 새장 속의 새는 하린 시인에게 제 목소리를 양도한 수많은 비체들의 응축이다.

나는 새의 하루를 결정한다는 착각에 빠진다

새는 날개에 대한 확신이 없다

의심이 싹튼다

새는 이별을 염려한다

상처받지 않으려 애쓴다

초조하다

침울하다

쓸쓸한 것의 목록을 떠올린다

욕망하는 것과 욕망 아닌 것이 분리된다

새는 새를, 나는 나를 경멸한다

새장 같은 자학과 자책이 발생한다

회의적인 새와 부끄러운 나

혐오는 하지 말자고 다짐한다

서로에게 체념을 내민다

각자 자신을 견딘다

– 「가스라이팅」 부분

4. 역설과 후회

그러나 하린 시인의 작업에서 비체들의 비참함과 가스라이팅 당한 이들의 조작된 감정만을 읽는다면 그것은 『기분의 탄생』의 진정한 기획 의도를 놓치는 일이 될 것이다. 시인은 「인간실격」과 「로드킬」 그리고

「조커처럼 비참의 극단까지 가 본 적 있니?-어떤 소수자의 목소리로」
에서 '노예의 도덕'을 연기하는 화자를 내세워 그가 자신의 현재를 정확
하게 인지하고 있음을 보여 준다.

「인간실격」에서 "지하 연습실에서 지하 월세방으로 이동"하는 삶을
사는 "조연을 위한 조연"은 통제받고 훈련된 자신의 감정을 "역설법"이
라고 지칭한다. "출연료 3억이 넘는 배우의 영화가 1,000만 관객을 돌
파"했다는 뉴스 앞에서 문득 상대적 박탈감과 억울함을 겪는 순간에도
'나'는 "그럴 때마다 난 역설법을 동원"한다고 말한다. 자신의 상황이 그
저 "어둠에게 매진당했을 뿐"이며, 자신은 여전히 "종합예술"을 하고 있
다는 "변명"을 하면서 말이다.

언뜻 이 말들은 "자기혐오"를 삼키는 앞선 시들의 화자와 다르지 않
아 보인다. 그러나 '변명'이라는 시어가 자기 논리의 취약성을 자인하
는 증거라는 것과, 무엇보다 독백에 불과할지라도 자신에 대해 자신의
언어로 말하고 있다는 사실에 주목할 필요가 있다. 시의 표면의 기록되
고 채록된 역설과 그 이면에 담긴 화자의 감정 변화를 구별할 필요가 있
다.

「로드킬」의 화자는 자신의 어리석음을 명확하게 알고 있다.

이럴 줄 알았으면 고백은 그때그때 하는 건데, 나를 길들이려고
했던 위계와 질서에게 욕설을 해 줬어야 했는데, 아비라는 이름을
갖고도 아비를 찾지 않은 콤플렉스 따윈 버렸어야 했는데, 사기 친
자와 음해한 자들을 나의 분노 속에서 게워 낸 후 돌려보냈어야 했
는데, 어젯밤 비싼 요릿집 앞에서 3초간 머뭇거린 못난 태도를 0.5
초 만에 버렸어야 했는데, 관계의 낯섦과 어색함에 얽매인 당신들

에게 내가 먼저 거절하는 자세를 내밀었어야 했는데, 나로 인해 죽

었던 동물과 식물들에게 일요일마다 사과를 했어야 했는데, 구질구

질한 거처 속에 남겨진 나의 미완성 작품들을 깨끗이 버렸어야 했는

데…, 자꾸 후회가 명징해졌다 눈을 뜬 채 세상을 감았다

—「로드킬」 부분

"~했는데"라는 어미를 반복하는 문장의 목적어 자리에 "욕설"과 "거절"과 "사과"와 "후회"가 자리잡고 있다. 주인된 자의 왜곡된 위계와 질서에 대한, 아비라는 이름에 값하지 못한 상징계적 질서에 대한, 자신이 자신에게 자행한 자기혐오와 비하에 대해 그는 후회하고 있다. 이윽고 「조커처럼~」에서 화자는 이렇게 말한다.

코미디 극장이란 생각 안 드니
너희들은 한 번도 내 목소리를 귀담아듣지 않았지

엄마는 여전히 착각과 망상의 포로가 되어 비참을 자처하고 있어
끝까지 웃는 자가 승리하는 거라며
수많은 오해와 다분한 모략을 견디라고 말했지
희망은 아주아주 늦게 도착하는 버릇을 가지고 있는 데도 말이야
태양 아래에서도 어둠인 자는 역설을 품는 버릇이 있지
날마다 울고 싶은데 날마다 새로운 극단이 찾아와서 허탈을 삼키
며 웃고 또 웃었지
이젠 비열하게 웃는 게 특기가 됐어
조커처럼 비참의 극단까지 가 본 적 있니?

언제 우리 만나 누가 더 괴물처럼 살았는지 비교해 볼래

    ㅡ「조커처럼 비참의 극단까지 가 본 적 있니?-어떤 소수자의 목소리로」 부분

울분에 휩싸여 있지만 결코 흥분하지 않은 채 수행되는 '조커'의 저항 폭력처럼 이 시의 화자는 조용히 묻는다. 코미디 같지 않느냐고? 이는 자신에 대한 말이면서 동시에 이 말을 듣고 있는 우리에 대한 전언이기도 하다. "비열하게 웃는 게 특기"가 된 것이 어디 '나'뿐이겠느냐는 되물음, "누가 더 괴물"인지 비교해 볼 용기가 있느냐는 거울의 언어, 그리고 정말로 "조커처럼 비참의 극단까지 가 본 적 있니?"라고 질문하면서 우리의 서툰 연민과 동정을 파괴하는 냉소의 문장으로 말이다. 울분과 변명 사이 어디쯤에 존재하는 조커의 말은 사회의 사다리 밑에서 피흘리는 존재들의 언어이다. 시인은 그들의 사연을 그들의 목소리로 직접 들려주고 있다. 그래서 『기분의 탄생』은 말의 권능을 거세당한 존재들의 거친 입말이 사회의 위계적 언어보다 더 시의 언어에 필적하며 그 자체로 시적 순간이라는 사실을 입증하고 있다.

그러니 하린 시인의 작업을 들여다보면서 어설픈 눈물은 거두어 두어야 할 일이다. 그것마저도 없는 세상은 더욱 비참하겠지만, 진정한 물음은 '시인이 어떤 목소리를 들려주고 있느냐'가 아니라 '시인이 왜 이 목소리에 시의 자리를 내어주었느냐'이니까 말이다. 과연 시는 이 지옥의 비상구가 될 수 있는지, 과연 시는 이들을 말하게 할 수 있는 희망일 수 있는지를 함께 질문하면서 말이다. 완벽한 유령 또는 얼굴 없는 이방인이 된 줄 알았는데, 자꾸 어디에선가 생존을 걱정하고("재난문자") 관계를 요청하며 '나'의 말을 듣기를 요청하는("청탁서", 「기분의 탄생-이방인」) 신호가 온다. 시인의 작업은 이 요청에 대한 응답이다. 세계와

의 연결선이 희미해지는 장소, 세계가 자본관계를 형성하면서 그 바깥으로 외부화한 장소, 비체를 지속적으로 생산하는 방식으로만 자신의 존재 가치를 증명하는 취약한 체제의 벼랑, 시의 거처가 바로 그러한 장소라는 사실이 이 응답에 담겨 있다. 시집을 읽는 동안 잊히지 않던 구조 신호를 함께 발송한다.

"토닥토닥이란 말은 도대체 어디서 파나요"(「기분의 탄생—편의점)

오늘 우리가 우리를 벌하는 이유[1]

– 김현 시집 『장송행진곡』을 읽고

1.

이웃한 타자의 슬픔을 슬퍼하기 위한 김현 시인의 근작들을 이야기하기 전에, 먼저 신문(訊問)을 위한 사전 확인이 필요할 듯하다. 질문. '당신은 사막을 걷다 자라를 본다. 다가가 자라를 뒤집어 놓는다. 뒤집힌 자라는 뜨거운 태양 아래 점점 말라 죽어간다. 당신은 그것을 돕지 않는다. 그 이유는?' 답변에 따라 당신(또는 우리)이 인간인지 아닌지가 결정되므로 신중해야 한다. 자라를 돕지 않은 이유를 생각하는 순간 이미 오답의 길에 들어선다. 당신이 안드로이드가 아니라 인간이라면 마땅히 자라를 뒤집는 행동 따위를 해서는 안 되기 때문이다. (질문은 '당신은 인간인가?'로 요약가능하다.)

짐작하다시피 이것은 필립 K. 딕의 소설 『안드로이드는 전기양의 꿈

---

1   제목은 김현의 시 「하나」에서 차용함.

을 꾸는가?』에 등장하는 질문이다. 소설에서 인간과 안드로이드는 감정이입 능력의 차이로 구별된다. 안드로이드는 높은 지능과 신체능력에 반해 감정이입 능력이 없기 때문에 다른 생명체나 안드로이드의 죽음에 무감각하다. 따라서 저 질문은 답변자의 정체를 판단하고 폭로하는 수단이 된다. 하지만 '보이트 캄프 테스트'로 불리는 이 신문과정에는 오류발생 가능성이 존재한다. 소설에서 안드로이드들은 '감정 조절 오르간(Penfield mood organ)'이라는 장치의 주파수 조절을 통해 감정을 연기할 수 있다. 인간 감정을 학습한 프로그램이 출력한 답변이 평균값으로 수렴될 때, 우리는 판단 정지를 선언해야 할 판이다. 여기에 한 가지 더, 만약 검사자가 안드로이드라면 어떻게 될까? 테스트의 불확실성은 양자역학의 수준으로 높아질 수 있다. 소설을 원작으로 한 영화 〈블레이드 러너〉는 이 불확실성을 사냥꾼의 총을 맞고 고통스럽게 몸부림치며 죽어가는 리플리칸트(안드로이드)의 모습과 이를 바라보는 인간 사냥꾼(그가 인간인지 리플리칸트인지도 확실하지 않지만)의 무감한 시선을 절묘하게 교차시키면서 인간 존재의 비인간성에 대한 역설적 질문으로 변주시킨다.

　김현의 시집 『장송행진곡』에 실린 작품들은 반세기 쯤 전 인간 사회가 우울한 디스토피아적 미래를 상상하며 던졌던 인간(성)에 대한 질문을 다시 마주하게 한다. 안드로이드가 다른 안도로이드의 죽음에 무감한 것처럼 이웃한 타자의 슬픔과 죽음에 무감한 우리의 자화상을 목도한다면, 감정 조절 오르간의 작동처럼 우리가 이웃한 타자의 슬픔이나 죽음에 대해 평균적 감정들을 기반으로 산출된 거짓 눈물을 출력하는 기계에 가깝다면, 조금 더 나아가 그 감정들이 진짜인지 거짓인지도 우리가 구별할 수 없게 된다면, 과연 앞선 질문에 어떤 답변을 내놓을 수 있을까?

만약 우리가 "사람이 뭔데 물으면/대답할 수도 없으면서" 감정을 학습한 결과 "벽을 치며 울던 기계"와 다르지 않다면, 우리는 정답해설지에 적힌 몇 개의 답안 중 어느 것을 골라서 출력값으로 내놓아야 할까? "기계를 고스트라 부르고/고스트를 기계로 만드는 이야기에서/깨달은 바/사람의 형상을 하면 망한다"는 시인의 절박한 깨달음(어쩌면 경고)을 "인간성이란 게 그래"라며 가볍게 넘기기에는 이어지는 진술이 너무 공포스러워 하는 말이다. "무서워 죽겠어/사람을 잃는 것이 아니라 사람을 잃어버리는 것". 그러니까 어떤 특정 존재의 상실이 아니라 인간성 자체의 상실이 주는 공포가 "세계의 어딘가가 아니라/내 몸 어딘가가 실시간으로 뚫리고 있다는/촉감"(이상 「흑백 기계류」)으로 느껴지기 때문에 하는 말이다. 아무리 메워도 메울 수 없는 거대한 구멍 앞에서 인간이 아니라 기계가 되어가는 우리의 모습을 김현 시인이 소환하고 있는 바, 여전히 우리는 그 사실을 자각하지 못하고 있을까봐 두려워서 하는 말이다. 필립 K. 딕의 소설이 김현 시인이 고발한 '나'(또는 우리)가 심판대에 서야 하는 이유를 간접적으로 지시하는 '오래된 미래'에서 온 소환장 같아서 말이다.

2.

첫 소환의 대상은 우리의 무감각이다. 예민함의 문제가 아니라 마땅히 궁금해 하고 응시했어야 할 일이었다. 그것이 '아내'라는 언어로 상징되는 아주 가까운 존재의 슬픔이었다면 더더욱.

귤과 귤은 너무 가까워서
어느새 물러 있고

나는 귤을 사서 냉장고에 넣어 둔 채
귤의 행방을 궁금해하지 않았다
아마도 그것이
아내를 죽게 했을 것이다
…(생략)…

아내가 한밤 불도 켜지 않고
첩첩산중에서 홀로 울고 온다는
거짓을

거짓이 많은 마음이 가장 진실한 마음

이유도 없이
이유를 알 필요도 없이
우리는 짓무르고 버려진다

– 「자신을 위한 시」 부분

　이 시에서 나와 아내의 관계는 너무 가까워서 금세 물러지고 마는 귤의 모습으로 형상화된다. 이 시는 깊은 산의 숲 속에서 홀로 울고 돌아오며 찢어진 날개를 펴고 찢어진 세계를 횡단하며 슬퍼하는 아내의 행방을, 전혀 궁금해 하지 않았던 나의 무관심을 아내의 죽음에 혐의로 지목한다. 김현의 시집 『장송행진곡』에 가장 많이 등장하는 시어인 '아내'가 우리의 곁에서 숨 쉬다가 우리의 곁에서 빛을 잃어간 수많은 죽음들의 다른 이름이기도 하다는 점을 미리 밝힌다면, 이 시의 진술은 수많은 죽음에 무감각했던 '나'에 대한 경위서로 읽힌다. 물론 이 사실을 '거짓'으로 치부하려 해도 "거짓이 많은 마음이 가장 진실한 마음"이므로 '나'의 변호가 전혀 효력이 없다는 사실도 함께 말이다.

따라서 "가만히 보면 귤은 언제나 불을 밝히고 있는데/그걸 자꾸 끄는 사람은 바로 나"였다는 이어지는 진술은 화자의 자백으로도 읽힌다. 이윽고 진술은 "아내를 위한 시"가 사실 "자신을 위한 시"에 불과했다는 고백과 "아내의 슬픔"이 아니라 "아내를 위한 슬픔"(이상 「자신을 위한 시」)만을 알았다는 변명(누군가를 '위한' 슬픔은 결국 자기 결백을 호소하는 변명에 불과하므로)에 이르게 되면서, 시집의 첫 장을 여는 이 시는 거의 '나'의 반성문에 가까워진다. 김현 시인은 스스로에게 애도의 자격을 물으면서 길고 긴 신문과정에 들어선 셈이다.

이어지는 시에서 화자의 무감각은 '인공 개'의 눈물로 변주된다. 인공 개의 감정에 대한 연구를 통해 김현 시인은 거짓 감정을 심판대의 증인으로 세운다.

> 개도 기쁨의 눈물을 흘린다
> 연구에 따르면
>
> 개가 슬픔의 눈물을 흘리는지는 밝혀지지 않았다
> …(생략)…

마음먹을 수 없는 존재가

마음먹는 존재를 바라보며

기쁨의 눈물인지 슬픔의 눈물인지 모를 눈물에 젖어

눈가가 촉촉해지는 전개가

그래서 나는 아내에게 말해 주는 것이다

개도 기쁨의 눈물을 흘린대

요즘 들어 아내는 눈물을 자주 흘린다

거짓이 없는 참된 마음으로

나는 개가 되어도 좋다고 생각한다

기쿠시 교수는

인간이 슬플 때 눈물을 흘리는지는 아직 모르고

후속 연구 과제라고 말했다

– 「개」 부분

　‘개가 슬픔의 눈물을 흘리는지’를 연구하는 이유는 그 개가 인공의 산물이기 때문이다. 자연의 산물이었다면 필요하지 않았을 이 연구 성과에 대한 진술은 시의 마지막에서 ‘인간이 슬플 때 눈물을 흘리는지’에 대한 후속 연구 과제로 확장된다. 인간에 대한 연구가 필요한 이유는 간단한다. 인간도 인공의 산물이기 때문이다. 이 시의 묘미는 인공 개에 대한 진술을 표층에 두고 그 이면에 인간 또한 인공적 존재일 수 있음을 암시하는 데 있다. "그런 척 꾸미거나 거짓된 마음"으로 프로그램이 설정한 기댓값만큼의 거짓 눈물을 흘리는 존재. 그래서 이 시에서 인간은 인공 개와 마찬가지로 '마음먹을 수 없는 존재'이며, 이러한 인간의 눈물은 '가심비'라는 성능의 잣대로만 평가되는 거짓된 감정이다.

누군가의 슬픔이나 죽음이 입력되면 '가심비' 좋은 인간(개)은 눈물을 출력한다. 이 눈물의 온도는 차갑다. 금세 휘발된다. 따라서 김현의 시를 보면서 우리가 궁금해해야 하는 것은 안드로이드가 꿈을 꾸는지 여부(기계도 인간일 수 있는가)가 아니라, 우리의 '가슴'이 거짓과 위로의 회선으로 설계된 인공의 산물인지의 여부(인간이 기계일 수 있는가)일 것이다.

'거짓이 없는 참된 마음'으로 눈물을 흘리는 아내를 제외하고는 말이다.

3.

그러니 아내에 대해 좀 더 알아보자. 아내의 슬픔과 죽음이 이 사건의 쟁점이기도 하니까. 첫째, 이미 말했듯 아내는 자주 '나'의 미필적 고의에 해당하는 부작위에 상처받았다. 「날개」에 적힌 아내의 슬픈 노래에 따르면, 상처 입은 자신을 "잡아 주길 바라 당신이 그러나/당신은 그럴 생각이 없다/그렇지?/계속 못 알아듣는 척하면 되니까/받기만 하면 되니까"라고 말한다. 전혀 몰랐다는 것과 모른 척 했다는 것은 다르듯이 고의 없음과 미필적 고의는 다르다. '나'는 아무것도 하지 않음으로써 아내의 슬픔을 방치했다. 슬픈 아내는 그래서 "매일 2리터씩"(「물에 젖은 시집」) 물을 마시고 시들어가는 숲의 식물들을 찾아가 흠뻑 울고 돌아온다.

둘째, 아내는 자주 잠을 자고 꿈을 꾼다. 꿈은 아내가 가면을 벗고 진실로 진입하는 통로다. 그 속에서 거리낌 없이 솔직해지기도 해서 "아내는 자면서 코를 골고/이를 간다 소리치고/종종 욕"(「인간에 관하여」)을 하기도 한다. 물론 혼자 울기 위해 매일 숲으로 가는 것도 잠 속에서 하는 일이다. 그래서인지 잠든 "아내에게서는 좋은 냄새가 난다"(「어둠의 장막 속으로」). 비가 내리던 어느 날 맨발로 숲을 걸었던 때의 향기가 잠든 아내에게서 맡아진다. 하지만 이상의 진술만으로는 아내가 왜 꿈의 공간으로 가서 홀로 우는지 알 수 없다. 「날개」의 다른 부분에 그 답이 있다.

어젯밤 세계가 찢어졌다고 해서 우리가 절망한 것은 아니다

하늘과 땅이 인간을 유약하게 만든다는 사실을
꿈을 꾸면 알 수 있었으므로
…(생략)…

아내의 찢어진 날개를 꿰매 주며
자장가를 불러 주었다

어디에서 다쳤는지
누구에게 상처받았는지도 모르고

아내는 자주 자정이 넘어 들어오곤 한다

아내가 사실
헤매고 다닌다
자기 안을

무서울 텐데 남도
남의 속도 아니고
자기가 자기를 파헤치며

자기도 알아볼 수 없는 속마음은
아내를 찢어지게 하고
갇히게 한다 더 크게 자신을 찢어야만
도망칠 수 있음

－「날개」 부분

「날개」는 '오늘 우리가 우리를 벌(해야)하는' 또 다른 이유를 소환한다. 어느 밤 아내는 날개가 찢어진 채 귀환했다. 세계가 절망스럽다는 사실은 전혀 새로운 것이 아니어서 찢긴 날개의 원인이 그 세계는 아니다. 이어지는 진술에서 아내가 꿈속에서 무서움을 무릅쓰고 파헤치는 것은 바로 자기 자신이다. 세계가 우리를 파괴하는 것이 아니라 파괴된 우리가 파괴된 세계를 변명거리로 삼고 있다는 듯이 말이다. 그래서 아내는 기꺼이 "자기의 날개에 달궈진 쇠꼬챙이를 꽂는다". 그것도 "웃으면서 크게 웃으면서" 말이다. 이로써 알게 되는 아내의 세 번째 특징,

아내는 스스로를 찢고 파괴한다. 상처의 근원을 알기 위해 스스로의 날개를 찢는 방식으로. 거짓된 자신의 가면을 찢어야만 이 거대한 시뮬라크르에서 벗어날 수 있기 때문이다.

넷째, 그래서 아내는 거짓과 위선을 싫어한다. 이웃한 타자의 슬픔과 죽음을 놓고 "끼리끼리 망가진 부류"들과 "죽은 사람을 팔아먹으면서 눈물 짜는" 부류들에게 "입으로 똥 좀 그만 싸라"(이상 「돌과 떡」)고 일갈한다. "남이야 훌쩍훌쩍 울건 말건" 무관심한 채 "인생은 아름다워"라는 말을 경전처럼 되새김질하며 "생을 예찬하는 갸륵한 영화"들의 비겁함을 "믿기 싫어"한다. 분명히 눈물을 흘리며 황폐해져가는 숲을 보면서도 노래를 부르고 사진을 찍어 인스타그램에 올리는 일그러진 자화상을 비웃는다.

이와 관련해서 「드론이 시에 미친 영향에 관하여 서술하시오」에는 가상으로 현실을 대체하려는 우리들의 일그러진 자화상과 어리석은 착각이 서술되어 있다. 시는 세계가 "쇳덩이에 깔리고 끼고 쓰러지고" 다 죽어 나가는 마당에 모니터 앞에서 "떡상이냐 떡락이냐"에만 매몰된 우리의 모습을 까발리고, 하늘에 뜬 드론이 우리에게 보여 주는 것은 "순록 떼가 원을 그리"는 아름다운 풍경이 아니라 러시아의 네오나치들이 "성소수자 청소년들을 납치한 뒤 폭행하고 오줌을 뿌리"는 처참함에 불과하다는 사실을 폭로한다. 곧이어 시는 마지막에 "저기, 자기야/자기에게 실물이란?"이라는 질문을 경유하여 자기 생존을 위해 "알빠야 쓰레빠야"라면서 참혹한 현실에 눈감은 우리의 작위성에 대한 비판으로 확장된다. 이것이 "오늘 우리가 우리를 벌하는 이유"(이상 「하나」)이다.

다시 아내의 이야기로 돌아와, 마지막으로 아내의 행선지를 말해야겠다. 세계가 보여 주는 가상에 우리가 안주하는 사이 "아내는 제주에

가 있고/안개 속에서 염하고 있다.” 거짓된 문명을 집어 삼킨 안개 속
에서 “이때다 싶었는지/무지막지한 이야기”(이상 「인간에 관하여」)들을
들려주며 염장이가 사라진 세계에서 스스로 염장이가 되어 어떤 죽음
을 애도하기도 한다. 그러니까 아내는 2014년 4월 16일 어느 봄, 제주
도를 향해 가다 ‘맹수처럼 거칠고 빠른 물살’의 수면 아래로 침몰한 죽
음들에게 다니러 간다. 「아내의 엽서」에 기록된 “4월의 봄”과 “철로가
물에 잠긴 기차역”은 아내가 흘리는 눈물의 시작점이자 “볼품없는 역”
으로 전락한 우리의 자화상이다. 그리고 이것이 아내가, 아니 우리가
스스로의 날개를 찢어야만 하는 이유이다.

    4.

　　이제 시의 언어를 인용하면서 그 의미를 헤집는 작업에서 벗어나 소
환장의 핵심을 이야기할 때다. 304낭독회. “세월호에서 돌아오지 못
한 304명을 추모하기 위해/매달 마지막 주 토요일에 열리는 304낭독
회”(「한 사람에 대한 나뭇잎」)의 이야기. 김현 시집의 ‘장송행진곡’이 낭
독되는 장소.
　　두 편의 시를 살펴보자. 먼저 「한 사람에 대한 나뭇잎」이다. 이 시는
〈한국경제〉에 실린 이소연 시인의 「사람에게도 ‘떨켜’가 있다면」이라는
글에 대한 답시의 성격을 띠고 있다. 이소연에 의하면, 가을이 되면 나
무는 ‘떨켜’라는 세포층을 만든단다. 잎과 가지 사이 물관을 막아 잎을
떨어뜨릴 준비를 하는 것이란다. 그러니까 ‘떨켜’는 나무들의 이별 작업
인 셈이다. 하지만 사람을 잃는 일에는 이 ‘떨켜’가 없어서, 시인조차 때

로는 언어를 잃는 듯하다. 이소연 시인의 글 마지막을 옮겨본다.

> 시아버지가 돌아가시자 남편은 시 한 편 쓰지 못하고 큰 상실감
> 에 빠져들었다. 사람이 사람을 잃는 일에는 왜 '떨켜'라는 세포가 없
> 을까? 나뭇잎 수만 개를 한 번에 잃을 준비를 하는 나무의 일과 단
> 한 사람 잃을 준비도 못 하는 사람의 일에 대해 생각한다.

> 시월의 마지막 날, 이태원 참사가 있었다. 나는 모든 일을 멈추고
> 낮달같이 몸져누웠다. 이 참담 앞에서는 슬픔이 견딜 수 있는 것이
> 라는 게 이상하다. 애도라고 쓰고 떨켜라고 읽고 싶다.
>
> – 〈한국경제〉, 2022년 11월 5일

단 한 사람을 잃을 준비도 못하는 게 사람인데 하물며 무수한 죽음들 앞이라니. 그러니 "몸져누웠다"라는 표현은 시인이면서도 시 한 편조차 쓸 수 없는 깊은 상실감이 시인의 몸에 새긴 비언어적 표현일 것이다. 또 이소연 시인의 글을 보고 김현 시인이 "한 사람에 대한 나뭇잎"을 호명한 것은 깊은 상실감에도 불구하고 희생자의 숫자로 환원되어 버리는 폭력에서 한 사람 한 사람의 이야기를 건져내려는 시인의 인간적 노력(또는 능력)의 결과일 것이다.

"슬픔을 정치에 활용해선 안 된다"는 대통령실의 말에 대해 시인은 "슬픔이 그 자체로 정치인데,/그렇지 않다면 어째서 수많은 시인이/슬픔을 시에 활용하겠는가"(「한 사람에 대한 나뭇잎」)라고 되묻는다. 그러니까 김현이 정의하는 시인은 떨어지는 나뭇잎 하나를 보면서도 슬픔에 빠질 수 있는 사람이며, 슬픔은 이제 그 자체로 시인이 행하는 문학

의 정치가 된다. 시집『장송행진곡』의 2부에 수록된 세 편의 사람 연작
(「한 사람에 대한 나뭇잎」, 「사람의 시」, 「사람이 되어 가는 건 왜 이렇게
조용할까」)에는 이웃한 타자들의 죽음에 공감하고 울고 슬퍼하면서 사
람의 가치에 대해 묻는 김현 시인의 슬픔의 정치학이 도사리고 있다.

"세월호에서 돌아오지 못한 304명의 이름을 발음해 본 적이 있
다"(「사람이 되어 가는 건 ~」)는 진술은 희생자 한 명 한 명의 고유성을
건져내는 주문(呪文)이다. '사실'로 기록되는 시간과 '이야기'로 승화되
는 시간은 다르게 흐른다. 사실의 기록은 오직 하나뿐인 개별의 죽음들
을 기억하지 않는다. 피해자, 실종자, 미수습자 등으로 구별되어 수치
화된 숫자는 개별적 존재들의 이야기를 증발시킨다. 하지만 이야기는
하나의 고유한 사건으로 그것을 보존한다. 다음에 인용하는 문장은 세
월호만이 아니라 이태원 참사에도 그대로 적용된다.

> 국가는 이야기를 허용하지 않는 데 능숙했으며, 이야기를 사건화
> 하는 데 재빨랐고, 조직원들은 이야기의 확산을 차단하려는 마음이
> 더 급했고, 조직 최상층은 이 거대 조직이 이야기를 사장시키는 데
> 급급하고 있음을 본능적으로 알아챌 수 있었듯이 공감의 능력을 상
> 실하고 있었다.
> ― 노명우, 「역사가 될 수 없는 이야기의 묵시」, 『팽목항에서 불어오는 바람』, 28쪽

공감 능력은 이야기를 생산하는 장치다. 오래전 일이 되었지만 그 시
절 앵커 손석희는 우리에게 뉴스가 아니라 이야기를 송출했었다. 그리
고 세월호 이후 한국문학은 사건의 재현이 아니라, 희생자의 가족들과
생존 학생들의 이야기를 시와 소설로 보고했다. 더불어 사건을 응시하

는 주체들의 자기 돌아보기를 문학의 내부로 가져오면서 '사건에의 충실성'을 윤리적으로 수행했다.

김현의 시들은 그 연장선 위에서 좀 더 가혹한 질문까지 나아간다. 세월호 이후에도 비롯되는 사회적 죽음에 대해 혹여 학습된 감정과 가면을 쓴 감정이 우리의 얼굴은 아니었는지를 묻는 방식으로, 그래서 혹여 우리가 인간과 비인간의 경계에서 허우적거리며 방황하고 있지는 않은지를 되묻는 방식으로, 진정한 울음을 상실한 우리들의 내면까지를 심판대에 세우고 있다. 망각의 빈자리에 경제적 논리가 기입되기 전에, 법률적 책임 유무로 사건이 번역되기 전에, 차가운 눈물만을 애도인 듯 던져주고 마는 우리의 비겁함을 심문하면서 시의 가능성을 타진하고 있다. 그래서 이어지는 시, 304낭독회에서 조용우 시인의 「마트료시카」를 읽으면서 김현 시인이 떠올린 것은 자기 안의 자기의 모습이다. 시인의 자기 신문의 과정을 들여다보자.

거울 속에

그 사람은 마트료시카처럼 감추고 있다

그 사람의 안에는 아내가 들어 있다

(아내는 흐르는 상태다)

그 아내의 안에도 아내가 들어 섰다

(아내를 눈물로 볼 필요는 없다)

그 아내에게도 할 말이 분명히

그 사람이 거울에 대고 말하듯이

시가 시인을 닮듯 시인도 시를 닮아서

언젠가부터 나는

자연스레 시가 아니라 시인을 의심한다

시인이란 사람이

아침 공복에 미지근한 물을 챙겨 마시는지

캐러멜을 호주머니에 넣어 다니는지

살의와 살기로 커피를 쏟는지

장거리 이동 시 목베개를 쓰는지

고금리 예금 상품을 보유 중인지

귀신이면서 귀신인 척하는지

(어떻게 알았어?)

사람도 아니면서 사람인 양 구는지

(엉덩일 흔들어 봐)

…(생략)…

이 세상에서 가장 슬픈 사람은

시인이면서 슬픈 사람

이라고 생각하는 시인이다

–「사람이 되어 가는 건 왜 이렇게 조용할까」 부분

　　인형 안에 인형이 겹겹이 존재하는 것처럼 우리의 안에는 또 다른 우리가 있을 터, 그 다른 우리의 이름이 바로 '아내'이다. 안에 있는 아내. 그러니 앞서 말한 아내에 대한 진술들은 모두 시인이 스스로의 내부로 잠행한 결과의 산물이다. 누군가의 슬픔을 대신 울어주는 일이 기실 시인의 일이었다는 점을 상기하면, 숲에서 홀로 우는 아내의 모습에서 우리는 홀로 등대를 지키며 슬픔의 노래를 부르는 시인 김현의 모습을 발견하게 될지도 모른다.

그래서 김현 시인이 생각하는 시인의 정의는 '슬퍼하는 사람'이다. 이 슬픔은 사람이 사람일 수 있는 필요충분조건이라는 점에서 하나의 능력이다. 벤야민의 표현을 빌리면, 슬픔이야말로 인간학적 능력이다. 오늘 우리가 벌을 받아야 한다면 아마 그 이유는 이 능력을 상실했기 때문일지도 모른다.

각자도생, 능력주의, 신자유주의 등의 이름으로 변환되는 사회 시스템은 개인 주체들의 삶-죽음의 문제를 시스템 바깥으로 추방하는 방식으로 체제를 유지한다. 여기에는 신자유주의적 통치술을 내면화 한 주체들은 '살게 하고' 배제된 존재들은 '죽게 내버려 두는' 생명정치의 논리가 도사리고 있다. 따라서 "세월호 참사를 97년 체제로 명명되는 신자유주의적 역사의 사건 계열 안에서 주기적으로 순환되면서 정세를 구성하고 있는 사건"(정용택, 「정세적 조건에 의해 강제된 개입의 시간」, 『자음과모음』 2014년 가을호, 205쪽)으로 이해하면서 실천적 행위를 사유하는 것을 고민할 수 있다. 하지만 이는 정치의 언어에 가깝다. 김현이 쓰는 문학의 언어는 이 사건의 정치성 바로 옆에 때로는 비겁하고 때로는 무감각하고 때로는 홀로 우는 우리의 모습을 나란히 배치하면서 수행된다. 사람이 되어가는 것에 대해 진지하게 고찰하고 묻는 방식으로 김현은 시가 수행할 수 있는 '문학의 정치'를 탐색하고 있다.

세월호와 이태원이 문학적 사건인 이유는 '눈물' 때문이다. 우리는 침몰의 바다와 참혹한 골목을 '보았다'. 어, 어' 하는 사이 '설마, 그래도' 하는 사이 정말로 침몰하고 깔리는 장면을 모두들 '보았다'. 밥을 먹으며 출퇴근을 하며 밤잠을 설치면서 '보았다'. 한 사람도 구하지 못한 장면을.

그 순간들의 '봄'은 어떤 몰—윤리에 대한 '봄'이자, 앞서 달리기 위해 누군가를 딛고 올라서야 했던 자화상에 대한 확인이기도 했다. 기울어지고 가라앉고 깔리고 끼인 것은 한국사회의 비윤리 또는 몰윤리의 형상이었다. 때문에 김현의 시 곳곳을 적시고 있는 '눈물'은 세속적인 우리의 삶과 도구적이었던 우리의 이성과 사회의 총체적 균열과 국가의 미작동에 우리들의 한 표 내지는 무관심이 동력을 제공했음을 순간적으로 깨달은 혐의의 증거다. 김현의 진술서는 이러한 우리의 과거와 현재를 시의 언어로 소환하는 작업인 셈이다.

5.

「사람의 시」는 심판대에 선 김현 시인의 긴 변론서이다. 무려 20쪽에 달하는 이 긴 시에는 이번 시집 『장송행진곡』에 쓰인 모든 언어들이 응축되어 있다. 4월 16일과 10월 29일 "선 채로/누운 채로/끼고 깔리고 물에 빠져/죽은 아이들"에 대한 슬픔과, "'노란 리본 달기' 등 희생자를 추모하는 행동을 금지"하던 교육부와, "구청이 할 일은 다 했다"며 서둘러 사건의 "종결"을 알리는 정부의 목소리와, 정부의 무책임과 부작위를 가장한 작위성을 비판하는 무수한 댓글들과, 어느 쓸쓸한 등대에서 홀로 울면서 슬픔을 되새김질하는 사람의 이야기와, 무감하게 하루를 살아가면서 점심을 먹고 커피를 마시며 가상의 아름다움을 현실인 양 착각하고 살아가는 우리의 일상과, '사람이 되어 가는 건' 한 번도 생각하지 않았던 누군가의 반성과, 왠지 죽은 자들의 목소리인 것만 같은 괄호 안의 독백들까지.

물론 이 긴 변론서를 읽고서도 '오늘 우리가 우리를 벌(해야)하는 이유'는 분명하다. 앞서도 언급한 바 있는 "사람을 잃는 것이 아니라 사람을 잃어버리는 것"(「흑백 기계류」)에 대한 죄. 이에 대한 형벌은 오늘날 우리가 가장 하기 힘들어 하는 작업이 될 것이다. 그러니까 슬퍼하기, 홀로 울기(우는 모습을 인스타그램에 올리지는 말고), 그럼으로써 사람이 되어 가는 것에 대해 사유하는 것 말이다. 이것이 곧 김현 시인이 시를 쓰는 이유일 터이니, 그의 형벌은 오랫동안 지속될 것이다. (잊지 말 것! 우리가 공범이라는 사실을.)

제5부
웜홀

어느 신원불상자의 새 얼굴 찾기
- 장석남 시론

1. 신원불상의 화자들

이즈음 장석남 시의 화자들은 모조리 신원불상자들이다. 제 "고향과 성과 이름"(「객지」)도 대답하지 못하는 사람이 되어서, 자기의 "얼굴"도 잃어버린 사람(「나의 얼굴을 다오」)이 되어서 자꾸만 애먼 곳에서 서성거린다. 자기가 있어야 할 자리에서 쫓겨 나 객지를 떠돌거나, 어느 악기 상점 앞에서 우두커니 서 있기도 한다. "거덜 난 사랑"(「저수지」)에 상처 입은 사람으로 목소리도 깊게 잠긴 채로, 이미 잔치는 끝났는데 그래서 이미 "몸은 지나쳤으나/여전히 그 자리에 서 있는"(「어느 날 나는 악기 상가 앞에 서 있다」) 답답한 사람처럼 어디로 가야할지 알 수 없어 쓸쓸하게 헤매인다. "유골함"을 들고 어디로 "망명"(「서울, 2023 봄」)이라도 하려는 것인지 알 수 없다. 장석남의 화자들에게 무슨 일이 있었나?

2. 지우고 쓰고, 지우고 다시 쓰다

「자화상」의 일부를 먼저 봐야겠다.

<blockquote>

신발은 구겨져 있다

가죽 구두

옷장의 옷들이 나프탈렌에 절어 있다

바지 하나는 벨트가 끼워진 채 냉장고 옆에 처박혀 있다

오래된 냉동고가 가늘게 신음한다

무대는 갑자기 꺼져 버렸다

나는 꽃을 든 채 피를 흘린다

</blockquote>

－「자화상」 일부

'자화상'의 주인은 망명 상태다. 작품의 서술어들을 모아보면 화자는 현재 방 한구석에서 구겨지고 절여지고 처박힌 채 신음하고 있다. 현관 구석에서 낡아가고 있을 "가죽 구두"와 "벨트가 끼워진" 모습 그대로 처박힌 바지는 어느 날의 귀가 이후 그대로 무너져 주저앉은 마음을 형상화하고 있다. 낡음을 유예시키는 "나프탈렌"과 상변화를 억제하는 "냉장고"라는 시어는 가까스로 그를 살아있게 하는 듯하지만, 사실 이 말들은 어떤 내상(內傷)에서 단 한발자국도 벗어나지 못한 채 유폐되어 있는 화자의 현재성에 더 가깝다. 아마도 오랜 시간 그는 외출하지 않았을 것만 같다. 그의 시간은 정지되어 있다.

유일하게 과거형으로 진술된 3연의 첫 문장에서 그 상처의 이유를 짐작할 수 있다. '나'는 마땅히 있어야 할 장소에서 추방되었을 가능성이 짙다("무대는 갑자기 꺼져 버렸다"). 꽃을 든 채 오른 무대의 조명을 갑자기 꺼버리는 행위는 기망이다. 이 기망은 '나'를 한순간에 나락으로 추락시켰다. 자신의 존재를 증명해주었던 장소에서 한순간에 지워지는 경험은 모욕적이었을 것이다. 이제 쓸모없는 존재로 분류된다는 모멸과 이제껏 자신을 설명했던 모든 언어가 거부당하는 순간의 수치는 '나'를 피 흘리게 만들기에 충분했을 것이다. '나'는 그렇게 지워졌다. 무대의 조명은 꺼졌다. 이제 '나'의 언어는 발설될 장소를 잃었다. 그리고 '나'는 불능과 무능의 상태에 빠진 채 간혹 냉동고의 신음 소리만 들리는 공간으로 유폐되었다.

이렇게 쓰고 보니 이건 마치 시의 운명인 것도 같아서, 「자화상」의 다음 부분에서 '나'는 시에서 시를 짓는 "멍청이" 같은 자신의 목을 베고 있다.

교도소로 납품되는 형벌들

죄가 돈이 되는구나

큰 죄가 큰 돈이 되는구나

죄를 짓는 종사자들

시를 짓다니! 멍청이 같으니라고

오래된 한탄 속에

노을이 목을 베러 온다

노을을 목에 감는다

국적란에 붉은 선을 아름답게 긋는 화가
시비(詩碑)의 전문을 긁어 백비를 만드는 시인
재생되는 돌의 질감

배경에 깔고 천천히 나는
나를 그린다

– 「자화상」 일부

　‘시’와 ‘죄’는 ‘짓다’라는 서술어를 공유하며 하나의 계열을 이룬다. 세계에 존재하지 않는 어떤 것을 만들어낸다는 점에서 둘은 유사하다. 그러나 ‘죄’는 돈이 되지만, ‘시’는 돈이 되지 않는다. “멍청이”와도 같은 짓이다. 시가 돈이 되지 않은 일이야 오래된 사실(“오래된 한탄”)이지만, 죄를 지어도 돈이 되는 세상에서 시의 무능과 불능은 화자의 모든 삶을 되돌아보게 한다. 그래서 ‘나’는 시를 짓는 일을 그만 두고 외출을 거부하고 스스로를 유폐시켰다. 목을 베러 오는 “노을을 목에 감”고서 말이다.

　이윽고 ‘나’는 이전까지 자신을 설명해 준 기표들을 지운다. 아름답게 그어진 “붉은 선”은 ‘나’의 국적을 지우고, 과거 자신을 무대에 세운 시가 새겨졌을 “시비(詩碑)”의 언어들도 모조리 지운다. 기존의 모든 언어와 감각을 버리자 “시비”는 “백비”가 된다. 그러자 ‘나’가 서 있는 세계가 다시 보인다(“재생되는 돌의 질감”). 신음하고 피 흘리던 ‘나’의 목을 베어 버리고서, 그 빈 자리에 새로운 자화상을 그리려는 속셈인 듯하다. 새로 그리는 나의 얼굴은 서툴러서는 안 될 것이다. 그래서 ‘나’는 최대한 “천천히” 빈 공백에 “나를 그린다.” 아마 짧은 시간에 끝나지는 않을 것 같다. 지우고 그리고, 지우고 쓰고, 지우고 그리고, 지우고 쓰고……. 현재 시인은 '나'를 지우는 중이다. '나'의 얼굴은 현재 "백비" 상태다. 곧 시인 장석남의 「자화상」은 현재 백지의 상태다.

3. 지우기 하나 – 장소상실

「자화상」에 그려진 공백의 정체를 알기 위해 다른 작품들을 경유하는 작업이 필요하다. 스스로를 유폐시킨 '나'가 "시비(詩碑)"에 새겨진 시의 언어들만 지우는 줄 알았더니 그게 아니다. '나'의 지우기 작업은 훨씬 더 근본적인 지층으로까지 확장되고 있다.

장소는 자기정체성 구성의 필수적 조건이다. 어떤 장소에서 벗어난다는 것은 그 장소에 속한 것들로부터 떠난다는 것이다. 사람이든 기억이든 자기정체성을 구성하는 요건들의 상실은 장소이탈과 공명한다. 장석남의 근작에서 장소상실(placelessness)은 자아에 대한 근본적인 질문으로 변주되는 화소 중 하나로 보인다.

> 앵두꽃이 피어 묻기를
>
> 고향과 성과 이름
>
> 나는 이처럼 작고 희고 성근 꽃의 입이 없으므로
>
> 답을 못하네
>
>
> 서너 차례 초록을 여 나르는 비를 보내고
>
> 나와보니 내 고향과 성과 이름을 가진

앵두가 익어가네

즈이들끼리 마주 바라보며 바삐 익어가네

따라나온 늙은 개도

턱턱턱턱 마당을 두드리네

앵두 익는 오월 말,

손톱도 잇새도 붉던 옛날을 가진,

오늘 이 봄도 피 가진 것 미안해라

붉어진 가슴도 미안해라

–「객지」 전문

이 시의 화자는 어느 '객지'에서 이방인이 되어 신원확인을 요청받고 있다. 질문의 주체는 제 땅에 뿌리를 내리고 꽃을 피운 "앵두"이다. 그대의 "고향과 성과 이름"은 무엇이냐고 묻는다. 그러나 '나'는 꽃과 같은 아름다운 "입이 없으므로" 대답을 못한다. 이미 '나'는 마땅히 자기가 있어야 할 곳, 머물러도 좋을 자리, 제 언어로 무대에 서서 사람들과 관계를 맺었던 장소로부터 추방되었으니 입이 없는 건 당연한 일이다. 그래서 '나'는 봄으로부터 소외를 겪는 중이다. 앵두가 "내 고향과 성과 이름"을 가졌다는 진술을 보니 아무래도 이곳은 '나'의 고향이 분명함에도, 언어를 잃고 유폐된 그에게 이곳은 '객지'와 다를 바가 없는 모양이다.

환대받지 못하는 이방인의 처지가 이와 같다. "고향과 성과 이름"의 상실은 성원권과 소유권을 주장하고 증명할 수 있는 요소들이 없다는 말이다. 고향은 객지를 떠도는 이방인이 언제라도 귀환할 수 있는 장소로서, 고향의 상실은 그를 안전한 이방인이 아니라 침략자로 규정하게 하는 비-환대의 지표가 된다. 성(姓)은 혈통과 출신지의 기표로서, 성의 상실은 그의 성원권과 소유권 주장의 근거가 박탈된 상태를 의미한다. 그리고 이름은 존재의 고유성 증명의 일차적 요소로서, 이름의 상실은 기억상실의 화소와 공명하면서 정체성이 박탈된 상태를 의미한다. 따라서 '객지'를 떠도는 이 시의 화자는 절대적 환대의 대상이 될 수 없는 '비인격'으로서 "즈이들끼리 마주 바라보며 바삐 익어가"는 앵두와 개로부터 소외된다. (앵두는 뿌리를 내린 땅이 있으며, 하다못해 개에게도 돌아갈 집이 있으니까.)

같은 공간에 있음에도 불구하고 그곳에 있지 않다고 여겨지는 존재를 우리는 '비인격'이라는 말로 표현한다. 이러한 '비인격'의 고전적 유형은 노예 또는 하인과 같은 존재들이었다. 주인은 그들 앞에서 언어와 행동을 가리지 않으며, 그들도 주인의 언어와 행동을 듣지 않으며 평가하지 않는다. 이 암묵적 역할 놀이 속에서 노예들은 주인에게 현상하지 않으며, 주인 또한 노예들에게 현상하지 않는다. 「객지」의 두 번째 연에서 '나'는 같은 공간에 있음에도 봄의 잔치 바깥에 놓여 있다. '나'는 고향과 이름과 성을 상실한 절대적 타자로서 현상 공간의 바깥에 있다. 자기의 신원을 증명할 수 없는 이 "입" 없는 화자는 그러므로 절대적 타자로서 거기 있으나 거기 존재하지 않는다.

사람의 자리는 장소에 대한 권리 또는 몸이 장소와 맺는 관계 속에서 표상된다. 따라서 "물리적인 의미에서 사회는 하나의 장소이며, 사회의 구성원이 된다는 것은 곧 이 장소에 대해 권리를 갖는다는 것, 손님이자 주인으로서 환대받을 권리와 환대할 권리를 갖는다는 것이다."(김현경, 『사람, 장소, 환대』, 문학과지성사, 2015, 289쪽) 따라서 "즈이들끼리 마주 바라보며" 바쁜 이 봄의 세계에서 '나'가 소외되는 것은 '나'의 관계성이 상실되었다는 말이기도 하다.

　시의 운명이 이와 다르지 않다면 참으로 슬픈 일이겠으나, "죄를 짓는 종사자들"이 판을 치는 이즈음 시를 짓는 사람의 운명이 이와 다르다고 말하기 어렵겠다. 그래서 장석남의 화자들은 자꾸만 장소를 상실한 채 자꾸만 '애먼 곳'에 서 있는 듯하다.

4. 지우기 둘 – 얼굴의 상실

장석남의 화자들이 잃어버린 것은 장소만이 아니어서 더 문제다.

　　나의 얼굴을 다오

　　여럿 중 좀 나은 걸로 다오

　　묻기는 여러 잎사귀들과 바람에게

　　구름과 거쳐 온 주소들에게 해 보았소

　　쌍소리와 계산서에게도 해 보았소

　　나의 얼굴을 다오

　　아는 답은 예쁜 저녁 노을에게 묻어 두기로 했는데

　　마침내 그 저녁이 쫓듯 부지런히 오면

　　새어 들어오는 노을빛이 너무 가늘어

　　내 눈에까지 닿지 않을지도 모르겠어

　　그래서 내 얼굴을 내가 못 보고

　　그때도 나는 그러겠지

나의 얼굴을 다오

이 얼굴이 나는 아니야
그럼, 그렇지
다 알아

– 「나의 얼굴을 다오」 전문

이 시의 화자는 제 얼굴을 잃어 버렸다. 여러 개의 페르소나 중 새로운 얼굴을 요청하지만, 본래 '나'가 있었던 장소("거쳐 온 주소들")와 본래 '나'의 언어("쌍소리")와 이제껏 '나'가 세상에 지불한 언어의 대가("계산서")들이 내민 얼굴은 온통 오답들이다. "예쁜 저녁 노을"이 선물한 얼굴도 "내 얼굴"이지만 "내가 못 보고" 마는 과거의 얼굴에 불과하다. 마땅한 "나의 얼굴"이 없다. "이 얼굴이 나는 아니야"라는 말은 「자화상」의 화자가 제 국적을 지우고 시비의 문장을 지우는 자기 부정의 행위를 연상하게 한다. (「자화상」에서도 그렇지만 장석남의 시에서 "노을"은 아름다운 서정시를 쓰던 과거의 자기를 표상하는 듯하다. 과거 자신이 있었던 장소를 공백으로 만들고 그 위에 새로운 자신을 그리고 싶어하는 시인에게 "노을"은 언제나 중과부적이다.) 즉 "나의 얼굴"은 '나'가 목 위에 이고 다닌 본래의 얼굴이 아니라 그 장소를 공백으로 만든 후 새로 지니고자 하는 새로운 얼굴이다.

얼굴(face)은 사회적 픽션을 구성하는 요체다. 얼굴이 있다는 사실에 의해 우리는 서로를 사람으로 존중하고 행동한다. 우리는 상대의 얼굴을 보며 의례를 수행함으로써 서로를 사람으로 임명하는 절차를 사회화한다. 여기서 사회라는 무대와 인간 간의 관계는 서로의 사람자격을 상호인증하는 의례적인 픽션의 수행 장소가 된다. 따라서 얼굴은 의례적인 연기의 기본적 구성조건이면서 서로를 사람으로 인정하는 일차적 통행증이다.

하지만 우리는 얼굴이 그 자체로 사람(person)을 의미하는 것이 아니라 일종의 가면(mask)이라는 사실을 알고 있다. 비로소 사람이 되기 위해 우리는 가면을 쓰고서 어떤 역할(role) 또는 성격(character)를 훌륭하게 수행해야 한다. 그러니까 「자화상」에서 자기 장소를 잃어버린 장석남의 화자에게는 새로운 역할과 성격을 수행할 새로운 가면이 필요한 것이다. 이 새로운 얼굴(또는 가면) 찾기의 과정에서 유념해야 할 것이 하나 있다. 그것은 얼굴의 자리에 있어야 할 것은 가면 뒤에 숨겨진 '진짜 자기'라는 환상이 아니라, 사회적 역할이나 주체의 행동으로 구성되는 신성한 '명예'라는 사실이다. 얼굴이 있다는 것은 그의 명예가 있다는 말이며, 반면 얼굴이 없다는 것은 그가 명예를 잃어버렸다는 말과 다르지 않다. 따라서 「자화상」과 「객지」에서 시의 화자들이 잃어버린 것들(장소, 고향, 이름, 성, 얼굴)은 명예의 실추 또는 명예 박탈과 연루되어 있다는 것을 알 수 있다. 한 마디로 장석남의 화자들은 명예를 잃어버린 상태에 놓여 있다.

어빙 고프먼은 "얼굴은 그것을 갖고 있는 사람의 내부나 표면이 아니라, 만남을 구성하는 사건들의 흐름 속에 퍼져 있다."(『상호작용 의례』, 진수미 옮김, 아카넷, 2013, 19쪽)라고 말한 바 있다. 여기서 핵심어는 '만남'이다. 고프먼의 말은 얼굴의 뒤에 숨겨진 본래의 자아가 있다는 착각에서 벗어나, 기꺼이 가면을 쓰고 상호작용의 관계성을 구축하는 것의 필요성을 의미한다. 얼굴이 상징하는 명예는 무엇보다 의례를 통해 확립되고 재생산되는 행위의 산물이기 때문이다. 장석남의 근작에

뚜렷하게 새겨진 것은 이 '얼굴 없음'의 비극이지만, 그의 근작에 없는 것은 상호적 관계성 즉 만남이다.

5. 두 가지 거짓말

생각해보면 근대의 경험은 개인에게 원래의 장소에서 떠나 새로운 공간에 자기 장소를 구축하는 삶을 성공의 신화로 추동해왔다. 그러나 사실 이는 자기형성의 원형적 장소에서 뿌리 뽑히는 외상의 경험이다. 근대 세계는 이를 개인들의 욕망이 집약된 공간에서 자기의 보금자리를 구축하는 개인들의 투쟁과 성공 신화로 둔갑시켜 은폐해 왔다. 1970년대 서울역으로 입성한 수많은 '무작정 상경 소년/소녀'들, 아메리칸 드림과 프론티어 정신으로 포장된 미국의 개척 신화, 그리고 미지의 공간을 문명화하면서 자기 정체성을 확장하고 강화하는 코스모폴리탄적 정신 등이 그 사례가 될 것이다. 그러나 시는 장소와 관련된 근대의 이 은폐의 신화를 거부하고 파괴하면서 자기의 장소를 구축해 왔다. 따라서 '나'가 겪는 소외와 외로움은 피동이 아니라 능동의 산물이다. 장석남의 '나'들은 스스로를 신화적 장소에서 지우고 있기 때문이다.

평등의 문제와 연관된 또 다른 은폐술이 있다. 현대 사회는 구조적 측면에서 불평등한 개인들의 가면 놀이가 상호작용하면서 상호존중하는 질서 안에서 구축된다. 쉽게 말해 가면 놀이는 서로가 평등하다는 가정 안에서 성립한다. 지위의 높고 낮음이나 돈의 많고 적음과 무관하게 공동체의 구성원들은 얼굴을 가진 사람으로서 평등하다. 그러나 이 말의 무력함을 문장을 쓰는 순간 느낀다. 세계는 불평등을 은폐하고 평등으로 가장하는 데 익숙하다. 시는 오랫동안 이 거짓된 익숙함을 폭로하고 거짓된 문법을 다시 수립하면서 자기의 언어를 구축해 왔다. 따라서 장석남의 화자들이 보여 주는 장소상실과 얼굴상실의 근원에는 평등의 박탈과 명예의 박탈이 자리잡고 있다. 다음 두 편의 시들은 이러한 불평등의 문제를 고발하는 차원에서 촉발된 듯하다. 다음의 두 작품에는 평등의 박탈이라는 차원에서 장석남이 문제제기기 현실적 인어로 쓰여 있다.

산 송장들을 만드느라
관청의 서류마다 죄가 난무하고

공원의 쇠 울타리 안에서 정원사들은 날 선 법복 차림으로
꽃나무 뿌리마다 납 물을 붓고 있네
화창한 사오월의 봄날에도
납빛 꽃들이 신문지의 비열한 제목처럼 만발해 오리라
―「서울, 2023 봄」 일부

벼락에 고하는 글
화평한 서정시를 쓰고 싶습니다
위선과 비열, 몰염치와 야비, 교활하기까지 한
그 가면들을 순간의 빛 속에 가두고
때리는,

서정시를 쓰십니까?

아니요 서정시를 씁니다

벼락같은

–「서정시를 쓰십니까?」 일부

　"관청의 서류", "법복", "신문지의 비열한 제목" 등의 시어들은 그대로 현재 대한민국의 불평등과 불공정을 은유하고 있다. 행정과 사법과 언론의 현재성은 "화창한 사오월의 봄날" 앞에서 낯 뜨겁다. 이들은 없는 죄를 만들어내고 있는 죄를 탕감한다.「자화상」에서 "큰 죄가 큰 돈이 되는구나"라는 시인의 한탄도 이 지점에서 합류한다. 이런 상황에서 '시를 짓는' 일은 '죄를 짓는' 일보다 무력하다. 이런 상황에서 서정시를 쓰는 일은 부정의에 눈감는 일만큼이나 부정의하다. 따라서「서정시를 쓰십니까?」라는 질문은 본래의 장소에서 본래의 언어로 본래의 서정시를 쓰는 일에 대한 사형 선고와 같다. 노을의 언어는 죽어야 한다("노을을 목에 감는다",「자화상」). 과거의 얼굴은 그 착하기만 한 가면을 벗어야 한다. 그 얼굴을 가지고서는 "위선과 비열, 몰염치와 야비, 교활하기까지 한/그 가면들"을 심판할 수 없기 때문이다. 아름다운 봄날에 "벼락같은" 서정시를 쓰기 위해서는 말이다.

새장은 새를 향해 조금씩 다가간다

나를 향해 나는 모르는 죄가 다가오듯이

우리를 향해 우리가 모르는 벌이 다가오듯이

내 이름을 쓰고 이름 위에 새를 그린다

새가 내 이름을 가지고 날아오를 것 같다

날다가 그만 놓아버릴 것 같다

– 「새 그리기」 일부

「새 그리기」에는 "새"를 향해 조금씩 영역을 확장하는 "새장"이 야기하는 공포와 불안이 쓰여 있다. 새는 새장 바깥에 있으므로 자유인 듯하지만, "모르는 죄"와 "모르는 벌"이 조금씩 다가오는 것을 알지 못하므로 자유롭지 않다. (시는 어느 사이 주어를 '새'에서 '나'로 바꾸어 놓았다.) 여기서 "죄"는 앞서 언급한 「자화상」의 큰 돈을 버는 죄와 「서정시를 쓰십니까?」의 관청의 서류가 만들어내는 죄와 겹친다. 평등과 성공신화로 가장한 세계에서 이 죄들이 나에게는 미치지 않을 것이라는 생각만큼 순진한 것은 없을 터, 어쩌면 지금까지 우리의 서정시는 그런 순진한 영역에 머물렀는지도 모른다. 때문에 '나'의 이름 위에 새를 그린다고 해서 자유로워지지는 않을 것이다. 근본적인 변화는 주어의 자리에 '새' 대신 '나'의 이름을 쓰는 것이 아니라, '새장'의 위치에 '하늘'을 놓는 일이다. 「새 그리기」의 마지막 연은 이를 형상화하고 있다.

이제 앞서 슬쩍 못 본 채 넘어갔던 한 구절에 대해 이야기 해보자. 「객지」의 마지막 연의 이야기이다. "앵두 익는 오월"에 시의 화자가 "미안하다"고 말해야만 했던 이유 말이다. 「객지」의 '나'는 "손톱도 잇새로 붉던 옛날"의 기억을 가지고 있다. 불평등과 불공정을 생산하는 사회의 구조는 화창한 봄날을 즐기지만, 시의 화자는 여전히 "피"의 기억을 잊지 않고 있다. 그에게는 육식의 기억이 남아있다. 그러니 미안할 수밖에. '나'는 아직 아름다운 서정시를 쓸 생각이 없으니까 말이다. 착하게만 앉아서 "나는 모르는 죄"와 "우리가 모르는 벌"(「새 그리기」)을 그대로 짊어질 생각은 없으니까 말이다.

6. 공백의 의미

　그래서 시인은 끊임없이 자기를 지우고 말소하고 있다. "국적란에 붉은 선"을 긋고, "시비의 전문"을 지워버리고(이상 「자화상」), 이름과 얼굴을 폐기한다. 그러면 그 자리에 공백이 남는다. 그 공백 위에 시인은 새로운 자기의 얼굴을 그리고 있다("배경을 깔고 천천히 나는/나를 그린다", 「자화상」). 「서울, 2023 봄」의 뒷부분에서 그 작업이 이어지고 있다.

　　용답역 모퉁이에서 검은 무쇠 칼을 움켜쥐고
　　더덕 껍질을 서걱서걱 긁어 까는 가난한 할머니만이
　　망명한 봄을 숨겨 간직하였구나

　　나는 잠시 더덕 내음의 면회객이 되어 저편의 봄을 엿본다
　　흙 껍질 속의 흰색! 장지(壯紙) 빛, 신비한 향기를 맡으며
　　백범(白凡)의 그 두루마기 빛깔까지 허망 걸어가 보네

　　유골함의 온기 같은
　　지금 2023년 봄볕을
　　기록하여 두네

– 「서울, 2023 봄」 일부

　비열한 봄날의 세계에서 시인이 꿈꾸는 봄은 "용답역 모퉁이"의 구석으로 망명했다. 그곳에서 더덕 껍질에 묻은 흙을 긁어내는 가난한 할머

니는 시인의 다른 이름이다. 오랫동안 쥐고 있었을 할머니의 "검은 무쇠 칼"은 시인의 언어다. 시인은 시의 언어에 묻는 온갖 더러운 것들(과거의 이름과 장소들, 또는 서류, 법복, 납묵, 비열한 제목 등)을 털어내는 작업 중이다. 더덕의 흙을 털어내자 드러나는 본연의 색, "흙 껍질 속의 흰색! 장지 빛"은 시인이 새로 얻고자 하는 얼굴이다. 이 하얀 빛깔은 백범 선생의 두루마기 빛깔까지 소환하며 시의 역사적 정신성을 강조한다. 또 이 하얀 빛깔은 "유골"의 흰 빛과도 호응한다. 유골의 흰 빛은 본래 뼈의 색이며 이는 더러운 옷을 벗어던진 더덕의 뼈를 환기한다. 그러니까 시인이 "2023년 봄볕"과 함께 기록하는 것은 오래된 시의 본래적 정신일지도 모른다. 비열한 세상에 대한 경고와 함께 "죄를 짓는 종사자들"보다 못한 시를 혁신하는 작업을 위해 시인은 오래된 시의 몸을 지우고 새로운 얼굴로 무장하는 중이다.

다시 말하지만 이러한 행위는 목적은 무엇보다 박탈된 명예를 회복하기 위함이다. 평등의 가치로 구성된 새로운 이름의 명예. 이를 위해 필요한 선행과제가 바로 이전의 자기를 구성했던 것들을 지우는 일이었을 터, 그래서 시인은 자꾸 어떤 공백을 지향하고 있다. 「저수지」는 이러한 과정이 집약되어 있는 작품으로 보인다.

> 마을은 물을 이고 있다
> 무겁지 않을까?
> 수문을 열면 달이 뜬다
> 물을 따라가려고
> 하늘의 무게도 좀 줄어들까?
> 물을 다 빼고 수문을 닫고

물을 기다리는 저수지를 본다

거덜 난 사랑처럼

잠기어 더는 소리 나지 않던 목소리 같은

저수지를 보러 간다

물을 기다리는 저수지를 알고부터

나는 자주 저수지에 가본다

텅 빈 항아리를 인 마을

그믐처럼 나는 저수지에 서 있다

– 「저수지」 전문

이 시가 가장 먼저 수행하는 일은 마을이 "이고" 있던 저수지의 물을 덜어내는 일이다. 마치 몸이 "이고" 있던 얼굴을 지우는 일처럼 말이다. 저수지의 수면에 고인 하늘의 부피도 한결 가벼워진다. 이제 "물을 기다리는 저수지"는 무거운 언어와 이름을 덜어내고 새로운 언어와 얼굴을 기다리는 시인이 된다. 따라서 "거덜 난 사랑"과 같은 공백의 상태는 상반된 의미를 함축하고 있다. 하나는 끝나 버린 사랑에 몸이 바짝 말라버려 깊게 잠겨버린 목소리로 표상되는 슬픔이다. 물이 모두 빠진 저수지의 밑바닥은 말의 불능과 시의 무능 상태로 읽힌다. 다른 하나는 이제 비움으로 인해 채움을 기다리는 어떤 기대의 상태이다. 이는 "텅 빈 항아리"라는 시어로 변주되면서 과거의 무게를 덜어내고 새로운 얼굴과 이름과 언어를 받아들일 준비가 된 모습으로 표상된다. 따라서 "그믐처럼"도 쓸쓸함과 상실의 의미보다 이제 천천히 채워질 새로운 모습을 희망하게 한다.

이러한 방식으로 공백을 만들어내는 시인의 작업은 어떤 절대성의
무게를 비워내고 그 자리에 새로운 언어로 새로운 시를 그려내는 작업
으로 이행한다. 「자화상」에서 "백비를 만드는 시인"은 그러므로 장석남
의 현재성이다. 장석남의 화자들은 새로운 픽션을 구상 중이다. 새로운
역할과 성격을 연기하고 싶어 한다. 즉 그는 새로운 가면을 구하는 중
이다. 그러니 당분간 장석남의 시들은 과거를 부정하는 단계를 거칠 것
만 같다.

7. 치기와 꾀병

대학 시절, 그 의미를 감당하지도 못하면서 「어느 날 나는 흐린 주점
에 앉아 있을 거다」라고 말하던 시를 암송하고 다녔었다. 뼈밖에 없었
던 나로선 "뚱뚱한 가죽부대에 담긴 내가, 어색해서, 견딜 수 없다"던
시인의 "아름다운 발인(發人)"을 이해하기에는 역부족이었다. 마찬가
지로 "그 누구를 위해 그 누구를/한번도 사랑하지 않았다"(「뼈아픈 후
회」)는 뼈아픈 자기 고백 앞에서도 무기력했다. 그즈음의 나는 너무 젊
었고, 너무 모르면서도 아는 게 많아야만 했던 치기의 청춘이었으니까.
그렇다고 이즈음의 내가 이제 그것을 이해할 수 있게 되었다는 말은 과
분하다. 자기 시의 집을 공백으로 만드는 장석남의 작업 앞에서 과거
황지우가 존재의 전부와도 같았을 자신의 언어를 송두리째 후회와 부
정의 대상으로 삼아야만 했던 이유의 한 자락을 조금은 알게 되었다는
말이 더 솔직한 고백일 것이다.

그래서 하나 더 고백건대, 이 글의 핵심에는 「자화상」이 있지만 나는 그보다 더 오랜 시간을 「어느 날 나는 악기 상가 앞에 서 있다」 앞에서 머물렀다. 늦은 밤 여러 번 소리 내서 읽어 보았다. (지상의 소리가 잠든 밤이어야 했다. 무엇보다 식구들이 걱정하니까.) 자신의 아름다운 서정성을 과감히 '발인'하고 신원증명의 모든 언어를 지우는 일이 쉬운 일은 아니었을 것이다. 그 지난한 작업 끝에 기어이 공백의 백지를 만든 후, 시인은 어느 날 악기 상가 앞에 마냥 서 있다. "봄비 속에서", "어느 늦은 밤", "어느 눈 날리는 오후", 어쩌면 지금도 "어느 단출한 선율이 나를 데리러 올 것"이라는 바람으로 시인은 그곳에 서 있을 것이다. 이 선율들이 장석남의 새로운 시적 언어가 되리라 생각한다. 그러니 어느 흐린 날 악기 상점 앞에서 우두커니 어떤 사내가 서 있다면 조용히 응원하자. 그는 우울과 분열로만 대응하기에는 어두운 시대에 혹여 시가 앓는 꾀병을 벗어나기 위한 어떤 시적인 순간을 기다리고 있는 중일 테니까 말이다.

더 큰일은 따로 있다
– 김상혁 시집 『우리 둘에게 큰일은 일어나지 않는다』를 읽고

1.

김상혁의 시집을 읽다보면 도처에서 '죽음'을 만나게 된다. "엄마의 독(인지 사랑인지)"을 먹고 죽은 어리석은 동생(「엄마의 독」), "어린 귀신"(「놀라운 자연2」), "현관문을 열고 사라진" 동생(「동생 동물1」), "창밖의 인간"(「유리인간」), "물에서 죽었다던 어린 아들"과 그 아들을 따라서 죽어간 어느 아버지(「그는 어떻게 되었을까」), 전쟁에서 "죽은 아이"(「선생은 장난을 친다」), "트럭 밑으로 굴러떨어진 딸애"(「팔과 딸」), "흙더미에 파묻힌 손목"과 공원에 모여 "모닥불"을 쬐는 유령들(「불과 행운」), "죽은 나무"(「사랑이 충만했으나」), "죽은 사람"(「가능성」), "오래전에 죽은 할머니"와 "자식 잃은 부모"(「하나의 문장이~」), "친구 아버지의 죽음"(「네가 말해주는」), 여름 날 말라죽어가던 황금측백나무 두 그루와 일 년 후 죽은 고양이(「그림이 된다」), 심지어 "지금껏 죽음을 선택하지 않은 사람"이었지만 "죽어가는 사람"(「바다 보기」)까지 시집에 즐비한

죽음들을 호명하려면 시집 전체를 요약해야 할 판이다.

그래서 김상혁의 시집을 계속 읽다보면 자연스럽게 이런 질문들이 떠오른다. 왜 죽음일까? 어떤 죽음들이었을까? 남은 사람은 어떻게 살아야 할까? 그들은 어떻게 말할까? 타인의 죽음과 그 타인을 사랑하는 남겨진 사람들에 대해 우리는 무슨 말을 어떻게 해야 할까? 그리고 이런 질문까지. 그동안 나는 수많은 죽음들을 보면서 어떤 불안과 안도감 사이를 왕래했던가? 시집을 읽은 후 계속 다음의 구절이 잊히질 않아서 하는 말이다.

"혼자만 살아서 돌아갈 생각을 말라"(「심하게 봄」).

2.

상실은 어설프게나마 나와 너의 관계를 '우리'라는 테두리에서 사고하게 한다. 어린 아이의 돌연한 죽음이나 가족의 실종처럼 친족의 경우가 아니더라도, 시집을 읽다보면 지속적으로 상기되는 사회적 재난으로 인한 죽음(상실)은 우리의 감정을 관계성으로 이끈다(는 점에서 정치적이기도 하다). 가령 이런 경우. 어느 사월 "물에서 죽었다던 어린 아들"과 그 아이의 유품인 배낭을 메고 어디론가 떠나버린 친구의 이야기(「그는 어떻게 되었을까」)처럼 세월호를 떠올리게 할 때, 선천적으로 사지가 짧아서 국경을 넘다가 "트럭 밑으로 굴러떨어진 딸애"를 붙잡지 못했다는 어느 외국인 남성의 이야기(「팔과 딸」)를 읽고 먼 타국 난민들의 삶을 떠올릴 때, 예상을 벗어난 이와 같은 죽음은 우리의 일상적 불안을 즉각적으로 떠올리게 한다. 이런 죽음이 우리의 삶과 무관하게 느

껴져서 무엇이 정치적인지 느껴지지 않는다면, 우리들의 작은 집에서
작은 손가락 발가락을 지닌 어린 존재가 작은 심장을 파닥거리며 잠들
어 있을 때를 상상해 보자.

그렇지만 이 작은 인간에 대해서는

열이 펄펄 끓는 이마를 짚어주는 중에,

복통에 시달리는 아이 배를 손바닥으로 문지르면서,

문득 뜨거운 이마 아래 얇아진 눈까풀이 사랑스럽고 가스로 부푼

복부 한가운데 잘 자리 잡은 배꼽에 눈이 간다

다르게 말해 내 생각 속에서

죽음과 아이는 어째서 이토록 동떨어져 있는지?

가령 정말로 죽은 듯이 잠들어 있는 작고 차가운 몸뚱이를 만졌

다가 소스라치게 놀라

숨을 확인하고 나서야 비로소 안심하는 지금 이 순간에도

— 「불확실한 인간」 부분

이 시는 「작은 집」이라는 작품과 더불어 가장 가혹한 상상을 동원한
다. 우리는 시의 제목처럼 우리가 '불확실한 인간'이며 취약한 존재라는
자명한 사실을 어린 아이의 작은 몸뚱이를 통해 알게 된다. 이 작은 몸
에 대한 사랑이 깊을수록 불안의 골짜기도 깊다는 것을 우리 모두는 이
미 알고 있다. 그래서 불안한 마음으로 아이의 숨을 확인하고 비로소
안심하는 순간들을 반복하지 않았던가. 때문에 "죽음과 아이는 어째서
이토록 동떨어져 있는지?"라는 문장은 불안을 감추기 위한 우리의 비

접한 바람을 폭로하는 시인의 윤리적 질문이라는 것도 미루어 알 수 있다. '죽음과 삶이 이토록 가깝다면 어째서 우리는 타자의 죽음을 우리와 동떨어진 사건으로 기각하려고만 하는가'라는 윤리적 질문 말이다. 시인은 이 질문을 우리의 가슴에 남기기 위해 가장 떠올리기 싫은 상상력을 동원한 듯하다. 김상혁은 아이의 죽음을 상상하게 함으로써 인간 존재의 취약성과 타자들의 죽음이 갖는 의미를 상상할 수 있게 하는 통로를 만들었다. 가장 가혹하지만 가장 확실한 방법이므로.

그래서 주디스 버틀러는 『위태로운 삶』(윤조원 옮김, 필로소픽, 2018)에서 "우리 각자가 부분적으로는 몸의 사회적 취약성에 의해 정치적으로 구성되어 있다"(47쪽)라고 말한다. 타자와의 관계 속에서 비로소 주체의 정체가 표명되듯 반대로 외부적 폭력에 의해 주체의 몸이 언제라도 경계 바깥으로 추방될 수 있다는 점에서 우리의 존재는 취약하다. 관계로 구성되는 존재이며 반대로 관계로 인해 성원권이 박탈될 수도 있다는 점에서 우리는 타자의 죽음과 전혀 무관하지도 않다.

'슬픔'을 나의 존재가 "우리 자신의 옆에서/우리 자신이 아닌 채로(beside ourselves)"(버틀러;53) 타자에게 열려있는 감정 상태로 정의할 수 있다면, 수많은 죽음들을 호명하는 김상혁의 시들을 이웃한 타자들의 죽음(또는 슬픔)과 연루된 '나(들)'의 감정을 탐색하는 작업으로 정의할 수 있다. 때문에 이 시집에서 유령이나 죽음의 상태로 등장하는 존재들이 정말 시인 김상혁의 아이, 동생, 친구들인가라는 질문은 무의미하다. 인간 자체가 세계에 우연적으로 던져진 존재인 것처럼, 그들도 모두 우연적으로 우리와 함께 가족과 사회를 구성했던 '너(들)'이기 때문이다.

3.

그래서 묻는다. 정말 우리에게 큰일은 일어나지 않을까? 답변을 위해 먼저 이 시를 보자.

> 집터를 둥그렇게 두른 장미 장식 하얗고 낮은 주물 울타리가 우리 둘을 중요한 사람으로 만든다 죽은 사람 좀 내버려 두라는 주변의 충고가 우리에게 활기를 준다 자기 발로 떠난 친구를 우리가 어찌할 수는 없겠지 마당 건너편 공터에 주택이 새로 올라가고, 자기 발로 들어올 선량한 이웃을 어찌할 수는 없는 것이다 겨울이 따뜻해서 날벌레가 많다 멍청하게 서 있는 나의 입속으로 날벌레가 자꾸 들어온다 바람에 실려오는 공사장의 먼지를 바라보며 살아 있는 당신을 더욱 소중히 여기리라, 결심한다 우리 둘에게 큰일은 일어나지 않는다 그리고 선뜻 말하기 어려운 것 나는 이 모든 우연이 지긋지긋하였다

— 「가능성」 전문

우리의 연약한 비겁함을 폭로하는 이 시는 다음과 같은 의문으로 이어진다. 죽은 사람의 사정은 어쩔 수 없는 것이니까, 우리가 죽음의 흔적이 남은 장소에 주택을 짓는다고 해서 '선량한 이웃'이 아닌 것은 아니니까, 장미와 하얀 주물 울타리가 감싸주는 집에서 삶을 아름답게 가꾸어 가는 행위가 어떤 죽음이나 불행의 원인이 된 것은 아니니까, 그리고 우리는 사랑하는 가족을 소중히 여기는 평범한 삶을 원하는 평범한 사람이니까, 그러므로 우리에게 "큰일은 일어나지 않는다"는 믿음은

잘못된 것일까? 우연(이라고 믿고 싶은 필연)이 나에게 일어날 가능성은 얼마나 될까?

재난은 우연처럼 발생하지만 문학은 우연성에 내재한 필연성을 암시하는 방법으로 재난을 상상한다. 그래서 시인은 가혹한 상상을 조금 더 밀어붙인다. 가령 아이가 죽었는데, 어린 동생이 집을 나가 오랜 세월 발견되지 않았는데, 이것만 해도 큰일인데 더 큰일은 그 사건에 나의 실수 혹은 나의 욕망이 연루되어 있다는 사실을 깨닫게 되는 일이다. 그런 시를 한편 정도 더 봐야겠다. 진짜 큰일은 따로 있으니까 말이다.

시가 될 만한 상황이 좀처럼 떠오르지 않는 젊은 작가는 큰일이
다 하지만 동생이 곧 죽는다는 사실은 더없는 진실이다
더 큰일은
자신은 죽음이 두렵지 않다며 가족을 위로하는 동생 목소리에서
한 치의 의심도 느낄 수 없다는 것

……

비참한 삶에 대해 동정심을 잃어가는 젊은 작가는 감동 없는 글
만 쓰므로 큰일이다
더 큰일은
동생 시신을 태우고도 어머니가 최고로 불쌍히 여긴 사람이 실은
어머니 자신이라는 것, 하지만 그가 어린 아들을 잃었다는 사실은
더없는 진실이다

- 「엄마의 독」 부분

시집을 여는 이 작품에는 동생의 죽음에 대해 애도의 방법을 찾지 못하는 인물들이 등장한다. 동생(가까운 타자)이 죽는다는 "더없는 진실"을 앞에 두고도, "시가 될 만한 상황이 좀처럼 떠오르지 않는 젊은 작가"의 글쓰기 행위는 슬픔의 정의와 거리가 멀다. 자기연민에 빠진 어머니는 어떤가. "조금 먹는다고 별일 있겠어? 아이가 행복해히잖아!"라고 말하면서 아이에게 먹지 말아야 할 음식을 주면서 자기 사랑을 확인하기에 급급했던 이 어리석은 나르시스트의 모습은 '그래도 우리가 이만큼 살게 됐잖아', '살아남은 자는 또 어떻게든 먹고 살아야 하잖아', '그래도 우리는 최선을 다했잖아', '너희가 우리 세대의 고생을 알아' 등등 지난 시대의 고통을 자기 연민과 자기 사랑의 무기로 삼아 현실의 큰 사건들을 인생의 수많은 파고 중 하나라고 자위하는 우리의 모습을 연상하게 한다.

재난으로 인한 죽음들을 목도했을 때 우리는 익숙한 서사를 소환해왔다. 지금까지의 서사능력 전체가 훼손되는 엄청난 사건들임에도 불구하고, 사건을 설명할 문법 자체가 없어서 새로운 서사 구조를 찾아야 할 과제를 수행해야 함에도 불구하고, 우리는 서둘러 익숙한 서사 속으로 숨어버렸다. 모종의 음모론을 동원하여 죽음을 특정 가해자와 피해자 간의 일로 만들어버리는 서사, 그래서 불성실함이나 의도적 실수를 저지른 특별한 가해자를 색출하는 추리의 서사, 그렇게 죽은 자의 이야기를 산 자의 이야기와 구별함으로써 생존논리의 굳건함을 재확인하는 서사들 말이다.

그러므로 김상혁의 시집이 경고하는 '큰일'은 다음과 같다. 첫째는 애도 능력의 상실이다. '감동 없는 글만 쓸 줄 아는 젊은 작가'와 죽은 자들의 이야기들을 장난으로밖에 번역할 수 없는 어느 선생(「선생은 장난을 친다」)이 처한 윤리적 위기가 여기에 해당한다. 이들은 슬픔의 방법을 모른다. 둘째는 익숙한 서사문법으로 도피하는 비겁함이다. 타자의 불행을 특별한 사건으로 괄호치고 우리의 삶을 그 특별함에서 제외하는 정상성의 비겁함이 만드는 나르시시즘적 환상이 그 기반이다. 우리의 소원은 다만 '행복한 작은 집'일 뿐이고 욕심 없는 보통사람이라는 자기 위안이 더불어 작동하고 있다. 마지막으로 시집이 경고하는 가장 '큰일'은 사건을 우연으로 기각하면서, 더 이상 큰일이 일어나지 않을 것이라고 아니 우리에게만은 일어나지 않을 것이라면서 또다른 우연에 베팅하는, 자기 불안을 감지하지 못하는 무능이다.

4.

이런 비겁한 문법을 대하는 김상혁의 방식에 대해 조금 더 말해볼까 한다.

> 그는 어떻게 되었을까?
> 우리는 산림조합중앙회 앞에서 호수를 바라본다
> 산사나무 그늘 밑에서 바라보는 사월의 쨍한 호수에
> 그가 가라앉아 있다 생각하면 좀 웃음이 난다고
> 하나가 말하자 다른 하나가 그건 웃을 일이 아니라고
> 말하고 또다른 하나가 어색해서 못 앉아 있겠다며
> 자리를 뜨는 오늘로부터 정확히 일 년 전에 그는

어린애 얼굴만한 배낭 하나 어깨에 메고 잠실을 떠났다

그는 어떻게 되었을까?
자유 아니면 죽음을 달라고 외치는 군중 지나가고
춥고 적막해진 광장 구석에서 타는 모닥불에 둘러 모여
그의 배낭이 물에서 죽었다던 어린 아들 유품이면 그건
기막힌 드라마 아니겠냐고 하나가 말하자 다른 하나가
그런 눈물나는 부성도 있냐며 눈물 훔치고 또다른
하나가 개새끼가, 써도 그런 드라마를 쓰니? 멱살 잡는
어느 겨울로부터 이제 족히 몇십 년은 더 지났으므로

그는 어떻게 되었을까? 하는 질문조차 봄여름 가을겨울
거듭 지나며 불고 터지다가 타서 날리다가 희미한 감정
늙은 우리는 달마다 교대 돼지곱창집 모임에 나와 당연히
그가 진즉에 죽었으리라 여기며 이제야 하는 말인데
호수건 바다건, 배낭이 자식 같건, 무슨 상관이냐며
하나가 말하자 다른 하나가 그래! 이르든 늦든 사람
돼지는 건 다 똑같지! 말하고 몇십 년 지났는데 또다른
하나가 그늘도 상을 엎었으며 그것으로 우리의 우정도
정말 끝이었다

― 「그는 어떻게 되었을까」 전문

"그는 어떻게 되었을까?"라는 질문을 반복하는 이 시는 사월의 바다
에서 죽어 간 아들의 외로움을 달래주기 위해 사월의 호수에 가라앉은

어느 아버지를 친구로 둔 자들의 후일담으로, 서로 다른 기억의 형식을 대립시키고 있다.

한편에 존재의 취약성이 공개적으로 드러나는 것을 꺼려하는 생존 욕망을 기제로 우리를 유혹하는 모종의 서사 형식이 있다. 너무나 "쨍한 호수"에 가라앉은 아이러니를 웃음으로 기억하거나, 부자의 연이은 죽음을 "눈물나는 부성"이 만든 "기막힌 드라마"의 서사로 기억하거나, "뒈지는 건 다 똑같"다는 일반론으로 환원하는 기억 서사가 바로 여기에 해당한다. "진짜 끔찍하고 무서운 일이란 실제로/사람들에게 잘 일어나지 않는 법"이라고 말하면서 우연의 확률에서 자신을 제외하거나, "죽음 같은 건 모두 딴 나라의 일"(이상 「한 겨울 진정한 친구는 어디에 있나」)이라며 나와 너 사이의 경계선을 굵은 선으로 긋는 경우가 이와 같다. 또 어설픈 위로로 "너라도 살았으니 다행 아니니?"(「첫 소설」)라며 산 자들의 생존을 우선시했던 자신을 성찰한 어느 젊은 작가의 고백도 이러한 기억 서사와 다르지 않다. 눈물 나는 가족의 서사, 누구나 죽음을 맞이한다는 운명론적 서사, 사연들을 3인칭의 사건으로 만들어 지워버리는 기억의 술책처럼 죽음을 대하는 우리의 비겁한 레토릭들이 시집의 곳곳에 배치되어 있다.

이러한 서사 형식은 자기 삶의 동일성이 유지될 것이라는 환상에 포획되어 있다. 산 자와 죽은 자의 경계를 명확하게 긋고, 살아남은 자로서 최선을 다했다고 자부하는 나르시시즘적 상처에 대한 보상으로 주어지기도 하는 이 서사의 유형은 대체로 정치경제적 생존 논리가 이미 확립해 놓은 정해진 경로로 우리를 움직이게 한다. 주체와 타자의 관계를 묻는 현실의 자명한 사건들, 그러니까 너의 죽음이 곧 나의 죽음일 수도 있다는 명확한 가능성 앞에서 '나에게 큰일이 일어날 가능성'을 기각하고 안정된 삶을 유지하려는 경향이 이러한 서사에 동력을 제공한다. 이런 관점에서 볼 때 김상혁 시집의 제목은 반어적 불안의 표현으로 읽힌다.

다른 한편에서 "또다른 하나"는 이러한 기억 서사를 완강히 거부한다. 앞선 두 친구와 달리 "어색해서 못 앉아 있겠다"라며 자리를 뜨거나, 그런 기막힌 드라마는 "개새끼"도 쓰지 않을 거라며 멱살을 잡거나, 오랜 시간이 지났음에도 여전히 타자의 서사로 환원해버리는 비겁함 앞에서 기어코 "상을 엎"는다. 이 사람은 슬픔을 관계성의 틀에서 사유한다. '나'와 '너'의 관계는 소유가 아니라 박탈된 양태로 제 모습을 드러낸다. 그것은 우리의 욕망이 언제나 우리 존재의 취약성에 기반하고 있기 때문이다. 인간 존재는 언제나 완전한 존재로 드러나지 않아서, 타자에 의해 나의 존재가 만져지고 맡아지고 보여지고 느껴지는 상호적 관계성에 기반한다. 그래서 슬픔은 우리가 설명할 수 없는 문법으로, 확실성을 지닌 자아에 대한 서술을 불가능하게 하는 방식으로, 현존하는 '나'의 존재에 대해 의문을 제기하는 방식으로 살아남은 자들을 심문한다.

가령 이런 사람들. 큰불이 난 산으로 되돌아가는 사람이 있다. "나무 짐승 불탄 박엽지처럼 재가 되는데" 기어이 "큰불로 뛰어들며 거기서 살겠다"(「두고 온 사람」)라고 소리치면서 죽어가는 존재들과 동행하는 어떤 "친구"가 있다. 또 시의 제목 그대로 「한겨울 어느 불쌍한 영혼들을 굽어살피는」 사람이 되기 위해 사람들 모두 떠난 "광장 한복판에서 목청을 높"이는 그런 친구도 있다. 누군가는 "세계가 여전히 잘 돌아가고 있다"고 위안하며 죽음에 눈 감지만, 김상혁과 그가 찾아낸 그의 친구들은 "이 세계가 선한 사람을 나약한 사람으로 하나둘 대체"(「하나의 문장이 하나의 이야기가 된다는 것」)하는 현실을 안타까워하며 죽은 자들의 이름으로 1인칭의 서사를 만들어 가는 사람들이다.

"세상에 유령이 없다면 슬플 것이다"(「유령이 없다면 슬프다」)라고 말하는 사람도 있다. 아이와 강아지의 사진을 번갈아 보며 하는 이 말을 번역하면, '유령이 되어서라도 너희들의 곁을 지켜주고 싶다' 정도가 될 것 같은데, 이 시의 화자도 그런 사람이다. "실없이 공원에 모이니 좋구나, 힘난다"라고 말하며 모닥불 주위에 모여 "우리 것 아닌 행운"(「불과 행운」)이 산 자들에게 깃들기를 빌어주는 유령들의 모임 현장은 따뜻하다. 마치 백석 시인의 「모닥불」처럼 모두 다 모여 함께 서럽고 또 즐거운 풍경을 상상할 줄 아는 시인 김상혁도 그런 친구 중 한 명이다.(김상혁의 시집에 등장하는 유령의 존재는 그러니까 사랑의 잔여물과 같다. 자신 없는 삶을 살아갈 사람들을 기억하려는 죽은 자들의 의지가 되려 따듯하다.)

알다시피 프로이트에게 성공적 애도는 리비도의 호환 가능성, 그러니까 애착이 대상으로부터 철회되고 새롭게 형성되는 성공적 전환이라는 희망에 기초해 있다. 무의식의 기제를 통해 애도의 불가능성이 지닌 정치적 사유의 확장 기제로 탐색되어야 할 프로이트의 생각은 본래의 의도와 무관하게 대상의 완전한 대체가능성으로 오독되고 있는 듯하다. 이 오독이 힘을 얻게 될 때 우리는 어떤 산-죽음에 대한 애도와 기억의 통로를 잃게 될 것이며, 다른 대상으로 비어 있는 자리를 서둘러 메우는 것이 더 이익이라는 권력의 리비도 경제학이 만든 덫에 걸리지 않을 방도가 없게 된다.

그래서 김상혁의 시집은 수많은 1인칭의 이야기들을 복원함으로써 우리를 죽은 자들과 분리시키는 서사를 거부한다. 구체적인 얼굴을 지워버림으로써 '너'의 이야기가 '나'의 이야기로 생성되는 길을 원천적으로 차단하는 서사 방식을 거부한다. (다른 의미의 감탄에서 하는 말인데, 이태원 참사를 수습하는 과정에서 죽은 자들의 이름과 얼굴을 지워버린 장례식을 기획한 사람에게 감탄해서 하는 말인데, 누군지 몰라도 그는 죽음과 삶을 서로 다른 서사 경로로 분리시켰다. 죽음과 삶의 연속성, 나와 너의 관계성, 인간 존재의 취약성 등을 상상할 수 있는 통로를 막아버린 그는 생명정치권력의 기술자다. 감정이입의 통로를 차단하고, 얼굴 없는 애도를 통해 서둘러 애도를 종결시키고, 무의식의 리비도 경제학을 정치권력의 리비도 경제학으로 치환할 줄 아는 그 기술자에게 새삼 감탄한다. 김상혁의 시는 정확히 그 반대편에서 눈 뜨고 있다.)

김상혁의 이야기들은 이 막힌 통로를 재건설하고 있다. 그것이 문학이 할 수 있고 해야 하는 일이니까, 더 큰일이 일어나기 전에 막힌 감정의 혈로를 뚫어서 '나'라는 존재가 '너'라는 존재와의 관계에 절대적으로 의존하고 있다는 사실을 1인칭의 서사로 복원하고 있다. 이 시집을 가득 채운 상실의 정서와 유령들의 존재는 주체의 동일성이 유지될 것이라는 환상, 타자를 지운 주체의 완전성이라는 환상을 뿌리째 무너트린다. 김상혁과 그 친구들은 기꺼이 죽은 자들의 친구 혹은 가족이 되어 더 이상 비겁한 레토릭이 반복되지 않을 시적인 서사 구조를 열고 있는 중이다. 우리들의 '작은 집'이 지켜지기를 바라는 것보다 더 큰일은 따로 있으니까.

* 추천시 : 「엄마의 독」, 「그는 어떻게 되었을까」, 「하나의 문장이 하나의 이야기가 된다는 것」, 「불확실한 인간」

도시 문장 산책
– 김은지 시집 『여름 외투』를 읽고

1.

언젠가 글을 읽는 일과 길을 걷는 것이 유사하다는 생각을 한 적이 있다. 적절한 단어를 찾아가며 의미와 형식을 만들어가는 글쓰기의 과정이 마치 자음 모양의 집들과 모음처럼 생긴 골목을 걸으며 그 길에 음각된 수많은 삶들의 이야기를 엿보는 것과 겹쳐보였기 때문이었다. 김은지의 시집 『여름 외투』의 도시 산책은 일상의 순간들과 사물들을 글을 읽듯 천천히 응시하고 음미하고 탐색하는 느린 고현학을 담고 있는 듯해서 하는 말이다. 이 도시의 문장을 읽으려면 엔진의 속도보다는 육체의 수고로움이 동반되는 속도가 적당해서 천천히 걷는 산책 정도가 좋겠다. 아니면 자전거를 타는 것도 방법이겠다.

시집을 읽다 보면 "호시탐탐/자전거를 타는"(「새로운 그늘막」) 시인을 발견하게 된다. 직접 「자기소개」에 기록한 "따릉이 내정보"에 의하면 1월에 "305분" 동안 "33.80km"였던 이용이력이 8월에는 무려 "2104

분” 동안 “279.34km”로 늘었다. 사정이 이러하니 자전거를 타고 시청
역에서 청계천을 따라 도시의 겨울밤을 횡단하거나(「차가운 밤은 참」),
한강 공원 정도로 짐작되는 길에서 자전거를 세우고 어딘가를 뚫어져
라 응시하는 시인을 목격할 수도 있을 성 싶다. 물론 시인은 자주 걷기
도 한다. “너무 늦게 걷는 것도 몸에 안 좋다”고들 하지만 시인은 “혼자
서는 더 늦게 걷는”(「여름 외투」) 사람이어서, 되도록 천천히 걷다가 자
주 어떤 대상을 ‘응시’한다.
　도무지 속도와는 거리가 먼 이 시인의 시선을 따라가 보면 가령 이런
장면을 보게 된다.

　　　나는 자전거를 탄다

　　　수면 위로 빛나는 물결과

　　　커다란 나무에 내려앉는 키 큰 새들과

　　　굽은 도로를 따라 멀어지는 자동차

　　　……

　　　내가 알던 한 그루의 큰 나무는

　　　다가가서 보니

　　　세 그루의 큰 나무였고

　　　물과 물이 만나는 곳에서

　　　낯선 새를 보고

　　　페달을 세게 굴렸다

　　　……

　　　올빼미도 아닌

부엉이도 아닌

모르는 새를 봤어

동화책에서도 본 적 없는

– 「어제 새를 봤어」 부분

　　자전거의 속도는 '한 그루'로 보였던 나무가 사실은 '세 그루'의 다른 존재라는 사실을 알게 한다. 또 상상력의 한계가 없는 동화책에서조차 본 적 없었던 '낯선 새'를 만나게도 한다. 느린 속도가 아니었다면 우리는 먼 거리의 새를 보고 낯익은 이름들을 떠올리고 말았을 것이다. 그러니까 느린 산책은 세계라는 지면 위에 익숙한 '이름'들로 가득 휘갈겨진 의미망의 결계를 풀어내기 위해 필요한 시인의 초식인 셈이다.

　　이 초식은 「여름 외투」에서 빛을 발한다. 이 검법에 익숙해지면 우리는 시인처럼 건물의 "옥상"을 "뚜껑"으로 보는 눈을 얻거나, "네온사인"과 "형광"이라는 언어 사이를 "환승"하면서 "단어들의 자리"를 가늠해보는 경지에 가까워지거나, 에어컨의 바깥 기계라는 의미를 띤 너무나 정직하고 "단정한 이름"을 가진 "실외기"를 보면서 "어떻게 이렇게 섭섭하게 이름을 지을 수 있는지"라고 대신 말해줄 수 있는 공감능력을 얻거나, 나아가 더운 여름임에도 "겨울보다 추운 실내에서" 추위를 느낄 누군가에게 "여름 외투"를 감싸주고 싶은 따뜻한 마음에 도달하게 된다.

　　이번 시집의 가장 큰 미덕이라면 바로 이 따뜻한 마음이라고 할 수 있다. 그렇다고 마냥 상냥하지만은 않은 것이 여기에는 언어가 지니고 있는 관습적 세계를 파훼하는 날카로운 시선이 담겨 있기 때문이다. 시집을 여는 작품인 「1월의 트리」를 보자. 외국어 단어를 암기하며 사물과 언어의 상관성을 곱씹는 모습을 보여 주는 이 시에서 특정 언어를 처음

배우는 외국인이나 어린아이의 시점에서 단어와 사물이 맺는 관계를 탐색한다. 그러다 보면 낡고 오래된, 그래서 상흔조차 자연스러운 문양으로 보이는, 언어에 감추어진 차별의 흔적을 발견하기도 한다. "싫다는 뜻의 글자"에 "자주 여자라는 부수가 들어"간 사실이나 "초보 회화 연습"을 위한 대화 장면에 삽입된 '비건, 한부모 가정, 동성 연인'들과 같은 소수자적 삶을 포착한다. 이렇게 언어의 관습을 그대로 수용하지 않고 천천히 곱씹는 방식으로 들여다 본 것이 바로 '1월의 트리'이다. 성탄제가 이미 지나버린 1월의 트리는 오래된 연인의 관습적 만남처럼 사물과 언어의 첫 떨림이 지워진 상태와 같다. 그래서 "1월의 카페에 트리"와 그 "트리 아래 빈 선물 상자들"은 각각 실재와 불일치하는 텅 빈 기표를 의미한다. 이 간극을 메우기 위해, 아니 어쩌면 이 간극이 생길 수밖에 없는 언어의 본질적 한계를 포착하기 위해 시인은 되도록 천천히 "조용히/충분히/외운다". "언어 속 낡은/여자들의 자리"에서 "저릿함"이라는 감정에 이르기까지 많은 시간이 필요할 테니까.

시집 곳곳에 언어의 오독과 오만과 오해가 기록되어 있다. 언어가 구축한 오독 또는 거짓의 역사는 아주 광범위해서, 관습적 의미로 고착화된 '말과 사물'의 결계를 벗겨내는 시인의 산책은 서둘러 마무리될 것 같지 않다. 실재와 멀어진 상징계적 언어의 폭력성과 텅 빔을 폭로하는 일은 어쩌면 시인들의 오래된 공통과제이자 지속적인 복습 대상이기도 하다. 그럼에도 불구하고 김은지의 시들이 새롭게 읽히는 것은 시인이 관념적 언어 대신 평범하고 일상적인 입말로 현실을 포착하고 폭로하기 때문이며, 무엇보다 그 날카롭고 따끔한 시선에 따뜻한 공감의 능력이 스며있기 때문이다.

2.

다른 공간에 있음에도 감정의 공유가 가능한 식물들이 등장하는 어떤 소설을 읽은 적이 있다. 언어를 통하지 않아도 머리카락을 서로 닿게 하는 것만으로도 모든 의미를 공유하는 외계 존재가 등장하는 어떤 영화를 본 적도 있다. 물론 픽션의 세계가 아니어도 "쓰던 휴대폰 옆에/ 새 휴대폰을 놓고/몇 개의 인증 번호를" 눌러주기만 해도 스마트폰의 데이터와 어플들이 똑같이 옮겨지는 시대이기도 하다. 그러나 안타깝게도 이건 인간들의 사정은 아니어서, "데이터를 옮기듯이/당신에게/자초지종을 전하는 상상"(이상 「서쪽 하늘 렌더링」)은 말 그대로 상상일 뿐이다. 우리의 언어는 오독과 오해와 오만으로 가득하다. 김은지 시인의 산책은 이런 것들도 가득 채워진 도시의 문장을 음운의 단계로 '역진화'시킨다. 이 역진화는 너무 낡고 오래되어서 언제부터 그런 관계로 맺어졌는지조차 알 수 없는 언어들의 연결고리를 끊어내고 거기에서 탈주하는 방식이다. 언어 놀이 같은 이 일은 어찌 보면 시의 본업이기도 하다. 자음과 모음을 분리해서 재조합하다보면 '피카소'와 '카프카'가 관계를 맺게 되고(「정미」), '바닥'이라는 단어를 해체하면 'ㄱ' 모양의 의자에 앉아 있는 '바다'를 발견하기도 하고(「기역이라는 의자에 앉은 바다」), "형용사를 고유명사로 사용"(「비타민D」)하거나, '연명'을 '연면'으로 바꿔 씀으로서 겨우 생명을 유지하는 언어들의 폭력적 의미망을 잠재워 버리기도 한다(「연면」). 낡고 오래된 언어의 외투를 벗기면 제 모양 그대로 드러나는 세계의 맨얼굴을 마주할 수 있다는 사실을 시인은 이러한 작업을 통해 보여 주고 있다.

「증폭」은 언어의 관습적 의미 체계에 갇힌 우리의 공포를 가장 극명하게 보여 주는 작품으로 시인의 작업이 필요한 이유를 보여 준다.

근래에 무서웠던 날

최선을 다해 책을 읽으며

그 자리에 버텼다

아카시아나무는 열대지방에 사는 나무로

한국에서 아카시아로 알고 있는 나무는 실은 모두

아까시나무라고

5월이라 마침 익숙한 꽃내음이 코끝을

스쳤다

라일락은 시원하고

아까시는 달다고 그것은

미세한 차이라고 했다

시원함과 달콤함은 굉장히 다른 것

같은데

오래도록 좋아해온 향에 대해 더 깊이

모르게 되었다

-「증폭」 전문

이 시에서 '아까시나무'는 두 번에 걸쳐 상징계의 관습에 포획된다. 한 번은 기표의 유사성으로 인해 '아카시아'로 오독되고, 또 한 번은 분명한 감각의 차이에도 불구하고 '익숙한 꽃내음' 때문에 '라일락'과 유사한 항목으로 묶여버린다. 그 결과 아까시의 향은 "오래도록 좋아해온 향"임에도 화자의 감각에서 사라져버릴 위기에 처해있다. '책'은 이 모든 관습적 의미망의 집합체로서, "최선을 다해" 버텨야만 하는 독서의 시간 동안 화자의 공포는 더욱 '증폭'된다.

이면지가 담긴 상자에 주목하는 「종이 열쇠」는 이러한 의미망의 결계가 주는 공포에서 벗어나는 한 가지 방법을 보여 준다. "어떤 경우에든 다시 쓰여도 괜찮은 허물없는 이면지/비밀을 갖고 있어 조심스러운 이면지"는 관습적 의미망의 감시체계가 허술한 장소다. 종이의 앞면이 이미 '대상-말-의미'가 혈맹을 맺은 관습적 언어망이라면, 종이의 뒷면은 그것이 은폐했거나 의도치 않게 지워진 새로운 세계의 통로가 된다. "뒤척이다가 일어나 아무렇게나 쓰는 꿈 묻은 말들"을 자유롭게 쓸 수 있는 이면지는 "이름을 봐도 떠오르지 않는 사람의 시"를 읽었던 그때 그 "계절과 공간"을 다시 불러온다. '이름'의 결계를 벗어나자 세계가 있는 그대로 열린다. 물론 "이면지를 좀 알게 되기까지 오랜 시간"이 필요한 것은 당연했을 터, 시인의 느린 산책과 오랜 응시는 세계의 이면을 여는 '열쇠'가 되기도 한다.

3.

소설을 읽고 정해진 답을 찾아내야 하는 것만큼 예술을 모독하는 일도 없을 것 같다. 정해진 경로를 따라 낯선 장소를 여행하는 것만큼이나 지루할 터, 그래서 시인은 차라리 아무것도 하지 않음으로써 그것의 자유를 보존하고 억압을 유예하는 방법을 택한다.

우물이라는, 근원적 심연의 상징과 타나토스의 설화적 상상이 놀
랍다는 단편
소설집을 빌려야 했지만
제자리에 없고

정말 언제나 이상할 정도로 사람이 없는 구간 서고
나도 담당자도 그 책을 도저히 찾지 못했을 때
사서가 와서 안쪽 서가를 확인했다
……
쉽게 찾아지지 않았으면 해
너무 쉽게는 말고
좀 어렵게 찾아졌으면 해

책들이 기다려온 시간만큼, 내가
좀더 놀라운 것을 찾으면 좋을 텐데
리포트 쓰기 위해 읽어야 할 고전도 좋지만
……

– 「중간고사」 부분

이 시는 '우물'을 소재로 쓰인 단편 소설집을 찾(지 못하)는 과정을 표현하고 있다. "근원적 심연"이니 "타나토스의 설화적 상상" 운운하는 수식은 아마도 교수의 설명이었겠다. 그런데 이 책은 애초부터 사람들이 별로 찾지 않는 서고로 분류되기도 했거니와 현재 제자리에도 없다. "리포트를 쓰기 위해 읽어야 할 고전"만큼이나 사람들이 찾지 않는 책도 없을 터, 이런 설정은 오래되어서 물이 솟지 않는 우물처럼 소설책과 해석 사이의 상관성이 화석처럼 굳어버려 메말랐다는 것을 의미한다. 따라서 "레일 서가의 리얼리즘"이라는 시의 마지막 구절은 '대상–말–의미'의 혈맹이 이미 붕괴된 언어의 현재성을 확인하는 사망 선고와 같다. 교수의 설명이 없었다면 아마 우물은 "고래 뱃속"처럼 다양한 동화적 상상력의 원천이 되었을 수도 있다. 따라서 이 시의 진짜 속내는 책이 "쉽게 찾아지지 않"거나 "좀 어렵게 찾아"지기를 바라는 화자의 마음이다.

이런 마음은 사물에 대한 명명행위를 거부하고 세계의 맨얼굴을 발견하려는 시의 본령에 가까운 것이어서, 진하게 화장한 언어로 공간과 사물을 채색하려는 시도를 "외면하는 기술"과 공간을 "그냥 비워두는 마음"(「피나무가 열식된 산책로」)은 도서관에서 책이 쉽게 찾아지지 않기를 바라는 마음과 다르지 않다. 숲에 "아무것도 하지 않고 그대로 두는 것이/훨씬 이득이라는 것을/이제는/알 때"(「졸다가 신기록」)도 되지 않았느냐는 진술도 마찬가지다. 아무것도 하지 않는 무작위의 행위는 작위의 폭력성을 고발하는 시인의 일관된 방법이다. 더불어 앞서 언급한 것처럼 언어의 의미망에 묶인 존재들을 해방시켜 주는 따뜻한 마음이기도 하고 말이다.

그렇다고 시인이 정말로 아무것도 하지 않는 것도 아니다.「피나무가 열식된 산책로」에서 강조된 '비워두는 마음'은 화자가 아니라 화자가 읽던 책 저자의 주장이다. 책의 저자는 "여행자가 아니라 제작자"의 시선에서 공원의 풍경을 상상했다고 말한다. 여기서 '여행자'가 이미 주어진 경로대로 도시의 문장을 학습하는 존재라면, '제작자'는 자기만의 상상으로 새로운 문장을 쓰는 존재에 가깝다. 따라서 제작자의 마음은 공원을 사랑하는 책 저자의 마음이면서 도시의 문장을 해체하고 재해석하는 시인의 마음이기도 하다.

그리고 이 화소는「두 개의 달이 있고 세 번째 달을 보는 일은 아주 드물다」에서도 반복된다. 무엇이 바쁜지 게임 세계 속 캐릭터들은 항상 뛰어다니고만 있어서, 화자는 "걷는 것과 뛰는 것의 차이는 뭐지/어차피 모두 뛰어다닌다면 말이야"라며 의문을 던진다. 그리고 이내 "나는 이제 게임 디자이너가 되고 싶어"라고 말한다. 정해진 경로를 학습하는 존재가 아니라 제작자의 마음, 즉 디자이너의 마음으로 직접 스토리를 구성하고 "신비로운 달과 선박과 벌레"들을 그리려고 한다. 심지어 캐릭터도 무언가를 제작하기 위해 공방으로 들어가기도 한다. 게임의 세계여서 더욱 가능성이 열린 이 상상력은 모두 세계를 덮고 있는 의미의 결계를 풀어내려는 행위에 다름 아니다.

4.

이런 시선은 세계를 새롭게 보는 힘을 얻는다. "작은 공원의 삼백육십오 일을/처음 와본 것처럼" 산책하는 동력과 "집으로 돌아오는 가족을/매일 마침내 돌아온 것처럼 맞아줄 수 있"(「매일 마침내」)는 마음의 상태에 이르기도 한다. 그래서 이번 시집은 새로운 세계로 들어가는 「여권」이기도 하다.

> 나는 시집을 한 권 샀다 그리고 읽지는 않고 넘겼다 포커 카드를 섞기라도 할 때처럼, 글자가 아니라 유람선에서 잔잔하게 빛나는 물결이라도 보는 듯이 그런데 시인은 나에게 관심을 보였다 나는 한 문장도 읽지 않았지만 이 시인을 안다고 느꼈다 그랬기에 책날개로 돌아갔고 이 시인의 국가를 확인해본 것 태어난 곳과 쓰는 언어와 지금 사는 곳이 다 다른 시인의 국적은
>
> — 「여권」 전문

간판에 쓰인 이국의 문자를 몰라도 거리에서 들리는 이국의 언어를 몰라도 이국의 거리를 걷는 것만으로도 충분히 아름다운 산책인 것처럼, "읽지는 않고 넘겼다"는 진술은 게으름에 대한 자기 고백이 아니라 상징계적 질서를 거부하는 시인만의 방법에 가깝다. 시인이 생각하는 시의 리얼리즘은 세계의 겉면에 잔뜩 쓰인 상징계의 고딕체를 말랑말랑한 상변이 상태로 만드는 고현학적 산책을 경유한다. 마치 외국어를 처음 배우는 사람처럼, 이 세계를 처음 발견한 것처럼. 도시의 문장을 산책하는 이 시집은 그래서 세계의 이면으로 입국하는 "여권"이 된다.

이 여권을 들고 시인이 만든 새로운 지도를 걸어보고 싶다. 이름이 없는 경로가 대부분이겠지만, 모르긴 몰라도 분명 그 지도는 "구체적이지는 않아도/입체적"(「정미」)일 것이므로.

* 추천시: 「1월의 트리」, 「여름 외투」, 「피나무가 열식된 산책로」, 「중간고사」

어둠의 결탁
– 전수오 시집 『빛의 체인』을 읽고

1.

전수오의 시집은 우리의 세계가 무한히 「리플레이」되는 게임의 세계관과 다르지 않다는 사실을 숨기지 않는다. 시집의 〈2부〉에 집중 배치된 게임 연작(「작물 게임」, 「원예 게임」, 「생존 게임」)과 「오작동 프로그램」, 「리플레이」, 「트로피」와 같은 시편들은 함께 읽으면, 생존을 위해 누군가를 쓰러뜨리거나 지워야만 하는 우리의 잔혹한 자화상과 마주하게 된다. 게임이 현실과 다른 것은 플레이어가 죽지 않고 '리셋'된다는 점이다. 하지만 이 리셋의 의미는 하나의 스테이지를 통과하면 다음 단계의 스테이지가 이어지는 가혹한 현실의 논리와 닮았다는 점에서 찾아야 한다. 쉼표나 마침표는 존재하지 않는다. 살아있는 한 계속 죽이거나 죽어야만 한다.

사람들이 뒤에서 나를 바라보고, 등으로 쩍 하는 소리와 함께 창

이 꽂힌다

　놀란 나는 앞으로 쓰러지고 며칠째 집에 돌아가지 못한 사람들이
나를 잡아 집으로 돌아간다 기다리던 사람들이 환호한다 그들은 나
를 조금씩 나누어 가지고 각자의 집으로 돌아간다

　나는 내가 지은 집에서 그들과 첫 잠에 든다

—「생존 게임」 부분

　식물은 점점 사냥에 능숙해졌다 녹색 몸에 늘 혈흔이 서늘했다

　마지막으로 사냥한 것은 그를 둘러싼 세계의 설계자였다 머리에
빛나는 링을 얹은 남자였다 식물이 그에게 물었다 "왜 이 세계의 가
능성은 늘 피투성이입니까?" 남자가 말했다 "저는 답을 알고 시작한
게 아닙니다. 이것은 실험입니다."

　사투 끝에 남자를 잡아먹은 식물은 몹시 피곤해졌다 세상이 사라
지고 있었다 소화하듯 천천히 식물은 여린 풀의 모습으로 돌아가고
있었다

—「원예 게임」 부분

　소유정의 해설이 주목하듯 「생존 게임」의 아이러니는 인간으로 읽혔
다가 이내 인간에게 사냥 당한 동물로 읽히기도 하는 '나'라는 존재의
혼란에서 발생한다. 그러나 게임의 세계관에서 캐릭터의 형상이 변하
는 것은 어쩌면 자연스러운 일이기도 해서, 오히려 주목할 부분은 "내

가 지은 집"에서 화자가 "그들"의 사냥감이 되어버린 잔혹한 게임의 법칙일지도 모른다. 게임이 요구하는 쓸모를 다했거나 능력치가 업데이트 되지 않는 주인공이 조연으로 전락하거나 사라지는 일쯤이야 이 세계에서는 만연한 반역이다.

「원예 게임」은 이러한 세계관을 진화하고 변신하는 캐릭터의 폭력적 성장과 소멸의 서사를 보여 준다. "서랍 속"에서 발견된 「원예 게임」의 식물은 "희고 가느다란 뼈"와 "작은 곤충의 머리부터 씹어 먹"을 수 있는 이빨을 가졌다. 시의 화자는 손바닥에 뼈를 올리고 죽은 식물의 과거를 재생해 본다. 이윽고 "자꾸 피 맛을 보고 싶"었던 이 식물이 급기야 이 세계의 설계자를 사냥한 장면을 보게 된다. 식물은 세계가 왜 "늘 피투성이"여야만 하는지를 묻지만, 설계자도 답을 가지고 있지 않다. 무력한 설계자를 잡아먹은 식물(이라 할 수 없는 존재)은 "지친 몸을 이끌고" 서랍 속으로 들어와 화자에게 발견된 것이다.

다만 "실험"일 뿐이었다는 설계자의 말은 무책임하고 공포스럽다. 목적 없는 생존은 맹목과 다르지 않아서, 멈추고 싶어도 "나는 축복에 찔려 자꾸 살아난다"(「리플레이」). '나'는 "우연히 목표 지점을 찾아내고 주어진 임무를 완수"(「트로피」)할 뿐이다. 「멸종의 밤」의 존재 '∞'는 제1세계에서는 "아무도 배우지 않는 것을 배우는 사람"이었다가, 제2세계에서는 "날벌레"가 되었다. 이후 '날벌레 ∞'가 사라진 자리에서 발견된 "주물 열쇠"가 세상의 그 어떤 문도 열 수 없는 무용함으로 서술된 장면은 하나의 전투에서 승리한 후 또 다시 전장으로 나서야 하는 무한 생존의 법칙을 적나라하게 지시하고 있다.

2.

전수오의 시편들에 기본값처럼 등장하는 빛에 대한 묘사는 세계를 온통 하나의 색깔로 동일화하려는 계몽의 폭력을 연상시킨다. "한 번도 꺼진 적 없는 도시의 기계 기계의 불빛들"(「오렌지 저장소」), "반짝이는 새것들로가득찬지하상가"(「모든 개들은 천국에 간다」)와 같은 표현들만 보아도 전수오에게 빛은 멈추지 않고 진화해야 하는 게임처럼 쉴 틈 없이 우리를 압박한다.

「작물 게임」에서 빛은 반사판으로 복사되어 과수원의 "사과를 고루 붉게" 만든다. 빛은 넘쳐흘러서 과수원이 온통 "빛으로 일렁인다". 이렇게 만들어진 사과는 너무 붉거나 또는 너무 달아서 "비현실적"이다. 현실보다 더 현실적이어서 오히려 비현실적인 이 시뮬라크르의 세계에서 "나는 달콤한 사과를 먹고 오랫동안 죽지도 않"고 살아남는다. "여러 번 직업을 바꾸"기도 하고 "전에 쓴 일기"를 다시 고쳐 가며 게임은 연장된다. 이렇게 "구석구석 그늘이 씻길 때" 어둠이라는 쉼터는 그림자도 없이 사라져 버린다.

「온실」은 투명한 창문을 투과한 빛을 모아 따뜻함(열기)을 만든다. 이 빛과 온기로 온실 속의 "식물은 초록"이 되지만, 자연을 모방한 인간의 구조물은 외려 식물과 새들의 소망을 억압하는 기제로 작동한다. "이곳은 아직 따스하고 습하다 계속 번영하는 온기/역사를 모르는 푸른 잎들은 여전히 날아가길 소망"한다는 표현과 "열대에서 온 새들이 유리벽에 머리를 부딪혀 후드득 떨어진다"는 진술은 온기로 상변화한 밝음이 식물과 새들에게 '따뜻하고 다정한 폭력'이라는 사실을 보여 준다.

단지 '실험'일 뿐이라고 말할 수도 있지만 이것이 누군가에게는 폭력일 수 있음을 이미 「원예 게임」에서도 확인한 바 있다. 시집의 표제작 「빛의 체인」에는 인간의 '실험'에 의해 희생된 동물이 등장한다. "지구의 궤도를 지난 우주선에 혼자 있는 개"는 냉전시대 미국과 소련의 우주 경쟁으로 희생된 '라이카'를 연상하게 한다. 1957년 11월 3일 소련의 연구진들은 스푸트니크 2호에 개를 태워 우주에서의 인간의 생존 여부를 확인하려 했다. 이후 미국은 '햄'이라고 이름 붙인 침팬지를 보내기도 했다.

그러니까 인간의 실험이 동물을 죽게 하고 온실의 공간이 식물의 자유를 박탈한 것처럼, "폭죽처럼 삶이 터지는 찬란한 문명"(「빛의 체인」)으로 인해 인간이 지워질 수 있는 가능성은 매우 농후하다. 그래서 「빛의 체인」은 "홀로 죽은 사람들"로 그 대상을 확장하면서, 오작동의 가능성이 농후한 세계라는 프로그램의 폭력성을 고발하는 단계로 진입한다.

나는 바닥에 앉아서 논다
나뭇조각과 블록 몇 개를 가지고서
그것을 쌓거나 무너뜨리면서

잣나무 숲에서 한 무리의 요정들이 내려와 말한다
그만해 블록놀이 그만해

나는
괜찮아 괜찮아
이곳은 따뜻하고 먹을 것이 있어

요정들이 말한다

너 때문에 모란꽃이 열리면 구름이 피어나잖아

바위들이 점점 가벼워져 어쩌면 떠오를지도 몰라

(……)

모란꽃에서 구름이 피는 건 내 잘못 아니야

돌이 가벼워지는 것도 내 잘못 아니야

나는 요정들에게 힘주어 말한다

가

가 버려

―「오작동 프로그램」 부분

3.

    빛이 밝을수록 사라지는 것은 어둠이다. 사진 현상을 떠올리게 하는 시 「감광(感光)」에서 어둠은 "나는 햇빛을 보면 사라진다"라고 토로하며 곧바로 "지하의 하얀 방에는 창이 없어서 영원히 살 수 있다"라고 진술한다. 빛의 폭력은 어둠을 지우지만 빛이 사라지면 피사체는 제 모습대로 현상된다. 따라서 전수오의 시 세계에서 어둠과 검정의 색채 이미지는 빛(밝음)이 규정한 형체의 경계선을 지워주면서 지친 존재들을 품어

주는 고요하고 깊은 쉼의 장소가 된다.

　　비 내리는 바다는 검다

　　검으니까

　　품은 것들

　　아침과 홍차, 연민, 아이와 구름, 복수심, 줄 없는 현악기, 빛과

달

　　모조리 숨긴다

　　온갖 사랑이 침수된다

– 「때아닌 우기」 부분

　전수오는 시들은 어둠에 연루된 통념을 벗기고 그곳을 빛의 폭력으로 인해 지치고 희생당한 존재들의 집합지로 만들었다. "비 내리는 바다"는 검기 때문에 모든 것들을 품어 주고 숨길 수 있다. 또 "상자에 소중한 것"들을 "밀봉"한 후 "상자에 무엇이 있었는지 기억나지 않는다"(이상 「상자 지키기」)는 의도된 기억상실을 통해 시인은 상자를 지켜 낸다. 전수오의 시집은 이 어둠과 침묵과 밀봉의 지점에서 따뜻하고 편안하다.

　* 추천시 : 「빛의 체인」, 「오작동 프로그램」, 「생존 게임」.

내가 결석한 나의 꿈
- 김석영 시집 『돌을 쥐려는 사람에게』를 읽고

1.

김석영의 시를 이야기하기 전에 오래전의 시 한 편을 경유해 보자.

나는거울없는실내에있다. 거울속의나는역시외출중이다. 나는지금거울속의나를무서워하며떨고 있다. 거울속의나는어디가서나를어떻게하려는음모를하는중일까.

내왼편가슴심장의위치를방탄금속으로엄폐하고나는거울속의내왼편가슴을겨누어권총을발사하였다. 탄환은그의왼편가슴을관통하였으나그의심장은바른편에있다.

– 이상, 「오감도-제15호」 중에서

작가 이상의 거울 속에는 또 다른 '나'가 살고 있었다. 거울 속 '나'는 거울 밖 '나'와 악수를 할 줄 모르는 왼손잡이여서, 자꾸 어떤 '음모'를 꾸미거나 '외로된사업에골몰'하거나 가끔은 "내가결석한나의꿈"(「오감도」 제15호) 속에 '영어(囹圄)'되어 있기도 했다. 이상의 분열된 자아들은 끝내 화해를 할 줄 몰라서, 기어이 거울 밖 '나'는 거울 속 '나'에게 권총을 발사했다. 자신의 왼쪽 가슴을 엄폐하고 거울 속 '나'의 왼쪽 가슴을 겨누었지만, 거울 속 '나'의 심장은 반대편에서 뛰고 있었다. 살해 시도는 실패했고, 생의 모든 순간 이상의 자아들은 근대의 불안에 몸을 떨 수밖에 없었다.

그러니까 지금 나는 백여 년 전 화려하게 화장(化粧)한 초상화 뒷면에서 몸을 웅크린 채 떨고 있는 초라하기 그지없었던 근대의 불안을, '거울'이라는 평면을 통해 처음으로 목격한 사람의 이야기를 소환하고 있는 것이다. 이 '최초의 목격자'의 진술은 이 세계의 뒷면에 또 다른 세계가 존재한다는 것, 두 세계는 서로 닮았지만 반대이기도 하다는 것, 거울이 두 세계의 입구이자 출구라는 것, 그리고 세계에 갇힌 것은 거울 속 '나'가 아니라 거울 밖의 '나'일 수도 있다는 사실을 알려 주었다.

김석영의 두 번째 시집 『돌을 쥐려는 사람에게』는 오래전 작가 이상이 발견한 거울을 현재의 시공간 곳곳에서 재발견(혹은 재배치)하고 있는 듯하다. 시집의 해설도 김석영의 시들이 벽, 물의 표면, 창문, 종이 등과 같은 "모종의 '면'을 매개"(128쪽)로 세계를 조명한다는 사실을 말해 주고 있다. 김석영이 발견하고 구축한 세계는 이상의 거울들이 가득 찬 공간과도 같다. 다른 것이 있다면 평면성의 오브제들을 통해 김석영의 화자들은 세계'들'을 넘나든다는 점이다. 평면들은 때로 딱딱한 물질성을 띤 것 같지만 실상 액체처럼 말랑말랑하기도 해서 자칫하면 빨려들어갈 수도 있다. 그래서 이 자맥질은 위험하다.

기대지 마세요

두드리지 마세요

벽은 입이 없어서 모두 출구예요

…

벽에 등을 대고 서 있습니다

아주 잠깐 이 세계에서 사라지는 겁니다

– 「독백」 중에서

2.

「폴리오미노」는 맞닿은 두 세계의 입구를 처음으로 발견한 장면을 보여 준다.

물을 마시고 뱉는다

물 밖에서 호흡을 뱉고 마신다

수면 위에 비친 내가 일렁인다

내가 일렁이고 있는 것처럼

물 밖으로 잠깐 나온 머리는 복선이다

두 손으로 수면 위를 문질러 본다, 초조해지는 평면

물속의 나는 의미를 몰랐다
물이 가로막고 있었기 때문에

거울 속의 나는 온전한 내 몸을 보았지만
거울 밖의 나는 나를 볼 수 없었는데

몸이 잠겨 있어서
몸이 잘려 있었다
……

물을 해석할수록
손바닥이 뜨거워진다

– 「폴리오미노」, 〈A쇼트〉 부분

　이 시에서 물의 표면은 웜홀과 같다. 거울과 달리 수면은 딱딱하지 않아서 '나'는 자신의 몸이 두 세계에 걸쳐 있다는 사실을 우연히 발견한다. 순간 '나'는 "몸이 잠겨 있"는 것이 아니라 "몸이 잘려 있"다는 사실을 자각한다. '물 밖'이라는 당연한 표현이 반복되는 것은 두 세계의 이질성을 드러내기 위한 장치로 보인다. 안과 밖을 동시에 보게 된 화자는 수면에 비치는 "머리"가 물 속 세계의 '나'가 물 밖 세계로 외출한

"복선"이라는 사실을 알게 된다. 그래서 마치 낯선 세계와 처음으로 조우한 존재가 조심스럽게 손을 내밀 듯 '나'는 수면 위를 "문질러 본다". 순간 위장한 평면은 아연 긴장하고 "초조"해진다. 그러니까 수면에 비친 내 모습이 일렁이는 것은 물이 일렁이기 때문이 아니라 세계의 비밀을 발견한 '나'의 존재가 일렁이기 때문에 발생하는 긴장과 당혹의 흔적이다. 비밀과 기획은 폭로되고, 물을 해석하려는 '나'는 "손바닥이 뜨거워진다".

그러니까 이런 상상을 한 번 해보자. 거울이 하나 있다. 거울의 면을 기준으로 두 세계가 다중 우주처럼 존재한다. 두 세계는 닮아 보이지만 전혀 다른 문법으로 시공간을 점유하고 있어서 서로의 존재를 인지하지 못한다. 그러다 어느 순간 어떤 기시감처럼 세계가 울렁이고 반복되는 착시 또는 결점을 발견하게 되면서 이 세계가 유일무이하지 않다는 것을 인지하게 된다. 유사하지만 낯선 두 세계 사이에는 망각의 강이 존재한다. 때문에 두 세계에 존재하는 다른 '나'는 서로의 존재를 모른다. 간혹 우연한 겹침과 오류로 인해 다른 세계와 조우하지만, 꿈에서 깨면 꿈속의 기억을 잃어버리듯 기억과 감각은 편집된다. 이 세계의 삶은 편집된 채로 상영되는 어떤 시나리오의 일부일지도 모른다. 반대편도 사정은 다르지 않다. 따라서 두 세계가 공유하는 어떤 거울 평면의 양쪽에서는 서로 다른 이야기가 상영되고 있다. 다행인지 불행인지 거울의 면은 딱딱하지 않고 말랑말랑해서 손을 가져다 대면 거울 표면이 액체처럼 울렁인다. 이때 거울의 평면은 표면[面]이 아니라 어떤 연속[綿]에 가까워서 이 두 세계를 넘나드는 모험을 강행하는 어떤 한 사람이 있다는 상상 말이다. 이것이 가능하다면 우리는 김석영의 시집 『돌을 쥐려는 사람에게』를 비밀스런 세계의 균열을 발견한 어느 목격자의 증언으로 읽어내는 입구에 서게 된다.

3.

비밀을 알게 된 시인은 「불완전한 세 개의 이미지」에서 편집되고 결락된 한 순간을 폭로한다. 새끼 오리의 실종을 다루는 이 시는 맞닿은 두 세계의 우연한 겹침의 순간을 포착하고, 이를 은폐하는 "물의 편집"을 고발한다. 현실적으로 상상 가능한 용의자는 "팔뚝만 한 물고기"로 추정된다. 그러나 영상을 재생하는 화자의 시선은 어느 결락의 순간을 주시한다. '재생-클로즈업-재생-되감기-클로즈업-재생-빨리감기-재생'의 행위를 '반복'하면서 화자(천변의 영상을 찍은 '마리', 또는 이 세계를 하나의 영상으로 보는 자, 또는 시인 김석영)는 어떤 '차이'를 발견한다. 마치 '틀린그림찾기' 게임처럼 화자는 새끼 오리가 들어간 순간의 물과 이후의 물 사이 미세하게 뒤틀린 화면의 이음새와 위화감을 눈치 챈다. 영상을 재생하는 이 사람은 현실 세계가 또 다른 세계와 모종의 면을 공유하고 있음을 알게 된 '화면 밖의 목격자'이다. 그리고 새끼 오리를 찾아 나선 엄마 오리는 뒤틀린 세계의 낌새를 느낀 "화면 속 최초의 목격자"이다. 하지만 화면 밖의 목격자는 엄마 오리에게 "물의 편집"을 폭로할 오리의 언어가 없다.

세계의 겹침은 도처에서 발생한다. 오리만이 아니라 개가 사라지는 경우도 있다. 〈A쇼트〉의 「죽음이 빠져 있는 사전」에서 '나'는 개를 잃어버린 적이 있다. 이 세계에서 '나'는 낮잠을 자고 꿈을 꾼다. 그러나 잠에서 깨면 이내 "고개를 돌리고" 꿈을 잊어버린다. 그 때문인지 개는 돌

아오지 않는다. 〈B쇼트〉의 「낮잠 속에서 꽃잎이 떠내려간다」에서의 '나'
는 "죽음이 빠져 있는 사전"을 읽는다. 마치 저 세계에서 이 세계를 보
는 것처럼. '나'는 "책 속에서 오래전 잃어버린 개를 발견"한다. 개는 책
사이에 "납작하게 끼워져" 있었다. 이번에는 책이 개를 삼킨 것이다. 개
도 역시 편집되었다. '나'는 책의 면들 사이에서 오랫동안 "구겨진 개의
털을 하나하나 펴" 준다. 그랬더니 개가 목줄을 물고 건너편의 세계로
돌아왔다. 개는 그 사이 "내가 얼마나 늙어 버린 줄도 모르고" 아무 일
도 없었다는 듯 나를 산책으로 이끈다. 당연한 것이 개는 잠시 다른 세
계에 삼켜졌다가 다시 돌아온 것뿐이니까. 잠깐 동안의 낮잠에서 깨어
난 것처럼. 시는 마지막에서 인간의 손금을 "오래 목줄을 쥐었던 자국"
으로 묘사한다. 그러니까 이 경우 우리의 손금이 저 세계의 '복선'이다.
기억을 잃어버리지 않기 위해 '나'는 "이번에는 절대로 머리를 돌리지
않을게요"(「죽음이 빠져 있는 사전」)라고 다짐하지만, 김석영의 시들을
읽은 사람이라면 이러한 일들이 무수히 반복되리라는 사실을 이미 알
고 있을 테다.

　김석영의 이번 시집은 한 편의 영화를 상영하는 경로를 따라 기획되
고 구성되었다. 작가는 '예고편-〈A쇼트〉-〈B쇼트〉-엔딩 크레딧-쿠키
영상'의 흐름을 의도적으로 재현한다. 〈A쇼트〉에서 '상영'된 시편들은
〈B쇼트〉에서 '재상영'된다. 그러나 이 '반복'은 어디까지나 '차이'를 드
러내기 위한 장치로 보인다. 일반적으로 영화의 서사는 시간성의 흐름
에 기반하지만, 김석영의 영화(또는 시집)에서 두 개의 쇼트는 '같은 시
간-다른 공간'의 동시성을 드러내는 방식에 기반하고 있다. 유사성이
아니라 상사성으로, 반복을 통한 차이의 발견으로, 인접하지만 엄연히
다른 세계들의 겹침과 충돌이 서로의 존재를 증명하는 방식으로, 유일

무이하지 않은 세계의 불안과 공포를 재현한다.

〈A쇼트〉의 「불완전한 세 개의 이미지」는 요나스 메카스가 제작한 동명의 영화와 김석영이 제작한 영화(시집)의 주인공 '마리'가 찍은 천변의 영상을 겹쳐보는 방식이었다. 여기서 시인은 현실의 존재가 평면으로 삼켜지는 것과 같은 결락의 순간과 이를 은폐하는 세계의 작동방식을 보여 주었다. 〈B쇼트〉의 「불완전한 세 개의 이미지」는 요나스 메카스의 영화 『행복한 삶의 기록에서 삭제된 부분』에 등장하는 대사들과 "오래된 조화(造花)"를 들고 한강으로 가는 '마리'의 독백을 겹쳐 서술하는 방식으로 재상영된다. 두 존재의 목소리가 중첩되는 방식의 서술을 통해 시인은 두 세계가 겹치는 순간을 형상화한다. 현실의 화자에게 "전에 와 본 거리 같아" 또는 "나는 하루 종일 영혼을 찾아다녔어"와 같은 또 다른 자아의 목소리가 중첩되지만, 이 또 다른 자아의 목소리는 "기억 따위 난 관심 없다"는 문장으로 마무리되면서 평면 아래로 사라져 버린다. 마치 꿈속의 기억과 말들이 현실에서 지워지는 것과 같은 방식으로 말이다. 따라서 〈B쇼트〉에서 반복되는 현실은 〈A쇼트〉에서 실종된 오리와 같은 존재를 끝내 포착하지 못한다. 내가 결석한 나의 꿈은 평면의 반대편에서 절찬리에 상영 중이지만, 이편의 세계에서 그 영상은 결락된 채 보이지 않는다.

4.

어찌 보면 세계의 조각들을 재편집하면서 하나의 세계를 구성하는 일이 시의 일이라고 할 때, 시인 또한 세계의 편집자에 해당한다. 다만 다른 점이 있다면 평면의 편집은 비밀을 은폐하지만, 시인의 편집은 비밀을 드러낸다는 점이다. 중첩되지만 결코 제 정체를 온전히 드러내지 않기 때문에 이 작업은 결국 실패할 수밖에 없는 운명이지만 말이다. 그럼에도 불구하고 김석영의 시들은 플래시백의 방식으로 상영되면서 새끼 오리를 삼켜 버린 물의 편집과 자아가 잃어버린 기억의 편린들을 끈질기게 추적하면서 스스로 엄마 오리와 같은 내부의 목격자가 되고자 한다. 편집되고 은폐된 세계들 간의 겹침의 순간들을 차이와 반복으로 폭로하고 결점들을 찾아낸다. 실패가 예견된 재현의 운명을 기꺼이 수용하되, 실패 그 자체를 드러내는 것이 시의 본업이라는 점 또한 잊지 않은 채 말이다.

* 추천시 : 「불완전한 세 개의 이미지」(A쇼트 & B쇼트), 「폴리오미노」, 「진짜 돌」과 「가짜 돌」.

오이디푸스의 눈과 어항 속
물고기의 입을 가진 사람
– 김준현 시집 『자막에 입을 맞추는 영혼』을 읽고

1.

신이 '말씀'으로 세계의 사물과 존재들을 창조할 때, 그러니까 대상들의 이름들을 각각 '이름'할 때, 그 명명의 행위에 쓰인 언어가 대상의 본질에 가장 가까웠을 때, 물론 그 언어는 인간의 언어로는 번역이 불가했을 테지만 자연과 인간은 커뮤니케이션이 가능하지 않았을까. 명명하는 신의 능력을 인간이 부여받았을 때, 그러니까 '아담의 언어'를 간직하고 있었을 때, 언어가 기표와 기의 간의 자의적 기호체계로 전락하기 전 인간의 언어에는 미메시스적 능력이 잔존하지 않았을까. 그러다 인간의 언어가 타락하고 자연이 도구화의 대상으로 전락하면서 우리는 그 사물과 사건을 재현해내는 인간의 원초적 능력으로서 미메시스적 힘과 멀어진 것은 아닐까. 그렇다면 혹 예술은 그 능력을 복원하는 시도이지는 않을까. '아담의 언어'의 흔적을 추적하면서 소리 없는 말을 구원하는 작업, '결코 씌어지지 않는 것을 읽기' 위한 고단한 작업이 예술 특히 시가 수행하는 작업은 아닐까. 서툴게 번역해 본 벤야민의 언어철학(발터 벤야민, 「미메시스 능력에 대하여」, 『언어 일반과 인간의 언어에 대하여 외』(선집6), 최성만 옮김, 도서출판 길, 2008)에는 예술과 비평 작업에 대해 보이지 않는 것을 보기 위해 언어의 배면을 끝까지 추적해야 한다는 집요한 요청이 담겨있다. "우울증에 걸린 번역기는 좋은 시를 전부 '번역 불가'라고 했다/시가 무엇인지 잘 이해하고 있군"(「우리의 소원은 통일」)이라는 구절은 김준현 시인의 시적 언어가 벤야민의 작업과 다르지 않음을 보여 준다. 김준현의 이번 시집 『자막을 입에 맞추는 영혼』은 번역 능력을 상실한 인간의 감각 기관들을 과감하게 지워버리는 작업을 수행하면서 씌어지지 않는 것을 읽기 위한 요청에 응답한다.

2.

언어와 사물 간 뒤틀린 관계를 조명한 시를 먼저 보자.

화단에 장미가 많이 피어 올랐다 오월은 오월이네

'압화'라는 단어를 최근에 알게 되었다 그 단어 때문에, 장미를 보

자 마음이 드러나 버렸다

…(생략)…

빨강이 얼마나 촌스러운지 아니? 빨강이 얼마나 위험한 색이었

는지 알아? 빨갱이란 발음이 사람 목숨을 개미 목숨으로/내 발에 무

의도와 무작위로 밟힐 수 있는 개미 목숨으로 만들었는지

　　…(생략)…

　　행복한 결말은 아닌 게

　　장미를 뜯어 왔다는 거, 가시가 아닌 장미를 데려와서 결국 결과

로 만들었다

　　장미계의 부검의가 있다면 이렇게 말했겠지

　　"이 그림자의 사인은 질식사입니다."

　　…(생략)…

　　바람이 불어도 이제 흔들릴 줄 모르는 장미는

　　바람이 불어도 이제 비의 기운을 느낄 수 없는 장미는

　　칠월까지 그 모습 그대로 살아남았다

　　칠월 초부터는 본격적으로 비가 내리고 이후부터 무더워진다고

한다

―「장미의 얼굴」 부분

　세계와 탈착된 언어는 폭력적이다. '압화'라는 기표는 결국 장미를 '질식사'시킨다. 이름과 사물의 본질 사이에는 아무런 관계가 없다고 했던 소쉬르의 언어구조학은 장미의 죽음을 변호할지도 모른다. 피고는 장미가 아니라 활자와 의미를 압축했을 뿐이라고, 장미의 죽음은 '무의도'와 '무작위'에 의한 무죄라고 말이다.

　하지만 '빨강'이 '빨갱이'로 변환되는 기표의 미끄러짐이 개미의 목숨이 아니라 사람의 목숨을 앗아가 버렸듯이, 구조를 벗어난 기표는 위험

하게 작동한다. 그래서 시인은 이제 화단에서 탈착된 장미는 계절이 지나도 바람을 느끼지 못 할 것이며 비의 기운을 느낄 수도 없을 것이라고 반대심문 중이다. '달팽이의 점액질'로 만든 '스킨'을 '피부'에 바르는 언어의 폭력과 도단을(「당신의 세계였던 신체에서」), 나눌 수 없는 혈통과 유전자를 분해하고 조립해서 "로즈테일 오란다 홍백난주 벚꽃난주" 등의 교배종을 탄생시킨 언어의 신성침범을(「보디랭귀지」(1)], '분홍'과 '핑크'의 국적을 나누어버린 언어의 분열책동을(「우리의 소원은 통일」) 증거로 제시하면서 말이다.

김준현의 많은 시편들은 이와 같은 방식으로 소쉬르적 언어구조학의 폭력성을 고발한다. 다른 것을 동일화시키거나 같은 것을 나누어버리는 활자들을 나열하는 작업을 수행하면서, 소쉬르와 달리 언어와 사물의 관계를 복원하려 했던 벤야민의 미메시스 능력을 재현하려 한다. "비가 오면 초록색 우산을 쓰고 나무처럼 호흡"(「비 동아리」)하며 기꺼이 나무가 되려는 의지가 이 시집에는 가득하다.

자연은 이미 유사성을 모방하는 능력을 가지고 있다. 주변의 세계를 모방하는 의태(보호색)의 형태가 대표적이다. 그러나 자연의 미메시스는 생존의 본능이며 시스템의 반복일 뿐이다. 반면 인간의 그것은 시스템을 파괴하면서 끊임없이 다른 것이 되려고 한다. 닮았으면서 동시에 달라지려는 것, 유사성을 인식하고 창출하는 능력, 그래서 벤야민은 미메시스적 능력을 인간학적 능력이라고 말한다.

그러나 이 능력은 퇴화되었고, 이후 쓰이는 언어는 모두 위험하다. 김준현의 시는 이미 이 사실을 알고 있어서 동일한 페이지가 무수하게 반복 재생되는 세계의 언어를 복사기의 모습으로 비유하면서 "잘 표현할 수 없는 불행"(「잘 표현된 불행」)을 고발(또는 고백)한다. 또 능력을 상실한 언어의 만행들을 들춰내면서 파괴하는 작업을 진행 중에 있다. 그래서 시인에게 "시를 쓰는 일은 손에 직접 피를 묻히는 일"(「잘 표현된 불행」)이다. 아주 오래전부터 조직되어 굳어진 언어구조의 살갗을 찌르고 갈라서 은폐된 범죄 사실을 적나라하게 파헤치는 칼의 작업을 수행하기 때문이다. 처음 합평을 하는 자리에서 "네 시는 파편화되어 있어"라는 평가에 대해 "잘 쪼개져서 날카로운 것이 좋다/통일이 싫다/온전하다는 것은 잘못된 감각 같다"(「호두까기」)라고 반문할 수 있었던 이유도 여기에서 기인한다.

3.

김준현의 시집을 읽으며 나는 이런 문장을 떠올린다. 지구에 살면서 지구의 공전 소리도 듣지 못하고, 자기 몸에 깃들어 살면서 정작 자기 정신의 생김새를 보지도 못하고, 자기 입으로 말하면서 녹음된 제 목소리를 낯설어하는, 우리는 도대체 무엇을 보고 무엇을 말하고 무엇을 듣는 바보일까. 신탁을 거부하다가 결국 운명의 굴레에 빠진 어리석음을 탄식하며 제 눈을 찔러버린 오이디푸스의 비극은 실시간으로 재현되는 현실이 아닐까. 곧이어 이런 생각도 해 본다. 보지 못하는 눈과 말하지 못하는 입과 듣지 못하는 귀를 가진다면 우리는 무엇을 보고 말하고 들을 수 있을까. 어쩌면 그것은 상실이 아니라 가능성이지 않을까.

이번엔 종이의 실어증을 고치기 위해 말이 되는 것만 썼다 하루
에 여덟 페이지를 치료한 적도 있다 비(雨) 이야기만 하는 환자만 두

페이지였던 적도 있었다 "찢어 버리고 싶지 않았어?" "복사되기 전
에 이미 삭제했어" 할 말이 없을 것처럼 보이는 종이도 막상 마주하
면 할 말이 많았다 한 번 말을 하고 나면 그 말만 했다 인쇄되어 나
온 것은 따뜻했으나 금방 식어 버려서 나는 두 손으로 온 힘으로 최
대한 구겨서 던졌다 쌓이고 쌓였으나 저들로는 눈싸움도 할 수 없다
녹지도 않았다 일그러진 채 거기 그렇게 있었다 나 같은 사람에게
자신의 말하기를 부탁한 자들의 최후였다

– 「보디랭귀지」(2) 전문

실어증을 앓고 있는 종이인데, 정작 말이 많다. "말이 되는 것만" 썼
는데 "여덟 페이지"나 가득 채웠다니 쓸모없는 쓰레기임에 분명하다.
"한 번 말을 하고 나면 그 말만 했다"고 하니 이건 미메시스가 아니라
시스템의 반복일 뿐, 고장난 시스템은 파괴해야 한다. 실어증을 치료하
는 화자는 시인일 터, 그는 복사되기 전에 서둘러 페이지를 삭제한다.
그러한 말들을 시라고 할 수는 없으니까. 금방 식어 버리는 말로 시를
쓸 수는 없으니까. 차라리 말 대신 몸의 언어가 더 나을지도 모른다. 김
준현에게 실어증은 질병이 아니라 치유를 위한 처방일지도 모른다.

시집 곳곳에 등장하는 낯선 이국의 도시, 그곳의 낯선 언어들과 낯선
사물들(사실은 아주 낯익은 것일지도)은 김준현의 시 세계를 이해하는
중요한 단서들이다. 한국에 살고 있는 외국인들을 묘사하는 작품들도
마찬가지다. '낯설게 하기'가 아니라 시인 스스로 낯선 시공간에서 낯선
존재가 되기 때문이다. 타락한 언어의 실어증을 치료하기 위해 이보다
더 좋은 방법은 없을 것이다. 눈 뜬 채 죽은 어항 속 물고기처럼[「보디
랭귀지」(1)] 이국의 나라에서 입은 있으나 말할 수 없고 눈은 있지만 볼

수 없는 존재가 되는 일이 이 시집이 수행하는 과업이다.

4.

그래서 나는 눈과 입과 귀가 지워진 얼굴을 상상하며 김준현의 시들을 읽는다. 블라디보스토크에서 이미 그의 '눈'은 "노화"되었다. "텅 빈 눈"으로 보는 그곳의 사람들은 "먼 곳에서 보는 그들을 알 수 없는 글자"로 보인다. "뜻이 없고 문법에도 맞지 않아서 슬프"게 인식되는 사람들을 보면서 시인은 "글자들이 점점 작아지는 것을 노화라고 생각"(이상, 「힘」)한다. 이때의 노화는 생물학적 늙음이 아니라 타락한 언어의 퇴화에 가깝다. 이미 말했듯 시인은 그러한 눈을 버리기도 작정했으니 이건 자발적이고 능동적인 노화다. 억지로 생명을 유지하기 위해 "커피에 든 내 영혼을 빨대"로 마셔봐도 "시력 0.1과 안갯속 세상 가운데 하나만 선택해야 하는/영혼의 이분법"(이상, 「커피와 영혼」)을 벗어날 수 없기 때문이다.

> 연을 끊어 팔다리가 다 사라진 채 그저 바라보았다 면벽
>
> 함께 같은 곳을 바라보았던 눈동자들아 안녕
>
> 꼬리를 내밀고 너희는 너희가 갈 곳으로 가라
>
> 초록을 얻고 눈을 얻고 먹을 수 있는 입을 얻어 입을 벌리지 않고도
>
> 울어라, 터질 때까지 부푸는 속으로 울어라
>
> — 「어디를 보다가 이제 옴」 부분

이 작품은 "연못 속 눈동자들이 태양을 똑바로 본다"는 문장으로 시작한다. 연못 속의 눈동자들은 개구리알들이다. 그 둥근 모양은 사람의 눈으로 인식되고 "동그랗게 말린 온몸"으로 번역되었다가 이내 "입술을 둥글게 말고 둥근 어둠으로부터 옴"이 되었다가 "더는 윤회하지 않는 삶을 위해 Ω"이라는 기호로 승화된다. 형태의 유사성에서 기인한 언어유희는 우주의 모든 진동이 응축된 태초의 소리인 옴(Ω)으로 귀결되면서 지금까지 수많은 인간의 눈이 행해왔던 파괴적이고 폭력적인 '바라봄'을 초기화해 버린다. "태양을 똑바로 본다"는 문장은 오래된 눈을 버리는 작업과 같다. 따라서 인용한 부분에서 연못 속의 눈동자들에게 건네는 인사는 그것들이 자유로운 존재가 되어 새로운 눈이 되어주기를 바라는 명령이자 요청으로 읽어야 한다. 입이 없어도 맘껏 울 수 있는 입은 덤으로 주어질 것이다(무언가를 '본다'는 행위는 인간의 인식과 언어에 가장 강력한 영향력을 행사한다. 그래서인지 김준현의 시들에서는 유독 눈, 시선, 시력, 봄, 눈동자 등의 이미지가 강렬하게 해체된다. 「멍 때리기」, 「어디를 보다가 이제 옴」, 「매일 화성을 바라보기 시작한 너의 구조적 결함」, 「여기는 계란의 내부」, 「에그」, 「Jieto」 등).

입과 눈을 버렸으니, 이번에는 귀를 버릴 차례다. 지구에 살면서 지구의 공전 소리도 듣지 못하는 바보들을 위해서.

이어폰 스피커는 볼륨 37을 넘으면 내 청력 손실을 걱정한다

청력은 중요합니다.

볼륨을 이 지점 이상으로 높이면 청력이 영구적으로 손상될 수

있습니다.

나는 이 지점을 꽤 좋아한다

…(중략)…

이제 바꿀 때가 되었다, 이런 먹물, 이런 연필의 심, 이런 속 깊은
데서 꺼낸 말
듣다 보면 청력 손실이 오겠지
이제 안 들을래, 그만 들을래, 나는 그냥 즐겁고 행복하게 살래

– 「명왕성」 부분

명왕성은 태양계의 마지막 행성이었다가 이제 그 자격을 상실했다. 우리와 타자를 구분하고 여기와 저기를 나누고 명명되는 것과 명명되지 않는 것의 경계에 있다. 그런데 어쩌면 이것이 명왕성에게는 자유일지도 모른다. 앞서 말한 것처럼 인간의 타락한 언어를 구성하는 감각들로부터 자유로워질 때 언어가 폭력적으로 구획지은 경계로부터 벗어날 수 있기 때문이다. 그래서 시인은 이런 "지점을 꽤 좋아한다". 같은 이유로 시인은 숫자 9의 운명에도 관여하지 않는다. 9가 10이 되어도 그건 다시 0과 1의 생을 반복하는 것, 다시 궤도를 공전하는 것과 다르지 않다. 그래서 시인은 "9는 1이 모자랐다 나는 이제 그 일을 하려고 한다"(「9는 무슨 수를 써도 9」)고 말하면서 9라는 숫자의 모습이 지닌 불균형하고 불안한 상태를 그대로 유지하려는 선언을 한다.

이미 주어진 세계는 우리에게 주어진 감각을 요구한다. 이어폰에서

들리는 음악의 가사는 우리에게 음악이 묘사한 감정을 요청하고 우리는 음악이 요청한 감정을 이식받는다. "그립지 않은데 그리워"[「자막과 입을 맞추는 영혼」(1)]지는 마음이 되어 버린다. 그래서 이 시에 실린 마지막 문장은 이렇게 끝난다. "이어폰을 빼자/풍경이 내게로 밀려들었다".

5.

인간의 감각 기관들을 모조리 초기화하고 시인이 도달하려는 세상은 어떤 곳일까. 연작으로 쓰인 표제작 중 마지막 작품에 약간의 실마리가 있다.

1이 사라진 줄도 모르고 살겠지

무심하게 쓴 0들이 점점 지구의 형태가 되었으면 좋겠다

사람이 살 수 있는 행성이 되었으면 좋겠다

오른쪽에서 왼쪽으로 한 바퀴 한 바퀴 끊임없이 돌리고 돌리고

싶은 완성의 반복

그 안에 갇히지 않았으면 좋겠다

이런 데서 어떻게 살아, 밖으로 나와 밖에 뭐가 있는데 사람들이

있잖아

사람의 눈 끊임없는 사람의 눈 제가 무엇을 보면서 어떻게 드러

나는지도 모르는 사람의 눈이 있잖아 사람이 사람을 안 보고 살 수

는 없는 거잖아

– 「자막과 입을 맞추는 영혼」(3) 부분

여기서 "1"과 "0"은 의미의 유무로 읽는다면, "1"이 사라진 세계는 인간의 언어가 강제적으로 부여한 의미들이 지워진 세계로 읽을 수도 있겠다. 그곳이라면 김준현의 사람들이 살 수 있겠다. 입과 눈과 귀가 없어도 그들은 무한 반복의 세계에 갇히지 않을 수 있겠다. "눈이 부셔도 감지 않는 법"을 익힐 수 있겠다.

시적 대상과 언어의 싱크로율을 일치시키는 일, 사물의 말을 오역없이 번역하는 일, 언어의 한계 너머의 언어에 도달해 세계의 또다른 진실의 구멍을 엿보는 일, 모든 시인들의 꿈일지 모른다. '자막에 입을 맞추는 영혼'이라는 제목은 정확히 이 지점에 서 있다. 우리는 다른 세계의 소리를 '귀'로 듣고 번역된 자막을 '눈'으로 보면서 '입'으로 읊조리는 몇 겹의 과정을 거쳐 대상을 이해하려 한다. 김준현의 시는 이 번거로운 과정을 지우고 직접 대상의 영혼과 접촉하려는 시도를 하고 있다. 그러나 여전히 남는 질문이 하나 있다. 그럼 이제 눈이 지워진 눈과 입이 없는 입과 귀없는 귀로 우리는 무엇을 보고 말하고 들어야 하나? 시인이 복원한 세계의 모습이 아직 보이지 않는다.

* 추천시 : 「멍 때리기」, 「보디랭귀지」연작, 「자막과 입을 맞추는 영혼」연작

전원이 꺼진 냉동고
– 김미소 시집 『가장 희미해진 사람』을 읽고

1.

김미소의 시는 잔혹하다. 살갗의 틈을 찢고 나오는 진물이 마르지 않아서, 상처도 도무지 아물지 않는다. "매일 꿈을 꾸어도 날개는 부러지고 비극은 반복"(「재2」)되는 세계에는 "내 영혼은 검은 페이지가 대부분"이라던 기형도의 그로테스크를 넘어선 잔혹함들이 도사리고 있다. 살가죽이 낀 붉은 손톱, 밀봉된 채로 은폐된 영혼, 꿈에서도 다시 보기 싫은 희미한 얼굴, 눈을 감아도 사라지지 않는 환영들, 이불을 덮어도 묻어 나오는 얼룩, 재가 되어 부서지는 날개, 문구멍을 들여다보는 눈동자들의 소름, 그리고 전원이 꺼진 냉동고로 천천히 걸어 들어가는 한 사람의 가려진 얼굴 등이 이 시집을 가득 채우고 있다.

붉은 손톱을 씹어 먹으며 겹겹의 표정을 벗겨낸다 아토피는 불치
병이라지, 베개에 뒹구는 각질을 쓸어 담아 유리병에 밀봉한다 모래

알 우수수 떨어지는 모래 언덕은 어디쯤…… 시계와 불면은 반복된
다 불치는 나의 잘못이 아닌데, 강박은 달아나지 않을 것 같아, 마개
엔 구멍이 없다 숨이 없다 짐승은 오래 머물고 싶어 한다…… 각질
을 알약처럼 입안에 털어 넣는다 식도를 통과하는 은어(隱語)가 들
린다 기적은 좀 더 기다리라 한다 나는 나의 이목구비를 폐허 같은
허물을 다시 빚는다

―「나의 잘못이 아닌」 부분

이 시에는 시집의 거의 모든 언어와 이미지들이 모여 있다. 피와 진
물이 낀 붉은 손톱, 밀봉되고 유기된 공간, 불치병(아토피, 비문증), 허
물어지고 흐려지는 얼굴, 너무나 얇은 외피를 불면의 밤, 그리고 죽은
피부를 알약처럼 다시 삼키는 슬픔의 자기 증식까지 집약되어 있다. 자
가 증식하는 슬픔은 「개와 쥐」에서 더욱 선명하다. 이 시는 "갓 태어난
붉은 쥐를/잡아먹는다"는 문장으로 시작된다. 여기서 붉은 쥐는 피부
가 벗겨진 신체와 보살핌으로부터 배제된 유기된 상태를 의미하고, 검
은 개는 이 붉은 쥐의 불안과 슬픔을 집어 삼킨다. 김미소의 시들에서
폭력적 상상과 잔혹한 혈흔들이 자주 표현되지만, 대부분 자신의 정서
를 표출할 통로가 막혀버린 한 존재가 겪는 불안과 강박 증상에 가깝
다. 사정은 여기서도 다르지 않아서 제 슬픔을 스스로 삼킬 수밖에 없
는 억압된 자아의 모습이 개와 쥐의 관계다. 슬픔을 먹으면 슬픔이 자
란다. 피부에서 이탈한 각질(각질의 이미지는 시집 전반에서 죽은 육
체, 상처입은 영혼, 재, 추락하는 날개와 같은 이미지로 변환되면서 화
자의 메마른 슬픔과 무력감을 드러낸다)을 삼킨 화자가 빚는 것은 다시
"폐허 같은 허물"일 뿐이다. 이 반복되는 무한지옥이 김미소가 펴낸 시

집의 풍경이다.

"불치병을 가지고 태어나 평생을 골골"(「먹을 만큼 먹었고 잘 만큼 잤다」)거렸다는 화자는 열네 살에 처음으로 "눈에 날아든 이상한 점"을 보았다. 비문증이다. 눈을 감아도 사라지지 않은 점은 이내 "외로운 포자"가 되거나 "검은 소름"이 되거나 "거미 떼"가 된다. "거미 떼가 냉기 가득한 이불 속을 침범한다"(이상, 「열네 살」). 그러니까 김미소의 시에 등장하는 수많은 거미의 이미지들은 동생에게 눈이 찔려 망막의 일부가 찢어지면서 발생한 비문증의 증상이면서, 얼굴을 간지럽히며 피부 전체로 퍼지는 아토피의 증상에 기원을 두고 있다. 그러므로 "집을 잃은 거미 떼가 새까맣게 벽을 타고 오른다"거나 "거미줄이 콧등에 달라붙는다"는 표현들은 화자가 겪는 망상이면서 동시에 실체적 증상이다. "상상을 부추기는 거미의 습성"처럼 말이다. "손가락은 거미의 보폭을 흉내 낸다"(「손가락은 거미를 흉내 낸다」)는 표현은 "진물이 흐를 때까지 붉은/얼굴을 손톱으로 박박 긁는다"(「날개는 슬픔을 간지럽힌다」)는 말로 번역 가능해진다.

그 어떤 병도 자신의 잘못에서 기인한 것은 없지만, "나의 죄가 무엇인지 알고 싶어/가슴속에 사는 불길을 긁으면/재가 눈발처럼 내려앉는다"(「열네 살」). 간지러운 얼굴을 박박 긁는 손톱에 낀 진물들과 찢긴 각질들은 '재'의 이미지로 확장된다. 하늘을 날다 이내 사라지거나 추락하는 재는 다시 '날개'의 이미지로 변이되지만, 마른 각질처럼 너무 얇고 건조한 외피의 날개는 바람을 품을 수 없어서 금세 추락한다. 날 수 없으니 꿈도 깊을 수 없어서 아주 작은 소리에도 꿈은 금세 달아난다. 시집에서 반복되는 "흩어지는 재"와 "부러진 날개가 반복되는 비극"(「재 2」)은 가혹한 현실을 벗어날 수 없는 한 존재가 겪은 수많은 좌절과 우울과 소외를 응시하게 한다.

2.

　김미소의 시에는 뼈저린 소외와 외로움들이 차갑게 각인되어 있다. "냉기 가득한 이불"(「열네 살」), "암막 커튼"(「장화가 있던 자리」), "흙무더기로 몸을 덮는 시간"(「모텔」), "이불을 뒤집어쓰고"(「개와 쥐」), "재를 뒤집어쓰고 누웠다"(「재」) 등의 표현들에는 세계와 분리된 한 존재가 얼마나 많은 외로움과 죽음을 통과해 왔는지를 짐작하게 한다. 땅에 묻히는 젤리(「젤리」), 죽음을 체험하는 관(「체험」), 동물들이 버려진 자루(「유기」) 등의 이미지들은 빛이 들지 않는 어두운 방에 갇힌 존재가 겪은 격리된 시간의 감정들을 간접체험하게 한다. 시인의 언어 세계의 조직도는 죽음이라는 진원지에서 파생되어 뻗은 거미줄과도 같아서, 거의 모든 시편에서 어렵지 않게 유사한 표현들을 톺아 낼 수 있다. 그 중에서 내게 가장 또렷하게 그려지는 이미지는 바로 "전원이 꺼진 냉장고"로 걸어 들어가는 어린 아이의 모습이었다.

　그건 이미 지나간 구름, 감정 없는 인간을 고기라고 부르자, 다정한 가족을 해체하고 싶다 정숙하지 않은 기분을 숙성시켜야지, 가끔은 냉동고 속 근황을 살핀다 돼지들은 잘 있습니까 아무쪼록 변질되지 않는다 돼지는 돼지일 텐데, 냉동고 틈 사이로 흐르는 핏물은 왜 흥건해지는 걸까 바닥이 고이는 건 왜 도축당한 사람은 아무도 없는데 피를 흘리잖아, 틈을 노리잖아 이건 냉동고 옆 망초꽃이 어른

이 되어도 밥을 굶어도 키가 자꾸만 자라는 것과 같은 일, 죽어서도 등급을 얻습니까 어른이 된 것 같았는데, 완성된 인격인 줄 알았는데…… 변이된 돼지입니까 돼지들은 그들만의 언어로 답한다 꿀꿀, 그래, 진화하는 돼지가 돼야지, 회피하는 창문과 문 밖의 사정, 누군가 고기를 굽는지 연기가 피어오르는 금요일 화목한 돼지들은 사려 깊은 저녁을 품고 사니까, 그걸 행복이라 말하면 눈이 따갑다 돼지의 얼굴이 일그러진다 돼지와 나의 그림자가 겹친다 두 손으로 표정을 움켜쥐며 걸어 들어간다 전원이 꺼진 냉동고로

–「다정한 돼지」 전문

감정이 거세된 화자는 이 시에서 (돼지)고기로 치환된다. 감정은 몸의 온도를 높이고 변질을 야기한다. 마땅히 냉동고와 같은 차가운 곳에서 숙성되어야 한다. "회피하는 창문과 문 밖의 사정"은 감정의 고립과 격리를 연상케 한다. "구멍 사이를 훔쳐보는 검은 눈빛은 소름 같은 것/ 소름은 벌레를 바라보는 적의 같은 것"(「날개는 슬픔을 간지럽힌다」)이라는 진술과 겹쳐보면 화자의 존재는 격리, 차별, 외면의 대상이라는 사실을 확인할 수 있다. "사려 깊은 저녁"이 있는 화목한 풍경은 자신을 제외한 어느 "다정한 가족"의 모습일 뿐이다. "삼키지 못한 말들"과 "사라지지 않는 말들"(「쓰레기통」)은 일기장에 쓰인 후 쓰레기통에 버려져야 하고, "어린 동생이 눈을 찔렀다"는 사실은 결코 발설되지 않아야 할 "말할 수 없는 고백"(「생각하는 사람」)이다.

감정이 거세된 돼지에게 허락된 유일한 표정은 웃는 얼굴이다. 돼지 저금통과의 동일시로 이어진 시에서 "돼지는 침묵하는 동시에 웃는다"는 문장은 "제왕절개 하는 순간에도 돼지는 끝까지 웃겠지"(이상, 「돼지

를 훔쳤을 때」)라는 냉소적 역설로 고착된다. 돼지는 피를 흘린 이후에도 항상 웃고 있는 표정이니까. "붉은 손톱을 씹어 먹으며 겹겹의 표정을 벗겨낸다"(「나의 잘못이 아닌」)는 진술까지 종합하면 김미소의 화자에게 허락된 미소는 가장되고 과장된 거짓 웃음이라는 사실을 알 수 있다.

그래서 "다정한 사람이 되고 싶어 다정하게 울었다"(「날개는 ~」)는 문장은 너무 아프다. "냉동고 틈 사이로 흐르는 핏물"은 살갗의 틈 사이로 흐르는 아토피의 진물처럼 축축하지만 고기를 굽는 다정한 가족들의 입술은 반질반질할 것만 같아서, "전원이 꺼진 냉동고"는 너무 어둡고 춥고 외롭다. 가족이지만 가족이 아니어서, 다정하지만 다정하지 않아서, 사람이지만 괴물이어서, "도축당한 사람은 없는데 피를 흘리잖아"라는 문장이 전혀 모순적으로 보이지 않는다. 그래서 "다정한 가족을 해체하고 싶다"는 문장이 소외되고 격리된 존재의 절규처럼 들린다. 기형도의 「겨울판화」 연작이 이처럼 스산했을까. 폭설 속 고립을 상상하고 바랐던 문정희의 「한계령」이 이처럼 외롭고 추웠을까. 김미소의 화자가 갇힌 이 냉동고는 전례 없이 춥고 어둡다. 그리고 비릿하다. 어둠을 긁는 붉은 손톱에는 자학과 복수의 피가 잔뜩 묻어 있다. 시집을 한 장 한 장 넘기는 모든 순간은 잔혹한 자화상과 참혹한 상상들로 붉게 물든 세계로 한 발 한 발 걸어 들어가는 일이었다.

3.

어두운 방에서 화자에게 보이는 건 가족들의 돌아누운 등이었다(「불면」, 「슬퍼할 권리」, 「물결처럼 걷는 꿈을 꾸었다」, 「먹을 만큼 먹었고 잘

만큼 잤다」 등). 축축한 "이불은 기분을 가두는 역할"을 하고 "등은 표정을 보여 주지 않는다"(이상, 「슬퍼할 권리」). 벽을 향해 돌아누운 아버지와 엄마의 등은 화자가 겪는 슬픔의 늪으로 발을 딛지 못하는 두려움과 슬퍼할 권리조차 참아야 했던 화자의 외로움과 서로가 표정을 감추어야 했을 어떤 쓸쓸함을 연상케 한다. 그곳에서 "바닥으로 엎질러진 육체"(「모텔」)는 "비극처럼 누워"(「체험」)서 "어둠을 뱉어내는 아가미"(「죽은 척해야 하나 죽었다고 해야 하나」)를 만들며 죽음의 시간을 먹고 자랐다.

　다정한 사람들은 등을 돌렸지만, 시인의 시선은 죽음이 죽음을 알아보고 슬픔이 슬픔을 알아보듯 버려진 존재들에 가 닿았다. 「버그」는 오리들의 집단적 살처분 현장을 응시한다. 시에는 오리들의 비명과 매몰지에서 흘러나온 오염된 물줄기가 토양으로 번지는 모습과 공포에 질린 배설물들이 살아있는 오리들에게 전염되는 모습이 표현되어 있다. 오염은 차별의 징표로서 우리와 타자를 구별하는 표식으로 작동한다. 이 시에서도 배설물의 얼룩은 냉동고 틈에서 흐르는 핏물처럼 피부에서 흐르는 진물처럼 오염과 감염의 공포로 작동되면서 살아있는 존재로부터 격리 조치된다. 시인의 시선은 공감과 동일시의 경로를 거쳐서 유사한 처지에 놓인 존재들에게로 향한 것처럼 보인다.

　　너는 자루에서 발견되었다 눈부심이 허락되지 않는 곳 숨이 소멸하는 곳 너는 쏟아낸다 어떤 울음이 이곳으로 빛을 이끌었을까 호흡은 부서질 듯 연약하다가 자루를 열고 손목을 넣는다 …… 손가락사이로 털이 엉킨다 축축함이 가시지 않는다 …… 너를 품에 안고길을 건너는데 새벽빛이 외투를 쓸어내린다 입김을 불어 넣는다

― 「유기」 부분

모래성의 윤곽은 흩어질 때 다정하다 사라진 것을 위한 구호 작
업, 유기가 반복되는 세계 끊어진 개의 목걸이가 있다 울타리가 사
라진 너의 이름, 주머니가 없다 손이 부끄러울까 나는 목도한다 누
군가에게 닿을까 조개 껍데기를 만지작거리며 모두가 사랑했던, 호
두야 하고 부르면 달려올 것 같은 바람과 지워지는 점자들 한때 다
정했던 사람이 버리고 간 잔해 속 찢어진 지도가 있다 울음은 경로
를 이탈한다 지도는 쓸모없다 왜 씻을 수 없는 발로 해변을 서성이
는지 묻고 싶어져 길이 나를 잊었는지 내가 길을 잊었는지 모르겠
어, 가까이 본다 영원이란 말이 무색하게 얼굴이 사라지고 파도가
밀려온다

－「유기2」 전문

「유기」 연작에서 시인의 시선은 "한 때 다정했던 사람"들로부터 버림
받은 반려동물들에게 닿는다. 한 때의 사랑은 '영원'이라는 단어를 무색
하게 한다. 모래사장에 찍힌 어지러운 발자국들은 누군가의 부끄러움
을 지시한다. 경로 이탈과 찢어진 지도는 동물들이 정상의 길에서 벗어
난 자리에 유기되었음을 표현한다. 자루에 넣어진 채 발견된 '너'와 모
래성 아래 묻힌 '호두'는 어두운 방에서 축축한 이불을 덮고 누워 있었
던 '나'를 연상하게 한다. 김미소의 시집 전반에는 이렇듯 시집의 1인칭
화자와 유사한 이형태들이 무수하다.

그런데 주목해야 할 지점은 이러한 유사성이 아니라 그들을 구출하
는 화자의 모습이다. 자루에서 축축하게 죽어가는 생명체를 꺼내서 품
에 안고 입김을 불어넣는 모습은 어쩌면 스스로에게 불어 넣어주는 숨

과도 같아 보인다. 그 누구도 "여보세요/거기 있어요?"(「1인 극장」)라고
불러주지 않아서, 아무도 찾아오지 않는 빈 식탁에서 시려운 맨발을 비
벼야 했던(「다정한 겨울」) 자신을 스스로 일으켜 세우는 힘이 여기에 표
현되어 있다. 그 힘은 6개월만 살겠다는 친구에게 다이어리를 선물(「친
구」, 「돼지를 훔쳤을 때」)하는 따뜻하고 조심스러운 위로로, "여기야 난
여기 있어/데리러 와 줄 수 있어?"(「데리러 와 줄 수 있어」)라는 적극적
이지만 부끄러운 요청으로 전이한다.

어둡고 잔혹한 김미소의 세계를 성성거리며 나는 하나의 빛줄기처럼
선명한 이 응시의 힘에 주목한다. 시집의 해설에는 이런 말이 쓰여 있
다. "삶은 아픈 꿈이나 악몽이 아니다. 자신의 아픔과 상처에 골몰하지
않는다면 김미소의 시가 품게 될 세계는 넓고 크게 펼쳐질 것이다." 이
것이 김주원의 따뜻한 위로임을 안다. 그러나 나는 여기에 조금은 다른
의견을 첨부하고 싶어진다. 객관성과 보편성의 확보라는 오래된 수사
에 골몰할 때 우리는 '내가 아파봤기 때문에 너의 상처를 알 수 있다'는
섣부른 오류와 설익은 해석에 노출될 수 있다. 김미소의 시선이 유기된
존재들에 닿을 수 있었던 것은 오히려 자신의 아픔을 끝까지 응시하고
언어화하는 일종의 용기로부터 도출된 것은 아니었을까. 자신의 아픔
을 더 정확하게 드러내고 그 상처에 붉은 손톱자국으로 새겨진 기억들
을 한 줄 한 줄 되짚어 낼 때 보편성은 독자들의 몫으로 이전해서 자연
스레 확보될 수 있을 테니까 말이다.

그래서 나는 시인의 시선이 다른 존재들의 상처를 들여다 볼 때보다
마르지 않는 피부의 진물과 얼룩과 각질에 주목할 때, 더 아프고 더 잔
혹하고 더 궁금해지고 더 깊어지는 감정을 느낀다. 그래서 감히 바라건
대 시인의 시선이 한동안 더 그 봉인된 어둠을 헤집기를 바란다. "홀로

노는 아홉 살처럼 잔혹"(「젤리」)한 기억을 더 헤살 짓기를 바란다. 자신을 괴물이라고 불렀던 누군가의 이름 위에 그었던 빨간 줄들이 더 선명한 거미줄로 촘촘해지기를 바란다. 그 거미줄이 붉은 피로 물들기를 바란다. 그래서 차별적으로 작동했던 '다정함'들을 충분히 해체하고 토막 내서 영하 20도의 냉동고에 유기하기를 바란다. 그래서 김미소의 1인칭 화자가 그 어둡고 축축한 공간에서 스스로 날개를 펼 수 있기를 바란다. '여보세요. 거기 있어요?'라는 구호의 목소리가 들리지 않더라도 뚜렷한 얼굴의 윤곽선을 가진 나비로 변신하기를 바란다.

  * 추천시 : 「다정한 돼지」, 「가장 희미해진 사람」, 「유기」

우리가 모르는 우리 시대의 노동
- 이용훈 시집 『근무일지』를 읽고

이용훈의 시집에 기록된 노동 현장의 날 선 언어들은 한 시인의 『근무일지』가 아니라 한 노동자의 처절한 기록이 시적 형태로 표현된 것에 가깝다. 액체화되는 근대성(바우만)의 성질을 보여주듯, 현대 사회의 노동은 점점 비가시적이고 비고정적이어서 노동자 이용훈이 경험한 현장은 하나의 장소나 직업으로 국한되지 않는다. 건설현장의 잡역부부터 모텔 청소부, 하수시설 청소부, 자가격리자 생활관 청소부, 택배분류 상하차장, 정신병원 폐쇄병동, 가구 공장, 오징어잡이 배 등 온갖 이력을 표류해 왔다.

신자유주의는 이러한 노동의 특징을 '유연성'이라는 말로 탈색시키지만, 실상 이 말은 표류하는 노동의 비참함을 억압하는 방편에 불과하다. 유연성은 '직업(career-마차의 길, 노동에서는 한 우물을 판다는 뜻)'이라는 단어의 본래적 의미를 '일자리(job-짐수레로 실어 나를 수 있는 한 덩어리 또는 한 조각)'로 바꿔버렸다. 이러한 노동 형태 속에서 일하는 노동자들은 정서적으로 지속 가능한 감정을 상실하게 되고, 끊임없이 분열되고 재조정되고 재정의되는 운명에 처하게 된다. 이용훈의 많은 문장들이 완성되지 않은 채 파편화되고 분절된 비문으로 가득한 것은 파편화된 파상적 노동 형태가 그대로 언어적 형식으로 번역된 것이기 때문이다. "연장 챙겨 담고 다리 끝 각반 풀면 사람들은 해체되겠지 흩어지겠지 철거되면 기억나는 사람들 어디서 무얼 하고 있으려나"(「잡역부」)와 같은 구절은 이에 대한 무수한 근거 중 하나일 뿐이다. 다음의 시를 보자.

> 형태를 갖추면 해체되는 무대에서 외줄을 타자 쇠막대 하나를 쥐자 매달린, 붕붕 뜨는 몸짓들이 있다 아슬아슬 한발에 외줄타기 다음 한발을 내딛는 몸부림은 무대를 기웃거리는 단역배우의 리허설 아시바 쇠파이프는 건설되는 모든 형태보다 먼저 서야 하고 먼저 쓰러져야 하는 해체를 위한 약속, 존재하지 않았던 온전한 형태를 가져본 적 없는 우리는, 모든 다면체를 위한 우리는
>
> — 「해체되기 위한 쇼」 부분

건물을 올리려면 "아시바 쇠파이프"로 작업공간과 안전망을 만든다. 그리고 건물이 완성되면 "다면체"를 띠었던 파이프들의 조립은 해체된다. 시인은 이 파이프들을 다면체를 구성하기 위한 "단면"들로 비유하고, 존재했으나 이제는 존재하지 않는 형태를 "단역배우의 리허설"로 은유한다. 이는 "휙―건설 중이고 또 휙―철거되"(「굴러온」)는 신자유주의의 파괴적 순환과정에서 노동은 "해체되기 위한 쇼"로 전락한 현실을 반영한다. 파이프들의 형태는 해체되었다. "온전한 형태를 가져본 적 없는" 노동의 과정은 생산을 위한 도구로 소모된다. 완성을 위한 노

동의 과정은 비가시적이다. 이 노동은 아슬아슬한 "외줄타기"처럼 위험하지만 결과물은 매끄럽고 안전하다. 노동의 소외는 21세기에도 여전하다.

그리고 모든 소모되는 것들은 쓰레기로 분류되고 폐기된다. 지그문트 바우만의 진단은 여기에서도 유효해서 소비능력이 결여된 쓸모없는 존재들을 걸러내는 사회적 위생처리의 과정에서 비가시적 노동과 노동자들은 셈법에서 제외되거나 착취당하고 결국 '쓰레기'로 분류되고 버려지고 대체된다. "여기는 좁고 일할 노인네는 많다"(「당신의 외국어」).

먼지바람 일고 무너지고 그는 화물 꾸러미에 깔려 일어날 수 없다 화물차는 달리고 싣고 나른다 컨베이어 벨트는 쓰러진 그를 흘려보낸다 분류되면 옮겨지고 수레에 싣고 실리고 그를 짐짝 사이에 잠시 낑겨놓는다 벨트 가동되면 벨소리 징하게 울린다 미친 듯이 밀려온다 달려들고 돌고 돌고 분류하고 분류되고 쌓여 있는 상자들 육면체 모서리 구겨지고 짜부라지고 주소지 불명이라 한편으로 내동댕이쳤다 누락된 짐짝 되어서 서로 원수지지 말자 찌그러지지 않게 옮겨라 주임도 한마디 던진다

–「신수동 수화물 터미널」 부분

분류되고 낑기고 구겨지고 짜부라지는 것이 비단 수화물처럼만 보이지 않는다. 이따금 컨베이어 벨트에 실려 오는 "주소지 불명"의 "짐짝"들이 누락되는 것이 단지 수화물들뿐일까. 이 시집의 곳곳에는 파편화되고 해체되다 못해 흔적조차 사라지는 현실들이 분산 배치되어 있다. "포클레인에 깔리고, 지게차에 뭉게지고, 마대자루에 담겨서"(「당신의

외국어」) 퇴장 조치되는 존재들이 무수하다. 인도에서 와서 '나마스테'로 불리는 한 노동자는 백골이 되어 사라져버렸고(「대림성 나마스테」), 감염 사망자들은 봉투에 담겨 언덕에 버려졌고(「잔업 특근」), 하수시설을 정비하기 위해 지하로 내려간 동료가 올라오지 않자 또 한명이 내려갔지만 지상으로 올라오는 사람은 없다(「한낮의 순찰자」). 마치 정신병원 폐쇄병동 옥상에서 바라본 풍경처럼 "파헤쳐진 봉분의 백골이, 헐어서 문드러진 살갗이, 썩은 뿌리가 우울처럼 나뒹구는"(「옥상에서 우리들은 운동장 하늘」) 세계의 모습이다. 이러한 문장들을 보면 이용훈의 작품들이 노동 현장을 정확하게 재현함으로써 새로운 노동시의 가능성을 보여 준다는 반가움보다 최근 한국 사회가 접한 위험의 외주화가 차별의 외주화와 결합한 모습을 확인할 수 있다는 참담함이 더 먼저 다가온다.

이는 유독 이 시집에 빈번하게 등장하는 외국인 노동자들만의 일이 아니다. 비가시적이고 파편화된 노동 형태에 내몰린 모두가 도구처럼 쓰이고 버려지는 사회의 잉여적 존재로 사회의 셈법에서 누락된 존재들이다. 이들은 모두 이름도 없다. "절뚝이 2박자 외발 인생"(「비둘기」)처럼 위태롭고 정상적 삶을 구성할 수 없다. 또 "깰 수도 버릴 수도 없는 바닥"(「밀가루 시멘트」)같은 현장에서 "하루 벌어 하루 사는"(「근무일지」) "하루떼기"(「잡역부」)의 아슬아슬한 삶을 증명하는 것은 "시멘트 가래"(「당신의 외국어」)와 "작업복을 벗어도" 또 "훌훌 털어도" 밀가루처럼 박힌 시멘트 가루들뿐이다. 이렇게 "항거불능"(「사냥철」)한 노동현장에서 이들의 이름은 제대로 호명되지 않는다.

탕 그릇에 수저 휘저으며 식구라 불렀다 킁킁 냄새 맡고들 기어

나오는지 어제 왔다는 개 손놀림이 빠르다는 개 장반방 밑에서 일
시작하는 개 홀연히 사라지는 개 그저 개 너를 개라 불렀다

　…(중략)…

　사람들은 너를 개라 불렀다 승합차에 차곡차곡 오르는 사람들은
소리가 사라졌다 듣지 못했다 …… 기척 없이 다가온 너에게 돌을
던졌다 꼬리를 흔들어도 돌을 던졌다 괴사한 가죽으로 파리가 날고
있다 매질을 했다 흐르는 침 좀 봐라 목을 매고 매질을 했다 발가벗
겨진 너는 그슬린 그 밤에 악다물고 너는

—「살갗 아래」 부분

'개'인지 '개'인지 꼬리 흔들고 침 흘리고 기어나오는 존재로 그려진
이들의 이름은 "어디서 굴러먹던 돌멩이"(「당신의 외국어」), 인도에서
왔다고 "나마스테"(「대림동 나마스테」), 몽골에서 왔다고 "초원이"(「초
원의 벽」), 중국에서 왔다고 "니 시팔넘아"(「다시 한번 말씀해주세요」),
또 대개는 개새끼, 호로새끼, "배추 콩만 한 새끼"(「콜레라 시대의 노
동」)들이다.

　익히 아는 것처럼 아감벤은 생명권력에 의해 통치되는 삶을 조에
(zoe)와 비오스(bios)라는 삶 개념을 빌어 설명한다. 주체로서 정치 권
리를 가지고 사회에 참여하는 공적영역의 삶이 비오스적 삶이라면 어
떤 형태로든 그것이 박탈되고 거세되어 생물학적인 삶만을 영위하는
사적영역에 내몰린 채 살아가는 것이 조에적 삶이다. 국가, 아니 신자
유주의가 통제하고 싶어하는 것은 인민들의 비오스적 삶 형태이다. 체
제에 유익한 방식을 비오스의 몸과 마음에 기입함으로써 이른바 '살게
하고 죽게 내버려두는' 생명권력을 작동시킨다. 그 결과 남는 것이 조에

로서의 삶이다. 이용훈의 시에 등장하는 노동자들의 삶이 이러한 호모 사케르에 가깝다는 설명은 이제는 진부하지만 명확한 진실이다. 시집 전반을 걸쳐 인칭이 모호하고 나와 너의 경계가 혼란스러운 것도 이러한 비가시적 권력의 작동방식에 포획된 비가시적 노동자들을 함께 지시하기 때문이라고도 말할 수 있겠다. 마지막으로 언급할 작품은 이러한 현실을 명확하게 보여 주고 있다. 전문을 옮겨본다.

모든 색은 검은색이었어 아니, 우유빛이야 기계를 돌리는 빛은 언제나 우윳빛인데 미끈거려 끈적거리면 기계는 잘도 돌아가 벨트에 얽매인 사슬선, 따끔거리다 차가워, 단호한 외침 나는 매일같이 컨베이어의 지시를 받는다 질질 끌려갈 수밖에 없어 벨소리가 울릴 때, 누군가 사라진다 마른 침을 삼켰을지 몰라, 고꾸라지면서… 검은 즙을 짜내고 있잖아 피로 가득했는데 우윳빛이었어 홀—세일 홀—세일 저 소리가 들려? 컨베이어는 멈춘 적이 없어 순종과 침묵, 피고름보다 진득한 흑빛, 잔인한 눈빛 네 바퀴 밀차에 녹슨 부품들이 쌓여만 가는데 나는 묶여 있고 살아 있고 켜켜이 쌓이다 지친 먼지들이 떠돌다 사라지고 있어 시작을 알리는 방송도 중얼거렸고 끝을 알리는 방송도 중얼거렸어 날개 끝에 먼지 실밥 돌고 있는 환풍기 작업장의 선풍기 돌고, 빙빙 둘러대는 소리가 창고를 채우고 있어 주임은 빙빙 둘러대는 소리뿐이야

- 「홀로 코스트코 홀세일」

멈추지 않는 컨베이어 벨트는 인간의 노동을 기계의 시간에 복속시킨다. 비용의 효율성과 통제의 비가시성은 기계의 리듬에 자신의 삶의

리듬을 맞추면서 자신도 모르게 통제의 메커니즘을 학습하게 한다. 신자유주의는 유연한 시간 관리를 혁신으로 내세우지만 이는 새롭게 짜인 통제의 방식이다. 개인들 간의 제로섬 게임으로 판을 바꿈으로써 타인의 불행에 눈을 돌릴 여유를 박탈하게 한다. 이제 80년대의 노동운동과 노동문학은 존재하지 않지만, 노동자 이용훈이 시인 이용훈이 되어 자기도 눈 돌렸을 수도 있는 이들의 삶을 기록해 주어서 다행이다. 그런데 한 가지 아쉬움이 남는다. 그의 존재가 너무 외로워 보인다. 그도 그럴 것이 이 시집 어디에도 가족이 없다. 사랑의 관계가 없다. 그것의 흔적도 보이지 않는다. 혼자다. 부서진 것이 노동 현장만은 아닌 듯해서 쓸쓸해진다.

* 추천시 :「당신의 외국어」,「해체되기 위한 쇼」,「홀로 코스트코 홀세일」

밤의 웜홀(wormhole)
- 황유원 시집 『초자연적 3D 프린팅』을 읽고

0.

언어를 초과하는 무언가를 언어의 집에 담아내는 작업이 시 쓰기라면 이 시집의 제목은 미래적이지만 고전적이다. 『초자연적 3D 프린팅』이라니. '초자연적'(현실 초과)인 세계의 단면을 '3D'(큐비즘 또는 홀로그램 전송)의 방식으로 '프린팅'(시적언어로 재현하기)하겠다는 것이니 어쩌면 시의 본질에 충실하겠다는 선언일 수도 있겠다. 성공할 수 있을까? 언어에 빚지면서 그 언어를 배반해야만 가능한 일, 말할 수 없는 것 아니 말을 해서는 그 본질이 훼손되는 것을 말해야 하는 일, 인간 언어의 공백을 다른 우주의 언어로 프린팅하는 작업, 성공할 수 있을까? 온통 언어와 의미로 도배된 상징계의 신전을 하얗게 지우고 거기에 아담의 언어(벤야민)를 복원하는 언어가, 성공할 수 있을까? 그러려면 먼저 인간의 언어를 아껴야 할 텐데, 그러기에는 이 시인은 말이 참 많다.

1.

일단 인간의 언어적 감각부터 해체해 보자. 우주도 사실 묶음이니까, 침묵과 여백을 담아내는 말하기 방식이라면 가능할지도 모르겠다. 모든 진리의 문장들은 간결하지 않던가. 그래서 시인은 먼저 언어를 잠재운다. "잠자는 언어의 집/언어는 잠잘 때 좋다/안도한 얼굴로 겨우/코 고는 소리 정도나/내고 있을 때 참/좋다."(「잠언집」). 언어가 잠 잘 때 잠언에 가까워진다는 언어유희는 의미의 궤도를 이탈하면 무한한 의미의 공백이 기다린다는 어떤 진실을 가리키는 듯하다.

실제로 문장들의 대구와 반복적 배치는 무한대로 확장 가능해 보이기도 한다. 마치 주사를 부리듯(실제로 시집에서 그는 자주 취한다) 했던 말을 하고 또 하면서 조금씩 변형시키고 변주하면서 말의 궤도에서 본래의 의미를 탈출시킨다. 어느 공(허)한 하루에 대한 기록은 시작에 불과하다. "술 먹고 오후/두시에 일어나/하루를 공치다/공도 안 찼는데/오늘을 공치다"(「공」). 이 정도의 언어유희는 시인이라면 능히 지닌 초식 수준이다. 유사품들이 시집에 많은데, 「대가리가 없는 작은 못」의 경우 "대가리가 없는 작은 못"은 "겁대가리가 없는 작은 못"이 되고 다시 "맛대가리라곤 없는 못"이 된 후 "대가리가 없어 딱히 생각이 없는" 못이 된다. 대가리가 없어서 대상의 "끝까지 밀고 들어가는 작은 못"은 "대가리가 없어 쉽게 빼낼 수도 없"어서 그 존재가 사라진 것과 같아지지만 "적의 내장에 박히면/내출혈을 일으킬 자랑스러운 못"이기도 하다. 못대가리의 물질적 결핍은 사유의 결핍으로 이행하고, 그 결핍으로 인해 적(관습적 의미)의 내부에 영원히 존재하면서 내출혈(의미의 해체)을 일으킨다. 이러한 유쾌한 말―놀이들은 언어가 인간이 규정한 관

습의 껍데기를 벗으면 어디까지 자유로울 수 있는지를 보여 준다. 궤도
를 벗어나면 광활하고 거친 우주가 기다린다.

  이 사람이 도대체 왜 이런 일을 하는지 궁금하면「이중주」를 읽으면
된다.

> 나는 레드 와인이든 적포도주든 좀더 마시지 않고는 도저히 견딜
> 수 없는 심정이 돼
> 레드 와인을 한 병 더 마시고 취하고
> 적포도주를 한 병 더 마시고 취해
> 드디어 하나로 보이는 너희 얼굴 보고 웃으며
> 마침내 다 비워진 병처럼 투명하고 가벼운 마음으로
> 그 자리에 쓰러지자마자 그대로 꿈나라까지 굴러간다
> 누가 재미로 내리막길 아래로 굴려보낸
> 빈 술병처럼
>
> – 「이중주」 부분

  간혹 언어는 존재에게 무례해서, 하나의 존재를 다른 이름으로 부른
다. 하나의 대상에 대한 두 개의 언어는 두 개의 심상과 두 개의 의미로
존재를 존재하게 하면서 존재에게 폭력을 가한다. 그러나 취함은 아이
러니하게도 그를 언어의 마법에서 깨어나게 하는 용기를 주는지 시인
은 그걸 다 비워내고 '빈 술병'처럼 가벼워지고 정해진 길을 벗어나 어
디든 굴러간다.

  이윽고 세계의 모든 소리마저 지워본다. 사실 우주도 묵음이라니까.
개 짖는 소리, 발전기 소음, 풀벌레 소리, 사원의 종소리 등. 소리를 지

우자「음소거된 사진」에는 아무것도 들리지(보이지) 않는다. "그러나 이 사진은 이 모든 것 그 이상을 말해준다" 모든 것을 지우자 거기에 완전한 암흑, 우주, 빈 집이 들어선다. 비어 있기 때문에 더 많은 것을 채워 넣을 수 있다는 듯이 말이다. 그래서 "좀더 큰 집이 필요"하단다. "그 안에 온 우주를 가둘 수 있"(「초자연적 3D 프린팅」)도록 말이다.

좀더 큰 집이 필요하다 그 안에 온 우주를 가둘 수 있는,

그러나 우주도 결국 하나의 집이다
집 우(宇) 집 주(宙) 넓을 홍(洪) 거칠 황(荒) …… 평수가 좀더 될 뿐

우리가 또 여기서 어디로 갈 수 있겠어? 가도 가도 여기 이곳뿐인데

그래도 지금보다는 훨씬 더 큰 집이 필요하다
그건 크기만의 문제는 아니어서 한순간의 진동일 수도 있고 물에서 빠져나와 들이쉬는 단 한 번의 숨일 수도 있지만

여하튼 그 안에 모든 발광과 기쁨과 통곡과 신경쇠약을 가둘 수 있는
눈물과 눈물 없인 못 들어줄 그 모든 노래를 넘나들 수 있고 여기서 저-기로
저-기서 여기로 마음껏 건너뛰며 놀 수 있는, 장대높이뛰기 선수

가 필요하다

– 「초자연적 3D 프린팅」 부분

사실 사진에는 소리가 저장되지 않아서 때로 그 이상을 말하기도 하지만 인간의 기술은 기어이 거기에 소리를 입히고 시간을 부여하고 심지어 움직이게 함으로써 여백을 살해하는 방식으로 기능해 왔다. 그래서 시인은 그 모든 것들을 가두어 버리기로 작정했다. 그 큰 집에 갇히는 것, 아니 시인이 거기에 집어넣고 가두어 버리는 것들의 목록은 모두 인간의 껍데기이거나 껍데기를 장식하는 것들이거나 껍데기를 통해 느껴지는 모든 감각들이다. (정말 그런가 궁금하면, 〈시인의 말〉을 보면 확인 가능하다. 눈, 귀, 코, 혀, 피부 심지어는 시를 쓰기 위해 가장 필요하다는 마음마저 버린다. 이 버림을 경유하지 않고는 초자연적 3D 프린팅은 불가능하다. 〈시인의 말〉은 이 시집의 열쇠이면서 시인의 사유 방식에 대한 고백이다.)

그러나 이렇게 세계의 소리를 지우고 언어를 지워도 다른 우주로 곧바로 갈 수는 없다. 기껏 이 세계에서 가지고 있던 것들을 버리는 작업을 진행하고 있을 뿐이니까. 아직 사진은 찍히지 않았으니까. 그래서 '장대높이뛰기 선수'가 필요하다. 지구의 중력장에 갇히지 않기 위해서는 높이 뛰어야 한다. 물론 시집을 읽은 사람이라면 여기서 밤의 하늘을 멋지게 유영하는 행글라이더를 떠올릴 수 있다.

밤의 행글라이더는 밤의 행글라이더
어디까지 날아가나
언제까지 날아가나

바보같이 저렇게

날아가기만 하고 있을 텐가

밤의 행글라이더는 밤의 행글라이더

……

새도 아니면서

새의 뜨거운 심장도 가지고 있질 않으면서

어찌 보면 새처럼도 보이는

바람에 빌붙어먹는 더러운 행글라이더

나를 달리게 만들고 기어코 뛰어내리게 만드는 사랑하는 나의

행글라이더

사랑하는 나의 밤의 행글라이더

……

나는 그만 이 시를 끝내지만

이 시는 끝나고도 계속 날아가고 있다

밤의 행글라이더는 밤의 행글라이더

밤의 행글라이더는 밤의 행글라이더

– 「밤의 행글라이더」 부분

　　높이와 도약과 자유에 대한 욕망, 다른 표현으로 현실원칙에서 자유로워지고 싶은 열망은 이 시집에서 술에 취함과 밤으로의 여행과 '말랑말랑'해지고 싶은 육체에 대한 열망으로 표출된다. 자아가 갇힌 껍데기에서 탈출하고 높은 시선에서 인간을 바라보는 이 밤의 행글라이딩은 백 년쯤 전 서둘러 도착해 까마귀의 눈으로 인간의 세계를 바라보며(「오감도-제1호」) 과거의 모든 전통으로부터 이탈하면서 아버지를

부정하고(「오감도-제2호」) 숫자로 기호화된 세계를 전복시켰던(「오감
도-제4호」) 한 시인을 떠올리게 한다.

　　2.

　　다음 작업은 겹치기다. 자신의 껍데기를 모두 벗어던졌다면 이제 다
른 존재로 이행하는 일을 해야 한다. 이 우주에서 다른 우주로 넘어가
기 위한 예행연습쯤이라고 생각해도 좋겠다. 사물과 사물의 겹침(또
는 만남)은 시인에게 한 존재가 다른 존재의 시공간으로 스며드는 일
과 같다. 가령 "벼루에 찬물 따르고 먹을 갈면" 검은 먹물은 "거기서 풀
려나온 새까만 밤"이 되고, 그 "밤을 묻힌 붓은 이미 붓을 초과하는 무
엇"이 되고, 붓이 지나간 자리는 누군가 밤새 서성이던 "텅 빈 골목"이
된다. 그래서 "불을 꺼넣고 잠들었는데도/밤은 또 이토록 생생"해 진단
다.(「검고 맑은 잠」)
　　사례는 무수하다. 누군가 존재했던 자리에 누워 '누구'라는 부정칭의
존재자가 되는 일. 그 '누구'가 머리를 누이던 베개에 머리를 맞대어 보
면 "얼핏 네가 꾸던 꿈 보인"(「너의 베개」)단다. 친구 문병을 갔다가 빈
병실의 침대에 누워보면 "예전에 누군가 거기 누워 앓았던 병이 내 것
이 것"(「밤의 병실」)처럼 느껴진단다. 모든 '나'가 모든 '너'에게로 가는
길을 황유원은 개척하는 중인 듯하다. 심지어 죽은 자와도 겹치고 스민
다(이쯤 되면 이것도 그리 불가능해 보이지는 않는다). "오늘 같은 날
은 무덤가에서/고기 굽고 술 먹고 싶다/고기 굽고 술 먹다 졸리면/옆
에 있는 아무 무덤이나 열어제끼고 들어가/안에서 잠들고 싶다/……죽

은 이가 꾸던 꿈을 도중에 가로채/죽음과 삶 모두를 내 것으로 하고 싶다"(「무덤덤한 무덤」). 또 어떤 새들은 "아침에 일어나/운동하고 샤워하고/폭포수 마신다//폭포수는 새의 몸속으로 흘러들어가 잠시/고요하다가//곧장 수백 미터 위로 상승한다"(「새들의 아침 운동 연구」). 이 시에서 새와 폭포수는 언어가 규정한 제 존재의 틀에서 벗어나 다른 존재의 내부로 침투한다. 폭포수는 새의 몸으로 스며 중력의 지배에서 벗어나 밤의 행글라이더처럼 하늘을 난다. 이렇게나 많은 술주정 같은 말들 중에 가장 좋았던 것은 「다리와 물」이었다. 일부를 옮겨본다.

다리는 마침내 늙어서 무너지고

물은 부서진 다리의 조각들을

자신의 깊은 곳에 가라앉히고

흘러가고 흘러가고 흘러가며

쓰다듬고 쓰다듬고 쓰다듬어

다리와 물이 섞여

더는 어느 게 다리고 어느 게 물인지

물도 다리도 이제는

알 수가 없고

– 「다리와 물」 부분

물이 쓰러진 다리를 쓰다듬어 준다. 상처를 없던 일로 만들어 준다. 시멘트가 덕지덕지 붙어있든 철근이 심장에 박혀 있든 원래부터 지구에 존재하던 친구들이었으니까. 이런 서로 스밈을 통해 시인은 존재들을 안아주고 쓰다듬어 주고 말을 들어주고 대신 울어준다. 그러면서 시인은 사물의 경계와 함께 시간의 경계도 언어의 경계도 사라지게 하는 과정을 연습 중이다. 그러니까 황유원은 평소에는 멀쩡하게 생겨서 인도 철학을 공부하고 시도 쓰는 껍데기로 살다가 술 한 잔 마시면 누군가의 꿈으로도 들어가고 무덤도 들어가고 병도 대신 앓아주다가 또 그걸 가끔 인간의 언어로 번역하는 샤먼[靈媒]이 된다.

3.

말하지 않은 사실이 있는데, 앞서 말한 겹치고 스미는 이 모든 일들은 밤에 이루어진다. 시집 전반에 걸쳐 포진되어 있는 '꿈', '밤', '잠' 그리고 '술'과 같은 시어들에는 낮의 밝음과 같이 멀쩡하게 깨어있는 정신을 초과하려는 시인의 의지가 스며있다. 밤의 문법은 무의식의 언어가 현실원칙을 가볍게 무시할 수 있고 은유와 환유가 제멋대로의 이행을 감행할 수 있게 한다. 무엇보다 샤먼들은 외계어를 사용하며 어둠 속에서 더 존재감을 발휘하지 않는가. 그래서 그는 자꾸 술을 마시고 밤을 새운다. 그 시간을 허투루 버릴 수 없다. 행글라이더도 타야하고 무덤에도 다녀와야 하며 꿈도 꾸어야 한다. 그래서 이렇게 말한다. "어느 때보다 환히 깨어 있는 이 밤을/밤이라 할 수 없다/잠 하나 제대로 자지 못하는 인간을/인간이라 할 수 없듯/꿈결에도 밖에서 부르는 소리에 대답하고/꿈속에 펼쳐진 길을 한 걸음 한 걸음 망설이며 걸어나가는 이 밤/고만고만한 꿈만 꾸다 깨어나는 이 밤을/과연 밤다운 밤이라 할 수 없다"(「밤다운 밤이 아닌 밤」).

반대로 낮의 시간은 폭력적이다. 언어의 흔적이 너무 훤히 비친다.

뻔하고 속물적이다. 그래서 이런 부탁들을 한다.

불을 켜자마자 혼비백산하여 도망치는 벌레들이 있습니다

자, 한번 생각해봅시다

…(중략)…

당신이 불을 켜자마자

갑자기 없던 혼이라도 생겼다 빠져나간 듯

그렇게 급조된 영혼이 황급히 빠져나가는 통에 미처 그 영혼과

작별인사도 못하고 헤어져버린 벌레들이

발발발 여기저기 흩어지는 걸 죄지은 마음으로 바라보며

자, 다시 한번 잘 생각해봅시다

당신이 불을 켜기 전 벌레들이 뒤에서

옆에서 앞에서

감싸고 있던 그

그윽한 고독과 어둠을

그 어둠의 우월함에 대해 한번 말입니다

– 「밤의 벌레들」 부분

생각해보면 어둠은 천천히 스미지만 빛은 갑자기 망막을 찌른다. 시인은 눈을 뜨기 싫어 자꾸 눈을 감는데, 세상은 자꾸 어둠을 몰아내는 방향으로만 이동한다. 그러다가 원래 어두웠던 태초의 그 세계가 영영 사라져버리면 어쩌려는지. 그래서 황유원의 언어들은 반드시 밤의 어둠을 경유한다. 상징계의 기호들이 말랑말랑해지는 시간, 현실원칙의 부릅뜬 감시망이 흐물흐물해지는 시간, 이드(id)의 초자연적 비−언어

들이 맘껏 날개를 펼치는 시간들을 통과한다. 그러다 사건의 지평선을 통과하면 황유원의 언어들은 웜홀을 통과해 모든 '나'에게서 '너'에게로 옮기고 스미고 겹치고 전송되어 프린트된다. 그래서 "좀더 큰집이 필요하다"(「초자연적 3D 프린팅」).

마지막으로 남는 질문이 있다. 그래서 그는 결국 어디로 가려고 하는 것일까? 밤으로의 긴 여행의 목적지는 어디일까? 대답은 「무한대의 꿈」에 쓰여 있다. 무한대로 쓰일 수 있을 것만 같은 시, 밤이 깊고 잠이 깊을수록 더 길고 긴 회랑을 걷거나 또는 밤의 행글라이더를 타고 세상의 실루엣을 감상하며 한낮의 폭력으로부터 벗어날 수만 있을 것 같은, 폭력적인 빛의 세상에서 맘껏 눈감고 유영할 수 있을 것만 같은 시. 너무 길어서 옮길 수 없다. 샤먼의 언어를 다시 옮기는 것은 무례하다. 다만 그가 더 먼 우주로 가는 길을 인류에게 알려주기를 기다릴 뿐이다.

황유원의 해체 작업에 시문학사의 의무나 윤리를 부여하는 일은 헛된 일이다. 사실 나는 이 말이 하고 싶었다. 어떤 계보에 그의 시를 합류시키거나 혹은 탈주하고 해체하고 새로운 영토를 구성하는 그의 말-놀이를 후기구조주의의 사유와 겹쳐보는 시선은 너무 무디다. 왜냐하면 그의 작업은 말할 수 없는 것을 빈약한 인간의 언어로 번역하는 일이 바로 시의 본령임을 명확하게 보여 주고 있기 때문이다. 말의 넘침으로 말의 빈곤을 보여 주는 언어의 비행술로 말이다. 과거 신석정이 말했듯 "밤은 다만 적막한 시간만이 아니다".

* 추천시 : 「무한대의 밤」, 「만져본 빛」, 「밤의 행글라이더」, 그리고 feat. 〈시인의 말〉.

미래 기억 연습
중첩 궤도를 횡단하는
문학의 형식

초판1쇄 찍은 날 | 2026년 2월 24일
초판1쇄 펴낸 날 | 2026년 2월 27일

지은이 | 김영삼
펴낸이 | 송광룡
펴낸곳 | 문학들
등록 | 2005년 8월 24일 제 2005 1-2호
주소 | 61489 광주광역시 동구 천변우로 487(학동) 2층
전화 | 062-651-6968
팩스 | 062-651-9690
전자우편 | munhakdle@daum.net
블로그 | blog.naver.com/munhakdlesimmian
값 35,000원

ISBN 979-11-94544-29-6 03800